Ullstein

DER AUTOR:

Der Engländer James Hadley Chase, eigentlich René Brabazon Raymond, ist der unumstrittene König des harten Thrillers. Bis zu seinem Tode 1985 veröffentlichte Chase etwa 85 Romane, die weltweit eine Auflage von mehr als 20 Mio. Exemplaren erreichten. Rund 20 davon wurden verfilmt und etwa ein Dutzend zu Bühnenstücken verarbeitet.

James Hadley Chase

Ängstlich sind die Schuldigen
Mord am Canal Grande

Zwei Romane

Ullstein

Kriminalroman
Ullstein Buch Nr. 10767
im Verlag Ullstein GmbH,
Frankfurt/M – Berlin
Titel der englischen Originalausgaben:
The Guilty Are Afraid
Mission to Venice

Ungekürzte Sonderausgabe
der deutschen Erstausgaben

Umschlaggestaltung:
Theodor Bayer-Eynck
Umschlagillustration:
Zieminski/Agentur Irmeli Holmberg
Alle Rechte vorbehalten
© 1947, 1954 by James Hadley Chase
Übersetzungen © 1960, 1964 by
Verlag Ullstein GmbH,
Frankfurt/M – Berlin
Printed in Germany 1995
Gesamtherstellung:
Ebner Ulm
ISBN 3 548 10767 2

April 1995
Gedruckt auf alterungs-
beständigem Papier mit
chlorfrei gebleichtem Zellstoff

Vom selben Autor
in der Reihe
der Ullstein Bücher:

Lotosblüten für Miss Quon/Einen Kopf
kürzer/Ein Double für die Falle
Dreifachband (10397)
An einem Freitag um halb zwölf . . . (10430)
Dumme sterben nicht aus (10501)
Nicht mein Bier (10623)
Ein Grab für zwei (10648)
Er schwieg bis zuletzt (10671)
Mord am Canal Grande (10678)
Sareks Sore (10687)
Die Kanaille (10696)
Miss Callaghan muß Trauer tragen (10711)
Blondine unter Banditen (10721)
Ich lache zuletzt (10729)
Mach mir den Pelz nicht naß (10735)
Einmal zuviel geheiratet (10740)
Man muß für alles zahlen (10745)
Nach Gebrauch vernichten (10749)
Millionentanz (10753)
Eva (30173)
Hallo, ist da jemand? (40075)

Die Deutsche Bibliothek –
CIP-Einheitsaufnahme

Chase, James Hadley:
Ängstlich sind die Schuldigen : zwei
Romane / James Hadley Chase. –
Ungekürzte Sonderausg. der dt. Erstausg. –
Frankfurt/M ; Berlin : Ullstein, 1995
 (Ullstein-Buch ; Nr. 10767 :
 Kriminalroman)
 ISBN 3-548-10767-2
NE: GT

James Hadley Chase

Ängstlich sind die Schuldigen

Aus dem Englischen von
E. und W. W. Elwenspoek

Erstes Kapitel

I

Das erste, was mir in St. Raphael City auffiel, als ich aus dem Bahnhof kam, war ein blondes Mädchen in einem Bikini, mit einem Strohhut so groß wie ein Wagenrad und einer riesigen Sonnenbrille. Ihre Haut — und die zeigte sie sehr freigiebig — war von einem seidigen Gold, und sie hatte eine Figur, auf die Mr. Varga stolz sein könnte, wenn er sie erfunden hätte.

Sie stieg in ein Cadillac=Coupee. Sie ließ sich dabei Zeit, und diese Zeit benutzten nicht verheiratete und auch verheiratete Männer in der Nähe, um ihre Augen an dem Anblick zu weiden.

Meine Augen weideten eifrig mit.

Sie machte sich's hinter dem Steuer bequem und überblickte mit einer hochgezogenen Augenbraue ihr männliches Königreich. Als sie abfuhr, schien sie in meine Richtung verächtlich zu lächeln.

Der Gepäckträger mit meinem Koffer knuffte mich in die Seite.

»Wenn Sie deswegen schon die Augen so aufreißen, Mann«, sagte er, »dann steht Ihnen noch was bevor, wenn Sie erst an den Strand kommen. Wollen Sie ein Taxi?«

»Gibt's hier mehr von der Sorte?« fragte ich leicht benommen. »Wenn bei uns zu Hause ein Mädchen so viel von sich zeigen würde, landete sie im Gefängnis.«

»Viel zu viele«, antwortete der Gepäckträger. »Das ist St. Raphael City. Hier gibt's alles, hier geht alles. Aber machen Sie sich nichts vor. Je mehr die Püppchen zeigen, um so weniger ist von ihnen zu haben. Bei denen zieht nur Geld. Wollen Sie ein Taxi?«

Ich sagte, ich wolle ein Taxi, zog mein Taschentuch und wischte mir über das Gesicht.

Es war halb zwölf Uhr mittags, und die Sonne brannte. Aus dem Bahnhof strömten Menschen zu wartenden Wagen, Taxis und Pferdekutschen. St. Raphael City war ein Badeort, und ich hoffte inbrünstig, daß Jack daran gedacht hatte, mir ein Zimmer reservieren zu lassen.

Ein Taxi fuhr vor, und der Träger verstaute meinen Koffer. Ich bezahlte ihn, und er ging.

»Zum Adelphi=Hotel«, sagte ich dem Fahrer, stieg ein und wischte mir wieder über das Gesicht.

Das Taxi kämpfte sich seinen Weg durch den Verkehr und bog nach zwei oder drei Minuten in die Hauptstraße zum Meer ein, einen im=

posanten, breiten Boulevard mit eleganten Geschäften, Palmen und Verkehrspolizisten in Tropenuniform. Die Stadt sah reich aus. Große Cadillacs und Clipper=Cabriolets säumten die Straße an beiden Seiten, alle in der Größe mittlerer Busse.

Während wir mit dem Verkehr dahinkrochen, saß ich vorgebeugt da und starrte durch die Scheiben auf die Frauen. Die meisten trugen Strandkostüme im Schnitt von Pyjamas, andere Büstenhalter und Shorts und manche französische Badeanzüge. Die Fetten gaben unweigerlich Shorts den Vorzug. Ein paar konnten sich so sehen lassen, aber die mittleren Jahrgänge und die Fetten herrschten doch vor.

Der Fahrer bemerkte im Rückspiegel meinen interessierten Ausdruck und beugte sich zur Seite, um auszuspucken.

»Sieht ganz wie der Fleischmarkt am Samstagabend aus«, meinte er.

»Ich habe mich die ganze Zeit gefragt, an was es mich erinnert«, antwortete ich und lehnte mich zurück. »Scheint aber ein ganz nettes Städtchen zu sein hier.«

»Meinen Sie? Ich gebe keinen Groschen dafür. Wenn Sie nicht gerade Millionär sind, hängt man sich besser auf, als hier zu leben. Hier gibt's mehr Millionäre auf den Quadratkilometer als in jeder anderen Gegend der Welt. Haben Sie das gewußt?«

Ich sagte, ich hätte es nicht gewußt, und fragte mich unbehaglich, ob ich genug Geld mitgenommen hatte. Ich wußte, daß jeder Versuch, Jack anzupumpen, aussichtslos war.

Wir fuhren einen Hügel hinauf, vom Meer wieder fort, und erreichten nach einiger Zeit eine stille Straße mit Orangenbäumen zu beiden Seiten. Dann fuhr das Taxi vor dem Hotel vor.

Ich sah mir das Hotel an, als ich ausstieg. Es hatte nichts Luxuriöses an sich. Es war ein Hotel, wie Jack es sich aussuchte. Wahrscheinlich war das Essen gut. Er hatte ein Talent, Hotels zu finden, in denen es gutes Essen gab.

Ein Boy in Knöpfen kam heraus und nahm meine Koffer. Ich gab dem Fahrer einen Dollar und stieg die Stufen zu der Hotelhalle hinauf.

Sie war ziemlich groß, mit Korbstühlen und ein paar verkümmernden Palmen in Messingkübeln ausgestattet. Wenn es auch nicht gerade großartig war, so war es doch zumindest sauber.

Der Empfangschef, ein kahlwerdender Fettwanst, dessen Seidenkrawatte sein Doppelkinn stützen mußte, zeigte mir seine Zähne und reichte mir eine Feder.

»Haben Sie Ihr Zimmer vorausbestellt, Sir?«

»Hoffentlich. Mein Name ist Lew Brandon. Hat Mr. Sheppey Sie nicht über meine Ankunft informiert?«

»Gewiß, Mr. Brandon. Ich habe Ihnen das Zimmer neben seinem reserviert.« Er legte einen Finger auf einen Klingelknopf, und ein Hausdiener materialisierte sich. »Bringen Sie Mr. Brandon auf Zim=

mer 245.« Er zeigte mir wieder seine Zähne. »Mr. Sheppey hat Zimmer 247. Ich hoffe, es wird Ihnen bei uns gefallen, Mr. Brandon. Alles, was wir für Sie tun können ... Jeder Wunsch ...«
»Danke. Ist Mr. Sheppey da?«
»Nein. Er ging vor etwa einer Stunde fort.« Er gönnte mir ein scheues, kleines Lächeln. »Mit einer jungen Dame. Ich vermute, sie sind an den Strand gegangen.«
Das überraschte mich nicht. Jack hatte für Arbeit nicht viel übrig, und Frauen waren seine Schwäche.
»Wenn er zurückkommt, sagen Sie ihm, ich sei angekommen. Ich werde in meinem Zimmer sein«, sagte ich.
»Soll geschehen, Mr. Brandon.«
Ich, der Hausdiener und mein Gepäck quetschten uns in den altertümlichen Aufzug und wurden zwei Etagen hochgezogen.
Zimmer 245 war nicht größer als ein großer Kaninchenstall und so heiß wie ein Hochofen. Das Bett sah nicht aus, als ob sich ein Zwerg in voller Länge darin ausstrecken könne, die Dusche tropfte, und vom Fenster hatte man keinen Ausblick. Ich hoffte wenigstens, daß es billig sein würde. Etwas anderes hatte es zu seiner Empfehlung nicht aufzuweisen.
Nachdem der Hausdiener das Zeremoniell des Sonnenblendenherunterlassens und Wiederhochziehens, das Ein- und Ausschalten der Lampen hinter sich gebracht und zu seiner Überraschung festgestellt hatte, daß alles funktionierte, bekam ich ihn endlich los.
Ich klingelte nach dem Zimmerkellner und bestellte Eis und eine Flasche Vat 69, aber ganz schnell. Dann riß ich mir die Kleider vom Leib und ging unter die Dusche. Solange ich unter der Dusche stand, fühlte ich mich wohl. Aber als ich in das Zimmer zurückkam, brach mir wieder der Schweiß aus.
Ich labte mich an einem Schluck von dem Scotch, und gerade, als ich im Begriff stand, wieder unter die Dusche zu gehen, hämmerte jemand gegen meine Tür.
Ich schlang ein Badetuch um meine Hüften, schloß die Tür auf und öffnete.
Ein großer Mann mit einem roten, wettergegerbten Gesicht und Sommersprossen auf der Nase, die aussah, als sei ihm mal ein Maultier draufgetreten, und der auf Kilometer nach Polente roch, drängte mich in das Zimmer zurück und schloß die Tür.
»Heißen Sie Brandon?« fragte er mit einer Stimme, die wie Schotter polterte, der abgeladen wird.
»Stimmt auffallend. Was wollen Sie denn?«
Er zog seine Brieftasche und zeigte mir seine Polizeimarke.
»Sergeant Candy, Mordkommission«, erklärte er. »Kennen Sie Jack Sheppey?«
Ein unbehagliches Prickeln lief mir über das Rückgrat.

Es wäre nicht das erste Mal, daß Sheppey Ärger mit der Polizei hatte. Vor sechs Monaten hatte er einen Kriminalbeamten aufs Auge gehauen und dafür zehn Tage Haft kassiert. Vor drei Monaten hatte er einem Verkehrspolizisten eine gewischt und war dafür um fünfund= zwanzig Dollar leichter geworden. Jack hatte für Polizisten nicht die Bohne übrig.

»Ja, ich kenne ihn. Ist er in Schwierigkeiten?«

»So kann man es nennen«, antwortete Candy. Er zog ein Päckchen Kaugummi, riß die Hülle ab und verstaute den Gummi in seinem Ge= sicht. »Können Sie ihn identifizieren?«

Das fuhr mir wirklich in die Knochen.

»Hat er einen Unfall gehabt?«

»Er ist tot«, sagte Candy. »Ziehen Sie sich irgendwas an, aber be= eilen Sie sich. Ich habe einen Wagen unten. Der Inspektor will Sie sehen.«

»Tot?« Ich starrte in das große, rote Gesicht. »Was ist passiert?«

Candy hob seine schweren Schultern.

»Das sagt Ihnen der Inspektor. Machen Sie zu. Er hat's nicht gern, wenn man ihn warten läßt.«

Ich fuhr in Hemd und Hose, strich mit dem Kamm flüchtig durch mein Haar, zog meine Jacke über und setzte mich auf das Bett, um Schuhe und Strümpfe anzuziehen.

Meine Hände zitterten etwas.

Jack und ich waren ausgezeichnet miteinander ausgekommen. Er hatte jeden Augenblick seines Lebens voll ausgekostet, jede Sekunde be= wußt erlebt und viel mehr davon gehabt, als ich je haben würde. Es schien unmöglich, daß er tot sein könnte.

Als ich mit den Schuhen fertig war, goß ich mir noch einen Schluck Whisky ein. Ich hatte das Gefühl, daß ich ihn brauchte.

»Auch einen?« fragte ich Candy.

Er zögerte, leckte sich über die Lippen, kämpfte mit seinem Pflicht= gefühl und unterlag.

»Nun, ich habe zwar nicht gerade Dienst . . .«

Ich goß ihm einen Schluck ein, der ausgereicht hätte, um ein Pferd samt dem Wagen umzuwerfen, und er goß ihn in seine Kehle als ob es Wasser wäre.

»Gehen wir«, sagte er und stellte das Glas hin. Er blies seine Bak= ken auf und klopfte sich mit dem Daumen gegen die Brust. »Der In= spektor sieht's nicht gern, daß man ihn warten läßt.«

Wir fuhren im Fahrstuhl hinunter. Als wir durch die Halle gingen, starrte mich der Empfangschef mit aufgerissenen Augen an. Auch der Hausdiener starrte. Wahrscheinlich dachten sie, ich sei verhaftet wor= den.

Ein paar alte Herren in weißen Flanellhosen und Harvard=Tennis= jacken saßen in Korbstühlen neben der Tür. Auch sie starrten, und als

Candy und ich an ihnen vorbeigingen, sagte der eine: »Ich will verdammt sein, wenn der Bursche kein Polizist ist.«

Wir gingen die Stufen zu einem wartenden Wagen hinunter. Candy setzte sich hinter das Steuer, und ich stieg neben ihm ein. Wir fuhren schnell, hielten uns auf den Nebenstraßen und vermieden den Verkehr auf den Hauptstraßen.

»Wo wurde er gefunden?« fragte ich plötzlich.

»Am Bay-Strand«, sagte Candy, und seine schweren Kiefer arbeiteten, während er kaute. »Dort steht eine Reihe Badehütten zu vermieten. Der Aufseher fand ihn.«

Jetzt stellte ich die Frage, die mich schon die ganze Zeit quälte, seit er mir mitgeteilt hatte, daß Jack tot sei.

»War es ein Herzanfall? Oder was war es sonst?«

Candy drückte auf seine Sirene, als ein Cadillac versuchte, sich vor ihn zu drängeln. Der Cadillac wich zur Seite und verlangsamte beim Ton der Sirene sein Tempo. Als Candy vorbeifuhr, warf er dem Fahrer einen drohenden Blick zu.

»Er wurde ermordet«, sagte er.

Ich saß ganz still, meine Hände zwischen den Knien zusammengepreßt, während ich den Schock überwand. Danach hatte ich nichts mehr zu sagen. Ich saß nur da, starrte geradeaus und hörte zu, wie Candy Töne ohne Melodie vor sich hinsummte. Wir brauchten keine fünf Minuten bis zum Strand. Candy fuhr schnell über eine breite Straße, die parallel zur Küste verlief. Schließlich erreichten wir eine Reihe rot-weiß gemalter Strandhütten und einen kleinen Parkplatz.

Die Hütten standen im Schatten von Palmen, und in der Umgebung standen die üblichen farbenfrohen Strandschirme. Auf der Straße parkten vier Polizeiautos. Ich konnte eine Menschenmenge von etwa zweihundert Personen, die meisten im Badekostüm, in der Nähe der Hütten stehen sehen. Ich entdeckte auf dem Parkplatz auch das Buick-Cabriolet, das Jack und ich aus zweiter Hand gekauft hatten und an dem wir immer noch abbezahlten.

Wir drängten uns durch die Menge, die mich neugierig anstarrte. Als wir uns den Hütten näherten, sagte Candy: »Der Kleine da ist Inspektor Rankin.«

Rankin sah uns und kam uns entgegen.

Er war einen Kopf kleiner als Candy, trug einen leichten, grauen Anzug und einen weichen Hut, den er mit einer überlegt verwegenen Neigung über das rechte Auge gezogen hatte. Ein Mann, der sich den fünfundvierzig näherte, mit einem glatten, harten Gesicht, eisgrauen Augen und einem kleinen Schlitz, den er als Mund benutzte. Sein Haar, weiß an den Schläfen, war frisch geschnitten. Er war schmuck und ordentlich und hart wie geschmiedeter Stahl.

»Das ist Lew Brandon, Inspektor«, sagte Candy.

Rankin sah mich an. Seine Augen waren so durchdringend wie Scheinwerfer. Er zog aus seiner Tasche ein Papier und hielt es mir hin.
»Haben Sie das geschickt?« fragte er.
Ich sah auf das Papier. Es war das Telegramm, in dem ich Jack mitgeteilt hatte, wann ich ankommen würde.
»Ja.«
»War er ein Freund von Ihnen?«
»Wir hatten geschäftlich zusammen zu tun. Er war mein Partner.«
Rankin starrte mich weiter an. Einen langen Augenblick starrte er nur, rieb sich das Kinn, und dann sagte er: »Sehen Sie ihn sich erst einmal an. Dann können wir reden.«
Ich nahm mich zusammen, folgte ihm über den heißen Sand in die Hütte.

II

Ein paar bullige Männer stäubten, auf der Suche nach Fingerabdrücken, Pulver auf die Fensterbretter. Ein hagerer, älterer Mann saß an einem Tisch, eine schwarze Tasche zu seinen Füßen, und füllte ein gelbliches Formular aus.
Ich bemerkte sie kaum. Meine Augen richteten sich sofort auf die Stelle, wo Jack neben einer Art Ruhebett auf dem Boden lag. Er war zusammengekauert, nahe dem Bett, als ob er versucht hätte, von jemand fortzukommen, als er starb.
Von einer Badehose abgesehen war er nackt. In der Höhlung zwischen seinem Hals und der linken Schulter war ein blaurotes Loch. Die Haut um das Loch war zerfetzt und zerrissen. Auf seinem sonnengebräunten, toten Gesicht lag ein erschrockener Ausdruck.
»Ist er das?« fragte Rankin ruhig und beobachtete mich mit seinen eisgrauen Augen.
»Ja.«
»Gut.« Er sah den hageren Mann an. »Bald fertig, Doc?«
»Fast. Es ist ein eindeutiger Fall. Sieht beinahe wie eine professionelle Arbeit aus. Meiner Meinung nach ein Eispicker mit einem langen Dorn. Jedenfalls kannte er die richtige Stelle. Traf ihn gerade am entscheidenden Punkt. Der Stich wurde mit erheblicher Kraft geführt. Der Tod muß sofort eingetreten sein. Ich würde sagen, er starb vor einer Stunde.«
Rankin knurrte. »Sie können ihn fortbringen lassen, wenn Sie fertig sind.« Er wandte sich mir zu. »Gehen wir hinaus.« Er trat in den heißen Sonnenschein, blinzelte etwas in dem grellen Licht. Er winkte Candy zu sich heran. »Ich gehe in Brandons Hotel«, sagte er. »Sehen Sie, ob Sie hier was finden können. Der Arzt meint, es geschah mit einem Eispicker. Hughson kommt mit noch ein paar Leuten. Lassen Sie sie nach dem Eispicker suchen. Es besteht die Möglichkeit, daß der

Mörder ihn weggeworfen hat. Aber ich bezweifle es.« Er sah auf seine goldene Armbanduhr, die er an der Innenseite seines schlanken Handgelenks trug. »Ich erwarte Sie um zwei Uhr dreißig in meinem Büro.«

Er winkte mir mit dem Finger zu, ging dann über den Sand davon, schritt durch die Menge, als ob sie nicht vorhanden sei. Die Leute wichen schnell vor ihm auseinander, starrten hinter mir her, während ich ihm folgte.

Als wir über den Parkplatz gingen, sagte ich: »Das Buick=Cabriolet da gehört Sheppey und mir, Inspektor. Er ist damit hierhergekommen.«

Rankin blieb stehn, sah sich den Buick an, winkte dann einem seiner Leute.

»Sagen Sie Sergeant Candy, das Cabriolet da ist der Wagen, in dem Sheppey herkam. Überprüft ihn auf Fingerabdrücke und durchsucht ihn gründlich. Wenn ihr damit fertig seid, soll ihn jemand zum Adelphi=Hotel bringen und ihn dort lassen. Er sah mich an. »In Ordnung?«

»Danke.«

Er ging zu einem Polizeiwagen und stieg mit mir hinten ein.

Rankin sagte zu dem Fahrer: »Zum Adelphi=Hotel. Fahren Sie hinten herum, und fahren Sie langsam. Ich brauche Zeit, um mich zu unterhalten.«

Der Fahrer legte die Hand an die Mütze, schaltete den Gang ein und lenkte den Wagen in den Verkehr.

Rankin lehnte sich in die Ecke zurück, zog eine Zigarre aus der Tasche, schüttelte sie aus ihrem Metallbehälter, durchbohrte die Spitze und nahm sie zwischen seine kleinen, weißen Zähne. Er zündete sie an, zog die Lunge voll Rauch, hielt ihn zurück und ließ ihn dann langsam durch die zusammengekniffenen Nasenlöcher wieder ausströmen.

»Also schießen Sie los«, sagte er. »Wer sind Sie, und wer ist Sheppey, und was hat das Ganze zu bedeuten. Übereilen Sie sich nicht. Lassen Sie sich Zeit, aber geben Sie mir ein vollständiges Bild.«

Ich zündete mir eine Zigarette an, überlegte einen Augenblick und begann dann zu reden.

Ich berichtete ihm, daß Sheppey und ich in den letzten fünf Jahren in San Franzisko eine recht erfolgreiche Detektivagentur betrieben hatten.

»Ich hatte mit einem Auftrag drei Wochen in New York zu tun, während Sheppey in unserem Büro in San Franzisko zurückblieb. Noch in New York erhielt ich von ihm ein Telegramm, ich solle so schnell wie möglich nach St. Raphael City kommen. Er telegrafierte, wir hätten einen großen Auftrag, mit dem wir viel Geld verdienen könnten. Ich hatte meine Arbeit so gut wie abgeschlossen. Darum flog ich nach Los Angeles und fuhr mit dem Zug hierher weiter. Heute morgen um halb zwölf kam ich an. Ich ging in das Hotel, stellte fest, daß Sheppey mir ein Zimmer reserviert hatte, und hörte, daß er nicht im Hause war. Ich duschte gerade, als Sergeant Candy mich abholte. Mehr kann ich Ihnen auch nicht sagen.«

»Er hat Ihnen nicht mitgeteilt, um was es sich bei dem Auftrag handelte?« fragte Rankin.

Ich schüttelte den Kopf.

»Jack ist kein großer Briefschreiber. Ich nehme an, er hielt es für einfacher, mir alles zu erzählen, statt zu schreiben.«

Rankin überlegte einen Augenblick. Dann sagte er: »Haben Sie Ihre Lizenz bei sich?«

Ich gab ihm meine Brieftasche. Schnell und fachmännisch untersuchte er ihren Inhalt. Dann gab er sie mir zurück.

»Haben Sie eine Ahnung, wer der Auftraggeber ist, oder um was es sich bei dem Fall handelt?« fragte er.

»Nicht die geringste.«

Er musterte mich scharf.

»Würden Sie es mir sagen, wenn Sie es wüßten?«

»Möglicherweise. Aber da ich es nicht weiß, ist diese Frage illusorisch.«

Er kratzte sich an der Seite seines Gesichtes und zog die Augenbrauen hoch.

»Glauben Sie, daß er sich über den Fall Aufzeichnungen gemacht hat? Notizen über seine Ergebnisse?«

»Das bezweifle ich. Er hielt nicht viel von schriftlichen Arbeiten. Im allgemeinen arbeiteten wir zusammen, und ich verfaßte die Berichte.«

Er rollte seine Zigarre zwischen den Lippen. »Wie kommt es, daß Sie nach New York fuhren, wenn Ihr Büro in San Franzisko ist?«

»Das ist zufällig ein Klient, für den wir schon früher gearbeitet haben. Er war nach New York gezogen und wünschte von mir, daß ich den Auftrag übernehme.«

»Auch Sheppey war nicht in seinem üblichen Arbeitsgebiet. Glauben Sie, daß es auch in diesem Fall ein alter Klient war?«

»Das könnte sein, aber ich kenne keinen, der hierher gezogen ist.«

»Glauben Sie, daß er ermordet wurde, weil er in diesem Fall mehr herausgefunden hat, als er sollte?«

Ich zögerte. Mir fiel ein, daß der Empfangschef im Hotel gesagt hatte, Jack wäre mit einer Frau fortgegangen.

»Ich weiß es nicht. Im Hotel sagte man mir, eine Frau habe ihn abgeholt, und er habe mit ihr zusammen das Hotel verlassen. Er war hinter Frauen her. Das war sein großer Fehler. Er ließ jederzeit die Arbeit sausen, wenn er eine Frau sah, für die er sich interessierte. Das könnte so ein Fall gewesen sein, und vielleicht hatte ihr Mann etwas dagegen. Das ist eine Vermutung, aber er hatte schon immer wegen seiner Weiberaffären Schwierigkeiten.«

Rankin verzog das Gesicht. »Hat er sich auch mit verheirateten Frauen abgegeben?«

»Wenn sie gut aussahen, kümmerte er sich nicht darum, ob sie verheiratet waren oder nicht. Glauben Sie ja nicht, daß ich ihn schlecht machen will. Er war mein bester Freund, aber er hat mich öfter als einmal zur Raserei gebracht durch seine Art, wegen irgendeinem Flittchen seine Arbeit zu vernachlässigen.«

»Es passiert nicht oft, daß ein Ehemann sein Mißvergnügen mit einem Eispicker demonstriert. Das war die Arbeit eines Fachmannes.«

»Vielleicht war der Ehemann ein Fachmann. Haben Sie einen in Ihrer Kartei, der mit einem Eispicker arbeitet?«

Rankin schüttelte den Kopf.

»Ich weiß keinen. Aber wir leben in einer sehr reichen Stadt. Bei uns sind alle Sorten vertreten, und darunter sind ein paar gefährlich. Noch ist keiner mit einem Eispicker erwischt worden. Aber alles passiert einmal zum erstenmal.« Er klopfte die Asche von seiner Zigarre. »Können Sie feststellen, worum es bei dem Fall ging, an dem er arbeitete? Das ist für uns der erste Schritt. Ich muß genau wissen, daß sein Tod nicht damit zusammenhängt.«

»Wenn er in seinem Zimmer keine Aufzeichnungen hinterlassen hat, habe ich keine Möglichkeit dazu«, antwortete ich wahrheitswidrig.

Ich wollte mich erst selbst überzeugen, daß Jacks Auftraggeber nichts damit zu tun hatte, ehe ich Rankin dahinterkommen ließ, daß ich den Namen in Erfahrung bringen konnte. Es war zwar keineswegs sicher, aber es bestand durchaus die Möglichkeit, daß Ella, unsere Sekretärin, die sich zu Hause in Frisko um unser Büro kümmerte, eine Ahnung hatte, wer der Auftraggeber war.

»Na schön«, sagte Rankin, beugte sich vor und befahl dem Fahrer: »Fahren Sie schneller.«

In weniger als fünf Minuten hielten wir vor dem Adelphi=Hotel.

Zusammen durchquerten wir die Halle, wo der Empfangschef schon wartete. Sein Fettkinn bebte, und seine Augen quollen aus den Höhlen vor unterdrückter Aufregung.

Die beiden alten Herren in weißen Flanellhosen hatten sich ihre Frauen zur Verstärkung geholt. Sie sahen aus, als seien sie den Seiten eines victorianischen Romans entsprungen. Regungslos saßen sie da, starrten auf uns. Ihre Ohren reckten sich merklich hinter uns her.

»Gehen wir irgendwohin, wo die alten Krähen da uns nicht hören können«, sagte Rankin mit gehobener Stimme, damit sie ihn auch verstanden.

»Selbstverständlich, Inspektor«, antwortete der Empfangschef mit verlegener Stimme. Er führte uns in ein kleines Büro hinter dem Empfangstisch. »Ist irgend etwas vorgefallen?«

»Nein, hier nicht«, antwortete Rankin. »Wie heißen Sie?«

Der Empfangschef wurde noch verlegener.

»Edwin Brewer.«
»Um welche Zeit ging Sheppey aus dem Hotel?«
»Es muß gegen halb elf gewesen sein.«
»Er war mit einer Frau zusammen?«
»Ja. Sie kam zum Empfang und fragte nach ihm. Während sie mit mir sprach, trat Mr. Sheppey aus dem Fahrstuhl und kam zu ihr.«
»Nannte sie ihren Namen?«
»Nein. Mr. Sheppey erschien, ehe ich sie danach fragen konnte.«
»Schienen sie miteinander bekannt zu sein?«
Brewer leckte sich nervös die Lippen.
»Nun, gewiß. Mr. Sheppey schien recht vertraut mit ihr zu sein.«
»In welcher Weise?«
»Nun, er trat hinter sie und sagte: ›Tag mein Zuckerpüppchen‹ und klopfte ihr mit der Hand ... hm ... auf den Rücken.«
»Wie reagierte sie darauf?«
»Sie lachte darüber, aber ich konnte ihr anmerken, daß sie es nicht gern hatte. Sie war nicht der Typ, bei dem ich mir diese Freiheit herausnehmen würde.«
»Was war sie denn für ein Typ?«
»Sie hatte eine gewisse Vornehmheit. Es ist schwer zu erklären. Sie war einfach nicht der Typ, zu dem man so kühn ist.«
»Aber er war trotzdem kühn?«
»Das hat nichts zu sagen«, warf ich dazwischen. »Jack hatte vor niemand Respekt. Wenn er in der Laune dazu war, konnte er die Frau eines Bischofs in den Hintern kneifen.«
Rankin runzelte die Stirn.
»Können Sie diese Frau beschreiben?«
Brewer rieb sich nervös die Hände.
»Sie war sehr attraktiv. Dunkel, mit einer guten Figur. Sie trug eine große Sonnenbrille und einen großen Hut. Von ihrem Gesicht war nicht viel zu sehen. Sie hatte eine marineblaue lange Hose und ein weißes Hemd an.«
»Wie alt?«
»In den Zwanzigern, aber ich bin nicht ganz sicher. Vielleicht fünfundzwanzig.«
»Würden Sie sie wiedererkennen, wenn Sie sie wiedersehen?«
»Aber ja. Davon bin ich überzeugt.«
Rankin drückte seine Zigarre in dem Aschenbecher auf Brewers Schreibtisch aus.
»Wenn sie keinen großen Hut und keine Sonnenbrille, sondern zufällig gar keinen Hut und ein geblümtes Kleid trüge, glauben Sie, daß Sie sie dann trotzdem wiedererkennen würden?«
Brewer überlegte einen Augenblick und machte dann ein dummes Gesicht.
»Hm, vielleicht doch nicht.«

»Sie können also ihre Kleider identifizieren, aber nicht die Frau selbst?«

»Nun, ja.«

»Damit ist uns nicht sehr geholfen. Also gut, lassen wir das«, sagte Rankin. »Was geschah, nachdem Sheppey sie begrüßt hatte?«

»Er sagte, er müsse in zwei Stunden zurück sein, und sie wollten losgehen. Dann gingen sie zusammen aus dem Hotel, und ich sah sie in seinem Wagen fortfahren.«

»Ließ sie ihren Wagen hier zurück?«

»Ich habe keinen gesehen. Ich nehme an, sie kam zu Fuß.«

»Geben Sie mir den Schlüssel zu seinem Zimmer.«

»Soll ich Greaves rufen? Das ist unser Hausdetektiv.«

Rankin schüttelte den Kopf.

»Nein. Ich lege keinen Wert darauf, daß mir Ihr Hausdetektiv im Weg herumsteht und vorhandene Spuren verwischt.«

Brewer verließ sein Büro und ging an das Schlüsselbrett. Wir folgten ihm hinaus. Die vier alten Leute starrten herüber.

Brewer sagte: »Er muß seinen Schlüssel mitgenommen haben. Ich gebe Ihnen den Ersatzschlüssel.«

Er suchte einen Schlüssel heraus und gab ihn Rankin.

Als Rankin den Schlüssel nahm, fragte Brewer: »Ist Mr. Sheppey irgend etwas geschehen?«

Die alten Leutchen beugten sich vor. Jetzt kam das, worauf sie sich die ganze Zeit gespitzt hatten.

»Er hat ein Baby zur Welt gebracht«, antwortete Rankin. »Es ist, glaube ich, der erste Fall in der Geschichte der Menschheit, aber ich bin nicht absolut sicher. Berufen Sie sich also nicht auf mich.«

Er ging mit mir zum Fahrstuhl.

Die alten Leute starrten uns nach und wußten nicht recht, ob sie empört sein sollten.

Als Rankin auf den Knopf drückte, der uns in den zweiten Stock befördern sollte, sagte er: »Ich hasse alte Leute, die in Hotels leben.«

»Sie werden selbst einmal alt«, antwortete ich, »und sie leben nicht nur aus Vergnügen in Hotels.«

»Ein sentimentaler Schnüffler«, sagte er und zog seine Mundwinkel nach unten. »Und ich dachte, ich hätte schon alles in der Welt gesehen.«

»Haben Sie von dem Aufseher bei den Badehütten etwas über das Mädchen erfahren?« fragte ich, während wir an der ersten Etage vorbeikrochen.

»Ja, die gleiche Beschreibung. In der Hütte sind zwei Umkleideräume. Sie benutzte den einen und er den anderen. Wir fanden ihre Hose, ihr Hemd, ihren Hut und ihre Sonnenbrille. Seine Kleider waren in dem anderen Raum.«

»Dann hat das Mädchen ihre Kleider in der Hütte gelassen?« fragte ich scharf.

»Das sagte ich Ihnen doch gerade. Das kann zweierlei bedeuten. Entweder sie wollte spurlos verschwinden und entschloß sich, das in ihrem Badeanzug zu tun. In dieser verdammten Stadt läuft jeder im Badeanzug herum. Oder sie ging schwimmen, und jemand hat sie auch umgebracht, nachdem er Sheppey erstochen hat. Meine Leute suchen jetzt den Strand ab. Persönlich glaube ich, daß sie sich aus dem Staub gemacht hat.«

»Hat niemand gesehen, wie sie die Hütte verlassen hat?« fragte ich, als der Fahrstuhl im zweiten Stock hielt.

»Nein. Aber wir forschen immer noch nach.«

Wir gingen durch den Gang zu Zimmer 247.

»Das war eine ziemlich gute Verkleidung, die sie trug«, fuhr Rankin fort, als er den Schlüssel in das Schloß schob. »Die Menschen in der Stadt sehen nicht nach Gesichtern, sondern sie sehen auf Figuren.« Er drehte den Schlüssel um und schloß die Tür auf.

Wir standen unter der Tür und sahen uns in dem Zimmer um. Es war etwas größer als meines, wenn auch nicht viel, und es war ebenso heiß und stickig.

»Heiliger Bimbam«, sagte Rankin halblaut.

Das Zimmer sah aus, als ob ein Wirbelsturm hindurchgefahren wäre. Alle Schubladen der Kommode waren herausgerissen. Jacks Besitz lag über den Boden verstreut. Seine Aktentasche war aufgeschlitzt, und die Papiere lagen überall herum. Das Bett war auseinandergerissen, die Matratze aufgeschnitten und die Füllung herausgezerrt. Selbst die Kissen waren aufgeschlitzt und die Federn durch das Zimmer gewirbelt worden.

»Ziemlich fixe Arbeit«, sagte Rankin. »Wenn es hier etwas zu finden gab, finden wir es bestimmt nicht mehr. Ich werde die Jungs hier heraufschicken. Vielleicht sind ein paar Fingerabdrücke da, obwohl ich bereit bin, alles zu wetten, daß sie keine finden.«

Er zog die Tür wieder zu und verschloß sie.

Zweites Kapitel

I

Ich lag auf meinem Bett und lauschte auf die polternden Schritte im Nebenzimmer und das grollende Murmeln von Rankins Leuten, die nach Spuren suchten.

Ich war deprimiert und fühlte mich verlassen. Jack hatte natürlich seine Fehler gehabt. Trotzdem war er ein Mann gewesen, mit dem man gut arbeiten konnte. Wir hatten uns vor über fünf Jahren kennengelernt, als ich im Büro des Distrikt Attorneys als Sonderermittler arbeitete. Jack war damals Polizeireporter der *San Francisco Tribune*. Wir hatten uns angefreundet, und eines Nachts waren wir über einer Flasche Scotch zu dem Ergebnis gekommen, daß wir es beide satt hatten, uns von zwei vollgefressenen Kerlen, die hinter ihrem Schreibtisch saßen und kein anderes Vergnügen zu kennen schienen, als uns herumzuhetzen, bis uns die Zunge aus dem Halse hing, Befehle geben und schikanieren zu lassen.

Obwohl wir etwas angetrunken waren, fühlten wir uns beide gegenüber dem Risiko, die Sicherheit eines regelmäßigen Gehaltes gegen ein eigenes selbständiges Unternehmen einzutauschen, etwas unbehaglich. Viel Kapital besaßen wir nicht — ich hatte fünfhundert mehr als Jack — aber wir hatten eine ganze Menge Erfahrungen und glaubten, wir könnten es schaffen.

In Frisco gab es eine ganze Reihe von Ermittlungsagenturen. Wir kannten die meisten, und besonders gutgehende Unternehmen waren sie nicht. Nachdem wir uns durch die halbe Flasche Scotch hindurchgearbeitet hatten, entschlossen wir uns, die Schiffe hinter uns zu verbrennen und anzufangen.

Von Anfang an hatten wir Glück. Nach einem Jahr waren wir so weit, daß wir erträglich auskamen, und später fanden wir nie mehr einen Grund, unser Wagnis zu bedauern.

Ich fragte mich, wie die Arbeit ohne einen Partner wohl weitergehen würde. Ich fragte mich, ob ich mich nach einem anderen umsehen sollte. Auf der Bank lag jetzt genug Geld, um Jacks Frau abzufinden. Sie war ein törichter Rotkopf, die Jack manchmal die Wände hochgetrieben hatte, und ich war ziemlich überzeugt, daß sie die Möglichkeit bereitwillig ergreifen würde, das Geld zurückzubekommen, das sie Jack damals für die Betriebseinlage geliehen hatte.

Ich wandte meine Gedanken von diesem Problem ab und Jacks Ende zu. Ich glaubte nicht, daß sein Tod mit dem Fall in Verbindung stand, an dem er gerade arbeitete. Wahrscheinlicher erschien mir, daß er sich mit dem Mädchen irgendeines dunklen Ehrenmannes eingelassen hatte, der sich dafür rächte. Ein Eispicker mit einem langen Dorn war, wie Rankin gesagt hatte, die Waffe eines Professionellen, und sie war professionell angewendet worden. Trotzdem mußte ich ausfindig machen, wer Jacks Auftraggeber gewesen war. Jack hatte gesagt, daß der Auftrag einen hübschen Gewinn abwerfen würde. Das mußte stimmen, sonst hätte Jack nicht San Franzisko verlassen und wäre so weit gereist. Das bedeutete, der Auftraggeber war ein vermögender Mann. Das half mir noch nicht sehr viel. Die meisten Männer, die in St. Raphael City lebten, mußten, soweit ich es beurteilen konnte, erhebliches Vermögen besitzen.

Ich mußte unbedingt sicher sein, daß der Auftraggeber in keiner

Weise mit dem Mord in Verbindung stand, ehe ich Rankin seinen Namen preisgeben konnte. Nichts kann dem Ruf einer Ermittlungsagentur mehr schaden, als einen Klienten der Polizei in die Hände zu spielen. Es gibt nichts, was sich schneller herumspricht als das.

Sobald Rankins Leute verschwunden waren, wollte ich Ella anrufen, aber nicht vom Hotel aus. Ich wußte nicht, wie schlau Rankin war, aber wenn er so schlau war, wie ich vermutete, hatte er einen Mann in die Telefonzentrale gesetzt, der darauf wartete, daß ich ein derartiges Gespräch führen würde.

Ich sah auf meine Uhr. Es war jetzt zwölf Uhr fünfundvierzig. Ich begann hungrig zu werden. Seit dem vorhergehenden Abend hatte ich nichts Ordentliches mehr gegessen. Ich dachte, es würde mir Zeit sparen, wenn ich jetzt aß, während die Jungens nebenan so beschäftigt waren, daß sie keine Zeit hatten, sich darum zu kümmern, was ich tat. Ich schwang die Beine vom Bett und stand auf.

Als ich meinen Hemdkragen zuknöpfte, öffnete sich die Tür und Rankin sah herein.

»Puh, hier ist's wie in einem Ofen.«

»Ja. Ich wollte gerade essen gehen. Wollen Sie mich sprechen?«

Er lehnte sich gegen den Türrahmen und kaute auf einer ausgegangenen Zigarre.

»Nichts zu finden.« Er deutete mit dem Daumen auf das Nebenzimmer. »Hunderte von Fingerabdrücken, die vermutlich belanglos sind. Wahrscheinlich haben wir die Fingerabdrücke von mindestens dreißig früheren Gästen. Fanden auch keine Aufzeichnungen über den Fall. Das hatte ich erwartet. Es war nichts da, das darauf schließen ließ, wer Sheppeys Auftraggeber ist.«

»Ich wette, daß derjenige, der das Zimmer vorher durchsucht hat, auch nichts fand. Jack schrieb keine Berichte.«

»Sie wissen immer noch nicht, wer der Klient ist?« fragte Rankin und musterte mich scharf.

»Keine Ahnung.«

»Dieser Quatsch, Brandon, Sie müßten den Namen eines Klienten schützen, zählt nicht, wenn es um Mord geht. Sorgen Sie dafür, daß Sie den Namen herauskriegen, und erzählen Sie mir nicht, daß Sie das nicht können.«

»Ich würde Ihnen nichts vormachen, Inspektor. Wenn Jack keine Aufzeichnungen hinterlassen hat, dann bin ich ratlos.«

»Geben Sie mir die Adresse von Ihrem Büro. Sie müssen da doch eine Sekretärin oder sonst jemand haben.«

Ich nannte ihm die Adresse. »Wir haben eine Stenotypistin. Sie ist gerade erst siebzehn und das dümmste Geschöpf, das je ein Gehalt bezog. Wir haben ihr nie etwas gesagt.«

Rankin sah nicht so aus, als ob er mir glaubte.

»Wenn Sie festgestellt haben, wer der Auftraggeber ist, dann kom=

men Sie zu mir. Wenn ich innerhalb von vierundzwanzig Stunden nichts von Ihnen höre, dann komme ich zu Ihnen.«

Damit ging er und schloß die Tür hinter sich. Seine Drohung ließ er wie eine Wolke Giftgas hinter sich in der Luft hängen.

Ich beschloß, das Mittagessen zu übergehen. Ich hatte den Verdacht, Rankin würde die Polizei in San Franzisko anrufen und sie veranlassen, Ella einen Beamten auf den Hals zu schicken, ehe ich mich mit ihr in Verbindung setzen konnte.

Ich fuhr mit dem Fahrstuhl in die Halle, ging einen Block weit, ehe ich einen Drugstore fand, wo ich mich in der Telefonzelle einriegelte und mein Büro anrief.

Ich hatte Rankin nur die halbe Wahrheit über Ella gesagt. Es stimmte, sie war gerade erst siebzehn, aber sie war keineswegs schwachsinnig. Sie war so gescheit, wie wir es nur wünschen konnten, und so scharf wie eine Rasierklinge.

Es tat mir gut, ihre junge, frische Stimme zu hören: »Hier Star Agency. Guten Tag.«

»Hier ist Lew«, antwortete ich schnell. »Ich rufe von St. Raphael City an. Jack kam mit einem Auftrag hierher und telegrafierte mir, ihn hier zu treffen. Ich habe schlechte Nachrichten, Ella. Er ist tot. Jemand hat ihn erstochen.«

Ich hörte, wie sie rasch und tief Luft holte. Sie hatte Jack gern gehabt. Aus der Macht der Gewohnheit war er hinter ihr her gewesen, als sie zu uns ins Büro kam. Aber ich hatte ihn überreden können, ein Mädchen in ihrem Alter in Ruhe zu lassen. Er hatte das eingesehen und sich reiferes Wild zur Jagd erkoren. Dennoch war sie für ihn eingenommen, und ich wußte, daß sie mehr als nur halb verliebt in ihn war.

»Jack ist tot?« fragte sie mit zitternder Stimme.

»Ja. Und nun hör zu, Ella, es ist wichtig. Die Polizei will wissen, worin sein Auftrag bestand und wer der Auftraggeber war. Jack hat es mir nicht gesagt. Weißt du es?«

»Nein. Er sagte nur, er habe einen Auftrag und fahre nach St. Raphael City. Er wollte Ihnen telegrafieren, auch dorthin zu kommen, aber worum es bei dem Auftrag ging, sagte er mir nicht.«

Ich konnte hören, daß sie mit den Tränen kämpfte. Das Kind tat mir leid, aber ich hatte jetzt keine Zeit für Sentimentalitäten.

»Wie bekam er den Auftrag? Durch einen Brief oder einen Telefonanruf?«

»Ein Mann rief ihn an.«

»Nannte er seinen Namen?

»Nein. Ich fragte danach, aber er wollte ihn mir nicht nennen. Er sagte, er wolle einen von Ihnen sprechen.«

Ich schob meinen Hut in den Nacken und blies die Backen auf. Die

Luft in der Telefonzelle war dick genug, daß man sich gegen sie lehnen konnte.

Es sah aus, als stände ich vor einem toten Punkt. Dann kam mir plötzlich ein Einfall. Ich erinnerte mich an Jacks Gewohnheit, zu kritzeln und zu malen, wenn er telefonierte. Wenn man ihm einen Bleistift und ein Telefon in die Hand gab, fing er an zu kritzeln. Entweder malte er nackte Mädchen — und auf diesem Gebiet war er begabt — oder er notierte Bruchstücke des Gespräches, das er gerade führte. Es war ihm zur zweiten Natur geworden, während des Telefonierens zu kritzeln.

»Geh in sein Büro, Ella, und sieh dir seine Schreibunterlage an. Es besteht die Möglichkeit, daß er den Namen des Auftraggebers notierte. Du weißt, daß er immer kritzelte.«

»Ja, ich sehe nach.«

Ich wartete und fühlte, wie mir der Schweiß über den Rücken lief. Es war in der Telefonzelle so heiß, daß ich die Tür öffnen mußte, um etwas frische Luft hereinzulassen. In diesem Augenblick sah ich meinen Schatten. Er lehnte an der Milchbar und roch meilenweit nach Polente. Und an der übertriebenen Hingabe, mit der er in seine Kaffeetasse starrte, erkannte ich, daß er sich darauf konzentrierte, nicht aus Versehen in meine Richtung zu blicken.

Ich beschimpfte mich selbst, weil ich nicht daran gedacht hatte, daß Rankin mir einen Schatten anhängen würde. Der Bursche mußte erraten haben, daß ich in meinem Büro anrief.

Ellas Stimme riß meine Aufmerksamkeit auf das Telefon zurück.

»Auf der Unterlage ist ein Haufen Zeugs«, sagte sie. »Ich habe sie hier vor mir. Aber es ist nur ein Name dabei. Lee Creedy, in Blockbuchstaben.«

»Ist gut, Ella. Das kann etwas bedeuten, vielleicht aber auch nicht. Beseitige das Löschblatt unbedingt. Ich warte solange. Reiße es in Stücke und spüle es die Toilette hinunter. Jeden Augenblick kann einer von der Polizei kommen, und sie dürfen es nicht finden.«

Ich wartete drei Minuten, dann meldete sie sich wieder.

»Ich habe es weggeschafft.«

»Du bist ein kluges Kind. Nun hör zu. Ich habe der Polizei hier gesagt, daß du ein bißchen dämlich bist und wir dir nie auch nur das geringste gesagt haben. Verhalte dich so. Sage ihnen, daß Jack einen Telefonanruf bekam und dir sagte, er fahre nach St. Raphael City, aber daß du nicht weißt, warum er angerufen wurde oder wer anrief. Alles klar?«

»Ja.«

»Laß dich nicht von ihnen einschüchtern. Wahrscheinlich werden sie grob und reden von Mithilfe, aber mach dir keine Sorge. Beharre auf deiner Aussage. Sie können nicht das geringste beweisen und bekommen es bestimmt bald satt.«

»Geht in Ordnung, Lew.«

»Noch etwas. Ich bitte dich nicht gern darum, Ella, aber ich selbst kann es von hier nicht erledigen. Willst du Jacks Frau die Nachricht bringen. Sage ihr, ich werde ihr schreiben. Ich schicke den Brief noch heute abend ab. Ich kümmere mich auch um das Begräbnis. Wenn sie den ersten Schock überwunden hat, rufe ich sie an.«

»Kommen Sie denn noch nicht zurück?«

»Nein. Ich werde feststellen, warum Jack getötet wurde und wer ihn getötet hat. Willst du zu ihr gehen, Ella?«

»Ja, natürlich.« Dann sagte sie mit leiserer Stimme. »Es sind gerade zwei Männer gekommen, ich halte sie für Polizeibeamte...« und die Leitung war tot.

Ich zog mein Taschentuch, wischte mir über das Gesicht und verließ die Zelle. Ich trat an die Milchbar und stellte mich neben den wartenden Kriminalbeamten. Er warf mir einen steinernen Blick zu und zeigte mir dann seinen Rücken.

Ich bestellte mir ein Sandwich und Kaffee.

Er trank seine Tasse aus, zündete eine Zigarette an und verließ dann mit übertriebener Nonchalance den Drugstore, stieg in einen schwarzen Lincoln und fuhr fort.

II

Kurz nach halb zwei kam ich ins Hotel zurück und ging direkt auf mein Zimmer. Ich mußte an Jacks Zimmer vorbeigehen, und da ich die Tür offenstehen sah, blickte ich hinein.

Ein kräftig gebauter Mann in einem ausgebeulten Anzug stand beim Fenster, die Hände auf seine breiten Hüften gestützt, und sah sich in dem Zimmer um. Er drehte sich zu mir und starrte mich mit harten, feindseligen Augen an.

Er sah aus wie ein ehemaliger Polizist. Ich hielt ihn für den Hausdetektiv.

»Haben sie ihre Zelte abgebrochen und sich davongemacht?« fragte ich und trat in das Zimmer.

»Was wollen Sie hier?« wollte er in einer grollenden, tiefen Stimme wissen.

»Ich bin Brandon. Mein Zimmer liegt hier nebenan. Sind Sie Greaves?«

Er wurde etwas entgegenkommender und nickte.

Das Zimmer war bis zu einem gewissen Grad aufgeräumt worden. Wenigstens hatte man die Federn zusammengekehrt, wenn auch noch ein paar herumschwebten.

Die Schubladen der Kommode waren geschlossen, die Füllung in die Matratzen zurückgesteckt und die Papiere aufgesammelt worden.

Jacks Besitz war in einer Ecke des Zimmers aufgehäuft. Zwei ab=

gestoßene Koffer, ein Regenmantel, ein Hut und ein Tennisschläger in einem Rahmen. Es war ein kümmerliches, kleines Häufchen. Nicht viel, um an die Stelle eines Mannes zu treten, der so gut ausgesehen, so kräftig und voller Humor gewesen war wie er.

»Sind sie damit durch?« fragte ich und deutete darauf.

Greaves nickte wieder.

»Ich werde es seiner Frau schicken müssen. Kann das jemand für mich besorgen?«

»Joe, der Hausdiener, wird es tun, wenn Sie ihn darum bitten.«

»Wenn Sie nichts Besseres zu tun haben, kommen Sie mit in mein Zimmer. Ich habe da eine Flasche Vat 69, die sich vernachlässigt fühlt.«

Sein dickes Gesicht hellte sich auf. Es sollte mich nicht überraschen, wenn er nicht viele Freunde besaß.

»Ein paar Minuten habe ich schon Zeit.«

Wir gingen in mein Zimmer, und ich schloß die Tür.

Greaves setzte sich auf den steifen Sessel und ich mich auf das Bett. Das Eis war schon lange geschmolzen. Ich machte mir nicht die Mühe, nach frischem zu telefonieren. Ich goß ihm drei Finger hoch Whisky in ein Glas und gönnte mir einen.

Ich studierte sein Gesicht, während er an dem Whisky schnüffelte. Seine runden, fetten Züge waren arglos, in seinen Schnurrbart mischten sich ein paar weiße Fäden. Seine Augen waren hart, mißtrauisch und etwas mürrisch. Es konnte nicht viel Spaß machen, in einem Hotel dieser Klasse Hausdetektiv zu spielen.

»Wissen sie schon, wer ihn ermordet hat?« fragte er, nachdem er einen bekömmlichen Schluck von seinem Glas genommen hatte.

»Falls die es wissen, haben sie es mir nicht verraten«, antwortete ich und fuhr fort: »Haben Sie das Mädchen gesehen, mit dem er wegging?«

Greaves nickte.

»Ich habe sie gesehen.« Er zog eine zerdrückte Packung Luckys aus der Tasche, bot sie mir an und zündete sich eine an. »Hier arbeitet die Polizei nur mit den Detektiven in den großen Hotels zusammen. Kleine Fische wie mich ignorieren sie. Na schön, das soll mir recht sein. Wenn dieser geschleckte Rankin mit mir gesprochen hätte, ich hätte ihm was erzählen können. Aber nein, es mußte Brewer sein. Wollen Sie wissen, warum? Weil Brewer sich eine seidene Krawatte leisten kann. Deshalb.«

»Und was hätten Sie ihm sagen können?« fragte ich und beugte mich vor.

»Er wollte von Brewer eine Beschreibung des Mädchens«, antwortete Greaves. »Das zeigt, was für ein Polizist er ist. Brewer sah nicht mehr von ihr als ihre Kleider. Aber ich habe sie beobachtet. Ich konnte sehen, daß sie dieses Kostüm nur trug, weil sie später nicht wieder erkannt werden wollte. Das erste, was ich entdeckte, war, daß sie eine Blondine ist. Entweder trug sie eine Perücke oder sie hatte sich das Haar dunkel gefärbt. Ich weiß nicht was, aber ich weiß, daß sie blond ist.«

»Weshalb sind Sie so sicher?«

Greaves lächelte mürrisch.

»Weil ich meine Augen gebrauchte. Sie trug kurze Ärmel, und die Härchen auf ihrem Arm waren blond. Sie hatte die Haut und den Teint einer Blondine.«

Ich war von seiner Überlegung nicht sonderlich beeindruckt. Die Härchen auf ihrem Arm konnten von der Sonne gebleicht worden sein. Das sagte ich aber nicht, weil ich ihn nicht verstimmen wollte.

»Ich bin darin geschult worden, auf Kleinigkeiten und Gewohn= heiten zu achten, die Leute verraten. Und sie hatte so eine«, fuhr Greaves fort. »Sie hielt sich fünf Minuten in der Halle auf. Die ganze Zeit spielte sie auf ihrem Oberschenkel Klavier.« Er stand auf, um es mir vorzumachen. »Mit ihrer rechten Hand, verstehen Sie? So bewegte sie ihre Finger auf ihrem Oberschenkel.« Er schlug auf seinem Ober= schenkel eine Tonleiter an. »Das tat sie die ganze Zeit, und das ist eine tiefsitzende Gewohnheit. Das war nicht gemacht. Sie war sich nicht be= wußt, daß sie das tat.«

Ich nahm einen Schluck, während ich über diese Information nach= dachte.

»Es würde der Polizei nicht leichtfallen, ein Mädchen zu finden, das diese Gewohnheit hat, was meinen Sie?« fragte ich.

Greaves schnaufte.

»Man müßte sie zuerst in Verdacht haben. Aber wenn man glaubte, man hätte sie, und man wäre sich nicht ganz sicher, dann wäre das der letzte Beweis.«

Ich nickte.

»Ja, das stimmt schon. Wofür halten Sie sie, nachdem was Sie von ihr gesehen haben?«

Er hob seine schweren Schultern.

»Schwer zu sagen. Sie könnte bei der Bühne sein. Ich weiß nicht. Vielleicht auch ein Modell oder eine Sängerin. Sie verstand ihre Kleider zu tragen und hatte ein sicheres Auftreten.«

»Werden Sie das alles Rankin erzählen?«

Greaves drückte seine Zigarette aus, schüttelte dann den Kopf.

»Wenn ich mir die Mühe machen würde, zum Headquarters zu ge= hen, würde er mich nicht mal anhören. Er hat keine Zeit für kleine Fische wie mich. Zum Teufel mit ihm.«

»Haben Sie eine Ahnung, wie der Bursche, der Sheppeys Zimmer durchwühlte, hineingekommen ist?«

»Er hatte Sheppeys Schlüssel. Sheppey nahm ihn mit, vergaß ihn abzugeben. Ich vermute, daß der Bursche, der ihn umgebracht hat, den Schlüssel fand, sofort hierherkam, die Treppe hinaufschlich und in das Zimmer ging und es durchwühlte. Das verlangte Nerven, aber das Risiko war gering. Wir sind knapp mit Personal, und um diese Zeit am Vormittag war niemand hier oben.«

Ich kam zu der Überzeugung, es sei Zeit, ihn darüber zu informie= ren, daß wir mehr oder minder Berufskollegen waren. Ich zog eine meiner Karten und reichte sie ihm.

»Ich frage nicht nur zu meinem Vergnügen«, sagte ich.

Er las die Karte, runzelte die Stirn, rieb sich seine dicke Nase und gab mir die Karte zurück.

»War er Ihr Partner?«

»Ja.«

»Ich wollte immer in Ihre Sparte überwechseln. Da ist mehr Geld drin als in meiner. Wie kommen Sie durch?«

»Wir konnten uns nicht beklagen, bis das hier passierte. Jetzt muß ich den Laden zumachen, bis ich den Mörder gefunden habe.«

Er starrte mich fragend an. »Das ist doch Sache der Polizei. Was können Sie schon dabei tun?«

»Es würde einen guten Eindruck machen, wenn ich einfach nach Frisko führe und so täte, als wäre nichts passiert, glauben Sie nicht? Was wäre das für eine Reklame, wenn ich nicht alles dransetzen würde, den Mörder zu finden. Außerdem war Jack mein bester Freund. Ich kann mich gar nicht einfach hinsetzen und alles der Polizei über= lassen.«

Greaves verzog das Gesicht.

»Dann seien Sie vorsichtig. Rankin ist nicht so übel. Der ist ein anständiger Polizist. Aber Captain Katchen ist eine Sorte für sich. Wenn's etwas gibt, was ihm verhaßter ist, als ein Hoteldetektiv, dann ist es ein Schnüffler. Wenn er dahinterkommt, daß Sie Ihre Nase in sein Revier stecken, bekommen Sie Ärger. Und was für Ärger.«

Ich leerte mein Glas, wischte dann meine Handgelenke mit meinem Taschentuch ab. Die Temperatur im Zimmer lag bei fünfunddreißig Grad.

»Welche Art Ärger?«

»Da war mal ein Privatdetektiv, der kam aus Los Angeles, um einem Selbstmord nachzugehen. Die Witwe war überzeugt, es wäre Mord gewesen. Also beauftragte sie den Mann, nachzuforschen. Katchen warnte ihn, aber er versuchte es trotzdem. Eines Tages fuhr er in seinem Wagen und wurde von einem Streifenwagen gerammt. Sein Auto wurde demoliert, und er kam mit einem gebrochenen Schlüssel= bein ins Krankenhaus. Und dazu bekam er sechs Wochen für Trunken= heit am Steuer. Er schwor, die Polizisten hätten eine halbe Flasche Whisky über ihn ausgeschüttet, ehe sie ihn ins Krankenhaus brachten, aber keiner glaubte ihm.«

»Das klingt ja sehr freundlich. Danke für den Tip. Ich werde ihm aus dem Weg gehen.«

Greaves leerte bedauernd sein Glas und stellte es fort.

»Kann ich Ihnen nur raten. Nun, ich muß jetzt runter. Um diese Zeit soll ich in der Halle sein und aufpassen, daß sich keiner der alten Herren ein Flittchen auf sein Zimmer schmuggelt. Es hat noch nie einer getan, aber der Direktor ist überzeugt, daß einer es eines Tages mal versucht. Dank für den Drink. Falls Sie mal Hilfe brauchen, ich werde tun, was ich kann.«

Ich sagte, ich würde daran denken.

Als er das Zimmer verließ, fragte ich beiläufig: »Sagt Ihnen der Name Lee Creedy irgendwas?«

Er blieb stehen, um mich anzustarren, schloß die Tür dann wieder und lehnte sich dagegen.

»Er ist der wichtigste Mann hier in der Stadt.«

Es gelang mir, meine Aufregung nicht zu verraten.

»Wie wichtig ist er denn?«

»Zunächst einmal besitzt er runde hundert Millionen. Ihm gehört die Green Star Reederei. Sie hat eine Tankerflotte, die zwischen Frisko und Panama hin und her pendelt. Er besitzt die Air Lift Corporation, die Charterflugzuge zwischen hier und Miami betreibt. Er besitzt drei Zeitungen und eine Fabrik mit zehntausend Arbeitnehmern, die Elektrozubehör für Autos herstellt. Er besitzt Anteile am Kasino, Anteile an unserem Leichtgewicht=Champion, am Ritz=Plaza=Hotel und am Musketeer Club. Das einzig wirklich elegante Nachtlokal in diesem elenden Nest, und mit elegant meine ich nicht nur teuer, obwohl es teuer genug ist. Man muß ein fünfstelliges Einkommen haben und vielleicht sogar einen Ahnennachweis liefern, ehe man da rein kommt. So wichtig ist er. Vielleicht besitzt er auch noch verschiedenes andere, aber es genügt wohl, um eine allgemeine Vorstellung von ihm zu bekommen.«

»Lebt er hier?«

»Er hat ein Haus draußen an der Thor Bay. Etwa fünf Meilen entfernt an der Küste. Ein Grundstück von fünfzehn Morgen mit einer kleinen Hütte von rund fünfundzwanzig Schlafzimmern, einem Schwimmbassin, das Platz für einen Flugzeugträger hat, sechs Tennisplätzen, einem Zoo mit Löwen und Tigern, vierzig Mann Personal, die alle über ihre eigenen Füße fallen, um ihn bedienen zu können, und einem kleinen Hafen, der für seine Viertausendtonnenjacht gerade groß genug ist.«

»Verheiratet?«

»Gewiß.« Greaves zog die Nase kraus. »Erinnern Sie sich an Bridgette Bland, die Filmschauspielerin? Das ist sie.«

Ich erinnere mich dunkel, sie einmal in einem Film gesehen zu haben. Wenn sie die Frau war, an die ich dachte, dann hatte sie einmal bei dem Filmfestspielen in Cannes eine kleine Sensation verursacht. Es hatte großes Aufsehen erregt, als sie auf einem Pferd in die

Halle des Majestic-Hotels ritt, dem Empfangschef die Zügel zuwarf, ehe sie zum Aufzug schlenderte, um sich in ihre Fünfzimmersuite bringen zu lassen. Sie hatte zwei Jahre beim Film durchgehalten, ehe sie in der Versenkung verschwunden war. Wenn ich sie nicht mit einer anderen verwechselte, dann stand sie in dem Ruf, unbezähmbar und unerträglich zu sein.

»Was ist mit Creedy?« fragte er.

Greaves betrachtete mich mit Augen, in denen Fragezeichen standen.

»Nichts Besonderes«, antwortete ich. »Sein Name fiel irgendwo. Irgend jemand nannte ihn. Ich wollte nur wissen, wer er ist.«

Greaves starrte mich nachdenklich an, nickte dann, öffnete die Tür und ging.

Ich zündete eine Zigarette an und streckte mich auf dem Bett aus.

Jack hatte gesagt, daß in dem Auftrag viel Geld stecke. Wenn sein Auftraggeber etwa Creedy gewesen war, dann mußte Geld damit zu verdienen gewesen sein. Aber warum sollte ein Mann in Creedys Stellung einen unbekannten Agenten, der dreihundert Meilen von seinem Wohnort herkam, engagieren? Mit seinem Hintergrund und seinem Bankkonto konnte er sich die Pinkertons oder irgendeine andere der weltberühmten Agenturen leisten.

Ich wühlte mit meinen Fingern in meinem feuchten Haar. Ein Mann wie Creedy mußte von Sekretären, Rausschmeißern, Bodyguards und Jasagern umgeben sein, deren Aufgabe darin bestand, Leute wie mich von ihm fernzuhalten. Es würde nicht leicht sein, an ihn heranzukommen. Und es würde nicht leicht sein, ihn zu fragen, ob er Jack engagiert hatte und warum.

Ich trank einen Schluck Whisky, um in die richtige Stimmung zu kommen. Dann nahm ich den Telefonhörer auf.

»Verbinden Sie mich mit Greaves«, sagte ich zu dem Mädchen in der Zentrale.

Es gab eine Verzögerung, dann war Greaves am Apparat.

»Ich muß ein Telefongespräch führen«, sagte ich. »Wie sauber ist eure Zentrale?«

Er brauchte keine Zeichnung, um zu verstehen, was ich damit meinte.

»Kein Grund zur Sorge. Eine Weile hing hier ein Polyp herum, aber jetzt ist er weg.«

Ich bedankte mich, verlangte dann wieder die Zentrale. Als sich das Mädchen meldete, sagte ich, ich wünschte mit Lee Creedy verbunden zu werden.

Sie bat mich zu warten, und nach einer Weile meldete sich eine männliche Stimme: »Hier bei Mr. Creedy.«

Es klang, als hätte er entweder eine Pflaume im Mund oder müßte sich die Polypen rupfen lassen.

»Verbinden Sie mich mit Mr. Creedy«, sagte ich knapp.

»Wenn Sie bitte Ihren Namen nennen wollen, Sir«, sagte die

Stimme distanziert, »werde ich Sie mit Mr. Creedys Sekretär verbinden.«
»Mein Name ist Lew Brandon, und ich will nicht Mr. Creedys Sekretär, sondern Mr. Creedy persönlich sprechen.«
Ich glaubte nicht, daß es wirken würde, und das tat es auch nicht.
»Wenn Sie einen Moment am Apparat bleiben, Sir, verbinde ich Sie mit Mr. Creedys Sekretär.«
Die Langeweile in seiner Stimme war so beleidigend wie ein Schlag ins Gesicht.
Es knackte ein paarmal, dann meldete sich eine knappe Stimme, scharf genug, um damit Brot zu schneiden: »Hier Hammerschult. Wer spricht?«
»Hier Lew Brandon. Ich möchte Mr. Creedy.«
»Augenblick, bitte.«
Durch angestrengtes Lauschen konnte ich sein schweres Atmen wahrnehmen und hören, wie er in einem Buch blätterte, vermutlich in einem Adreßbuch. Der Bursche war vorsichtig. Er wurde nicht grob, ehe er nicht genau wußte, mit wem er sprach.
»Mr. Brandon?« fragte er dann schon viel aggressiver. »Was wünschen Sie denn?«
»Das wird Ihnen Mr. Creedy sagen, falls er will, daß Sie es erfahren. Verbinden Sie mich jetzt, und vergeuden Sie meine Zeit nicht weiter.«
Ich legte einen drohenden Ton in meine Stimme, ließ sie hart klingen. Es half nichts, aber es dämpfte ihn etwas.
»Es ist nicht möglich, daß Sie Mr. Creedy sprechen«, antwortete er etwas stiller. »Wenn Sie mir andeuten können, worum es sich handelt, kann ich es ihm mitteilen, und vielleicht ruft er zurück.«
Ich wußte, ich steckte in einer Sackgasse. Wenn ich zu grob wurde, würde er erkennen, daß ich ihn düpieren wollte, darum spielte ich meine letzte und nicht zu starke Karte.
»Sagen Sie ihm, ich sei Teilhaber der Star Agency in San Franzisko. Er wartet darauf, daß ich mich bei ihm melde.«
»Wirklich?« Die Stimme klang überrascht und weniger sicher. »Also gut, Mr. Brandon, ich werde mit ihm sprechen, und wir rufen zurück. Geben Sie mir Ihre Nummer.«
Ich gab ihm die Nummer des Hotels und hängte ein.
Ich drückte meine Zigarette aus, trank den Whisky in meinem Glas und schloß die Augen. Vermutlich mußte ich eine Stunde warten, vielleicht noch länger. Es konnte sein, daß ich gar nichts hörte. Im Augenblick schien es sinnlos, etwas zu unternehmen. Ich reckte mich und schlief nach einer Weile ein.
Von dem scharfen und durchdringenden Klingeln des Telefons zuckte ich so heftig zusammen, daß ich fast vom Bett rollte.

Ich griff nach dem Hörer und sah dabei auf meine Armbanduhr. Ich hatte vielleicht fünfzehn Minuten geschlafen.
»Mr. Brandon?«
Ich erkannte Hammerschults Stimme.
»Ja?«
»Mr. Creedy erwartet Sie um drei Uhr heute nachmittag.«
Ich traute meinen Ohren nicht.
»Um drei Uhr?«
»Ja. Wollen Sie bitte pünktlich sein. Mr. Creedy hat verschiedene Termine für heute nachmittag und kann Ihnen nur wenige Minuten widmen.«
»Das wird völlig genügen«, sagte ich und hängte ein.
Einen langen Augenblick blieb ich liegen und starrte an die Decke. Dann schwang ich die Beine auf den Boden.
Creedy mußte Jacks Auftraggeber gewesen sein. Es gab keinen anderen Grund, daß ein Mann in seiner Stellung sich die Mühe machte, mich zu empfangen.
Ich sah wieder auf meine Uhr.
Mir blieb knapp eine Stunde, um zu seinem Haus zu kommen.
Ich öffnete meinen Koffer, um meinen besten Anzug auszupacken.

Drittes Kapitel

I

Lee Creedys Besitz befand sich am äußersten Ende der eine Meile langen schmalen Halbinsel, die bis in die Mitte der Thor Bay hinausragte.

Vom Bay Boulevard hatte man einen guten Blick darauf. Ehe ich in die Privatstraße einbog, die über die Halbinsel zu dem Besitz führte, verlangsamte ich mein Tempo, um mir alles gut anzusehen.

Das Haus war massiv, drei Stockwerke hoch, mit großen Fenstern, breiten Terassen, einem blauen Ziegeldach und weißen Wänden, die von blühenden Schlingpflanzen bedeckt waren. Die Rückseite des Hauses schien direkt oberhalb von Klippen zu liegen. Von dem Haus mußte man einen prachtvollen Ausblick auf beide Teile der Bai haben.

Ich fuhr in unserem Geschäftsbuick. Die Polizei hatte ihn vor dem Hotel stehen lassen. Eine der Türen hatte einen bösen Kratzer, und eine der Nabenkappen war eingedrückt. Ich wußte nicht, ob die Polizei dafür verantwortlich war oder ob Jack auf seiner Fahrt von Frisko herunter irgend etwas angefahren hatte. Es war durchaus möglich, daß Jack den Schaden verursacht hatte. Er war nie ein besonders guter Fahrer gewesen, schnitt die Kurven zu stark und riskierte zuviel. Aber ich war froh, daß ich den Wagen hatte. Er würde mir die Kosten für die Taxis ersparen, und aus dem, was ich gehört hatte, schloß ich, daß die Lebenskosten in St. Raphael City so hoch waren, daß ich mit jedem Cent, den ich besaß, sparen mußte.

Ich bog vom Bay Boulevard in die Straße auf der Halbinsel ein. Etwa hundert Meter weiter kam ich an ein großes Schild, das besagte, dies sei eine Privatstraße und nur Besucher des Thor Estate dürften weiterfahren.

Eine Viertelmeile weiter erreichte ich eine der rot=weiß gestrichenen Schranken, die an den europäischen Staatsgrenzen jede Straße blockie= ren. Daneben stand ein kleines, weißes Wachhaus.

Zwei Männer in weißen Hemden und weißen Cordbreeches, glän= zenden, schwarzen Schaftstiefeln und Schirmmützen beobachteten mein Näherkommen. Beide sahen wie ehemalige Polizeibeamte aus, beide trugen fünfundvierziger Colts an ihrer Hüfte.

»Ich habe eine Verabredung mit Mr. Creedy«, sagte ich zum Fen= ster meines Wagens hinaus.

Einer der beiden kam zu mir heran. Seine Polizistenaugen liefen über mich, und an seinem kurzen Nicken erkannte ich, daß weder der Buick, noch, wenn ich es genaunahm, ich selbst seine Billigung fand.

»Name?«

Ich sagte ihn ihm.

Er sah auf einer Liste nach, die er in der Hand hielt, winkte dann dem anderen Wächter zu, der die Schranke hob.

»Geradeaus, biegen Sie an der Kreuzung links ab und parken Sie Ihren Wagen auf Platz sechs.«

Ich nickte und fuhr weiter. Ich bemerkte, daß sie mich beide an= starrten, als wollten sie sich vergewissern, mich das nächste Mal wie= derzuerkennen.

Nach einer halben Meile kam ich an ein massives Eichentor. Es war fünfzehn Fuß hoch, mit schweren Eisenbolzen beschlagen und stand offen. Dann erreichte ich eine sandbedeckte Privatstraße, fuhr durch einen Hain und dann an kunstvollen, prächtigen Gärten mit weiten Flächen kurz geschorenen Rasens, Blumenbeeten, versenkten Rosen= gärten und Fontänen vorüber.

Auf einem der großen Beete arbeiteten chinesische Gärtner. Sie pflanzten Begonien. Sie ließen sich dabei Zeit, wie die Chinesen das tun, aber leisteten gute Arbeit. Jede Pflanze war von den anderen in genau dem gleichen Abstand entfernt, jede war in der gleiche Höhe gepflanzt, mit einer Genauigkeit, die kein anderer Gärtner in der Welt als ein Chinese annähernd erreicht.

An der Kreuzung bog ich wie angewiesen nach links. Ich erreichte einen großen asphaltierten Platz, der durch weiße Linien in Park= stellen aufgeteilt war. An manchen Plätzen standen Eichenschilder mit leuchtenden Goldbuchstaben.

Ich ließ den Buick auf Platz sechs, stieg aus und sah mir schnell ein paar der Schilder an. Schild eins hieß: Mr. Creedy, Nummer sieben: Mrs. Creedy, Nummer dreiundzwanzig: Mr. Hammerschult. Es waren noch viele andere Namen da, die mir nichts besagten.

»Feine Sache, was?« sagte eine Stimme hinter mir. »Bedeutende Leute. Die nehmen sich so wichtig, daß sie noch daran eingehen.«

Ich drehte mich um.

Ein untersetzter, beleibter Mann in einer weißen Wächteruniform, die Schirmmütze in den Nacken geschoben, grinste mich freundlich an. Sein Gesicht war rot und verschwitzt, und als er näherkam, roch ich seine Whiskyfahne.

»Es muß in der Welt alle möglichen Sorten geben.«

»Da haben Sie schon recht, aber der Quatsch hier ist doch nur vergeudetes Geld.« Er deutete mit der Hand auf die Schilder. »Als ob es ihnen etwas ausmachen würde, wo ihre Wagen parken.« Seine kleinen, wachsamen Augen glitten über mich. »Suchen Sie jemand Bestimmtes?«

»Den alten Creedy«, antwortete ich.

»Tatsächlich?« Er blies seine Backen auf. »Den laß ich Ihnen gern. Von dem habe ich reichlich genug. Heute ist mein letzter Tag hier, und ich bin froh darüber.« Er beugte sich vor und klopfte mir leicht auf die Brust. »Warum landet immer alles Geld bei den größten Lumpen? Dieser Creedy hier. Nie ist er mit was zufrieden. Seine Schuhe glänzen ihm nicht genug, sein Wagen ist ihm nicht poliert genug, seine Rosen sind ihm nicht groß genug, sein Essen ist ihm entweder nicht heiß oder nicht kalt genug. Er ist nie glücklich, nie zufrieden. Immer murrt er, schimpft oder flucht und macht einen verrückt. Wenn ich den zehnten Teil seines Geldes hätte, wäre ich glücklich wie ein Schneekönig, aber ihm ist nie etwas recht.«

Ich warf einen raschen Blick auf meine Uhr. Es war vier Minuten vor drei.

»So ist es nun mal«, antwortete ich, »da kann man nichts machen. Ich würde mich gern weiter darüber unterhalten, aber ich soll um drei bei ihm sein, und man hat mir gesagt, er nimmt es übel, wenn man ihn warten läßt.«

»Das kann man wohl behaupten. Aber bilden Sie sich nicht ein, daß Sie ihn auch um die Zeit sehn, die er für Sie bestimmt hat, nur weil Sie pünktlich sind. Ich habe Leute gesehen, die mußten drei und vier Stunden warten, ehe sie zu ihm kamen. Trotzdem sind Sie willkommen. Für meine Person würde ich lieber einen Aussätzigen treffen.« Er wies mir die Richtung. »Die Stufen da rauf und dann links.«

Ich wollte schon gehen, als mir plötzlich etwas einfiel.

»Haben Sie für heute abend gegen sechs schon was vor?«

Er grinste fröhlich. »Heute abend um sechs habe ich sehr viel zu tun, da werde ich feiern. Zwanzig Monate war ich bei dem alten Schuft.

Ich muß eine ganze Menge trinken, um alles zu vergessen, was ich in der Zeit erlebt habe. Warum fragen Sie?«

»Ich habe selbst einen Grund zum Feiern«, antwortete ich. »Vielleicht machen wir es zusammen, wenn Sie nicht schon verabredet sind.«

Er starrte mich an. »Trinken Sie denn richtig?«

»Bei besonderen Gelegenheiten schon. Dies könnte eine sein.«

»Nun, warum nicht? Mein Mädchen schätzt es nicht, wenn ich trinke. Darum wollte ich einen einsamen Zug tun. Aber in Gesellschaft ist es mir noch lieber. Also gut. Wo und wann?«

»Sagen wir sieben. Wissen Sie eine nette Kneipe?«

»Sams Cabin. Jeder kann Ihnen sagen, wo es ist. Ich heiße Fulton, der Vorname ist Tim. Wie heißen Sie?«

»Lew Brandon. Bis heute abend denn.«

»Verlassen Sie sich drauf.«

Ich verließ ihn, nahm drei Stufen auf einmal, wandte mich nach links und schritt über die prächtige Terrasse zum Haupteingang.

Ich hatte noch eine Minute Zeit, als ich an der Kette für die Glocke zog.

Die Tür öffnete sich sofort. Ein alter Mann, dem nur wenig an zwei Metern fehlte, dünn und aufrecht, in dem traditionellen Aufzug eines Hollywood=Butlers, trat mit einer leichten Verbeugung zur Seite und ließ mich in eine Halle, die groß genug war, um sechs Fernlastzügen mit Anhängern als Garage zu dienen.

»Mr. Brandon?«

Der sei ich, bestätigte ich.

»Wollen Sie mir bitte folgen.«

Ich wurde durch die Halle in den Sonnenschein hinausgeführt, der in den Patio niederstrahlte, durch französische Türen und einen Gang zu einem Zimmer, das fünfzehn tiefe Polstersessel, einen Teppich, der so dick und weich war, daß ich glaubte, ich ginge auf Schnee, und ein paar Picasso=Gemälde an den Wänden enthielt.

Sechs erschöpft aussehende Geschäftsleute, mit Aktentaschen in den Händen, saßen in Abständen auf die Sessel verteilt. Sie starrten mich mit benommener Gleichgültigkeit an, an der ich erkannte, sie warteten schon so lange, daß sie das Gefühl für die Zeit und jedes Gefühl überhaupt verloren hatten.

»Mr. Creedy wird Sie bald empfangen«, sagte der Butler und ging so leise und glatt davon, als ob er auf Rädern rollte.

Ich setzte mich, balancierte meinen Hut auf den Knien und starrte zur Decke.

Nachdem die anderen mich lange genug angeglotzt hatten, um ihre Neugier zu befriedigen, verfielen sie wieder in ihr früheres Koma.

Um drei Minuten nach drei wurde die Tür aufgestoßen und ein noch jugendlich wirkender, großer, hagerer Mann, mit einem dieser Kinne, wie hochgestellte Wirtschaftsführer sie haben, und kurz ge=

schnittenem Haar, in einer schwarzen Jacke und einer graugestreiften Hose und einer schwarzen Krawatte, trat in die Türöffnung.

Die sechs Geschäftsleute richteten sich alle auf, packten ihre Aktentaschen und reckten die Nase vor, wie Pointer ihre Schnauzen, wenn sie ein Wild stellen.

Seine kalten, unfreundlichen Augen liefen über sie hinweg und blieben an mir hängen.

»Mr. Brandon?«

»Ganz richtig.«

»Mr. Creedy ist bereit, Sie zu empfangen.«

Als ich aufstand, sagte einer der Männer: »Sie werden entschuldigen, Mr. Hammerschult, aber ich warte jetzt seit zwölf Uhr. Sie sagten, ich sei der nächste, den Mr. Creedy empfängt.«

Hammerschult starrte ihn finster an. »Sagte ich das? Mr. Creedy ist anderer Meinung«, antwortete er. »Mr. Creedy wird vor vier Uhr nicht frei sein. Hier bitte«, fuhr er zu mir gewandt fort, führte mich durch einen Gang in einen kleineren Vorraum, durch zwei Türen, die beide gepolstert waren, zu einer anderen, massiven, aus solidem poliertem Mahagoni.

An diese Tür klopfte er, öffnete sie, sah hinein und sagte: »Hier ist Brandon, Sir.«

Dann trat er zur Seite und winkte mir, einzutreten.

II

Der Raum erinnerte mich an die Bilder, die ich von Mussolinis berühmtem Arbeitszimmer gesehen hatte.

Er war zwanzig Meter lang, wenn nicht noch länger. Am anderen Ende stand zwischen zwei großen Fenstern, die einen schönen Ausblick auf die See und den rechten Arm der Thor Bay boten, ein Schreibtisch, der groß genug war, um darauf Billard zu spielen.

Von ein paar tiefen Sesseln, zwei Rüstungen und zwei schweren, dunklen Ölgemälden, die Rembrandts sein konnten oder auch nicht, abgesehen, war der Raum im übrigen ziemlich kahl.

Hinter dem Schreibtisch saß ein kleiner, gebrechlich wirkender Mann, die Hornbrille nach oben auf die Stirn geschoben. Von einem dünnen Rand grauer Haare abgesehen, war er kahl, und sein Schädel sah hart und knochig aus.

Er hatte ein hageres, schmales Gesicht, kleine Gesichtszüge und einen sehr dünnlippigen, fest zusammengepreßten Mund. Erst als ich der vollen Kraft begegnete, die in seinem Blick lag, erkannte ich, daß ich wirklich vor einem großen Mann stand.

Er schonte mich nicht, und ich hatte das Gefühl, als würde ich mit Röntgenstrahlen durchleuchtet und er könne die Wirbel an meinem Rückgrat zählen.

Er ließ mich durch den ganzen Raum kommen und hielt den Scheinwerfer seiner durchdringenden Blicke auf mich gerichtet. Ich stellte fest, daß mich feiner Schweiß bedeckte, als ich seinen Schreibtisch erreichte.

Er lehnte sich in seinem Sessel zurück und betrachtete mich in der Weise, wie man eine Schmeißfliege betrachtet, die einem in die Suppe geraten ist.

Es folgte eine lange Pause. Dann sagte er in einer seltsam weichen, weiblichen Stimme: »Was wollen Sie?«

Inzwischen mußte ich seinen Überlegungen zufolge völlig weich geworden sein und völlig bereit, vor ihm auf Knie und Hände zu fallen und die Stirn auf den Boden zu schlagen. Also schön. Ich gebe zu, ich war etwas aufgeweicht, aber lange nicht so, wie er sich wünschte.

»Ich heiße Brandon«, sagte ich, »und bin von der Star Agency in San Franzisko. Vor vier Tagen haben Sie meinen Partner engagiert.«

Das dünne, kleine Gesicht vor mir blieb so nichtssagend wie die Hinterseite eines Überlandomnibus.

»Was bringt Sie auf die Idee, daß ich das getan hätte?« fragte er.

Daran erkannte ich, daß er seiner Sache nicht sicher war und daß er erst das Gelände erkunden wollte, ehe er seine schwere Artillerie einsetzte.

»Wir führen eine Liste über all unsere Auftraggeber, Mr. Creedy«, entgegnete ich wahrheitswidrig. »Ehe Sheppey unser Büro verließ, hat er in einer Aktennotiz festgehalten, daß Sie ihn engagiert haben.«

»Und wer soll dieser Sheppey sein?«

»Mein Partner und der Mann, den Sie engagiert haben, Mr. Creedy.«

Er legte seine Ellbogen auf seinen Schreibtisch und seine Fingerspitzen gegeneinander. Auf den Bogen, den er so bildete, stützte er sein knochiges Kinn.

»Ich muß wöchentlich zwanzig oder dreißig Personen engagieren, um unwichtige Arbeiten für mich zu verrichten«, sagte er. »Ich erinnere mich nicht an einen Mann namens Sheppey. Was haben Sie damit zu tun? Was wollen Sie?«

»Sheppey wurde heute morgen ermordet«, antwortete ich und hielt seinem harten, durchdringenden Blick stand. »Ich nehme an, Sie wünschen, daß ich die Arbeit beende, die er für Sie übernommen hat.«

Er klopfte mit seinen Fingerspitzen gegen sein Kinn.

»Und was für eine Arbeit sollte das sein?«

Da war es: die Sackgasse. Ich wußte, daß ich früher oder später in sie hineingeraten würde. Aber ich hatte gehofft, ich könnte ihn durch einen Bluff aus seiner Deckung herauslocken. Es hatte nicht geklappt.

»Darüber wissen Sie mehr als ich.«

Er lehnte sich wieder in seinem Sessel zurück, trommelte etwa vier Sekunden lang mit den Fingerspitzen auf seiner Schreibtischplatte, sein Gesicht nach wie vor ausdruckslos, aber ich wußte, daß seine Gedanken arbeiteten. Dann streckte er einen knochigen Finger aus und drückte auf einen Knopf.

Sofort ging rechts von seinem Schreibtisch eine Tür auf, und Hammerschult erschien. Er erschien so schnell, daß er vor der Tür darauf gewartet haben mußte, herbeigerufen zu werden.

»Hertz«, befahl Creedy, ohne ihn anzusehen.

»Sofort, Sir«, antwortet Hammerschult und verschwand.

Creedy trommelte weiter auf seinen Schreibtisch. Er hielt seinen Blick gesenkt.

Schweigend warteten wir vielleicht fünfundvierzig Sekunden, dann wurde an die Tür geklopft. Sie öffnete sich, und ein mittelgroßer, untersetzter Mann kam herein. Sein rechtes Ohr war geknickt und in seinen Schädel hineingerückt. Irgendwann in seinem Leben mußte ihn irgend jemand mit einem Ziegelstein, vielleicht auch mit einem Vorschlaghammer darauf getroffen haben. Seine Nase war knochenlos und über sein ganzes Gesicht ausgebreitet. Seine Augen waren klein, und in ihnen lag das wilde Glimmen, das man vielleicht in den Augen eines greizten und bösartigen Orang=Utans finden kann. Schwarze Haare ragten über seinen Kragen hinaus. Er trug lohfarbene Flanellhosen, ein weißes Sportjackett und eine dieser grellbunten, handgemalten Krawatten.

Leise und flink trat er neben den Schreibtisch. Er bewegte sich so leicht auf seinen Füßen wie eine Ballettänzerin.

Creedy wies mit dem Kinn auf mich.

»Sehen Sie sich diesen Mann an, Hertz«, sagte er. »Ich wünsche, daß Sie ihn nicht vergessen. Es mag sein, daß Sie sich seiner annehmen müssen. Es ist unwahrscheinlich, aber vielleicht ist er dümmer, als er aussieht. Vergewissern Sie sich, daß Sie ihn wiedererkennen.«

Hertz drehte sich mir zu und starrte mich an. Seine grausamen, kleinen Augen glitten über mein Gesicht. Sein eigenes, zerschlagenes und zerstörtes Gesicht war ausdruckslos.

»Den kenne ich wieder, Chef«, sagte er leise und rauh.

Creedy winkte ihn fort, und er ging hinaus und schloß die Tür lautlos hinter sich.

Es folgte eine Pause, dann fragte ich: »Und was soll er mit mir tun? Butter aus mir machen?«

Creedy nahm seine Brille ab, zog ein weißes Seidentuch und begann die Gläser zu polieren. Dabei starrte er mich an.

»Ich habe für Ermittlungsagenten nichts übrig«, sagte er. »Ich halte sie für schäbige, kleine Leute, die eine Neigung haben, Erpresser zu werden. Ich habe Ihren Mr. Sheppey nicht engagiert, und es wäre mir auch nie in den Sinn gekommen. Ich würde Ihnen raten, sofort aus der Stadt zu verschwinden. Ein Mann in meiner Stellung wird häufig von Leuten Ihrer Art belästigt. Es spart Zeit und Mißverständnisse, Sie mit Hertz bekannt zu machen. Er ist ein bemerkenswerter Charakter. Er lebt in der Vorstellung, daß er mir verpflichtet sei. Wenn ich zu ihm sage, daß mir ein Mann lästig wird, dann macht er es zu seiner Aufgabe, den Mann zu überreden, mir nicht lästig zu fallen. Ich habe nie nachgeforscht, wie er das tut, aber mir ist kein Fall bekannt, daß es ihm mißlungen wäre. So ist die Lage, Mr. Brandon. Ich kenne Ihren Mr. Sheppey nicht. Ich habe ihn nicht engagiert. Ich habe nicht den Wunsch, mit Ihnen etwas zu tun zu haben. Sie können jetzt gehen, falls Sie nicht glauben, daß Sie noch etwas von Bedeutung sagen können.«

Ich lächelte ihn an. Sein durchdringender Scheinwerferblick, die Größe des Raumes und die respektgebietende Atmosphäre machte mir keinen Eindruck mehr. Ich war jetzt wütender als jemals vorher in meinem Leben, und das bedeutet eine ganze Menge.

»Ja, ich habe noch etwas zu sagen«, antwortete ich, stützte meine Hände auf seinen Schreibtisch und starrte ihm ins Gesicht. »Erstens, Mr. Creedy, hielt ich Sie zunächst für klüger, als Sie sind. Ich wußte nicht sicher, daß Sie Sheppey engagiert hatten. Jetzt bin ich davon überzeugt. Zufällig kritzelte Sheppey Ihren Namen auf seine Schreibunterlage. Das war der einzige Hinweis, den ich besaß. Ich hatte es für möglich gehalten, daß jemand ihm gegenüber Ihren Namen erwähnte und daß er während dieser Unterhaltung den Namen hinkritzelte, wie das seine Art war. Jetzt weiß ich es besser. Als ich Sie heute mittag anrief, war ich fest überzeugt, daß Sie mich nicht empfangen würden. Ein Mann mit Ihrem Geld empfängt nicht irgendeinen kleinen Ermittlungsagenten, es sei denn, daß er ihn entweder mit einem Auftrag betrauen will oder daß ihm etwas im Kopf herumgeht, was ihn nachts nicht schlafen läßt. Als Sie mir vor sechs bedeutend aussehenden Geschäftsleuten, von denen einer seit drei Stunden wartet, den Vorrang gaben, verriet mir das, daß in Ihrem Kopf Dinge herumgehen, die Sie nicht nur nachts wachhalten, sondern Sie im höchsten Maße beunruhigen. Offensichtlich konnten Sie nicht länger als drei Minuten warten, ehe Sie hören wollten, wieviel ich wirklich wußte. Als Sie feststellten, wie wenig das war, riefen Sie Ihren gezähmten Gorilla und hielten ihn mir unter die Nase. Sie hofften, mich damit so einzuschüchtern, daß ich in mein Hotel zurückrasen, meinen Koffer packen und wie der Blitz verschwinden würde. Das war nicht sehr geschickt, Mr. Creedy. Sie sollten inzwischen gelernt haben, daß manche Leute nicht leicht einzuschüchtern sind. Zufällig gehöre ich auch dazu.«

Er saß zurückgelehnt in seinem Sessel. Sein ausdrucksloses Gesicht verriet mir nichts. Seine knochigen Finger waren noch mit seinem Taschentuch und seiner Brille beschäftigt.

»Ist das alles?« fragte er.

»Nicht ganz. Ich bin jetzt sicher, daß Sie Sheppey engagierten. Während er für Sie arbeitete, fand er etwas heraus, daß irgend jemand nicht gefiel. Darum wurde er umgebracht. Meiner Überzeugung nach besitzen Sie den Schlüssel, der die Polizei zu seinem Mörder führen könnte. Aber Ihrer Stellung entsprechend wünschen Sie nicht, in einen Mordfall verwickelt zu werden. Denn, wenn Sie darin verwickelt würden, müßte auch der Grund bekannt werden, weshalb Sie Sheppey holten. Ich habe die Erfahrung gemacht: wenn ein Millionär sich herabläßt, einen Mann zu engagieren, der dreihundert Meilen von der Stadt des Millionärs entfernt wohnt, verlangt der Millionär, daß dieser Mann eine ziemlich stinkige Geschichte anfassen soll, von der niemand, der in der Stadt selbst lebt, etwas erfahren darf. Sheppey ist tot. Er war ein guter Freund von mir. Wenn die Polizei seinen Mörder nicht finden kann, dann kann ich es vielleicht. Auf jeden Fall: Ihr Mr. Hertz oder nicht, ein Mr. Creedy oder nicht, ich werde alles tun, um es zu versuchen.« Ich richtete mich auf und stieß mich von dem Schreibtisch ab. »Das ist alles. Sie brauchen Ihren Lakai nicht zu bemühen, ich finde hier allein hinaus.«

Ich drehte mich um und ging durch den großen Raum zur Tür.

Creedy sagte mit seiner weichen, weiblichen Stimme: »Behaupten Sie nicht, daß ich Sie nicht gewarnt hätte, Mr. Brandon.«

Ich ging weiter, erreichte die Tür, öffnete sie und trat in den Vorraum, wo der Butler wartete.

Während er mich zum Ausgang führte, klapperten Creedys letzte Worte in meinen Ohren nach wie eingedrückte Pingpongbälle.

III

Ich brauchte vierzig Minuten, um zu meinem Hotel zurückzukommen. Einmal, weil ich nicht in Eile war, und ferner war der Nachmittagsverkehr sehr stark.

Ich war überzeugt, daß Creedy Sheppey engagiert hatte. Aber ich wußte immer noch nicht, ob Sheppey ermordet worden war, weil er bei seiner Arbeit für Creedy etwas aufgedeckt hatte, oder weil er sich das Mädchen irgendeines Schlägers aufs Korn genommen hatte. Im stillen verfluchte ich seine Schwäche für Weiber. Die Aufgabe, seinen Mörder zu finden, wurde dadurch zusätzlich erschwert.

Ich war jetzt froh über meine Verabredung mit Tim Fulton. Unzufriedene Angestellte waren häufig die Quelle für nützliche Informationen, und die hatte ich dringend nötig.

Als ich vor dem Hotel anhielt, sah ich einen Polizeiwagen, der wenige Meter vor mir parkte.

Ich stieg aus dem Buick aus.

Die Tür des Streifenwagens wurde aufgestoßen, und Candy tauchte auf. Mit schweren Schritten kam er auf mich zu, seine Kiefer mahlten einen Kaugummi.

»Captain Katchen will Sie sprechen«, sagte er, als er einen Meter vor mir stand. »Kommen Sie.«

»Und wenn ich keine Lust habe, mit ihm zu sprechen?« erwiderte ich lächelnd.

»Kommen Sie«, wiederholte er »Wenn nicht freiwillig, dann unfreiwillig, ganz wie Sie wollen.«

»Hat er gesagt, was er will?« fragte ich, während ich neben ihm zu dem Streifenwagen ging.

»Wenn mir der Beweis gefehlt hätte, daß Sie fremd in unserer Stadt sind, dann hätte mich diese dämliche Bemerkung restlos überzeugt«, antwortete Candy, während er seinen schweren Körper in den Rücksitz hievte.

Hinter dem Steuer saß ein uniformierter Polizist. Er drehte sich um, um mich prüfend anzusehen.

Ich setzte mich neben Candy, und der Wagen raste los, als sei er eine Feuerwehr bei Alarmstufe vier.

»Das soll wohl heißen, daß euer Captain seinen Untergebenen nicht sagt, warum er etwas will, sondern nur, daß er es will?«

»So dumm sind Sie gar nicht«, meinte Candy. »Und wenn Sie aus dem Headquarters nicht als Krüppel für den Rest Ihres Lebens rauskommen wollen, dann reden Sie nur, wenn Sie gefragt sind. Geben Sie schnell und wahrheitsgemäß auf alle Fragen Antwort, und benehmen Sie sich auch sonst so wie in der Kirche.«

»Woraus zu schließen ist, daß euer Captain ein temperamentvoller und eigenwilliger Herr ist.«

Candy griente mürrisch.

»Das kann man wohl behaupten. Ich würde sagen, Captain Katchen verliert schnell die Ruhe. Was meinst du, Joe?«

Joe, der Fahrer, spuckte aus dem Fenster.

»Nicht schneller als ein Bär, der ein Furunkel am Hintern hat«, antwortete er.

Candy lachte.

»Joe redet immer so, außer wenn der Captain dabei ist. Dann sagt er keinen Ton. Stimmt's, Joe?«

Joe spuckte wieder aus dem Fenster.

»Ich bin mit meinem Essen zufrieden und habe sowieso nur noch acht Zähne im Mund.«

»Sehen Sie, er weiß Bescheid.« Candy nahm eine Zigarette aus der Tasche und zündete sie an. »Seien Sie also vorsichtig, und reißen Sie nicht den Mund auf.«

»Habt Ihr den Mörder schon gefunden?« fragte ich.

»Noch nicht, aber den kriegen wir. In den letzten zehn Jahren hatten wir fünf Mordfälle in unserer Stadt und haben noch nicht einen der

Mörder erwischt. Das muß zur Abwechslung mal anders werden, und das ist gerade der richtige Fall dafür. Was denkst du, Joe?«

»Kommt drauf an«, sagte Joe vorsichtig. »Es liegt nicht daran, daß uns die richtigen Männer fehlen. Die haben wir. Gute, helle, schlaue Detektive, die eine Spur erkennen, wenn sie eine vor sich haben, aber irgendwie werden wir von einer Pechsträhne verfolgt. Ich würde nicht mein Gehalt darauf wetten, daß wir den Mörder finden, aber es könnte immerhin sein.«

»Da haben Sie's«, sagte Candy und lächelt mich an. Sein Lächeln erreichte aber seine Augen nicht. »Wie Joe ganz richtig sagt, er würde nicht sein Gehalt darauf wetten, aber finden könnten wir ihn.«

»Denkt Captain Katchen das auch?«

»Es hat noch nie jemand gefragt, was Captain Katchen denkt. Er ist verdammt zurückhaltend, wenn es darum geht, was er denkt. An Ihrer Stelle würde ich ihn auch nicht danach fragen.«

Wir legten schnell eine halbe Meile zurück, ehe ich fragte: »Habt Ihr den Eispicker gefunden?«

Candy schüttelte den Kopf. »Nein. Der Inspektor glaubt, daß der Mörder ihn mitnahm. Wahrscheinlich hat er recht, aber auch darauf würde ich nicht Joes Gehalt wetten. Er kann ihn irgendwo vergraben haben. Da unten an dem Strand gibt es eine Menge Sand.«

»Ihr habt auch die Leiche des Mädchens nicht gefunden?«

Wieder schüttelte Candy den Kopf.

»Nein, ich habe es auch nicht erwartet. Wir haben danach gesucht, weil eine geringe Chance bestand, daß auch sie umgebracht worden ist. Aber der Inspektor meint, sie hat sich aus dem Staub gemacht, unmittelbar ehe es Ihren Freund erwischte.«

»Vielleicht hat sie ihn getötet.«

Candy blähte seine Backen auf.

»Der Stoß wurde mit großer Kraft geführt. Ich bezweifle, ob eine Frau dazu fähig war.«

»So schwächlich sind Frauen nicht. Wenn der Dorn scharf und sie wütend genug war, kann es nicht so schwer gewesen sein.«

Candy warf seine Zigarette zum Fenster hinaus.

»Setzen Sie darauf nicht Ihr Gehalt.«

Der Wagen fuhr an den Bürgersteig und hielt vor dem Headquarters der Polizei an. Wir stiegen aus, gingen Stufen hinauf, durch eine doppelte Klapptür und durch einen fliesenbelegten Gang mit dem in allen Polizeigebäuden üblichen Geruch.

»Seien Sie vorsichtig«, warnte Candy noch einmal. »Ich sage Ihnen das mehr in meinem eigenen Interesse, als in Ihrem. Der Captain gerät leicht in Wut, und das ist dann für uns alle sehr unerfreulich.«

Er blieb vor einer Tür stehen, klopfte und wartete. Eine Stimme, so melodisch wie ein Nebelhorn, dröhnte: »Was ist los?«

Candy zeigte mir ein schwaches Lächeln und hob seine Schultern. Er faßte nach der Klinke, öffnete die Tür und trat in in kleines, schäbiges Büro voller Zigarrenrauch.

»Lew Brandon, Sir.«

Ein Berg von einem Mann saß hinter einem alten, schäbigen Schreibtisch. Er war schon hoch in den Jahren, aber körperlich immer noch in guter Verfassung und hatte nicht viel Fett an sich. Sein schütteres, graues Haar lag in einer säuberlichen Welle über seine niedrige Stirn geklebt. Sein Gesicht war massiv, ledern und brutal. Vor ihm auf dem Schreibtisch ruhten zwei riesige, behaarte Hände, und er starrte mich an, während Candy die Tür hinter mir so behutsam schloß, als sei sie aus Eierschalen, geräuschlos hinter mich trat und sich gegen die Wand lehnte.

»Brandon?« sagte Katchen, streckte die Hand aus und stampfte heftig seine Zigarre aus. »Sieh da, der Schnüffler. Ja, der Schnüffler.« Er rieb sich über das Gesicht, während er mich weiter anstarrte. »Daß sich solches Ungeziefer auch bei uns breitmachen muß.« Er beugte sich vor und kniff seine kleinen Augen zusammen. »Wann fahren Sie wieder ab, Schnüffler?«

»Ich weiß es noch nicht«, erwiderte ich sanft. »In einer Woche vielleicht.«

»Vielleicht? Und was zum Teufel wollen Sie hier eine Woche lang treiben, Schnüffler?«

»Mir die Stadt ansehen, schwimmen, mit einem Mädchen ausgehen, mich ganz allgemein erholen.«

Das hatte er nicht erwartet, und er reckte seine Schultern.

»So. Sie beabsichtigen also nicht, Ihre dreckige Nase in einen Mordfall zu stecken, oder doch?«

»Ich werde Inspektor Rankins Fortschritte mit Interesse verfolgen«, sagte ich. »Ich bin überzeugt, daß er auch ohne meine Hilfe ausgezeichnet weiterkommen wird.«

Katchen warf sich in seinen Sessel zurück, daß die Lehne knarrte. »Das ist sehr vernünftig von Ihnen, Schnüffler.« Er starrte mich wieder etwa zwanzig Sekunden an. Dann fuhr er fort: »Ich sehe hier nicht gern Ungeziefer. Wenn ich welches erwische, trete ich mit dem Fuß drauf.«

»Das kann ich mir vorstellen, Captain.«

»Wirklich? Bilden Sie sich nichts ein. Mir können Sie nichts vormachen, Schnüffler. Wenn Sie anfangen, sich in den Fall zu mischen, werden Sie sich verdammt wundern.« Er hob seine Stimme zu einem Gebrüll und dröhnte mich an: »Verstanden?«

»Gewiß, Captain.«

Mit einem breiten, höhnischen Grinsen zeigte er mir seine Zähne.

»Kein Ungeziefer mit Mumm, Schnüffler. Um so besser. Sie sind gewarnt. Halten Sie Ihre Nase draußen, gehen Sie mir aus dem Weg. Vielleicht bleiben Sie dann am Leben. Wenn Sie jemals wieder hier hereinkommen, werden Sie etwas erleben, was Sie nie wieder vergessen. Denken Sie daran. Und einen falschen Schritt, dann sind Sie hier wieder drin. Wir haben unsere Methoden, Ungeziefer zu behandeln.«

Seine kleinen Augen funkelten.

»Also, jetzt wissen Sie Bescheid. Noch einmal bekommen Sie es nicht gesagt. Ein falscher Schritt, und Sie sind wieder hier, und wenn Sie hier hereinkommen, werden meine Leute Ihnen etwas beibringen, ehe Sie in eine Zelle fliegen.« Er sah Candy an. »Schaffen Sie das gelbe Ungeziefer da hinaus«, knurrte er. »Mir wird schlecht, wenn ich ihn sehe.«

Candy stieß sich von der Wand ab und öffnete die Tür.

Katchen hob einen riesigen Finger und deutete auf mich.

»Halten Sie Ihre Finger aus diesem Fall draußen, oder ...«

Ich machte einen Schritt zur Tür, blieb stehen und fragte: »Darf ich Ihnen eine Frage stellen, Captain?«

Er strich sich mit der Zungenspitze über seine dicken, ledernen Lippen. »Was für eine Frage?«

»Hat Lee Creedy Sie angerufen und aufgefordert, mit mir zu sprechen?«

Er kniff die Augen zusammen und ballte seine großen Hände zu Fäusten.

»Was soll das heißen?«

»Mr. Creedy erteilte Sheppey einen Auftrag. Während Sheppey daran arbeitete, wurde er ermordet. Mr. Creedy legt großen Wert darauf, daß diese Tatsache nicht bekannt wird. Er vermutet, daß er als Zeuge aufgerufen werden würde und vor Gericht aussagen müßte, weshalb er Sheppey engagierte. Darum nahm er sich die Zeit, sich mit mir zu unterhalten. Er führte mir einen Schläger namens Hertz vor und versuchte, mich mit ihm einzuschüchtern. Nun bin ich neugierig, ob Mr. Creedy das Vertrauen in seinen Totschläger verloren hat und Sie aufforderte, seine Drohung zu unterstützen, um sicher zu sein, daß sie auch wirkt.«

Ich hörte, wie Candy tief Luft holte.

Katchens Gesicht nahm die Farbe einer mulschen Eierpflaume an. Sehr langsam erhob er sich. Aufrecht stehend wirkte er überlebensgroß. Fast wie in Phantom.

Er kam hinter seinem Schreibtisch hervor und langsam auf mich zu.

Ich wartete regungslos und hielt seinem Blick stand.

»Steckt also doch etwas Leben in dem Schnüffler«, sagte er, und seine Worte schienen zwischen zusammengebissenen Zähnen hervorzukommen. »Dann wollen wir mal so weitermachen.«

Seine offene Hand fuhr hoch und knallte seitlich gegen mein Gesicht. Ich hatte sie kommen sehen und war mit dem Schlag mitgegangen, nahm ihm dadurch einen Teil seiner Wucht, aber er war hart genug, daß mir der Kopf schwirrte und ich taumelte.

Er wartete, bis ich mich wieder aufgerichtet hatte, dann schob er sein dunkles blutunterlaufenes Gesicht vor meines.

»Nur zu, Schnüffler«, zischte er leise und bösartig, »schlag zurück.«

Ich war versucht, ihm eins unters Kinn zu pflanzen. Sehr oft halten Burschen seines Kalibers einen Schlag unter das Kinn nicht aus. Aber ich wußte, daß er darauf nur wartete. Ich wußte, wenn ich auch nur drohte, zurückzuschlagen, würde ich Sekunden später in einer Zelle landen, mit drei oder vier seiner größten Kerle, um mir Gesellschaft zu leisten.

Ich rührte mich nicht. Die Seite meines Gesichtes, wo er mich getroffen hatte, brannte.

Wir starrten uns gegenseitig einen langen Augenblick an. Dann trat er zurück und schrie Candy an: »Schaff den Lumpen hier heraus, bevor ich ihn umbringe.«

Candy packte mich am Arm und riß mich aus dem Zimmer und schloß die Tür hinter uns. Er ließ mich los, trat von mir zurück, sein rotes, wettergegerbtes Gesicht war wütend und beunruhigt.

»Ich habe es Ihnen doch gesagt, Sie Narr«, fauchte er. »Jetzt ist er erst wirklich in Fahrt. Machen Sie, daß Sie fortkommen.«

Ich betastete mein Gesicht.

»Dem Affen würde ich gern mal allein im Dunklen begegnen. Als dann, Sergeant. Ich brauche wenigstens nicht unter ihm zu arbeiten.«

Es tat gut, zu sehen, daß die Sonne immer noch schien, und daß die Männer und Frauen, die vom Strand zurückkamen, immer noch wie menschliche Wesen aussahen und sich immer noch so benahmen.

Viertes Kapitel

I

Sams Cabin befand sich an dem weniger eleganten Ende der Promenade von St. Raphael City. Es war ein großer Holzbau, der auf eisernen Pfeilern über das Wasser hinausgebaut war.

Davor lag ein Parkplatz, und obwohl es erst fünf Minuten vor sechs war, standen dort schon über dreißig Wagen, wenn auch nicht ein Cadillac oder ein Clipper darunter war.

Der Parkwächter war ein dicker, älterer Mann und lächelte fröhlich, als er mir sagte, Parken sei hier gebührenfrei.

Ich ging über den schmalen Landungssteg zu dem Lokal und trat in die Bar. Die Bartheke lief auf der einen Seite der ganzen Länge nach durch den Raum. Es war auch eine Frühstücksbar vorhanden, hinter der jetzt auf zwölf elektrischen Spießen zwölf fette Hähnchen eifrig brutzelten.

Etwa acht oder neun Männer lehnten vor der Bar, tranken Bier und griffen in die Schale mit den Gewürzgürkchen.

Durch die offene Doppeltür am anderen Ende des Raumes konnte ich auf eine von einem Geländer umgebene Veranda sehen, von der ein grünes Sonnensegel die strahlende Abendsonne abhielt. Da draußen standen Tische, und dort hielten sich die meisten Gäste auf. Da ich hoffte, mit Fulton in ein ernsthaftes Gespräch zu kommen, entschloß ich mich, drinnen zu bleiben und mich von der Menge fernzuhalten. Ich ging zur Tür und warf einen Blick auf die Gäste, um mich zu über=zeugen, daß er noch nicht da war, und als ich ihn nicht sah, wählte ich einen Ecktisch im Barraum neben einem großen, offenen Fenster und setzte mich.

Ein Kellner kam, wischte über den Tisch und nickte mir zu. Ich be=stellte eine Flasche Black Label, Eis und zwei Gläser.

Ein paar Minuten nach sechs kam Tim Fulton. Er trug eine aus=gebeulte, graue Flanellhose und ein am Hals offenstehendes Hemd. Seine Jacke hing ihm über die Schultern. Er sah sich um, erkannte mich und grinste. Dann kam er heran und sah die Flasche Black Label.

»Hallo, Alter«, sagte er, »Sie haben also schon die Flagge gehißt. Konnten Sie nicht auf mich warten?«

»Die Flasche ist noch nicht offen«, sagte ich. »Setzen Sie sich. Wie fühlt man sich als freier Mann?«

Er blähte seine Backen.

»Sie haben ja keine Ahnung, wenn Sie nicht das gleiche durch=gemacht haben wie ich. Ich sollte mich auf meine Zurechnungsfähigkeit untersuchen lassen, weil ich solange dabeigeblieben bin.« Er schnippte mit dem Fingernagel gegen die Flasche. »Haben Sie die Absicht, die noch aufzumachen, oder ist sie nur zum Bewundern da?«

Ich goß ihm ein, warf einen Klumpen Eis in sein Glas und bediente mich selbst.

Wir stießen mit den Gläsern an, wie Boxer mit den Handschuhen, und nickten einander zu. Wir tranken. Nach meinem Gespräch mit Creedy und anschließend mit Katchen empfand ich den eisgekühlten Whisky als Wohltat.

Wir zündeten uns Zigaretten an, ließen uns tiefer in die Korbsessel sinken und grinsten uns zu.

»Ganz hübsch, wie?« sagte Fulton. »Wenn es etwas gibt, das mir besser gefällt als alles andere, dann ist es irgendwo herumzusitzen, wo man das Meer hören kann, und guten Whisky zu trinken. Ich kann mir nicht vorstellen, daß es einen Mann gibt, der sich etwas Besseres wünschen kann. Gewiß, es gibt Zeiten, wenn eine Frau alles andere verdrängt. Aber wenn sich einer ausruhen will, dann will er keine Frau dabei haben. Ich will Ihnen sagen warum. Frauen reden, Whisky tut's nicht. Mann, das war ein großartiger Einfall von Ihnen.«

Ich sagte, ich hätte unentwegt großartige Einfälle.

»Hier ist noch so einer«, fuhr ich fort. »Wenn wir ein paar Schlucke getrunken haben, könnten wir zum Beispiel versuchen, wie die Hähnchen sind, die da braten.«

»Ja. Die Vögel da sind die besten ihrer Art an diesem Teil der Küste«, sagte Fulton. »Zweifeln Sie daran nicht. Natürlich kann man zu Alfredo, ins Carlton, den Blue Room oder, wenn man Sie hineinläßt, auch in den Musketeer Club gehen. Da gibt's auch Hähnchen. Sie bekommen sie mit fünf Kellnern, silbernen Gabeln und Orchideen. Wenn Sie die Rechnung sehen, fallen Ihnen die Augen aus dem Kopf. Hier kriegt man sie einfach vorgesetzt, aber dafür sind sie auch gut. Und sie sind billig.« Er leerte sein Glas, stellte es hin und seufzte. »Ich bin zweimal in der Woche hier. Manchmal mit meinem Mädchen, manchmal allein. Ich muß lachen, wenn ich an all die reichen Dummköpfe denke, die sich in den Nepplokalen ausnehmen lassen und das Fünffache wie ich für etwas bezahlen, das nicht so gut ist. Das Komische ist, keiner von ihnen würde wagen, sich hier sehen zu lassen, weil ihre reichen Freunde sonst denken könnten, sie müßten sparen, und in dieser Stadt ist Sparen eine unverzeihliche Sünde.«

Ich goß ihm neu ein und fügte meinem Glas einen Schluck hinzu, um bei ihm die Vorstellung zu wecken, ich tränke ebensoviel wie er.

»Aber, und es gibt immer ein Aber«, er schüttelte den Kopf, »die Kneipe hier läßt auch nach. Vor einem Jahr kamen hier nur nette Leute her, die freundlich und friedfertig waren. Jetzt wurde sie auch von den Schlägern entdeckt. Die schlagen sich ebenso gerne den Bauch voll wie wir, darum kommen sie her. Draußen in der Bucht ist dieses Spielerschiff verankert, und das zieht sie genauso an, wie stinkiges Fleisch Fliegen anzieht. Sam macht sich deswegen Sorge. Kürzlich habe ich mit ihm darüber gesprochen. Er meinte, daß seine früheren Gäste langsam fortbleiben und von den Schlägern verdrängt werden. Aber er kann nichts dagegen tun. Vorigen Monat gab's hier eine Schlägerei, und einer zog ein Messer. Sam schaffte zwar schnell Ordnung, aber vor solchen Geschichten haben die meisten Leute Angst und bleiben fort. Er fürchtet, noch eine Messerstecherei hier, und dann steht sein Lokal im Ruf einer Schlägerkneipe.«

Ich sagte, das sei zu bedauerlich, und sah mir die Männer an der Bar näher an. Es waren große, auffällig gekleidete Burschen, mit den harten, wachsamen Augen von Männern, denen es egal ist, wie sie ihr Geld machen, solange sie genug verdienen.

»Buchmacher«, sagte Fulton, der meinen Blick bemerkt hatte. »Solange sie nüchtern bleiben, sind sie in Ordnung. Die Kerle, die Ärger verursachen, kommen erst nach Einbruch der Dunkelheit.« Er zündete eine neue Zigarette an und schob mir die Packung zu. »Und wie sind Sie mit dem Alten zurechtgekommen? Ein freundlicher, alter Herr, was?«

»Ja. Der mit seinem großen Zimmer und seinen Scheinwerferaugen. Es wäre mir zuwider, wenn ich für den arbeiten müßte.«

»Da haben Sie recht. Ich habe mir jetzt einen hübschen, kleinen Job gesucht, bei dem ich eine alte Dame einkaufen fahren muß, ihr die Einkaufstasche tragen und so ganz allgemein helfen, ihr das Leben zu erleichtern. Sie ist 'ne nette, alte Frau, und nach Creedy kann ich bei ihr wahrscheinlich meine Magengeschwüre ausheilen.«

»Da wir gerade von netten, alten Damen reden«, sagte ich. »Wer ist denn diese Figur Hertz?«

Fulton zog eine Grimasse. »Wollen Sie mir meinen Abend verderben? Warum? Sind Sie dem begegnet?«

»Er war bei Creedy, als ich hereinkam. Scheint mir ein ziemlich zäher Bursche zu sein. Was ist er denn? Wie kommt so ein Bursche zu Creedy?«

»Er kümmert sich um Leute«, sagte Fulton. »Hin und wieder benutzt Creedy ihn auch als Bodyguard.«

»Wozu braucht Creedy einen Bodyguard?«

Fulton hob die Schultern.

»Diese reichen Schwachköpfe kommen doch immer auf ausgefallene Ideen. Sie bilden sich ein, andere wollten sie erschießen oder erstechen. Und wenn sie mit einem Bodyguard rumlaufen, werden sie von anderen Leuten für bedeutend gehalten. Reine Schau. Genau wie die Schilder auf dem Parkplatz. Sie geben an, bis sie daran eingehen. Aber deswegen keine falschen Vorstellungen von Creedy. Der ist hart. Er sieht vielleicht nicht danach aus, aber der ist ebenso hart und gefährlich wie die Schlägertypen, die hier jetzt auftauchen. Praktisch hat er die Stadt in der Hand. Das Spielschiff in der Bucht da draußen war sein Einfall. Er rechnete damit, es würde Touristen anziehen, und das war richtig gerechnet. Daß es auch das finstere Gangstergesindel anzog, ist ihm völlig gleichgültig. Die Hälfte des Schiffes gehört ihm und folglich auch die Hälfte des Gewinns.«

»Und ist Hertz so zäh, wie er aussieht?«

Fulton nickte.

»Ohne jede Frage. Auf halbe Sachen läßt Creedy sich nicht ein. Wenn er sich einen harten Burschen engagiert, dann ist er auch hart. Und das ist Hertz, doppelt und dreifach. Ich habe Angst vor ihm. Ich bin überzeugt, der hat mehr als einen auf dem Gewissen.«

Wenn es stimmte, was Fulton mir da sagte, dann fiel mir die Wahl zwischen Katchen und Hertz direkt schwer.

»Haben Sie von dem Mann gelesen, der heute morgen am Bay Beach ermordet wurde?« fragte ich.

»Ja, in der Abendzeitung«, antwortete Fulton. »Warum fragen Sie?«

»Er war mein Partner. Ich vermute, daß er irgendwann in den letzten Tagen Creedy aufgesucht hat. Sie haben ihn nicht zufällig gesehen?«

Fulton zeigte Interesse.

»Er war bei dem Alten? Das ist möglich. Ich war den größten Teil der Woche am Tor. Wie sah er aus?«

Sorgfältig beschrieb ich Sheppey. Er hatte flammendrotes Haar gehabt, und ich war ziemlich sicher, falls Fulton ihn gesehen haben sollte, hatte er ihn nicht vergessen.

»Natürlich«, sagte er, »ich kann mich an ihn erinnern. Ein großer Mann mit rotem Haar. Stimmt. Logan ließ ihn durch. Ich stand an der Schranke und verstand seinen Namen nicht.«

»Können Sie beschwören, daß Sie ihn gesehen haben? Das ist wichtig. Es kann sein, daß Sie es vor Gericht beschwören müssen.«

Fulton leerte sein Glas und sagte dann: »Natürlich kann ich das beschwören. Er kam vergangenen Dienstag. Ein großer, rothaariger Mann mit kurzem Haarschnitt. Er trug einen grauen Flanellanzug und fuhr ein Buick=Cabriolet.«

Das genügte völlig. Der Wagen beseitigte meine letzten Zweifel. Ich hatte also recht gehabt. Jack hatte Creedy aufgesucht. Jetzt mußte ich herausfinden, weshalb. Aber das würde nicht so leicht sein.

»Sie sagen, daß er ermordet wurde?« fragte Fulton und sah mich neugierig an.

»Ja. Die Polizei glaubt, daß er sich mit dem Mädchen von irgendeinem schweren Jungen eingelassen hat, der ihn dann fertigmachte. Das könnte sein. Er hatte eine zu große Schwäche für Frauen.«

»Was sagt man dazu? Mußten Sie deswegen zur Polizei?«

»Ja. Captain Katchen kann sich auch sehen lassen.«

»Das stimmt. Hin und wieder kam auch er zu Creedy hinaus. Etwa viermal im Jahr. Wahrscheinlich, um seinen Anteil zu kassieren. Sie würden sich wundern, wieviel Nachtklubs und Hurenhäuser hier existieren, weil der die Augen zudrückt.«

»Was haben Nachtklubs und Hurenhäuser mit Creedy zu tun?«

»Ich sage Ihnen doch, er besitzt den größten Teil der Stadt. Vielleicht kassiert er nicht unmittelbar bei den Ratten, die sie unterhalten, aber er bekommt die Miete, und Katchen kriegt seinen Anteil.«

»Er ist doch verheiratet, oder nicht?«

»Wer? Creedy? Soviel ich weiß, war er viermal verheiratet. Es kann aber noch öfter sein. Seine jetzige Frau ist Bridgette Bland, eine frühere Filmschauspielerin. Haben Sie sie mal gesehen?«

»Einmal, glaube ich. Wenn ich mich recht erinnere, sah sie ganz gut aus.«

»Tut sie noch. Aber ihrer Stieftochter kann sie nicht das Wasser reichen. Die sollten Sie mal sehen. Das aufregendste, was mir begegnet ist. Und auf dem Gebiet kenne ich eine ganze Menge.«

»Wohnt sie bei ihrem Vater?«

Fulton schüttelte den Kopf. »Jetzt nicht mehr. Früher tat sie's, aber die andere wollte es nicht länger haben. Jedesmal, wenn der Alte

45

eine Party gab, stand Margot, das ist die Tochter, allein im Rampen=
licht, und kein Mensch kümmerte sich um die andere. Das mochte sie
nicht. Darum gab es dauernd Streit, und schließlich packte Margot
ihre Koffer und zog aus. Sie hat ein Apartment am Franklyn Boule=
vard. Soviel man hört, vermißt der Alte sie. Ich habe sie auch ver=
mißt. Sie war der einzige Lichtblick in dem verdammten Haus. Brid=
gette war mir zuwider. Genau wie der alte Creedy, nie zufrieden.
Immer nur maulen. Die ganze Nacht unterwegs und den ganzen Tag
im Bett.«

Nach und nach erfuhr ich allerlei. Da der ganze Abend noch vor
uns lag, hatte ich keinen Grund, ihn zu drängeln. Ich lenkte das Ge=
spräch auf den bevorstehenden Weltmeisterschaftskampf im Boxen
und ließ Fulton breit erläutern, weshalb seiner Meinung nach der Fa=
vorit nicht verlieren könne. Von da kamen wir auf Fußball zu sprechen
und schließlich auf das alte, alte Thema: die Frauen.

Es war gegen neun, als wir die Flasche Scotch leer hatten. Die
Sonne war untergegangen, hatte einen großen, roten Fleck an den
Himmel gezaubert, und jetzt war es dunkel.

Ich winkte dem Kellner, und nach einer Weile kam er zu uns.

»Bringen Sie uns zwei Hähnchen mit allen Zutaten«, bestellte ich.

Er nickte und ging wieder.

Sowohl Fulton als auch ich waren inzwischen angeheitert, nicht an=
gegangen, sondern in bester Stimmung, da wir nach den ersten zwei
schnellen Gläsern uns mit dem Scotch Zeit gelassen hatten, wie man
das mit gutem Scotch tun soll.

Ich sah durch das offene Fenster auf die Lichter von St. Raphael
City. Von meinem Platz aus sah die Stadt hübsch und bunt aus.

»Kommt Creedy denn mit seiner jetzigen Frau gut aus?« fragte ich.

Fulton hob die Schultern.

»Mit dem kann niemand auskommen«, antwortete er. »Außerdem
nimmt ihn seine Geldmacherei so in Anspruch, daß er sich um Frauen
nicht kümmert. Sie findet ihren Spaß woanders.«

»Hat sie einen Bestimmten?«

»Nun, der gegenwärtige Favorit ist ein athletischer, lockenköpfiger
Fleischkloß, der sich Jacques Thrisby nennt. Er ist ein französischer
Kanadier.«

Ich bemerkte, daß ein Mann an unseren Tisch getreten war. Einen
Augenblick dachte ich, es sei der Kellner, der uns das Essen bringe.
Ich sah zum Fenster hinaus und hörte Fulton zu, dadurch reagierte
ich etwas langsam. Außerdem hatte der Scotch einen leichten Schleier
auf mein Gehirn gelegt.

Dann hörte ich Fulton scharf einatmen, wie ein Mann, der plötzlich
vor Schreck keucht, und sah mich schnell um.

Direkt vor unserem Tisch stand Hertz und sah mich an. Hinter
ihm standen in einem Halbkreis vier Männer und versperrten den

Fluchtweg. Sie waren groß, schwer, dunkel und drohend, und der Ausdruck in Hertz' wilden, kleinen Augen jagte mir einen Schauer über den Rücken.

II

Alle Gespräche in dem großen Raum verstummten plötzlich. Köpfe wurden herumgedreht, und Augen blickten in unsere Richtung.

Ich befand mich in einer schlechten Position. Mein Stuhl stand knapp einen Fuß von der Wand entfernt. Der Tisch stand zwischen mir und Hertz, und es war kein sehr großer Tisch. Fulton hatte einen günstigeren Platz. Er saß rechts von mir und hatte keine Wand hinter sich.

Offensichtlich bestand bei den Anwesenden in dem Lokal nicht der geringste Zweifel, daß es gefährlich werden würde. Einige zogen sich schon in unterdrückter Panik auf den Ausgang zurück.

Hertz sagte mit seiner rauhen Stimme: »Kennen Sie mich noch? Ich kann Schnüffler nicht leiden. Und schnüffelnde Lumpen schon gar nicht.«

Aus dem Augenwinkel sah ich einen großen Neger mit einer weißen Schürze und in Hemdsärmeln hinter der Bar hervorkommen. Er war gebaut wie Joe Louis, und sein großes, zerschlagenes Gesicht zeigte ein vages, etwas verlegenes Lächeln. Er kam durch den Raum, umging die vier Männer und stand schneller neben Hertz, als ich mit Worten schildern kann.

Ich packte die Tischplatte mit meinen Händen und machte mich bereit. Freundlich sagte der Neger zu Hertz: »Wollen hier keinen Ärger, Boss. Wenn Sie und Ihre Freunde was Geschäftliches zu besprechen haben, tun Sie es bitte draußen.«

Hertz drehte den Kopf, um den Neger anzusehen. In seinen Augen blitzten winzige rote Funken, die ihm einen leicht wahnsinnigen Ausdruck gaben.

Ich sah, wie seine Schulter etwas abfiel, seine Faust dann hochschoß und im Gesicht des Negers landete. Der Neger taumelte zurück, stürzte dann auf Hände und Knie.

Das geschah sehr schnell. Ich legte mein Gewicht gegen den Tisch und stieß ihn kräftig gegen Hertz, der von dem Schlag, den er gerade geführt hatte, etwas aus dem Gleichgewicht war.

Die Tischkante traf ihn am Oberschenkel, und er taumelte zurück, gegen zwei der Männer, die ihn begleiteten.

Dadurch hatte ich Bewegungsraum. Ich sprang auf und packte meinen Stuhl. Ich schwang ihn in Schulterhöhe wie eine Sense und gewann dadurch ein noch größeres Aktionsfeld.

Auch Fulton war auf den Beinen und schwang seinen Stuhl über dem Kopf. Er ließ ihn auf den Kopf des ihm Nächststehenden von Hertz' Schlägern niedersausen und schlug ihn zu Boden.

Zwei Rausschmeißer, große Männer, der eine von ihnen ein Neger, stürmten mit Knüppeln durch die Tür neben uns. Die drei Begleiter von Hertz wendeten sich gegen sie. Damit standen Fulton und ich Hertz allein gegnüber.

Ich schmetterte den Stuhl Hertz auf den Kopf. Der Stuhlrücken barst, und ich hatte nichts als ein abgesplittertes Stück Holz in der Hand, das gegenüber einer Bestie wie Hertz nicht mehr wert war als ein Zahn=stocher.

Hertz taumelte, stürzte dann knurrig auf mich los, seine rechte Faust fuhr hoch. Wenn ich zurückgetreten wäre, hätte er mich erwischt. Aber ich sprang vor und traf ihn mit meiner Faust mitten ins Gesicht. Es war ein guter, harter Schlag, der ihm den Kopf zurückriß. Ich wich von ihm zurück und stieß gegen den einen der Rausschmeißer, der mich mit der flachen Hand von sich schob, daß ich Hertz entgegentaumelte, der mich wieder angriff. Es gelang mir, sein Handgelenk mit beiden Händen zu erfassen. Durch eine halbe Drehung bekam ich seinen Arm über meine Schulter, riß ihn nach unten und schnellte hoch. Mit der Geschwindig=keit einer Rakete schoß er über meinen Kopf hinweg und landete mit einem Krachen auf dem Fußboden, daß der ganze Bau dröhnte.

Ich fuhr herum und sah nach Fulton. Er lehnte an der Wand, hielt ein Taschentuch gegen sein Gesicht, die Knie gebeugt. Ich trat zu ihm, packte ihn am Arm und schrie: »Los, raus hier!«

Einer von Hertz' Schlägern erreichte mich. Ich wich dem Schlag mit dem Totschläger, den er gegen meinen Kopf führte, aus, rammte ihm meine Rechte gegen die kurze Rippe und trat ihm dann die Füße unter dem Körper weg. Ich ließ mir nicht die Zeit, hinzusehen, ob er fiel, son=dern packte Fulton und zog ihn quer durch den Raum zur Tür.

Draußen waren wir nicht viel besser dran. Vor uns lag der schmale lange, hell erleuchtete Steg, zu beiden Seiten das Wasser und an seinem Ende der gleichfalls hell erleuchtete Parkplatz.

Fulton war schwer verletzt und schien kurz vor dem Zusammenbruch zu stehen. Jeden Augenblick mußten Hertz und seine Banditen hinter uns herkommen.

»Hauen Sie ab«, keuchte Fulton. »Ich kann nicht weiter. Hauen Sie ab, ehe die Sie erwischen.«

Ich packte seinen Arm, zog ihn um meine Schulter und schleppte ihn dann halb tragend im Laufschritt auf den Parkplatz zu.

Schnelle Schritte hinter mir verrieten, daß ich nicht sehr weit kom=men würde. Ich ließ Fulton los und drehte mich um.

Hertz kam über den Steg.

»Laufen Sie«, sagte ich zu Fulton, »ich übernehme den Gorilla.«

Ich gab ihm einen schnellen Stoß, und er taumelte weiter, während Hertz auf mich zukam. Er bewegte sich mit der Geschwindigkeit und der Leichtfüßigkeit eines Berufsboxers. Ich wich zurück, schlug einen Kreis, damit das Licht von der Lampe über uns ihm in die Augen fiel.

Ich beobachtete seine Fäuste. Sein Gesicht war vor Wut verzerrt. Das war mein Vorteil. Ein Mann in Wut ist nicht im entferntesten so gefährlich in einem Kampf wie ein Mann, der seinen kühlen Verstand behält. Ich tauchte unter einer Rechten weg, die mir den Kopf abgerissen hätte, wenn sie getroffen hätte. Er kam wie ein wütender Bulle auf mich zu, rannte in meine Faust, daß es ihm den Kopf zurückriß. Dann rammte ich ihm meine Rechte seitlich gegen den Hals. Er erwischte mich mit seiner Linken, und ich hatte das Gefühl, als hätte mich ein Vorschlaghammer getroffen. Ich wich so schnell von ihm zurück, wie er anstürmte, wehrte ihn ab, entkam einem vernichtenden Schlag, den er aus dem Fuß ansetzte, sprang zurück und warf einen schnellen Blick über den Steg. Fulton war verschwunden. Ich entschied, es sei an der Zeit, mich zurückzuziehen.

Aber ich hätte meinen Blick nicht von Hertz wenden sollen. Wenn er seine Schläge auch vorher signalisierte, so besaß er doch die Schnelligkeit eines Fliegengewichtlers. Er erwischte mich mit einem Haken am Kinn. Ich sah den Schlag einen Sekundenbruchteil zu spät kommen, konnte aber durch Mitgehen einen Teil seiner Wucht abschwächen. Er traf mich hart genug, um mich in die Knie gehen zu lassen, aber nicht ausreichend, um mir den Kopf zu vernebeln. Als er sich auf mich stürzte, ließ ich mich ihm entgegenfallen, packte ihn um seine dicken Oberschenkel, stand auf und riß ihn hoch. Er rutschte über meinen Rücken und glitt auf seinem Gesicht über die Planken des Stegs.

Ich war auf den Füßen und rannte, ehe er sich gefangen hatte. Als ich den Parkplatz erreichte, hörte ich eine Stimme: »He, Brandon, hierher.«

Ich änderte meine Richtung, als ich Fulton mir vom Vordersitz meines Wagens zuwinken sah. Ich hörte Hertz auf dem Steg hinter mir herpoltern. Der Motor lief schon, und ich kletterte hinter das Steuerrad, schaltete den Gang ein und trat aufs Gas.

Hertz war inzwischen bis auf zwanzig Schritte nähergekommen, sein zerschlagenes Gesicht eine grimmige Maske ohnmächtiger Wut, als der Wagen davonschoß. Ich entging dem Tor des Parkplatzes um Zentimeter und raste auf den Boulevard hinaus. Mit hoher Geschwindigkeit bog ich in die nächste Seitenstraße, riß den Wagen an der nächsten Querstraße wieder herum und mäßigte dann das Tempo.

»Sind Sie sehr verletzt?« fragte ich Fulton und sah ihn an.

»Ich werde es überstehen«, sagte er.

»Wo ist das nächste Krankenhaus, ich bringe Sie dorthin.«

»An der dritten Ecke nach links, dann eine halbe Meile geradeaus.«

Ich beschleunigte das Tempo. Fünf Minuten später fuhr ich vor dem Krankenhaus vor.

»Jetzt kann ich mir alleine helfen«, sagte Fulton und stieg aus. »Es war dämlich von mir, meinen großen Mund aufzureißen. Ich hätte mich nicht mit Ihnen einlassen sollen.«

»Es tut mir leid. In diese Ungelegenheit wollte ich Sie nicht bringen. Sie können Hertz anzeigen. Zeugen waren genug anwesend.«
»Das würde mir nicht viel nützen. Ich bekäme nur noch mehr Ärger. Ich packe mein Zeug zusammen und verlasse die Stadt. Ich habe die Schnauze hier voll.«
Mit unsicheren Schritten ging er davon.
Ich beobachtete ihn, bis er durch den Eingang verschwunden war, dann wendete ich und fuhr schnell zu meinem Hotel.

III

Erst als ich in der Stille meines Zimmers war und meine Schrammen gekühlt hatte, fiel mir ein, daß ich mein Abendessen verpaßt hatte, und spürte meinen Magen. Ich bestellte mir ein paar Truthahn=Sandwiches mit Roggenbrot und ein eisgekühltes Bier. Während ich darauf wartete, streckte ich mich auf meinem Bett aus und überlegte, was ich nun an diesem Tag erreicht hatte.
Ich war mir bewußt, daß ich meinen Kopf in ein Hornissennest gesteckt hatte, und fragte mich voller Zweifel, wie lange ich noch zu leben haben würde, wenn ich das weiter betrieb.
Früher oder später würde ich Hertz wieder über den Weg laufen, und das nächste Mal würde ich nicht mit ein paar Schrammen im Gesicht und am Hals und einer leichten Schwellung unter dem rechten Auge davonkommen. Ich dachte an Tim Fulton und schnitt unwillkürlich eine Grimasse.
Selbst wenn es mir gelang, Hertz aus dem Weg zu gehen, blieb immer noch Katchen. Wenn er den geringsten Verdacht schöpfte, daß ich meine Ermittlungen fortsetzte, würde er irgendeine Beschuldigung gegen mich frisieren, und damit saß ich drin. Ich machte mir keine Illusionen, daß ich dann ein Picknick vor mir hatte.
Wie es aussah, mußte ich irgendeine Art Schutz finden, wenn ich einigermaßen sicher weitermachen wollte, aber wie und wo ich den bekommen sollte, war mir ein Rätsel. Gab es jemanden in der Stadt, der mächtiger als Creedy war und Katchen zwingen konnte, mich in Ruhe zu lassen? Das schien unwahrscheinlich. Aber wenn es diesen Mann gab, und ich ihn auf meine Seite bringen konnte, war mein Problem gelöst.
Ich ließ diese Frage fallen und richtete meine Gedanken auf das, was ich entdeckt hatte. Ich wußte jetzt, daß Creedy Jack engagiert hatte. Creedys Geld stand hinter einem Teil der dunklen Machenschaften in dieser Stadt. Er war verheiratet, und seine Frau spielte mit einem Mann namens Jacques Thrisby herum. Er hatte auch eine Tochter Margot, die er liebte und die ein Apartment am Franklyn Boulevard hatte. Ich griff nach dem Telefonbuch und stellte fest, daß ihre Wohnung in einem Apartmentblock lag, der Franklyn Arms hieß. Als ich das Telefonbuch

wieder hinlegte, klopfte es an die Tür, und ein Kellner brachte mir meine Sandwiches und das Bier. Er starrte neugierig auf mein verschwollenes Auge, sagte aber nichts dazu, und das war sein Glück. Ich war in diesem Moment nicht in der Stimmung, mit einem Kellner freundschaftlich zu schwatzen.

Als er fort war, stand ich vom Bett auf, setzte mich in den einsamen Lehnstuhl, aß meine Sandwiches und trank mein Bier.

Jemand hatte Jacks Besitz aus dem Nebenzimmer herübergebracht und in einem sauberen Stoß in einer Ecke aufgebaut. Sein Anblick erinnerte mich daran, daß ich seiner Frau schreiben mußte. Nachdem ich fertig gegessen und mir eine Zigarette angezündet hatte, nahm ich ein Blatt Briefpapier des Hotels und schrieb ihr. Es dauerte bis halb elf, bis ich den Brief zu meiner Zufriedenheit fertig hatte. Ich bot ihr eine angemessene Summe als Entschädigung für den Verlust ihres Mannes. Vorsätzlich hatte ich einen niedrigen Betrag genannt, weil ich wußte, daß sie lange und erbittert feilschen würde, um mehr aus mir herauszuholen. Sie hatte mich nie leiden können, und ich wußte, wieviel ich ihr auch gab, sie würde nie zufrieden sein.

Ich klebte den Umschlag zu und ließ den Brief auf dem Tisch liegen, um ihn am nächsten Morgen zur Post zu bringen.

Dann setzte ich mich hin und schloß Jacks Koffer auf. Ich durchsuchte seine Sachen sorgfältig, um mich zu vergewissern, daß sich nichts dazwischen befand, was seine Frau empören könnte. Das war ganz gut, denn ich fand Fotos und Briefe, die bewiesen, daß er sie seit etwa einem Jahr betrog. Ich zerriß sie in kleine Fetzen und warf sie in den Papierkorb.

Als ich den Koffer selbst durchsuchte, fand ich unter der Stoffverkleidung verborgen ein Streichholzbriefchen, wie es Restaurants und Nachtklubs zu Werbezwecken verschenken. Dies war aber etwas Besonderes. Es war mit dunkelroter, geflammter Seide überzogen und trug auf der Außenseite in Gold die Aufschrift »Musketeer Club« und daneben eine Telefonnummer.

Ich drehte das Briefchen zwischen den Fingern und dachte daran, daß Greaves, der Hoteldetektiv, gesagt hatte, der Musketeer Club sei nicht nur das teuerste, sondern auch das exklusivste Nachtlokal der Stadt. Wie waren diese Streichhölzer in Jacks Besitz gelangt? War er in dem Klub gewesen? Da ich ihn kannte, war ich überzeugt, daß er nie in ein derartig luxuriöses Lokal gegangen wäre, es sei denn aus geschäftlichen Gründen. Er ging viel zu sorgfältig mit seinem Geld um, um mit irgendeinem Mädchen in einen so teuren Klub zu gehen.

Die Streichhölzer immer noch in der Hand, richtete ich mich auf, überlegte einen Augenblick, verließ dann mein Zimmer und fuhr mit dem Fahrstuhl in die Halle hinunter.

Ich fragte den Empfangschef, ob Greaves im Hause sei.

»Er wird sich jetzt in seinem Büro aufhalten«, sagte er und starrte auf mein dickes Auge. »Eine Treppe tiefer und dann rechts. Ist Ihnen etwas zugestoßen, Mr. Brandon?«

»Wegen meines Auges? Das hat nichts auf sich. Ich bestellte mir ein paar Sandwiches aufs Zimmer, und der Kellner warf sie mir an den Kopf. Ich habe für diese Art der Bedienung sehr viel übrig.«

Ich ließ ihn mit offenem Mund und wabbelndem Doppelkinn stehen und ging die Treppe zu Greaves Büro hinunter.

Es war eher ein Wandschrank als ein Zimmer. Ich fand ihn vor einem kleinen Tisch, wie er eine Patience legte. Er blickte auf, als ich unter der Tür stehenblieb.

»Jemand hat Ihr Gesicht nicht gefallen«, meinte er, ohne sonderliches Mitgefühl zu zeigen.

»Ja«, bestätigte ich, beugte mich vor und ließ die Streichhölzer vor ihn auf den Tisch fallen.

Er betrachtete sie, runzelte die Stirn, sah mich an und zog seine Augenbrauen hoch.

»Woher kommt das?«

»Fand ich in Sheppeys Koffer.«

»Ich bin bereit, einen Dollar zu wetten, daß er niemals drin war. Er hatte nicht das Format, nicht das Geld und nicht den Einfluß, an den Rausschmeißern vorbeizukommen.«

»Keine Chance?«

»Nicht einmal eins zu zehn Millionen.«

»Vielleicht hat ihn jemand mitgenommen. Ist das möglich?«

Greaves nickte.

»Könnte sein. Ein Mitglied kann mitbringen, wen es will, aber wenn den anderen Snobs seine Gäste nicht gefallen, kann er seine Mitgliedschaft verlieren. So geht es da zu.«

»Könnte er es irgendwo anders herbekommen haben?«

Greaves hob die Schultern.

»Das ist das erste von der Sorte, das ich sehe. Die Leute, die in den Musketeer Club gehen, würden sich ihre lilienweißen Finger nicht schmutzig machen wollen, indem sie so ein Ding anfassen. Die hätten Angst, sie könnten sich daran infizieren. Ich würde sagen, daß ihn jemand mit hin nahm, und er brachte sich das mit zum Beweis, daß er drin gewesen war. Das wäre etwas, womit er angeben konnte, falls ihm angeben lag.

»Wissen Sie, wie ich an eine Mitgliederliste kommen kann?«

Er lächelte schief, stand auf, drückte sich um seinen kleinen Tisch herum an einen Schrank. Nachdem er ein paar Sekunden darin herumgekramt hatte, reichte er mir ein schmales Heft, das in verblichene, rotgeflammte Seide gebunden war und die gleiche Aufschrift trug wie das Streichholzbriefchen.

»Ich fand sie in einem der Zimmer im Ritz=Plaza und dachte, es könne eines Tages vielleicht von Nutzen sein. Sie ist zwei Jahre alt.«

»Ich bringe sie Ihnen zurück«, sagte ich, nahm die Streichhölzer vom Tisch und schob sie mit der Mitgliedsliste in meine Tasche. »Danke.«

»Wo haben Sie das Veilchen her?«

»Von keinem, den Sie gern kennenlernen würden«, sagte ich und ging hinauf in die Halle zurück. Ich fand einen Sessel, der abseits von den alten Damen und Herren stand, und las die Namen in dem Heft durch. Es waren an die fünfhundert Namen, die ich prüfen mußte. Etwa vierhundertsiebenundneunzig sagten mir nichts im Gegensatz zu den restlichen drei: Mrs. Bridgette Creedy, Mr. Jacques Thrisby und Miss Margot Creedy.

Ich schloß das Heft und kopfte damit leicht auf meine offene Hand. Ein paar Minuten blieb ich sitzen und dachte nach. Dann hatte ich aus dem Blauen heraus einen Einfall. Ich überlegte, entschied nach einem Augenblick oder etwas länger, daß er vielleicht nicht glänzend sei, so schlecht vielleicht aber auch nicht, und stand auf.

Ich ging zu dem Hallenportier und fragte ihn, wo der Franklyn Boulevard lag. Er sagte mir, ich solle an der zweiten Ecke nach rechts und hinter der Verkehrsampel dann nach links abbiegen.

Ich bedankte mich und ging die Stufen zu meinem Buick hinunter.

Fünftes Kapitel

I

Das Franklyn Arms erwies sich als einer dieser anspruchsvollen, hochgestochenen Apartmentbauten, die den Angehörigen der obersten Gesellschaftsschichten mit einem mehr als sechsstelligen Einkommen vorbehalten sind.

Dem Anschein nach enthielt der Block nicht mehr als dreißig Apartments. Das Gebäude war drei Stockwerke hoch und hockte mit der Würde einer Herzoginmutter mitten in einem sorgfältig gepflegten Gelände mit Rasenflächen, einer Fontäne mit einer Nachbildung von Donatello's »Knabe auf dem Delphin«, Flutlichtern, um die architektonische Schönheit des Bauwerks auch bei Nacht zu unterstreichen, und vielen Blumenbeeten mit Edelrosen und himmelblauen Petunien.

Ich lenkte den Buick auf einen freien Platz zwischen einem Silver Wraith und einem Silver Dawn Rolls Royce, stieg aus, ging an einem Continental Bentley, einem zweiundsechziger Cadillac Coupee und einem Packard Clipper vorbei. In diesen Vehikeln allein war so viel Geld aufgefahren, um mich für zehn Jahre glücklich machen zu können.

Ich bahnte mir den Weg durch die Drehtür in eine eichengetäfelte Halle. Sie war mit in verchromten Kästen an den Wänden blühenden

Nelken geschmückt und einem kleinen Springbrunnen, in dessen beleuchtetem Becken ein halbes Dutzend gut genährte und zufrieden wirkende Goldfische schwammen.

In der hinteren Ecke stand ein Empfangspult, mit einem großen, blonden Mann in einem makellosen Smoking dahinter, dessen hübsches, feminines Gesicht einen gelangweilten und verächtlichen Ausdruck zur Schau stellte.

Ich ging zu ihm hin und zeigte ihm eins meiner freundlichen Lächeln.

Das war wahrscheinlich ein Fehler, denn er wich zurück, als ob ich ihm einen angefaulten Fisch unter seine aristokratische Nase gehalten hätte.

»Miss Creedy, bitte«, sagte ich.

Er fingerte an seiner tadellosen Krawatte, während seine braunen Augen über mich glitten. Er mußte auf den Cent genau wissen, was mein Anzug, mein Schlips, mein Hemd und mein Hut kostete. Das Ergebnis schien ihm nicht zu imponieren.

»Erwartet Miss Creedy Sie?«

»Nein. Wollen Sie sie anrufen und ihr sagen, ich hätte gerade mit ihrem Vater gesprochen und wäre ihr nun dankbar, wenn sie mir eine Minute opfern wollte. Mein Name ist Lew Brandon.«

Er klapperte mit seinen schönen, manikürten Nägeln auf der polierten Platte, während er überlegte. An dem angestrengten Ausdruck seiner Augen erkannte ich, daß er mit diesem Prozeß immer Schwierigkeiten haben würde.

»Es wäre vielleicht besser, wenn Sie ihr zuerst schreiben«, sagte er endlich. Er hob seinen Arm und zog seine massiv goldene Uhr zu Rate. »Für einen Besuch ist es schon etwas spät.«

»Hören Sie zu, mein Lieber«, sagte ich und gab meinem Ton plötzlich Härte. »Sie mögen sich für sehr schön halten, aber bilden Sie sich nicht ein, daß das immer so bleiben muß. Und jetzt rufen Sie Miss Creedy an, und überlassen Sie die Entscheidung ihr.«

Einen kurzen Augenblick starrte er mich überrascht und alarmiert an, ging dann in das Zimmer hinter dem Empfangspult und schloß die Tür hinter sich.

Ich zog eine Zigarette aus der Tasche und klebte sie an meine Unterlippe. Ich fragte mich, ob er nun die Hüter von Ruhe und Ordnung rufen würde. Es würde mir nicht gut bekommen, falls irgendein ehrgeiziger Polizist mich unter der Beschuldigung, der Elite von St. Raphael City lästig gefallen zu sein, ins Headquarters schleifen würde. Aber zwei Minuten später erschien er wieder und sah aus, als ob er eine Wespe verschluckt hätte. Er deutete auf einen Fahrstuhl auf der anderen Seite der Halle und sagte nur: »Zweite Etage, Apartment sieben.« Dann warf er seine blonden Locken zurück und drehte mir den Rücken.

Nachdem ich durch einen langen, eichengetäfelten Korridor gewan=

dert war, fand ich Apartment sieben. Vor der Tür blieb ich stehen. Ich konnte hören, daß dahinter im Radio etwas von Mozart gespielt wurde. Ich drückte auf den Klingelknopf, und bald darauf wurde die Tür von einer älteren, freundlich aussehenden Frau, in einem schwarzen Seidenkleid und einer weißen Tändelschürze, geöffnet.
»Mr. Brandon?«
»Ja.«
Ich lieferte ihr meinen Hut aus, als ich in die kleine Halle trat, die mit einem ovalen Tisch möbliert war, auf dem eine silberne Schale mit weißen Orchideen stand.

Das Hausmädchen öffnete eine Tür, sagte: »Mr. Brandon«, und trat zur Seite, um mich eintreten zu lassen. Ich kam in einen großen, weiß und aprikosenfarben gehaltenen Wohnraum. Wände, Vorhänge und die lederbezogenen Sessel waren in Apricot, der Teppich und Miss Creedy waren in Weiß.

Sie stand neben einem großen Rundfunkempfänger, sah mir entgegen, schlank und ziemlich groß, mit aschblondem Haar, wie gesponnene Seide. Sie war in klassischer Weise auffallend schön, und ihre Augen waren von der Farbe und schienen aus dem gleichen Stoff wie jene riesigen, blauschwarzen Vergißmeinnicht, die man manchmal auf den besseren Blumenschauen findet.

Sie war hochbrüstig und langbeinig, mit Hüften, die Linie und den richtigen Umfang hatten. Sie trug ein weißes, tiefausgeschnittenes Abendkleid, und um den Hals ein Brillantenkollier, das sie wahrscheinlich zu ihrem einundzwanzigsten Geburtstag bekommen und das in das Bankkonto ihres Vaters zweifellos eine merkliche Lücke gerissen hatte. Sie trug ellbogenlange Handschuhe und an einem Handgelenk eine brillantbesetzte Platinuhr. An ihrem kleinen Finger trug sie über dem Handschuh einen langen, flachen Rubin an einem dünnen Goldreifen.

Sie sah ganz nach dem aus, was sie war. Jeder Zoll die Tochter eines Multimillionärs. Alles in allem konnte ich verstehen, warum es Mrs. Creedy schwergefallen war, ihr gegenüber zur Geltung zu kommen. Für sie mußte es eine Erlösung gewesen sein, als dieses Mädchen ihre Koffer packte und das Haus verließ.

»Ich möchte Sie sehr um Entschuldigung bitten, daß ich Ihnen mit meinem späten Besuch noch lästig falle, Miss Creedy«, begann ich. »Aber ich täte es nicht, wenn der Anlaß nicht sehr dringlich wäre.«

Sie antwortete mit einem kleinen Lächeln. Es war weder freundlich noch feindselig. Die Herrin des Hauses empfing einen Fremden in ihrem Heim. Sie zeigte gute Manieren, nicht mehr und nicht weniger.

»Hat es etwas mit meinem Vater zu tun?«
»Eigentlich nicht, entfernt vielleicht. Aber um ehrlich zu sein, ich fürchtete, Sie würden mich nicht empfangen, wenn ich mich nicht auf Ihren Vater berief.« Ich zeigte ihr ein jungenhaftes Lächeln, aber es machte keinen Eindruck. Sie sah mich jetzt fest an, und ihre dunklen

Augen waren von einer verwirrenden Festigkeit. »Ich bin der Leiter der Star Agency«, fuhr ich fort. »Ich komme in der Hoffnung, daß Sie bereit sind, mir zu helfen.«

Sie wurde etwas steifer und runzelte die Stirn. Trotz der Strenge, die ihr Gesicht zeigte, war sie unverändert schön.

»Soll das heißen, daß Sie Privatdetektiv sind?«

»Ganz richtig. Ich arbeite an einem Fall, und Sie könnten mir helfen, Miss Creedy.« Ich erkannte, daß sie erstarrte.

»Ihnen helfen? Ich verstehe wirklich nicht, was Sie damit meinen. Warum sollte ich Ihnen helfen?« In ihrer Stimme lag jetzt Eis.

»Aus keinem anderen Grunde, als aus dem, daß manche Menschen nichts dagegen haben, anderen hier und da zu helfen.« Ich versuchte es wieder mit dem jungenhaften Lächeln, wieder vergeblich. »Die Angelegenheit könnte Sie vielleicht interessieren, wenn Sie mir erlauben, sie Ihnen zu schildern.«

Sie zögerte, dann deutete sie auf einen Sessel. »Also gut«, sagte sie, »aber setzen Sie sich doch.«

Ich wartete, bis sie auf dem Sofa gegenüber Platz genommen hatte, ehe ich mich auf dem Sessel niederließ, auf den sie gedeutet hatte.

»Vor fünf Tagen, Miss Creedy«, begann ich, »kam mein Partner Jack Sheppey von unserem Büro in San Franzisko auf Grund eines Auftrages, den er telefonisch empfangen hatte, hierher. Der Auftraggeber nannte dem Mädchen, das unsere Telefonanrufe entgegennimmt, nicht seinen Namen. Ich war an dem Tag verreist. Sheppey fuhr ab, ohne den Namen des Anrufers zu hinterlassen, aber er notierte den Namen Ihres Vaters auf seiner Schreibunterlage.«

Während ich sprach, beobachtete ich sie und konnte sehen, daß sie mir aufmerksam zuhörte. Langsam taute sie auf.

»Sheppey schickte mir ein Telegramm, in dem er mich aufforderte, auch hierherzukommen. Heute vormittag traf ich ein. Ich ging zu dem Hotel, in dem er wohnte, aber er hatte das Haus verlassen. Bald danach holte mich die Polizei, um ihn zu identifizieren. Er war in einer Badekabine draußen am Bay Beach ermordet worden.«

Ihre Augen weiteten sich.

»Ja, richtig, ich las es in der Abendzeitung. Es war mir nicht bekannt, daß er ... Ihr Partner war.«

»Doch, das war er.«

»Sie sagen, daß er den Namen meines Vaters auf seine Schreibunterlage notierte?« fragte sie stirnrunzelnd. »Warum hat er das denn getan?«

»Das weiß ich nicht, es sei denn, Ihr Vater war der Auftraggeber, der ihn anrief.«

Darauf wendete sie ihren Blick von mir ab und begann, den Rubinring um ihren Finger zu drehen. Mir schien, daß ihr plötzlich unbehaglich war.

»Das hat Daddy bestimmt nicht getan. Wenn er einen Privatagenten wünscht, überträgt er das seinem Sekretär.«

»Wenn es sich nicht gerade um eine Frage von ungewöhnlich vertraulichem Charakter handelt«, sagte ich.

Sie sah immer noch zur Seite. »Ich verstehe wirklich nicht, was das alles mit mir zu tun hat«, sagte sie. »Ich gehe in ein paar Minuten fort ...«

»Heute nachmittag war ich bei Ihrem Vater«, begann ich wieder und bemerkte, wie sie erstarrte. »Ich fragte ihn, ob er Sheppey engagiert hätte, und er verneinte. Er verneinte es sehr nachdrücklich. Dann rief er jemanden, der wie ein früherer Boxer aussah und sich Hertz nannte, und befahl ihm, mich genau anzusehen. Er deutete an, falls ich mich nicht um meine eigenen Angelegenheiten kümmere, würde Hertz mich entmutigen.«

Eine leichte Röte stieg in ihr Gesicht.

»Ich verstehe immer noch nicht, was das mit mir zu tun haben soll. Wenn Sie mich jetzt bitte entschuldigen wollen ...«

Sie stand auf.

»Ich versuche, Sheppeys Schritten nachzuforschen«, sagte ich und erhob mich gleichfalls. »Anscheinend ging er in den Musketeer Club, und ich möchte feststellen, mit wem er dort war. Sie sind Mitglied des Klubs. Ich wollte Sie bitten, mich in den Klub einzuführen, damit ich ein paar Erkundigungen einziehen kann.«

Sie starrte mich an, als hätte ich ihr eine Reise zum Mond vorgeschlagen.

»Das ist ganz unmöglich«, antwortete sie, und es klang, als ob sie es meinte. »Selbst wenn ich Sie in den Klub mitnähme — aber ich habe nicht die geringste Absicht, es zu tun — würde man nicht erlauben, daß Sie irgend jemand befragen.«

»Aber in Ihrer Gesellschaft, Miss Creedy«, entgegnete ich. »Nach allem, was ich hörte, ist der Klub außerordentlich exklusiv, aber ich bin überzeugt, daß man Ihnen antworten wird, wenn Sie die Fragen stellen.«

Sie starrte mich an und biß sich auf die Unterlippe.

»Das ist unmöglich. Es tut mir leid, Mr. Brandon, ich muß Sie jetzt bitten, zu gehen.«

»Ich bin nicht leichtfertig zu Ihnen gekommen«, sagte ich. »Ein Mann wurde ermordet. Ich habe Grund zu vermuten, daß die Polizei sich nicht sehr bemühen wird, seinen Mörder zu finden. Ich bin mir bewußt, daß das eine sehr bedenkliche Äußerung ist, aber ich habe mit Captain Katchen von der Mordkommission gesprochen, und er hat mir mehr oder minder klar erklärt, er würde dafür sorgen, daß es mir leid täte, falls ich mich aus der Geschichte nicht draußen hielte. Ich gebe mich keiner Täuschung darüber hin, daß das keine leere Drohung ist. Vor nicht ganz einer Stunde wurde ich in eine Schlägerei verwickelt, weil ich Fragen stellte. Es gibt in der Stadt jemand, der alles darauf anlegt, daß Sheppeys Tod vertuscht wird. Sheppey war mein Freund. Ich habe nicht die Absicht, zuzulassen, daß der Mord an ihm ungesühnt bleibt. Ich bitte Sie, mir zu helfen. Alles, was ich möchte ...«

Sie streckte die Hand aus und drückte auf einen Klingenknopf neben sich an der Wand.

»Das hat mit mir alles nichts zu tun«, sagte sie. »Es tut mir leid, aber ich bin nicht in der Lage, Ihnen zu helfen.«

Die Tür öffnete sich, und das Hausmädchen kam herein.

»Tessa, Mr. Brandon will jetzt gehen.«

Ich lächelte sie an.

»Nun, wenigstens haben Sie mir nicht gedroht wie Captain Katchen, noch haben Sie mir bisher einen Totschläger auf den Hals geschickt wie Ihr Vater«, sagte ich. »Ich danke Ihnen, daß Sie mir Ihre Zeit geopfert haben, Miss Creedy.«

Ich ging in die Halle, nahm meinen Hut, öffnete die Tür des Apartments und trat in den Korridor hinaus.

Es war ein Schuß ins Dunkle gewesen, und er hatte nicht gesessen. Aber wenigstens hatte ich meine Zeit nicht vergeudet. Ich vermutete, daß Margot Creedy genau wußte, warum ihr Vater Sheppey engagiert hatte. Wenn das der Fall war, bedeutete es, daß Sheppey sich mit einer Familienangelegenheit befassen sollte. Ich entschloß mich, mir Bridgette Creedys Zeitvertreib Jacques Thrisby näher anzusehen. Vielleicht sollte Sheppey feststellen, wie eng diese beiden befreundet waren. Das wäre eine Erklärung. Es war natürlich, daß Creedy in diesem Fall schwieg und brutal wurde, wenn er daran dachte, vor Gericht aussagen zu müssen, er habe einen Privatdetektiv engagiert, um seine Frau zu beobachten. Das war etwas, was kein Mann gern bekannt werden ließ.

Es war jetzt zehn Minuten nach elf. Noch etwas zu früh, um in mein Hotel zurückzukehren.

Ich stieg in den Buick, saß lange nachdenklich da. Dann drückte ich auf den Starter und fuhr in Richtung Bay Beach davon.

II

Als ich die Promenade entlangfuhr, konnte ich sehen, daß immer noch Leute in der Brandung badeten. Im Licht des großen, weißen Mondes schimmerte das Wasser wie altes Silber.

Nach zehn Minuten Fahrt erreichte ich Bay Beach. Dieser Teil des Strandes lag abseits des großen Betriebes, und ich stellte fest, daß die Badeanstalt geschlossen und die Reihe Kabinen im Schatten der Palmen im Dunkel lag.

Ich ließ den Buick in einer Seitenstraße unmittelbar hinter der Badeanstalt und ging zum Strand hinunter. Von ein paar Wagen abgesehen, die ziellos und ohne Eile über die Strandstraße rollten, war dieser Teil der Promenade so still und verlassen wie ein Bahnhofswartesaal am Weihnachtsmorgen.

Das Tor, das zum Strand hinunterführte, war verschlossen. Ich sah nach rechts und links, überzeugte mich, daß ich nicht beobachtet wurde, ergriff die Oberkante und schwang mich hinüber. Geräuschlos landete ich auf der anderen Seite im weichen Sand.

Schnell glitt ich in den schützenden Schatten der Palmen und blieb dann stehen.

Ich hatte keine feste Vorstellung, weshalb ich an den Strand gekommen war. Ich hatte einfach nichts Besseres zu tun, und ich wollte noch einmal die Stelle sehen, an der Sheppey gestorben war.

Aus dem Schutz des Schattens spähte ich zu der Reihe Badekabinen hinüber.

Es bestand die Möglichkeit, daß Rankin einen Polizisten als Wache zurückgelassen hatte, und das letzte, was ich mir im Augenblick wünschte, war, einem der hiesigen Gesetzeshüter in die Arme zu laufen. Aber von dem Streifen Strand war kein Laut und keine Bewegung vernehmbar, außer dem Murmeln der See und einem gelegentlichen Auto, das hinter mir und außer Sicht auf der Promenade vorbeifuhr.

Nachdem ich überzeugt war, daß mich niemand stören würde, ging ich die Reihe der Hütten entlang, bis ich die vorletzte erreichte. Es war die, in der Sheppey gestorben war.

Ich drückte gegen die Tür, sie war aber verschlossen. Ich zog eine Taschenlampe und ein dünnes Stahlgerät aus meiner Hüfttasche und untersuchte das Schloß. Ich schob den Stahl zwischen das Schloß und den Türpfosten, drückte kräftig gegen die Füllung. Die Tür schwang auf.

Unter der offenen Tür blieb ich stehen, spürte, wie die aufgespeicherte Tageswärme aus dem kleinen Raum mir wie aus einer geöffneten Ofentür entgegenschlug. Ich trat einen Schritt hinein, schaltete meine Lampe an und ließ den Strahl langsam durch den Raum wandern.

Es befanden sich zwei Schemel, ein Tisch und ein Ruhebett darin. In der Ecke, wo Sheppey gelegen hatte, befand sich ein großer, dunkler Fleck auf dem Boden, bei dessen Anblick es mich kalt überlief.

Mir gegenüber waren zwei Türen, die in die Umkleidekammer führten. Die eine hatte Sheppey benutzt, die andere das Mädchen, das ihn begleitet hatte.

Wer mochte sie gewesen sein? War sie ein Köder, um Sheppey hier herunterzulocken? War er wild genug auf das Mädchen gewesen, um in eine derartige Falle zu gehen? Hatte sein Tod vielleicht doch nichts mit Creedy zu tun? War er dumm genug gewesen, sich mit dem Mädchen irgendeines Schlägers einzulassen, der sich dann gerächt hatte?

Wenn dieser Mann sie plötzlich überrascht hatte, wurde dadurch erklärt, warum das Mädchen ihre Kleider in der Hütte zurückließ. Während er Sheppey tötete, war sie wahrscheinlich herausgelaufen und geflohen. Aber warum hatte sie keine Hilfe geholt? War nicht anzunehmen, daß sie versuchen würde, jemand zu rufen, der den Mörder daran hinderte, Sheppey zu töten? Oder hatte es sich so schnell abgspielt, daß Sheppey schon tot war, ehe sie herauskam? Und sie einfach floh, als sie sah, daß er tot war?

Ich schob meinen Hut in den Nacken und strich mir mit der Hand über die Stirn.

Oder hatte sie ihn getötet?

Ich trat ganz in die Hütte und schloß die Tür. Ich wollte nicht, daß irgendein Schwimmer oder jemand in einem Boot meine Lampe durch die offenstehende Tür bemerkte.

Ich trat an die erste Tür, die in die Umkleidekammern führte, öffnete sie und blickte hinein. Es war ein winziger Raum mit einer Bank, vier Kleiderhaken und einem kleinen Spiegel. Während ich den Strahl der Lampe ringsherum gleiten ließ, fragte ich mich, ob Sheppey diesen Raum benutzt hatte. Ich rechnete nicht damit, irgend etwas zu finden. Die Polizei war schon hiergewesen, und der Raum war zu klein, als daß man irgend etwas übersehen konnte. Ich fand auch nichts.

Ich ging wieder hinaus und dachte: ich vergeude meine Zeit. Für mich gab es hier nichts, nicht einmal Atmosphäre. Vielleicht hätte ich mir nicht die Mühe gemacht, in die andere kleine Kammer hineinzusehen, aber plötzlich hatte ich das Gefühl, in der dunklen Hütte nicht länger allein zu sein. Regungslos blieb ich stehen, lauschte, hörte mein eigenes Herz pochen. Mein Finger glitt auf den Knopf der Taschenlampe, und dichte Finsternis umhüllte mich.

Einen langen Augenblick hörte ich nichts. Dann, als ich schon glaubte, daß mir meine Phantasie einen Trick spiele, nahm ich einen Laut wahr, der mir ganz nahe schien. Ein ganz schwaches Seufzen. Das Geräusch, das einer macht, der langsam durch den offenen Mund ausatmet.

Das Geräusch war so schwach, daß ich es nicht gehört hätte, wenn ich nicht angespannt gelauscht hätte oder wenn in diesem kurzen Augenblick etwas anderes hörbar gewesen wäre.

Ich fühlte, wie sich die Haare in meinem Nacken sträubten. Ich wünschte, ich hätte eine Waffe bei mir. Zwei Schritte brachten mich an die Tür des Umkleideraums. Ich hob die Taschenlampe und schaltete sie ein.

Der weiße Lichtstrahl warf einen nichtssagenden Kreis auf den Bretterboden. Ich ließ ihn umherwandern, sah nichts und lauschte wieder.

Auf der Straße brauste dröhnend ein Wagen vorbei, mit jemand, der es eilig hatte.

Ich richtete den Lichtstrahl auf die Tür der zweiten Umkleidekammer, griff nach der Klinke und schob die Tür vorsichtig auf.

Ich hob die Taschenlampe.

Sie saß auf dem Boden, sah mich an. Sie trug einen hellblauen

Badeanzug, ihre goldene Haut glänzte von Schweiß. Der Blick ihrer Augen war leer. Von ihrer linken Schulter zog sich ein langer Streifen geronnenes Blut herunter.

Es war ein dunkles, hübsches Mädchen, mit langem, schwarzem, seidigem Haar, vielleicht vierundzwanzig oder fünfundzwanzig, und der Figur eines Modells. Sie war viel zu jung, um zu sterben.

Blicklos starrte sie in den Strahl der Taschenlampe. Ich stand regungslos, wie gebannt, von eiskaltem Schweiß bedeckt, mit jagenden Pulsen und trockenem Mund.

Dann begann sie sehr langsam zur Seite zu sinken.

Ich war unfähig, mich zu bewegen. Stand nur da und starrte auf sie.

Erst als sie in einer entsetzlichen, gespenstischen Stille auf dem Boden lag, beugte ich mich vor, um sie aufzufangen.

Aber inzwischen war es dazu viel zu spät.

III

Sie lag auf der Seite, ihr dunkles Haar bedeckte ihr Gesicht. Neben ihr auf dem Boden entdeckte ich einen Eispicker mit einem weißen Kunststoffgriff. Das war der Beweis, daß dieses Mädchen auf die gleiche Weise wie Sheppey gestorben war, obwohl die Hand des Mörders dieses Mal nicht so sicher zugestoßen hatte, denn Sheppey war augenblicklich tot gewesen.

Ich beugte mich über sie. Schweiß lief mir über das Gesicht und tropfte von meinem Kinn. Der Krampf, der durch ihren Körper lief, als sie sich auf dem Boden ausstreckte, verriet mir eindeutig den Augenblick, in dem sie gestorben war. Ich brauchte nicht nach ihrem Puls zu greifen oder ihr Augenlid zu heben, um zu erkennen, daß es für jede Hilfe zu spät war. Ich ließ das Licht meiner Lampe auf sie fallen. Es war nicht der geringste Anhaltspunkt vorhanden, der darauf hinwies, wer sie war. Sie hatte nur diesen Badeanzug an. Die Tatsache, daß sie sich gepflegt hatte, daß ihr Haar erst kürzlich gewaschen und frisiert worden war, daß ihre Nägel manikürt und dunkelrot lackiert waren und daß sie einen guten Badeanzug trug, verriet mir nichts. Sie konnte ebensogut reich wie arm gewesen sein. Sie konnte ein Modell gewesen sein, sie konnte aber auch eine der Tausenden berufstätigen Frauen von St. Raphael City gewesen sein. Sie konnte alles gewesen sein.

Von einem war ich sicher. Sie war das Mädchen, das Jack Sheppey im Hotel abgeholt hatte, das Mädchen, von dem Greaves überzeugt war, es sei blond gewesen. Als mir einfiel, daß er vermutete, sie hätte entweder eine Perücke getragen oder ihr Haar gefärbt, hielt ich die Lampe näher, um mich davon zu überzeugen, daß er sich geirrt hatte, und er hatte sich geirrt. Sie trug weder eine Perücke, noch hatte sie ihr Haar gefärbt. Daran gab es keinen Zweifel, und das bewies nur, wie gründlich ein ausgebildeter Hoteldetektiv danebenhauen kann.

Ich lenkte den Lichtstrahl auf ihre Arme. In dem hellen Schein schimmerten die weichen Härchen blond. Alles andere wäre unnatürlich gewesen. Ihrer Bräune nach zu urteilen, hatte sie seit Monaten die Sonne genossen. Natürlich mußten die Härchen auf ihren Armen gebleicht sein.

Ich richtete mich auf, zog mein Taschentuch aus der Tasche und wischte mir über das Gesicht.

Die Hitze in dem winzigen Raum war furchtbar. Ich stellte fest, daß ich mein Hemd durchgeschwitzt hatte, und trat in den größeren Raum zurück.

Erst jetzt bemerkte ich eine weitere Tür, die offenbar eine Verbindung zur benachbarten Kabine bildete. An der Tür war ein Riegel, aber er war nicht zugeschoben.

Das ließ mich auffahren.

Ich erkannte, daß der Mörder durch diese Tür gekommen und gegangen sein mußte. Wahrscheinlich befand er sich noch in der Nachbarhütte, wartete darauf, daß ich verschwand, und mehr denn je wünschte ich, eine Waffe bei mir zu haben.

Geräuschlos schlich ich durch den Raum, schaltete meine Taschenlampe wieder aus und legte mein Ohr gegen die Füllung dieser Tür. Ich lauschte lange, aber vernahm nichts. Ich tastete nach der Klinke, fand sie, packte sie fest und drückte langsam herunter. Als ich sie ganz unten hatte, preßte ich leicht gegen die Tür, aber sie gab nicht nach.

Jemand war durch diese Tür in die Nachbarkabine gegangen und hatte hinter sich abgeriegelt.

Befand sich der Betreffende noch darin?

Ich trat zurück, mein Mund war unerträglich trocken. Wahrscheinlich hatte er nicht noch einen Eispicker bei sich, aber womöglich eine Schußwaffe.

Dann vernahm ich ein Geräusch, das mich erstarren ließ und an meinen Nerven zerrte.

Aus der Ferne ertönte das Jaulen einer Polizeisirene, ein Heulen, das ständig lauter wurde und mir verriet, daß über die Promenade mit hoher Geschwindigkeit ein Polizeiwagen angerast kam.

Ich machte mir nicht vor, daß dieser Streifenwagen nur zum Vergnügen heulend durch die Nacht raste. Sie waren im Dienst, und ihr naheliegendstes Ziel war genau die Stelle hier.

Ich schaltete meine Taschenlampe wieder ein, zog mein Taschentuch und wischte die Türklinken in der Kabine ab. Wenn ich mich auch beeilte, tat ich es trotzdem gründlich. Ich wußte, wie wichtig es war, keinen Fingerabdruck zu hinterlassen, der mir Katchen auf den Hals brachte. Als ich fertig war, sprang ich zur Tür, öffnete sie und blickte schnell nach rechts und links.

Der Strand war immer noch verlassen. Aber von dem Schatten, den eine Palmengruppe warf, abgesehen, war er von jedem Versteck so entblöst wie mein Handrücken.

Der Ton der Sirene war jetzt viel lauter und kam immer noch schnell näher. Wenn ich den Weg zurücknahm, den ich gekommen war, mußte ich ihnen todsicher in die Hände laufen. Es bestand auch keine Aussicht, mich hinter den Palmen zu verstecken. Sie mußten mich bestimmt entdecken, wenn sie zu der Hütte herunterkamen. Damit blieb mir nur der offenliegende Strand.

Wenn es sein muß, kann ich laufen. Es gab einmal eine Zeit, in der ich ein paar imposante Pokale für die halbe Meile gewonnen habe. Nicht gerade olympische Preise, aber doch schon nahe dran.

Ich zögerte nicht. Ich startete quer über den Sand, wenn auch nicht in meinem schnellsten Tempo, so doch nicht sehr viel langsamer.

Ich hörte die Sirene sich den Weg über die Promenade freigellen. Ich sah mich nicht um. Ich mußte etwa tausend Meter zwischen mich und die Mannschaft legen, oder sie würden nach mir schießen. Ich bildete mir nicht ein, daß sie mich nicht bemerken würden. Gegen den weißen Sand und in dem hellen Mondlicht mußte ich auf Meilen hin sichtbar sein.

Ich hatte ungefähr fünfhundert Meter zurückgelegt, als die Sirene mit einem Jaulen verstummte. Jetzt war die Zeit zum Endspurt, aber das Laufen durch den weichen, nachgiebigen Sand war anstrengender, als ich geglaubt hatte. Ich fing an zu keuchen, und meine Beine schmerzten. Ich spurtete, aber eine besondere Leistung war es nicht.

Dann bemerkte ich, daß der Strand scharf zur See abfiel und durch eine langgezogene Düne einen Abhang bildete.

In ein paar Sekunden mußten die Polizisten aus ihrem Wagen heraus und unten am Strand sein. Und dann würde der Spaß anfangen. Wenn ich hinter die Düne kommen konnte, ehe sie mich entdeckten, war ich sicher.

Ich schlug einen Haken und stürmte die Düne hinauf, lief wie nie zuvor in meinem Leben. Als ich die Höhe erreichte, schoß ich im Hechtsprung den Abhang hinunter und landete in einer Sandwolke dicht vor der Wasserlinie.

Hinter mir war kein Ruf zu hören, der mir verriet, ob ich bemerkt worden war. Einen Augenblick blieb ich liegen, japste keuchend nach Luft. Dann richtete ich mich auf, kletterte gebückt den Abhang wieder hinauf, so daß ich gerade über den Rand der Düne hinwegsehen konnte.

Ich spähte nach den Badehütten aus.

Im Mondlicht stand ein Polizist, den Rücken mir zugewendet. Die Tür zu der Hütte, in der das tote Mädchen lag, stand offen. Und während ich hinsah, kam ein anderer Polizist aus ihr heraus. Er sprach ein paar Sätze mit seinem Kollegen, der draußen gewartet hatte und darauf zur Promenade zurücklief.

Es konnte nur eine Frage von Minuten sein, bis der ganze Strand von Gesetzeshütern wimmelte. Keiner brauchte mir zu sagen, was passierte, wenn sie mich fanden.

Captain Katchen wußte genau, was er mit einem Fund wie mich anzufangen hatte. Er hatte mir schon gesagt, was mir dann bevorstand. Wenn er mich auch nicht in die Gaskammer bringen konnte, er konnte mich wochenlang festhalten, und das wollte ich vermeiden, sofern es sich machen ließ.

Im Schutz der Sanddüne fing ich wieder an zu laufen.

Als ich zwischen mich und die Badehütten eine Meile Abstand gebracht hatte, war ich ziemlich fertig, aber ich war jetzt auch weit genug entfernt, um mich wieder landeinwärts zu bewegen, denn jetzt war es unwahrscheinlich, daß ich noch gesehen werden konnte.

Ich trottete durch den Sand, versuchte meinen keuchenden Atem zu beruhigen. Über eine Treppe erreichte ich die Promenade.

Ein paar Liebespaare saßen unter Palmen an ihrem Rand, aber sie waren zu sehr in ihre eigenen Angelegenheiten vertieft, um mich zu bemerken. Ich überquerte die Straße und machte mich auf den Weg zu meinem Wagen zurück. Es dauerte zehn Minuten, bis ich den Eingang der Badeanstalt wieder erreichte. Inzwischen hatte sich eine große Menge angesammelt, blockierte die Straße und starrte, wie Menschenmengen eben starren. Am Straßenrand parkten drei Polizeiwagen.

Das war allerdings nur der Anfang. Denn vier weitere kamen angerast. Ich sah Leutnant Rankin aus einem aussteigen und eilig über die Promenade zu den Badehütten gehen.

Ich hatte das Gefühl, ich könne alles ihm überlassen, schleppte mich zu meinem Wagen und fuhr in gemäßigtem Tempo durch Seitenstraßen, bis ich wieder zum Adelphi=Hotel kam.

Ich ließ den Wagen auf dem Parkplatz des Hotels und nahm eine Bürste aus dem Handschuhfach, um alle Sandspuren von mir zu entfernen, die ich am Strand aufgegriffen hatte. Dann ging ich in das Hotel.

Es war gerade kurz nach Mitternacht, als ich ankam.

Der Nachtportier, ein älterer Mann, mit dem rosigen Gesicht eines gütigen Geistlichen, lächelte mir zu, als er mir meinen Schlüssel reichte.

Er sagte, es sei eine schöne Nacht und ob ich bemerkt hätte, wie der Mond auf dem Meer leuchte. Er wollte nur freundlich sein, aber ich war nicht in der richtigen Stimmung. Ich grunzte nur irgend etwas, nahm den Schlüssel und ging zum Fahrstuhl.

Während ich auf den Fahrstuhl wartete, hörte ich das Telefon auf dem Empfangstisch läuten. Der Nachtportier nahm den Hörer auf, und als dann der Fahrstuhl erschien und ich im Begriff war, einzusteigen, rief er: »Mr. Brandon, ein Gespräch für Sie. Wollen Sie es auf Ihrem Zimmer annehmen oder dort drüben in der Zelle?«

Ich antwortete, ich würde in der Zelle sprechen.

Mir war unerklärlich, wer mich wohl anriefe. Ich schloß die Tür der Zelle hinter mir und nahm den Hörer ab.

»Hallo, ja?«

»Ist dort Mr. Brandon?«

Eine Frauenstimme, klar, aber gedämpft und vertraut.

»Ja.«

»Hier ist Margot Creedy.«

Ich schob meinen Hut in den Nacken und blähte die Backen auf. Woher wußte sie, wo ich wohnte? Das war der erste Gedanke, der mir durch den Kopf schoß.

»Sehr freundlich von Ihnen, daß Sie mich anrufen, Miss Creedy.«

»Ich spreche aus dem Musketeer Club«, sagte sie. »Ich habe mir die Gästeliste angesehen. Mr. Sheppeys Name ist nicht darin zu finden.«

Ich war überrascht, aber nicht zu überrascht, um nicht zu antworten: »Er kann sich natürlich unter einem anderen Namen eingeschrieben haben.«

»Daran habe ich auch gedacht. Der Pförtner an der Tür sagte mir, daß seit Monaten kein rothaariger Mann in den Klub gekommen ist. Der Mann ist in diesen Dingen sehr zuverlässig. Falls Mr. Sheppey in dem Klub gewesen ist, hätte er sich daran erinnert.«

Ich versuchte mir ins Gedächtnis zurückzurufen, ob in den Zeitungs= berichten über den Mord gestanden hatte, daß Jack rotes Haar gehabt habe. Es schien mir nur zu wahrscheinlich.

»Demnach sieht es aus, als ob er nicht dort war.«

»Warum glauben Sie, daß er hier gewesen ist?«

»Ich fand ein Streichholzbriefchen des Klubs in seinem Koffer.«

»Das kann ihm natürlich auch jemand geschenkt haben.«

»Gewiß. Jedenfalls vielen Dank für Ihre Hilfe, Miss Creedy. Ich bin Ihnen wirklich sehr . . .«

Ein leichtes Knacken in der Leitung sagte mir, daß sie eingehängt hatte. Ich blieb noch eine ganze Weile stehen, starrte ohne etwas zu sehen durch die Scheibe der Zelle und fragte mich, weshalb sie ihre Ansicht plötzlich geändert hatte und mir doch half. Dann hängte ich den Hörer ein, stieß die Tür auf und ging zum Fahrstuhl.

Jack war also nicht im Musketeer Club gewesen. Ich sah keinen Grund, weshalb ich an ihren Worten zweifeln sollte. Greaves hatte gesagt, es sei unwahrscheinlich. Ich hatte Sheppeys Koffer durchwühlt und wußte, daß er keinen Smoking mitgebracht hatte. Ohne Smoking wäre er nicht an dem Pförtner vorbeigekommen, wenn zutraf, was Greaves über die Exklusivität des Klubs gesagt hatte.

Wo kamen aber dann die Streichhölzer her? Warum hatte Jack sie aufbewahrt? Er besaß nicht die Mentalität einer Elster. Er verwahrte nichts, es sei denn, es hatte irgendeinen Nutzen.

Ich verließ den Fahrstuhl, ging durch den Korridor, schloß meine Tür auf und trat in das Zimmer. Ich schloß ab, warf den Hut auf das Bett und trat zu Jacks Koffern. Ich suchte die Streichhölzer heraus, setzte mich in den Sessel und sah mir das Briefchen näher an. Es enthielt fünfundzwanzig Streichhölzer zum Abreißen. Jedes Hölzchen trug den Namen des Musketeer Club. Die Innenseite der Hülle zeigte eine Anzeige für eine dieser Keramikbrennereien, die überall wie die Pilze hochschießen, wo Touristen hinkommen.

Die Reklame lautete:
> Versäumen sie nicht einen Besuch in
> Marcus Hahns Schule für Keramik
> Die Fundgrube für originelle Plastiken
> The Chateau, Arrow Point, St. Raphael City

Ich fragte mich, weshalb eine Reklame, die so offensichtlich auf Touristen abzielte, in die Streichhölzer des exklusivsten Nachtklubs kam, der auf keinen Fall irgendeinen Touristen in seinen hohen Hallen dulden würde. Ich fragte mich, ob ich hier auf etwas gestoßen war, oder ob das nur eine dieser eben unerklärlichen Geschichten wäre.

Ich riß eines der Streichhölzer ab. Als ich es genauer betrachtete, fand ich, daß auf die Rückseite eine Zahl aufgedruckt war: C 541 136. Ich bog die anderen Streichhölzer vor und stellte fest, daß sie mit fortlaufenden Nummern bis C 541 160 versehen waren. Ich klemmte das abgerissene Streichholz wieder in das Briefchen, saß ein paar Minuten da und zerbrach mir den Kopf, was die Numerierung zu bedeuten habe. Als ich zu keinem Ergebnis kam, steckte ich die Streichhölzer schließlich in meine Brieftasche.

Es war jetzt zwanzig vor eins. Ich hatte einen bewegten Tag hinter mir. Offensichtlich konnte ich nichts anderes tun, als auf den Morgen warten. Wenn ich Glück hatte, erfuhr ich aus den Zeitungen, wer das Mädchen im Badeanzug gewesen war. Bis dahin schien es mir das Vernünftigste, zu schlafen.

Als ich aufstand, klopfte es an der Tür. Hinter diesem Klopfen stand eine Reihe von Knöcheln, für die es keine Schwierigkeit gewesen wäre, jedem die Zähne in den Hals hinunterzurammen, Knöchel, die keinem Angestellten des Hotels gehörten, Knöchel, wie man sie an den Händen der Hüter des Gesetzes erwartet.

Ich stand gebannt, meine Gedanken rasten. Hatte man mich gesehen, als ich den Strand verließ? Hatte ich in der Hütte doch Fingerabdrücke zurückgelassen?

Die Knöchel polterten wieder an der Tür, und eine Stimme grollte: »Los, los, aufmachen. Wir wissen, daß Sie da sind.«

Ich zog wieder meine Brieftasche, nahm das Streichholzbriefchen heraus und schob es unter die Kante des Teppichs. Dann steckte ich meine Brieftasche ein, trat an die Tür, drehte den Schlüssel um und öffnete.

Candy stand vor mir, seine Kiefer mahlten, seine dunklen Augen schimmerten feindselig. Hinter ihm standen zwei große Kriminalbeamte in Zivil mit steinernen Gesichtern und wachsamen Augen.

»Kommen Sie«, sagte Candy ausdruckslos und gelangweilt. »Captain Katchen will Sie sehen.«

»Weshalb?« fragte ich, ohne mich zu rühren.

»Das wird er Ihnen schon sagen. Kommen Sie freiwillig, oder ...?«

Ich zögerte, aber als ich erkannte, daß meine Lage aussichtslos war, nahm ich meinen Hut vom Bett und sagte, ich käme freiwillig.

Sechstes Kapitel

I

Dem Nachtportier quollen die Augen wie zwei Registergriffe einer Orgel aus dem Kopf, als er mich von Candy und seinen beiden großen Brocken umzingelt aus dem Fahrstuhl kommen sah. Es war das zweite Mal, daß mich die Polizei aus dem Hotel holte, und ich hatte so eine Ahnung, daß mich die Hotelleitung wahrscheinlich bitten würde, auszuziehen, falls ich von dieser Fahrt lebendig zurückkam.

Aber dessen war ich gar nicht so sicher. Ich hatte nicht vergessen, was Katchen bei unserer letzten Begegnung gesagt hatte, und war der deprimierenden Überzeugung, das sei nicht nur Bluff gewesen.

Wir gingen durch die Halle und die Stufen zu dem wartenden Polizeiwagen hinunter. Die beiden Beamten in Zivil stiegen vorn ein, Candy und ich hinten.

Der Wagen brauste in der üblichen wilden Weise ab, mit der üblichen jaulenden Sirene, und riß sich so schnell vom Bordstein los, daß es mir fast den Hals ausrenkte.

Candy saß neben mir wie ein Felsbrocken, der in der Sonne geschmort hatte. Ich konnte die Hitze seines Körpers spüren, und obwohl in der Dunkelheit des Wagens von seinem Gesicht nicht viel zu erkennen war, nahm ich doch die ständig mahlende Bewegung seiner Kiefer wahr, mit denen er auf seinem Kaugummi kaute.

»Darf ich rauchen?« fragte ich, mehr oder weniger, um überhaupt etwas zu sagen.

»Lieber nicht«, sagte Candy. Seine Stimme war fremd und kalt. »Ich habe Befehl, Sie gewaltsam zu holen.«

»Was ist denn dem Captain über die Leber gelaufen?«

»Das müssen Sie besser wissen als ich«, antwortete Candy. Und damit hörte jede Unterhaltung auf.

Ich starrte aus dem Fenster. Ich fühlte mich nicht wohl in meiner Haut. Es bestand die Möglichkeit, daß mich jemand am Strand gesehen und meine Personalbeschreibung telefonisch durchgegeben hatte.

Ich sah es schon vor mir, wie ich geröstet wurde. Wenn Katchen das Rösten kommandierte, hatte ich mich auf einiges gefaßt zu machen.

Keiner sagte ein Wort, bis wir vor dem Headquarters der Polizei vorfuhren. Dann griff Candy in seine Hüfttasche und zog ein Paar Handschellen heraus.

»Ich muß Sie festklammern«, sagte er, und mir schien, daß in seiner Stimme ein um Entschuldigung bittender Ton lag. »Der Captain sieht gern, wenn alles tipptopp ist.«

»Verhaften Sie mich?« fragte ich und hielt ihm meine Handgelenke hin. Als sich der kalte Stahl um meine Haut schloß, steigerte sich meine Depression noch.

»Ich tue gar nichts«, sagte Candy und stieg aus. »Der Captain will sich mit Ihnen unterhalten. Um mehr geht es nicht.«

Er und ich gingen über den Bürgersteig und die Stufen hinauf zu dem Anmelderaum. Die beiden Zivilbeamten blieben im Wagen zurück.

Der Sergeant vom Dienst, ein großer Mann mit fettem Gesicht, sah erst mich an, dann Candy, der den Kopf schüttelte und weiterging, durch einen Gang, ein paar Stufen hinauf, wieder durch einen Gang, bis zu einer Tür an dessen Ende. Ich folgte ihm auf den Fersen.

Vor der Tür blieb er stehen, schlug einmal dagegen, drückte die Klinke hinunter und stieß sie weit auf. Er legte seine Hand auf meinen Arm und schob mich in einen großen Raum, in dem sich ein Schreibtisch, sechs steife Stühle, ein paar Aktenschränke, Captain Katchen, Inspektor Rankin und ein großer, dünner Mann um die Vierzig, mit strohigem Haar, randloser Brille und dem Gesicht eines bösartigen Wiesels befanden.

»Hier ist Brandon«, sagte Candy, trat zurück und überließ mir das Rampenlicht.

Ich trat zwei Schritte vor und blieb stehen. Katchen stand beim Fenster, sein massiges Gesicht dunkel von aufgestautem Blut. Er sah mich an, wie ein Tiger ein fettes Lamm ansehen mag, das vor seinem Käfig vorbei geführt wird.

Rankin saß auf einem der steifen Stühle, den Hut über sein eines Auge gezogen, eine brennende Zigarette zwischen den Fingern. Er drehte nicht einmal den Kopf, um zu mir herzusehen.

Der Mann mit dem strohigen Haar betrachtete mich mit dem Interesse und der beruflichen Hingabe eines Bakteriologen, dem ein unbekannter Bazillus vorgelegt wird, der ein gefährlicher, todbringender Krankheitserreger sein konnte — oder auch nicht.

»Warum ist der Mann gefesselt?« fragte er mit sanfter, kultivierter Stimme.

Katchen schien plötzlich das Atmen schwerzufallen.

»Wenn Ihnen die Art und Weise nicht paßt, in der ich Verhaftungen vornehmen lasse, dann wenden Sie sich an den Commissioner«, sagte er mit einer Stimme, mit der man altes Eisen hätte entrosten können.

»Ist dieser Mann denn verhaftet?« fragte der Strohhaarige mit höflicher Spannung.

Obwohl er das Gesicht eines Wiesels und eine kultivierte Sprechweise besaß, wurde er schnell mein Favorit in dem vor mir stehenden seltsam zusammengewürfelten Trio.

Katchen wendete seinen bösen, starren Blick auf Candy.

»Nehmen Sie die verdammte Fessel ab«, sagte er mit vor Wut undeutlicher Stimme.

Candy trat zu mir, schob den Schlüssel in das Schloß, drehte ihn um, und die Handschellen fielen von mir ab. Da er Katchen seinen Rücken zuwandte, riskierte er, mir langsam und vorsichtig zuzublinzeln. Während er von mir zurücktrat, erlaubte ich mir in einer ausführlichen Pantomime, mir die Handgelenke zu reiben und gekränkt auszusehen.

»Setzen Sie sich, Mr. Brandon«, sagte der Strohhaarige. »Ich bin Curme Holding, vom Amt des District Attorneys. Ich hörte, daß Captain Katchen Sie sprechen wollte, und dachte, ich könnte mich bei dieser Gelegenheit auch gleich mit Ihnen unterhalten.«

Meine Depression begann langsam zu weichen.

»Freut mich, Sie kennenzulernen, Mr. Holding. Ich habe das Gefühl, ich habe einen gewissen Schutz nötig. Der Captain hat heute schon einmal mit mir gesprochen. Um so mehr freue ich mich, Sie zu sehen.«

Holding nahm seine Brille ab, inspizierte sie und setzte sie wieder auf.

»Captain Katchen würde zweifellos nichts tun, was seine Befugnisse überschreitet«, sagte er, aber es klang nicht so, als ob er es selbst glaube.

Ich lächelte.

»Vielleicht hat der Captain Sinn für Humor. Ich nahm seine Worte ernst, aber vielleicht haben Sie recht. Man braucht sich bloß die tiefliegende Freundlichkeit auf seinem Gesicht anzusehen, um zu erkennen, daß er ein großer Spaßvogel ist.«

Katchen stieß tief aus seiner Kehle ein Knurren hervor und kam vom Fenster auf mich zu. Er sah aus wie ein Gorilla, den man während der Fütterungszeit behelligt.

»Wollen Sie die Fragen stellen, Captain, oder soll ich das tun?« fragte Holding, und seine Stimme hatte plötzlich einen stählernen Klang.

Katchen blieb stehen. Seine kleinen, rotgefleckten Augen wanderten von mir zu Holding, der ihn mit dem gelangweilten Ausdruck eines Mannes betrachtete, der sich einen sehr harten Gangsterfilm ansieht und ihn verlogen findet.

»Nachdem Sie sich schon eingemischt haben, können Sie das Verhör auch selbst leiten«, knurrte Katchen und quetschte mühsam jedes Wort einzeln heraus. »Ich werde mich an den Commissioner wenden. Ihre Dienststelle mischt sich verdammt viel ein. Es ist Zeit, daß dagegen etwas geschieht.«

Er ging an mir vorbei, zur Tür hinaus und warf sie krachend hinter sich ins Schloß. Das Zimmer schien unter dem Schlag zu beben.

Sergeant Candy fragte: »Werde ich noch gebraucht, Mr. Holding?«

»Nein, danke, Sergeant.«

Ich hörte, wie die Tür aufging, aber drehte mich nicht um, um Candy nachzusehen. Im Gegensatz zu Katchens Abgang schloß sich die Tür leise hinter ihm.

»Nun, Mr. Brandon, wollen Sie bitte Platz nehmen«, sagte Holding und deutete auf einen Stuhl vor dem Schreibtisch. Er nahm in dem Schreibtischsessel Platz.

Als ich mich setzte, begegnete ich Rankins ausdruckslosem Blick. Er verriet mir nichts. Er war weder freundlich noch feindselig.

Holding nahm einen Bleistift von der Schreibunterlage, legte ihn in die Federschale, warf mir durch den Schutz seiner schimmernden Brillengläser einen scharfen Blick zu.

»Captain Katchen geht Ende des Monats in den Ruhestand«, sagte er. »Inspektor Rankin tritt an seine Stelle.«

»Gratuliere«, sagte ich.

Rankin fingerte ruhelos an seiner Krawatte. Er sagte nichts.

»Inspektor Rankin hat diese Ermittlungen ausschließlich in der Hand«, fuhr Holding fort. »Damit beziehe ich mich natürlich auf die beiden Morde am Bay Beach.«

Ich erkannte die Falle, die darin lag.

Wenn ich ableugen wollte, daß ich in der Badehütte gewesen war, als das Mädchen starb, war es jetzt an der Zeit, Überraschung zu zeigen und zu fragen, welcher zweite Mord begangen worden war. Aber ich kam diesem Gedanken schnell einen Schritt voraus. Nach allem war klar, daß sie einen Fingerabdruck von mir in der Hütte gefunden hatten, oder mich jemand dort sah, der mich identifizieren konnte, oder daß sie den in unmittelbarer Nähe parkenden Buick entdeckt hatten. Ich entschloß mich, etwas zu riskieren und offen zu sein.

»Da ich jetzt weiß, daß der Inspektor die Ermittlungen leitet«, sagte ich, »bin ich bereit, eine Aussage zu machen. Ich hätte es schon vor einer Stunde getan, aber Captain Katchens Drohungen haben mich daran gehindert. Er drohte mir, ich solle mich aus der Sache draußenhalten, aber das habe ich nicht getan. Als ich dann das Mädchen fand, erkannte ich sofort, daß Katchen mir den Mord an ihr anhängen konnte.«

Holding schien sich etwas zu entspannen.

»Dann waren Sie also der Mann, der gesehen wurde, wie er in die Hütte eindrang.«

»Davon weiß ich nichts, aber ich drang in die Hütte ein und fand sie sterbend vor.«

»Sagte sie noch irgend etwas?«
»Nein. Sie starb Sekunden, nachdem ich sie entdeckte.«
Rankin sagte: »Wollen Sie es nicht von Anfang an schildern?« Er beugte sich vor, nahm ein Notizbuch von dem Schreibtisch und öffnete es. »Warum gingen Sie dorthin?«
»Ich hatte keinen besonderen Grund dazu, außer daß ich nichts anderes zu tun hatte und mir den Ort noch einmal ansehen wollte«, antwortete ich. »Ich weiß, daß das seltsam erscheinen mag, aber mein Partner ist dort ermordet worden, und Ihre Leute waren dort, als ich heute morgen hingebracht wurde. Ich wollte mir einfach noch einmal alles ansehen.«
Er schien von dieser Erklärung nicht gerade restlos überzeugt zu werden, aber er ließ sie hingehen. »Um welche Zeit kamen Sie dorthin?« fragte er.
Ich beantwortete die Frage und gab ihm eine genaue Darstellung dessen, was dort geschehen war. Ich berichtete, wie ich die Polizeisirene hörte und sofort erkannte, daß Katchen schließen würde, ich hätte sie ermordet, wenn man mich dort fand. Ich beschrieb ferner, wie ich entkommen war und und um welche Zeit ich in mein Hotel zurückkam.
Rankin sah zu Holding hinüber, und dann verzog sich sein hartes, strenges Gesicht plötzlich zu einem Lächeln und sah ganz menschlich aus.
»Kann ich Ihnen nicht übelnehmen«, sagte er. »Wahrscheinlich hätte ich in Ihrer Lage das gleiche getan. Aber ich würde Ihnen nicht empfehlen, es noch einmal zu riskieren.«
Ich versprach ihm, ich würde es nicht noch einmal riskieren.
»Wissen Sie denn, wieviel Glück Sie gehabt haben?« fragte er. »Sie hätten wegen Mordes festgenagelt werden können. Aber der Doktor hat erklärt, daß sie mindestens zwei Stunden, ehe Sie die Kabine betraten, verletzt worden war. Solange hat es gedauert, bis sie starb. Das war an dem geronnenen Blut an ihrem Körper und auf dem Boden zu erkennen.«
»Woher wußten Ihre Leute, daß sie dort war?«
»Von ihr wußten wir nichts. Jemand sah Sie in die Kabine gehen. Er behauptete, er hätte sich den Schauplatz des Mordes angesehen, dabei entdeckte er Sie und rief das Headquarters an.«
»Wo kämen wir auch ohne den verantwortungsbewußten amerikanischen Bürgersinn hin?« meinte ich bewundernd. »Von dem Mörder natürlich keine Spur?«
Rankin schüttelte den Kopf.
»Dann stelle ich die Vierundsechzig=Dollar=Frage: Haben Sie eine Ahnung, wer es war?«
Rankin drückte seine Zigarette aus, lehnte sich dann zurück und wechselte mit Holding einen Blick.
Holding hob die Schultern.

»Ganz offensichtlich ist sie die Frau, die Sheppey heute morgen in seinem Hotel abholte. Was sie in der Zeit zwischen elf Uhr heute vormittag bis zur Zeit ihres Todes getan hat, ist uns schleierhaft. Sie trug noch den Badeanzug, den sie anhatte, als sie Sheppey verließ.«

»Haben Sie die Tote schon identifizieren können?«

»Ein Mädchen namens Thelma Cousins wurde von ihrer Wirtin als vermißt gemeldet. Die Wirtin sagte, sie sei noch nicht zurückgekommen, seit sie heute morgen zur Arbeit fortging. Wir haben ihr die Leiche gezeigt. Sie behauptet, es sei Thelma Cousins. Wir holen noch einen zweiten Zeugen; der Mann, für den sie arbeitete, befindet sich auf dem Wege hierher.«

»Wer ist das?«

Rankin gab mir die Information, bei der ich mich innerlich aufrichtete wie ein plötzlich Wild witternder Hühnerhund.

»Er heißt Marcus Hahn«, sagte er. »Ein undurchsichtiger Charakter, der eine Töpferei betreibt, draußen am Arrow Point, die er Schule für Keramik nennt. Das Mädchen arbeitete in seinem Ausstellungsraum.«

II

Ich mußte mich entschließen, ob ich ihnen etwas von den Streichhölzern, die ich in Sheppeys Gepäck gefunden hatte, sagen und auf die seltsame Verbindung zwischen diesem Streichholzbriefchen und dieser Schule für Keramik hinweisen sollte oder nicht.

Ich sagte mir, es sei vielleicht noch nicht der richtige Zeitpunkt, mich ihnen vollständig anzuvertrauen. Ich mußte mich erst vergewissern, daß Rankin Sheppeys Mörder auch finden wollte. Zwar hatte er die Leitung der Ermittlungen inne, das hieß aber noch nicht, daß er auch freie Hand hatte. Er konnte von Katchen auf Creedys Befehl hin immer noch daran verhindert werden. Ich wollte ihm nichts in die Hand geben, solange ich nicht wußte, daß es ihm Ernst war.

Rankin sagte: »Wir wollen feststellen, was zwischen Sheppey und diesem Mädchen hier war. Ich wette, sie hatte einen Freund, der sie beide erledigt hat.«

Ich sah Holding an. Sein Gesicht verriet nichts, und er hatte angefangen, an der Federschale herumzuspielen.

»Es muß nicht schwer sein, ausfindig zu machen, ob sie einen Freund hatte«, sagte ich.

»Vielleicht weiß Hahn etwas.« Rankin sah auf seine Uhr. »Wir gehen am besten jetzt wohl in die Leichenkammer. Er müßte jeden Moment kommen.« Er blickte zu Holding hinüber. »Sind Sie einverstanden?«

»Ja, gewiß«, antwortete Holding.

Ich machte Anstalten aufzustehen, aber Holding hob seine Hand.

»Ich möchte doch noch einmal Ihre Aussage durchgehen, Mr. Brandon. Sie können schon gehen, Inspektor.«

Rankin erhob sich, nickte mir zu und ging hinaus.

Nachdem er die Tür geschlossen hatte, folgte eine lange Pause, dann zog Holding eine Pfeife aus der Tasche und begann sie zu stopfen.

Ich sah darin ein Zeichen, daß es jetzt vertraulich werden würde, und nahm mein Päckchen Luckys aus der Tasche und zündete eine an.

»Sie hatten heute morgen eine Unterhaltung mit Captain Katchen?« fragte Holding, ohne mich anzusehen.

»Man könnte es so nennen. Sie war etwas einseitig, aber zum Schluß gelang es mir doch, zu Wort zu kommen. Ich kassierte für meine Mühe einen Schlag ins Gesicht, aber ich will mich nicht beschweren.«

»Es wurde etwas über Lee Creedy gesagt«, meinte Holding und sah mich jetzt an.

»Es wurde etwas über Lee Creedy gesagt«, bestätigte ich und beobachtete ihn.

Seine kleinen, harten Augen erforschten mein Gesicht.

»Erwähnten Sie seinen Namen gegenüber Katchen?«

»Das tat ich.«

»Haben Sie den Eindruck, daß Creedy Sheppey für einen Auftrag engagiert hat?«

»Ja.«

Holding zündete seine Pfeife an, runzelte die Stirn, veränderte seine Stellung und blies Rauch aus.

»Sie haben aber keinen Beweis dafür?«

»Sheppey schrieb Creedys Namen auf seine Schreibunterlage, während er telefonierte. Ich weiß, daß der Mann, mit dem er bei dieser Gelegenheit sprach, ihn engagierte, hierherzukommen. Sheppey hatte die Gewohnheit, auf seiner Schreibunterlage zu kritzeln. Mir leuchtet nicht ein, weshalb er Creedys Namen aufgeschrieben haben soll, wenn nicht Creedy der Mann gewesen ist, der ihn engagierte.«

»Es sei denn, daß jemand Sheppey einen Auftrag gab, der mit Creedy im Zusammenhang stand. Ich meine, Sheppeys Auftraggeber konnte ihn aufgefordert haben, Informationen über Creedy zu beschaffen. Haben Sie an die Möglichkeit gedacht?«

»Ja. Aber es paßt nicht ganz in das Bild.«

Ich berichtete ihm, wie ich Creedys Haus angerufen und um einen Termin gebeten hatte, wie ich über die Köpfe von sechs Geschäftsleuten hinweg zu Creedy geführt worden war, wie man mich bedroht hatte und wie Fulton und ich von Hertz überfallen wurden.

Holding hörte das alles mir ausdruckslosem Gesicht an und paffte an seiner Pfeife.

»Mir scheint, daß Creedy Sheppey engagierte. Und nachdem Sheppey ermordet wurde, gibt Creedy sich jetzt die größte Mühe, das zu vertuschen«, schloß ich.

Holding überlegte einen Augenblick und sagte dann: »Ich nehme an, daß Sie großen Wert darauf legen, den Mörder Sheppeys verhaftet zu sehen.«

Ich starrte ihn überrascht an.

»Als ich hörte, daß Sie hierhergekommen waren und mit Katchen gesprochen hatten«, sagte Holding, »rief ich das Büro des District Attorneys in San Franzisko an und stellte ein paar Fragen nach Ihnen. Es scheint, daß Ihre Agentur immer sehr gut mit den Behörden zusammengearbeitet hat und man Sie in San Franzisko sehr schätzt. Sie haben selbst ein paar Jahre im Büro des District Attorneys dort gearbeitet und recht Gutes geleistet.«

Ich grinste.

»Ich möchte wetten, daß Ihnen das nicht der District Attorney selber gesagt hat.«

Holding ließ sich zu einem leichten Lächeln herab. Es half nicht viel, um seinen wieselhaften Gesichtsausdruck zu mildern.

»Ich sprach mit meinem Kollegen in dem Büro. Er sagte, sie wären wegen Ihres Hangs zur Insubordination bekannt gewesen, aber wenn man Ihnen freie Hand ließ, hätten Sie als Ermittler sehr gut gearbeitet.«

»Das hat er Ihnen gesagt, weil er mir noch zehn Dollar schuldet«, antwortet ich und fragte mich, wohin das alles führen solle.

»Wie würden Sie sich dazu stellen, selbst zur Aufklärung des Mordes an Sheppey beizutragen?«

»Daran arbeite ich jetzt schon. Mit, ohne oder gegen die Erlaubnis.«

Holding nickte.

»Aber ohne einen gewissen Schutz werden Sie nicht sehr weit kommen.«

»Das weiß ich. Schutz ist etwas, das ich jetzt gut brauchen könnte.«

»Das könnte arrangiert werden.« Er rieb sein scharfes Kinn. »Das heißt, im gewissen Grad. Absolut garantieren kann ich nichts.«

»Wenn es reicht, mir Katchen vom Hals zu halten — mit Hertz werde ich schon fertig.«

»Für Katchen wird gesorgt werden. Sie werden Hertz etwas schwierig finden. Sie dürfen ihn nicht unterschätzen.«

»Das tue ich nicht.«

Holding überlegte wieder und sagte dann: »Nun, das ist wohl alles, Mr. Brandon. Es ist spät geworden, Zeit für mich, schlafen zu gehen.«

Ich schüttelte den Kopf.

»Warum die freie Hand? Welche Kastanien hole ich für Sie aus dem Feuer?«

Ich bemerkte, wie sein Adamsapfel stieg und wieder fiel, aber sonst blieb sein Gesicht regungslos.

»Darum geht es nicht«, sagte er vorsichtig. »Mir scheint, daß Sie

den Wunsch haben, für sich privat Ermittlungen anzustellen. Da Ihr Part=
ner ermordet wurde, und Sie in gewisser Weise ein Kollege sind ...«

»Sie müssen mir Besseres bieten, wenn ich mitspielen soll«, sagte
ich und legte einige Schärfe in meine Stimme.

Er begann wieder an der Federschale zu fingern, und als er sich
dann genug Zeit gelassen hatte, die richtigen Worte zu finden, sagte
er: »Ich bin nicht völlig überzeugt, daß es sich hier um eine Aufgabe
für die Polizei handelt. Es könnte natürlich sein. Falls dieses Mädchen
ein Verhältnis mit einem Schläger gehabt hat und falls der feststellte,
daß Sheppey hinter ihr her war, und er sie darauf beide tötete, dann
ist es selbstverständlich ein Fall, den die Polizei bearbeiten kann. Aber
wenn die Hintergründe tiefer liegen, wenn Creedy darin verwickelt ist,
dann werden wir nicht sehr weit kommen.«

»Und macht Ihnen das Sorgen?«

Er sah mich scharf an.

»Also gut, ich werde die Karten auf den Tisch legen. Es wird für
Sie schwer sein, die Situation zu verstehen, wenn ich das nicht tue.«

»Dann decken Sie Ihre Karten auf«, sagte ich, »einschließlich der,
die Sie in Ihrem Ärmel haben.«

Er ließ das hingehen.

»Innerhalb der nächsten Wochen muß sich die Stadtverwaltung wie=
der zur Wahl stellen«, sagte er und wählte seine Worte, als wären sie
so zerbrechlich wie Eierschalen. »Die Opposition sucht natürlich nach
einer Gelegenheit, den Griff, mit dem Creedy die Stadt umklammert
hält, zu lockern. Falls Creedy in irgendeiner Weise in die Ermordung
Sheppeys verwickelt ist, kann das der Opposition die Gelegenheit geben,
nach der sie sucht. Die gegenwärtige Verwaltung ist nicht sonderlich
beliebt, aber sie ist ungeheuer mächtig. Im Augenblick befindet sich
alles auf des Messers Schneide. Ein Skandal, den die oppositionelle
Zeitung groß ausschlachten kann, vermag die Entscheidung zu bringen.«

»Ich vermute demnach, Mr. Holding, daß Sie ein Anhänger der
Opposition sind?«

»Ich glaube an Gerechtigkeit und Freiheit«, sagte er, nahm die
Pfeife aus seiner Rattenfalle von einem Mund und sah sie an, als wäre
er überrascht, sie noch brennend zu finden.

»Sehr lobenswert, Mr. Holding«, sagte ich, »wenn die Opposition
an die Macht kommt, werden Sie vermutlich der neue District Attor=
ney?«

Das veranlaßte seinen Adamsapfel zu einem großen Sprung. Er sah
mich über den Rand seiner Brille an, kratzte sein rechtes Ohrläppchen,
zögerte, ob er empört aussehen solle, und ließ sich dann zu einem
breiten jungenhaften Lächeln herbei, das so falsch war wie die Wim=
pern eines Revuegirls.

»Ich nehme an, das wird der Fall sein, aber das hat natürlich nichts
mit der vorliegenden Frage zu tun, nicht das geringste.«

»Wer schießt denn auf Creedy?«
»So würde ich das nicht nennen. Es ist ein offener Kampf zwischen der Creedy=Verwaltung und Richter Harrison, der die Opposition bei den Wahlen anführt.«
»Und in dieser Stadt wären ein paar Reformen vonnöten, wie?«
»Das kann man wohl sagen.«
»Und wo steht Rankin bei allem?«
»Rankin kann nicht sehr viel unternehmen, wenn sich dieser Fall auf einer Linie entwickelt, die den Interessen der gegenwärtigen Verwaltung widerläuft«, antwortete Holding. »Der Commissioner wird keine Ermittlungen ermutigen, die Creedy in Verlegenheit bringen. Er und Creedy sind gute Freunde.«
»Und Rankin hofft natürlich, daß er Captain wird, und muß seine Finger sauberhalten.«
Als Holding auf diese Bemerkung nichts erwiderte, fuhr ich fort: »Es riskiert also keiner seinen Hals — außer mir, stimmt's?«
»Richter Harrison hat erheblichen Einfluß. Wir besitzen eine Zeitung mit einer großen Auflage. Natürlich müssen Sie vorsichtig sein, aber vorausgesetzt, daß Sie sich bei Ihren Ermittlungen im üblichen Rahmen halten, wird sich niemand einmischen.«
»Außer Creedy und Hertz.«
Holding klopfte seine Pfeife aus.
»Sie sagten doch, mit Hertz könnten Sie fertig werden?«
»Ja, das glaube ich schon. Aber ich behaupte nicht, daß meine Methoden im Rahmen des Üblichen liegen werden.«
»Das ist vielleicht ein Punkt, über den ich besser nichts weiß.«
Ich überlegte einen Augenblick und sagte dann: »Also gut, ich will sehen, was ich tun kann. Ich sehe die Lage folgendermaßen: ich führe meine Ermittlungen fort, lege Ihnen meine Ergebnisse vor, und Sie überreden den Commissioner, eine Verhaftung zu veranlassen. Richtig?«
Holding wandte sich wieder der Federschale zu. Er schien viel Trost darin zu finden, sie vor sich herumzuschieben.
»Nicht ganz. Ich glaube, der beste Plan für Sie wäre, Ihre Ermittlungen abzuschließen und die Fakten dem Chefredakteur des *St. Raphael Courier* zu übergeben. Er ist ein Feuerkopf, der willens ist, alles zu veröffentlichen, was die Verwaltung trifft. Wenn es dann veröffentlicht ist, muß der Commissioner handeln.«
Ich grinste.
»Und Sie und Rankin halten sich draußen? Wenn also etwas schiefgeht, bleiben Sie unbehelligt, sind glücklich und zufrieden.«
Das gefiel ihm nicht.
»Solange die Verwaltung...« begann er, aber ich fiel ihm ins Wort.
»Schon gut, schon gut.« Ich stand auf. »Ich mache es. Nicht, weil ich Ihnen Ihre Kastanien aus dem Feuer holen will, oder weil ich will,

daß Richter Harrison seine Wahl gewinnt. Ich tue es, weil mein Partner ermordet wurde, und weil so etwas in unserem Beruf schlecht ist.«

Mit weisem Ausdruck nickte er.

»Das kann ich verstehen.«

»Aber obwohl er mein Partner war und ich einen sentimentalen Anlaß habe, den Mörder zu finden«, fuhr ich fort, »kann ich nicht ewig nur von Luft leben. Wenn Ihre Partei die Wahl auf Grund dessen, was ich ausfindig mache, gewinnt, dann erwarte ich die Erstattung meiner Unkosten.«

Er sah aus, als hätte er plötzlich in eine Quitte gebissen.

»Das dürfte sich machen lassen, aber es müßte zunächst bewiesen werden, daß Creedy in den Fall verwickelt ist«, meinte er dann.

»Das versteht sich von selbst. Erhalte ich inzwischen von irgendeiner Seite Hilfe?«

»Rankin weiß, was ich mit Ihnen vereinbare. Wenn Sie ihn von Zeit zu Zeit zu Hause anrufen, wird er Sie über seine Fortschritte unterrichten.«

»Wie heißt der Redakteur, von dem Sie sprachen? Dieser Feuerkopf?«

»Ralph Troy. Sie können sich auf ihn verlassen. Geben Sie ihm die Fakten, und er wird sie drucken.«

»Aber erst muß ich die Fakten ausgraben.« Ich sah ihn an. »Nun, ich will sehen, was ich finde. Dann auf Wiedersehen.«

Er reichte mir eine schlaffe Hand.

»Viel Glück, und seien Sie vorsichtig.«

Niemand kann behaupten, daß er das reine Glück war. Ich wußte aber, daß ich Glück brauchen würde, und ganz bestimmt würde ich vorsichtig sein.

III

Auf dem Weg hinaus fragte ich mich, ob es schon zu spät wäre, noch einen Blick auf Marcus Hahn zu werfen. Ich war begierig, ihn mir anzusehen, ohne selbst von ihm gesehen zu werden.

Ich fragte den Sergeanten vom Dienst, wo die Leichenkammer liege, und erklärte, daß ich noch kurz mit Inspektor Rankin sprechen wolle, falls er noch dort sei.

Der Sergeant wies mich an, durch den Korridor bis zur hinteren Tür zu gehen, dann nach links auf den Hof hinaus, und die Leichenkammer läge direkt vor mir.

Ich folgte seiner Anweisung.

Der Eingang zur Leichenkammer lag jenseits des Hofes. Eine blaue Lampe über der Tür spendete ein gespenstisches Licht. Zwei Fenster des niedrigen Gebäudes waren erleuchtet, und leise überquerte ich den dunklen Hof und sah durch eines der Fenster hinein.

Rankin stand neben einem Tisch, auf dem Thelma Cousins Leiche, bis zum Hals von einem Laken bedeckt, lag. Ihm gegenüber stand ein schlanker Mann mit vollem, strohfarbenem Haar und einem ebensolchen Kinnbart. Er trug ein blau und gelb gewürfeltes Cowboyhemd, eine schwarze Hose, die eng um die Hüften lag und weit um seine Knöchel fiel. An den Füßen trug er mexikanische Stiefel mit hohen Hacken und silbernen Verzierungen.

Wenn man sich mit dem langen Haar und dem Bart abfand, konnte man ihn als gut aussehend bezeichnen. Er hatte eine gut geformte Nase, tiefliegende, kluge Augen und eine hohe, gewölbte Stirn.

Während er Rankin zuhörte, klatschte er mit einer dünnen Reitgerte gegen seine Stiefe.

Auf einem Pferd hätte er vielleicht imposant ausgesehen. Aber ohne Pferd sah er nicht anders aus als viele andere Angeber in Kalifornien.

Rankin schien den größten Teil der Unterhaltung zu bestreiten. Hahn nickte nur und äußerte hier und da ein Wort. An Rankins Ausdruck konnte ich erkennen, daß er nichts herausbekam. Schließlich zog er zum Zeichen, daß die Unterredung vorüber war, das Laken über das Gesicht des toten Mädchens, und Hahn ging quer durch den Raum zur Tür.

Ich trat schnell in den Schatten zurück.

Hahn kam heraus, überquerte mit langen Schritten den Hof, klopfte dabei mit seiner Reitpeitsche gegen sein Bein. Er verschwand durch die Tür, die zum Hauptausgang führte.

Ich ging zum Eingang der Leichenkammer, stieß die Tür auf und trat ein.

Rankin war gerade im Begriff, das Licht zu löschen, als er mich sah. Sein hartes, gespanntes Gesicht verriet Überraschung.

»Was wollen Sie denn?«

»War das Hahn?«

»Ja. Ein Schwindler wie aus dem Buch, aber mit seinen Töpfen geht's ihm ganz gut. Mit diesem Schwindelunternehmen muß er ein kleines Vermögen verdienen.« Rankin unterdrückte ein Gähnen. »Wissen Sie, was er mir gesagt hat? Sie werden es nicht glauben.«

Er berührte den Arm des toten Mädchens. »Sie war nicht nur fromm, sondern gab sich auch nie mit Männern ab. Sie hatte nicht einmal einen Freund, wenn man ihren Beichtvater nicht als ihren Freund bezeichnen will. Er war der einzige, in dessen Gesellschaft sie sich sehen ließ. Und dann auch nur, um ihm zu helfen, für die Armen zu sammeln. Der Arzt sagt, sie sei noch unschuldig. Ich spreche morgen mit dem Geistlichen. Aber ich nehme an, daß man Hahn glauben kann.«

»Und trotzdem gab sie sich mit Sheppey ab?«

Rankin verzog das Gesicht.

»War er wirklich so gut? Konnte er ein Mädchen wie sie für sich gewinnen?« fragte er mißmutig.

»Ich würde es ihm nicht absprechen. Er hatte da seine eigene Technik, mir gefiel sie zwar nicht besonders. Für den frommen Typ hatte er nicht viel übrig. Vielleicht war es nichts zwischen ihnen beiden. Vielleicht hat sie ihm geholfen, ihm Informationen beschafft.«

»Wären sie dann zusammen schwimmen gegangen? Und hätten sie die gleiche Kabine genommen, wenn es nur das war?«

Ich hob die Schultern.

»Ich weiß nicht.«

»Nun, wenigstens sieht es so aus, als ob wir nicht nach einem Freund zu suchen brauchten.« Er ging zum Lichtschalter und drehte ihn. »Sind Sie mit Holding klargekommen?« Seine Stimme kam aus dem Halbdunkel. Das Licht der blauen Außenlampe warf einen silbernen Schein auf den Boden der Leichenkammer.

»Ich würde sagen, ja. Er sagte mir, ich kann Sie zu Hause aufsuchen, wenn ich Informationen wünsche.«

»Er hat Ihnen aber nicht gesagt, daß Sie ihn zu Hause besuchen können, wenn Sie was wissen wollen, oder doch?«

»Nein.«

Rankin trat neben mich.

»Das war zu erwarten. Er riskiert nie etwas.« Er legte seine Hand auf meinen Arm. »Passen Sie auf ihn auf. Sie sind nicht der erste, den er hintergeht. Er ist jetzt vier Jahre im Amt, und dort ist er ohne eine Menge Hilfe weder hingekommen noch geblieben. Er hat ein hübsches, gut entwickeltes Talent, andere sein Boot rudern zu lassen. Er ist der einzige Lump, den ich je gekannt habe, der mit der Verwaltung jagt und mit der Opposition bellt. Also passen Sie auf ihn auf.«

Er ging aus der Leichenkammer, die Hände tief in die Jackentaschen geschoben, mit hängenden Schultern, den Kopf gebeugt.

Ich blieb noch einen Augenblick stehen und dachte über seine Worte nach. Selbst wenn er mir das nicht gesagt hätte, hätte ich Mr. Holding nicht getraut. Er war nicht umsonst mit dem Gesicht eines Wiesels geboren worden.

Ich verließ die Leichenkammer, schloß die Tür und ging schnell durch den Gang auf die Straße hinaus.

Es war jetzt fünfundzwanzig Minuten vor zwei. Ich war sehr müde, und es tat mir gut, mich in den Polstersitz eines Taxis sinken zu lassen. Als ich zum Hotel zurückkam, schlug die Uhr zwei.

Der Nachtportier sah mich vorwurfsvoll an, als ich durch die Halle kam. Ich war zu müde, um mich mit ihm abzugeben. Ich stieg in den Fahrstuhl, fuhr in die zweite Etage, schlich erschöpft durch den Gang zu meinem Zimmer. Ich schloß die Tür auf, öffnete sie und schaltete das Licht ein.

Dann fluchte ich mit unterdrückter Stimme.

Das Zimmer war in der gleichen Weise behandelt worden wie Shep=

peys Zimmer. Die Schubladen der Kommode hingen heraus, die Matratze war aufgerissen, die Kissen zerschnitten. Meine Sachen waren aus meinem Koffer gezerrt und über den ganzen Fußboden verstreut worden. Sogar Sheppeys Sachen hatte man durcheinandergeworfen.

Ich ging schnell an die Stelle, wo ich die Streichhölzer versteckt hatte. Ich schob meinen Finger unter den Teppichrand und grinste.

Das Streichholzbriefchen war noch da.

Ich wühlte es heraus, hockte mich auf meine Hacken nieder und öffnete es. Das lose Streichholz, das ich zwischen die anderen geklemmt hatte, fiel heraus, und ich mußte es zwischen den zerstreuten Federn der Kissen mühsam herausfingern.

Wenn jemand nach diesen Streichhölzern gesucht hatte, dachte ich, dann ist er ohne sie weggegangen. Aber als ich das Streichholz umdrehte, war ich plötzlich gar nicht mehr so zufrieden. Es standen keine Ziffern auf seiner Rückseite. Ein schneller Blick belehrte mich, daß auch auf den anderen Streichhölzern keine Ziffern waren.

Ich richtete mich auf.

Jemand hatte Sheppeys Streichhölzer mitgenommen und andere zurückgelassen, wahrscheinlich in der Hoffnung, daß ich die Ziffern auf der Rückseite der ursprünglichen nicht bemerkt hatte.

Ich ließ mich auf mein zerfetztes Bett sinken, zu müde, um darüber nachzudenken.

Siebtes Kapitel

I

Am nächsten Morgen schlief ich bis viertel nach elf.

Als ich den Nachtportier angerufen hatte, um ihm mitzuteilen, daß ich in meinem Zimmer nicht schlafen könne und weshalb, hatte er sofort die Polizei alarmiert, und ich bekam noch einen Besuch von Candy.

Von den Streichhölzern sagte ich ihm nichts. Ich ließ ihn sich selbst ansehen, was passiert war, und als er mich fragte, ob ich etwas vermisse, antwortete ich, soweit ich feststellen könne, nichts.

Darauf bezog ich ein anderes Zimmer und überließ es ihm und seinem Fingerabdruckfachmann, nach Spuren zu suchen. Ich war fest überzeugt, sie würden keine finden.

Sobald ich im Bett lag, erlosch ich wie ein Licht im Wind. Es war die heiße Sonne, die durch die Spalten der Jalousie fiel, die mir unbehaglich warm machte und mich schließlich weckte.

Telefonisch bestellte ich mir Kaffee und Toast, ging ins Badezimmer unter die Dusche, rasierte mich, legte mich dann wieder auf das Bett und wartete auf meinen Kaffee.

Es gab einiges, worüber ich nachdenken mußte. Bei den Ermittlungen hatten sich eine ganze Reihe loser Enden ergeben, denen nachgegangen werden mußte.

Gab es ein Bindeglied zwischen dem Musketeer Club und Hahns Schule für Keramik? War dieses Bindeglied eines der Dinge, auf die Sheppey gestoßen war, spielte Marcus Hahn in dem Fall eine Rolle? Hatte Creedy Sheppey engagiert, um seine Frau zu beobachten, und war Sheppey dabei auf etwas gestoßen, was mit seinem Auftrag nichts zu tun hatte? Was hatte er mit einem Mädchen wie Thelma Cousins in der Badehütte zu suchen?

Der Kaffee kam, ehe ich auch nur eine versuchsweise Antwort auf eine dieser Fragen fand. Während ich ihn trank, klingelte das Telefon.

Es war Rankin.

»Ich habe gehört, Sie hatten gestern nacht Besuch?«

»Ja.«

»Irgendeine Vermutung, von wem?«

Ich starrte zur Decke hinauf, als ich antwortete: »Dann hätte ich Candy das schon gesagt. Sheppeys Zimmer wurde schon in der Weise durchwühlt, jetzt auch meins.«

»Passen Sie auf, daß Ihnen niemand mit einem Eispicker zu nahe kommt.«

»Die Möglichkeit ist drin.«

»Ich wollte Sie nur noch mal selbst fragen. Candy fand nicht das geringste. Haben Sie einen Verdacht?«

»Im Augenblick nicht. Ich zerbreche mir gerade den Kopf darüber. Wenn mir was einfällt, rufe ich Sie an.«

Es folgte eine Pause. Dann sagte er: »Ich habe mit dem Geistlichen gesprochen. Hahns Aussage stimmt. Das Mädchen war genauso, wie er es schilderte. Sie ging nicht mit Männern aus, und der Geistliche behauptet, mit einem fremden Mann hätte sie sich nie eingelassen. Davon ist er fest überzeugt.«

»Sie hatte sich aber mit Sheppey verabredet.«

»Ja, das stimmt. Nun, ich werde der Sache nachgehen. Ich versuche auch, dem Eispicker auf die Spur zu kommen.«

»Danach wollte ich Sie noch fragen. Keine Fingerabdrücke daran?«

»Nein. Einen Eispicker von der Sorte kann man in jedem Haushaltsgeschäft kaufen. Meine Leute erkundigen sich jetzt dort. Wenn ich auf etwas stoße, werde ich Sie unterrichten.«

Ich bedankte mich. Wenigstens zeigte er sich bereitwilliger zur Mitarbeit, als ich erwartet hatte.

Er erinnerte mich noch daran, daß ich zu dem Inquest über den Tod Sheppeys am späten Nachmittag erscheinen müsse, und hängte ein.

Ich trank meinen Kaffee aus und rief dann Ella in meinem Büro an. Ich fragte sie, wie Sheppeys Frau die Nachricht aufgenommen habe.

Sie sagte, für sie sei es eine peinliche Stunde gewesen, sie glaube aber, daß Sheppeys Frau inzwischen den ersten Schock überwunden habe.

»Sie muß heute morgen meinen Brief bekommen. Halte den Daumen auf der Kasse, Ella. Ich wette, daß sie sehr bald auftauchen und Geld verlangen wird. Sage ihr, daß ich ihr heute abend einen Scheck schicken werde.«

Ella versprach, das zu tun.

Wir sprachen noch ein paar Minuten über geschäftliche Dinge. Es hatten sich zwei Klienten gemeldet. Beide Aufträge klangen einträglich und interessant, aber ich fühlte mich nicht einmal versucht, sie zu übernehmen.

»Versuche, ob Corkhill sie auf einer Basis fifty=fifty übernehmen will. Ich bleibe hier, bis diese Geschichte geklärt ist. Wirst du allein fertig?«

»Selbstverständlich.«

Und ich wußte, sie würde fertig werden. Sie war so klug und geschickt, wie ich von einem Mädchen, das mein Büro in meiner Abwesenheit betreute, nur wünschen konnte.

Wir wechselten noch ein paar Worte, dann versprach ich ihr, morgen oder am Tag darauf wieder anzurufen, und hängte ein.

Inzwischen war es in dem Zimmer unerträglich heiß geworden.

Die Temperatur setzte mir zu, darum entschloß ich mich, an den Strand zu gehen und zu schwimmen, anschließend eine Weile in der Sonne zu liegen, um mich von ihr zu einem Plan inspirieren zu lassen.

Ich zog mich an, suchte meine Badehose aus dem Koffer und stopfte sie in die Tasche. Dann fuhr ich mit dem Fahrstuhl ins Erdgeschoß hinunter.

Brewer, der fette Empfangschef, nahm meinen Schlüssel entgegen.

»Mr. Brandon«, begann er verlegen, »ich fürchte, daß ...«

»Ich weiß, Sie brauchen mir nichts zu sagen. Die Nachfrage nach Ihren Zimmern ist plötzlich sehr groß, und Sie benötigen mein Zimmer.« Ich lächelte ihm zu. »Ich mache Ihnen keinen Vorwurf daraus. Also gut, ich werde mir was anderes suchen. Lassen Sie mir nur bis heute abend Zeit.«

»Es tut mir leid, aber wir haben eine ganze Reihe Beschwerden erhalten.« Er sah tatsächlich so aus, als ob es ihm leid täte. »Seit Ihrer Ankunft haben wir die Polizei innerhalb von vierundzwanzig Stunden viermal im Hause gehabt.«

»Ja, ich weiß. Ich kann mir vorstellen, was Sie dabei empfinden. Ich werde heute abend ausziehen.«

»Das ist sehr entgegenkommend von Ihnen, Mr. Brandon.«

Ich ging zu meinem Buick hinaus und fuhr zum Strand hinunter. Als ich dort ankam, war es gerade zwölf Uhr, und die Menschen am Strand begannen sich zu drängeln. Es gelang mir, einen Parkplatz für den Buick zu finden, und ich wühlte mich zu einer der Badeanstalten durch.

Die Sonnenschirme waren aufgespannt. Männlein und Weiblein bereits beim Spiel. Manche warfen Medizinbälle, andere schwammen, wieder andere hatten mit ihren Vor=Lunch=Cocktails aus silbernen Flakons begonnen, der Rest lag einfach in der Sonne herum und ließ sich braten.

Ich zog mich um, stieg in der Badehose über muskulöse, gebräunte Körper hinweg, suchte mir zwischen Blondinen, Brünetten und Rothaarigen, die ihre Badekostüme auf ein Minimum beschränkten, meinen Weg, um ans Wasser zu kommen.

In meinem schnellsten Tempo schwamm ich eine viertel Meile weit hinaus. Ich fühlte das Bedürfnis, mich körperlich auszutoben. Dann drehte ich um und schwamm in gelassenerem Tempo zurück.

Die Sonne brannte jetzt heiß, und auf dem Strand war jetzt sogar noch weniger Platz zu finden.

Ich kam aus dem Wasser, blieb stehen, um mich nach einem Plätzchen umzusehen, wo ich mich nicht unbedingt an den Schultern anderer reiben mußte, aber es war nicht leicht. Dann sah ich ein Mädchen, das unter einem blauweißen Schirm saß, mir winken.

Sie trug einen weißen Badeanzug und hatte eine übergroße Sonnenbrille auf. Ich erkannte ihr seidiges, blondes Haar und ihre Figur, ehe ich das, was von ihrem Gesicht zu sehen war, wiedererkannte.

Margot Creedy forderte mich auf, ihr Gesellschaft zu leisten.

Ich suchte mir einen Weg über zahllose sonnengebräunte Körper hinweg zu ihr. Sie sah mit einem etwas vorsichtigen Ausdruck auf ihrem schönen Gesicht zu mir auf und zeigte das gleiche kleine Lächeln, mit dem sie mich bei unserer ersten Begegnung begrüßt hatte.

»Das ist doch Mr. Brandon, nicht wahr«, sagte sie, und es klang etwas atemlos. »Oder sind Sie nicht Mr. Brandon?«

»Nun, wenn ich es nicht bin, hat sich jemand meine Haut gestohlen«, antwortete ich, »und das hinter dieser riesigen Sonnenbrille dürfte wohl Miss Creedy sein.«

Sie lachte und nahm dieses Visier ab. Kein Zweifel, sie war eine ungewöhnliche Schönheit. An ihrer Figur, die in dem Badeanzug geradezu hinreißend war, konnte ich keinen Makel entdecken.

»Wollen Sie sich zu mir setzen, oder sind Sie in Gesellschaft?«

Ich ließ mich direkt neben ihr in den heißen Sand fallen.

Ich antwortete, ich sei nicht in Gesellschaft, habe auch keinerlei Verpflichtungen, und fuhr fort: »Ich danke Ihnen auch für Ihre Mühe gestern abend. Ich hatte nicht erwartet, daß Sie das für mich tun würden.«

»Zufällig kam ich noch in den Klub.« Sie umschlang ihre Knie und blickte darüber hinweg auf das Meer hinaus. »Außerdem war ich neugierig. An einem Mordfall ist immer nicht nur etwas Entsetzliches, sondern auch etwas Faszinierendes, finden Sie nicht?« Sie setzte ihre Sonnenbrille wieder auf. Das tat mir leid, denn das Ding war so groß, daß es ihr halbes Gesicht verdeckte. »Ich war fest überzeugt, daß Ihr Freund nicht in dem Klub gewesen war, als Sie mich danach fragten. Ich wollte mir nur bestätigen, daß ich recht hatte. Es ist für Nichtmitglieder sehr schwierig, in den Klub hineinzukommen.«

»Haben Sie heute morgen die Zeitung gelesen?« fragte ich und streckte mich auf dem Sand aus. Wenn ich den Kopf drehte, bot sie mir auch aus dieser Stellung noch einen bewunderungswerten Anblick.

»Sie meinen den zweiten Mord? Wissen Sie, wer das Mädchen war? War sie diejenige, mit der sich Ihr Freund getroffen hatte und mit der er zu der Badehütte ging?«

»Das war sie.«

»Alles spricht von ihr.« Sie griff nach ihrer großen Strandtasche und begann in der Art, wie Frauen so etwas tun, darin herumzukramen. »Es ist höchst mysteriös, nicht wahr?«

»Ja. Aber wahrscheinlich gibt es dafür eine ganz einfache Erklärung.« Die Sonnenhitze begann mich etwas zu stören, darum drehte ich meinen Kopf und rückte etwas mehr in den Schatten des Schirms. Aus dieser Stellung konnte ich direkt in ihr Gesicht aufblicken. Und dazu wäre ich gern zu jeder Tages= und Nachtzeit bereit gewesen. Sie war wirklich eine bewunderungswürdige Schönheit, wahrscheinlich das hübscheste Mädchen, das ich je gesehen hatte.

»Kann sie Selbstmord begangen haben?«

»Möglicherweise, aber es scheint sehr unwahrscheinlich. Warum sollte sich jemand mit einem Eispicker erstechen?«

»Aber angenommen, sie tötete Ihren Freund. Vielleicht fand sie es notwendig, für diese Tat zu büßen. In den Zeitungen steht, sie sei sehr fromm gewesen. Vielleicht glaubte sie, die einzige Buße liege darin, in der gleichen Weise zu sterben wie er.«

Das verblüffte mich grenzenlos.

»Gütiger Himmel, haben Sie sich das selbst ausgedacht?«

»Nein. Ich habe mit verschiedenen Leuten darüber gesprochen, und einer von ihnen sagte es, und ich hielt es für möglich.«

»An Ihrer Stelle würde ich mir nicht den Kopf darüber zerbrechen, wie sie starb«, sagte ich. »Das ist eine Aufgabe für die Polizei. Sie hat da draußen am Arrow Point gearbeitet, in dieser Schule für Keramik, wie sie es nennen. Sind Sie je dagewesen?«

»Gewiß, ich gehe häufig dorthin. Von einigen der Plastiken dieses Hahn bin ich sehr begeistert. Er ist wirklich großartig. Vergangene Woche kaufte ich die Statue von einem kleinen Jungen von ihm. Sie ist hinreißend.«

»Haben Sie das Mädchen dort je gesehen?«

»Ich kann mich nicht an sie erinnern. Es arbeiten dort so viele Mädchen.«

»Aus allem, was ich hörte, habe ich den Eindruck gewonnen, es sei ein Andenkenladen für Touristen.«
»In gewisser Weise ist es das vielleicht. Aber Hahn hat einen zweiten Raum, in dem seine neuesten und besten Arbeiten stehen. Dort kommen aber nur sehr ausgesuchte Besucher hinein.«
»Dann geht es ihm also ganz gut?«
»Natürlich; und völlig zu Recht. Er ist ein großer Künstler.«
Ich sah ihr an, daß sie es ehrlich meinte. Ihr Gesicht leuchtete vor Begeisterung.
»Ich muß auch einmal hinausgehen und es mir ansehen. Würden Sie nicht mit mir kommen, Miss Creedy. Ich würde mir seine guten Sachen gern ansehen. Natürlich komme ich nicht als Käufer in Frage, aber gute Plastik interessiert mich.«
Es entstand eine Pause. Es war mir nicht ganz klar, ob sie zögerte oder nachdachte oder was sonst war.
»Ja«, sagte sie, »wenn ich das nächste Mal hinfahre, gebe ich Ihnen Bescheid. Wohnen Sie immer noch im Adelphi=Hotel?«
»Damit erinnern Sie mich an etwas. Woher wußten Sie gestern abend, als Sie mich anriefen, wo ich wohne?«
Sie lachte.
Sie hatte wirklich schöne Zähne. Gerade in der richtigen Größe, regelmäßig und blendend weiß. Und sie zeigte nicht einfach ein Loch in ihrem Gesicht wie manche andere Frauen, wenn sie lachen. Ihr Lachen schickte mir ein Prickeln über den Rücken. Dieses Mädchen begann wirklich, mich zu faszinieren. Etwas Ähnliches hatte ich seit meinem ersten ernsthaften Rendezvous, inzwischen über fünfzehn Jahre her, nicht mehr empfunden.
»Ich fragte Mr. Hammerschult. Sie müssen ihn kennengelernt haben. Er weiß einfach alles. Ich habe ihm nie eine Frage gestellt, die er mir nicht beantworten konnte.«
»Das hatte mich etwas verwundert. Ich fragte mich, woher Sie es wußten. Um aber auf das Adelphi zurückzukommen. Ich werde dort nicht mehr wohnen. Die Polizei ist so oft meinetwegen dort erschienen, daß die Geschäftsführung fürchtet, die anderen Gäste werden denken, sie hätten ständig die Polizei im Hause. Ich muß mir für heute nacht ein Unterkommen suchen.«
»Das wird nicht leicht werden. Wir haben Hochsaison.«
»Ich muß mich eben danach umtun.«
Der Gedanke gefiel mir nicht besonders. Im allgemeinen besorgte Jack die Zimmer für uns. Er hatte eine natürliche Gabe zu wissen, welches Hotel noch Zimmer frei hatte. Ich konnte zehn Hotels anrufen und würde immer nur hören, sie seien ausverkauft. Er suchte eins aus, und wir kamen sofort unter.
»Sie wissen zufällig nicht ein kleineres Hotel, das nicht zu teuer ist?« fragte ich. Dann fiel mir ein, mit wem ich sprach, und ich mußte

lachen. »Nein, das ist kaum anzunehmen. Das liegt nicht ganz auf Ihrer Linie, oder?«

»Wie lange beabsichtigen Sie zu bleiben?«

»Bis der Fall aufgeklärt ist. Das kann eine Woche dauern, aber auch einen Monat. Ich weiß es nicht.«

»Können Sie für sich selbst sorgen?«

»Aber ja. Sie glauben doch nicht etwa, daß ich zu Hause viel Personal habe? Wissen Sie denn etwas?«

»Es ist vielleicht nicht das, was Sie suchen, aber ich besitze draußen an der Arrow Bay einen kleinen Bungalow. Ich mußte ihn für zwei Jahre mieten. Ich komme dort nie hin. Mein Mietvertrag gilt noch für ein Jahr. Wenn Sie wollen, können Sie ihn haben.«

Ich starrte sie an.

»Ist das kein Scherz?«

»Sie können dort wohnen, wenn Sie wollen. Er ist möbliert, und Sie finden alles, was Sie brauchen. Ich bin einen Monat oder noch länger nicht mehr draußen gewesen, um mich dort umzuschauen, aber bei meinem letzten Besuch war noch alles in Ordnung. Sie müssen nur die Lichtrechnung bezahlen. Für alles andere ist gesorgt.«

»Das ist besonders reizend von Ihnen, Miss Creedy.« Im stillen war ich völlig geschlagen. »Ich nehme es natürlich unbesehen an.«

»Wenn Sie nichts Besseres zu tun haben, können wir heute nach dem Abendessen dort hingehen. Zum Abendessen bin ich verabredet, aber ab zehn Uhr habe ich Zeit. Ich werde inzwischen das Wasser anschließen und den Strom wieder einschalten lassen und bringe Ihnen den Schlüssel mit.«

»Ehrlich gesagt, Miss Creedy, Sie bringen mich in Verlegenheit. Eine derartige Gefälligkeit für einen völlig Fremden — ich möchte Ihnen wirklich keine Schwierigkeiten machen...«

»Es macht mir keine Schwierigkeiten.«

Ich wünschte, ich hätte einen Blick in ihre Augen hinter dieser großen Sonnenbrille werfen können. Ich verspürte plötzlich Neugierde, ihren Ausdruck zu sehen. Etwas in ihrer Stimme verriet mir, daß mir etwas entging, weil ich nicht ihre Augen sah.

Sie blickte auf ihre Uhr.

»Ich muß jetzt gehen. Ich bin mit Daddy zum Essen verabredet, und er haßt es, wenn man ihn warten läßt.«

»Sagen Sie ihm lieber nicht, daß Sie mir eine Unterkunft beschafft haben«, antwortete ich und stand auf. Ich sah zu, wie sie ein kurzärmeliges Kleid über ihren Badeanzug streifte. »Ich habe den Verdacht, daß ich nicht gerade zu seinen Günstlingen gehöre. Er könnte es Ihnen ausreden wollen.«

»Ich sage Daddy nie etwas«, antwortete sie. »Wollen Sie mich um zehn Uhr vor dem Musketeer Club treffen? Wir fahren dann zu dem Bungalow hinaus.«

»Ich werde pünktlich da sein.«

»Dann auf Wiedersehen bis dahin.«

Wieder zeigte sie das kleine Lächeln, das mich praktisch umwarf und ich beinahe mit Armen und Beinen in der Luft strampelte.

Sie ging über den Sand davon, und ich stand da und sah ihr nach.

Ich hatte immer gedacht, ich sei längst darüber hinaus, wegen eines Mädchens den Kopf zu verlieren. Aber als ich ihre Bewegungen beob= achtete, das leichte Wiegen ihrer Hüften und die Art, wie sie ihren Kopf hielt: das ging mir wirklich an die Nieren.

II

Nach einem flüchtigen Mittagessen kehrte ich in mein Hotel zurück und packte meine Koffer. Ich veranlaßte Joe, den Hausdiener, dafür zu sorgen, daß Sheppeys Besitz an seine Frau geschickt wurde. Dann schrieb ich ihr einen kurzen Brief und fügte einen Scheck über ein paar hundert Dollar bei, betonte aber, daß der Betrag von ihrer end= gültigen Abfindung abgezogen werden würde.

Inzwischen war es Zeit geworden, daß ich zu dem Inquest gehen mußte. Ich hatte mein Gepäck in dem Buick untergebracht und meine Rechnung bezahlt. Brewer entschuldigte sich wieder, daß er mein Zimmer benötige, aber ich tröstete ihn damit, daß ich etwas anderes gefunden habe und er sich meinetwegen keine Gedanken zu machen brauche.

Ich ging in Greaves' Büro hinunter und fand ihn, wie er sich seine Schuhe mit einem Lappen polierte.

»Kommen Sie zu dem Inquest?« fragte ich.

»Ich bin vorgeladen.« Er warf den Lappen in seine Schreibtisch= schublade zurück, schob seine Krawatte gerade und griff nach seinem Hut. »Nehmen Sie mich mit in die Stadt, oder muß ich mit dem Bus fahren?«

»Selbstverständlich nehme ich Sie mit. Kommen Sie.«

Auf der Fahrt zur Dienststelle des Coroners fragte ich ihn, ob er sich die Leiche von Thelma Cousins angesehen habe.

»Ich wurde nicht dazu aufgefordert«, antwortete er. »Rankin hat für mich keine Zeit. Aber Brewer sah sie. Das ist doch zum Lachen, was? Er wäre nicht in der Lage, seine eigene Mutter zu identifizieren, wenn man sie ihm auf dem Tisch der Leichenkammer zeigen würde. Ich will nicht sagen, daß es leicht ist, dieses Mädchen zu identifizieren. Mit dem Hut und der Sonnenbrille, die sie trug, sah sie wie jede andere Frau in einer dunklen Perücke aus.«

Ich sagte ihm nicht, daß er sich mit der Perücke irre. Er war nicht der Typ, dem man sagen konnte, daß er einen Irrtum beging.

Bei der Verhandlung waren nur neun Personen anwesend. Fünf von ihnen waren offensichtlich die Nichtstuer, die man immer bei In=

quests findet, aber die vier anderen zogen meine Aufmerksamkeit auf sich.

Eine von ihnen war ein Mädchen mit einer randlosen Brille und dem harten, undurchdringlichen Gesicht der tüchtigen Sekretärinnen. Sie wirkte in einem grauen Leinenkleid mit einem weißen Kragen und Manschetten elegant. Sie saß hinten im Saal und stenografierte den Verlauf der ganzen Verhandlung sicher und gewandt mit. Dann war ein jüngerer Mann in einem weit geschnittenen, perlgrauen Anzug anwesend. Seine blonde Mähne war an verschiedenen Stellen mit einer Brennschere behandelt worden. Eine Sonnenbrille verdeckte seine Augen völlig. Er saß auf der Seite im Saal und sah sich um, als fühle er sich geistig besonders überlegen. Hin und wieder gähnte er so gewaltig, daß ich schon glaubte, er würde sich den Kiefer ausrenken. Die beiden anderen, die mir auffielen, waren zwei untadelhaft gekleidete, glänzende, glatte, gutgenährte Männer. Sie saßen dem Coroner gegenüber. Ich hatte bemerkt, daß er ihnen zunickte, als er den Saal betrat, und ebenso, als er ihn schließlich wieder verließ.

Den Coroner schien das ganze Verfahren ziemlich zu langweilen. Er hetzte mich durch meine Aussage, hörte mit einem abwesenden Blick in den Augen Brewers gestammelten Erklärungen zu, rief Greaves überhaupt nicht auf und fertigte den Wärter der Badeanstalt ziemlich kurz ab. Erst als Rankin vortrat, um auszusagen, daß die Polizei noch Ermittlungen anstelle und er um eine Vertagung von einer Woche bitte, wurde der Coroner annähernd menschlich. Er stimmte hastig dem Vertagungsantrag zu und verschwand schnell durch die Tür hinter seinem Sessel.

Nachdem ich meine Aussage gemacht hatte, war ich zu meinem Platz neben Greaves zurückgekehrt. Ich fragte ihn, ob er wisse, wer die beiden geleckten, dicken Männer seien.

»Sie sind von Hesketh' Büro«, erklärte er mir. »Der größte und gerissenste Rechtsanwalt an der pazifischen Küste.«

»Bearbeitet er Creedys Fälle?«

»Außer ihm wäre dazu keiner angesehen genug.«

»Und wer ist der blonde Affe da drüben mit dem Bleistift an der Nase?«

Greaves schüttelte den Kopf.

»Und das Mädchen da hinten?«

»Habe ich auch keine Ahnung.«

Sobald der Coroner den Saal verlassen hatte, zog sich der Blonde zurück, ohne mehr Aufsehen zu erregen, als Wasser, das durch einen Abfluß fließt.

Die beiden Dicken kamen zu Rankin und sprachen etwa eine Minute mit ihm, ehe sie gingen. Während ich sie beobachtete, verschwand das Mädchen in Grau ohne daß ich es bemerkte.

Greaves sagte, er würde mit dem Bus zurückfahren. Er fügte hinzu, er hoffe, ich würde in Verbindung mit ihm bleiben. Wir schüttelten uns die Hände, und er ging.

Dann gingen auch die beiden Dicken fort, und damit waren Rankin und ich allein im Saal.

Ich trat zu ihm.

»Irgend etwas Neues?« fragte ich.

»Nein.« Er sah irgendwie unbehaglich aus. »Noch nicht. Ich kann nichts über den Eispicker feststellen.« Er zog eine Zigarette aus der Tasche und fummelte damit herum. »Wir forschen jetzt dem Herkommen und dem Vorleben dieses Mädchens nach. Vielleicht war sie ein stilles Wasser.«

»Glauben Sie? Wie wäre es, wenn Sie sich um Creedys Hintergründe kümmerten? Das könnte sich lohnen. Waren die beiden hier, um seine Interessen zu wahren?«

»Sie kamen nur her, um sich die Zeit zu vertreiben. Sie haben jetzt einen Termin und waren etwas früher da als nötig.«

Ich lachte. »Haben sie Ihnen das gesagt? Sie sind doch nicht etwa darauf reingefallen?«

»Ich habe keine Zeit, mich hier mit Ihnen zu unterhalten. Meine Arbeit wartet«, antwortete er knapp.

»Sahen Sie den blonden Jüngling in dem grauen Anzug? Wissen Sie, wer das ist?«

»Er arbeitet in der Schule für Keramik«, antwortete Rankin, ohne mich anzusehen.

»Das ist interessant. Was suchte er denn hier?«

»Vielleicht hat Hahn ihn geschickt«, sagte er obenhin. »Ich muß jetzt fort.«

»Wenn Sie mich brauchen, ich wohne am Arrow Point. Ich habe mir dort einen kleinen Bungalow beschafft.«

Er warf mir einen überraschten Blick zu.

»Am Arrow Point gibt es nur einen Bungalow. Ich dachte, er gehört Margot Creedy.«

»Tut er auch. Ich habe ihn von ihr gemietet.«

Wieder starrte er mich an, setzte an, um etwas zu sagen, überlegte es sich aber, nickte mir zu und ging.

Ich ließ ihm Zeit, das Gebäude zu verlassen, und ging dann zu dem Buick hinaus. Es war jetzt halb fünf. Ich fragte einen Polizisten, der am Rand des Bürgersteiges seine Nase in die Luft reckte, wo die Redaktion des *Couriers* liege. Er erklärte mir den Weg, als ob er mir einen persönlichen Gefallen täte.

Ein paar Minuten vor viertel vor fünf erreichte ich den *Courier*. Dem Mädchen an der Anmeldung sagte ich, ich wünsche mit Ralph Troy zu sprechen. Ich gab ihr meine Geschäftskarte, und nachdem ich fünf Minuten gewartet hatte, führte sie mich durch einen Gang in ein kleines Büro, in dem ein Mann, die Pfeife im Mund, hinter einem

überladenen Schreibtisch saß. Er war ein großer Mann mit ergrauen=
dem Haar, einem kräftigen Kinn und lichtgrauen Augen. Er stieß
mir über den Schreibtisch eine große, feste Hand entgegen.
»Nehmen Sie Platz, Mr. Brandon. Ich habe von Ihnen gehört. Hol=
ding rief mich an und sagte, Sie würden wahrscheinlich zu einer
Unterhaltung zu mir kommen.«
Ich setzte mich.
»Im Augenblick habe ich noch nicht viel zu sagen, Mr. Troy, aber
ich wollte mich mit Ihnen bekannt machen. Vielleicht habe ich in
nächster Zeit etwas für Sie. Man informierte mich, wenn ich Ihnen
Tatsachen liefere, würden Sie die drucken.«
Mit einem breiten Lächeln zeigte er mir große, kräftige, weiße Zähne.
»Deshalb keine Sorge«, antwortete er. »Mein Ziel ist, die Wahr=
heit zu drucken und nur die Wahrheit, und das ist der einzige Grund,
weshalb unsere Zeitung noch erscheint. Ich bin froh, daß Sie kommen.
Ich wollte Sie über den Stand der Dinge bei uns informieren. Holding
haben Sie sich angehört, jetzt bin ich an der Reihe.« Er lehnte sich in
seinem Sessel zurück, blies Rauch gegen die Decke und fuhr dann
fort: »In einem Monat wird bei uns die Stadtverwaltung neu gewählt.
Die alte Gruppe, die jetzt seit fünf Jahren an der Macht ist, muß
entweder wiedergewählt werden, oder sie geht unter. Und mit unter=
gehen meine ich genau das, was das Wort besagt. Die einzige Mög=
lichkeit für diese Burschen am Leben zu bleiben, besteht darin, ihre
Finger weiter im Kuchen zu haben. Wenn man ihnen den Kuchen
nimmt, sind sie fertig. St. Raphael City ist eine der Städte an der
pazifischen Küste, in denen das meiste Geld gemacht wird. Selbst
ohne Schwindelgeschäfte würde hier noch Geld verdient. Es ist eine
Stadt der reichen Männer. Bei uns gibt es alles. Außer Miami hat
keine andere Stadt einem Millionär soviel zu bieten. Die Stadt ist in
den Händen dunkler Geschäftemacher. Creedy könnte sie nicht draußen
halten, selbst wenn er es wollte, obwohl er die halbe Stadt besitzt.
Wie die Dinge nun einmal liegen, ist es ihm völlig gleichgültig, so=
lange es sich für ihn lohnt. Er ist kein schlechter Mann, Mr. Brandon,
glauben Sie das ja nicht. Ich will nicht sagen, daß er nicht geldgierig
wäre. Er will von seinem Geld einen Profit. Wenn durch die finsteren
Ehrenmänner der Wert seines Besitzes erhöht wird, hat er da nichts
gegen einzuwenden. Solange das Kasino, das Spielschiff, die verschie=
denen Nachtklubs, die fünf Kinos, das Theater und die Oper, die er
alle finanziert hat, einen Gewinn abwerfen, zerbricht er sich nicht den
Kopf darüber, daß auch die Dunkelmänner, Betrüger, Vorbestrafte,
Rauschgifthändler und Zuhälter ihren Schnitt machen. Ihn kümmern
sie nicht, und sie sind schlau genug, das zu wissen. Diese Stadt ist
von Laster und Korruption durchsetzt. Es gibt kaum einen Beamten
in der Verwaltung, der nicht von irgendeiner Seite an einem Gewinn
beteiligt ist.«

»Und Richter Harrison beabsichtigt, das alles abzuschaffen?« fragte ich.

Troy hob seine schweren Schultern. »Das ist das, was Richter Harrison versprochen hat für den Fall, daß er gewählt wird. Aber selbstverständlich wird er es nicht tun. Ich will nicht bezweifeln, daß dem Schein nach gesäubert werden wird. Das kommt bestimmt. Eine Reihe kleinerer Dunkelmänner fliegt hinaus. Es wird etwas gejubelt werden und sehr viel geschwätzt. Und wenn dann ein Monat vorüber ist, werden die Großen ihre Muskeln anspannen und alles wieder so sein wie vorher. Der Richter wird feststellen, daß sich sein Bankkonto auf mysteriöse Weise gehoben hat. Von irgend jemand bekommt er einen Cadillac. Er wird feststellen, daß es viel einfacher ist, die Dinge laufen zu lassen, als sich einzumischen. Statt Creedy lies Harrison. Im übrigen wird alles so sein wie vorher. Es liegt am System, nicht an den Menschen. Ein Mann kann durchaus ehrlich sein, aber sobald das nötige Geld geboten wird, ist er käuflich. Ich will nicht behaupten, daß jeder Mensch käuflich ist, aber von Harrison weiß ich es nur zu genau.«

»Ich stand unter dem Eindruck, Creedy sei der Boss von allen dunklen Geschäften. Wenn er das nicht ist, wer dann?«

Troy stieß mehr Rauch aus, ehe er antwortete: »Der Mann, der sich Creedys Geld zunutze macht und tatsächlich die Stadt regiert, ist Cordez, der Besitzer des Musketeer Club. Das ist unser Mann. Und er wird bleiben, wenn Creedy im Hintergrund verschwindet und Harrison an die Spitze kommt. Niemand weiß sehr viel über ihn, außer, daß er aus Südamerika kommt, von wo er über Nacht erschien, und der ein natürliches Talent dafür besitzt, aus jedem Schwindelgeschäft Geld zu schlagen. Wenn Creedy die große Geschäftswelt darstellt, dann ist Cordez das große Schwindelgeschäft. Geben Sie sich aber keinem Irrtum hin. Im Vergleich mit Cordez ist Creedy arglos wie ein Abendlied. Wenn irgend jemand Cordez den Boden unter den Füßen nehmen könnte, wäre unsere Stadt die Schwindelunternehmen und Banditen los. Aber dazu ist keiner groß genug.«

»In einem Punkt möchte ich klarsehen. Der Musketeer Club ist nicht Cordez' einzige Trumpfkarte?«

Mit einem grimmigen Lächeln schüttelte Troy den Kopf.

»Natürlich nicht. Er benutzt Creedys Geld, um selbst Geld zu machen. Nehmen Sie das Kasino zum Beispiel. Creedy finanzierte den Bau und bekommt die Pacht für das Haus. Aber Cordez bekommt auch fünfundzwanzig Prozent als Bezahlung für den Schutz. Creedy finanzierte das Spielschiff. Er rechnete damit, daß es Touristen anziehen würde. Die Rechnung stimmt, aber auch hier kassiert Cordez seine fünfundzwanzig Prozent. Wenn die Zahlung einmal nicht eingehen würde, explodiert auf dem Schiff eine Bombe. Da diejenigen, die das Schiff und das Kasino betreiben, das wissen, bezahlen sie.«

Ich saß eine ganze Weile da und verdaute, was ich gerade gehört hatte. Es war nichts Neues daran. Das gleiche geschieht in New York, in Los Angeles, San Franzisko und überall. In sechsunddreißig Stunden schien ich von Sheppeys plötzlichem Tod in einer stickigen kleinen Badehütte bis zu diesem Punkt einen weiten Weg zurückgelegt zu haben. Hatte er etwas entdeckt, das Cordez festnagelte? Sheppey hatte eine gute Nase besessen, um Dinge dieser Art aufzuspüren. Ich dachte an den Eispicker, dessen Spitze zu Nadelschärfe geschliffen worden war: die Waffe eines Gangsters.

»Ich wollte Ihnen ein richtiges Bild geben«, sagte Troy. »So ist die Lage. Und noch etwas. Passen Sie auf diesen Holding auf. Er ist so vertrauenswürdig wie eine Klapperschlange. Nicht mehr und nicht weniger. Solange Sie sein Spiel spielen, ist er Ihr Freund. Aber bei dem geringsten Abweichen von seiner Linie werden Sie sich wundern, was Sie plötzlich trifft. Also passen Sie auf.«

Ich sagte ihm, das würde ich tun, und erzählte ihm dann von der möglichen Verbindung zwischen Creedy und Sheppey. Ich informiere ihn über alle Tatsachen und berichtete ihm auch über die mysteriösen Streichhölzer.

»Ich wette, daß Creedy Sheppey für einen Auftrag, wie seine Frau beobachten oder etwas Derartiges, engagierte. Und daß Sheppey auf etwas Wichtiges stieß, das mit Creedy nichts zu tun hat«, sagte ich. »Ich kann mich irren, aber ich kann mir nicht vorstellen, daß ein Mann wie Creedy jemand ermorden läßt.«

Troy schüttelte den Kopf.

»Sie haben recht. Das würde er nicht tun. Er könnte jemanden verprügeln lassen, der ihm in den Weg gerät, aber Mord scheidet aus.« Er lehnte sich in seinem Sessel zurück. »An der Geschichte ist allerhand dran. Aber noch nichts, was wir drucken können. Wenn wir weiterwühlen, finden wir vielleicht etwas wirklich Handfestes.« Er blickte auf seine Uhr. »Ich habe viel zu tun, Mr. Brandon, und muß weitermachen. Ich will Ihnen etwas sagen. Ich werde den jungen Hepple darauf ansetzen. Er ist einer meiner besten Leute. Sie können ihn einsetzen, wann und wie Sie wollen. Er hat eine Gabe, Informationen zu beschaffen. Scheuen Sie sich nicht, ihm etwas aufzuladen. Das bekommt ihm gut. Zunächst einmal kann er sich um Hahns Vorleben und Herkommen kümmern. Mir schien immer so, daß dieser Vogel nicht ganz sauber ist.«

»Ich werde ihn morgen anrufen und mich mit ihm unterhalten«, erwiderte ich. »Hepple heißt er, sagten Sie?«

»Ja, Frank Hepple.«

»Ich werde ihn anrufen.« Ich stand auf. »Sie kennen wohl niemand, der Mitglied des Musketeer Clubs ist, oder?«

»Ich?« Troy lachte. »Aussichtsloser Fall.«

»Ich möchte gern hinein und mich dort einmal umsehen.«

»Machen Sie sich keine Hoffnung. Da kommt keiner rein, der nicht Mitglied ist oder von einem Mitglied eingeführt wird.«

»Also gut. Wir bleiben in Verbindung. Mit ein bißchen Glück habe ich in ein oder zwei Tagen etwas für Sie.«

»Wenn es sich dabei um Creedy handelt, müssen es harte Tatsachen sein. Alles andere reicht nicht aus«, erklärte Troy und beugte sich über seinen Schreibtisch, um mich fest anzusehen. »Ich kann mir eine Verleumdungsklage von ihm nicht leisten. Er kann unser Blatt vernichten.«

»Wenn Sie von mir etwas über Creedy bekommen, sind es solide Tatsachen«, sagte ich.

Wir schüttelten uns die Hände, und ich verließ ihn.

Endlich hatte ich jemand, auf den ich mich verlassen konnte. Das war ein sehr tröstliches Gefühl.

Achtes Kapitel

I

Von einem Verkehrspolizisten erfuhr ich, daß sich der Musketeer Club im obersten Stockwerk des Ritz=Plaza=Hotels befand, und das überraschte mich sehr. Ich hatte mir vorgestellt, daß der Klub sich in einem prunkvollen Palast auf seinem eigenen Grundstück befinde.

»Soll das heißen, daß der Klub nur aus ein paar Räumen der ober= sten Etage des Hotels besteht?« fragte ich. »Ich dachte immer, er sei das Taj Mahal von St. Raphael City.«

Der Polizist nahm seine Mütze ab, wischte sich über die Stirn und blinzelte mich an.

»Das Taj was?« fragte er zurück. »Wie haben Sie das Ding ge= nannt?«

»Ich war überzeugt, er hätte sein eigenes Haus auf seinem eigenen Grundstück und sei eine Art Palast.«

»Ich kann nichts dafür, was Sie denken. Er ist oben auf dem fünf= undzwanzigsten Stock und hat einen Dachgarten. Aber weshalb fra= gen Sie danach? Sie werden doch nicht reingelassen, ebensowenig wie ich.«

Ich bedankte mich und ging zu dem Buick zurück. Hinter dem Steuer blieb ich sitzen und überlegte ein paar Minuten. Dann erin= nerte ich mich, daß Greaves einmal gesagt hatte, er sei Hausdetektiv im Ritz=Plaza gewesen. Vielleicht konnte er mir einen Tip geben, wie ich in den Klub hineingelangte.

Ich fuhr zum nächsten Drugstore und rief ihn an.

»Wenn Sie ein paar Minuten Zeit haben, könnten Sie mir helfen«, sagte ich und hörte durch das Telefon sein schnaufendes Atmen. »Können Sie mich irgendwo treffen? Ich gebe Ihnen ein Bier aus.«

Er antwortete, ich solle ihn in einer halben Stunde in Al's Bar an der Third Street erwarten.

Ich fuhr zur Third Street hinüber, ließ den Wagen auf einem Parkplatz, suchte Al's Bar und trat ein.

Es war eins dieser intimen Lokale mit Nischen, und ich setzte mich in die letzte an der Wand, so daß ich den Eingang sah. Ich bestellte mir ein Bier und fragte den Barmann, ob er eine Abendzeitung hätte, in die ich mal hineinsehen könne.

Er brachte mir das Bier und die Zeitung.

Sie enthielt einen Bericht über den Inquest und ein Bild von Rankin, auf dem er wie Sherlock Holmes aussah, nachdem er sich gerade eine Spritze in den Arm verpaßt hatte. Auf der Rückseite fand ich ein Bild von Thelma Cousins. Die Unterschrift besagte, daß die Polizei ihre Ermittlungen über den zweiten mysteriösen Mord in der Badeanstalt am Bay Beach weiterführe.

Während ich das Bild betrachtete, traf Greaves ein und placierte seinen massiven Körper auf der Bank mir gegenüber.

Nachdem ich ihm ein Bier bestellt hatte, sagte ich ihm, ich beabsichtige, mir um jeden Preis Einlaß in den Musketeer Club zu verschaffen, und fragte ihn, ob er eine Ahnung habe, wie sich das machen ließe.

Er sah mich an, als ob er mich für verrückt hielte.

»Das ist ebenso aussichtsreich wie ein Versuch, ins Weiße Haus einzubrechen«, antwortete er mir.

»Davon bin ich nicht überzeugt. Wie ich erfahren habe, befindet sich der Klub in der obersten Etage des Ritz=Plaza. Da Sie in dem Hotel gearbeitet haben, müßten Sie wissen, wo der Klub liegt.«

Greaves schluckte die Hälfte seines Biers hinunter, stellte das Glas ab und wischte sich mit dem Handrücken über den Mund.

»Das nützt Ihnen gar nichts. Er nimmt die ganze oberste Etage ein und hat zwei eigene Fahrstühle. Wenn man in das Hotel kommt und durch die Halle und den Gang links geht, erreicht man am Ende des Ganges eine Gittertür, die von zwei Burschen bewacht wird, die alles wissen, was sie wissen müssen. Wenn sie das nicht täten, würden sie ihren Job keine fünf Minuten behalten. Sie öffnen die Gittertür nur dann, wenn sie die Leute kennen, die kommen. So und nicht anders ist das. Ist ihnen einer bekannt, dann machen Sie auf, und der Betreffende muß sich in einem Buch einschreiben. Dann werden sie in einem der Fahrstühle nach oben gebracht. Was dann passiert, weiß ich nicht, weil ich selbst nie oben gewesen bin. Und wenn sie einen nicht kennen, dann machen sie auch nicht auf. Also lassen Sie das, Sie vergeuden nur ihre Zeit.«

»Gibt es da oben ein Restaurant?«

»Natürlich. Es gilt als eines der besten Restaurants im ganzen Land. Ich kann das nicht beurteilen, denn ich habe da nie gegessen. Aber was hat das damit zu tun?«

»Erzählen Sie mir nicht, daß sie Ochsenviertel und Fischkisten durch die Hotelhalle da hinaufschaffen. Das kaufe ich Ihnen einfach nicht ab.«

Er rieb seine fettige Nase an seinem Bierglas.

»Wer hat das behauptet? Sie werden durch den Lieferanteneingang des Hotels versorgt. Er liegt auf der Rückseite in einer Seitengasse. Das Hotel hat seine Küche im zehnten Stock, weil da auch die Speise= räume und das Restaurant liegen. Ich weiß nicht, wie der Klub seine Lieferungen erhält, aber ich habe gesehen, daß Waren hinaufgeliefert wurden und die Leute, die sie brachten, mit hinauffuhren.«

Ich lächelte ihm zu. »Darauf hatte ich gehofft. Wenn ich ein Paket hinaufbringen könnte, finde ich vielleicht die Möglichkeit, mich oben umzusehen. Sie kennen nicht zufällig irgendeinen der Angestellten, der sich dazu überreden ließe, mir zu helfen? Wenn es sein muß, lasse ich mich das fünfzig Dollar kosten.«

Greaves überlegte lange, leerte dann sein Bier, ehe er sagte: »Sie riskieren Ihren Hals, aber ich kenne einen, der dort gearbeitet hat. Harry Bennauer. Ich weiß nicht, ob er noch da ist. Er war vierter Barmann oder so was und ständig pleite. Er riskierte zuviel beim Rennen. Ich habe nie einen gekannt, der so wild gewettet hat. Es sollte mich nicht überraschen, wenn er bereit wäre, zu helfen.«

»Versuchen Sie es mal«, forderte ich ihn auf. »Stellen Sie fest, ob er noch da ist, und fragen Sie ihn, ob er bereit ist, sich leicht fünfzig Dollar zu verdienen. Wenn er interessiert ist, dann sagen Sie ihm, daß ich mit dem Lastenfahrstuhl genau um sieben Uhr komme.«

Greaves brütete darüber. Es war ihm anzusehen, begeistert war er von der Idee nicht.

»Sie wissen nicht, was Sie riskieren. Bennauer könnte Sie verraten. Es kann sein, daß ein Empfangskomitee auf Sie wartet. Und was ich von den Rausschmeißern in dem Klub gehört habe, arbeiten sie nicht mit Samthandschuhen. Die können Sie ziemlich hart aufs Kreuz legen.«

»Das wird dann mein Begräbnis. Los, versuchen Sie es.«

Greaves hob seine massiven Schultern, stand auf und ging zu der Reihe Telefonzellen. Während er in einer der Zellen war, bestellte ich eine zweite Runde Bier.

Er sprach etwa fünf Minuten lang, kam dann zurück und setzte sich wieder.

»Ich habe ihn überredet. Er sagte mir, er sei augenblicklich so blank, daß er für fünfzig Dollar seine Frau verkaufen würde. Soweit er be= troffen ist, geht das Geschäft also in Ordnung. Es liegt jetzt bei Ihnen. Ich würde ihm nicht weiter trauen, als man ihn werfen kann — noch nicht mal so weit. Er könnte zum Manager gehen und Sie an ihn für fünfzig Dollar verkaufen.«

»Und wenn schon. Sie können mich deswegen nicht umbringen. Alles, was sie können, ist, mich hinausschmeißen. Und das geht so leicht nicht. Haben Sie ihm gesagt, um wieviel Uhr?«

Greaves nickte.

»Er wartet auf Sie am Fahrstuhl. Wahrscheinlich hintergeht er Sie. Wahrscheinlich kommen Sie nicht mal durch die Fahrstuhltür. Sobald er sein Geld hat, haben Sie die Chance, daß er Ihnen in den Rücken fällt.«

»Solange ich nicht gesehen habe, was ich sehen will, bekommt er es nicht.« Ich blickte auf meine Uhr. Es waren noch vierzig Minuten bis sieben Uhr. »Sie wissen nicht, was ich mit hinaufnehmen könnte, für den Fall, daß mir jemand über den Weg läuft?«

Er konzentrierte seinen Verstand auf dieses Problem. Nachdem er sich eine Weile damit abgegeben hatte, sagte er: »Warten Sie hier, ich will einen Versuch machen.« Er trank sein Bier aus, schob sich aus der Nische heraus und verließ das Lokal.

Ich wartete, schlürfte an meinem Bier, blätterte in der Zeitung und fragte mich, was mir wohl bevorstand.

Innerhalb einer halben Stunde war er zurück.

Unter dem Arm trug er ein Paket in braunem Packpapier, setzte sich wieder mir gegenüber und streckte mir seine geöffnete Hand hin.

»Sie schulden mir zwanzig Dollar.«

Ich zog meine Brieftasche, trennte mich von vier Fünfdollarnoten und fragte: »Und was bekomme ich dafür geliefert?«

Er stellte das Paket auf den Tisch.

»Ich kenne einen Spirituosenhändler, der den Klub beliefern möchte. Es ist aussichtslos, aber dahinter ist er scheint's noch nicht gekommen. Ich machte ihm weis, Sie könnten eine Probeflasche von dem Zeugs bei der Klubdirektion anbringen. Das ist sie.« Er klopfte auf das Paket. »Aber versuchen Sie um Gottes willen nicht, es zu trinken. Das Zeug brennt Ihnen Blasen so groß wie Tomaten, wenn Sie es versuchen.« Er griff in seine Westentasche und legte eine Karte auf den Tisch. »Das ist seine Geschäftskarte. Alles Weitere ist Ihre Sache.«

Ich nahm die Karte und schob sie in meine Brieftasche.

»Genau das, wonach ich gesucht habe. Vielen Dank. Aber wenn ich wirklich gehen will, ist es jetzt Zeit.«

»Wenn ich hinter dem Ritz=Plaza einen Fleischklumpen mit ein= geschlagenem Schädel finde, weiß ich, daß Sie es sind«, sagte Greaves nüchtern. »Sind Sie versichert?«

»Keine Sorge um mich«, antwortete ich und nahm das Paket. »Ich war schon in vielen Gegenden, wo es hart zugeht.«

»Aber nicht so hart wie da, Bruder«, antwortete Greaves nach= drücklich. »Da machen Sie sich mal nichts vor.«

II

Den Lieferanteneingang des Hotels bewachte ein dicker, älterer Mann. Er betrachtete mich mürrisch, als ich in sein Blickfeld trat.

»Geht es hier zum Musketeer Club?« fragte ich und blieb vor ihm stehn.

»Schon möglich. Was geht das Sie an?« antwortete er.

Ich hielt ihm die Geschäftskarte unter die Nase und ließ ihm Zeit, sie zu entziffern.

»Ich bin mit dem Weinkellner verabredet. Großes Geschäft, Alter. Sie halten unser Wirtschaftsleben auf.«

Er grinste mißvergnügt und deutete mit dem Daumen auf den Fahrstuhl.

»Da ist der Fahrstuhl. Bis ganz nach oben.«

Er verfiel wieder in seine Tagträume. Sie konnten nicht sonderlich aufregend sein, aber vielleicht unterhielt er sich dabei ganz gut.

Ich stieg in den Fahrstuhl, drückte auf den mit Musketeer Club bezeichneten Knopf, lehnte mich gegen die Wand, während ich in die Stratosphäre hinaufgezogen wurde. Es dauerte einige Zeit. Es war ein Lastenfahrstuhl, nichts an ihm erinnerte an das Düsenzeitalter.

Während es aufwärts ging, schob ich die Hand unter meine Jacke und berührte den Griff der Achtunddreißiger, die ich angelegt hatte, bevor ich das Hotel verließ. Die Berührung mit dem kalten Stahl der Waffe gab mir etwas Sicherheit, aber nicht sehr viel.

Es schien mir ein Zeitalter zu dauern, bis der Fahrstuhl endlich hielt und die Tür mit einem Klicken zurückglitt. Meine Armbanduhr zeigte mir, daß es genau sieben war.

Mir gegenüber in der kleinen, mit aufgestapelten Holzkisten gefüllten Halle stand, eine Zigarette zwischen den dünnen Lippen, die Figur, die Greaves mir vermittelt hatte, und wartete: Harry Bennauer. Er war ein Exemplar in Kleinformat, trug eine weiße Jacke und eine schwarze Hose. An seinem Gesicht war etwas, daß jeder Kopfjäger aus Borneo ihn voller Stolz in seine Sammlung aufgenommen hätte. Die tiefliegenden Augen, die dünnen Lippen, die aufgeworfenen Nasenlöcher waren fesselnd, aber kaum schön.

Ich trat aus dem Fahrstuhl und lächelte ihm zu.

»Kommen Sie mit dem Zaster über, Mann«, sagte er, »und machen Sie schnell.«

Ich zog fünf Fünfdollarnoten und hielt sie ihm hin.

Sein Gesicht wurde hart.

»Was soll das? Greaves sagte fünfzig.«

»Greaves hat auch gesagt, Ihnen könne man nicht sehr trauen, Freund«, antwortete ich. »Die Hälfte jetzt, die andere Hälfte nachher. Ich will mich hier mal umsehen. Wenn ich wieder gehe, kassieren Sie den Rest.«

»Wenn Sie durch diese Tür gehen, laufen Sie dickem Ärger in die Arme«, sagte er und schob das Geld schnell in seine Hüfttasche.

»Sie sind der Mann, der mir den Ärger aus dem Weg räumt«, erklärte ich. »Was glauben Sie, wofür Sie die fünfzig Dollar bekommen? Ist da drin denn irgend jemand?«

»Jetzt noch nicht, aber es dauert keine zehn Minuten mehr. Der Chef ist in seinem Büro.«

»Cordez?«

Er nickte.

»Ist der Weinkellner schon da?«

»Er ist auch in seinem Büro.«

»Also gut. Sie gehen vor, ich komme hinterher. Wenn wir jemand in die Hände laufen, dann bin ich hier, weil ich eine Verabredung mit dem Weinkellner habe. Ich habe hier eine Probe für ihn.«

Bennauer zögerte. Ich konnte sehen, daß ihm die Geschichte nicht gefiel. Aber er wollte die anderen fünfundzwanzig Dollar. Ich vermutete gleich, daß seine Geldgier siegen würde, und sie gewann.

Er ging durch die Tür. Ich gab ihm ein paar Sekunden Vorsprung, dann folgte ich ihm. Er ging durch einen Gang zu einer anderen Tür und in eine große Cocktaildiele, die sich wirklich sehen lassen konnte. Sie hatte die bestbestückte Bar, die mir je vor Augen gekommen war. Die Diele bot Platz für rund dreihundert Personen. Die Bar in der Form eines langgezogenen S erstreckte sich über zwei Wände. Der Fußboden war aus schwarzem Glas. Die Hälfte des Raumes hatte kein Dach, und über mir konnte ich die Sterne sehen. Die angrenzende Terrasse bot einen Blick auf die See und die zehn Meilen lange Promenade. In riesigen Kübeln wuchsen Bananenstauden und Palmen. Die Decke und die Wände waren von rankenden Pflanzen mit einer Fülle roter, rosa und orangenfarbener Blüten verdeckt.

Ich erreichte Bennauer wieder neben einem der Palmkübel.

»Die Büros liegen dort«, sagte er und deutete auf eine Tür hinter der Bar. »Das Restaurant ist da drüben. Was wollen Sie sonst sehen?«

»Ich möchte mir gern ein Souvenir mitnehmen. Geben Sie mir ein paar von den Streichholzbriefchen, die hier verteilt werden.«

Er sah mich an, als ob er mich für verrückt hielte, aber ging hinter die Bar und zog eine Handvoll Streichholzbriefchen hervor.

»Ist das alles, was Sie hier haben?«

»Wie meinen Sie? Das sind Streichhölzer, oder nicht? Danach haben Sie doch gefragt?«

»Gibt es noch eine andere Sorte, die nur vom Chef verteilt wird?«

»Was soll der Quatsch?« Sein Gesicht begann vor Schweiß zu glänzen. »Wenn man Sie hier findet, verlier ich meine Stellung. Nehmen Sie die verdammten Streichhölzer und verschwinden Sie!«

»Besteht die Chance, einen Blick in die Büros zu werfen? Ich würde mich das weitere fünfzig Dollar kosten lassen.«

Ich konnte erkennen, daß er inzwischen rasch seine Nerven verlor.
»Sie sind verrückt. Kommen Sie, machen Sie, daß Sie rauskommen.«
Dann öffnete sich die Tür hinter der Bar, die, von der Bennauer gesagt hate, daß sie zu den Büros führe, und ein fetter Mann in einem weißen Jackett mit einem Abzeichen in Form einer prächtig gestickten Weintraube, das mir verriet, er sei der Weinkellner, erschien auf der Bildfläche.
Er war ein lateinischer Typ mit dickem, stark geöltem Haar und einem dünnen, langgezogenen Schnurrbart. Seine kleinen, schwarzen Augen schossen zwischen mir und Bennauer hin und her, und seine Gesichtsmuskeln strafften sich unter ihrer Fettschicht.
Bennauer verlor nicht völlig den Kopf. Er sagte: »Da ist ja Mr. Gomez. Es ist unerhört, daß Sie eingedrungen sind, ohne sich vorher angemeldet zu haben.« Er wandte sich an Gomez. »Der Mann hier will Sie sprechen.«
Ich sah dem fetten Jumbo mit einem unterwürfigen Lächeln entgegen.
»Würden Sie mir einen Augenblick Ihrer wertvollen Zeit opfern, Mr. Gomez? Ich heiße O'Connor und komme von der Californian Wine Company.«
Während Gomez näherkam, zog ich die Geschäftskarte und legte sie auf die Bar. Er nahm sie mit seinen fetten Fingern auf und studierte sie. Sein Gesicht war so ausdruckslos wie ein Loch in der Wand. Ich konnte die Pomade riechen, mit der er seine Haare getränkt hatte. Es war kein besonders angenehmer Geruch.
Nachdem er die Karte gelesen hatte, klopfte er mit ihrer Kante auf den Bartisch, während er mich musterte.
»Ihre Firma gehört nicht zu unseren Lieferanten«, sagte er.
»Aus diesem Grunde bin ich ja gekommen, Mr. Gomez. Wir haben verschiedene Artikel, die Sie bestimmt interessieren. Ich habe Ihnen zur Probe eine Flasche unseres Spezialweinbrands mitgebracht.«
Seine schwarzen Augen wanderten zu Bennauer.
»Wie kam er hier herein?« fragte er.
Bennauer hatte sich inzwischen wieder gefangen. Er zuckte mit den Schultern.
»Ich war hier drin, und da kam er herein und fragte nach Ihnen.«
»Ich bin mit dem Lastenaufzug heraufgekommen. Der Mann unten an der Tür sagte mir, ich solle damit herauffahren«, erklärte ich. »War das falsch?«
»Ich empfange keinen Vertreter ohne vorherige Verabredung.«
»Tut mir leid, Mr. Gomez. Vielleicht können Sie mir für morgen einen Termin geben?« Ich stellte das Paket auf den Bartisch. »Wenn Sie sich das hier in der Zwischenzeit ansehen wollen, könnten wir morgen über das Geschäftliche sprechen.«
»Das können wir jetzt gleich«, sagte eine Stimme hinter mir.
Sowohl Gomez als auch Bennauer erstarrten zu Marmorstatuen.

Schön, ich gebe zu, mein Herzschlag setzte auch einmal aus. Ich sah über die Schulter zurück.

Ein dunkler Mann in einem tadellosen Smoking, eine weiße Kamelie im Knopfloch, stand etwa acht Schritte hinter mir. Er hatte das Gesicht eines Adlers. Schmal, mit einer großen scharfen Nase, einem dünnen Mund und schwarzen, ruhelosen Augen. Er war schlank und groß, der südamerikanische Typ, für den Frauen sich begeistern und deren Männer diese Begeisterung unbehaglich beobachten.

Ich war vollkommen sicher, daß der Mann Cordez war. Die beiden anderen würden sich nicht so verhalten, wenn er nicht wirklich ein wichtiger Mann wäre, folglich konnte es nur Cordez sein.

Er kam zur Bar herüber, streckte eine schmale, braune Hand nach der Karte aus, die Gomez immer noch hielt. Gomez reichte sie ihm. Er starrte darauf, knickte sie dann ohne seinen Ausdruck zu verändern zusammen und warf sie hinter die Bar.

»Was ist das?« sagte er und deutete auf das Paket.

Gomez packte schnell die Flasche aus und stellte sie so hin, daß Cordez das Etikett lesen konnte.

Er betrachtete es und richtete dann seine dunklen Augen schläfrig auf mich.

»Dazu habe ich schon vor einem Monat nein gesagt. Wissen Sie nicht, was nein bedeutet?«

»Verzeihung, das tut mir leid«, sagte ich. »Ich bin neu bei der Firma. Ich wußte nicht, daß man es Ihnen schon angeboten hatte.«

»Nun, jetzt wissen Sie es. Verschwinden Sie jetzt aus dem Klub, und bleiben Sie draußen.«

»Verzeihung, selbstverständlich, wie Sie wünschen.« Ich gab mich ziemlich verwirrt und verlegen. »Vielleicht kann ich Ihnen die Flasche hierlassen. Der Weinbrand ist wirklich gut. Wir könnten Sie unter sehr günstigen Bedingungen beliefern.«

»Raus jetzt!«

Ich trat von der Bar zurück, drehte mich um und wollte über die weite Glasfläche gehen. Ich hatte noch keine sechs Schritte getan, als ich bemerkte, daß drei Männer in Smokings aufgetaucht waren.

Zwei von ihnen hatte ich noch nie gesehen. Es waren große, kräftige Lateinamerikaner. Ihre Gesichter waren hart und ausdruckslos.

Der dritte stand zwischen ihnen, mit einem höhnischen Grinsen auf seinem zerschlagenen Gesicht, das mich plötzlich etwas schwach in den Knien werden ließ.

Es war Hertz.

III

Hertz und ich starrten uns für ein paar lange Sekunden an. Seine Zungenspitze erschien, strich über seine dicken Lippen, ähnlich wie eine Schlange, ehe sie zuschlägt.

»Nun, Schnüffler«, sagte er leise, »erinnern Sie sich?«

Und ob ich mich an ihn erinnerte.

Ich war nicht darauf gefaßt, von Hertz hinausgeworfen zu werden. Ich war darauf vorbereitet, einiges einzustecken und auf dem Kreuz auf dem harten, kalten Straßenpflaster zu landen. Aber, daß Hertz sich daran beteiligen sollte, war in meinen Plänen nicht vorgesehen gewesen.

Ich überlegte sehr schnell. Ich bewegte mich seitlich, damit ich Cordez sehen und gleichzeitig Hertz beobachten konnte.

Mit tonloser, gelangweilter Stimme fragte Cordez: »Was soll das?«

»Dieser Lump da heißt Brandon«, sagte Hertz. »Er ist ein Schnüffler. Er steckt mit diesem Sheppey unter einer Decke.«

Cordez starrte mich mit einem völlig unpersönlichen Blick an, hob dann die Schultern, ging um die Bar zu der Tür, die zu seinem Büro führte. Dort blieb er stehen und sah Hertz an.

»Schaffen Sie ihn hier raus.«

Hertz lächelte.

»Gewiß«, sagte er. »Macht mir ein bißchen Platz, Jungs. Diesen Knaben will ich mir selbst vornehmen.«

Er winkte die beiden bulligen Burschen zur Seite und kam dann, immer noch lächelnd, ein Funkeln in seinen engstehenden Augen, über den Glasboden auf mich zu.

Es ging fünf gegen einen. Sechs, wenn Mr. Cordez sich herbeilassen sollte, sich zu beteiligen, und damit erschienen mir die Chancen für mich reichlich ungünstig.

Ich schaffte einen gewissen Ausgleich für die Situation, indem ich meine Hand unter meine Jacke schob und meine Achtunddreißiger zeigte.

»Immer mit der Ruhe«, sagte ich und beschrieb mit der Waffe einen Halbkreis, der Hertz, die beiden starken Männer, Gomez, Bennauer und Cordez umfaßte. »Wir wollen es nicht zu wild werden lassen, sonst könnte hier was kaputt gehen.«

Hertz blieb so plötzlich stehen, als ob er gegen eine Ziegelwand gelaufen sei. Er starrte auf die Mündung der Waffe, als ob sie das letzte wäre, womit er gerechnet habe.

Cordez wartete, die Hand auf der Klinke der Tür, seine Augen auf mein Gesicht gerichtet. Die beiden bulligen Männer verharrten regungslos. Sie waren Professionells und hatten schnell erkannt, daß ich schießen würde, wenn mir einer zu nahe kam.

Cordez kam an die Bar zurück und lehnte sich daneben.

»Ich habe Ihnen gesagt, Sie sollen verschwinden«, sagte er ungerührt. »Also raus jetzt!«

»Schaffen Sie mir diesen Affen aus dem Weg, und ich gehe«, antwortete ich und deutete mit dem Kopf auf Hertz.

Dann gingen die Lichter aus.

Vielleicht war das Gomez' Beitrag. Ich werde es nie erfahren. Ich hörte flinke Schritte und drückte ab. Die Waffe spuckte eine orange Flamme aus, und das Geschoß zersplitterte irgendwo vor mir einen Spiegel. Dann rollte eine Woge von Körpern über mich hinweg und warf mich zu Boden. Hände griffen nach meiner Kehle, meinen Armen, meinen Handgelenken. Ich drückte noch einmal ab, als mir die Waffe aus der Hand gewunden wurde. Eine Faust, die sich härter als ein Klumpen Gußeisen anfühlte, traf mich gegen den Kopf. Ein Schuh trat mir in die Seite, als jemand über mich stolperte. Ich schlug blindlings um mich, traf in ein Gesicht, und ein Grunzen antwortete. Etwas zischte an meinem Gesicht vorbei und schlug dumpf auf dem Glasboden auf. Dann fanden mich Hände. Ich wehrte mich, trat nach allen Seiten und fluchte im stillen, bis mich eine Faust seitlich gegen den Kiefer traf. Damit war es aus.

Das Licht ging wieder an. Ich lag auf dem Rücken und starrte auf die beiden Schläger und Hertz. Einer der Schläger hielt meine Waffe in der Hand.

Mein Kiefer schmerzte, und mein Kopf hatte das Gefühl, als wolle er bersten. Ich hörte Schritte auf dem Glasboden. Cordez trat zu den zufriedenen Banditen. Sein schmales Gesicht war immer noch gleichgültig und ausdruckslos.

Ich stützte mich in eine sitzende Stellung und hielt mit der einen Hand meinen schmerzenden Kiefer.

»Schafft ihn weg und schmeißt ihn raus«, sagte Cordez. »Sorgt dafür, daß er nicht wiederkommt.«

Er drehte sich um und ging davon. Dabei erkannte ich, daß er Schuhe mit sehr hohen Absätzen trug. Auch so ein Schwindler, der besser aussehen wollte, als er war.

Weder Hertz noch die beiden Schläger regten sich, bis Cordez durch die Tür hinter der Bar verschwunden war. Gomez und Bennauer hatten sich bereits verzogen. Hertz streckte die Hand nach meiner Waffe aus, und der Bulle, der sie hatte, gab sie ihm. Ich sah, wie Hertz sie am Lauf packte. Die ganze Zeit starrte er mich mit einem nichtssagenden Lächeln auf seinem bestialischen, zerschlagenen Gesicht an.

Ich hatte die Wirkung des Schlages inzwischen abgeschüttelt. Die Art, in der er die Waffe am Lauf faßte, verriet mir, daß er mich damit zusammenschlagen wollte. Es gibt Experten, die wissen, wie man so was macht. Er schlägt einen damit auf jede Stelle am Körper, außer den lebenswichtigen. Wenn er damit durch ist, ist man für Monate fertig. Ein bösartiger Schläger wie Hertz kann einen mit einer Pistole furchtbar zusammenschlagen, ohne tödlich zu verletzen.

Fünf Jahre lang habe ich bei der Staatsanwaltschaft in San Franzisko als Ermittlungsbeamter gearbeitet. Wenn jemand eine gefährlichere Gegend kennt als das Hafenviertel von San Franzisko, soll man es mir nur sagen, und ich werde immer einen großen Bogen darum machen. Fünf Jahre lang hatte ich mich mit hinterhältigen Gesellen wie Hertz herumgeschlagen. Und solange er mir nicht in den Rücken kam, hatte ich keine Angst vor ihm.

Aber das zeigte ich ihm nicht.

Als er die Waffe in seiner Hand hob, zuckte ich mit verängstigtem Gesicht vor ihm zurück.

»Laßt mich doch raus hier«, winselte ich. »Ich will ja gar nichts, ich will nur raus.«

Hertz grinste noch breiter.

»Sie werden schon gehen, Jungchen«, sagte er mit seiner heiseren, brüchigen Stimme. »Aber so, wie ich will.«

Er ließ mir Zeit, noch weiter von ihm zurückzuweichen. Er ließ mir sogar Zeit, auf die Füße zu kommen. Dann tanzte er auf mich zu. Sein zerschlagenes Gesicht strahlte von sadistischer Lust, als er mit dem Griff meiner Waffe nach meinem Kopf schlug.

Ich paßte den richtigen Zeitpunkt ab. Gerade ehe er mich traf, wich ich zur Seite. Seine Faust mit der Waffe fuhr an meinem Kopf vorbei, sein Unterarm traf auf meine Schulter, und das brachte ihn dicht an mich heran. Ich packte ihn an den Aufschlägen seines Smokings, ging in die Knie, stützte mich gegen ihn und schnellte hoch. Mit der Leichtigkeit eines Akrobaten flog er über mich hinweg und schlug flach mit dem Gesicht auf dem Glasboden auf, mit einer Wucht, die die Flaschen in den Regalen hinter der Bar erzittern ließ, und schlitterte über den Boden, bis er mit dem Kopf wuchtig gegen die Unterkante der Bar=theke krachte.

Ich stürzte auf den einen der Schläger wie ein Kampfstier auf einen Matador. Mit aufgerissenen Augen wich er aus. Aber ich hatte es gar nicht auf ihn abgesehen. Das war nur eine Finte gewesen. Mein Ziel war der andere. Er stand nahe neben ihm und war völlig unvorberei=tet. Ich erwischte ihn mit der Faust seitlich am Kiefer. Es war ein prachtvoller Schlag, hinter dem mein ganzes Gewicht lag. Er riß ihn von den Füßen und schickte ihn rutschend über den Glasboden, bis er mit dem Kopf an der Wand landete. Der Zusammenprall zwischen sei=nem Kopf und der Wand gab einen dumpfen, sympathischen Ton, an dem ich erkannte, daß er für eine Weile außer Aktion gesetzt war.

Damit blieb nur noch der andere.

Wie ein wütender Elefant kam er auf mich los. Der verblüffte Schrecken auf seinem Gesicht gab mir Sicherheit. Ich tauchte unter sei=ner rechten Faust hinweg und rammte ihm meine gegen die kurze Rippe, daß er zurücktaumelte. Dann tauchte ich nach seinen Knöcheln, packte sie und riß sie hoch. Das Krachen, mit dem sein Kopf auf dem Boden aufschlug, ließ sogar mich aufstöhnen. Sein Körper zuckte noch einmal hoch und blieb dann regungslos liegen.

Ich sah mich nach Hertz um. Er lag noch zusammengekrümmt vor der Bar und zählte Sterne. Ich trat zu ihm, nahm ihm meine Waffe aus der schlaffen Hand und schob sie in das Halfter zurück. Dann packte ich ihn bei den Ohren, hob seinen Kopf und schlug ihn kräftig auf den Boden. Er zuckte ein paarmal wie eine Forelle an der Leine und wurde dann auch ruhig.

Ich trat zurück und betrachtete mir den Schaden. Das Ganze hatte nicht länger als acht Sekunden gedauert. Ich war mit mir recht zufrieden. Ein solches Fest hatte ich seit vier oder fünf Jahren nicht mehr mitgemacht. Es bewies mir zum mindesten, daß ich noch nicht ganz eingerostet war.

Vor mir lagen jetzt zwei Möglichkeiten. Ich konnte entweder schnell verschwinden oder im Haus bleiben und mich verborgen halten, in der Hoffnung, noch etwas zu erfahren, was der Mühe wert war.

Bis jetzt war ich auf nichts gestoßen, was das Risiko rechtfertigte, den Hals gebrochen zu bekommen. Ich kam zu der Überzeugung, daß es mir vielleicht nicht mehr möglich sein würde, noch einmal in den Klub hereinzugelangen, und entschloß mich, zu bleiben.

Aber wo sollte ich mich verstecken?

Ich lief über den Glasboden auf die Terrasse hinaus. Rechts von mir lag eine Reihe erleuchteter Fenster. Wenn ich mich nicht irrte, mußten es die Fenster zu den Büroräumen des Klubs sein. Unterhalb der Fenster befand sich ein breites Sims. Ich blickte nach oben. In die Dunkelheit hinein erstreckte sich ein schräges Dach. Ganz oben erkannte ich eine kleine Plattform. Wenn ich dort hinaufkam, befand ich mich in Sicherheit und konnte abwarten, bis der Betrieb im Klub lebhafter wurde, und hatte dann die Chance, weiterzuforschen, ohne besonders aufzufallen.

Ich hörte einen der Schläger leise stöhnen und erkannte daran, daß mir nicht mehr viel Zeit blieb. Ich kletterte auf die Balustrade der Terrasse, griff nach oben, fand Halt an einem schmalen Sims, das unter dem Dach entlanglief, und zog mich mit einem Klimmzug hinauf.

Ich kann Höhe gut vertragen, aber während ich so mitten in der Luft hing, ging mir doch durch den Kopf, daß ich mich hier ziemlich weit oben über dem Boden befand.

Ich bekam ein Bein auf das Dach, stützte mich hoch und schob meinen Körper über die Kante. So blieb ich einen Augenblick liegen, versuchte an den Ziegeln einen Halt zu finden. Wenn ich hier ins Gleiten kam, gab es keine Rettung.

Behutsam erhob ich mich auf Knie und Hände und stand dann sehr vorsichtig auf. Meine Kreppsohlen gaben mir auf dem schrägen Dach einen sicheren Halt. Tief gebeugt schlich ich über die Ziegel zu der Plattform hinauf und setzte mich.

Auf der Plattform war keine Luke. Wenn mir jemand nachkam, mußte er auf demselben Weg kommen wie ich, und mit meiner Waffe in der Hand war meine Stellung im Augenblick unangreifbar.

Ich hatte einen prachtvollen Blick über ganz St. Raphael City, und ich bewunderte ihn.

Gegen acht Uhr wurde es in dem Klub plötzlich lebendig. Tief unten fuhren vor dem Hoteleingang große Cadillacs, Packards und Rolls Royces vor. Eine sehr mondäne Tanzkapelle begann zu spielen, auf der Terrasse gingen Lichter an. Ich hielt es für sicher, eine Zigarette anzustecken. Ich entschloß mich, noch eine Stunde zu warten und dann zu versuchen, ob ich etwas herausfinden könnte.

Gegen neun Uhr war der Betrieb im vollen Gange. Der Rhythmus der Kapelle wurde von Stimmengewirr und Lachen übertönt. Es wurde langsam Zeit, und ich stand auf.

Über das schräge Dach hinunterzugehen war viel gefährlicher, als hinaufzusteigen. Ein falscher Tritt, und ich schoß über die Kante und stürzte die über achtzig Meter auf die Straße hinunter. Zentimeterweise bewegte ich mich sitzend vor, stemmte meine Gummiabsätze auf die Ziegel und rutschte mit den Händen nach. Ich erreichte die Kante, fand einen guten Griff an dem Sims, schob meine Beine hinüber und ließ mich langsam hinab.

Rechts von mir lag die hellerleuchtete Terrasse mit ihren Tischen, den elegant gekleideten Gästen und dem Heer der Kellner, die sich zwischen ihnen bewegten. Ich befand mich im Schatten, und solange nicht zufällig jemand unmittelbar in diese Ecke der Terrasse kam, würde ich nicht entdeckt werden.

Meine Fußspitzen berührten gerade das breite Sims, das unter den Fenstern der Büros vorbeilief. Ich ließ mit den Händen los. Das war gefährlich, und beinahe hätte ich das Gleichgewicht verloren. Aber ich fand noch rechtzeitig einen Halt für meine Hände an der Balustrade der Veranda und ruhte mich einen Moment aus, bis ich den Schreck überwunden hatte.

Alles Weitere war ein Spiel. Ich brauchte nur das Sims entlangzugehen und im Vorbeischleichen in die Fenster hineinzusehen.

Die beiden ersten Räume waren leer. Es standen Büroschreibtische. Schreibmaschinen und Aktenschränke darin, alles sehr prächtig und luxuriös. Das dritte Fenster war viel größer. Ich blieb davor stehen und spähte vorsichtig um die Ecke.

Cordez saß in einem hochlehnigen Sessel hinter einem großen Schreibtisch mit einer Glasplatte. Er rauchte aus einer langen Spitze eine braune Zigarette und verglich offenbar Ziffern in einem Kontobuch.

Der Raum war groß und ganz in Grau und einem Eierschalenblau dekoriert. Der Unterteil des Schreibtisches bestand aus poliertem Stahl. An den Wänden standen drei große Aktenschränke, gleichfalls aus Stahl. Dicht bei Cordez befand sich ein großer Panzerschrank.

Ich hielt mich außerhalb des Lichtscheins, der durch das Fenster fiel, versuchte aber soviel wie möglich von dem Raum zu sehen.

Cordez arbeitete schnell. Sein goldener Bleistift fuhr mit der Übung eines erfahrenen Buchhalters die Reihe der Ziffern entlang.

Ich beobachtete ihn so vielleicht zehn Minuten, und dann, gerade als ich schon anfing zu glauben, daß ich meine Zeit vergeude, hörte ich, wie an der Tür des Zimmers geklopft wurde.

Cordez sah auf, rief »Herein«, und wandte sich dann wieder seinen Zahlen zu.

Die Tür wurde geöffnet, und ein dicker Mann mit einem weißen Gesicht und einem gutgeschnittenen Smoking kam herein. Im Knopfloch trug er eine rote Nelke, und an seinen Manschetten glitzerten Brillanten. Er schloß die Tür, als ob sie aus sehr gebrechlichem Material bestände, und blieb dann wartend stehen, den Blick auf Cordez gerichtet.

Als Cordez mit dem Addieren seiner Spalte fertig war, trug er die Summe ein und blickte auf.

Sein Ausdruck war kalt und feindselig.

»Also, Donaghue«, sagte er, »wenn Sie kein Geld haben, gehen Sie wieder. Ich habe langsam genug von Ihnen.«

Der Mann griff an seine gut geschlungene Binde. In seinen Augen leuchtete unterdrückter Haß auf.

»Ich habe Geld«, sagte er, »und Ihre verdammten Unverschämtheiten können Sie sich sparen.« Er zog einen Packen Banknoten aus der Hüfttasche und warf sie auf den Schreibtisch. »Hier sind tausend, ich will diesmal zwei.«

Cordez nahm den Packen, strich ihn glatt und zählte die Noten. Dann öffnete er eine Schublade seines Schreibtisches und legte das Geld hinein. Er stand auf und trat vor den Panzerschrank. Er stellte sich so davor, daß er mit seinem Körper das Kombinationsschloß für Donaghue verdeckte, drehte an der Zifferscheibe und zog die Tür auf. Er griff in den Panzerschrank, nahm etwas heraus, schloß ihn wieder und kam zum Schreibtisch zurück.

Er warf Donaghue zwei Streichholzbriefchen hin, die über die Glasplatte glitten und vor ihm liegenblieben.

Donaghue griff hastig danach, öffnete sie, untersuchte sie sorgfältig und schob sie dann in seine Westentasche. Wortlos verließ er den Raum, und Cordez nahm seinen Platz wieder ein. Er saß einen Augenblick da und starrte die gegenüberliegende Wand an, ehe er seine Arbeit wieder aufnahm.

Ich blieb an meinem Platz und beobachtete weiter.

In den nächsten vierzig Minuten kamen noch zwei weitere Personen herein. Eine dicke, ältere Frau und ein junger Bursche, der aussah, als ob er noch das College besuche. Beide trennten sich von fünfhundert Dollar, um dafür ein Streichholzbriefchen in Empfang zu nehmen. Beide wurden von Cordez behandelt, als ob er ihnen damit einen Gefallen täte.

Inzwischen war es zehn vor zehn, und ich erinnerte mich an meine Verabredung mit Margot Creedy.

Ich beugte mich etwas vor und blickte hinunter. Etwas links lag drei Meter unter mir der Balkon eines der Hotelzimmer. Hinter den Fen=

stern war kein Licht zu sehen. Ich hielt das für den sichersten und leichtesten Weg hinaus.

Ich duckte mich unter Cordez' Fenster vorbei und erreichte die Stelle unmittelbar über dem Balkon. Dann setzte ich mich auf die Kante, faßte mit den Händen das Sims, drehte mich um, ließ mich herunter und dann fallen.

Die Fenstertür zu öffnen war nicht schwierig, und wenige Augenblicke später befand ich mich in einem Schlafzimmer. Ich tastete mich zur Tür, öffnete sie und spähte vorsichtig in den breiten, leeren Korridor hinaus.

Dann trat ich in den Gang und suchte den Fahrstuhl.

Es ging alles ganz einfach.

Neuntes Kapitel

I

Um fünf nach zehn sah ich Margot Creedy durch die Drehtür des Hotels kommen und unter dem hell erleuchteten Vordach stehenbleiben.

Sie trug ein smaragdgrünes Abendkleid mit einem weiten Halsausschnitt, das wie eine zweite Haut an ihrem Körper lag.

Um den Hals trug sie ein Kollier aus großen, funkelnden Smaragden. Sie schimmerte nur so, wie sie da stand, und ihr Anblick war ziemlich atemberaubend.

Die Schäbigkeit meines Buicks war mir peinlich bewußt, als ich ihn vor den Hoteleingang lenkte. Ich hielt an und stieg aus.

»Guten Abend«, sagte ich, »darf ich persönlich werden und Ihnen sagen, daß Sie wunderschön sind? Das kann ich öffentlich aussprechen, meine wirkliche Meinung ist ein wenig zu intim, um sie laut zu sagen.«

Sie zeigte mir ein kleines Lächeln. Ihre Augen waren lebhaft und leuchteten.

»Ich habe das besonders für Sie angezogen«, antwortete sie. »Ich freue mich, daß es Ihnen gefällt.«

»Gefallen ist viel zuwenig. Ich bin einfach überwältigt. Haben Sie Ihren Wagen hier?«

»Nein. Ich zeige Ihnen den Bungalow, und Sie sind dann vielleicht so freundlich und bringen mich wieder zurück.«

»Selbstverständlich bringe ich Sie zurück.«

Ich hielt ihr die Tür auf, und sie stieg ein. Ich erwischte kurz einen Blick auf ihre schlanken Knöchel, als ich die Tür schloß. Dann ging ich um den Wagen herum, stieg ebenfalls ein und fuhr ab.

»Biegen Sie rechts ab, und fahren Sie bis zum Ende der Promenade«, sagte sie. Auf der Promenade waren viele Wagen unterwegs. Es war nicht möglich, über fünfunddreißig zu kommen, und auch das nur für kurze Strecken.

Der Mond war aufgegangen, die Nacht war warm, und das Meer und die Palmen bildeten einen hübschen Hintergrund. Ich hatte keine Eile.

»Nach dem, was ich höre, muß dieser Musketeer Club recht beacht= lich sein«, sagte ich. »Gehen Sie oft hin?«

»Es ist das einzige Lokal hier, das nicht von Touristen überlaufen wird. Ja, ich gehe ziemlich häufig hin. Daddy besitzt die Hälfte, so daß ich nicht zu bezahlen brauche. Wenn ich das müßte, wäre ich nicht so oft dort.«

»Sie brauchten doch nur einen dieser Smaragde zu versetzen und könnten sich dort häuslich niederlassen.«

Sie lachte.

»Leider gehören sie nicht mir. Daddy erlaubt mir, sie zu tragen, aber sie sind sein Eigentum. Wenn ich einmal wechseln will, bringe ich sie ihm zurück, und er leiht mir etwas anderes. Ich besitze nichts, was tatsächlich mir gehört. Das kann ich sogar von diesem Kleid behaupten.«

»Und was ist mit dem Bungalow, den Sie gemietet haben?« fragte ich und beobachtete sie aus dem Augenwinkel.

»Ich habe ihn nicht gemietet. Daddy hat ihn gekauft.«

»Der neue Bewohner wird ihn begeistern. Vielleicht ist es doch bes= ser, ich gebe die Idee auf und ziehe dort nicht hin.«

»Er wird es nicht erfahren. Er glaubt, ich wohne selbst dort.«

»Dann würde er eine Überraschung erleben, wenn er zufällig zum Tee vorbeikäme.«

»Er kommt niemals dorthin.«

»Wenn Sie fest davon überzeugt sind, also gut. Dann sind Sie also wirklich das echte, arme, kleine, reiche Mädchen.«

Sie hob ihre schönen Schultern.

»Daddy will über alles Kontrolle haben. Ich bekomme nie Geld in die Hand. Ich muß ihm die Rechnungen zuschicken lassen, und er begleicht sie.«

»Mir bezahlt nie jemand meine Rechnungen.«

»Aber Ihnen sagt auch niemand, daß Sie sich dieses oder jenes nicht hätten kaufen sollen und daß Sie ohne dieses oder jenes auskommen können, oder doch?«

»Wenn Sie mir weiter solche Sachen erzählen, fangen Sie noch an, mir leid zu tun. Und das werden Sie doch nicht wollen, oder?«

Sie lachte wieder.

»Warum denn nicht? Ich habe gern Mitgefühl. Das wird mir nie von jemand gezeigt.«

»Hören Sie einmal ganz scharf hin. Dieses ›tropf, tropf, tropf‹, das ist mein Herz, das für Sie blutet.«

Wir kamen jetzt auf den stillen Teil der Promenade, und ich konnte die Geschwindigkeit steigern. Ich schaltete und fuhr nun mit sechzig weiter.

»Sie glauben mir also nicht?« sagte sie. »Manchmal bin ich ganz verzweifelt nach Geld.

»Das geht mir auch so. Aber das haben Sie doch nicht nötig. Ein Mädchen wie Sie doch nicht. Sie könnten als Modell ein kleines Vermögen verdienen. Haben Sie je daran gedacht?«

»Das würde Daddy mir nie erlauben. Er legt großen Wert darauf, daß das Ansehen seines Namens gewahrt wird. Niemand könnte mich engagieren, wenn er es verbieten wollte.«

»Sie weichen nur aus. Sie müssen ja nicht hier leben. In New York würde man sich um Sie reißen.«

»Glauben Sie wirklich? Jetzt nach links, diese Straße entlang.«

Die Scheinwerfer beleuchteten eine unebene, sandige Straße, die direkt in das Meer zu führen schien. Ich bog von der breiten Promenade ab und verringerte die Geschwindigkeit. Wir fuhren über die holprige Straße in das Dunkel hinein.

»Ich habe nur so geredet. Reden ist einfach«, sagte ich. »Man kann nicht für andere Menschen leben. Sie sind bisher durchgekommen, Sie werden es auch weiterhin.«

»Ja, das glaube ich auch.«

»Das liegt hier reichlich abseits«, sagte ich, während der Wagen über die unebene Straße fuhr. Die Palmen zu beiden Seiten verdeckten den Mond, und außerhalb des Bereichs, den die Scheinwerfer erfaßten, lag alles im Dunklen.

Sie öffnete ihre Handtasche, nahm eine Zigarette heraus und zündete sie an. »Deshalb wollte ich es haben. Wenn man solange wie ich in dieser Stadt hier gelebt hat, ist man froh, gelegentlich ungestört für sich sein zu können. Sind Sie nicht gern alleine?«

Da ich an einen möglichen Besuch von Hertz und seinen Schlägern dachte, antwortete ich mit einer gewissen Zurückhaltung: »Innerhalb angemessener Grenzen.«

Wir fuhren eine viertel Meile schweigend weiter, dann beleuchteten die Scheinwerfer einen flachen Bungalow, der zwanzig Meter von der Wasserlinie enttfernt stand.

»Hier sind wir.«

Ich hielt an.

»Haben Sie eine Taschenlampe?« fragte sie. »Wir brauchen sie, um den Lichtschalter zu finden.«

Ich zog die große Taschenlampe aus der Tasche an der Tür. Wir stiegen beide aus und gingen zusammen über den Pfad zur Tür des Bungalows.

Der Mond leuchtete hell, und ich konnte einen meilenlangen Streifen leeren Strand, Palmen und das Meer sehen. In der Ferne erkannte ich die Lichter eines Hauses, das auf einer felsigen Anhöhe stand, die ins Meer hinausragte.

»Was ist das da drüben?« fragte ich Margot, die in ihrer Tasche nach den Schlüsseln suchte.

»Das ist Arrow Point.«

»Kommen diese Lichter von Hahns Keramikschule?«

»Ja.«

Sie fand den Schlüssel, schob ihn ins Schloß und drehte ihn um. Die Tür schwang auf. Sie tastete, und dann leuchtete eine Lampe auf und erhellte einen großen, luxuriös möblierten Wohnraum, mit einer kleinen Hausbar in der gegenüberliegenden Ecke, einem kombinierten Rundfunk= und Fernsehgerät, vielen bequemen Sesseln, einer breiten, gepolsterten Bank, die sich die ganze Länge der einen Wand entlang zog, und einem blauweißen Mosaikfußboden.

»Das kann sich sehen lassen«, sagte ich, ging hinein und blieb in der Mitte des großen Raums stehen, um mich nach allen Seiten um= zusehen. »Und soll ich hier wirklich einziehen?«

Sie ging zu einer Fenstertür und stieß sie auf. Sie griff nach einem Lichtschalter, und auf einer zehn Meter breiten Terrasse, die einen herr= lichen Blick auf das Meer und die fernen Lichter von St. Raphael bot, wurde es hell.

»Gefällt es Ihnen?«

Sie kam zurück, blieb unter der Tür stehen und zeigte mir wieder ihr kleines, bezauberndes Lächeln. Mir wurde warm, wenn ich sie nur ansah.

»Es ist großartig.«

Ich betrachtete die Bar. Die Regale waren von vielen Flaschen gefüllt. Es schien jedes Getränk zu geben, das man sich wünschen konnte.

»Sind diese Flaschen auch das Eigentum Ihres Vaters, oder gehören sie Ihnen?«

»Sie gehören ihm. Ich nahm sie aus dem Haus mit. Immer vier Fla= schen auf einmal.« Sie lächelte. »Er hat alles. Ich sehe nicht ein, war= um ich nicht gelegentlich für mich etwas tun soll. Was meinen Sie?«

Sie ging hinter die Bar, öffnete einen Kühlschrank und nahm eine Flasche Champagner heraus.

»Wir wollen feiern«, sagte sie. »Hier, öffnen Sie die Flasche, ich hole Gläser.«

Sie verließ den Wohnraum. Ich löste den Draht um den Korken, und als sie mit zwei Champagnergläsern auf einem Tablett zurückkam, zog ich den Korken aus der Flasche. Ich füllte die Gläser, und wir stießen an.

»Was feiern wir denn?« fragte ich.

»Unsere Begegnung«, antwortete sie, und ihre Augen funkelten mich an. »Sie sind der erste Mann, den ich treffe, dem es gleichgültig ist, ob ich arm oder reich bin.«

»Moment mal ... wie kommen Sie darauf?«

Sie trank den Champagner und schwenkte das leere Glas.

»Das weiß ich. Nun sehen Sie sich Ihr neues Heim an, und sagen Sie mir, was Sie davon halten.«

Ich stellte mein Glas hin.

»Wo soll ich anfangen?«

»Das Schlafzimmer ist dort drüben links.«

Wir blickten uns an. In ihren Augen lag ein Ausdruck, der alles bedeuten konnte.

Ich ging mir das Schlafzimmer ansehen und stellte fest, daß mir der Atem etwas knapp wurde. Ich hielt mir selber vor, daß ich meine Phantasie mit mir durchgehen lasse, aber mein Gefühl, daß sie mir nicht nur ihren Bungalow zeigen wollte, war nicht zu unterdrücken.

Es war ein hübsches Schlafzimmer mit Doppelbett, Wandschränken und einem Mosaikfußboden. Die Schränke waren mit ihren Kleidern gefüllt. Das Zimmer war in Blaßgrün und Rehbraun gehalten.

Das Badezimmer schloß sich rechts an und sah aus, als sei es für einen Cecil B. de Mille=Film entworfen worden, mit einer versenkten Badewanne und einer Duschnische in Blaßblau und Schwarz.

Ich ging in den Wohnraum zurück.

Margot lag der Länge nach auf der Polsterbank und hatte zwei Kissen unter ihren Kopf geschoben. Sie starrte durch das Fenster auf das weite, vom Mond erleuchtete Meer hinaus.

»Gefällt es Ihnen?« fragte sie, ohne mich anzusehen.

»Ja. Wollen Sie mich wirklich hier wohnen lassen?«

»Warum nicht? Ich brauche es jetzt nicht.«

»Sie haben Ihre Sachen immer noch hier.«

»Es ist nichts dabei, was ich jetzt brauche. Es langweilt mich alles etwas. Später ziehe ich es vielleicht wieder an. Ich lasse meine Kleider gern einmal ausruhen. Für Ihre Sachen ist noch Platz genug.«

Ich setzte mich in einen Sessel in ihrer Nähe. Mit ihr allein in dem Bungalow zu sein, fand ich ausgesprochen aufregend. Sie drehte den Kopf, sah mich an und fragte: »Sind Sie mit Ihrem Mord irgendwie weitergekommen?«

»Ich glaube nicht. Aber Sie können nicht erwarten, daß ich mit dem Kopf bei meiner Arbeit bin, wenn ich so etwas wie jetzt erlebe.«

»Was erleben Sie denn jetzt?«

»Das hier. Diesen Bungalow, und Sie natürlich ...«

»Störe ich Sie denn so sehr?«

»Sie könnten es. — Doch, Sie tun es.«

Sie sah mich an.

»Das tun Sie auch.«

Es folgte eine lange Pause, dann schwang sie ihre langen Beine von der Polsterbank. »Ich werde schwimmen gehen. Kommen Sie mit?«

»Gewiß.« Ich stand auf. »Ich hole meinen Koffer. Er ist noch im Wagen.«

Ich verließ sie, ging in die Dunkelheit hinaus, hob meinen Koffer aus dem Wagen und kam zurück.

Ich trug den Koffer ins Schlafzimmer, wo ich sie vor dem großen Spiegel stehen fand. Sie hatte ihr Kleid ausgezogen und trug jetzt ein weißes Nachthemd. Sie betrachtete sich selbst, hob mit ihren Händen ihr Haar von ihren Schultern.

»Das brauchen Sie nicht zu tun«, sagte ich und stellte den Koffer ab. »Ich tue es gern für Sie.«

Langsam drehte sie sich um. In ihren Augen lag ein Blick, den ich schon bei Frauen gesehen habe, wenn sie einem einen Antrag machen.

»Finden Sie, daß ich schön bin?«

»Viel mehr als das.«

Ich spürte, daß ich abrutschte. Ich machte einen halbherzigen Versuch, zu verhindern, daß sich jetzt etwas entwickelte, worüber ich mich morgen ärgern würde, und sagte: »Vielleicht verzichten wir lieber auf das Schwimmen, und ich bringe Sie nach Hause.« Ich bemerkte, daß mir plötzlich das Atmen schwer wurde. »Es könnte uns leid tun . . .«

Sie schüttelte den Kopf. »Sag das nicht. Mir tut nie leid, was ich tue.«

II

»Gib mir eine Zigarette«, sagte Margot aus dem Dunkel.

Ich griff nach der Packung auf dem Nachttisch, zog eine heraus, reichte sie ihr und knipste mein Feuerzeug an.

Im Schimmer der winzigen Flamme konnte ich ihr goldenes Haar sehen, das sich auf dem Kissen ausbreitete. Auf ihrem Gesicht lag ein entspannter, zufriedener Ausdruck, und sie sah mir über die kleine Flamme hinweg in die Augen und lächelte.

Ich löschte die Flamme, und alles, was ich von ihr erkennen konnte, war der Umriß ihrer Nase in der roten Glut der Zigarette, als sie daran zog.

»Ich möchte wissen, was du von mir denkst«, sagte sie in der Dunkelheit. »Ich will mich gar nicht entschuldigen. Ich bin durchaus nicht immer so ungehemmt und unbefangen. Aber manchmal geschieht es, und dann ist es einfach ein Zwang. In dem Augenblick, als ich dich sah, fühlte ich etwas, was ich seit Monaten nicht mehr empfand, und das ist das Ergebnis. Ich erwarte nicht, daß du mir glaubst, aber es ist wahr. Einer dieser wahnsinnigen, nicht zu beherrschenden Eingebungen, und ich bin schamlos genug, mich darüber zu freuen.« Sie streckte ihre Hand aus und ergriff meine. »Ich will sagen, daß du netter bist, als ich zu hoffen wagte, und ein besserer Liebhaber, als ich je geträumt hätte.«

Über die plötzliche Art, wie das alles geschehen war, fühlte ich mich immer noch sehr verwirrt und überrascht. Ihre Worte schmeichelten mir, aber gleichzeitig war ich mir bewußt, daß ich ihr zu leicht ver=

fallen war. Immer hatte ich mir eingebildet, ich wäre darüber hinaus, so leicht umgeworfen zu werden. Jetzt irritierte es mich, daß das nicht so war.

Ich stützte mich auf meinen Arm, beugte mich über sie und küßte sie.

»Und du bist wundervoll«, sagte ich, und ließ meine Lippen über ihr Gesicht wandern. »Du bist einfach wundervoll.«

Sie strich mit ihren Fingern durch mein Haar.

»Solange wie wir beide uns gefallen.«

Dann glitt sie von mir weg, stand von dem Bett auf und verließ das Zimmer.

Ich griff nach meinem Morgenmantel, zog ihn über und folgte ihr.

Ich fand sie neben der offenen Tür stehen und auf den silbernen Strand und das Meer hinaussehen. Im Licht des Mondes bot sie ein herrliches Bild; wie eine von Meisterhand geschaffene Statue.

»Was jetzt?« fragte ich und trat neben sie. »Was geht jetzt in deinem hübschen Kopf vor?«

»Wir wollen jetzt schwimmen«, sagte sie und nahm meine Hand.

»Dann muß ich gehen. Wie spät ist es?«

Ich führte sie auf die Terrasse hinaus, damit ich im Mondlicht meine Uhr erkennen konnte.

»Zwei Uhr durch.«

»Also schnell schwimmen, dann muß ich wirklich fort.«

Sie lief mir voraus zum Wasser, und ich folgte ihr und warf meinen Morgenrock ab. Sie schwamm vielleicht zweihundert Meter weit hinaus, dann wendete sie sich zum Strand zurück. Das Wasser war warm, und um uns herrschte völlige Stille, als ob wir die beiden einzigen Menschen wären, die auf der Welt übriggeblieben waren.

Hand in Hand gingen wir über den Sand zum Bungalow zurück.

Als wir die Stufen zu dem Bungalow erreichten, blieb sie plötzlich stehen und drehte sich um und hob ihr Gesicht zu mir empor. Ich ließ meine Hände über ihren langen, schlanken Rücken gleiten, über die Kurven ihrer Hüften und zog sie an mich. So standen wir einen langen Augenblick, dann schob sie mich zurück.

»Es war wundervoll, Lew«, sagte sie, »ich komme wieder, oder soll ich nicht?«

»Was für eine Frage. Wie kannst du glauben, daß ich das nicht wollte?«

»Ich ziehe mich jetzt an. Ist es dir lästig, mich zurückzubringen?«

»Lieber wäre mir, du bliebst hier. Warum tust du es nicht?«

Sie schüttelte den Kopf.

»Ich kann nicht. Glaube nicht, daß ich es nicht möchte, aber ich habe eine Zofe, die von Daddy bezahlt wird. Wenn ich die ganze Nacht fortbliebe, würde Daddy es erfahren.«

»Der alte Herr scheint mächtig auf dich aufzupassen«, sagte ich. »Aber gut, gehen wir hinein.«

Ich brauchte nur ein paar Minuten, um mich anzuziehen. Während sie vor dem Spiegel ihr Haar kämmte, saß ich auf dem Bett und wartete auf sie.

»Weißt du, eigentlich sollte ich dir doch Miete bezahlen«, sagte ich. »Dreißig Dollar in der Woche könnte ich aufbringen. Und dann hättest du wenigstens etwas Taschengeld.«

Lachend schüttelte sie den Kopf.

»Das ist sehr lieb von dir, aber ich will kein Taschengeld. Ich will Geld zum Ausgeben. Nein. Ich freue mich, wenn du hier wohnst, und will nichts dafür bezahlt haben.« Sie stand auf, strich ihr schimmerndes Kleid über den Hüften glatt, betrachtete sich selbst und drehte sich dann um. »Wir müssen jetzt gehen.«

»Schön, wenn es denn sein muß.«

Sie trat vor mich und berührte mein Gesicht mit ihren Fingerspitzen. »Ja, es muß sein.«

Wir gingen durch das Wohnzimmer, drehten das Licht aus. Dann schloß ich die Haustür und ließ den Schlüssel in meine Tasche fallen. Wir gingen zu dem Wagen.

Während wir über den unebenen Strandweg fuhren, waren meine Gedanken sehr beschäftigt. Mir schien das eine günstige Gelegenheit, ein paar Fragen zu stellen. Ich glaubte, sie sei in einer zugänglichen Stimmung, und es gab eine Frage, auf die ich wirklich eine Antwort wünschte.

Darum sagte ich beiläufig: »Kannst du dir denken, aus welchem Grund dein Vater einen Privatdetektiv engagiert haben könnte?«

Sie saß tief zurückgelehnt. Ihr Kopf ruhte auf der Kante der Lehne des Sitzes neben mir. Ihre Haltung wurde kaum wahrnehmbar steifer, und sie drehte sich mir zu.

»Du glaubst also, daß du jetzt mehr bei mir erreichen kannst?« antwortete sie.

»Nein. Du brauchst meine Frage nicht zu beantworten. Ich werde dir keinen Vorwurf daraus machen, wenn du es nicht tust.«

Sie schwieg eine Weile, ehe sie sagte: »Ich weiß es nicht. Aber ich kann mir einen Grund denken. Wenn er deinen Partner engagiert hat, dann deshalb, weil er seine Frau beobachten lassen wollte.«

»Hat er denn einen Grund dazu?«

»Dazu hat er, meiner Meinung nach, jeden Grund. Es überrascht mich, daß er es nicht schon längst getan hat. Sie hat immer irgendeinen Gigolo im Schlepptau. Augenblicklich ist es dieser furchtbare Kerl Thrisby. Vielleicht bekommt Daddy es jetzt satt. Ich wünschte, er würde sich von ihr scheiden lassen, dann könnte ich nach Hause zurück.«

»Würdest du gern zurückgehen?«

»Niemand läßt sich gern aus seinem Heim vertreiben. Ich kann mit Bridgette einfach nicht unter einem Dach leben.«

»Und was hast du gegen Thrisby?«

»Alles. Er ist ein furchtbarer Mensch.«

Darauf antwortete ich nicht, da ich gerade von der Seitenstraße in die Promenade einbog. Dann fragte ich: »Dein Vater kann doch nicht Sheppey engagiert haben, um dich zu überwachen?«

Sie warf ihre Zigarette zum Wagenfenster hinaus.

»Dazu braucht er nicht einen Detektiv zu bezahlen. Meine Zofe spioniert schon genug hinter mir her. Eine Bedingung, daß ich in das Apartment ziehen durfte, war, daß sie mit mir kam. Nein, ich glaube, du kannst völlig sicher sein, daß er ihn rief, um Bridgette zu überwachen, es sei denn, es handelte sich um etwas, wovon ich nichts weiß.«

»Ja, das glaube ich auch.«

Etwa eine Meile fuhren wir schweigend weiter. Dann fragte sie: »Beabsichtigst du, Bridgette zu beobachten?«

»Nein. Das hat nicht sehr viel Sinn. Ich kann mir nicht vorstellen, daß sie etwas mit Sheppeys Tod zu tun hatte. Ich vermute, daß er auf etwas stieß, was nichts mit ihr zu tun hatte, während er sie überwachte. Es war etwas Wichtiges, und er war klug genug, das zu erkennen. Darum wurde er beseitigt. St. Raphael City ist eine Gangsterstadt. Nimm nur den Musketeer Club. Sheppey kann herausgefunden haben, daß sich dort etwas tat. Wenn dort auch nur die Blaublütigen der hiesigen Gesellschaft zugelassen werden, so wird er doch von Gangster geleitet und geführt.«

»Glaubst du das wirklich?«

»Es ist eine Vermutung. Ich kann mich irren, aber solange ich nicht mehr weiß, bleibe ich dabei.«

»Wenn Sheppey etwas entdeckte, das Daddy die Möglichkeit gab, sich scheiden zu lassen, säße Bridgette ohne einen Pfennig da. Sie hat kein eigenes Geld, praktisch jedenfalls so gut wie nichts. Wenn Daddy sich von ihr scheiden ließe, säße sie auf dem trockenen, und davor wird sie sich hüten.«

»Willst du andeuten, daß sie Sheppey ermordete?«

»Natürlich nicht, aber Thrisby kann es gewesen sein. Ich habe ihn gesehen, du nicht. Er ist rücksichtslos bis zum Äußersten, und wenn er glaubte, daß er von Bridgette kein Geld mehr bekommen würde, weil Sheppey etwas von ihm ausfindig gemacht hatte, hätte er nicht gezögert, ihn umzubringen.«

Auf diesen Gedanken war ich noch nicht gekommen.

»Ich glaube, ich werde ihn mir einmal ansehen. Wo ist er zu finden?«

»Er hat ein kleines Haus oben auf den Hügeln. Es liegt hinter der Stadt. Das Haus heißt White Chateau, aber es ist natürlich kein Schloß. Es ist nur ein angeberisches, ekelhaftes, kleines Liebesnest.«

Die Erbitterung in ihrer Stimme veranlaßte mich, ihr schnell einen Blick zuzuwerfen.

»Bridgette ist nicht die einzige Frau, die er dort oben empfängt«, fuhr sie fort. »Ihm ist jede Frau willkommen, die Geld hat.«
»Nun, auf diesem Gebiet ist er nicht der einzigste. Die Gegend hier ist voll Burschen dieser Sorte.«
»Ja.« Sie deutete geradeaus. »Nimm die nächste Querstraße rechts, dann kommst du direkt zum Franklyn Arms.«
Ich bog von der Promenade ab und sah vor mir die Leuchtschrift ihres Apartmentblocks.
Ich fuhr vor dem Eingang vor und hielt direkt vor der Drehtür an.
»Und jetzt gute Nacht«, sagte sie und legte ihre Hand auf meine. »Sei vorsichtig mit diesem Thrisby.«
»Keine Sorge um mich«, antwortete ich. »Ich werde schon mit ihm fertig werden. Ich hoffe bald von dir zu hören.«
Als ich aussteigen wollte, sagte sie: »Nein, bleib, meine Zofe steht wahrscheinlich am Fenster und paßt auf. Gute Nacht, Lew.« Sie neigte sich zu mir, und ich spürte, wie ihre Lippen meine Wange berührten, dann öffnete sie die Wagentür und schritt schnell unter dem erhellten Vorbau zum Haus und verschwand durch die Drehtür.
Ich fuhr an.
Als ich die Promenade erreichte, hielt ich am Straßenrand, um mir eine Zigarette anzuzünden. Dann schaltete ich den Gang wieder ein und fuhr langsam zu dem Bungalow zurück.
Während der Fahrt dachte ich angestrengt nach. Ich riß meine Gedanken von Margot los und konzentrierte mich auf Cordez. Aus irgendeinem Grunde mußte das Streichholzbriefchen, das ich in Sheppeys Koffer gefunden hatte, fünfhundert Dollar wert sein. Cordez hatte vier dieser Briefchen an drei verschiedene Leute abgegeben, und jeder hatte ihm diese Summe dafür bezahlt. Die Annahme war gerechtfertigt, daß Sheppey die Streichhölzer entweder gefunden oder jemand fortgenommen hatte. Diese Person hatte sowohl Sheppeys wie mein Zimmer in dem Hotel durchwühlt. In Sheppeys Zimmer zwar vergeblich, aber in meinem hatte sie das Briefchen gefunden und gegen ein anderes vertauscht, vermutlich in der Hoffnung, daß ich die Ziffern auf der Rückseite der Streichhölzer nicht bemerkt hatte. Deshalb war es gerechtfertigt, anzunehmen, daß die Zahlen etwas zu bedeuten hatten. Es konnte auch sein, daß dieses mysteriöse Streichholzbriefchen die Ursache für Sheppeys Tod war.
Ich hatte eine Ahnung, daß ich mich in der richtigen Richtung bewegte. Aber ich mußte mir noch sehr viel mehr Informationen beschaffen, ehe ich über reine Vermutungen hinauskam.
Um viertel vor drei kam ich zu dem Bungalow zurück. Inzwischen war ich sehr müde geworden. Ich schloß die Tür auf, schaltete das Licht ein und trat in den Wohnraum.
Ich beabsichtigte, mir noch einen kleinen Whisky Soda zu gönnen, ehe ich mich schlafen legte, und als ich durch den Wohnraum zur Bar

ging, sah ich auf einem kleinen Tisch etwas liegen, daß mich stehen=
bleiben ließ.

Es war Margots Abendtasche. Ein hübsches Ding aus schwarzem Schwedenleder in Form einer Muschel. Ich hob sie auf, faßte nach dem goldenen Bügel und öffnete sie. Es befand sich eine goldene Puderdose darin, ein seidenes Beutelchen enthielt ein Taschentuch, und als ich das Taschentuch beiseite schob, sah ich darunter ein Streichholzbriefchen in rot geflammter Seide.

Ich sah es lange an, ehe ich es herausnahm. Dann legte ich die Tasche hin und drehte die Streichhölzer zwischen meinen Fingern.

Ich öffnete das Briefchen. Es waren nur dreizehn Streichhölzer darin. Die anderen waren aus dem Briefchen herausgebrochen. Als ich sie umbog, fand ich, daß sie auf der Rückseite mit Zahlen versehen wa= ren. Die Ziffern gingen von C 541148 bis C 541160.

Daran erkannte ich, daß es die Streichhölzer waren, die ich in Shep= peys Koffer gefunden, die ich später in meinem Hotelzimmer unter dem Teppich versteckt hatte und die mir gestohlen worden waren.

Während ich darauf starrte, begann das Telefon zu klingeln. Laut schrillte der grelle Ton durch den stillen Bungalow.

Ich schob die Streichhölzer in meine Tasche, ging zu dem Apparat und nahm den Hörer ab.

»Ja, Hallo«, sagte ich, ziemlich sicher, wer anrufen würde.

»Bist du das, Lew?«

Es war Margots Stimme, sie klang etwas atemlos.

»Ja, ich bin's. Du brauchst mir nichts zu sagen. Ich weiß schon: Du hast etwas verloren.«

»Meine Handtasche. Hast du sie gefunden?«

»Sie lag hier auf einem Tisch.«

»Oh, gut. Ich wußte nicht, ob ich sie im Klub oder in deinem Wagen liegengelassen hatte. Ich lasse sie überall liegen. Ich komme sie mor= gen früh holen, wenn du nicht vorbeikommen und sie für mich ab= geben kannst. Kannst du das?«

»Sicher. Ich bringe sie im Verlauf des Vormittags.«

»Danke, Liebling.« Es folgte eine Pause, dann sagte sie: »Lew...«

»Ich bin noch da.«

»Ich denke an dich.«

Ich schob die Hand in die Tasche und betastete die Streichhölzer.

»Ich denke auch an dich.«

»Gute Nacht, Lew.«

»Gute Nacht.«

Ich wartete, bis sie eingehängt hatte, ehe ich den Hörer zurücklegte.

III

Ich erwachte gegen zehn am nächsten Morgen. Ein paar Minuten blieb ich in dem großen Doppelbett liegen und starrte das Muster an, das der Widerschein der Sonne an die Decke warf. Dann fuhr ich mit den Fingern durch mein Haar, gähnte, schob die Decke zurück und stand auf.

Eine lange, kalte Dusche weckte mich völlig.

Nur im Pyjama ging ich in die Küche und machte mir Kaffee. Als er fertig war, trug ich ihn auf die Terrasse hinaus und trank ihn dort.

Von meinem Platz konnte ich das Gebäude sehen, in dem die Schule für Keramik auf der felsigen Halbinsel lag. Ein niedriges, langgezogenes Gebäude mit einem blauen Ziegeldach und weißen Mauern.

Ich entschloß mich, sobald ich angezogen war, dort hinzufahren, mich unter die Touristen zu mischen und mir anzusehen, was es dort zu sehen gab.

Als ich meinen Kaffee getrunken hatte, ging ich ins Schlafzimmer zurück, zog die Badehose an und ging zum Wasser hinunter. Eine halbe Stunde verbrachte ich damit, mir selbst zu beweisen, daß ich immer noch so kräftig und athletisch war, wie ich von mir selbst gern glaubte. Nachdem ich etwa eine viertel Meile weit geschwommen war, stellte ich fest, daß mir der Atem etwas knapp wurde, darum machte ich kehrt und schwamm mit längeren Zügen und langsamer zum Ufer zurück.

Ich ging in den Bungalow, trocknete mich ab, zog eine Hose und ein am Hals offenes Hemd an, verschloß den Bungalow, stieg in den Buick und fuhr mit dem Ziel Arrow Point los.

Inzwischen war es zwanzig Minuten nach elf. Wenn Touristen dort hinkamen, war dies die Zeit, in der die ersten Besucher auftauchen mußten.

Ich mußte zur Promenade zurück, und nach einer Fahrt von fünf Minuten erreichte ich eine Seitenstraße mit einem Schild »Zur Schule für Keramik, die Schatzkammer für Originalentwürfe«.

Als ich abbog, sah ich im Rückspiegel hinter mir einen großen blauweißen Bus. Er war mit den üblichen besichtigungswütigen Touristen mit ziegelroten Gesichtern und scheußlichen Hüten beladen, die den üblichen, übertrieben gutgelaunten Lärm veranstalteten.

Ich lenkte zur Seite und ließ den Bus an mir vorbei. Dröhnend und in eine Staubwolke gehüllt überholte er mich und fuhr den ganzen Weg und durch das Doppeltor, das zu dem Gebäude mit dem blauen Dach führte, vor mir her.

Auf dem Parkplatz standen schon sechs Wagen, als ich dort anhielt. Ein älterer Mann in einem weißen Kittel, dessen Brusttasche mit zwei Fischen, die in einer weinroten Soße schwammen, bestickt war, kam zu mir und gab mir einen Parkzettel.

»Macht einen Dollar«, sagte er mit einem um Verzeihung bittenden Grinsen, als ob er wüßte, daß das zwar Straßenraub wäre, er aber nichts dagegen tun könnte.

»Ich wette, daß Sie jeden, der zu Fuß kommt, für widerlich geizig halten«, sagte ich und gab ihm den Dollar.

Er antwortete, es komme nie jemand zu Fuß. Ich ließ mir bei meiner Unterhaltung Zeit mit ihm. Ich wollte, daß der Haufe aus dem Bus inzwischen ausstieg, damit ich mich unauffällig unter ihn mischen konnte.

Bis ich den Parkplatz verlassen hatte, waren alle ausgestiegen und trotteten auf den Eingang des Gebäudes zu. Ich schloß mich ihnen an.

Der Reiseführer, ein geschäftiger, nervöser, kleiner Mann, kaufte an der Tür Einlaßkarten und lenkte seine Herde durch ein Drehkreuz in eine große Halle. Ich bezahlte noch einen Dollar und bekam dafür von einem hartäugigen Mann in einem weißen Mantel, der gleichfalls mit dem Fischsymbol bestickt war, eine Einlaßkarte.

Er unterrichtete mich, daß ich die Einlaßkarte in Zahlung geben könne, falls ich mir etwas kaufe.

»Kopf gewinnen Sie, Adler verliere ich.«

Er hob seine Schultern.

»Wenn Sie wüßten, wieviel Herumtreiber hierherkamen, ehe wir Eintrittsgeld erhoben, die niemals auch nur das geringste kauften, würden Sie sich wundern.«

Dieser Gesichtspunkt war mir verständlich.

Ich ging durch das Drehkreuz und erreichte gerade noch den letzten Nachzügler, wie er hinter seiner Reisegesellschaft in einen großen Raum trottete, der mit Töpferwaren aller Formen, Größe, Farbe und Art überschwemmt war. Die Gesamtwirkung war ziemlich scheußlich.

Der Raum war an die zwanzig Meter lang und gut acht breit. Auf jeder Seite standen lange Verkaufstische mit weiteren Erzeugnissen der Töpferkunst. Mädchen in weißen Mänteln mit gestickten Fischen auf den Taschen standen zwischen den Verkaufstischen. Sie sahen den Ankömmlingen mit gefaßter Langeweile entgegen. Ich mußte an Thelma Cousins denken, die wahrscheinlich vor wenigen Tagen noch ebenfalls hinter einem dieser Tische gestanden und einen ähnlichen Haufen Touristen mit dem gleichen Ausdruck entgegengesehen hatte.

Es waren etwa zwanzig Mädchen anwesend, alle gleich gekleidet, alle bereit, etwas zu verkaufen, sobald einer stehenblieb oder so unklug war, eine der ausgestellten häßlichen Töpfereiprodukte in die Hand zu nehmen.

Am hinteren Ende des Raumes befand sich ein von einem weinroten Vorhang verdeckter Durchgang. Eine Blondine mit strengem Gesicht saß neben dem Vorhang, die Beine übereinandergeschlagen, die

Hände auf ihrem Schoß gefaltet. Sie sah so aus, als säße sie schon sehr lange da.

Ich bewegte mich mit der Nachhut der Touristen, blieb stehen, wenn sie stehenblieb, schlurfte weiter, wenn sie weiterschlurfte. Es überraschte mich, wieviel gekauft wurde. Die Preise waren hoch und das Zeug der reine Kitsch.

Ich behielt den verhängten Durchgang im Auge, in der Vermutung, daß hinter diesem Vorhang die eigentlichen Geschäfte abgeschlossen wurden. Eine dicke, alte Frau, deren runzlige Finger von Brillanten überladen waren und die einen keuchenden Pekinesen auf dem Arm trug, trat plötzlich durch den Vorhang. Sie nickte der strengen Blondine zu, die sie nur gleichgültig anstarrte. Die alte Dame ging durch den Mittelgang und verließ den Bau. Durch eines der großen Fenster sah ich, wie sie zu einem Cadillac watschelte, neben dem ein Chauffeur wartete.

Ich fing den Blick eines der Mädchen hinter einem der langen Verkaufstische auf. Es war ein hübsches Ding mit einer Stupsnase und naivem Gesichtsausdruck.

»Gibt es hier nichts Besseres als nur diesen Kitsch?« fragte ich. »Ich suche ein Hochzeitsgeschenk.«

»Gefällt Ihnen das hier nicht?« fragte sie und versuchte ein überraschtes Gesicht zu machen.

»Sehen Sie sich das Zeugs doch selbst an. Können Sie mir etwas darunter zeigen, das Sie zur Hochzeit geschenkt haben möchten?«

Sie sah sich nach allen Seiten um und verzog dann etwas das Gesicht.

»Da haben Sie recht. Würden Sie einen Moment warten?«

Sie verließ ihren Platz, ging zu der strengen Blondine hinüber und sprach mit ihr. Der blonde Zerberus musterte mich. Sie schien nicht sonderlich beeindruckt. Ich hatte weder Brillanten noch einen Pekinesen, war nichts als ein Tourist auf Urlaub.

Das Mädchen, mit dem ich gesprochen hatte, kam wieder zu mir.

»Miss Maddox wird Sie beraten«, sagte sie und verwies mich an die Blonde.

Als ich auf sie zutrat, stand sie auf. Sie besaß eine der vollbusigen und vollhüftigen Figuren, die man häufig in Nylonanzeigen, aber sehr selten im wirklichen Leben findet.

»Hatten Sie einen Wunsch,« fragte sie mit gelangweilter Stimme, ließ ihre Blicke über mich wandern und hielt nicht viel von dem, was sie sah.

»Ich suche nach einem Hochzeitsgeschenk«, antwortete ich. »Sie nennen den Kitsch hier doch nicht im Ernst Schatzkammer origineller Entwürfe?«

Sie zog ihre rasierten Augenbrauen hoch.

»Wir haben noch andere Modelle, aber sie liegen preislich etwas höher.«

»So, so. Nun, man heiratet nur einmal. Zeigen Sie sie mir.«
Sie zog den Vorhang zur Seite.
»Hier hinein, bitte.«
Ich ging an ihr vorbei und trat in einen geringfügig kleineren Raum. Hier waren nur etwa sechzig Beispiele für Mr. Hahns Kunst ausgestellt. Jedes stand auf seinem eigenen Sockel und so, daß es am Günstigsten wirkte. Ein schneller Blick überzeugte mich, daß ich hier die Arbeiten vor mir hatte, von denen Margot so begeistert war. Es hatte mit dem Kitsch in dem vorderen Raum so wenig zu tun wie Brillanten mit Glas.

Miss Maddox schnippte mit einem langen Zeigefinger auf die ausgestellten Plastiken.

»Suchen Sie vielleicht etwas dieser Art?«

»Das ist viel besser«, sagte ich und blickte mich um. An der anderen Seite des Raumes befand sich wieder ein Durchgang, der von einem Rotkopf bewacht wurde. »Kann ich mich hier etwas umsehen?«

Miss Maddox trat ein paar Schritte von mir zurück und lehnte ihre anzeigenwürdige Hüfte gegen einen der Ausstellungstische. Ihr gelangweilter Blick verriet mir, daß ich sie nicht eine Sekunde lang täuschen konnte.

Die in diesem Raum gezeigten Arbeiten waren wirklich gut. Eine Bronzestatue eines nackten Mädchens, etwa dreißig Zentimeter hoch, das mit ihren Händen ihre Brüste bedeckte, entzückte mich. Man spürte das Leben in ihr pulsen. Es hätte mich nicht überrascht, wenn es plötzlich von dem Sockel, auf dem es stand, heruntergehüpft und aus dem Raum gelaufen wäre.

»Das ist hübsch«, sagte ich zu Miss Maddox. »Was kostet es?«

»Zweitausend Dollar«, antwortete sie mir mit der gleichgültigen Stimme eines Autoverkäufers, der einem Kunden den Preis für einen Rolls Royce nennt.

»Was, so viel? Das ist mir etwas zu hoch.«

Ein kleines, verächtliches Lächeln zuckte über ihr Gesicht, und sie trat ein paar Schritte von mir fort.

Der Vorhang vor dem Durchgang, durch den ich gekommen war, wurde zur Seite geschoben, und ein dicker, weißgesichtiger Mann glitt in den Raum. Er trug eine weiße Flanellhose und eine aufdringliche Sportjacke mit einem kunstvollen Wappen auf der Brusttasche und hielt eine Fünfzehnzentimeterzigarre zwischen seinen fetten, weißen Fingern.

Ich erkannte ihn augenblicklich.

Es war der Mann, den Cordez mit Donaghue angesprochen hatte, der Mann, der sich für zwei Streichholzbriefchen von tausend Dollar trennte, als ich in der vergangenen Nacht durch Cordez' Bürofenster gespäht hatte.

Zehntes Kapitel

I

Ich ging weiter und blieb vor der Statuette eines Matadors stehen. Er hielt seine Capa ausgestreckt und den Degen stoßbereit in der Hand. Langsam ging ich darum herum, während ich Donaghue aus den Augenwinkeln beobachtete, der unvermittelt stehengeblieben war, als er mich erblickte.

Er war so nervös wie ein aufgescheuchtes Huhn. Er zog sich mit zwei schnellen Schritten auf den Durchgang zurück, durch den er gerade gekommen war, überlegte es sich dann, kam schnell wieder vor und trat dann drei Schritte zur Seite. Ich sah ihm an, daß er sich nicht entschließen konnte, ob er fortlaufen oder bleiben solle.

Ich fragte Miss Maddox: »Und ist diese Plastik hier genauso teuer?«

»Sie kostet dreitausendfünfhundert Dollar«, antwortete sie, ohne mich eines Blickes zu würdigen.

Donaghue ging durch den Raum auf die Rothaarige zu, die ihm mit ausdruckslosem Gesicht entgegensah.

Ich ging weiter zu einer Kindergruppe, die noch besser als der Matador war.

Donaghue blieb neben der Rothaarigen stehen, fummelte in seiner Tasche, zog dann etwas heraus und zeigte es ihr. Ich bemerkte etwas Kleines, Rotes in seiner Hand. Auch wenn ich nicht Detektiv gewesen wäre, hätte ich erkannt, daß es ein Streichholzbriefchen aus dem Musketeer Club war.

Der Rotkopf zog den Vorhang zur Seite, und Donaghue verschwand dahinter. Ehe der Vorhang wieder zufiel, konnte ich einen kurzen Blick in einen dahinterliegenden Gang werfen.

Ich ging langsam zwischen den Ausstellungsstücken weiter, suchte nach etwas Kleinem und Bescheidenem, aber das gab es nicht. Ich spürte, wie die Blonde und die Rothaarige mich beobachteten. Schließlich blieb ich vor einem Pudel stehen, der mit der gleichen Eleganz wie die anderen Statuetten geformt war. Ich befand mich jetzt nahe dem verhängten Durchgang, vor dem der Rotschopf saß. Ich ließ mir Zeit, den Pudel zu betrachten.

Nach etwa fünf Minuten sagte Miss Maddox mit einer gewissen Schärfe im Ton: »Er kostet siebzehnhundert Dollar.«

»Was, mehr nicht?« antwortete ich und lächelte ihr zu. »Er wirkt fast lebendig. Ich muß es mir überlegen. Siebzehnhundert Dollar. Fast so gut wie geschenkt, wie?«

Sie stülpte die Lippen vor und starrte mich mit unverhüllt feindseligen Blicken an.

Der Vorhang wurde zur Seite gezogen, und Donaghue erschien wieder.

Er starrte mich mit aufgerissenen Augen erschrocken an, trippelte dann quer durch den Raum und auf der anderen Seite hinaus.

Ich kam zu der Ansicht, daß ich nicht länger wie einer herumlungern könne, der eine günstige Gelegenheit ausbaldowern will. Ich sagte mir, es könne vielleicht lohnen, festzustellen, was ich mit den Streichhölzern erreichen würde, die ich in Margots Abendtasche gefunden hatte. Hoffentlich waren es nicht neue Schwierigkeiten.

Ich wandte mich dem Rotschopf zu und überraschte sie dabei, wie sie mich anstarrte. Mit einem Lächeln zeigte ich meine Zähne und trat näher.

Sie beobachtete mich argwöhnisch. Ich schob die Hand in die Hosentasche und zeigte ihr das Streichholzbriefchen. Sie preßte die Lippen zusammen, warf dann Miss Maddox einen vielsagenden Blick zu, während sie sich vorbeugte, um den Vorhang zur Seite zu ziehen.

»Danke«, sagte ich, »ich wollte mich nur vergewissern, daß mich niemand beobachtet.«

Ihr kalter, leerer Blick verriet mir, daß ich das Falsche gesagt hatte, aber sie hielt mir immer noch den Vorhang auf, und ich machte keinen Versuch, etwas zu verbessern oder zu verschlechtern. Ich trat durch die Öffnung, kam in einen langen Gang, der von Leuchtröhren erhellt wurde und rot und blau dekoriert war.

Vorsichtig bewegte ich mich weiter. Das unbestimmbare Etwas, das immer Überstunden macht, wenn ich im Begriff bin, meinen Hals zu riskieren, begann mich zu plagen, und mein Instinkt ließ Alarmglocken aufgellen. Ich wünschte jetzt, ich hätte meine Waffe mitgenommen.

Am Ende des Ganges lag eine Tür vor mir. Sie hatte einen Schalter, der geschlossen war, und daneben befand sich ein Klingelknopf. Auf einem niedrigen Bord stand eines von Marcus Hahns geringfügigeren Werken, eine große, grün und rosa glasierte Steinguturne.

Geräuschlos erreichte ich auf meinen Kreppsohlen die Tür und blickte in die Urne. Auf ihrem Boden lagen etwa ein Dutzend Streichhölzer. Es waren die gleichen wie die in meinem Streichholzbriefchen. Jedes trug auf einer Seite eine Reihe Zahlen. Jedes war aus einem Streichholzbriefchen herausgerissen worden, und alle waren abgebrannt. Die Streichhölzer waren entzündet und gleich wieder gelöscht worden.

Ich war überzeugt, eine wichtige Entdeckung vor mir zu haben, falls ich erfuhr, was das zu bedeuten hatte. Ich sah über die Schulter zurück. Am Anfang des Ganges hing der Vorhang an seinem Platz. Weder der Rotschopf noch Miss Maddox spähten hinter mir her.

Ich hielt es für besser, mein Glück nicht weiter zu strapazieren. Ich war versucht, auf die Klingel neben der Tür zu drücken, um festzustellen, was geschehen würde, aber da ich in diesem Augenblick auf gefährliche Momente nicht vorbereitet war, unterließ ich es lieber. Zum mindesten hatte ich festgestellt, daß es zwischen dem Musketeer Club und Marcus Hahns sogenannter Schatzkammer eine eindeutige Verbin=

dung gab. Die Leute bezahlten Cordez hohe Beträge für ein Streich=
holzbriefchen, kamen dann hierher und trennten sich jedesmal von
einem Streichholz. Was bekamen sie dafür?

Ich drehte mich um und ging sehr leise durch den Gang zurück. Ich
zog den Vorhang zur Seite, trat hindurch, versuchte dabei, so verwirrt
und schuldbewußt auszusehen, wie Donaghue vorhin.

Der Rotkopf polierte seine Fingernägel. Sie sah nicht einmal auf, als
ich an ihr vorbeikam. Ich ging in den ersten Raum hinüber.

Die Reisegesellschaft hatte inzwischen ihr Geld hier ausgegeben. Sie
wurde auf den Ausgang zugetrieben, die meisten trugen ein säuberlich
gepacktes Paketchen.

Ich folgte in ihrem Kielwasser, und sobald ich das Drehkreuz hinter
mir hatte, trennte ich mich von ihnen und ging auf meinen Buick zu.

Nachdem ich die Schule für Keramik verlassen hatte, fuhr ich schnell
über die Promenade zum Franklyn Arms. Ich nahm Margots Abend=
tasche aus dem Handschuhfach, steckte die Streichhölzer wieder hinein,
stieg aus und betrat die Halle des Apartmenthauses.

Ich bat den Empfangschef, mich bei Margot anzumelden. Nachdem er
angerufen hatte, sagte er, sie werde in fünf Minuten in die Bar kommen
und mich dort treffen. Er zeigte mir, wo die Bar lag, und ich ging hinein
und nahm an einem Ecktisch Platz.

Es dauerte gut zehn Minuten, bis Margot erschien. Inzwischen war
es Viertel nach zwölf geworden. Die Bar war recht gut besucht, aber
niemand saß in der Nähe meines Tisches.

Sie kam auf mich zu. Sie trug einen kurzen Strandumhang über
einem Badeanzug und Sandalen. Ihre Haare hatte sie mit einem roten
Band zurückgebunden, und in der Hand hielt sie eine große Strand=
tasche.

Die meisten Männer drehten sich zu ihr hin, um sie anzustarren.
Der Anblick war es wert. Ich starrte auch.

Als sie an den Tisch trat, stand ich auf und schob ihr einen Stuhl
zurecht.

»Ich kann nicht länger als zehn Minuten bleiben, Lew«, sagte sie
lächelnd. »Ich bin auf der anderen Seite der Stadt zum Lunch verab=
redet.«

Ich fragte sie, was sie zu trinken haben wollte, und sie antwortete,
einen Gin=Fizz. Ich bestellte mir das gleiche.

»Ich würde dir gern sagen, daß du wundervoll aussiehst«, begann
ich, sobald der Kellner fort war, »aber ich fürchte, du hast es schon so
oft gehört, daß du es nicht mehr hören kannst.«

Sie lachte.

»Das hängt davon ab, wer es sagt. Hast du meine Tasche mit=
gebracht?«

Ich hatte sie auf den Stuhl neben mir bereitgelegt und hob sie jetzt
auf, um sie auf den Tisch zu legen.

»Den Finderlohn beanspruche ich erst später«, sagte ich.
Ihre Augen funkelten.
»Ich bin bereit, ihn zu bezahlen. Danke, Lew, ich gehe schrecklich achtlos mit meinen Sachen um.« Sie nahm die Tasche und wollte sie in ihren Strandbeutel stecken.
»Einen Augenblick. Willst du nicht nachsehen, ob nichts fehlt?«
Sie sah mich fragend an
»Was sollte denn fehlen?«
Ihre tiefblauen Augen waren völlig arglos, und das gefiel mir.
»Margot, in dieser Tasche ist ein Streichholzbriefchen, das mich interessiert.«
»Wirklich?« Sie war überrascht. »Ein Streichholzbriefchen, sagst du? Warum interessiert es dich?« Sie öffnete die Tasche, schob das Taschentuch beiseite und nahm die Streichhölzer heraus. »Meinst du dies hier?«
»Ja. Woher hast du es?«
»Ich habe keine Ahnung. Ich wußte gar nicht, daß es in meiner Tasche war. Warum, Lew, warum interessiert dich das so sehr?«
»Ich habe Grund, anzunehmen, daß es die Streichhölzer sind, die ich in Sheppeys Gepäck fand. Später durchwühlte jemand mein Zimmer, fand sie und vertauschte sie gegen ein anderes Streichholzbriefchen. Jetzt tauchen sie plötzlich in deiner Tasche auf.«
»Bist du überzeugt, daß es die gleichen Streichhölzer sind? Ich habe diese Briefchen zu Dutzenden im Klub gesehn.«
»Sieh sie dir genau an. Du wirst auf der Rückseite der Streichhölzer Zahlen finden. Es sind die gleichen Zahlen, die auf den Streichhölzern in Sheppeys Briefchen waren.«
Sie öffnete den Umschlag, bog die Streichhölzer zurück und runzelte die Stirn, als sie die Zahlen sah.
»Das ist doch seltsam. Vielleicht haben die Streichhölzer in allen Briefchen diese Nummern.«
»Nein, das haben sie nicht. Ich habe es nachgeprüft. Woher hast du dieses Briefchen?«
»Ich muß es gestern abend im Klub bekommen haben. Ich habe dort gegessen.« Sie überlegte angestrengt einen Augenblick. »Ja, richtig, ich erinnere mich, daß ich mein Feuerzeug vergessen hatte. Ich benutze nie Streichhölzer, außer, wenn ich mein Feuerzeug vergesse. Vermutlich habe ich die Streichhölzer in der Garderobe des Klubs bekommen.«
Ich schüttelte den Kopf.
»Das hast du nicht. Das ist ein besonderes Briefchen, Margot. Jemand hat seinetwegen einen Mord begangen. Du kannst es nicht aus dem Klub haben.«
Sie begann beunruhigt zu werden.
»Dann weiß ich nicht, woher, es sei denn, ich bat jemand um Feuer und er gab mir diese Streichhölzer.«

»Das halte ich für unvorstellbar. Mit wem hast du zu Abend gegessen?«

»Es war eine Gesellschaft. Außer mir noch fünf Personen. Bridgette und Thrisby, ein Mann namens Donaghue, Harry Lucas, mit dem ich manchmal Tennis spiele, und Doris Little, eine Freundin von mir.«

»Hat irgendeiner dieser Leute die Streichhölzer zufällig auf dem Tisch liegenlassen und du sie aus Versehen eingesteckt?«

»Das wäre möglich. Ich kann mich zwar nicht daran erinnern, daß ich sie eingesteckt habe, aber das ist natürlich etwas, was man manchmal tut, ohne darauf zu achten.«

»Die Sache gefällt mir nicht sehr. Dieses Briefchen ist viel Geld wert. Ich kann mir nicht vorstellen, daß es jemand auf dem Tisch liegenließ und jemand anders sie versehentlich an sich nehmen konnte.«

»Vielleicht glaubte der Betreffende, es seien gewöhnliche Streichhölzer. Die Kellner lassen sie auf allen Tischen liegen.«

»Vielleicht. Nun gut, ich möchte diese Streichhölzer haben, Margot. Ich muß sie Inspektor Rankin zeigen.«

Ihre Augen weiteten sich.

»Aber, Lew, wenn du das tust, ziehst du mich in diese Geschichte hinein«, sagte sie. »Ich darf nichts mit der Polizei zu tun bekommen. Daddy würde toben.«

»Ich muß es Rankin sagen. Er wird natürlich wissen wollen, woher ich sie habe, aber du brauchst dir keine Sorgen zu machen. Er hat viel zuviel Angst vor deinem Vater, um dich hineinzuziehen.«

»Aber wenn er es nun doch tut, Liebling? Du darfst es einfach nicht. Siehst du das nicht ein? Er wird wissen wollen, wieso du die Streichhölzer in meiner Tasche fandest. Du wirst ihm doch um Gottes willen nichts von gestern abend sagen?«

Ich überlegte einen Augenblick. »Also gut. Ich werde alles allein machen. Ich werde Thrisby aufsuchen, ehe ich mit Rankin spreche. Vielleicht kann ich von Thrisby etwas darüber erfahren.«

Sie reichte mir die Streichhölzer.

»Bitte ziehe mich nicht hinein, Lew. Wenn die Zeitungen vermuten, daß ich etwas damit zu tun habe ...«

Ich strich ihr beruhigend über die Hand.

»Sei unbesorgt. Ich werde dich draußen halten. Willst du, bis wir uns das nächste Mal sehen, scharf nachdenken und versuchen, dich zu erinnern, wie die Streichhölzer in deinen Besitz kamen? Willst du mich anrufen, wenn es dir einfällt, Margot? Es ist wichtig.«

»Natürlich.« Sie sah auf ihre Uhr. »Ich muß fort. Ich habe mich schon verspätet.« Sie stand auf. »Willst du jetzt gleich zu Thrisby?«

»Ich denke ja. Es ist vielleicht eine günstige Zeit, um ihn anzutreffen.«

»Weißt du, wie du dort hinkommst? Du fährst über den Franklyn Boulevard und biegst an der nächsten Lichtregelung rechts ab auf die

Straße ins Gebirge. Es sind ungefähr fünf Meilen. Du wirst ein Schild ›The Crest‹ sehen.« Sie schenkte mir ihr kleines Lächeln. »Bis bald auf Wiedersehen, Lew.«

»Hoffentlich sehr bald.«

Ich sah ihr nach, wie sie aus der Bar eilte, und ich war nicht der einzige, der ihr nachsah. Ihre langen, braunen Beine waren der Brennpunkt aller männlichen Augen in der Bar.

Ich schnippte mit den Fingern nach dem Kellner, der nach der unvermeidlichen Pause auch kam und mir die Rechnung brachte. Ich bezahlte, wartete auf das Wechselgeld, stand dann auf und trat in den Sonnenschein hinaus, wo der Buick stand.

Ohne Eile fuhr ich den Franklyn Boulevard entlang, genoß den warmen Sonnenschein, während ich die Teile und Bruchstücke der Informationen in Gedanken überprüfte, die ich gesammelt hatte. Im Augenblick lag das Problem noch völlig verschwommen. Es war wie beim Anfang eines Puzzlespiels, wenn man beginnt, die einzelnen Stücke zu ordnen. Im Augenblick sah ich noch kein Bild, aber ich besaß eine Anzahl Stücke, von denen ich überzeugt war, daß ich sie bald zu einem Bild zusammenfügen könne.

Am Ende des breiten Boulevards bog ich nach rechts ab und erreichte sofort eine sehr steile Gebirgsstraße. Nach einer Weile kam ich an einem Wegweiser vorbei mit der Aufschrift »The Crest«, der einladend nach oben wies.

Auf halber Höhe der steilen Straße erreichte ich eine Verbreiterung und hielt an, um mir die Aussicht zu betrachten.

Weit unter mir lag St. Raphael City, rechts das große Kasino, der meilenlange, schimmernde Strand, die Palmen, die Luxushotels und die Menschenschwärme am Strand. Ich konnte Creedys Besitz in dem Gewirr von rot und gelb und weiß der großen Rosenbeete sehen, und über die Zufahrtsstraße bewegte sich ein Rolls schnell auf die Schranke mit den beiden ameisengroßen Figuren zu, die dort Wache standen.

Meine Blicke wanderten zu der sich bergauf schlängelnden Straße unter mir, der Straße, über die ich vom Franklyn Boulevard hier heraufgekommen war.

In der Mittagshitze lag sie weiß und von jedem Verkehr verlassen da. Ich schien der einzige zu sein, der sie um diese Zeit benutzte. Und es gab mir ein Gefühl der Einsamkeit, von der Höhe auf diese reiche, von Gangstern beherrschte Stadt hinunterzublicken.

Ich reckte meine Schultern, startete den Motor, schaltete den Gang ein und setzte meine Fahrt über die kurvenreiche Straße fort.

II

Das White Chateau lag am Ende einer Seitenstraße, die im scharfen Winkel dreihundert Meter weit zu einer Plattform, die gerade groß genug war, daß ein Wagen darauf wenden konnte, bergab führte. Am Beginn der Straße stand ein frisch gemaltes Schild, das bekanntgab, dies sei eine Privatstraße und Parken verboten.

Auf der Plattform stand ein Cadillac=Cabriolet, ein glänzender, blaß= blauer Wagen, mit dunkelblauen Nylonpolstern und schimmerndem Chrom. Ich parkte den Buick daneben, stieg aus und sah zum Haus hinüber. Es war hinter blühenden Büschen und Palmen verborgen. Ich konnte nur das überhängende Dach mit den grünen Ziegeln erkennen.

Ich ging zu dem hölzernen Tor, auf das der Name des Hauses ge= malt war. Ich öffnete es und ging einen Pfad entlang, der auf beiden Seiten von sauber gestutzten Hecken eingefaßt wurde, dann über einen Rasen und kam vor das Haus. Es war ein kleiner Bau mit grünen Fensterläden, weißen Mauern, einer breiten Veranda, Blumenkästen mit Begonien unter jedem Fenster und einem kräftigen Schlinggewächs mit roten und weißen glockenförmigen Blüten, das ich noch nie gesehen hatte, das den Hauseingang umrankte.

Zur Veranda stand eine Fenstertür offen. Auf der Balustrade lag ein Siamkater in der Sonne. Er hob den Kopf, und seine blauen Augen blickten ohne Interesse in meine Richtung. Dann ließ er den Kopf wie= der auf den heißen Stein sinken und versank von neuem in dem Wal= halla seiner Träume.

Über den Rasen ging ich zur Veranda. Die Eingangstür lag links von mir, sie war grün gestrichen, mit Chrombeschlägen und einem Glockenzug versehen. Während ich näherkam, hörte ich eine Männer= stimme durch die offene Fenstertür: »Nun, wenn du nichts trinken willst, gut. Ich möchte aber was.«

Ich blieb stehen.

»Um Himmels willen, fang jetzt doch nicht an zu trinken, Jacques«, antwortete eine Frauenstimme. »Ich will mit dir sprechen.«

»Und das, mein Liebling, ist gerade der Grund, weshalb ich etwas zu trinken haben muß. Kannst du dir vorstellen, daß ich hier sitze und dir zuhöre, wenn ich nichts zu trinken habe? Sei doch bitte vernünftig.«

»Du bist ein ziemliches Schwein, Jacques.«

Der Ton in der Stimme der Frau war häßlich anzuhören. Ich be= wegte mich schnell über die heiße Veranda und blieb unmittelbar ne= ben der Fenstertür stehen.

»Vermutlich kann man mich so bezeichnen. Aber dir sollte es doch egal sein«, antwortete der Mann leichthin. »Du müßtest inzwischen doch an Schweine gewöhnt sein.«

Das zischende Geräusch eines Syphons verriet mir, daß er sich einen Drink mischte. Ich schob mich noch ein paar Zentimeter näher, und das erlaubte mir, einen Blick in das Zimmer zu werfen.

Von meinem Platz erschien der Raum übergroß. Der Boden war mit einem blaßblauen Teppich ausgelegt, die Möbel bestanden aus heller Eiche. Es gab reichlich tiefe Sessel und zwei riesige Sofas.

In einem Sessel saß eine Frau von vielleicht sechs= oder siebenund=
dreißig. Ihr seidiges Haar war in einem warmen, aprikosenfarbenen
Ton gefärbt, und sie war in der charakterlosen Weise schön, wie Film=
stars schön sind, ein Gesicht, dem jeder persönliche Ausdruck fehlte.
Sie trug einen Bikini, der sehr viel sonnengebräuntes Fleisch bloß ließ,
Fleisch, das gerade schon etwas schlaff wurde und die Elastizität der
ersten Jugend verloren hatte. Fraglos war sie gut gebaut, aber sie hatte
nicht den Körper, nach dem ich ein zweites Mal hingesehen hätte. Vor
zehn Jahren vielleicht noch, aber jetzt nicht mehr.

An den Füßen trug sie schmalriemige Sandalen, und ihre Zehennägel
waren silbern lackiert. An ihren Ohren hingen große, weiße Korallen,
und um ihren sonnengebräunten Hals schlang sich eine dicke, weiße
Korallenkette.

Ich brauchte nicht zu raten, wer sie war. Ich hatte sie sofort erkannt.
Das mußte Bridgette Creedy sein, der ehemalige Filmstar, jetzt Lee
Creedys Frau.

Jacques Thrisby trat in mein Blickfeld. Er entsprach genau meinen
Erwartungen. Ein großer, stattlicher Kerl, dunkelgebrannt von der
Sonne, mit dunklem lockigem Haar, blauen Augen, einem dünn aus=
rasierten Schnurrbart in einem hübschen Gesicht. Er trug ein weißes
Trikothemd, dunkelrote Shorts und Sandalen. In der rechten Hand hielt
er einen Highball, und zwischen seinen vollen, sinnlichen Lippen hing
eine Zigarette.

»Wo warst du gestern nacht, Jacques?« fragte Bridgette und sah
ihn mit hartem, feindlichem Gesicht an.

»Mein teurer Schatz, wie oft noch? Ich habe es dir doch gesagt. Ich
war hier und habe mir das Boxen im Fernsehen angesehn.«

»Ich habe zwei Stunden im Klub auf dich gewartet.«

»Ich weiß, das hast du schon fünfmal gesagt. Ich habe dir erklärt,
daß es mir leid tut. Soll ich mir auch noch Asche aufs Haupt streuen?
Unsere Verabredung war nicht endgültig. Ich habe sie einfach ver=
gessen.«

»Unsere Verabredung war endgültig, Jacques. Ich hatte dich an=
gerufen, und du hattest gesagt, du kämst in den Klub.«

Er trank von seinem Glas und stellte es auf einem Beitisch ab.

»Ja, du hast ganz recht. Du hast angerufen, ich habe es aber trotz=
dem vergessen. Es tut mir immer noch leid.« Er gähnte und legte seine
Hand vor den Mund. »Müssen wir das alles noch einmal durchkauen?«

»Du hast dir nicht das Boxen angesehen, Jacques. Ich habe hier an=
gerufen, und du hast dich nicht gemeldet.«

»Ich beantworte nicht jeden Telefonanruf, Bridgette, mein Herz. Es
passiert so oft, daß irgendein langweiliger Esel einen am Telefon be=
lästigt. Ich habe es klingeln hören und mich nicht gemeldet.«

Ihre Nüstern weiteten sich.

»Ich bin also langweilig.«
Er lächelte.
»Du mußt keine voreiligen Schlüsse ziehen. Du weißt ebenso gut wie ich, daß man durch einen langweiligen Esel am Telefon furchtbar lange aufgehalten werden kann.«
»Das ist keine Antwort auf meine Frage.«
Er studierte sie, das Lächeln, unverändert auf seinem Gesicht, war nichtssagend.
»Du bist im Augenblick sehr langweilig, Liebling«, antwortete er schließlich. »Ich habe dir gesagt, was ich gestern abend tat. Ich war hier und habe mir das Boxen angesehen. Ich hörte das Telefon klingeln und habe mich nicht gemeldet. Als das Boxen vorüber war, ging ich schlafen. Ich habe unsere Verabredung einfach vergessen, und es tut mir sehr, sehr, sehr leid.«
Sie setzte sich abrupt in dem Sessel auf. Ihre Augen funkelten.
»Du lügst, du warst nicht hier. Ich kam hier heraus und fand das Haus dunkel, und dein Wagen war nicht in der Garage. Wie kannst du wagen, mich anzulügen. Was hast du getan?«
Das gekünstelte Lächeln verschwand plötzlich, und sein Gesicht wurde hart. Er war nicht länger der hübsche Gigolo. Der glatte, äußere Lack war unvermittelt abgefallen und legte den harten skrupellosen Mann unter der Oberfläche bloß.
»Du bist also hierhergekommen. Wie billig wirst du dich noch machen, mein Schatz? Erst engagierst du einen Privatdetektiv, um mich zu beobachten, und nachdem der ermordet wurde, spionierst du für dich selbst. Davon habe ich jetzt genug. Wir wollen Schluß machen. Mir hängt das Ganze zum Hals heraus. Du samt allem.«
Sie setzte ihre Finger mit den Silberspitzen auf ihre nackten Knie und krümmte sie. Ihre langen, dünnen Finger sahen wie Krallen aus.
»Wer war die Frau?«
Er leerte sein Glas und drückte seine Zigarette aus.
»Ich glaube, das genügt mir für heute«, sagte er. »Ich habe Dinge zu erledigen, wenn du vielleicht auch nichts zu tun hast. Machen wir also Schluß.«
»War es Margot?« Der Haß in ihrer Stimme war häßlich anzuhören. »Hast du wieder mit ihr angefangen?«
»Nur weil Margot besser aussieht als du und wenigstens zehn Jahre jünger ist, so folgt daraus noch nicht, daß sie mir etwas bedeutet«, sagte er. »Ganz unter uns: ich finde gegenwärtig alle Frauen, die Creedy heißen, sind die reine Pest.« Er lächelte breit. »Wenn die Wahrheit einmal gesagt werden muß: sie sind beide übertrieben sexuell, zu besitzgierig und unerträglich langweilig. Und würdest du jetzt so freundlich sein, mein Schatz, und endlich gehen? Ich bin zum Essen verabredet.«
»Es war also Margot! Sie ist immer noch in dich verliebt, wie? Sie

ist entschlossen, dich mir wegzunehmen«, sagte Bridgette mit zitternder Stimme.

»Wir wollen doch keine Szene machen«, antwortete Thrisby und verschwand aus meinem Blickfeld. Ich hörte, wie ein Korken aus einer Flasche gezogen wurde. »Würdest du jetzt bitte gehen, Bridgette.«

»Ich gehe nicht, ehe ich nicht weiß, wer die Frau ist, mit der du gestern nacht zusammen warst.«

»Also gut, wenn du es unbedingt wissen mußt, es war eine kleine Blonde. Sehr hübsch und jung und frisch. Ich fand sie auf der Promenade, und zufällig war sie allein. Du solltest inzwischen wissen, Bridgette, daß ich einsamen Frauen auf keinen Fall widerstehen kann.« Er kam mit einem frisch gefüllten Glas in mein Blickfeld zurück. Der glatte Lacküberzug war wieder vorhanden. »Aus Herzensgüte also mußte ich sie trösten, und die Bereitwilligkeit, mit der sie meinen Trost aufnahm, war eine erfreuliche Überraschung.«

»Du verfluchtes Schwein«, fauchte Bridgette mit rauher Stimme. Ihr Gesicht erschien plötzlich ausgezehrt, und ihre funkelnden Augen schienen in ihre Höhlen zurückgesunken zu sein. »Du lügst, es war Margot.«

»Also wenn du nicht gehen willst, dann muß ich es wohl«, erwiderte Thrisby und lächelte. »Ich will mir niemals nachsagen lassen, daß ich eine frühere Geliebte aus meinem Haus verwiesen habe. Mach es dir bequem, mein Schatz. Trinke nicht zuviel von meinem Schnaps. Ich hoffe, du bist fort, wenn ich zurückkomme.«

»Damit ist es also endgültig zwischen uns aus?« fragte Bridgette.

»Diese Frage ist wirklich brillant. Das sage ich dir nun schon seit zehn Minuten, und fragst du noch einmal. Ja, Bridgette, es ist endgültig aus zwischen uns. Wir haben beide unser Vergnügen gehabt, aber jetzt ist es besser, wenn wir uns trennen.«

Sie lehnte sich in dem Sessel zurück. Ihr Gesichtsausdruck bot keinen erfreulichen Anblick. Sie schien in den letzten Minuten gealtert zu sein. Daß sie fast nackt war, wirkte peinlich.

»Also gut. Wenn wir uns endgültig trennen, Jacques, dann bezahlst du wohl besser gleich deine Schulden«, sagte sie kalt und tonlos. »Du hast doch nicht vergessen, daß du mir Geld schuldest? Dreizehntausend Dollar, um es genau zu sagen.«

Sein Lächeln wurde breiter. »Ist es so viel?« Er nahm sein Glas, blickte mit hochgezogenen Augenbrauen hinein und trank einen Schluck. »Vermutlich hast du es alles in einem ledergebundenen Büchlein aufgeschrieben.«

»Ich habe ein Konto darüber geführt. Ich will das Geld.«

»Davon bin ich überzeugt. Dein älterer Herr Ehemann ist wohl nicht besonders großzügig. Ich fürchte, du mußt darauf warten. Ich habe keine dreizehntausend Dollar. Bei weitem nicht. Es hat eine ganze Menge gekostet, dich herumzuführen und zu unterhalten. Ich werde es

dir geben, wenn ich kann. Aber du mußt dich auf die betrübliche Tat=
sache gefaßt machen, daß du sehr, sehr lange darauf warten mußt.«

»Ich will es jetzt«, sagte sie tonlos.

»Tut mir leid. Nun, ich muß fort. Soll ich dich zu deinem Wagen bringen?«

»Ich sagte, ich will das Geld jetzt.« Sie hatte ihre Stimme erhoben.

»Wenn du darauf bestehst, wirst du mich wohl verklagen müssen.« Sein Lächeln wurde zu einem breiten Grinsen. »Ich bin überzeugt, dein Mann kann dich am besten beraten, wie du das anfängst. Natürlich wird er sich von dir scheiden lassen, wenn er erfährt, daß du mir so viel Geld gegeben hast. Schließlich ist er ein Mann von Welt und wird erkennen, daß jemand wie ich von dir kein Geld bekommen hätte, wenn er nicht eine Gegenleistung zu bieten hatte. Aber mach dir nichts daraus, du hast ihn wahrscheinlich so über, mein schönes Kind, wie ich dich.«

Sie studierte ihn für einen langen Augenblick. In ihren Augen lag ein Ausdruck, der mich wahrscheinlich bedenklich gemacht hätte. Aber ihn schien er nicht zu bekümmern.

»Ich glaube, du hast nichts auf dieser Welt zu suchen«, sagte sie schließlich. »Ich muß den Verstand verloren haben, daß ich mich je=
mals mit dir einließ.«

»Ich würde das nicht so hart ausdrücken«, antwortete er. »Du warst eine unbefriedigte Frau, und ich bot dir, was du brauchtest. Du muß=
test wissen, daß das nicht ohne Bezahlung zu haben war. Wir haben unser Vergnügen gehabt. Jetzt ist es Zeit, auseinanderzugehen. Sei vernünftig, Bridgette. Wir wollen uns nicht in unfreundlicher Weise trennen. Es gibt reichlich andere, die ebenso gut aussehen wie ich und ebenso gut und ebenso stark sind. Es wird dir nicht schwerfallen, einen Ersatz zu finden. Denk doch an das Vergnügen, das es macht, einen neuen Liebhaber anzulernen. Ich hielt mich zwar nie ganz an die Linie, die du wolltest, aber das macht nichts. Vielleicht findet sich einer, der das tut. In ein paar Wochen hast du mich vollständig vergessen.«

Sie starrte ihn eine Weile schweigend an. Dann griff sie an ihrer Seite herunter und hob eine große Strandtasche hoch, wie sie Margot auch bei sich getragen hatte. Sie öffnete sie und begann darin herum=
zusuchen. Es erinnerte mich daran, wie Margot in ihrer Tasche gesucht hatte.

Thrisby sah ihr zu. Die Augenbrauen hochgezogen, das nichtssa=
gende Lächeln an seinem Platz.

Sie sah auf, die Hand immer noch in der Tasche verborgen, und fragte: »Meinst du das wirklich, Jacques? Ist es tatsächlich zwischen uns aus?«

Mit einer erschöpften Bewegung strich er sich mit den Fingern durchs Haar.

»Ja«, antwortete er. Seine Stimme war plötzlich rauh und hart. »Wie oft muß ich es dir noch wiederholen?«

»Wir sehen uns also nie wieder?« fragte sie und beobachtete ihn immer noch mit funkelnden Augen.

»Also gut. Wenn du es nicht auf freundliche Weise hören willst, dann eben anders.« Er beugte sich vor und funkelte sie an. »Mach, daß du zum Teufel kommst. Dein Anblick ist mir zuwider. Und nun hinaus mit dir, oder ich werfe dich aus dem Haus.«

Sie lächelte ihn an. Es war eine verzerrte, entsetzliche Grimasse.

Dann sagte sie: »Ich werde dich töten, Jacques. Wenn ich dich nicht habe, soll dich keine haben.«

Sie zog eine achtunddreißiger Pistole aus der Tasche und richtete sie auf ihn.

Elftes Kapitel

I

Es war plötzlich sehr still auf der Veranda und die Sonne sehr heiß zu spüren. Irgendwo aus der Ferne konnte ich das Rauschen der Wogen hören, sie sich am Strand brachen, ein kaum wahrnehmbares Geräusch, das in der Stille, die mich umgab, laut schien.

Auch in dem großen Wohnraum war es plötzlich still geworden. Ich sah auf Thrisby, der regungslos dastand, mit erschreckten Augen auf die Waffe starrte, während das Lächeln auf seinem Gesicht verflachte.

Bridgette stand langsam auf. Mit der Waffe in der Hand sah sie in ihrem auf das äußerste beschränkten Bikini fast albern aus. Ihr Gesicht war unter der Sonnenbräune erblaßt, und ihre Haut wirkte stumpf und abgegriffen. Ihr Finger mit dem silbernen Nagel krümmte sich um den Abzug der Waffe.

»Ja, Jacques«, sagte sie unheimlich ruhig, »ich werde dich töten. Ich habe genug von dir ertragen. Jetzt bist du an der Reihe, etwas von der Hölle zu erfahren, in die du mich gebracht hast.«

»Laß diesen Unsinn«, antwortete Thrisby gehetzt und atemlos. »Steck diese Waffe weg. Es wird dir nichts helfen. Die Polizei wird dich festnehmen. Alle Welt weiß, daß ich dein Liebhaber bin. Der erste, an den man denken wird, bist du.«

»Glaubst du, daß mich das berührt? Glaubst du, daß ich weiterleben will, nachdem ich dich getötet habe, Jacques? O nein. Wenn ich dich erschossen habe, erschieße ich mich selbst. Das ist meine Absicht. Ich fürchte mich nicht, zu sterben, wie du.«

Er fuhr sich mit der Zungenspitze über die Lippen.

»Steck die Waffe weg, Bridgette, und laß uns vernünftig reden.

Vielleicht war ich etwas hastig. Wir könnten den Faden wieder auf=
nehmen. Ich habe nur gescherzt, als ich sagte ...«

»Du elender, miserabler Feigling«, sagte sie verächtlich, »das habe
ich von dir erwartet, wenn du in die Enge getrieben wirst. Jetzt ist es
zu spät. Ich habe nicht mehr Mitgefühl für dich, als du für mich
hattest.«

Sehr langsam begann er zurückzuweichen. Seine Augen quollen aus
den Höhlen hervor, sein Gesicht bedeckte sich mit Schweiß. Ebenso
langsam folgte sie ihm, trieb ihn durch das große Zimmer vor sich her.

Geräuschlos trat ich durch die offene Fenstertür in das Haus.

Thrisby, der mir zugewandt war, sah mich sofort. Sie drehte mir
den Rücken zu. Er hob seine Hand und wendete sich halb ab. Ich
erkannte, daß er fürchtete, ich könne sie erschrecken und zum Schießen
veranlassen. Ich sprang vor, meine Hand packte ihr Handgelenk und
drehte die Waffe dem Boden zu.

Ein Schuß ging los, und der Schall ließ die Fensterscheiben klirren,
und die Kugel schlug ein sauberes Loch in den Teppich.

Ich drehte ihr die Waffe aus der Hand, noch ehe sie sich zu mir
umgedreht hatte. Ihre grünen Augen waren weit aufgerissen. Einen
langen Augenblick starrte sie mich aus ihrem alten, wutverzerrten und
erschrockenen Gesicht an. Dann trat sie zur Seite, ging an mir vorbei,
riß ihre Strandtasche an sich und lief auf die Terrasse hinaus.

Thrisby ließ sich in einen Sessel fallen. Er verbarg sein Gesicht in
seinen Händen.

Ich legte die Waffe auf einen der Cocktailtische, zog mein Taschen=
tuch und wischte mir über Gesicht und Handgelenke.

Das Dröhnen eines startenden Motors drang laut in die Stille des
Raumes.

Schweigend stand ich da, wartete, sah Thrisby an.

»Ich bezweifle, daß sie Sie töten wollte«, sagte ich schließlich.
»Wahrscheinlich hätte sie Sie nur ins Bein geschossen.«

Er machte eine ungeheure Anstrengung, seine Fassung wiederzuge=
winnen, und stand abrupt auf. Sein Mund war verzerrt, seine Augen
noch angstvoll geweitet.

»Diese verfluchten Neurotiker«, sagte er. »Wo, zum Teufel, hat
sie nur die Waffe her?«

»Das ist oft die einzige Methode für eine Frau, sich den Ausgleich
zu schaffen«, sagte ich. »Jeden Tag werden in der ganzen Welt Män=
ner von Frauen angeschossen, die keine andere Möglichkeit sehen, mit
gewissen Situationen fertig zu werden. Daran hätten Sie denken sollen,
ehe Sie sie sitzenlassen wollten.«

Er starrte mich an.

»Wer sind Sie, und wo kommen Sie überhaupt her?« fragte er.

Ich zog eine meiner Geschäftskarten und hielt sie ihm hin. Er las sie, ohne sie in die Hand zu nehmen. Ich war fest überzeugt, er wollte mir nicht zeigen, wie stark seine Hände zitterten.

»Verflucht noch mal«, sagte er, nachdem er den Text auf der Karte gelesen hatte. »Die Star Agency. Das ist doch die Agentur, von der dieser Bursche ...« Er brach unvermittelt ab, trat von mir zurück, seine Augen alarmiert und beunruhigt.

»Stimmt«, antwortete ich, »Sheppey war mein Partner.«

»Wurden Sie von ihr engagiert, um mich zu beobachten?« fragte er, ohne mich anzusehen.

»Nein. Ich kam rein zufällig her. Ich wollte Sie sprechen.«

Er zog sein Taschentuch, wischte sich über das Gesicht, nahm dann sein Glas und ging zu der Hausbar.

»Wollen Sie einen Drink?«

»Danke, ich glaube, ja.«

Er leerte den Rest in seinem Glas mit einem Zug, mixte zwei sehr starke Highballs, brachte sie zu einem Tisch, auf den er die beiden Gläser stellte, und ließ sich wieder in einen Sessel fallen. Aus einer Ebenholzschachtel nahm er eine Zigarette, zündete sie an und zog den Rauch tief ein.

»Im Augenblick hatte sie mich völlig fertiggemacht. Haben Sie ihren Augenausdruck gesehen? Sie wollte mich erschießen«, sagte er, nahm sein Glas und trank einen großen Schluck. »Wenn Sie nicht gerade hereingekommen wären...« Er vollendete seinen Satz nicht, sondern schnitt eine Grimasse.

»Das glaube ich noch gar nicht. Sie wollte Ihnen nur einen Schreck einjagen«, antwortete ich, obwohl ich genau wußte, daß sie ihn töten wollte. »Sie müssen ein ziemlich aufregendes Leben führen.«

Er grinste niederträchtig.

»Das soll mir eine Lehre sein. Neurotikerinnen in mittleren Jahren kommen für mich nicht mehr in Frage. In Zukunft halte ich mich an Jüngere. Sie nehmen alles nicht so tragisch.« Er beugte sich vor und starrte auf den Tisch, wo ich die Achtunddreißiger hingelegt hatte. »Wo, meinen Sie, hat sie die Waffe her?«

»Heutzutage kann sich jeder eine beschaffen.« Ich nahm die Pistole und schob sie in meine Hüfttasche. »Stimmt es, daß sie Sheppey engagiert hat, um Sie zu beobachten?«

Sein Gesicht wurde plötzlich ausdruckslos.

»Tat sie das? Ich weiß es nicht. Ich traue ihr aber zu, ein ganzes Dutzend Schnüffler zu bezahlen, um auf mich aufzupassen. Sie betrachtete mich als ihr ganz besonderes Privateigentum.«

»Ein ziemlich kostspieliges, wenn Sie ihr tatsächlich dreizehntausend Dollar schulden.«

Er hob nur seine breiten Schultern.

»Sie ist verrückt. Ich habe mir nicht im entferntesten so viel von ihr geliehen. Ich bestreite nicht, daß die sechs Monate, die wir zu=

sammen waren, sie einiges gekostet haben. Aber ich habe das Geld für sie ausgegeben, und das ist schließlich nicht ganz dasselbe, als wenn sie es mir geliehen hätte.«

»Sie haben ihr vorgeworfen, sie hätte einen Privatdetektiv engagiert, um Sie zu beobachten. Das war doch Sheppey, oder?«

»Habe ich das gesagt? Ich kann Ihnen nur versichern, ich weiß nicht, wer es war.«

»Wenn Sie befürchten, es mit der Polizei zu tun zu kriegen, können Sie sich beruhigen«, sagte ich. »Ich führe meine eigenen Ermittlungen durch. Sagen Sie mir nur, was ich wissen will. Von mir wird die Polizei nichts erfahren.«

Er überlegte sich das eine Weile, ehe er fragte: »Was wollen Sie denn eigentlich wissen?«

»Hat Mrs. Creedy Sheppey engagiert, Sie zu beobachten?«

Er zögerte.

»Bekomme ich auch keinen Polizisten auf den Hals?« fragte er schließlich.

»Nein.«

»Also gut. Ja, sie war es.«

»Warum?«

»Weil sie sich einbildete, ich sei hinter ihrer Stieftochter her.«

»Waren Sie das?«

»Gütiger Himmel, nein. Von ihr hatte ich schon vor Monaten genug.«

Ich trank einen Schluck von meinem Glas und zündete dann eine Zigarette an.

»Wer ist denn das Mädchen, für das Sie sich interessieren?« fragte ich und fixierte ihn.

Er grinste. Inzwischen hatte er seine Nerven wieder in der Hand, und er begann auch betrunken zu werden.

»Damit würde ich viel verraten. Eben ein Mädchen.«

»Hat Sheppey sie ausfindig gemacht?«

Thrisby nickte. »Ja. Und er sagte es Bridgette. Sie ging zu der Kleinen und versuchte ihr Angst einzujagen.«

»Hatte sie Erfolg?«

»Ganz offensichtlich. Ich bin seither nicht mehr mit ihr zusammengetroffen.«

»Was geschah dann?«

»Ich ließ mir von Bridgette wieder einen Ring durch die Nase ziehen und mich von ihr spazierenführen. Dann hatte ich vor zwei Tagen die Schnauze endgültig voll, und das übrige wissen Sie.«

Ich hatte das Gefühl, daß er mir höchstens die halbe Wahrheit sagte, bestimmt nicht die ganze.

»Das ist wichtig, Thrisby«, sagte ich. »War das Mädchen, das von Sheppey beobachtet wurde, Thelma Cousins?«

Ich bemerkte, daß er blinzelte, als ob ihm meine Worte einen unerwarteten Stich versetzten.

»Hören Sie mal her. Ich laß mich nicht in irgendwelche polizeilichen Untersuchungen hineinziehen. Ich habe Ihnen gesagt, es war irgendein Mädchen.«

»Das genügt mir nicht«, erklärte ich. »Sie haben schon zuviel verraten. War es Thelma Cousins?«

»Also gut, sie war es«, antwortete er ungeduldig. »Sind Sie jetzt zufrieden?«

Ich musterte ihn, spürte, wie mich eine leise Erregung ergriff. Endlich schien ich weiterzukommen.

»Nachdem, was ich erfahren habe, hat sie sich nie mit Männern eingelassen.«

Er grinste. »Die sind am leichtesten zu haben. Wenn sie fallen, fallen sie gründlich. In zwei Tagen fraß sie mir aus der Hand. Es war alles auf die große Nacht vorbereitet, als sich ihr Freund Sheppey einmischte.«

»Wo haben Sie sie kennengelernt?«

»In dem Töpferladen. Bridgette nahm mich mit hin, und dort entdeckte ich die Kleine. Ich merkte gleich, daß ich ihr gefiel, und wenn ich Mädchen gefalle, zeige ich mich gern dankbar.«

Er wurde mir immer widerlicher, und es kostete mich Mühe, das nicht zu verraten.

»Woran stellten Sie fest, daß Sheppey sie beide beobachtete?« fragte ich.

»Thelma sagte es mir. Sie rief mich an und erzählte, daß er in ihrer Wohnung gewesen sei und sie gewarnt habe, sich mit mir einzulassen. Ich vermutete, daß Bridgette ihn mir auf den Hals gesetzt hatte, und darum sagte ich Thelma, es sei besser, wir würden uns trennen. Ich wußte, daß Bridgette mir Schwierigkeiten machen würde, wenn ich das Mädchen nicht aufgab.«

»Haben Sie nicht gesagt, daß Bridgette zu ihr gegangen ist?«

Er zündete sich eine Zigarette an. »Sie ging zu ihr, nachdem Sheppey bei ihr gewesen war. Jedenfalls hat sie mir gegenüber das behauptet.«

Bisher war mir alles einleuchtend erschienen. Aber jetzt wurde ich argwöhnisch. An dieser Geschichte stimmte etwas nicht. Ich konnte meinen Finger noch nicht darauf legen, aber mein Gefühl, daß ich nicht die ganze Wahrheit erfuhr, wurde stärker.

»Wer hat sie umgebracht, Thrisby?« fragte ich und fixierte ihn.

»Ich habe keine Ahnung«, antwortete er und hielt meinem Blick stand. »Ich habe mich selbst gefragt, weshalb sie mit Sheppey in die Badekabine ging. Die einzige Erklärung, die ich fand, war, daß er sich ihrer annahm, nachdem ich sie fallenließ.«

Das ist schon möglich, dachte ich. Sheppey konnte bei Frauen viel erreichen. Wenn dieses Mädchen geglaubt hatte, sie würde mit Thrisby ihre erste Affäre erleben, und dann enttäuscht worden war, konnte sie sich recht gut bei Sheppey Trost gesucht haben.

»Haben Sie eine Vermutung, wer sie tötete?«

Er zögerte und sagte dann: »Ich habe darüber nachgedacht. Ich halte es für möglich, daß der Mörder es nicht auf Sheppey, sondern auf das Mädchen abgesehen hatte. Vielleicht versuchte Sheppey sie zu schützen und wurde an ihrer Stelle getötet. Damit würde erklärt, weshalb sie ihre Kleider in der Kabine zurückließ. Wahrscheinlich war sie so verängstigt, daß sie um ihr Leben lief.«

»Und warum hat sie dann die Polizei nicht benachrichtigt?«

»Darauf müssen Sie sich schon selbst antworten. Sie war ein frommes Mädchen, stand in den Zeitungen. Wie sollte sie erklären, was sie mit einem Mann in einer Badekabine tat, die für ein Ehepaar bestimmt ist? Ich glaube, daß sie zu den Sanddünen lief und sich dort versteckte. Der Mörder verfolgte sie, nachdem er Sheppey erledigt hatte, fing sie und brachte sie irgendwo hin. Später wurde sie getötet und ihre Leiche in die Hütte zurückgebracht. So sehe ich die Sache, aber ich kann mich irren.«

»Und Sie glauben, daß Bridgette Sheppey und das Mädchen ermordet hat?« fragte ich.

Er reckte sich auf und sah mich stirnrunzelnd an.

»Das habe ich nicht gesagt. Ich kann mir auch nicht vorstellen, wie Bridgette Sheppey mit einem Eispicker erstechen konnte. Sie etwa?«

Ich überlegte mir das und kam zu dem gleichen Ergebnis.

»Sie könnte aber jemand anderen dafür gekauft haben. Einen der Schläger ihres Mannes. Hertz zum Beispiel.«

Thrisby zog eine Grimasse.

»Dieser Bandit! Ja, das könnte sein. Es sollte mich nicht überraschen, wenn sie ihn jetzt auf mich hetzt. Das könnte ihrer Vorstellung entsprechen, sich an mir zu rächen.« Sein Gesichtsausdruck wurde besorgt. »Für mich ist es vielleicht besser, ich verschwinde von hier. Sehr sicher bin ich in dieser Stadt nicht mehr.«

Dann hatte ich plötzlich einen Einfall.

Ich nahm eine Zigarette aus meiner Packung, steckte sie zwischen die Lippen, zog dann aus meiner Hüfttasche das Streichholzbriefchen aus dem Musketeer Club. Ich hielt es so, daß er es sehen konnte, während ich fragte: »Was wissen Sie über Hertz?« Ich knickte eines der Streichhölzer, riß es aus dem Briefchen und legte den Kopf auf die Reibfläche.

Die ganze Zeit über ließ ich ihn nicht aus den Augen.

Seine Reaktion erfolgte spontan. Er machte eine Handbewegung, als wolle er mich daran hindern, das Streichholz anzuzünden, sagte aber nichts. Sein Gesicht war plötzlich angespannt, und seine Augen starrten gebannt auf die Streichhölzer.

Ich riß das Streichholz an, entzündete meine Zigarette, blies die

Flamme aus und legte das Streichholz in einen Aschenbecher, wobei ich darauf achtete, daß die Zahlen nach oben kamen.

Als sein Blick auf die Reihe Ziffern fiel, atmete er schnell und scharf ein.

»Ist irgendwas?« fragte ich und ließ die Streichhölzer wieder in meine Hüfttasche gleiten.

Er gewann seine Selbstbeherrschung zurück.

»Nein, ich — ich wußte nur nicht, daß Sie Mitglied des Musketeer Clubs sind.«

»Bin ich auch nicht. Meinen Sie wegen der Streichhölzer? Die habe ich irgendwo eingesteckt.«

»Ah so.« Er zog wieder sein Taschentuch und wischte sich über das Gesicht. »Nun, ich muß gehen. Ich habe eine Verabredung zum Essen.« Damit stand er auf.

»Sie haben meine Frage nicht beantwortet. Was wissen Sie über Hertz?«

»Nur, daß Creedy ihn für seine grobe Arbeit benutzt. Davon abgesehen, weiß ich nicht das geringste. Jedenfalls Dank für Ihre Hilfe. Ich muß jetzt wirklich gehen. Haben Sie etwas dagegen, allein hinauszugehen. Ich habe mich schon verspätet.«

»Nein, durchaus nicht.« Ich stand auch auf. »Bis zum nächsten Mal denn.«

Ich nickte ihm zu, durchquerte den Wohnraum und trat durch die Fenstertür auf die Veranda.

Die Stücke meines Puzzlespiels beginnen sich zusammenzufügen, dachte ich, während ich über die Veranda in den Garten hinausstarrte.

Der Siamkater hob seinen Kopf und sah durch mich hindurch. Ich blieb bei ihm stehen, um ihm unterm Kinn zu kraulen. Seine Pfote schlug mit gespreizten Krallen nach meiner Hand, ich zog sie aber gerade noch rechtzeitig zurück.

»Immer mit der Ruhe«, sagte ich zu dem Kater, »du brauchst nicht auch neurotisch zu werden.«

Ich überquerte den Rasen und spürte, wie Thrisby mich hinter einem Vorhang verborgen beobachtete.

II

Von meinen Gedanken in Anspruch genommen, fuhr ich langsam nach St. Raphael City zurück. Die Vermutung schien jetzt gerechtfertigt, daß ich zwei getrennte Fälle zu untersuchen hatte: den Mord an Sheppey und das Geheimnis der Streichhölzer. Es war möglich, daß keine unmittelbare Verbindung zwischen beiden bestand.

Thrisbys Theorie, daß Sheppey aus Versehen getötet worden war, schien mir annehmbar. Nachdem ich den mörderischen, unbeherrschten Ausdruck auf Bridgette Creedys Gesicht gesehen hatte, konnte ich die

Möglichkeit nicht mehr ausschalten, daß sie jemand gekauft hatte, um das Mädchen zu ermorden, das ihr Thrisby fortnahm. Sheppey hatte vielleicht versucht, das Mädchen zu schützen, und war an ihrer Stelle erstochen worden.

Ich kam zu der Ansicht, es sei an der Zeit, mich mit Bridgette Creedy zu unterhalten, aber zunächst mußte ich mir darüber schlüssig werden, wie ich ihr gegenüber auftrat.

Es war jetzt halb zwei, und ich war hungrig. Ich hielt vor einem kleinen Fischrestaurant, ließ den Wagen stehen und ging hinein.

Ich bestellte mir ein delikates Gericht und ließ mir Zeit beim Essen. Das Essen war gut. Dafür sah ich mir dreimal die Rechnung an, als der Kellner sie mir brachte, um mich zu vergewissern, daß er nicht aus Versehen das Datum mit aufgerechnet hatte. Als ich das Restaurant verließ, war es kurz vor halb drei. Ich fuhr zu einem Drugstore, trat in eine Telefonzelle und rief Creedys Haus an.

Der Butler antwortete. Seine Polypen waren nicht besser, aber wenn man es genaunahm, auch nicht schlimmer geworden. Ich verlangte Mrs. Creedy.

»Ich verbinde mit ihrer Sekretärin«, sagte er. Und nach ein paarmal Knicken und Knacken in der Leitung meldete sich eine kühle, präzise Stimme und erklärte, sie sei Mrs. Creedys Sekretärin.

»Ich wünsche eine Verabredung mit Mrs. Creedy«, sagte ich. »Ich begegnete ihr heute morgen. Ich habe etwas, das ihr gehört. Fragen Sie sie, wann ich zu ihr kommen kann.«

»Wie ist Ihr Name, bitte?«

»Der Name spielt keine Rolle. Übermitteln Sie ihr nur, was ich gesagt habe.«

»Wollen Sie bitte einen Moment warten?«

Es folgte eine längere Pause. Ich sah durch die Glastür der Zelle und bewunderte ein blondes Mädchen in einem Badeanzug, das in den Drugstore kam, auf einen der hohen Hocker vor der Theke kletterte und sich ein Hacksteak mit Zwiebeln bestellte. Ich war froh, daß ich nicht der Mann sein würde, der heute abend mit ihr ausging.

Die kühle, präzise Stimme sagte: »Mrs. Creedy erwartet Sie um drei Uhr, falls Ihnen das zusagt.«

Ich lächelte in die Sprechmuschel.

»Ich werde dort sein«, antwortete ich und hängte ein.

Ich verließ den Drugstore, stieg in den Buick und ließ mich langsam mit dem Verkehr auf der Promenade treiben, die von schimmernden Cadillacs und Clippers überfüllt war, bis ich in Reichweite von Creedys Anwesen kam. Ich lenkte den Buick in eine Lücke zwischen zwei Wagen, zündete eine Zigarette an und ließ durch das offene Wagenfenster die Sonne auf meine Haut brennen.

Um fünf vor drei ließ ich den Motor an und fuhr über die Privatstraße, die zum Anwesen Creedys führte.

Die beiden Wachen traten näher, als ich vor der Schranke hielt.
»Mrs. Creedy«, sagte ich zu dem einen.
Er musterte mich. Ich bemerkte deutlich, daß mein kurzärmeliges Hemd und meine Flanellhose ihm Unbehagen verursachte, aber er unterdrückte jede Bemerkung. Er trat zu der Schranke und hob sie. Es wurde keine Liste zu Rate gezogen, nicht das Haus angerufen, nichts dergleichen. Mrs. Creedy war nicht wichtig, aber wenn man nach ihrem Mann fragte, konnte man erleben, worauf man sich damit eingelassen hatte.

Ich fuhr über die mir schon bekannte Anfahrt, an den dichten Rosenbeeten und den chinesischen Gärtnern vorbei, die gerade mit ihrem dritten Begonienbeet fertig waren, jetzt auf den Absätzen davor hockten und auf die Pflanzen starrten, als ob sie sie hypnotisieren wollten, sich nur von ihrer besten Seite zu zeigen und ständig große Blüten zu produzieren.

Ich parkte den Wagen neben einem großen, schwarzen Rolls Royce, stieg aus, schritt die Stufen hinauf und ging über die Terrasse zum Hauseingang. Der Butler öffnete die Tür, zwei Minuten nachdem ich geklingelt hatte. Er betrachtete mich mit seinem festen, forschenden Blick und fragte: »Mr. Brandon?« aber nicht in dem Ton, in dem ein alter Freund einen anderen begrüßt.

»Ja«, antwortete ich. »Ich habe eine Verabredung mit Mrs. Creedy.«

Er führte mich durch einen Gang, durch eine Tür, eine Treppe hinauf, durch einen weiteren Gang, öffnete schließlich eine weitere Tür und trat zur Seite.

»Sie sollten sich einen Motorroller kaufen«, riet ich ihm im Vorbeigehen. »Das würde Ihre Beine schonen.«

Er glitt wieder so glatt fort, als liefe er auf Rädern, ohne sich umzudrehen und ohne seinen Ausdruck zu verändern. Frivole Bemerkungen berührten ihn nicht mehr als ein Regentropfen die Wüste.

Ich trat in einen kleinen Raum, der mit Aktenschränken und einem Schreibtisch als Büro eingerichtet war. An dem Schreibtisch saß das Mädchen, das mir bei dem Inquest aufgefallen war. Sie trug dasselbe graue Leinenkleid mit weißen Manschetten und weißem Kragen und, natürlich, auch die randlose Brille.

»Mr. Brandon?«
»Woher wissen Sie das?«
»Ich erkenne Sie wieder.«
»Ah ja, wir waren zusammen bei dem Inquest.«

Sie errötete etwas und sah dadurch hübsch und etwas verwirrt aus.

»Wollen Sie bitte Platz nehmen, Mrs. Creedy wird Sie nicht lange warten lassen.«

Ich setzte mich auf einen steifen Stuhl und versuchte weniger touristenmäßig auszusehen, als ich, wie ich genau wußte, wirken mußte. Ich hätte zu dem Bungalow zurückfahren und meinen besten Anzug anziehen sollen. Hemd und Flanellhosen waren in einem Haus wie diesem kaum ein angemessenes Kostüm.

Das Mädchen machte sich an der Schreibmaschine zu schaffen. Hin und wieder blickte sie über den Rand ihrer Brille zu mir hin, um sich zu vergewissern, daß sie wirklich einen Mann in Hemdsärmeln und Flanellhosen vor sich sah und es sich nicht nur einbildete.

Um Viertel nach drei entschloß ich mich, mich nicht länger schikanieren zu lassen.

Ich stand auf.

»Besten Dank für den Stuhl«, sagte ich mit einem breiten, freundlichen Lächeln. »Es war hübsch, die gleiche Luft wie Sie zu atmen, es war auch hübsch zu sehen, wie flott Sie maschineschreiben. Sagen Sie Mrs. C., wenn sie mich sprechen wolle, sei ich jederzeit in dem Bungalow am Arrow Point zu finden.« Damit wandte ich mich zur Tür.

Ich dachte, das würde Erfolg haben, und ich hatte recht.

»Mr. Brandon ...«

Ich blieb stehen, drehte mich um und sah sie freundlich fragend an.

»Ja?«

»Ich glaube, Mrs. Creedy wird Sie sofort empfangen. Lassen Sie mich bitte zu ihr gehen und sie fragen.«

Sie sah verwirrt und verlegen aus. Trotz der randlosen Brille war sie ein hübsches Ding, und ich wollte sie nicht vor den Kopf stoßen.

»Gewiß, lassen Sie sich nicht aufhalten«, sagte ich und sah auf meine Uhr. »Ich muß in zwei Minuten hier fort. Beeilen Sie sich also.«

Sie durchquerte das Zimmer, öffnete die Tür zum Nebenraum und ging durch und schloß die Tür wieder hinter sich.

Nach meiner Uhr war sie fünfundvierzig Sekunden fort, als sie wieder erschien und die Tür aufhielt.

»Mrs. Creedy läßt jetzt bitten.«

Als ich an ihr vorbeiging, blinzelte ich ihr schnell zu. Vielleicht bildete ich es mir ein, aber mir schien, daß sie zurückblinzelte.

Bridgette Creedy stand an dem großen Fenster, von dem man auf den Rosengarten hinuntersah. Sie trug eine blaßgrüne Hemdbluse und eine gelbe Hose. Sie hatte die Figur, um Hosen tragen zu können, und wußte das.

Langsam, wie sie es in Hollywood gelernt hatte, drehte sie sich um und musterte mich kalt und zurückhaltend. Das war Szene zweihundertvierunddreißig aus einem herzzerreißenden Film von Cecil B. de Mille, komplett mit der prächtigen Dekoration, hinter der die Rosenbeete zu sehen waren, und der schon etwas verblaßten Schauspielerin, die in der Vergangenheit ein paar Oscars gewonnen hatte und immer noch für ganz brauchbar gehalten wurde, wenn sie auch schon nachließ.

»Sie wollten mich sehen?« fragte sie und zog die Augenbrauen hoch, als sie meine Hemdsärmel und Flanellhosen wahrnahm. »Ist das nicht ein Irrtum?«

Ich ging zu einem der tiefen Sessel und setzte mich hinein. Neurotische Frauen gingen mir schon immer auf die Nerven. Ich hatte in meinem Leben genug mit ihnen zu tun gehabt. Sie sind alle vom gleichen Typ. In gewisser Weise sind sie bemitleidenswert, im täglichen Umgang aber einfach die Pest. An diesem Nachmittag gebrach es mir völlig an jeglicher Sympathie für sie, und das galt auch für Mrs. Creedy.

»Ich habe Sie nicht aufgefordert, sich zu setzen«, sagte sie, richtete sich auf und warf mir den Standard-Eisblick aus Hollywood zu.

»Das weiß ich«, antwortete ich, »aber ich bin müde. Ich habe heute schon einige Aufregung hinter mir, und Aufregungen ermüden mich immer. Ich bringe Ihnen Ihre Waffe zurück.« Ich zog die Achtunddreißiger aus meiner Tasche, entfernte das Magazin, schüttelte die Patronen in meine Hand, schob das Magazin an seinen Platz zurück und hielt ihr die Waffe hin.

Sie zögerte kurz, ehe sie die Pistole nahm.

»Ich nehme an, Sie erwarten jetzt Geld«, sagte sie verächtlich.

»Sonst haben Sie doch auch kaum etwas zu bieten«, antwortete ich und lächelte.

Wie ich beabsichtigt hatte, wurde sie jetzt wirklich wütend. Ich war froh, daß ich die Patronen aus der Waffe entfernt hatte, sonst hätte sie sicher auf mich geschossen.

»Wie können Sie wagen, so zu mir zu sprechen«, zischte sie mich an. »Wenn Sie glauben, mich erpressen zu können ...«

»Natürlich kann ich Sie erpressen«, sagte ich. »Machen Sie sich doch nichts vor, und hören Sie auf, wie eine Oscargewinner von 1948 Theater zu spielen. Setzen Sie sich, und hören Sie mir zu.«

Sie sah mich an, als traue sie ihren Ohren nicht.

»Mein Mann ...«, begann sie, aber ich schnitt ihr mit einer Handbewegung das Wort ab.

»Lassen Sie mich mit Ihrem Mann in Frieden«, sagte ich. »Wenn er auch hier in dieser Stadt die große Nummer spielt, kann er diese Geschichte doch nicht aus dem Courier draußen halten.«

Sie legte die Waffe auf einen Tisch, ging zu einem entfernt von mir stehenden Sessel und setzte sich.

»Was wollen Sie damit genau sagen«, fragte sie mit Schärfe in ihrer Stimme.

»Sie wissen, was ich meine. Wenn ich heute morgen nicht zufällig dazugekommen wäre, wäre Thrisby jetzt tot. Ein Mordanschlag von Lee Creedys Frau ist Stoff für sämtliche Zeitungen.«

»Sie würden nicht wagen, das zu drucken«, fauchte sie wütend.

»Seien Sie dessen nicht zu sicher.«

Sie beherrschte ihren Ärger und studierte einen langen Augenblick mein Gesicht.
»Also gut, wieviel wollen Sie?«
»Sie irren sich, Mrs. Creedy. Ich suche nicht wie Ihre Freunde nach Geld. Ich wünsche Auskünfte von Ihnen.«
Sie kniff die Augen zusammen.
»Was für Auskünfte?«
»Ich habe gehört, daß Sie meinen Partner engagiert haben, um Thrisby zu beobachten.«
Sie richtete sich auf, ihre silbernen Fingernägel lagen wieder wie Klauen auf ihren Knien.
»Wenn Jacques Ihnen das sagte, hat er gelogen. Ich tat nichts dergleichen.«
»Er behauptet es.«
»Er ist und war immer ein Lügner«, sagte sie wild. »Es ist einfach nicht wahr. Ich habe niemanden engagiert, um ihn zu beobachten.«
»Haben Sie Sheppey engagiert, um jemand anders zu beobachten?«
»Nein.«
»Wußten Sie, daß Thrisby hinter einem Mädchen namens Thelma Cousins her war?« fragte ich.
Sie preßte die Lippen zusammen und zwinkerte mit den Augen.
»Nein.«
»Gingen Sie zu Thelma Cousins, um sie zu warnen, sich mit Thrisby einzulassen?«
»Nein. Ich habe nie von dieser Frau gehört.«
»Das können Sie mir nicht weismachen. Sie wurde gestern ermordet aufgefunden. Es stand mit einem Bild von ihr in den Zeitungen.«
»Ich habe nie etwas von ihr gehört«, beharrte sie, und ich konnte fast ihren Herzschlag hören, als sie mich wütend anfunkelte.
Ich sah sie eine Weile fest an, aber sie hielt meinem Blick mit ihren funkelnden Augen stand. Ich erkannte, daß ich auf einen Widerstand gestoßen war, den ich nicht überwinden konnte. Sie hatte gute Nerven, und sie mußte durchschaut haben, daß ich außer Thrisbys Wort keine Beweise besaß.
»Haben Sie etwas dagegen einzuwenden, daß ich Inspektor Rankin mitteile, was ich von Thrisby erfahren habe?« fragte ich. »Wenn Sie Sheppey nicht engagierten und von dem Mädchen nichts wußten, haben Sie keinen Grund, sich davor zu fürchten.«
Ihre Lider flatterten, und einen Augenblick glaubte ich, sie würde ihre Selbstbeherrschung verlieren. Aber dann fuhr sie mich an: »Sie können ihm erzählen, was Ihnen paßt, aber ich warne Sie. Wenn Sie mir Ärger machen, bringe ich Sie vor Gericht und verklage Sie auf Schadenersatz, bis Sie schwarz werden. Und glauben Sie ja nicht, das sei eine leere Drohung. Ich will nichts weiter davon hören, gehen Sie jetzt.«

Ich spielte meine letzte Karte, und zog die Streichhölzer aus der Tasche.
»Gehört das Ihnen, Mrs. Creedy?«
Ich beobachtete sie genau, aber sie verriet kein Zeichen der Überraschung oder des Schreckens wie Thrisby.
»Ich weiß nicht, was Sie meinen.«
»Ich glaube, das gehört Ihnen. Wollen Sie es haben?«
Sie sah mich an, als hätte ich den Verstand verloren.
»Es ist wohl Zeit, daß Sie gehen.«
Sie stand auf, ging zu einem Klingelknopf an der Wand und drückte darauf.
Ihre Sekretärin erschien. Ihre randlose Brille glänzte, als sie mir die Tür aufhielt.
»Wir werden uns wahrscheinlich wiedersehen, Mrs. Creedy«, sagte ich.
Sie drehte mir den Rücken zu.
Ich trat in das Nebenzimmer, und die Sekretärin schloß die Tür und sah mich an.
»Scheinbar habe ich keinen sonderlichen Erfolg da drin gehabt«, sagte ich.
Sie ging durch das Zimmer und öffnete die andere Tür.
»Wenn Sie bitte durch den Gang gehen wollen, dann wird Hilton Sie hinausführen.«
»Danke«, sagte ich und blieb dann stehen, um sie anzusehen. »Müssen Sie diese Brille tragen?« fragte ich.
Sie errötete und wich schnell einen Schritt zurück.
»Nein, nein ich — ich —«
»An Ihrer Stelle würde ich sie wegwerfen. Sie zieht einen Stacheldrahtzaun um Ihre Persönlichkeit, und das ist bedauerlich.«
Sie sah mich verständnislos an. Ich ließ sie stehen und ging durch den Gang, öffnete die Tür am anderen Ende und fand Hilton, den Butler, der auf einem Stuhl saß und auf mich wartete.
Er erhob sich, wie ein älterer Storch in seinem Nest aufsteht.
»Mr. Creedy hat nach Ihnen gefragt, Mr. Brandon«, sagte er.
»Nach mir gefragt?« entgegnete ich überrascht. »Sind Sie sicher?«
»Ja, Mr. Brandon.«
»Hat er gesagt, was er wünscht?«
»Nein, Mr. Brandon. Er befahl mir, Sie zu ihm zu bitten, wenn Sie mit Mrs. Creedy gesprochen haben.«
»Komme ich gleich dran, oder muß ich fünf Stunden warten?«
»Wenn ich richtig informiert bin, wartet Mr. Creedy bereits auf Sie.«
»Nun, das ist etwas anderes. Also gehen wir.«
Er führte mich durch den Gang in den Patio hinaus, durch eine offene Fenstertür, einen anderen Gang, an dem Wartezimmer vorbei,

wieder durch einen Gang, durch den kleinen Vorraum und die grün=
bespannte Tür zu der massiven Tür aus poliertem Mahagoni. Ich folgte
ihm den ganzen Weg auf den Fersen.

Vor der Tür blieb er stehen, klopfte, drückte auf die Klinke und
schob die Tür auf.

»Mr. Brandon, Sir«, verkündete er und trat beiseite.

Ich machte mich auf den Fußmarsch auf Creedys Schreibtisch zu.
Creedy saß dahinter und polierte seine Brille. Er sah mir entgegen.
Sein Gesicht war so nichtssagend wie eine Steinmauer, und von seinen
sich bewegenden Fingern abgesehen, war seine Gestalt so leblos wie
die große Sphinx und fast so eindrucksvoll.

Ich kam vor seinem Schreibtisch an und lächelte nichtssagend, um
ihm zu zeigen, wie wenig mir sein Theater noch imponiere. Dann ließ
ich mich ohne Aufforderung in einen nahe stehenden Sessel nieder und
wartete.

Er polierte seine Brille, bis er mit ihr zufrieden war, prüfte sie und
setzte sie auf. Er sah mich durch sie an und schob sie dann in die Stirn
hinauf.

»Was tun Sie in meinem Haus, Mr. Brandon?« fragte er still.

»Ich habe einen gesellschaftlichen Besuch gemacht«, antwortete ich.

»Und wen haben Sie aufgesucht?«

»Ich möchte Sie nicht beleidigen, Mr. Creedy, aber ich glaube nicht,
daß Sie das etwas angeht.«

Er stülpte die Lippen auf. Ich vermute, daß noch nie jemand in
dieser Weise mit ihm gesprochen hatte.

»Haben Sie meine Frau besucht?«

»An Ihrer Stelle würde ich sie selbst fragen, wenn Sie das inter=
essiert. War das alles, weshalb Sie mich sprechen wollten? Wenn ja,
muß ich jetzt weiter. Ich muß meinen Lebensunterhalt verdienen, und
meine Zeit drängt.«

Er studierte mich ein paar Sekunden lang, nahm dann einen spitzen
Brieföffner und betrachtete ihn mit hochgezogenen Augenbrauen, als
hätte er ihn noch nie gesehen.

»Ich habe Nachforschungen nach Ihrer Agentur anstellen lassen«,
begann er, ohne mich anzusehen. »Ich habe erfahren, daß Ihr Unter=
nehmen solvent ist, daß es einen angemessenen Gewinn abwirft und
Ihr Betriebsvermögen mit dreitausend Dollar zu Buch steht.«

»Es ist mehr wert als das«, antwortete ich lächelnd. »Das ist nur
der Wert auf dem Papier. Persönlichkeit und Goodwill sind für ein
Unternehmen meiner Art das Rückgrat. Ich besitze den Goodwill und
pflege meine Persönlichkeit. Dreitausend Dollar sind kein angemesse=
ner Betrag.«

»Ich bin daran interessiert, ein gutgehendes Unternehmen zu kau=
fen«, sagte Creedy und starrte mich plötzlich an. Seine Blicke fuhren
durch mich hindurch wie zwei Kugeln durch Chiffon. »Ich bin bereit,

Ihre Agentur zu übernehmen. Wollen wir zehntausend Dollar sagen, um den Goodwill und das, was an Persönlichkeit vorhanden ist, zu berücksichtigen?«

»Und was wird aus mir, wenn ich das Unternehmen verkauft habe?« fragte ich.

»Sie führen es selbstverständlich meinen Anweisungen gemäß weiter.«

»Ich bin nicht so leicht anzuweisen, Mr. Creedy. Nicht, wenn nur zehntausend Dollar geboten werden.«

»Ich könnte mich bereit finden, den Kaufpreis auf fünfzehntausend zu erhöhen«, antwortete er und begann mit dem Brieföffner Löcher in den schneeweißen Löschkarton zu bohren.

»Ich nehme an, daß ich nicht ermutigt würde, dem Tod meines Partners weiter nachzugehen.«

Er stülpte wieder die Lippen vor und fügte dem Karton weitere Beschädigungen zu.

»Das ist eine Sache der Polizei, Mr. Brandon. Sie werden nicht dafür bezahlt, den Tod Ihres Partners zu untersuchen. Ich denke, es wäre berechtigt, von Ihnen zu erwarten, daß Sie Ihre Gaben auf Dinge richten, die einen Gewinn abwerfen, wenn ich Ihr Unternehmen kaufe.«

»Ja.« Ich strich mir über den Nacken. »Tut mir leid. Ich danke für Ihr Angebot. Ich weiß es zu schätzen, aber ich werde diesen Fall klären, ob er einen Gewinn abwirft oder nicht.«

Er legte den Brieföffner hin, setzte seine Fingerspitzen gegeneinander und stützte sein Kinn darauf. Auf diese Weise betrachtete er mich, wie man eine Spinne betrachtet, die einem in die Badewanne fällt.

»Ich beabsichtige, Ihr Unternehmen zu kaufen, Mr. Brandon. Vielleicht wollen Sie mir Ihren Preis nennen, Mr. Brandon.«

»Auf Grund der Behauptung, daß jedermann zu kaufen ist, vorausgesetzt, der angebotene Preis sei hoch genug?«

»Das ist eine anerkannte Tatsache. Jedermann hat seinen Preis. Wir wollen keine Zeit vergeuden. Ich habe heute viel zu tun. Wie hoch ist Ihr Preis?«

»Für mein Unternehmen, oder dafür, daß ich meine Ermittlungen nicht fortsetze?«

»Für Ihr Unternehmen.«

»Das kommt doch auf dasselbe heraus.«

»Wie hoch ist Ihr Preis?«

»Ich verkaufe nicht«, antwortete ich und stand auf. »Ich führe diese Ermittlungen weiter, und niemand wird mich daran hindern.«

Er lehnte sich in seinem Sessel zurück und begann mit den Fingerspitzen leise auf die Schreibtischplatte zu trommeln.

»Seien Sie nicht voreilig«, sagte er. »Ich habe auch über Ihren

Partner Ermittlungen erheben lassen. Man hat mir mitgeteilt, er sei ein völlig wertloser Mensch gewesen. Man hat mir mitgeteilt, daß Ihr Unternehmen nicht sehr lange bestanden hätte, wenn Sie nicht mitgearbeitet hätten. Man hat mir mitgeteilt, er sei ein Weiberheld gewesen, wenn ich diesen Ausdruck benutzen darf. Er war nicht einmal ein guter Ermittler. Zweifellos werden Sie eine sehr günstige Gelegenheit nicht wegen eines solchen Mannes in den Wind schlagen. Ich möchte Ihr Unternehmen kaufen, Mr. Brandon. Ich biete Ihnen fünfzigtausend Dollar dafür.«

Ich starrte ihn an. Ich glaubte nicht richtig gehört zu haben.

»Nein«, sagte ich schließlich, »ich verkaufe nicht.«

»Hunderttausend«, sagte er mit erregtem Gesicht.

»Nein«, antwortete ich und fühlte meine Handflächen feucht werden.

»Hundertfünfzigtausend.«

»Sparen Sie sich die Mühe.« Ich legte meine Hände auf seine Schreibtischplatte, beugte mich vor und blickte in seine ausdruckslosen Augen. »Ihr Angebot ist zu billig, Mr. Creedy. Hundertfünfzigtausend Dollar sind nicht viel, um Ihren Namen aus dem größten Skandal herauszuhalten, den es an der Westküste gab. Eine Million käme eher hin. Aber bieten Sie die mir nicht an, denn ich würde sie nicht nehmen. Ich führe diese Ermittlung zu Ende, und weder Sie noch Ihr Geld können mich davon abhalten. Wenn Ihnen so viel daran liegt, mich daran zu hindern, die Wahrheit ausfindig zu machen, warum drücken Sie Ihrem Lakaien Hertz nicht ein paar hundert Dollar in die Hand und befehlen ihm, mich fertigzumachen? Er täte es wahrscheinlich für weniger. Sheppey war mein Partner. Es ist völlig gleichgültig, ob er ein guter oder ein schlechter Partner war. Niemand kann den Partner eines Detektivs umbringen und erwarten, daß er unbehelligt bleibt. Wir empfinden das gleiche wie ein Polizist, wenn einer seiner Kollegen umgebracht wird. Versuchen Sie, das in Ihren geldverseuchten Verstand hineinzubekommen, und geben Sie sich keine weitere Mühe, mich zu kaufen.«

Ich drehte mich um und machte mich auf den langen Weg zur Tür. Die Stille, die ich hinter mir ließ, war fast schmerzhaft.

Zwölftes Kapitel

I

Als ich zu dem Bungalow zurückfuhr, hatte ich über allerhand nachzudenken. Ich stellte den Wagen in die Garage, um ihn aus der heißen Sonne zu schaffen, schloß die Tür zu dem Bungalow auf und ging in das Schlafzimmer.

Ich riß mir die Kleider vom Leib, zog meine Badehose an, schnappte mir ein Handtuch und ging zum Meer hinunter.

Nachdem ich zwanzig Minuten geschwommen war, kehrte ich in den Bungalow zurück und ließ mich im Schatten der Veranda, die Füße auf die Balustrade gestützt, nieder und überdachte die verschiedenen Punkte, die ich entdeckt hatte.

Ich mußte zu einer Entscheidung kommen, ob Thrisby oder Bridgette Creedy gelogen hatte. Thrisbys Version klang mir glaubwürdig, und Bridgette hatte allen Grund zu lügen. Aber ich war mir nicht vollkommen sicher, ob sie gelogen hatte.

Worüber ich mir klarwerden mußte, war, wurde mir Thelma Cousins vor die Nase gehalten, um meine Aufmerksamkeit von etwas anderem abzulenken? Ich war überzeugt, daß die Streichhölzer Bridgette überhaupt nichts sagten, Thrisby dagegen sehr viel.

Ob es sich wohl lohnte, noch einmal zu seinem Haus zu gehen, dort zu warten, bis er es verließ und es dann zu durchsuchen? Ich konnte vielleicht etwas finden, das mir den Schlüssel zu dem Geheimnis lieferte. Ich war der Ansicht, es sei eine gute Idee, heute abend noch einmal dort hinzufahren.

Gerade als ich mir eine Zigarette anzündete, hörte ich das Telefon klingeln. Ich stand auf, ging ins Haus, nahm den Hörer ab und meldete mich: »Hallo.«

»Bist du das, Lew?«

Margots Stimme.

»Wie schön. Ich hatte nicht erwartet, so bald von dir zu hören«, sagte ich. »Wo bist du?«

»Ich bin in meinem Apartment. Ich habe über diese Streichhölzer nachgedacht.«

Ich ließ mich auf der Armlehne eines Sessels nieder und stellte den Telefonapparat auf meine Knie.

»Ich bin fest überzeugt, daß sie Jacques Thrisby gehören«, fuhr sie fort.

Ich sagte nicht, daß das auch meine Ansicht sei.

»Wie kommst du darauf, Margot?« fragte ich statt dessen.

»Er saß mir am Tisch gegenüber. Ich erinnere mich jetzt daran, wie er sein Zigarettenetui aus der Tasche zog. Es ist mit einem Feuerzeug kombiniert, aber das Feuerzeug funktionierte nicht. Dann zog er diese Streichhölzer aus der Tasche, aber ein Kellner kam ihm zuvor und reichte mir Feuer. Thrisby ließ die Streichhölzer und sein Zigarettenetui auf dem Tisch vor sich liegen und steckte sie auch nicht ein, als er mit Doris tanzte. Ich bin ganz sicher, daß ich die Streichhölzer an mich nahm, um mir eine Zigarette anzustecken. Es ist durchaus möglich, daß ich sie dann in Gedanken in meine Tasche steckte. Das kann ich nicht mit Bestimmtheit sagen, aber ich weiß ganz genau, daß Jacques ein Streichholzbriefchen auf den Tisch legte.«

»Das paßt alles zusammen«, sagte ich. »Als ich heute nachmittag bei ihm war, ließ ich ihn die Streichhölzer sehen. Er reagierte wie jemand, der von einer Wespe gestochen wird.«

»Hast du mit ihm gesprochen, Lew?«

»Bridgette war bei ihm. Ich kam gerade in dem dramatischen Moment an, als sie ihn erschießen wollte.«

»Ihn erschießen wollte?« Margots Stimme wurde schrill. »Aber Lew, wie kann das sein?«

»Vielleicht wollte sie ihn nur einschüchtern, aber in diesem Augenblick hatte ich den Eindruck, als hätte sie ihre Selbstbeherrschung verloren. Er hatte ihr gerade in sehr brutaler Weise erklärt, er habe genug von ihr.«

»Sie muß von Sinnen gewesen sein. Was willst du in der Angelegenheit tun, Lew? Du hast doch nicht die Polizei benachrichtigt?«

»Nein. Ich bezweifle, ob Thrisby zugeben würde, daß sie ihn erschießen wollte. Ich würde mir nur noch mehr Ärger auf den Hals geladen haben und kann mir nicht vorstellen, daß die Polizei Anzeige gegen sie erstattet hätte. Wußtest du, daß sie eine Waffe besitzt?«

»Nein.«

»Ich glaube, sie hat Sheppey engagiert. Thrisby sagte das. Heute nachmittag habe ich auch mit ihr gesprochen, aber sie behauptet, daß Thrisby lüge. Er gab mir gegenüber zu, daß er es auf Thelma Cousins abgesehen hatte. Das ist das Mädchen, das ermordet wurde. Bridgette kam dahinter und beauftragte Sheppey, ihn zu beobachten. Das ist seine Darstellung, aber sie streitet es ab.«

»Das ist unglaublich. Wird die Polizei die Geschichte erfahren?«

»Es könnte sein. Darauf mußt du dich gefaßt machen, Margot, es geht hier um Mord.

»Glaubst du, daß Bridgette mit Sheppeys Tod etwas zu tun hat?«

»Ich weiß im Augenblick nicht, was ich denken soll.«

»Was willst du jetzt unternehmen?«

Ich konnte die Beunruhigung aus ihrer Stimme heraushören.

»Es noch mal bei Thrisby versuchen. Weißt du, ob er Personal im Hause hat, Margot?«

»Ja, einen Filipino, aber er schläft nicht dort. Er kommt vormittags und bleibt bis acht Uhr abends.«

»Ich will heute abend noch einmal hin und mich in dem Haus umsehen.«

»Und was erwartest du dort zu finden, Lew?«

»Das weiß ich nicht, aber es ist überraschend, was man alles ausgräbt, wenn man sich die Mühe macht, zu suchen. Wann sehe ich dich wieder, Margot?«

»Willst du mich denn wiedersehen?«

»Was für eine Frage. Willst du nicht nach halb elf hier herauskommen? Ich könnte dir dann erzählen, was ich bei Thrisby gefunden habe.«

Sie zögerte, ehe sie sagte: »Vielleicht kann ich es einrichten.«

Der Gedanke, sie heute abend wiederzusehen, versetzte mich in Erregung.

»Dann erwarte ich dich gegen halb elf.«

»Also gut. Sei vorsichtig, Lew, gehe nicht in das Haus, solange du dich nicht überzeugt hast, daß er fort ist. Vergiß nicht, was ich dir gesagt habe. Er ist gefährlich und rücksichtslos.«

Ich versprach, es nicht zu vergessen, und sie hängte ein. Ich blieb noch eine Weile sitzen und überlegte, rief dann das Headquarters der Polizei von St. Raphael City an. Als ich die Verbindung hatte, verlangte ich Inspektor Rankin zu sprechen.

Nach einer kurzen Pause meldete sich Rankin.

»Was wollen Sie«, knurrte er, als ich meinen Namen genannt hatte.

»Haben Sie schon herausgefunden, woher der Eispicker stammt?« fragte ich.

»Wofür halten Sie mich? Einen Zauberer? Diesen Eispicker kann man überall in der Stadt kaufen. Sie müssen zu Hunderten vorhanden sein.«

»Das klingt nicht so, als ob Sie große Fortschritte gemacht hätten.«

»Habe ich auch nicht. Aber es ist auch noch sehr früh. Der Fall ist nicht schnell zu klären. Haben Sie etwas herausgefunden?«

»Nur Dinge, die Ihnen Ärger machen«, sagte ich. »Mir scheint es beinahe so, als ob nicht Creedy Sheppey engagiert hätte. Es sieht aus, als sei seine Frau es gewesen.«

»Wie kommen Sie darauf?«

»Aus dem Gerede, das ich aufgegriffen habe. Wissen Sie, ob sie einen Waffenschein besitzt?«

»Was haben Sie vor, Brandon?« Sein Ton nahm an Schärfe zu. »Wissen Sie nicht, daß Sie Dynamit anfassen, wenn Sie sich mit den Creedys abgeben?«

»Das weiß ich, aber vor Dynamit habe ich keine Angst. Hat sie einen Waffenschein oder nicht? Das ist ein wichtiger Punkt, Inspektor.«

Er sagte mir, ich solle warten. Nach einer längeren Pause meldete er sich wieder.

»Sie hat eine Lizenz für eine achtunddreißiger Pistole mit der Nummer 4557993. Die Lizenz wurde ihr vor drei Jahren erteilt«, sagte er.

Ich griff nach einem Notizblock und kritzelte die Zahl hin.

»Danke, Inspektor. Noch etwas anderes. Haben Sie irgend etwas über Thelma Cousins' Lebenswandel feststellen können?«

»Nein. Sie hatte gar keinen Lebenswandel. Wir haben herumgefragt. Hahn scheint recht zu haben. Sie ließ sich nicht mit Männern ein. Es ist mir ein Rätsel, wie Sheppy an sie herankam.«

»Haben Sie ihre Adresse, Inspektor?«

»Sie hatte ein Zimmer in Maryland Road 379. Die Wirtin ist eine Mrs. Beecham. Von ihr werden Sie nichts erfahren. Candy hat sich stundenlang mit ihr abgegeben. Sie konnte ihm einfach nichts berichten.«

»Danke«, sagte ich. »Wenn sich etwas Neues ergibt, rufe ich Sie an.« Damit hängte ich ein.

Ich ging in das Schlafzimmer, zog mich an, schob meine Achtunddreißiger in den Schulterhalfter und verließ den Bungalow. Ich schloß die Tür hinter mir ab und holte den Buick aus der Garage.

Es war jetzt Viertel nach fünf. Es war immer noch sehr heiß in der Sonne, und als ich die Promenade entlangfuhr, konnte ich den dicht bevölkerten Strand sehen. Ich hielt bei einem Polizisten an, der seine müden Füße am Rand des Bürgersteiges ausruhte, und fragte ihn, wo die Maryland Road lag. Er erklärte mir den Weg. Die Straße lag auf der Rückseite der Stadt, und ich mußte mich zwanzig Minuten lang durch den Verkehr hindurchwühlen, um sie zu erreichen.

Mrs. Beecham war eine dicke, ältere Person mit einem freundlichen Lächeln und der Neigung, zu klatschen.

Ich sagte ihr, daß ich für den *St. Raphael Courier* arbeite, und fragte, ob sie mir etwas über Thelma Cousins erzählen könne.

Sie forderte mich auf, in einen Raum voller Plüschmöbel, mit einem Kanarienvogel in einem Käfig, drei Katzen und einer Sammlung Fotos, die aussahen, als ob sie über fünfzig Jahre alt wären, einzutreten.

Als wir uns gesetzt hatten, erzählte ich ihr, ich wolle einen Artikel über Thelma schreiben, und möchte gern wissen, ob sie einen Freund gehabt habe.

Mrs. Beechams volles Gesicht verdunkelte sich.

»Das hat der Polizeibeamte schon gefragt. Sie hatte keinen. Ich habe ihr oft geraten, sie solle sich einen netten jungen Mann suchen, aber sie ging so völlig in der Kirche auf, daß . . .«

»Glauben Sie nicht, daß sie im geheimen einen Freund hatte, Mrs. Beecham?« fragte ich. »Sie kennen doch die Welt. Manche Mädchen sind schüchtern und geben nicht gern zu, daß sie einen haben.«

Nachdrücklich schüttelte Mrs. Beecham ihren Kopf.

»Ich kenne Thelma seit fünf Jahren. Wenn sie einen Freund gehabt hätte, dann hätte sie es mir bestimmt erzählt. Außerdem ging sie nur sehr selten fort. Nur am Dienstag und Freitag ging sie noch aus, wenn sie von der Arbeit zurückgekommen war. Und an den Tagen ging sie in die Kirche, um Pater Matthews zu helfen.«

»Vielleicht hat sie Ihnen nur gesagt, sie gehe in die Kirche, und traf sich in Wirklichkeit mit einem Freund. Das ist doch möglich, oder nicht?«

»O nein«, erklärte Mrs. Beecham und sah mich empört an. »So war Thelma nicht. Das hätte sie niemals getan.«

»Kamen je Besucher zu ihr, Mrs. Beecham?«

»Hin und wieder kamen Freundinnen. Zwei Mädchen von der Schule für Keramik und ein anderes, mit dem sie zusammen in der Kirche arbeitete.«

»Keine Männer?«

»Niemals.«

»Ist jemals ein Mann hergekommen, der sie besuchen wollte?«

»Nein. Das hätte ich auch nicht geduldet. Ich halte es nicht für klug, wenn junge Mädchen in ihren Zimmern Herrenbesuch empfangen. Außerdem hätte Thelma das niemals getan.«

Ich zog meine Brieftasche und nahm ein Foto von Sheppey heraus.

»Hat dieser Mann hier je nach Miss Cousins gefragt?«

Sie studierte das Bild und schüttelte dann den Kopf.

»Ich habe ihn nie gesehen. Es kam auch kein Mann hierher, um nach ihr zu fragen.«

»Kam jemals eine blonde, elegant angezogene Frau und fragte nach ihr, eine Frau von etwa sechsunddreißig ... eine reich wirkende Frau?«

Die Frage schien sie zu überraschen.

»Aber nein. Es kamen nur ihre drei Freundinnen und Pater Matthews. Sonst niemand.«

Danach sah es so aus, als hätte Thrisby gelogen, als er behauptete, daß sowohl Sheppey als auch Bridgette in Thelmas Wohnung gegangen seien.

»Geschah irgend etwas Ungewöhnliches an dem Tag, als sie starb? Kam jemand hierher oder bekam sie einen Brief oder wurde sie telefonisch angerufen?«

»Das hat auch schon der Polizist gefragt. Es ist aber nichts Ungewöhnliches passiert. Sie ging wie üblich um halb neun fort, um um neun Uhr in der Schule zu sein. Zum Mittagessen kam sie immer nach Hause. Als sie nicht wie gewöhnlich zurückkam, war ich besorgt. Als sie auch zu der üblichen Zeit nach ihrer Arbeit nicht nach Hause kam, rief ich zuerst Pater Matthews und dann die Polizei an.«

Rankin hatte recht. Es war, als ob man in Beton graben wollte. Ich bedankte mich bei der alten Frau, sagte dann, daß sie mir sehr geholfen habe, und kam nur unter Schwierigkeiten wieder fort.

Als ich zu dem Buick ging, war ich etwas deprimiert. Ich erkannte, daß ich nicht in dem Maße weiterkam, wie ich hoffte. Allerdings erschien es mir jetzt als ziemlich sicher, daß Thrisby log.

II

Gegen neun fuhr ich zum White Chateau hinauf. Die Dämmerung war hereingebrochen, als ich die Bergstraße erreichte, und die sinkende Sonne überzog Himmel und Meer mit einem Orangerot. Von der Höhe der Straße bot St. Raphael City einen prachtvollen Anblick.

Meine Stimmung war nicht sonderlich dazu angetan, die Aussicht zu bewundern. Ich hatte zuviel im Kopf und konnte nicht verhindern, immer wieder daran zu denken, daß ich in anderthalb Stunden Margot für mich allein in der Einsamkeit des Bungalow haben würde.

Ich fuhr schnell und blendete meine Scheinwerfer auf, um den entgegenkommenden Verkehr auf mich aufmerksam zu machen.

Kurz nach halb zehn erreichte ich den Seitenweg zum White Chateau. Ich ließ den Buick am Straßenrand stehen und ging den Weg zu dem Holztor hinunter. Ich stieß es auf, schritt leise den Pfad entlang. Die Sonne war inzwischen untergegangen, und es war schnell sehr dunkel geworden.

Ich hatte eine Taschenlampe und ein paar Werkzeuge bei mir, um notfalls ein Fenster oder eine Schublade gewaltsam öffnen zu können. Am Rand des Rasens blieb ich stehen, um das Haus zu betrachten, das in völligem Dunkel lag.

Ich überquerte den Rasen und schlich leise um das Haus. Nirgends war ein Licht zu sehen, aber ehe ich versuchte, in das Haus einzudringen, ging ich noch zur Garage und versuchte, eine der Türen zu öffnen. Sie gab unter meinem Druck nach, und zu meiner Überraschung fand ich einen Packard Clipper darin.

Ich faßte den Kühler an und stellte fest, er war kalt. Offensichtlich war er den ganzen Tag nicht aus der Garage geholt worden.

Noch vorsichtiger überquerte ich wieder den Rasen und näherte mich der Terrasse. Dann ging ich zur Eingangstür und zog an der Glocke.

Drei Minuten lang wartete ich. Nichts geschah. Niemand antwortete auf mein Läuten. Während ich zu der Fenstertür schlich, erschien plötzlich aus der Dunkelheit der Siamkater und kam mit mir. Vor der Fenstertür blieb ich stehen, versuchte die Klinke, fand sie aber verschlossen. Der Kater benutzte diese Gelegenheit, mir um die Beine zu streichen. Ich bückte mich, um seinen Kopf zu kraulen, aber er schoß schnell von mir fort, sprang auf die Balustrade der Terrasse und beobachtete mich argwöhnisch.

Ich nahm ein flaches Stemmeisen aus der Tasche, schob es zwischen die Fenstertür, benutzte es als Hebel, während ich gleichzeitig gegen die Tür drückte. Mit einem plötzlichen Klicken gab sie nach und schwang auf.

Vorsichtig schob ich die Tür noch weiter auf, blieb lauschend stehen, konnte aber nichts hören. Der Raum lag im Dunkeln. Ich knipste die Taschenlampe an und ließ ihren Strahl durch das Zimmer fallen.

Mir war etwas unbehaglich, weil der Packard in der Garage stand. Es konnte sein, daß sich Thrisby im Haus befand. Warum aber war alles dunkel.

Ich sagte mir, es sei mehr als wahrscheinlich, daß ihn jemand mit dem Wagen abgeholt habe, und der Packard deshalb in der Garage geblieben sei.

Ich trat in den Raum, ging zum Lichtschalter hinüber und knipste an. Dann traf mich ein Schock. In einer Ecke des großen Raumes stand ein Schreibtisch. Alle Schubladen waren aufgezogen und ein Haufen Papiere, Briefe, alter Rechnungen lagen auf der Schreibtischplatte und um den Schreibtisch auf dem Boden verstreut. Auf der anderen Seite des Raumes stand eine Kommode, auch ihre Schubladen waren aufgezogen, und ringsum lagen verstreute Papiere.

Es sah aus, als sei mir jemand zuvorgekommen. Mit unterdrückter Stimme fluchte ich.

Ich ging durch den Raum zur Tür, öffnete sie und trat in eine große Halle. Mir gegenüber führte eine Treppe zu den oberen Zimmern. Auf der anderen Seite befanden sich zwei weitere Türen. Ich öffnete die eine und sah in ein ziemlich großes Eßzimmer. Auch hier waren alle Schubladen herausgerissen und die Bestecke auf den Boden verstreut.

Ich versuchte die nächste Tür und sah in eine luxuriös eingerichtete Küche, in der nichts angetastet worden zu sein schien.

Ich kehrte in die Halle zurück, blieb am Fuß der Treppe stehen, ließ den Strahl der Taschenlampe hinauffallen, während ich lauschte. Irgendwo im Hause tickte fleißig eine Uhr, aber sonst herrschte eine bedrückendes Schweigen.

Während ich dort stand, fragte ich mich, wonach der Eindringling gesucht haben mochte und was er wohl gefunden hatte. Ich fragte mich auch, wie Thrisby sich verhalten würde, wenn er zurückkam und die Unordnung vorfand. Es wäre interessant zu wissen, ob er die Polizei anrief oder ob er gar nichts unternahm.

Ich käme in eine fatale Lage, wenn er mich jetzt plötzlich überraschen sollte, und zögerte deshalb einen Augenblick, die Treppe hinaufzugehen. Ich war völlig überzeugt, falls es etwas in diesem Haus gegeben hatte, das mich interessieren konnte, war es schon fortgeholt worden.

Schließlich entschied ich mich aber, einen schnellen Blick in den übrigen Teil des Hauses zu werfen und dann schnell zu verschwinden.

Ich nahm immer zwei Stufen auf einmal und erreichte einen breiten, dunklen Absatz.

Dann bekam ich einen Schreck, daß ich fast hinterrücks die Treppe hinuntergefallen wäre.

Als ich den Strahl der Taschenlampe umherwandern ließ, sah ich in der hintersten Ecke des Treppenabsatzes die Gestalt eines zusammengeduckten Mannes. Er sah aus, als stehe er im Begriff, mich anzuspringen.

Mein Herz schlug einen Purzelbaum. Ich sprang zurück, dabei fiel mir die Taschenlampe aus der Hand. Sie rollte über den Boden und hüpfte dann über die Stufen die Treppen hinunter. Ihr heller Strahl strich über die Wände, die Decke, das Geländer, bis die Lampe unten in der Halle landete und mich in völliger Dunkelheit zurückließ.

Ich stand wie angewurzelt, versuchte mühsam lautlos zwischen den Zähnen zu atmen, während mein Herz gegen meine Rippen hämmerte.

Nichts geschah. Die Uhr unten tickte fleißig weiter und verursachte in der Grabesstille des Hauses ein fast dröhnendes Geräusch.

Ich schob die Hand unter meine Jacke, und meine Finger schlossen sich um den Griff der Achtunddreißiger. Ich zog sie aus dem Halfter, und mein Daumen schob den Sicherungshebel zurück.

»Wer ist da?« zischte ich, und es ärgerte mich, daß sich meine Stimme wie die einer verstörten alten Jungfer anhörte, die einen Mann unter ihrem Bett entdeckt.

Das Schweigen lastete nach wie vor auf mir. Ich lauschte, stand regungslos da, versuchte, mit meinen Blicken die Dunkelheit um mich herum zu durchdringen, wo ich den zusammengeduckten Mann wahrgenommen hatte.

Kroch er auf mich zu, würde er plötzlich über mich herfallen und mit seinen Fingern meine Kehle umklammern? Plötzlich erinnerte ich mich, wie Sheppey gestorben war, dem ein Eispicker in den Körper gestoßen wurde. Stand Sheppeys Mörder mir gegenüber? Hatte er wieder einen Eispicker in der Hand?

Dann strich mir etwas an den Beinen entlang. Meine Nerven sprangen praktisch aus meinem Körper. Meine Pistole ging mit einem Knall los, daß die Türen klapperten, und ich sprang zurück. Schweiß brach auf meinem Gesicht aus.

Ich hörte einen leisen, knurrenden Laut und ein Rascheln und erkannte, daß der Kater mir im Dunkel gefolgt und wieder um die Beine gestrichen war. Ich stand still, den Rücken gegen das Treppengeländer gepreßt, in kalten Schweiß gebadet, mit pochendem Herzen.

Ich steckte die Hand in die Tasche und zog mein Feuerzeug.

»Nicht von der Stelle«, zischte ich in die Dunkelheit. »Eine Bewegung und ich schieße.«

Die Waffe vor mich gerichtet, hob ich meine linke Hand über den Kopf und knipste das Feuerzeug an.

Die winzige Flamme gab genug Licht, daß ich erkennen konnte: der Mann in der Ecke hatte sich nicht bewegt. Er hockte noch dort auf seinen Hacken; ein kleiner, dunkler Mann, mit einem braunen, runzligen Gesicht, geschlitzten Augen und einem großen, zu einer Grimasse verzerrten Mund, die seine Zähne erkennen ließ.

Er war in einer Weise still, die mich erschaudern ließ. Niemand kann so vollkommen still sein, wenn er nicht tot ist.

Die Flamme des Feuerzeugs erlosch langsam.

Ich trat zur Treppe zurück, ging die Stufen hinunter zu der Stelle, an der meine Taschenlampe lag. Ihr Strahl fiel quer durch die Halle zur Eingangstür.

Ich hob sie auf, drehte mich um und zwang mich, die Treppe wieder hinaufzugehen. Als ich oben ankam, richtete ich den Schein der Lampe auf den zusammengekauerten Mann.

Ich nahm an, er sei Thrisbys Diener. Jemand hatte ihn in die Brust geschossen, und er war in die Ecke gekrochen und gestorben.

Zu seinen Füßen stand eine Blutlache, und auf seiner schwarzen Leinenjacke befand sich ein großer Blutfleck.

Während ich langsam auf ihn zuging, schob ich die Waffe in das Halfter zurück. Mit den Fingerspitzen berührte ich sein Gesicht. Die Kälte der Haut und die erstarrten Muskeln darunter verrieten, daß er schon ein paar Stunden tot war.

Ich atmete langsam tief ein und wendete den Strahl der Lampe von dem toten Gesicht ab. Zwei große Funken grünlich schimmernden Lichts leuchteten im Schein der Lampe auf, als er auf den Kater fiel, der oben an der Treppe zusammengeduckt knurrte, wie Siamkatzen es tun, wenn ihnen etwas mißfällt.

Ich beobachtete die Katze, wie sie den Absatz überquerte. Mit langsamen, wildkatzenhaften Bewegungen, gesenktem Kopf und hängendem Schweif schlich sie fort.

Ohne den Filipino zu beachten, glitt sie an ihm vorbei, setzte sich dann vor einer Tür nieder und sah mich an. Sie richtete sich auf den Hinterpfoten hoch, schlug mit der Vorderpfote nach dem Türgriff. Sie schlug dreimal, stieß dann ein klagendes Miauen aus und schlug wieder danach.

Ich folgte ihr langsam bis zur Tür, drückte auf die Klinke und gab der Tür einen leichten Stoß.

Sie schwang weit auf.

Aus dem Zimmer kamen Dunkelheit und Schweigen. Der Kater stand auf der Schwelle, mit gespitzten Ohren, den Kopf leicht zur Seite geneigt. Dann ging er hinein.

Ich blieb stehen. Mein Herz klopfte, mein Mund war trocken.

Mit dem Strahl der Taschenlampe verfolgte ich den Kater. Der scharf gezeichnete Lichtkreis begleitete ihn durch das Zimmer bis zum Fuß des Bettes.

Das Tier sprang auf das Bett.

Ich ließ den Lichtkreis weiterwandern, und mein Herz setzte für einen Schlag aus.

Thrisby lag quer über dem Bett. Er trug noch sein weißes Trikothemd, die dunkelroten Shorts und die Sandalen.

Der Kater näherte sich ihm und schnüffelte forschend an seinem Gesicht.

Im Strahl der Taschenlampe konnte ich die entsetzte, starre Maske seines Gesichtes erkennen, die zusammengekrampften Hände und das Blut auf der Bettdecke.

Auf dem weißen Trikothemd war kein Zeichen einer Wunde oder eine Blutspur zu sehen. Aber ich war sicher, daß ich die Wunde finden würde, wenn ich ihn umdrehte. Jemand hatte ihn in den Rücken geschossen, als er versuchte zu fliehen. Er war auf das Bett gefallen und dort gestorben.

III

Im Schein der Taschenlampe suchte ich den Lichtschalter und knipste die Beleuchtung an.

Dann wandte ich mich wieder dem Bett zu.

In dem gedämpften Licht der Deckenlampe wirkte Thrisby noch toter als im Strahl der Taschenlampe.

Der Kater schlich langsam um seinen Kopf herum, zusammengeduckt, mit ausgestrecktem Schwanz und zurückgelegten Ohren. Gereizt starrte er mich über das Gesicht des toten Mannes hinweg an.

Ich sah mich in dem Zimmer um.

Es befand sich in Unordnung.

Die Schranktüren standen offen, Kleidungsstücke lagen auf dem Boden. Die Kommodenschubladen waren aufgezogen, Hemden, Socken, Krawatten und Schals waren herausgezerrt worden.

Mit steifen Beinen ging ich zu dem Bett.

Das Tier fauchte mich an, als ich mich näherte, duckte sich zusammen, die Augen weit aufgerissen. Ich streckte die Hand aus und berührte Thrisbys Arm. Er war hart und kalt. Vermutlich war er seit fünf oder sechs Stunden tot.

Als ich mich über ihn beugte, stieß ich mit dem Fuß gegen etwas, das vorn unter dem Bett lag, etwas Hartes. Ich bückte mich, hob das Laken hoch und sah eine achtunddreißiger Pistole vor mir liegen.

Es war die Waffe, die ich Bridgette Creedy zurückgegeben hatte. Ich war davon überzeugt, aber um mich restlos zu vergewissern, sah ich nach ihrer Nummer. Ich fand sie unter dem Lauf: 4557993.

Ich zog das Magazin heraus. Vier Schüsse waren abgefeuert worden. Mindestens zwei von ihnen waren tödlich gewesen.

Ich blieb einen Augenblick stehen und dachte nach. Das Ganze war alles etwas zu gut, um wahr zu sein. Warum lag die Waffe dort, wo die Polizei sie finden mußte? Ich überlegte. Bridgette mußte wissen, daß bei der Polizei die Nummer der Waffe eingetragen war. Mit gerunzelter Stirn hob ich die Pistole auf. Das war zu auffällig. Dann folgte ich einer plötzlichen Eingebung, steckte die Waffe in meine Tasche, durchquerte das Zimmer, schaltete das Licht aus und ging die Treppe hinunter.

Ich durchquerte den Wohnraum zu der Bar, wo das Telefon stand, und wählte Creedys Nummer.

Während ich auf die Verbindung wartete, sah ich auf meine Uhr. Es war inzwischen Viertel vor zehn.

Hiltons Stimme meldete sich am Apparat.

»Hier ist Mr. Creedys Butler.«

»Verbinden Sie mich mit Mrs. Creedy.«

»Einen Augenblick, ich verbinde mit ihrer Sekretärin, Sir.«

Es knackte ein paarmal, dann sagte die kühle, sachliche Stimme, die ich jetzt schon kannte: »Wer ist dort bitte?«

»Hier ist Lew Brandon. Ist Mrs. Creedy zu Hause?«

»Ja, ich glaube aber nicht, daß sie für Sie zu sprechen ist, Mr. Brandon.«

»Sie muß mit mir sprechen«, verlangte ich, »das ist kein Scherz. Verbinden Sie mich mit ihr.«

»Das kann ich nicht. Warten Sie bitte. Ich werde fragen, ob sie an den Apparat kommen will.«

Noch ehe ich sie aufhalten konnte, war sie fort. Ich wartete und preßte den Hörer unnötig fest gegen mein Ohr.

Nach einer langen Pause meldete sie sich wieder.

»Es tut mir leid, Mr. Brandon, aber Mrs. Creedy wünscht nicht mit Ihnen zu sprechen.«

Ich fühlte, wie sich mein Mund zu einem grimmigen Lächeln verzog.

»Sie wünscht vielleicht nicht, aber sie muß. Sagen Sie ihr, ein alter Freund von ihr sei gerade gestorben. Jemand hat ihn in den Rücken geschossen, und es kann sein, daß die Polizei schon auf dem Weg zu ihr ist, um sich mit ihr darüber zu unterhalten.«

Ich hörte durch den Apparat, wie die Sekretärin erschreckt Luft holte.

»Wie war das bitte?«

»Holen Sie Mrs. Creedy. Sie kann es sich nicht leisten, nicht mit mir zu sprechen.«

Wieder folgte eine lange Pause, dann knackte es in der Leitung, und Bridgette Creedy sagte: »Wenn Sie mich noch weiter belästigen, werde ich mit meinem Mann sprechen.«

»Ausgezeichnet«, sagte ich, »das wird ihm gefallen. Aber wenn das wirklich Ihre Absicht ist, tun Sie es gleich, denn Ihnen steht allerlei Ärger bevor, für den ich nicht verantwortlich bin. In diesem Augenblick liegt Jacques Thrisby auf seinem Bett, mit einem achtunddreißiger Geschoß im Rücken. Er ist so tot, wie Ihre Steuererklärung vom vergangenen Jahr. Und Ihre Pistole liegt neben ihm.«

Ich hörte, wie sie tief und mühsam einatmete.

»Sie lügen.«

»Schön, wenn Sie meinen, daß ich lüge, dann warten Sie getrost, bis Ihnen die Polizei auf den Pelz rückt. Mir kann es völlig egal sein. Ich riskiere meinen Hals, daß ich Sie anrufe. Ich sollte die Polizei anrufen.«

Es folgte ein langes Schweigen. Ich lauschte auf das Surren in der Leitung und ihr schnelles, hastiges Atmen, bis sie fragte: »Ist er wirklich tot?«

»Ja, er ist wirklich tot. Und nun hören Sie zu. Wo waren Sie zwischen fünf und sechs heute nachmittag?«

»Ich war hier in meinem Zimmer.«
»Hat jemand Sie gesehen?«
»Nein, ich war allein.«
»War Ihre Sekretärin denn nicht da?«
»Sie war in der Stadt.«
»Was haben Sie mit der Waffe gemacht, die ich Ihnen zurückgebracht habe?«
»Ich legte sie in eine Schublade in meinem Schlafzimmer.«
»Wer kann an sie herangekommen sein?«
»Ich weiß nicht. Jeder, der wollte. Ich legte sie einfach dort hinein.«
»Ist jemand Sie besuchen gekommen?«
»Nein.«

Ich starrte an die Wand, runzelte die Stirn und sagte dann: »Ich weiß nicht, warum ich das für Sie tue, aber ich nehme die Waffe mit. Vielleicht kann die Polizei die Waffe durch die Kugeln indentifizieren. Falls ja, werden Sie Schwierigkeiten haben, aber vielleicht haben Sie auch Glück. Ich vermute, daß Ihnen jemand den Mord an Thrisby anhängen will, aber ich kann mich irren. Warten Sie ab und beten Sie. Sie haben eine Chance, aus der Geschichte herauszukommen, aber groß ist sie nicht.«

Ehe sie antworten konnte, legte ich den Hörer auf die Gabel zurück.

Dann schaltete ich das Licht in dem Raum aus, suchte mir mit der Taschenlampe den Weg durch die Fenstertür, zog sie hinter mir zu, lief schnell durch den Garten und das Tor, über den Nebenweg zur Straße, wo ich meinen Buick gelassen hatte.

Kein Wagen kam an mir vorbei, während ich die Gebirgsstraße hinunterfuhr. In jeder Kurve tauchten die hellen Lichter von St. Raphael City vor mir auf. Der Anblick war bezaubernd schön.

Es war kurz vor Viertel nach zehn, als ich vor dem dunklen, stillen Bungalow vorfuhr. Als ich ausstieg, sah ich ein Cadillac-Cabriolet mit ausgeschalteten Lichtern unter den Palmen stehen. Ich starrte es einen Augenblick an, ging dann die Stufen zur Eingangstür des Bungalows hinauf, zog den Schlüssel aus der Tasche, versuchte dann aber zuerst auf eine Eingebung hin die Klinke. Die Tür ging auf, und ich trat in das dunkle Haus.

Ohne das Licht einzuschalten, blieb ich, die Hand am Griff meiner Waffe, lauschend stehen.

Für eine Weile war alles still, dann sagte Margot aus der Dunkelheit: »Bist du das, Lew?«

»Was tust du hier im Dunkeln?« fragte ich und trat durch die Tür.

Es war gerade hell genug, daß ich ihre Umrisse erkennen konnte. Sie lag auf der Wandbank unter dem Fenster, ihr Kopf hob sich vom monderhellten Himmel ab.

»Ich kam schon früher«, sagte sie. »Ich liege gern im Mondlicht. Mache kein Licht, Lew.«

Ich trat einen Schritt in den Raum und zog die beiden Waffen. Ich ließ sie in die Schublade eines kleinen Tischchens neben der Tür gleiten, nahm meinen Hut ab und ließ ihn darauf fallen.

Dann suchte ich mir meinen Weg zwischen den verschiedenen Sesseln und Möbelstücken, bis ich sie erreichte.

Soviel ich erkennen konnte, trug sie nur einen Morgenmantel aus dunkler Seide. Wo er auseinanderklaffte, konnte ich ihre Knie schimmern sehen. Sie streckte ihre Hand aus.

»Komm, setz dich zu mir«, sagte sie. »Es ist so schön, hier auf das Meer und die Wellen im Mondlicht zu blicken.«

Ohne ihre Hand zu nehmen, setzte ich mich. Thrisbys totes Gesicht verfolgte mich noch. Es verdarb mir die Stimmung für Zärtlichkeiten. Das spürte sie sofort. »Was hast du, Liebling. Ist etwas geschehen?«

»Margot...« Nach einer Pause fuhr ich fort. »Du warst auch einmal in Thrisby verliebt, nicht wahr?«

Ich spürte, wie sie erstarrte. Ihre Hand sank an ihrer Seite nieder.

»Ja«, sagte sie nach langem Zögern. »Früher einmal. Es war eines dieser unerklärlichen Dinge. Ich glaube, seine Vitalität und seine ungeheure Sicherheit hatten mich verblendet. Gott sei Dank dauerte es nicht lange. Ich werde mir nie vergeben, daß ich so töricht war.«

»Wir tun alle einmal etwas, was wir nachher bedauern«, sagte ich, tastete nach einer Zigarette und zündete sie an. Im Schein meines Feuerzeugs sah ich, daß sie den Kopf von den Polstern erhoben hatte und mich mit aufgerissenen Augen anstarrte.

»Was ist geschehen? Bist du dort gewesen? Ist Jacques etwas zugestoßen?«

»Ja. Er ist tot. Jemand hat ihn erschossen.«

Sie sank gegen die Polster zurück und bedeckte ihr Gesicht mit den Händen.

»Tot?« Sie stöhnte unterdrückt. »O Lew, ich weiß, er hat mich schamlos behandelt, aber er hatte etwas an sich...« Sie lag regungslos, atmete schnell, während ich aus dem Fenster sah. Das einzige Licht im Raum kam von der Glut meiner Zigarette. Dann sagte sie: »Natürlich war es Bridgette.«

»Ich weiß nicht, wer es war.«

Sie setzte sich plötzlich auf.

»Selbstverständlich war es Bridgette. Sie versuchte doch schon heute nachmittag, ihn zu erschießen. Wenn du es nicht verhindert hättest, hätte sie ihn getötet. Das hast du selbst gesagt. Hast du ihr die Waffe zurückgegeben?«

Sie schwang ihre Beine von der Polsterbank herunter.

»Sie fuhr zu ihm hinaus und hat ihn ermordet. Diesmal kommt sie nicht davon.«

»Was willst du denn tun?«

»Ich werde es natürlich meinem Vater sagen. Er wird die Wahrheit aus ihr herausbekommen.«

»Angenommen, es gelingt ihm ... was dann?«

Sie wendete mir den Kopf zu. Obwohl ich ihr Gesicht in der Dunkelheit nicht sehen konnte, wußte ich, daß sie mich anstarrte.

»Nun, er wird sie hinauswerfen, er wird sich von ihr scheiden lassen.«

»Ich dachte, du wolltest die Polizei heraushalten«, hielt ich ihr ruhig vor.

»Aber selbstverständlich, die Polizei darf es nicht erfahren. Daddy wird die Polizei nicht rufen. Er wird sie hinauswerfen und sich scheiden lassen.«

Durch das Fenster sah ich, daß sich auf der Strandstraße die Scheinwerfer eines Wagens schnell näherten. Über ihnen funkelte glühend das rote Licht eines Polizeifahrzeuges.

»Vielleicht kannst du die Polizei nicht mehr heraushalten, Margot«, und stand auf. »Da kommt sie schon.«

Dreizehntes Kapitel

I

Im grellen Mondlicht sah ich Inspektor Rankin gefolgt von Sergeant Candy aus dem Polizeiwagen steigen. Der uniformierte Fahrer blieb hinter dem Steuer sitzen.

Ich ging ihnen über die Veranda entgegen und begegnete ihnen an den Stufen.

Ich stellte mich Rankin breit in den Weg, so daß er zwei Stufen unter mir auf der Treppe stehenbleiben mußte.

»Ich habe mit Ihnen zu sprechen«, sagte er. »Wir kommen hinein.«

»Sehen Sie sich um, Inspektor«, sagte ich leise, damit Candy es nicht hören konnte, »dann werden Sie sich das überlegen.«

Er drehte den Kopf und erblickte das Cadillac-Cabriolet. Er drehte sich noch weiter nach rechts und sah meinen Buick. Dann wendete er sich mir wieder zu und starrte mich an.

»Hat das etwas zu bedeuten?«

»Dreimal können Sie raten, wem der Caddy gehört«, sagte ich. »Sie haben Ihre Beförderung noch nicht in der Tasche, Inspektor. Wenn Sie hier eindringen, gehe ich jede Wette ein, daß nichts daraus wird.«

Er nahm seinen Hut ab, blickte hinein, strich sich ungeduldig mit den Fingern durch das Haar, setzte den Hut wieder auf und trat drei Stufen zurück.

»Kommen Sie«, sagte er, »wir können im Wagen sprechen. Wir fahren zu Thrisbys Haus.«

»Fahren Sie nur, Inspektor, ich habe zu tun«, sagte ich. »Thrisby interessiert mich nicht so besonders. Ich habe Besuch von einem Cadillac=Besitzer, um den ich mich kümmern muß.«

»Kommen Sie freiwillig, oder muß ich Sie zwingen«, sagte er mit einer plötzlichen Schärfe im Ton.

Candy trat näher und schob seine Hand unter die Jacke.

»Also schön, wenn Sie unbedingt wollen«, sagte ich und ging die Stufen hinunter. »Was haben Sie denn für Sorgen, Inspektor?«

»Sparen Sie sich diesen Unsinn«, entgegnete Rankin wütend. »Sie sind doch gerade erst von Thrisbys Haus gekommen.«

»Das dürfte sich schwer nachweisen lassen«, antwortete ich und stieg hinten in den Polizeiwagen ein. Rankin folgte mir, und Candy setzte sich neben den Fahrer.

»Los geht's«, befahl Rankin.

Der Wagen fuhr ab.

Ich sah zu dem Bungalow zurück und fragte mich, was Margot wohl denken mochte. Ich konnte nichts von ihr entdecken. In ein paar Minuten würde sie angezogen sein und den Bungalow verlassen haben. Ich wünschte jetzt, ich wäre nicht zum White Chateau hinaufgefahren.

»Geben Sie mir Ihre Waffe«, sagte Rankin plötzlich.

»Ich habe sie nicht bei mir.«

Rankin befahl dem Fahrer zu halten. Während der Wagen bremste, fragte er: »Wo ist sie?«

»In dem Bungalow.«

»Zurück, also«, sagte Rankin ungeduldig.

Der Fahrer wendete und fuhr über die Seitenstraße schnell zu dem Bungalow zurück.

»Gehen Sie mit ihm«, befahl Rankin Candy. »Ich will seine Waffe haben.«

Ich stieg aus dem Wagen und ging, Candy dicht auf meinen Fersen, die Stufen hinauf und in den Bungalow hinein, schaltete das Licht ein und ging zu dem Tischchen hinüber.

Ich versuchte Candy von der Schublade fernzuhalten, aber er stieß mich beiseite, öffnete sie und nahm meine Achtunddreißiger an sich.

»Ist sie das?« fragte er.

»Ja.«

Ich sah die jetzt leere Schublade vor mir und spürte eine Gänsehaut über meinen Rücken laufen. Bridgettes Pistole war verschwunden.

Candy blinzelte in den Lauf der Waffe. Dann schnüffelte er daran, grunzte und versenkte sie in seine Tasche.

»Wem gehört der Caddy da draußen?«

»Fragen Sie doch den Inspektor«, riet ich ihm.

Er sah mich an, schnitt eine Grimasse und hob dann die Schultern.

»Also gehen wir.«
»Was soll das alles bedeuten?« fragte ich, und hätte gern gewußt, ob Margot zuhörte.
»Glauben Sie, Sie könnten uns etwas vormachen?« antwortete er ungehalten. »Wir sahen, wie Sie in Thrisbys Haus eindrangen, und wir sahen, wie Sie hinauskamen.«
»Wirklich? Warum haben Sie mich dann nicht festgenommen, Sergeant?«
»Dazu hatten wir keinen Befehl«, sagte Candy, »aber jetzt haben wir ihn.«
»Von wem?«
»Von dem Captain.«
»Weiß Holding das?«
Candy wälzte den Kaugummi von der einen Seite auf die andere. »Von Holding brauchen Sie sich nichts mehr zu versprechen. Bei uns ändert sich die Situation von Stunde zu Stunde. Kommen Sie, wir wollen den Captain nicht warten lassen.«
Wir gingen zu dem Wagen zurück.
Als wir einstiegen, fragte Rankin: »Haben Sie die Waffe?«
»Ja.« Candy reichte Rankin meine Achtunddreißiger. »Wurde kürzlich damit geschossen?«
»Das kann ich erklären«, sagte ich. »Sie versuchen doch nicht, mir anzuhängen, daß ich die beiden erschossen habe?«
»Ich versuche niemand etwas anzuhängen«, erwiderte Rankin mit müder, klangloser Stimme. »Und jetzt halten Sie den Mund. Ich habe Befehl, Sie zu holen, und ich hole Sie.«
»Was heißt das mit Holding?«
»Das werden Sie noch erfahren.« Rankin ließ sich in die Ecke des Sitzes zurücksinken. »Warten Sie es ab.«
Während der raschen Fahrt über die Bergstraße hinauf wurde nichts weiter gesprochen.
Unterwegs dachte ich angestrengt nach. Dann erkannte ich plötzlich, daß ich vielleicht den Schlüssel zu dem ganzen Fall besaß. Ich war noch nicht völlig sicher, aber auf einmal ergaben die einzelnen Stücke des Puzzlespiels ein Bild, plötzlich hatten sie Bedeutung. Es war einer dieser plötzlichen Eingebungen, die man hat, wenn man noch einmal alle Teile und Bruchstücke in Gedanken vor sich ablaufen läßt, und dann unerwartet ein Bindeglied sieht, dessen Bedeutung man vorher nicht erkannt hatte. Ich hatte keine Zeit, über meine Entdeckung in Aufregung zu geraten, weil wir gerade bei dem White Chateau ankamen.
Wir stiegen aus.
Rankin sagte zu Candy: »Fahren Sie mit dem Wagen zurück zu dem Bungalow. Nehmen Sie Jackson mit, durchsuchen Sie das Haus und bringen Sie alles, was Sie finden, hierher. Beeilen Sie sich.«

Candy sah ihn überrascht an, stieg aber in den Wagen, und der Fahrer nahm wieder hinterm Steuer Platz.

»Glauben Sie, daß sie jetzt fort ist?« fragte Rankin, als der Polizeiwagen abgefahren war.

»Ja. Was ist mit Holding passiert?«

»Sie sitzen auf dem trockenen, Brandon. Creedy hat Richter Harrison für sich gekauft. Holding steht wieder auf der Seite der Verwaltung. Gegenwärtig gibt es hier keine Opposition.«

Das war wirklich ein vernichtender Schlag.

»Kommen Sie«, sagte Rankin. »Wir wollen den Captain nicht warten lassen. Machen Sie weiter keine Schwierigkeiten. Man hat Ihnen gesagt, Sie sollen Ihre Finger davon lassen. Sie können also nicht behaupten, Sie seien nicht gewarnt worden.«

»Holding sagte mir, ich solle weitermachen.«

»Haben Sie denn nicht erkannt, was für eine Ratte ist?« erwiderte Rankin ungeduldig. »Kommen Sie!«

Wir gingen den Gartenweg entlang, über den Rasen, zum Haus. Alle Lichter waren eingeschaltet. Drei Polizisten in Uniform patrouillierten auf der Terasse auf und ab.

Wir traten durch die offene Fenstertür in den Wohnraum. Fingerabdruckspezialisten und Fotografen waren bei der Arbeit. Keiner nahm sich die Mühe, sich nach mir umzudrehen.

Rankin fragte einen von ihnen: »Ist der Captain hier?«

»Oben, Inspektor«, antwortete der Beamte und musterte einen Fingerabdruck, den er an der Kante eines der Cocktailtische entdeckt hatte.

Wir gingen weiter in die Halle.

Zwei Männer in weißen Kitteln brachten eine Bahre die Treppe herunter, auf der eine von einem weißen Tuch verhüllte Gestalt lag. Der Größe nach, vermutete ich, war es der Filipino.

Wir traten beiseite und sahen den beiden Männern nach, die ihre Last durch die Halle und durch die offene Fenstertür auf die Terrasse hinaustrugen.

»Weiter«, sagte Rankin. »Gehen Sie vor.«

Ich stieg die Treppe hinauf und ging auf sein Zeichen in Thrisbys Schlafzimmer.

Thrisby lag noch quer über dem Bett. Vor dem Fenster stand die riesige Gestalt Captain Katchens und blickte hinaus. Zwei Beamte in Zivil durchsuchten die verschiedenen Schubladen in dem Zimmer. Von dem Siamkater war nichts zu sehen.

Vor dem Fußende des Bettes blieb ich stehen. Ich vermied es, in Thrisbys totes Gesicht zu sehen.

Rankin lehnte sich gegen den Türrahmen, die Hände in den Taschen versenkt, und sah Katchens breiten Rücken an.

Katchen drehte sich nicht um. Er starrte weiter aus dem Fenster. Zigarrenrauch quoll aus seinem Mund und zog in einer kleinen, grauen

Wolke durch das Zimmer nah an mir vorbei. Er roch unangenehm und scharf.

Für zwei lange, ungemütliche Minuten geschah nichts. Dann knurrte Katchen: »Haben Sie seine Waffe?« Er wendete mir immer noch den Rücken zu. Es war die alte Technik, Nerven unerträglich anzuspannen und die Widerstandskraft zu zermürben.

Rankin verließ seinen Platz unter der Tür, und einer der Beamten in Zivil trat an seine Stelle. Es war ein Hinweis, daß sie nicht riskieren wollten, mich durch einen plötzlichen Fluchtversuch entkommen zu lassen.

Rankin legte meine Waffe in Katchens Hand. Die Hand war so groß, daß meine Achtunddreißiger wie ein Spielzeug darin aussah. Er nahm sie, schnüffelte an dem Lauf, hielt ihn gegen das Licht und spähte hinein. Dann nahm er das Magazin heraus und zählte die Patronen. Er hob seine massiven Schultern und hielt Rankin die Waffe hin.

Als Rankin sie wieder an sich nahm, fragte Katchen: »Ist er gefesselt?«

Ich sah, wie Rankins Gesichtsmuskeln sich anspannten.

»Nein, Captain.«

»Warum nicht?« Die Gehässigkeit in seiner Stimme hätte jedem das Blut gerinnen lassen. Meins wurde nicht wärmer dadurch.

»Ich dachte, es sei nicht notwendig.«

»Sie werden nicht dafür bezahlt, zu denken. Fesseln Sie ihn!«

Rankin zog ein paar Handschellen aus seiner Hüfttasche und trat zu mir. Sein starres Gesicht war ausdruckslos. Ich hielt ihm meine Handgelenke hin, und er legte mir die Fesseln an.

»Ist geschehen, Captain«, sagte er und zog sich von mir zurück.

Langsam drehte Katchen sich um. Sein großes, brutales Gesicht war dunkel vor verhaltener Wut. Die kleinen Augen waren so ruhelos und so wild wie die eines gereizten Elefanten.

»Sie bildeten sich also ein, Sie kämen damit durch, Schnüffler«, sagte er und starrte mich an. »Sie glaubten, ihr Freund Holding könne mich Ihnen vom Hals halten. Nun, ich will Ihnen zeigen, wie sehr Sie sich geirrt haben.« Während er sprach, kam er langsam auf mich zu, und ich konnte kleine, rote Flecken in seinen Augen erkennen. »Ich habe auf diese Unterhaltung mit Ihnen gewartet, Schnüffler«, fuhr er fort, »aber daß ich Sie als Doppelmörder festnageln könnte, darauf hatte ich nicht gehofft.«

»Sie können mir das nicht anhängen«, antwortete ich und beobachtete ihn scharf. »Die beiden sind seit fünf oder sechs Stunden tot, das wissen Sie genau.«

Für einen Mann seiner Größe war er zweifellos flink beim Zuschlagen. Ich sah seine Linke auf meinen Kopf zuschießen und zuckte gerade rechtzeitig zur Seite. Ich fühlte seine eisenharten Knöchel mein

Ohr streifen, aber ich hatte keine Möglichkeit, seine Rechte mit meinen gefesselten Händen abzuwehren. Seine Faust traf mich wie der Tritt eines Maultiers gegen den Magen.

Ich stürzte zu Boden, lag mit angezogenen Knien da und versuchte wieder zu Atem zu kommen. Eine lange Minute krümmte ich mich keuchend. Dann hörte ich Katchen knurren: »Richtet ihn auf.«

Einer der Beamten packte mich und zerrte mich auf die Füße. Ich taumelte gegen ihn, krümmte mich zusammen, und er stieß mich von sich fort und trat zurück. Ein drückendes Schweigen lag in dem Zimmer, während ich um mein Gleichgewicht kämpfte. Nach einer Weile gelang es mir, mich aufzurichten. Ich fand Katchen vor mir stehen, ein höhnisches Grinsen auf seinem Gesicht.

»Sie kommen mit zum Headquarters.« Er zischte mir jedes Wort ins Gesicht. »Dort werden Sie in eine Zelle gesperrt, aber Sie bekom= men Gesellschaft. Ich habe drei oder vier junge Leute, die Ungeziefer wie Sie weichkriegen können. Wenn die mit Ihnen fertig sind, wer= den Sie froh sein, vier Morde gestehen zu dürfen, und nicht nur zwei.«

Ich wußte, wenn ich etwas sagte, würde er wieder zuschlagen, und noch einen Hieb von ihm einzustecken, war das letzte, was ich mir wünschte. Ich stand nur da und sah ihn an.

»Und wenn ich Ihnen die Morde nicht nachweisen kann, Schnüff= ler«, fuhr er fort, »sind Sie wegen Einbruchs dran. Das bringt Ihnen drei Monate. Und jeden Tag dieser drei Monate wird einer meiner Jungs mit Ihnen exerzieren. Ich habe Ihnen gesagt, Sie sollten Ihre Nase nicht hineinstecken, und jetzt wird's Ihnen leid tun, daß Sie es doch taten.«

Er drehte sich zu Rankin um. »Los, bringen Sie ihn ins Head= quarters und liefern Sie ihn unter der Anklage des Mordes an Thrisby und dem Filipino ein. Das genügt, um ihn festzuhalten, bis ich die Beweise beisammen habe. Wir sollten in der Lage sein, ihn darauf festzunageln.«

Mit ausdruckslosem Gesicht trat Rankin zu mir und faßte mich am Arm.

»Kommen Sie«, sagte er.

Katchen trat vor mich und bohrte mir einen Finger im Format einer Banane in die Brust.

»Sie werden sich noch wünschen, tot zu sein, Sie Ungeziefer«, knurrte er, zog seine Hand zurück und schlug sie mir hart flach ins Gesicht, daß ich gegen Rankin taumelte. »Schaffen Sie mir den Lumpen aus den Augen, und stecken Sie ihn in eine Zelle.«

Rankin zerrte mich am Arm aus dem Zimmer. Zusammen gingen wir die Treppe hinunter, auf die Terrasse hinaus, über den Rasen vor das Tor, wo drei Polizeiwagen parkten. Keiner von uns sagte ein Wort. Als wir durch das Tor kamen, bog der Polizeiwagen, der mich aus dem

Bungalow geholt hatte, gerade von der Hauptstraße ab und kam auf uns zu.

Candy stieg aus und kam herüber.

»Etwas gefunden?« fragte Rankin.

»Noch eine Waffe. Kürzlich abgeschossen, und vier Patronen fehlen aus dem Magazin«, sagte Candy und zog Bridgettes Pistole aus seiner Tasche.

»Wo haben Sie die gefunden?« fragte ich.

Er sah mich an.

»Unter Ihrem Bett, wo Sie sie versteckt hatten.«

Ich schüttelte den Kopf.

»Ich habe sie dort nicht versteckt. Aber das werden Sie mir doch nicht glauben.«

Rankin sah mich stirnrunzelnd an.

»Ich bringe ihn zum Headquarters«, sagte Rankin. »Ich lasse die Waffe überprüfen. War sonst etwas da?«

»Nein, nichts.«

»Nehmen Sie einen der anderen Wagen, und fahren Sie nach Hause«, sagte Rankin. »Der Captain hat genügend Leute hier.«

»Gut. Begleiten Sie Brandon allein?«

»Ja.«

Sie sahen sich an. Mir schien, daß Candy mit dem linken Auge blinzelte, aber ich konnte mich irren. Er verschwand in der Dunkelheit.

Rankin deutete auf einen der Polizeiwagen.

»Sie fahren.«

»Wie war das?« fragte ich überrascht.

»Sie fahren.«

»Gefesselt?«

Er zog seinen Schlüssel aus der Tasche und nahm mir die Handschellen ab.

Ich setzte mich ans Steuer und ließ den Motor an. Er setzte sich neben mich, zog eine Zigarettenpackung aus der Tasche und zündete sich eine an.

»Fahren Sie los«, sagte er.

Während ich zu der Bergstraße hinauffuhr, sagte ich: »Seien Sie vorsichtig mit der Waffe, Inspektor.« Ich verlangsamte das Tempo und sah nach rechts und links, bog dann in die Straße ein. »Sie gehört Mrs. Creedy.«

»Ich werde aufpassen.«

»Was soll das bedeuten, daß Sie mich auf diese Weise zum Headquarters bringen?« fragte ich. »Es ist bestimmt das erstemal, daß ein Gefangener sich selbst ins Gefängnis fährt und neben ihm ein Polizist sitzt, der raucht.«

»Ich bringe Sie nicht ins Gefängnis«, antwortete Rankin. »Aber Katchen hält das für schlau. Er glaubt, er habe Sie jetzt so einge=

,schüchtert, daß Sie ein für allemal aus der Stadt verschwinden. Ich soll Ihnen die Möglichkeit geben, zu entfliehen.«

Ich war so überrascht, daß ich während der nächsten zweihundert Meter keine Worte fand. Dann begann ich wieder nachzudenken und lachte plötzlich laut auf.

»Eingeschüchtert hat er mich fraglos«, gab ich zu, »aber noch nicht genug, damit ich fortlaufe. Sollten Sie mir das alles sagen?«

»Ich sollte wegsehen, während Sie davonliefen«, antwortete Rankin mürrisch. »Ich hatte gleich den Verdacht, daß Sie nicht fortlaufen würden.«

»Hätte ich auch nicht getan. Ich riskiere keine Kugel in den Rücken. Natürlich ist das Creedys Idee. Nachdem er erst versucht hat, mich mit hundertfünfzigtausend Dollar zu kaufen, versucht er jetzt, mir Angst zu machen, um mich zu verscheuchen.« Ich blies meine Backen auf. »Woher wußten Sie, daß ich in Thrisbys Haus gewesen bin?«

»Eines von Creedys Subjekten beobachtete das Haus«, erklärte Rankin. »Der Aufpasser rief ihn an und sagte ihm, er hätte Sie hineingehen sehen. Creedy rief Katchen an und befahl ihm, Ihnen einen Einbruch anzuhängen und Sie festzunehmen. Er befahl ihm, Sie einzuschüchtern und Sie aus der Stadt zu vertreiben. Wir erwischten Sie aber nicht mehr und fanden dann Thrisby. Darauf entschloß sich Katchen, Ihnen mit der Mordbeschuldigung Angst zu machen.«

»Und es ist ihm völlig gleichgültig, wer Thrisby wirklich ermordet hat?«

Rankin zuckte mit den Schultern.

»Oh, er wird sich zur gegebenen Zeit schon darum kümmern«, antwortete er gleichgültig.

»Hat der Aufpasser denn nicht den Mörder gesehen?«

»Nein, er ist nur nachts auf seinem Posten.« Er zog Bridgettes Waffe aus seiner Tasche und drehte sie in seinen Händen. »Wurde Thrisby mit dieser Pistole erschossen?«

»Ja.«

»Hat sie es getan?«

»Das müssen Sie sie selbst fragen. Ich würde sagen nein.«

»Man stellt Creedys Frau nicht derartige Fragen. Man stellt Creedys Frau überhaupt keine Fragen, wenn man in unserer Stadt seine Stellung behalten will.«

»Kein Mensch sollte so viel Macht haben. — Und Creedy hat mit Richter Harrison also ein Geschäft gemacht.«

»Ja. Es war nicht so schwer. Der Richter besitzt keinen Nickel eigenes Vermögen, hat aber eine extravagante Frau. Creedy hat ihn bezahlt, und jetzt ist Harrison bereit, die Politik aufzugeben. Es wird morgen in den Zeitungen stehen.«

»Das wird dem *Courier* gefallen.«

»Die können auch nichts dagegen machen. Sie können jetzt zum

Bungalow zurückfahren. Dann packen Sie am besten, nehmen Ihren Wagen und verschwinden.«

»Ich bin noch nicht so weit«, sagte ich und bog von der Bergstraße in den Franklyn Boulevard ein. »Ich gehe, wenn ich Sheppeys Tod aufgeklärt habe, und vorher nicht.«

»Für Sie ist es besser, Sie verschwinden heute nacht, Brandon. Katchen hat Ihretwegen Befehl gegeben. Wenn Sie nicht innerhalb von zwei Stunden aus der Stadt verschwunden sind, kommen Sie in Gefahr. Die Fahrer von Katchens Streifenwagen sind Fachleute bei der Herbeiführung von Verkehrsunfällen. Die können einen Zusammenstoß fabrizieren, der Sie ein Bein kosten kann.«

Ich starrte ihn an.

»Das ist doch ein Witz?«

»Ich habe nie ernster gesprochen«, antwortete er nüchtern. »Wenn Sie nicht innerhalb von zwei Stunden St. Raphael City verlassen haben, landen Sie im Krankenhaus. Dagegen können Sie gar nichts machen. Diese Jungens überraschen Sie verdammt schnell. Wir haben dreißig Streifenwagen hier, und alle sind sie auf Sie angesetzt. Machen Sie sich nichts vor. Sie haben keine Chance, ihnen zu entkommen. Sie können sich glücklich preisen, wenn Sie am Leben bleiben. Diese Burschen sind darin Experten.«

Ich dachte eine Weile darüber nach, während wir über die unebene Straße holperten, die zu dem Bungalow führte.

Als ich anhielt und ausstieg, sagte ich: »Brauchen Sie Bridgettes Pistole, Inspektor? Ich könnte vielleicht etwas damit anfangen. Für Sie ist das ganz unmöglich.«

»Sind Sie immer noch hinter Creedy her?« fragte Rankin und drehte sich um, um mich anzusehen.

»Ich bin hinter Sheppeys Mörder her. Die Waffe kann damit in Zusammenhang stehen. Sie bekommen sie von mir zurück.«

Er zögerte, hob dann die Schultern.

»Also schön. Mir nützt sie doch nichts. Katchen läßt sie verschwinden, sobald er erfährt, daß sie Mrs. Creedy gehört.«

»Danke, Inspektor. Sie waren sehr anständig zu mir. Ich wünsche Ihnen, daß Sie Ihre Beförderung noch bekommen«, sagte ich und streckte ihm meine Hand hin.

Er nahm sie, gab mir dann die Waffe und setzte sich ans Steuer.

»Gegen dieses System kommen Sie nicht an, Brandon«, sagte er ernst und starrte durch die Windschutzscheibe vor sich hin. »Diese Halunken sind zu groß, zu stark und zu gut organisiert, als daß ein Einzelgänger etwas gegen sie ausrichten könnte. Ich weiß es. Ich habe den Versuch aufgegeben. Verschwinden Sie schnell, und bleiben Sie fort.«

Er nickte, wendete den Wagen und fuhr rasch in die Dunkelheit davon.

II

Als ich mich dem Bungalow zuwendete, sah ich die Scheinwerfer eines Wagens, der schnell über die holprige Straße kam. Rankins Wagen wich aus, und der andere fuhr vorbei und kam auf mich zu.

Ich schob Bridgettes Waffe in mein leeres Schulterhalfter und wartete. Ich war plötzlich müde, mein Magen schmerzte dumpf von Katchens Schlag, und ich konnte an nichts anderes denken, als an Schlafen.

Der Wagen hielt an, und ein großer, magerer Mann stieg aus. Er kam auf mich zu. Im Mondlicht konnte ich nicht viel von ihm sehen, außer daß er ziemlich jung schien und einen weichen Filzhut in den Nacken zurückgeschoben trug.

»Mr. Brandon?«

»Ja.«

»Ich bin Frank Hepple vom *Courier*. Mr. Troy sagte mir, ich sollte Sie aufsuchen. Ist es Ihnen schon zu spät für eine Unterhaltung?«

Es war zu spät, und mir war nicht nach einer Unterhaltung zumute, aber Troy hatte gesagt, daß dieser Mann gut sei, und ich brauchte Hilfe. Darum forderte ich ihn auf, mit hineinzukommen.

»Woher wissen Sie, daß ich hier bin?« fragte ich, während wir über den Sand zu dem Bungalow schritten.

»Heute nachmittag rief ich Inspektor Rankin an, und ich erfuhr es von ihm«, antwortete Hepple. »Ich habe etwas für Sie. Ich hielt es für das beste, zu Ihnen hier herauszukommen und es Ihnen sofort mitzuteilen.«

Der Bungalow lag still da und löste in mir ein Gefühl der Leere aus. Ich konnte Margots Parfüm wahrnehmen, das noch in der warmen, dumpfen Luft hing. Ich drehte den Schalter und ging in den Wohnraum voraus.

Die Uhr auf dem Kaminsims zeigte auf zwanzig nach elf. Etwas verbittert dachte ich daran, daß ich jetzt in Margots Armen liegen würde, wenn Rankin nicht gekommen wäre, um mich zu Thrisbys Haus zu holen.

Ich ging zu der Bar hinüber, fand eine volle Flasche Vat 69 und mixte zwei große Highballs. Ich brachte die Drinks zu einem Tisch und stellte sie dort ab.

Hepple stand mit dem Rücken zu dem Kamin und beobachtete mich. Er war um die dreißig, mit einem hageren, angenehmen Gesicht, klugen Augen und einem kräftigen Kinn. Er sah wie ein Mann aus, der nicht so leicht von einer Sache abzubringen war, wenn er sie erst einmal angefangen hatte.

»Bedienen Sie sich«, forderte ich ihn auf und deutete auf die Gläser. Dann legte ich meine Hände auf meinen schmerzenden Magen und versuchte mich zu entspannen.

Er kam herüber, nahm eines der Gläser, trank einen großen

Schluck und sagte, als ich auch nach meinem Glas griff: »Mr. Troy hat mich beauftragt, mich um Hahn zu kümmern. Ich habe in seiner Vergangenheit nachgegraben und bin dabei auf Gold gestoßen.«
»In welcher Weise?«
»Ich fuhr zu seinem Haus hinaus und bat ihn, mir ein Interview zu geben«, antwortete Hepple. »Er nahm die Chance einer kostenlosen Reklame begeistert wahr. Schätzen Sie diesen Mann nicht falsch ein. Er ist ein Künstler, der etwas kann. Ich überredete ihn, mir eine flüchtige Tonskizze zu machen, die ich mitnehmen durfte. Es ist nichts Besonderes, aber sie trug vollkommene Abdrücke von all seinen Fingern.« Hepple grinste, über seine eigene Raffinesse entzückt. »Heute morgen brachte ich sie zum FBI Headquarters nach Los Angeles. Sie verglichen die Fingerabdrücke, und damit kam die ganze Geschichte heraus.« Er nahm sein Glas, trank wieder einen großen Schluck und winkte mir aufgeregt damit zu. »Hahns wirklicher Name ist Jack Bradshaw. Er wurde 1941 mit zwei Jahren für Rauschgiftschmuggel bestraft. Als er aus dem Gefängnis kam, ging er nach Mexiko, und der FBI verlor ihn aus den Augen. Vier Jahre später tauchte er wieder auf und wurde dabei geschnappt, wie er zwei Koffer Heroin über die Grenze schmuggeln wollte. Dieses Mal bekam er acht Jahre. Als er entlassen wurde, beobachtete ihn der FBI genau. Aber nunmehr schien er genug zu haben und die Finger davon zu lassen. Seine Schule für Keramik ist ihnen genau bekannt, und sie haben sie scharf unter die Lupe genommen, sind aber der Meinung, daß dort nichts Gesetzwidriges geschieht.« Er beugte sich vor und deutete mit dem Finger auf mich. »Aber jetzt kommt das, was Sie interessieren wird. Während Hahn seine letzte Strafe verbüßte, freundete er sich mit einem Burschen namens Juan Tuarmez an, der auch ein Rauschgiftschmuggler war. Zusammen kamen sie aus dem Gefängnis. Dieser Tuarmez brachte mich auf einen Einfall, und ich ließ mir bei dem FBI sein Bild zeigen. Raten Sie mal, wer er ist?«
»Cordez?«
Hepple nickte.
»Richtig. Cordez vom Musketeer Club. Was sagen Sie dazu?«
»Weiß der FBI, daß er dort ist?«
»Aber sicher. Doch sie können nichts gegen ihn unternehmen. Er hat seine Strafe verbüßt, und von außen gesehen betreibt er einen erfolgreichen Nachtklub. Hin und wieder tauchen sie bei ihm auf und sehen sich dort um, aber sie sind überzeugt, daß er seine alten Tricks aufgegeben hat.«
»Haben sie sich nicht gewundert, woher er das Geld bekam, um den Klub aufzumachen?«
»Darum haben sie sich gekümmert. Cordez erklärte ihnen, daß er es von einer Finanzgruppe bekam.«
»Und Hahn?«

»Erzählte die gleiche Geschichte.«
»Haben Sie eine Ahnung, wer sie finanzierte?«
»Creedy natürlich.«
»Kommt es dem FBI nicht komisch vor, daß sich diese beiden Gefängnisbrüder ausgerechnet in der gleichen Stadt niedergelassen haben?«
»Sie haben sie eine Zeitlang beschattet. Cordez kommt nie zu der Keramikschule, und Hahn ist niemals in dem Klub erschienen. Seit sie in St. Raphael City sind, sind sie noch nie zusammengetroffen.«

Ich überlegte einen Augenblick und sagte dann: »Ich habe gehört, Richter Harrison hat sich von der Politik zurückgezogen.«

Hepple schnitt eine Grimasse.

»Die alte Schlange. Creedy hat ihn gekauft.«
»Werden Sie das drucken?«
»Im Leben nicht. Wir haben keine Beweise, wissen es aber trotzdem. Es wird eine Weile dauern, bis sich jemand findet, der an seine Stelle tritt. Inzwischen gibt es keine Opposition, und die herrschende Clique bleibt an ihrem alten Platz. Es sieht aus, als ginge die Gangsterherrschaft bei uns weiter.«

»Vielleicht, vielleicht auch nicht. Hörten Sie von der Schießerei draußen im White Chateau?«

Hepple nickte.

»Aber das hat doch nichts mit Cordez und Hahn zu tun, oder doch?«

»Das weiß ich noch nicht. Ich bin noch dahinterher. Haben Sie einen guten Panzerschrank in Ihrem Büro?«

»Gewiß.« Hepples Gesicht verriet seine Überraschung.

»Ich habe etwas, das ich Sie sicher aufzubewahren bitten möchte«, sagte ich und zog Bridgettes Waffe aus meinem Halfter. »Wollen Sie das Ding in Ihren Panzerschrank legen und dort aufbewahren, bis ich wieder danach frage?«

»Selbstverständlich.«

Er nahm die Pistole, betrachtete sie, hob den Lauf an die Nase und schnüffelte daran. Dann fixierte er mich scharf. »Sollte das die Waffe sein, mit der Thrisby erschossen wurde?«

»Es könnte sein. Das will ich noch feststellen. Ich möchte sie nicht verlieren und glaube, daß Ihr Panzerschrank der richtige Platz dafür ist.«

»Sollte man sie nicht der Polizei abliefern?«

Ich schüttelte den Kopf.

»Nein. Dort könnte sie verlorengehen.«

Er warf die Waffe von einer Hand in die andere, als er fragte: »Sie wissen nicht, wem sie gehört?«

»Ich habe eine Vermutung, aber das bedeutet noch nicht, daß der Besitzer Thrisby erschossen hat.«

Er schob die Waffe in seine Tasche. »Also gut. Ich hoffe, Sie wissen, was Sie tun.«

»Deswegen brauchen Sie sich nicht zu sorgen. Wenn ich ein bißchen Glück habe, bekommen Sie morgen eine Story von mir. Die Waffe spielt vielleicht eine Hauptrolle darin.«

»Kann ich sonst noch etwas für Sie tun?«

»Beiben Sie morgen den ganzen Tag in Ihrem Büro. Vielleicht brauche ich Sie sehr schnell. Und ich will wissen, wo ich Sie finden kann.«

Er sah mich ernst und besorgt an.

»Mir scheint, daß Sie mehr von der ganzen Angelegenheit wissen, als Sie mir sagen. Brandon, Sie haben vielleicht sehr dünnes Eis unter den Füßen. Wie wäre es, wenn Sie mir alles sagten, was Sie wissen, damit wir beide gemeinsam daran arbeiten können.«

Ich schüttelte den Kopf.

»Soweit bin ich noch nicht. Ich habe eine Handvoll Theorien, aber keine wirklichen Fakten.«

»Warum erklären Sie mir nicht Ihre Theorien? Angenommen, es stößt Ihnen etwas zu, ehe Sie so weit sind, daß Sie reden wollen. Bei uns kann einem Mann, der lästige Fragen stellt, auf vielerlei Weise etwas zustoßen. Angenommen, man bringt Sie zum Schweigen, ehe Sie zum Reden kommen. Damit ist uns auch nicht geholfen.«

Ich war versucht, ihm zu erzählen, was mir im Kopf herumging, aber ich wußte, daß es noch nicht soweit war. Wenn ich Creedy den Boden unter den Füßen wegziehen wollte, mußte ich meiner Tatsachen absolut sicher sein.

»Ich werde Sie morgen anrufen«, sagte ich. »Das ist alles, was ich tun kann.«

»Wie Sie wollen. Aber bleiben Sie heute nacht nicht hier allein. Bis zum nächsten Nachbarn ist es in jeder Richtung mindestens eine Meile. Hier draußen kann alles passieren, und niemand würde jemals etwas davon erfahren. Warum kommen Sie für heute nacht nicht mit zu mir? Sie können auf meinem Sofa schlafen.«

Ich schüttelte den Kopf.

»Sorgen Sie sich nicht um mich«, erwiderte ich. »Ich bin hier gut aufgehoben. Bis morgen wird mir nichts geschehen. Bis dann hoffe ich, ist es zu spät, daß mir noch was passieren kann.«

Er zuckte mit den Schultern. »Wie Sie wollen. Aber mir scheint, Sie riskieren verdammt viel.« Er zog seine Brieftasche, nahm eine Karte heraus und gab sie mir. »Hier ist meine private Telefonnummer. Wenn Sie mich brauchen, ich bin dort bis acht Uhr morgen früh zu erreichen und von dann an auf meiner Redaktion.«

»Passen Sie gut auf die Waffe auf.«

»Ich bringe sie sofort noch in unseren Safe. Ich höre von Ihnen.«

»Irgendwann morgen.«

»Und passen Sie auf.«

»Verlassen Sie sich darauf.«

Ich sah ihm nach, wie er die Stufen hinunterschritt und über den Sand zu seinem Wagen ging. Er drehte sich um und winkte. Dann stieg er ein und fuhr fort.

Ich blieb auf der Veranda stehen und blickte den roten Schlußlichtern nach, bis sie außer Sicht kamen.

Vierzehntes Kapitel

I

Der Mond stand hoch über den Palmen, die lange, schwarze Schatten warfen. Das Meer glänzte wie ein silberner Spiegel. Die einzigen Geräusche war das ferne Dröhnen des Verkehrs auf der Promenade und das leise Rauschen der Brandung.

Während ich auf der Veranda stand und auf die Lichter von St. Raphael City sah, hatte ich das Gefühl vollständiger Einsamkeit, und ich fragte mich, warum ich nicht mit Hepple gefahren war.

Falls irgend jemand beabsichtigte, mich auszulöschen, war dieser abgelegene Bungalow der geeignete Platz dafür.

Die Hände auf die Balustrade gestützt, stand ich vorgebeugt mit hängenden Schultern da. Ich fühlte mich ausgelaugt, und das Denken machte mir Mühe. Rechts konnte ich in der Ferne die erhellten Fenster der Schule für Keramik sehen und fragte mich, was Hahn oder Jack Bradshaw, um ihn bei seinem richtigen Namen zu nennen, im Augenblick tat.

Das Geheimnis der Streichholzbriefchen hatte ich jetzt durchschaut, aber das alleine sagte mir noch nicht über jeden Zweifel hinaus, wer Sheppeys Mörder war. Ich hatte das Gefühl, daß ich kurz davorstand, zu erkennen, wer ihn ermordet hatte, aber ich mußte noch den richtigen Platz für ein Stück in dem Puzzlespiel finden, ehe ich das vollständige Bild vor mir sah.

Es hatte keinen Sinn, hier draußen im Dunklen herumzustehen. Ich redete mir ein, ich könne ebensogut ins Bett gehen. Bis morgen konnte ich sowieso nichts weiter unternehmen.

Ich drehte mich um und ging in den Wohnraum. Ich schloß die Fenstertür, drehte den Schlüssel im Schloß, nahm die beiden Gläser, aus denen Hepple und ich getrunken hatte, und brachte sie zu der Bar.

Ich sah mich überall um, um mich zu vergewissern, daß keine Zigaretten mehr in den Aschenbechern glimmten, und ging dann zu dem Schalter neben der Tür. Als ich die Hand danach ausstreckte, nahm ich ein sehr schwaches Geräusch wahr, daß mir sofort verriet, daß ich mich nicht mehr allein in dem Bungalow befand.

Eine volle Sekunde blieb ich regungslos, war mir bewußt, daß ich mich fürchtete, und mein Mund war plötzlich ausgedörrt. Mir fiel ein, daß ich keine Waffe besaß. Rankin hatte meine behalten, und Bridgettes Pistole hatte ich Hepple gegeben. Hepples Worte fielen mir ein: Sie sind eine gute Meile von jedem Nachbarn in allen Richtungen entfernt. Hier draußen kann alles passieren, und niemals würde jemand etwas davon erfahren.

Das Geräusch war aus dem Schlafzimmer gekommen. Das deutliche Knarren von einem Fuß auf einer lockeren Diele, von jemand, der vorsichtig schlich.

Ich drehte an dem Schalter, und der Raum lag im Dunklen.

Durch das große Fenster konnte ich den Mond sehen. Sein Licht warf auf der anderen Seite des Raumes einen großen, hellen Fleck auf den Teppich. Aber wo ich stand, herrschte undurchdringliche Finsternis.

Ich stand gespannt, lauschte mit klopfendem Herzen.

Wieder hörte ich die Bewegung, noch im Schlafzimmer, und dann nahm ich das leise Knarren der Tür war, als sie geöffnet wurde.

»Keine Bewegung mehr«, stieß ich in drohendem Ton aus, »oder ich schieße.«

Kaum hatte ich die Worte ausgesprochen, ließ ich mich auf ein Knie fallen und erwartete, eine Waffe aufblitzen zu sehen. Statt dessen hörte ich nur ein schnelles, erschrecktes Keuchen.

»Lew?«

Margots Stimme.

»Du bist das?« rief ich aus.

Ich richtete mich auf und schaltete das Licht an.

Margot stand unter der Schlafzimmertür, mit bleichem Gesicht und weit aufgerissenen, verängstigten Augen.

Sie trug ein Nylonnachthemd, das so durchsichtig wie klares Glas war. Sie sah mehr als schön aus. Sie sah aus, als käme sie aus einer anderen Welt.

»O Lew, wie hast du mich erschreckt.«

»Ich dich? Was glaubst du, wie erschrocken ich war. Ich bekam fast einen Herzschlag. Margot, was tust du hier?«

»Ich bin zurückgekommen. Ich hatte solche Angst um dich, Liebling. Ich wußte nicht, was ich tun sollte. Ich fuhr mit dem Wagen bis zur Promenade und kam dann zu Fuß zurück. Ich habe draußen im Dunklen gewartet. Dann kam die Polizei und fuhr wieder fort. Mir wurde kalt, darum ging ich hinein, um auf dich zu warten. Ich bin gerade erst aufgewacht.«

Ich zog mein Taschentuch und wischte mir über das Gesicht.

»Es tut mir leid, daß ich dich erschreckt habe«, sagte ich. »Aber mein Schreck war bestimmt nicht geringer. Ich glaubte, mein letzter Augenblick sei gekommen.«

»Entschuldige, bitte. Ich habe geschlafen. Ich wachte gerade auf, als das Licht ausging. Ich hoffte, du wärst es, wagte aber nicht zu rufen, weil es auch jemand anderes sein konnte. Darum schlich ich mich zur Tür, um zu lauschen. Als du mich dann mit dieser schrecklichen Stimme anriefst, war ich furchtbar erschrocken.«

»Dann waren wir es beide.«

Sie trat schnell auf mich zu und schlang ihre Arme um meinen Hals. Das Gefühl ihres weichen, anschmiegsamen Körpers ließ mein Herz schneller schlagen. Ich strich mit den Händen über ihren Rücken und ihre Hüften und zog sie dicht an mich.

»Küß mich, Lew ...«

Unsere Lippen trafen sich, und sie seufzte leise, preßte sich an mich.

»O Liebling ...«

Ich bedurfte meiner ganzen Willenskraft, um mich von ihr zu lösen.

»Geh ins Bett, Margot«, sagte ich, »du wirst dich erkälten ...«

Sie legte ihren Kopf auf die Seite, als sie mich ansah. Ihr Gesicht war leicht gerötet, der Mund etwas geöffnet, und in ihren Augen lag ein Blick, den ich schon vorher an ihr wahrgenommen hatte. Sie war die verführerischste und begehrenswerteste Frau in der Welt.

»Ich werde mich nicht erkälten, aber ich gehe wieder ins Bett. Und du?«

»Keine Sorge. Laß mich schnell duschen, dann komme ich gleich.«

»O Lew, du hast mir noch gar nichts erzählt. Was ist geschehen? Warum hat die Polizei ...?«

Ich hob sie hoch und trug sie durch den Wohnraum in das Schlaf=zimmer.

Auf dem Kopfkissen war der Abdruck zu sehen, wo ihr Kopf gelegen hatte, und die Decke war zurückgeworfen. Ich legte sie auf das Bett, deckte sie zu und sah auf sie hinunter. Wie schön war sie doch.

»Die Polizei? Ich habe Befehl, sofort aus der Stadt zu verschwinden«, antwortete ich. »Sie fürchten, daß ich Sheppeys Mörder zu dicht auf den Fersen bin, Margot.«

Ihre dunklen Augen öffneten sich weit, und sie streckte die Hand aus und strich mir über das Gesicht.

»Gehst du fort, Lew?«

»Was bleibt mir anderes übrig? Es wird mir nicht gut bekommen, wenn ich bleibe, aber vorher werde ich wenigstens einem Gangster=geschäft hier das Handwerk legen. Ich bin dahintergekommen, was die Streichhölzer bedeuten.«

»Wirklich? Was denn?«

Ich setzte mich auf den Bettrand und nahm ihre Hand.

»Die Streichhölzer sind Bons für Rauschgift.«

»Bons für Rauschgift? Wie meinst du das?«

Mit großen verwunderten Augen sah sie mich an.

»Es ist ganz einfach. Cordez und Hahn sind Rauschgifthändler. Sie sind der Rauschgiftabteilung des FBI gut bekannt und werden ständig beobachtet. Beide wurden für Rauschgiftschmuggel schon vorbestraft und wissen genau, das nächstemal bekommen sie lebenslänglich. Sie haben sich zusammengetan und eine Methode ausgearbeitet, die ihnen sicher zu sein schien. Sie ließen sich in einer der reichsten Städte in den Vereinigten Staaten nieder, bekamen die Mittel, einen Klub und eine keramische Werkstatt zu eröffnen. Das sind beides gesetzlich einwandfreie Unternehmen. Die Rauschgiftabteilung hat sie genau überprüft, aber nichts Verdächtiges bei ihnen gefunden. Hahn und Cordez wurden auch beobachtet, aber sie kamen nie zusammen, und es schien keinerlei Verbindung zwischen ihnen zu bestehen. Trotzdem handelten sie natürlich noch zusammen mit Rauschgift, und zwar auf folgende Weise. Hahn beschaffte die Drogen und Cordez die Kunden. Viele reiche Leute kamen in Cordez' Klub. Manche von ihnen wollten Drogen kaufen. Cordez verkaufte ihnen Streichholzbriefchen. Damit gingen sie zu Hahn — das war völlig sicher, denn dort gehen ständig viele Leute ein und aus — und gegen ein Streichholz erhielt der Kunde eine bestimmte Menge Rauschgift. Hahn schickte die Streichhölzer an Cordez zurück, der ihm dafür seinen Anteil auszahlte. Auf diese Weise war es sicher, und alle waren zufrieden. Cordez bekam Geld, seine Kunden hatten ihre ständige Quelle für Rauschgift, und Hahn wurde dafür bezahlt, daß er die Drogen lieferte.«

»Das ist phantastisch, Lew.«

»Ganz und gar nicht. Rauschgifthandel ist ein gefährliches Geschäft, Margot. Die Rauschgiftabteilung kennt so gut wie alle Methoden. Ein erfolgreicher Rauschgifthändler muß ihr immer um einen Schritt voraus sein, und das ist Cordez und Hahn bis jetzt gelungen. Hahns Schule für Keramik ist geradezu ideal gelegen, um Rauschgiftlieferungen in Empfang zu nehmen. Nachts kann ein Boot bei ihm landen, ohne daß jemand es jemals bemerkt. Das ist es also. Ich setze meinen letzten Dollar darauf, daß hierin das Geheimnis der Streichhölzer liegt.« Ich griff in meine Hüfttasche und zog das Briefchen heraus. »Jeder Kunde erhält vermutlich Streichhölzer mit anderen Zahlen, damit er oder sie identifiziert werden kann. Wenn ein Streichholzbriefchen verlorengeht, kann kein anderer es verwenden. Es ist wie ein Freifahrschein zur Hölle. Sheppey kam in Besitz eines dieser Streichholzbriefchen. Darum wurde er ermordet, und deshalb wurde sein und mein Zimmer durchsucht.«

»Dann war Jacques also süchtig?« fragte Margot und starrte mich an.

»Das ist möglich. Jedenfalls wußte er über die Streichhölzer Bescheid. Als ich eins davon anzündete, hätte er sich fast verraten. Er wußte, daß ich damit eine bestimmte Menge Rauschgift fortwarf.« Ich steckte die Streichhölzer in meine Hüfttasche zurück. »Nun, morgen ist alles zu Ende. Ich übergebe die Streichhölzer der Rauschgiftabteilung in Los Angeles, und sie wird den Rest besorgen.«

»Und dann wirst du fortgehen?« fragte sie, und ihre Hand schloß sich um meine. »Ich möchte nicht, daß du fortgehst, Lew.«

Ich lächelte ihr zu.

»Ich kann hier nicht bleiben. Ich habe meine Arbeit in San Franzisko. Dort bin ich zu Hause. Aber was hält dich davon ab, nach San Franzisko zu kommen?«

»Daddy natürlich. Er würde es nicht zulassen.«

Ich stand auf.

»Du weißt sicher selbst, was es dir unmöglich macht. Du willst dein Vergnügen und deine Dollars. Überlege es dir. Für dich wäre es vielleicht gar nicht so schlecht, deinen Vater zu vergessen und zu lernen, wie es ist, wenn man sich seinen Lebensunterhalt verdienen muß.«

Sie lehnte sich zurück, schloß die Augen halb und schien nachzudenken. Und dann bemerkte ich etwas, das mir einen kalten Schauer über den Rücken jagte. Sie machte eine Bewegung, die mir den letzten Zweifel nahm, daß mein Verdacht richtig war, ein Verdacht, den ich für mich selbst noch nicht gewagt hatte, in Worte zu kleiden, weil ich mich vor seiner Bestätigung fürchtete.

Margot tippte mit den Fingern ihrer rechten Hand auf die Bettdecke, zweimal nur, ganz kurz, dort wo ihr Oberschenkel lag, wie man auf dem Klavier eine Tonleiter anschlägt — die Bewegung, die Greaves bei dem Mädchen beobachtet hatte, das Sheppey aus dem Hotel abholte...

Sie hob ihren Blick zu mir. Ihre Augen leuchteten verlockend.

»Ich könnte es versuchen, Liebling. Aber du wolltest doch jetzt duschen.«

»Ich bin gleich damit fertig.« War es mir gelungen, meine Erregung zu verbergen?

Ich zog mein Jackett aus, streifte Hose und Hemd ab und ließ sie auf einen Stuhl fallen und ging dann nur mit der Unterhose bekleidet in das Badezimmer.

Ich schloß die Tür, drehte die Dusche an, trat dann wieder mit klopfendem Herzen zur Tür zurück.

So wartete ich vielleicht zehn Sekunden. Dann griff ich nach der Klinke und drückte sie sehr behutsam herunter. Ich zog die Tür einen Spalt auf, damit ich in das Schlafzimmer sehen konnte.

Margot war vom Bett aufgestanden und neben den Stuhl getreten, auf den ich meine Hose geworfen hatte. Ihre Hand war in der Hüfttasche, und ich beobachtete, wie sie das Streichholzbriefchen herauszog. Auf ihrem Gesicht lag ein Ausdruck des Schreckens und der Erleichterung, der mich entsetzte.

Ich beugte mich zurück, drehte die Dusche ab, öffnete die Tür weit und trat in das Schlafzimmer.

Margot fuhr mit aufgerissenen Augen herum und stieß einen unterdrückten Schreckensschrei aus.

Ich sah nicht einmal zu ihr hin. Ich ging zu dem Bett hinüber, faßte das Kissen, das noch den Abdruck ihres Kopfes zeigte und riß es hoch.

Unter dem Kissen verborgen lag auf dem Laken ein Eispicker mit gelbem Griff.

II

Unter einem Schweigen, das ich fast greifen konnte, drehte ich mich zu Margot um, die versteinert, mit riesigen Augen, die Streichhölzer in der Hand, an der gleichen Stelle stand.

»Hast du wirklich geglaubt, du könntest damit durchkommen, Margot?« fragte ich. »Hast du dir eingebildet, du hättest auch beim drittenmal Glück damit?«

Ihre Lippen bewegten sich, aber kein Wort wurde hörbar.

Ich griff nach dem Eispicker und drehte ihn zwischen den Fingern. Der Stahl war zu einer nadelscharfen Spitze gefeilt worden. Wieder schlich mir ein kalter Schauder über den Rücken, als ich erkannte, wie knapp ich davongekommen war.

»Du hast das gut gemacht, aber nicht ganz gut genug«, sagte ich und beobachtete sie. »Als Schauspielerin warst du ausgezeichnet, aber du bist nur eine Lügnerin zweiter Klasse. Es ging alles ganz glatt, bis du mir einzureden versuchtest, daß Thrisby der Eigentümer der Streichhölzer war. Das Abendessen, das du mir beschrieben hast, hat nicht stattgefunden. An diesem Abend war Thrisby mit einer neuen Freundin unterwegs, und Bridgette versuchte, ihn oben in seinem Haus zu finden. Das war eine plumpe Lüge, Margot, und sie führte mich direkt auf deine Spur.«

Sie setzte sich plötzlich und schlug die Hände vors Gesicht.

»Ich wunderte mich darüber, warum du mir hier den Bungalow überließest«, fuhr ich fort. »Es war so vollkommen unerklärlich, aber jetzt durchschaue ich, daß es eine Vorsichtsmaßnahme war. Falls ich gefährlich werden sollte, mußte ich beseitigt werden. Das Haus liegt außerordentlich günstig, um einen Mann ohne Aufsehen zu ermorden, nicht wahr?«

Jetzt blickte sie auf, ihr Gesicht war kalkweiß, und ihre Augen funkelten. Sie war immer noch schön, aber es war eine harte, gefährliche Schönheit.

»Und du hattest das hier unter dem Kissen«, sagte ich und hielt den Eispicker hoch. »Das erklärt, weshalb der Mord an Sheppey so fachmännisch und der an Thelma Cousins so dilettantisch erschien. Wenn du einen Mann in den Armen hältst, Margot, ist es leicht, unter das Kissen zu greifen und ihm den Eispicker von hinten in den Hals zu stoßen, nicht wahr? Das wolltest du auch mit mir tun, oder nicht?

Thelma dagegen stand aufrecht, als du sie erstachst, und in dieser Stellung ist es schwieriger, jemanden sauber zu töten.« Ich sah sie an. »Sage doch etwas. Du hast Sheppey getötet, oder etwa nicht?«

Sie schüttelte den Kopf.

»Du verstehst es nicht«, sagte sie, und ihre Worte überstürzten sich. »Er erpreßte mich. Er fand die Streichhölzer und nahm sie mir fort. Er sagte, er würde sie mir nicht zurückgeben, wenn ich ihm nicht zu Willen wäre. Er versuchte mich zu zwingen. Ich habe ihn aus Notwehr getötet.«

»Du mußt dir bessere Lügen ausdenken als das, Marogt. Sheppey war kein Erpresser. Er hatte viele Fehler, aber so niederträchtig war er nicht. Es liegt alles viel komplizierter. Ich will dir sagen, was meiner Meinung nach geschah«, sagte ich und setzte mich auf die Bettkante. »Thrisby und dir fehlte Geld. Du warst in ihn verliebt, und er schien in dich verliebt zu sein. Er preßte aus Bridgette Geld heraus, und ihr zwei habt es zusammen ausgegeben. Aber Bridgette war nicht dumm. Sie schöpfte Verdacht. Wahrscheinlich überredete sie jemand wie Hammerschult, Sheppey zu engagieren, um sich zu bewachen. Es muß Sheppey Spaß gemacht haben, eine Frau wie dich zu beobachten. Ich wette, daß er viel schneller auf dich hereinfiel als ich. Du überredetest ihn, Bridgette zu hintergehen, und ihr nicht zu sagen, daß du Thrisbys Geliebte warst. Ich bin fest überzeugt, daß du ihn dafür belohnt hast. Zu seinem Unglück stolperte er über das Rauschgiftgeschäft mit den Streichhölzern. Er bekam dein Streichholzbriefchen in Besitz. Du mußtest es zurückhaben. Du kannst ohne Drogen nicht mehr leben. Stimmt es? Deshalb entschlossest du dich, ihn zu töten.«

»Nein«, rief sie aus und schlug die Fäuste gegeneinander. »So war es nicht. Er überfiel mich . . .«

»Und du hattest einen Eispicker zur Hand? Du hast es geplant, Margot.«

»Das habe ich nicht, du mußt mir glauben.«

»Warum gingst du dann in dieser kunstvollen Verkleidung in sein Hotel? Die schwarze Perücke, die Sonnenbrille und dein Kostüm hieltst du für eine sichere Tarnung, als du Sheppey in die Badekabine locktest. Du mußtest dich vergewissern, daß dich keiner im Hotel wiedererkennen konnte. Der Hoteldetektiv war schlau genug, um deine Verkleidung zu durchschauen. Aber ich war zu eingebildet, um auf ihn zu hören. Weil Sheppey Bridgette hinterging, akzeptierte er deine Verkleidung. Du brauchtest ihm bloß zu erklären, daß Bridgette euch zwei nicht zusammen sehen dürfe, und er war mit der Perücke und der Sonnenbrille einverstanden. Auf jeden Fall hast du ihm wahrscheinlich die gleichen einladenden Blicke zugeworfen wie mir. Ihm war es gleichgültig, welche Haarfarbe du hattest, wenn du diese Einladung nur wahr machtest. Du führtest ihn in die Strandhütte und tötetest ihn dort. Als du feststelltest, daß er die Streichhölzer nicht bei sich hatte, nahmst du seinen Zimmerschlüssel an dich, gingst in das Hotel und durchwühltest dort alles nach den Streichhölzern, aber fandest sie nicht.«

Sie kreuzte die Arme über der Brust und schauderte.

»Ich will nichts mehr davon hören«, sagte sie. »Es ist nicht wahr.«

»Selbstverständlich ist es wahr. Und ich will dir noch etwas sagen. Du kamst dahinter, daß Thrisby ein Auge auf Thelma Cousins geworfen hatte. Du fingst an ihn zu langweilen, und ein unschuldiges Mädchen wie Thelma war das richtige Wild für ihn. Du wußtest, daß die Polizei nach dem Mädchen suchen würde, das mit Sheppey gesehen worden war. Du sahst deine Chance, die Ermittlungen irrezuführen und gleichzeitig eine Rivalin zu beseitigen. Du gingst regelmäßig zu Hahn hinaus, um deine Drogen in Empfang zu nehmen. Folglich mußt du Thelma gekannt haben. Es kann für dich nicht schwer gewesen sein, sie zu überreden, mit dir schwimmen zu gehen. Wahrscheinlich hast du ihr gesagt, du wolltest mit ihr über Thrisby sprechen. Du brachtest sie zu der Badeanstalt, wo du Sheppey ermordet hattest. Die Polizei hatte die Anstalt geschlossen, und dadurch ward ihr beide dort allein. Du stachst sie nieder und ließest sie als tot zurück. Du hattest gerade noch Zeit, in dein Apartment zurückzukommen und dich umzuziehen, ehe ich dich aufsuchte. Du hast deinen Schrecken sehr gut versteckt, Margot. Aber als ich wieder fort war, begannst du dich zu fragen, wieviel ich wußte. Darum riefst du mich an, um mir zu sagen, daß Sheppey nicht im Musketeer Club gewesen war, und ich war dumm genug, dir zu sagen, daß ich die Streichhölzer besaß. Dann gingst du in mein Hotel und fandest sie und warst auch noch gerissen genug, sie durch ein gewöhnliches Briefchen zu ersetzen, in der Hoffnung, daß ich den Unterschied nicht bemerken würde.«

Sie schüttelte wild den Kopf.

»Nein, Lew, du irrst. Ich schwöre dir, ich habe nicht...«

»Thrisby wußte, daß du süchtig warst«, fuhr ich erbarmungslos fort. »Er wußte auch, daß es für dich ein Motiv gab, Thelma zu beseitigen. Du erkanntest, daß er dich vielleicht verraten würde. Als ich dir sagte, daß Bridgette gedroht hatte, ihn zu töten, sahst du deine Chance, ihn zum Schweigen zu bringen und auch Bridgette loszuwerden. Das muß ich dir zugestehen, Margot, du wußtest die Gelegenheiten zu nutzen, die sich dir boten. Es war leicht für dich, dir Bridgettes Waffe zu beschaffen. Du fuhrst zu Thrisbys Haus und erschossest ihn. Ich weiß nicht, was du empfunden hast, als du feststelltest, daß du deine Tache hiergelassen hattest und deine Streichhölzer wieder in meinem Besitz waren. Aber du mußt ziemlich verzweifelt gewesen sein. Das war der Punkt, an dem du beschlossen hast, auch mich zu beseitigen. Stimmt es?«

Sie hob ihren Kopf und starrte mich mit haßverdunkelten Augen an.

»Du kannst nichts davon beweisen«, antwortete sie rauh. »Ich fürchte mich nicht vor dir.«

»Doch, Margot, du fürchtest dich. Die Schuldigen fürchten sich immer.«

Sie stand auf.

»Du kannst mir nichts anhaben. Du wirst es nicht wagen, mir etwas zu tun.«

»Tut mir leid, Margot, aber darüber kann man nicht schweigen. Vier Menschen kamen deinetwegen ums Leben.«

»Mein Vater wird nicht zulassen, daß du etwas gegen mich unternimmst«, sagte sie atemlos.

»Dein Vater kann gar nichts für dich tun«, erwiderte ich. »Ich werde es Rankin mitteilen. Selbst die korrumpierte Verwaltung in eurer Stadt kann vier Morde nicht vertuschen.«

Während ich sprach, war sie langsam zurückgewichen, bis sie eine Kommode erreichte. Dann drehte sie sich rasch um, riß eine Schublade auf und griff hinein, als ich auf sie losgehen wollte. Ich blieb auf der Stelle stehen, als sie sich mit einer Pistole Kaliber fünfundzwanzig in der Hand umdrehte.

»Jetzt«, sagte sie mit funkelnden Augen, »werde ich dir zeigen, daß ich mich nicht fürchte.«

Eine weiche, feminine Stimme sagte von der Tür: »Benimm dich nicht albern, Margot.«

Mit einem leichten Aufschrei fuhr sie herum. Ich blickte über die Schulter zurück.

Unter der Tür stand Lee Creedy. Er trug einen Smoking, eine weiße Kamelie im Knopfloch. Seine Hornbrille ruhte auf seiner Stirn. Zwischen seinen Lippen brannte gleichmäßig eine dünne Zigarre.

»Gib mir die Waffe«, sagte er und streckte die Hand aus.

Ohne zu zögern ging sie zu ihm hin und reichte ihm die Pistole. Ihr Gesicht war kalkweiß, und sie zitterte.

»Zieh dir was an«, befahl er. »In dem Fetzen siehst du wie eine Hure aus.«

Sie trat schnell vor einen der Schränke, riß die Tür auf, packte ein Kleid, lief dann ins Badezimmer und schlug die Tür hinter sich zu.

Creedys ausdruckslose Augen richteten sich auf mich.

»Ziehen Sie sich auch an«, sagte er. »Ich warte im Wohnraum.« Er verließ das Schlafzimmer.

Ich kleidete mich schnell an. Als ich meine Jacke überzog, kam Margot aus dem Badezimmer und strich das Kleid über ihren Hüften glatt.

»Er wird nicht zulassen, daß du mir etwas tust«, zischte sie atemlos. »Das weiß ich genau.«

Sie lief an mir vorbei in den Wohnraum, und ich folgte ihr.

Creedy ging dort auf und ab. Er hielt die Waffe noch in der Hand. Sein Gesicht war völlig ausdruckslos.

»Setz dich«, befahl er Margot und deutete auf einen Sessel. Dann sah er mich an und sagte: »Setzen Sie sich auch.«

Wir setzten uns.

Er schritt ein paar Sekunden lang weiter auf und ab und sagte dann, ohne sein Hin und Her zu unterbrechen: »Bridgette berichtete mir, daß du einen Mann hier hast. Ich hielt es für richtig, herzukommen, und zu sehen, wer es war. Du bist eine Enttäuschung für mich, Margot. Aber die meisten Kinder enttäuschen ihre Eltern. Ich gestehe, daß ich dir kein besonders guter Vater war, und deine Mutter war eine durch und durch schlechte Frau. Aber das entschuldigt dich nicht vollkommen.« Er blieb vor ihr stehen. »Ich habe gehört, was Brandon zu dir sagte. Ist es wahr?«

»Nein, natürlich nicht«, antwortete sie und schloß und öffnete ihre Fäuste. »Er lügt.«

»Dann erkläre mir, wie der Eispicker unter dein Kissen kam.«

Sie wollte etwas sagen, aber schwieg doch. Plötzlich verlor sie ihre Schönheit. Sie sah alt, geschlagen und völlig verkommen aus.

»Darauf weißt du offenbar keine Antwort«, sagte er. »Nun höre mir zu, Margot. Ich habe diese Stadt in der Hand. Die Polizei tut, was ich ihr sage. Brandon bedeutet hier nichts. Von ihm hast du nichts zu fürchten. Ich will von dir nur die Wahrheit wissen, damit ich in der Lage bin, mit der Situation fertig zu werden. Hast du diesen Sheppey getötet?«

Sie sah zu ihm auf. In ihrem Blick lag plötzlich Vertrauen.

»Ich mußte es tun, Daddy. Es blieb mir keine andere Wahl.«

Sein Mund preßte sich zusammen, sonst veränderte sich sein Gesicht nicht.

»Was heißt das: es blieb dir keine andere Wahl?«

»Er wollte Cordez bei der Polizei anzeigen«, sagte sie. »Das konnte ich nicht dulden.«

»Warum nicht?«

Sie machte eine hilflose kleine Bewegung.

»Das würdest du nicht verstehen.«

»Willst du damit sagen, daß du rauschgiftsüchtig bist? Ist das der Grund?«

»Ja«, antwortete sie tonlos.

Er nahm mit der freien Hand seine Brille ab, betrachtete sie, setzte sie wieder auf und schob sie dann in die Stirn.

»Diese Thelma Cousins.« Er nahm sein Hin und Her wieder auf. »Hast du sie auch erstochen, wie er behauptet?«

»Ich mußte es tun, Daddy.«

»Und Thrisby?«

Sie schloß ihre Augen und preßte ihre Hände gegen die Brust.

»Ja.«

»Du scheinst aus deinem Leben ein heilloses Debakel gemacht zu haben, Margot«, sagte er, ohne sie anzusehen.

Sie rührte sich nicht, saß mit zusammengekrampften Händen da.

»Also gut«, fuhr er fort, »jeder hat das Recht, das Leben zu führen, das ihm behagt.« Er ging plötzlich zu einem Sessel und setzte sich. »Weißt du, es fällt mir schwer, zu glauben, Margot, daß du das alles getan hast. Und es wird auch nicht leicht sein, dich aus dieser Situation herauszubekommen.«

Sie beugte sich vor. Sie hatte jetzt ihre Hände so fest zusammengepreßt, daß die Knöchel unter ihrer Haut weiß vorschimmerten.

»Du wirst mich doch nicht ins Gefängnis bringen lassen?«

»Nein, das werde ich nicht zulassen.«

Er saß still da, starrte aus dem Fenster, während er nachdachte.

Außer ihrem schnellen, verängstigten Atmen herrschte in dem Raum völlige Stille. Ohne mich zu rühren, beobachtete ich sie. Die Waffe in Creedys Hand veranlaßte mich zur Vorsicht.

Nach etwa einer Minute sagte er: »Jetzt höre mir genau zu, Margot. Du mußt St. Raphael City sofort verlassen.« Er nahm ein flaches Päckchen Banknoten aus seiner Tasche und warf es ihr zu, so daß es genau auf ihren Schoß fiel. »Du wirst Geld brauchen. Fahre zu deiner Tante, bleibe dort und versuche, dich anständig zu benehmen. Ich werde hier für die notwendigen Maßnahmen sorgen. Fahre mit Brandons Wagen. Er steht draußen, also nimm ihn. Ich wünsche, daß du so schnell wie du kannst zu deiner Tante fährst. Hast du verstanden?«

»Einen Augenblick...« begann ich, schwieg aber, als Creedy die Waffe hob und auf mich richtete.

»Halten Sie Ihren Mund«, sagte er. »Es bedarf nur eines geringen Anlasses für mich, um Sie niederzuschießen. Meine Aufgabe wäre erheblich leichter, wenn Sie tot wären. Geben Sie mir also keinen Vorwand.« Immer noch die Waffe auf mich gerichtet, sah er Margot wieder an. »Hast du verstanden?«

Sie nickte.

»Ja.«

»Dann geh jetzt.«

»Du wirst alles für mich in Ordnung bringen?«

»Natürlich. Gehe jetzt. Nimm Brandons Wagen. Ich werde dafür sorgen, daß er entschädigt wird.« Als sie schnell aufstand, fügte er hinzu: »Ich hoffe, daß du in dem neuen Leben, das du finden wirst, glücklicher sein wirst als in deinem alten.«

Sie hörte ihn nicht. Sie sah mich an, umklammerte mit ihrer Hand fest das Geld. Ihre Augen leuchteten triumphierend. Dann lief sie aus dem Wohnraum die Verandastufen hinunter, und Sekunden später hörte ich, wie der Buick angelassen wurde.

»Sie können sie vielleicht täuschen, aber mich nicht«, sagte ich zu Creedy. »Das ist unmenschlich. Kein Schwurgericht würde sie je in die Gaskammer schicken. Sie können ihr das nicht antun.«

»Niemals wird meine Tochter im Gefängnis verfaulen«, entgegnete er kurz und stand auf. Er schob die Waffe in seine Tasche und trat zum Fenster, um den Schlußlichtern des Buicks nachzusehen, die über die holprige Straße zur Promenade hin verschwanden.

Ich sprang auf und lief aus dem Bungalow. Creedy war allein in einem großen, schwarzen Cadillac gekommen. Er stand unter den Palmen, seine Lichter brannten noch. Ich lief darauf zu, setzte mich hinter das Steuer und ließ den Motor an, wendete und jagte im Renntempo hinter dem Buick her.

III

Margot hatte einen großen Vorsprung. Ich konnte die Rücklichter des Buicks noch sehen, als sie von der Seitenstraße in die Promenade einbog. Der Abstand betrug über fünfhundert Meter.

Ich hetzte den Cadillac über die holprige Straße. Er stieß und schaukelte bei der hohen Geschwindigkeit bei jedem Schlagloch. Als ich die Promenade erreichte, erhaschte ich gerade noch einen Blick meines Buicks, als Margot in den Franklyn Boulevard einbog. Wollte sie erst noch in ihr Apartment, um ihre Kleider zu holen, ehe sie die Stadt verließ? Das gab mir Hoffnung.

Ich fürchtete mich, zu schnell zu fahren. Rankin hatte gesagt, daß sich dreißig Streifenwagen im Einsatz befanden. Wenn ich jetzt wegen Überschreitung der Höchstgeschwindigkeit angehalten wurde, war jede Aussicht, sie noch einzuholen, zerstört.

Ich bekam den Buick wieder in Sicht, wie er den Franklyn Boulevard hinaufraste, und ich fluchte halblaut, als er an den Franklyn Arms vorbeifuhr. Sie ging also nicht mehr in ihr Apartment. Ob sie den Cadillac entdeckt hatte? Ich steigerte etwas die Geschwindigkeit, wodurch sich der Abstand zwischen den beiden Wagen verringerte.

Sie fuhr schnell, aber nicht gefährlich schnell. Ich entdeckte einen Polizisten an einer Kreuzung. Ich sah ihn auffahren, als der Buick an ihm vorbeifuhr, und er starrte ihm nach, offenbar nicht sicher, ob er so schnell fuhr, daß er hinter ihm herpfeifen konnte. Ich nahm den Fuß vom Gas und drückte leicht auf die Bremse und fuhr mit vermindertem Tempo an dem Polizisten vorbei. Dann beschleunigte ich wieder.

Jetzt erkannte ich, daß sie die Richtung zu der Gebirgsstraße eingeschlagen hatte. Dann bog plötzlich ein großer Streifenwagen aus einer Seitenstraße und setzte sich zwischen mich und den Buick. Wenn ich nicht scharf gebremst hätte, wäre ich von hinten in ihn hineingerast. Der Buick kam mir außer Sicht, als Margot in die kurvenreiche Gebirgsstraße einbog und ich das Tempo des Cadillac verlangsamen mußte. Der Streifenwagen vor mir raste weiter, nahm mit quietschenden Reifen die erste Kurve bei der Verfolgung des Buicks.

Meine Befürchtungen waren eingetroffen. Rankin hatte die Wahrheit gesagt. Der Befehl, mich festzunageln und einen Unfall zu fabrizieren war gegeben worden. Die beiden Polizisten in dem Streifenwagen hat=

ten meinen Buick erkannt und führten den Befehl aus. Es war zu dunkel, als daß sie erkennen konnten, wer in dem Wagen am Steuer saß. Natürlich mußten sie annehmen, daß ich es sei, der die Stadt verließ. Jetzt war ich überzeugt, daß der Befehl, einen Zusammenstoß herbeizuführen, von Creedy gegeben worden war. Er hatte gewußt, daß Katchens Streifenwagen Auftrag hatten, den Buick zu rammen, sobald sie ihn sahen. Er hatte Margot veranlaßt, sich in den Buick zu setzen und die Gebirgsstraße hinaufzufahren. Er wußte, daß Margot versuchen würde, zu entkommen, sobald sie einen Polizeiwagen hinter sich bemerkte. Das war sein Ausweg. Kein öffentliches Aufsehen, kein Prozeß und eine wertlose, degenerierte Tochter war aus dem Wege geschafft.

Ich hatte keine Möglichkeit, es jetzt noch aufzuhalten, aber ich fuhr weiter, jagte den Cadillac mit dröhnendem Motor die Bergstraße hinauf, mit aufgeblendeten Scheinwerfern, um jeden entgegenkommenden Wagen vor mir zu warnen.

Ich hörte das langgezogene Jaulen der Polizeisirene vor mir. Die Kurven der Straße verhinderten, daß ich die beiden Wagen sah, aber hin und wieder sah ich ihre grell blendenden Scheinwerfer in den Kurven aufleuchten.

Dann bemerkte ich sie plötzlich auf einem höhergelegenen Stück der Straße, auf das ich freie Sicht hatte, und trat auf die Bremse. Es schien mir kaum glaublich, daß Margot so schnell gefahren war, denn sie war jetzt über eine Meile vor mir. Der Wagen hielt, und ich sprang heraus, blieb auf dem Grasstreifen neben der Straße stehen und starrte hinauf. Die Straße wand sich den Berg hinauf und weite Strecken waren zu übersehen.

Der Streifenwagen lag kaum noch zwanzig Meter hinter dem Buick. Seine Scheinwerfer beleuchteten blendend die Stoßstange, seine Sirene heulte.

Niemand konnte auf dieser Straße dieses Tempo lange beibehalten. Kurz vor ihnen erkannte ich die erste Haarnadelkurve. Auch Margot mußte sie gesehen haben. Der Fahrer des Streifenwagens wußte, daß die Kurve vor ihnen lag, und hatte das Tempo schon erheblich vermindert. Der Abstand zwischen den beiden Wagen hatte sich vergrößert. Margot mußte im Achtzig=Kilometer=Tempo fahren, als sie die Kurve erreichte. Ich hörte das grelle Quietschen der gequälten Reifen, als sie mit aller Macht bremste. Die langen, weißen Finger der Strahlen ihrer Scheinwerfer schossen in die schwarze Leere hinaus, wie die Fühler eines Rieseninsekts, das Gefahr spürt.

Als der Buick von der Straße abkam und ins Nichts schoß, blieb mir das Herz fast stehen. Einen kurzen, unglaubwürdigen Augenblick lang schien er durch die Luft zu fahren. In der Stille glaubte ich Margots Entsetzensschrei zu hören, ein Laut, der mir das Blut erstarren ließ. Dann überschlug sich der Buick, schlug gleich darauf auf einen riesigen Felsen, prallte ab und rutschte in einer Staubwolke zwischen entwurzelten kleinen Bäumen und losgerissenen Steinbrocken dröhnend den steilen Abhang hinunter. Mit einem lauten, dumpfen Krach blieb er zweihundert Meter von der Stelle, an der ich stand, liegen.

Ich lief wie noch nie in meinem Leben. Mein einziger Gedanke war, sie aus dem Wrack zu befreien, ehe es Feuer fing. Der Wagen lag auf der Seite, zwischen Felsvorsprüngen festgekeilt. Als ich das kurze Stück zu ihm hinaufkletterte, roch ich den Benzindunst. Ich erreichte den Wagen. Es war zu dunkel, um etwas in seinem Innern zu erkennen. Mit zitternder Hand zog ich meine Taschenlampe und ließ ihren Strahl in den Wagen fallen.

Margot lag zusammengekrümmt auf dem Fahrersitz. Ein feiner Blutstreifen lief ihr aus dem Mund über das Kinn hinunter. Ihr blondes, seidiges Haar verbarg den größten Teil ihres Gesichts. Ich sah, wie sie ihre Finger bewegte, sie langsam zur Faust schloß, dann wieder streckte.

Ich griff vor und schob das weiche, goldene Haar sanft zur Seite. Ihre Augen waren geschlossen, aber unter der Berührung meiner Finger öffnete sie sie, und wir sahen uns an.

Sie versuchte zu sprechen, ihre Lippen bewegten sich.

»Ich verlasse dich nicht«, sagte ich. »Wir holen dich heraus, ohne dir weh zu tun ...«

Leere Worte, aber ich wußte nicht, was ich sagen sollte.

Sie bewegte leicht ihren Kopf, dann erstarrte ihr Gesicht. Sie versuchte noch einmal, etwas zu sagen, versuchte vergeblich, zu lächeln und war tot.

Als ich zurücktrat, fegten die Scheinwerfer eines Wagens die Straße herauf. Ein Lincoln hielt, Frank Hepple sprang heraus und kam auf mich zugelaufen.

»Ich habe gesehen, daß Sie sie verfolgten und kam hinter Ihnen her«, sagte er. »Ist sie tot?«

»Ja.«

Er ging zu dem zerschmetterten Buick hinüber, zog eine Taschenlampe und spähte in den Wagen. Ich setzte mich auf einen Stein, nahm eine Zigarette aus der Tasche und zündete sie an. Ich fühlte mich hundeelend. Gewiß, sie hatte Sheppey ermordet, aber das war vorüber und dafür hatte sie gebüßt.

Hepple kam zurück. Er ging zu seinem Wagen, nahm eine Kamera und ein Blitzlichtgerät vom Rücksitz, kletterte wieder zu dem Buick und machte ein paar Aufnahmen. Schließlich kam er zu mir.

»Kommen Sie«, sagte er, »ich nehme Sie mit zurück. Jetzt sind Sie ja wohl bereit zu reden.«

Ich sah die Bergstraße hinauf. Der Streifenwagen hatte gewendet und kam schnell über die kurvenreiche Straße zurück. Ich stieg zu Hepple in den Wagen.

Creedy entging nun doch nicht dem öffentlichen Aufsehen, das er fürchtete, sagte ich mir. Der *Courier* hatte die Waffe, mit der Thrisby erschossen worden war. Das konnte die Polizei nicht mehr vertuschen. Hepple war in der Lage, zu beweisen, daß Cordez und Hahn mit Creedys Geld finanziert worden waren. Wenn die Geschichte mit dem Rauschgifthandel in Verbindung mit Creedys Namen bekannt wurde, dann war er in St. Raphael City erledigt.

Ich atmete tief den Rauch meiner Zigarette ein und lehnte mich zurück.

»Ja«, sagte ich schließlich, »jetzt bin ich bereit, zu reden.«

James Hadley Chase

Mord am Canal Grande

Aus dem Englischen von
Robert E. Maaß

1

Marian Rigby war groß und dunkel. Sie trug ein graues Kostüm und eine rote Baskenmütze und ging mit schnellen Schritten jenen mit Pflastersteinen befestigten Weg entlang, der als Upper Brook Mews bekannt ist.

Auf beiden Seiten dieser Straße waren Garagen, in denen die Rolls Royce, die Bentleys und die Daimler standen, deren wohlhabende Besitzer in der Umgebung wohnten. Über den Garagen befanden sich die Wohnungen der Chauffeure, die die meiste Zeit damit verbrachten, die Wagen zu waschen, zu wachsen und zu polieren.

Am Ende der Straße lag, fast im Schatten des Gebäudes der amerikanischen Botschaft, ein kleines zweigeschossiges Haus. Sein weißer Anstrich, die grünen Fensterläden, die bunten Blumenkästen sowie die lebhaften, grün-weiß gestreiften Markisen fanden die Aufmerksamkeit eines jeden Passanten.

Dieses Haus gehörte Don Micklem. Micklem war ein amerikanischer Millionär, Sportsmann und Gesellschaftslöwe, dessen Name ständig in den Gesellschafts-Klatschspalten der Abendzeitungen auftauchte.

Marian Rigby war seine Privatsekretärin. An diesem Morgen kam sie schon vor ihrer üblichen Arbeitszeit, denn Don Micklem wollte gegen Mittag London verlassen und für einen Monat nach Venedig gehen, wo er einen Palazzo besaß.

Während sie vor der Tür des Hauses Nummer 25a stehenblieb und in ihrer Tasche nach dem Schlüssel suchte, stand einer der Chauffeure, der einen schlammbespritzten Rolls Royce gewaschen hatte, auf und legte zwei Finger an seine Mütze.

»Morgen, Miss«, sagte er gutgelaunt.

»Guten Morgen, Tim«, antwortete Marian, und ihr Lächeln schien über die ganze Straße zu leuchten.

Der Chauffeur sah sie im Haus verschwinden, und er seufzte tief.

Marian Rigby stand hoch in seiner Gunst. Er sah sie jeden Morgen, und sie wechselten immer ein paar Worte.

Dieser Micklem hat doch Glück, daß so ein duftes Mädchen bei ihm arbeitet, dachte der Chauffeur, als er seinen Wagen weiterwusch. Ja, wenn man es so bedenkt, dann muß der Micklem schon unter einem Glücksstern geboren sein. Die Tatsache, daß er nach dem Tod seines Vaters runde fünf Millionen Pfund geerbt hatte, daß er einen Palazzo in Venedig besaß, dazu noch ein Luxusapartment in New York, eine Villa in Nizza sowie dieses nette Häuschen in London, bewies deutlich, daß dieser Mann mehr als den üblichen Anteil von Glück im Leben hatte. Aber der Chauffeur war nicht neidisch auf ihn.

Wenn alle Amerikaner so wären wie er, dachte er, während er die Motorhaube säuberte, dann brauchten wir uns keine Sorgen über die Russen zu machen, wenn sie die Einheit der westlichen Welt stören wollen oder was sie auch sonst so vorhaben, wie man sagt. Der ist schon ein feiner Kerl! Er hat immer ein freundliches Wort, wenn er hier vorbeikommt. Er ist nicht so hochnäsig. Das ist es, was ich an diesen reichen Kerlen nicht leiden kann. Sie denken immer nur an sich selbst. Aber Mister Micklem ist nicht so. Nun gut, er arbeitet zwar nicht, um sich seinen Lebensunterhalt zu verdienen, aber er ist dennoch nie müßig. Um halb sechs ist er schon ausgeritten heute morgen. Ich hab' noch nie jemand gekannt, der so wenig schläft wie er. Wirklich! Wenn ich so leben würde wie er, dann wäre ich in einer Woche tot! Er hielt einen Augenblick inne und blickte zu dem Haus. Und seine Bekannten! Ständig kommen die berühmtesten Leute zu ihm. Gestern abend erst wieder der Innenminister und der amerikanische Botschafter. Und am Abend vorher war es ein Herzog.

Er versuchte sich vorzustellen, was er wohl täte, wenn er fünf Millionen Pfund hätte und dazu noch eine solche Sekretärin wie Miss Rigby.

Nach einer Weile des Nachdenkens kam er zu der Überlegung, daß er wahrscheinlich glücklicher wäre als jetzt.

Marian Rigby setzte ihre Mütze ab, warf einen prüfenden Blick in den Spiegel und ging dann mit schnellen Schritten in Don Micklems Arbeitszimmer.

Es war ein großes, schönes Zimmer mit zahllosen Büchern sowie mit tiefen Sesseln, prächtigen Lampen, Buchara-Teppichen und einem mächtigen Mahagoni-Tisch, auf dem eine Schreibmaschine und ein Tonbandgerät standen.

Don Micklem hatte es sich in einem der Sessel bequem gemacht. Auf seinem Schoß hatte er einen Stapel Briefe, die er öffnete und mit offensichtlicher Ungeduld überflog.

Sein volles, sonnengebräuntes Gesicht strahlte, als er Marian erblickte, und er begrüßte sie mit einem breiten Lächeln.

Er war groß, gute ein Meter neunzig, dunkel und von der Statur eines Schwergewichts-Boxers. Die dünne, Z-förmige Narbe auf seiner rechten Wange und sein dünner, schwarzer Schnurrbart gaben ihm einen Hauch von Verruchtheit. Er trug einen dunkelbraunen Polo-Pullover und etwas hellere Reithosen. Ein Tablett, auf dem Kaffee stand und ein Rest Orangensaft sowie Toast, befand sich auf einem kleinen Tisch neben ihm und verriet, daß Micklem gerade sein Frühstück zu sich genommen hatte.

»Da sind Sie ja«, sagte er, indem er die Briefe zusammenraffte und auf den Tisch warf. »Ich habe gerade gedacht, ich würde das alles allein lesen müssen.« Er nahm sich eine Zigarette, zündete sie an und sah Marian wohlwollend an. »Sie sehen heute morgen sehr gut aus. Ist das ein neues Kostüm?«

»Das habe ich gestern schon angehabt und vorgestern auch«, antwortete Marian geduldig. Mit geübtem Griff begann sie die Briefe zu sortieren. »Ihr Flugzeug geht um zwölf. Sie haben nur noch zweieinhalb Stunden, und es ist noch so viel zu tun.«

»Mein liebes Mädchen«, sagte Don. »Dieser Tatsache bin ich mir voll bewußt. Cherry hat mich schon fast verrückt gemacht, seit ich von meinem Ausritt zurückkam. Ich weiß nicht weshalb, aber immer, wenn ich verreise, dann scheinen Sie und Cherry hier eine Atmosphäre von Verwirrung und Panik zu schaffen. Man könnte fast meinen, ich wollte zu spät kommen, so sehr hat Cherry mich schon gepiesackt. Zweieinhalb Stunden! In dieser Zeit hätte Napoleon ja eine Nation besiegt!«

»Aber Sie sind nicht Napoleon«, sagte Marian. »Sie wissen genau, daß jedesmal, wenn Sie verreisen wollen, irgend etwas geschieht, was Ihre Abreise zu einem hoffnungslosen Durcheinander werden läßt. Und ich habe mir fest vorgenommen, daß Sie heute bestimmt zehn Minuten vor der Zeit auf dem Flugplatz sein werden.«

Don stöhnte.

»Wie gut wird es mir tun, in Venedig zu sein und einen ganzen Monat meine Ruhe zu haben. Nur muß ich leider Cherry mitnehmen.« Er blickte zu ihr hinüber, als sie sich an den Tisch setzte und die Briefumschläge öffnete. »Was werden Sie denn in der Zeit anfangen, solange ich weg bin?«

»Ich werde mich erst einmal schön ausruhen«, antwortete Marian. »Die letzten zwei Monate waren sogar für meinen Geschmack etwas zu hektisch.«

»Ja, das stimmt, sie waren hektisch«, sagte Don, und er unterdrückte mühsam ein Gähnen. »Aber es war doch amüsant.« Er erhob sich aus seinem Sessel. »Ich werde mal duschen und mich umziehen. Dann werden wir diese Briefe erledigen. Sonst steht doch nichts mehr auf dem Programm, oder?«

»Sie wissen sehr wohl, daß da noch einiges zu tun ist«, antwortete Marian. »Sie müssen noch vier Anrufe machen. Mr. Studleigh will auch noch Ihre Meinung über die geplante Fusion der Union Steel hören. Und außerdem haben Sie dieser Miss Herbert ein Empfehlungsschreiben an Mr. Llewellyn versprochen.«

»Wenn Sie sie nur nicht immer ›diese Miss Herbert‹ nennen würden«, seufzte Don. »Sie ist doch so ein nettes Mädchen.«

»Sie hat aber keinen Funken Verstand«, antwortete Marian.

»Sie hat außergewöhnlich schöne Beine. Der alte Llewellyn wird entzückt sein. Und außerdem hat auch er nicht viel Verstand. Die beiden werden ein gutes Paar abgeben.«

»Lady Stennham möchte noch einmal daran erinnern, daß ihr Sohn gleichfalls in Venedig sein wird; sie hofft, daß Sie ihn sehen werden«, sagte Marian boshaft, und sie blickte von einem Brief auf, den sie gerade geöffnet hatte.

»Sie können ihr ausrichten, daß, falls ich ihn zuerst sehe, er kaum Gelegenheit haben wird, mich zu sehen. Und erinnern Sie bitte Cherry, er soll sagen, ich sei ausgegangen, wenn er anrufen oder mich besuchen kommen sollte. Er ist der widerlichste Wurm, den die Familie derer von Burkes je hervorgebracht hat.« Er ging zur Tür. »Ich werde mich jetzt besser umziehen gehen. Es sieht ja so aus, als hätten wir noch die Arbeit eines ganzen Tages zu erledigen. Glauben Sie, daß wir's schaffen werden?«

»Wir müssen wohl«, antwortete Marian.

Zehn Minuten später kam Don wieder in das Arbeitszimmer, jetzt in einem grauen Anzug. Ihm folgte Cherry, sein Faktotum, Majordomus, Diener, Butler und was sonst noch, alles in einer Person.

Cherry bot einen würdigen Anblick. Er hatte die kühle Zurückhaltung eines Erzbischofs. Er war groß und füllig und hatte eine rosige Gesichtsfarbe sowie ein beachtliches Doppelkinn, das immer zitterte, wenn er verärgert war. Er war von der alten Schule. Nachdem er zwanzig Jahre in den Diensten des Herzogs von Walsingham gestanden hatte, wußte er, was richtig und was falsch war, und er zögerte auch nicht, jeweils seiner Meinung deutlich Ausdruck zu geben. Er war eine gesuchte Kraft. Manche von Dons Bekannten hatten versucht, ihn abzuwerben, aber ohne jeden Erfolg. Das bedeutete nicht, daß Cherry Dons Verhalten billigte, nein, aber er war irgendwie fasziniert von ihm. Und sogar der Herzog konnte ihm nicht solch abwechslungsreichen Besuch bieten und solche unerwarteten Vorgänge und nicht zuletzt solche Bequemlichkeit. Heute würde er also nach Venedig reisen. Und zum Monatsende würde er in New York sein. Zum Weihnachtsfest würde er mit seinem Herrn zurückkommen nach London und im Januar nach Nizza gehen. Cherry liebte Reisen ins Ausland. Er interessierte sich sehr für fremde Sitten und Gebräuche und beobachtete sehr sorgfältig, wie die Reichen im Ausland lebten. Er fand, daß Don oft verwirrend war, schwierig und gelegentlich sogar *Shocking*, aber er gab Cherry schließlich die Gelegenheit zu reisen. Und seine Millionen gaben Cherry ein absolutes Gefühl der Sicherheit zurück, das damals böse erschüttert worden war, als der Herzog, sein früherer Herr, sich wegen Steuerrückständen gezwungen sah, den »Pöbel«, wie Cherry es nannte, für ein Eintrittsgeld von einer Mark und fünfzig in den Heiligtümern des Schlosses herumwandern zu lassen. Der Anblick dieser Leute, die im ganzen Schloß herumschwärmten und auf dem prächtigen Rasen ihr Butterbrotpapier liegenließen, war zuviel für Cherry. Er packte und quittierte den Dienst beim Herzog.

»Sie könnten Cherry schon die Flugscheine und die Pässe geben«, sagte Don und setzte sich in einen Sessel. »Er kann dann vorausfahren und die Formalitäten erledigen, das spart uns später etwas Zeit.«

Marian gab Cherry die Papiere, die er mit einem erwartungsvollen Leuchten in den Augen in Empfang nahm.

»Hal-lo!« sagte Don plötzlich, als er aus dem Fenster blickte. »Wer kommt denn da?«

Ein Taxi war vor dem Haus vorgefahren, und eine junge Frau stieg aus. Während sie noch in ihrer Handtasche nach dem Geld suchte, blickte Don sie prüfend an.

»Vorstadt, sauber, Mittelklasse, sehr nette Erscheinung«, murmelte er. »Sie sieht aber so aus, als hätte sie in der letzten Zeit nicht viel geschlafen, und sie hat sicherlich einige Sorgen.« Er blickte hinüber zu Marian, die ihn mit verärgertem Gesicht ansah. »Wie mache ich mich so als Menschenkenner? Oder glauben Sie vielleicht, daß ihr blasses Gesicht eine Folge von perniziöser Anämie sei?«

»Das weiß ich nicht, und es ist mir auch gleichgültig«, sagte Marian kurz. »Würden Sie bitte diese Briefe lesen.«

»Sie kommt hierher«, sagte Don. »Ich möchte nur wissen, was sie hier will?«

»Mr. Micklem ist beschäftigt«, sagte Marian, die Cherrys fragenden Blick wahrgenommen hatte. »Sagen Sie ihr bitte, daß er gleich verreist und daß er vor Dezember nicht zurückkommt.«

»Ja, Miss«, sagte Cherry, und in seinem Gesicht drückte sich Erleichterung aus. Wie eine Galleone unter vollen Segeln begann er sich auf die Tür zuzubewegen.

»Bevor Sie sie wegschicken, bringen Sie bitte erst in Erfahrung, wer sie ist und was sie will, und sagen Sie mir das.« In Dons Stimme lag ein Ton, der keine weitere Diskussion zuließ. »Sie gefällt mir.«

Marian und Cherry tauschten einen kurzen Blick aus, dann ging Cherry aus dem Zimmer.

»Würden Sie sich bitte mit den Briefen befassen«, sagte Marian. »Wie sollen wir denn jemals fertig werden, wenn ...«

»Okay, okay«, sagte Don und nahm die Briefe. Aber er sah hinaus und verfolgte, wie die junge Frau zur Haustür ging und läutete. Dann überflog er die Briefe ungeduldig. »Geben Sie Terry Bescheid, daß ich ihm einen Leuchter mitbringe, wenn er unbedingt einen haben will. Ich kann mir aber nicht vorstellen, was er mit einem Leuchter anfangen will. O ja, und dann noch diese Mrs. Sotherby! Sagen Sie der lieben Frau, daß ich versuchen werde, sie bei Florian zu treffen, daß ich aber keine feste Vereinbarung für ein gemeinsames Abendessen treffen kann. Und diese nächsten vier beantworten Sie bitte mit einem höflichen Nein; mit einem resoluten Nein die Einladung von Mrs. Van Ryan. Die folgenden drei beantworten Sie bitte mit Ja.«

Cherry klopfte leise an und trat ins Zimmer.

»Die junge Frau ist Mrs. Tregarth. Sie möchte Sie gern in einer sehr dringenden persönlichen Angelegenheit sprechen«, sagte er.

»Tregarth?« Don runzelte die Stirn. »Diesen Namen habe ich doch schon einmal gehört. Erinnern Sie sich vielleicht, Marian?«

»Nein«, sagte Marian bestimmt. »Wir müssen jetzt gehen. Da kommt schon Harry mit dem Wagen.«

Don blickte aus dem Fenster. Sein großer, schwarzer Bentley fuhr langsam vor, mit Harry Mason, seinem Chauffeur, am Steuer.

»Ach, Harry ist immer sehr früh«, sagte er gleichgültig.

»Soll ich Mrs. Tregarth sagen, Sie seien beschäftigt, Sir?«

»Warten Sie. Tregarth ... im Krieg hatte ich einen Mann kennengelernt mit diesem Namen Tregarth.« Don erhob sich. »Das war ein prima Kerl. Ob das wohl seine Frau ist?«

Marian und Cherry blickten sich bestürzt an.

»Sicherlich nicht«, unterbrach Marian schnell seine Gedanken. »Tregarth ist ja kein so seltener Name. Sie wird Sie sicher nur um Geld bitten wollen. Soll ich jetzt Mr. Studleigh anrufen. Sie hatten doch versprochen, sich mit ihm noch wegen dieser Fusion zu unterhalten.«

»Tregarth...«, murmelte Don ganz geistesabwesend. »Das könnte sein. Ich denke, ich werde sie empfangen.« Er ging mit zwei großen Schritten durch das Zimmer, öffnete die Tür und trat in die Halle hinaus.

Wütend warf Marian ihren Füllhalter hin.

»Oh, verdammt noch mal!« rief sie in einem absolut nicht damenhaften Gefühlsausbruch. »Jetzt werden wir bestimmt zu spät kommen.«

»Jawohl, Miss«, sagte Cherry, und sein rosiges Doppelkinn zitterte.

Hilda Tregarth stand am Fenster, als Don in die Halle trat. Sie drehte sich schnell zu ihm um, und in ihre müden Augen kam ein Ausdruck, der Erleichterung und Hoffnung anzeigte.

»Haben Sie vielen Dank, Mr. Micklem, daß ich Sie sprechen kann«, sagte sie. »Ich hörte, Sie seien beschäftigt.«

»Ist schon gut«, antwortete Don lächelnd. »Nehmen Sie doch Platz. Ist Ihr Mann John Tregarth?«

»Sie erinnern sich also noch seiner? Ich dachte, Sie würden ihn nicht mehr kennen.«

»Aber gewiß erinnere ich mich. Ihn vergißt man nicht so leicht. Ich freue mich, Sie kennenzulernen. John ist ein Mordskerl. Ich habe ihn allerdings nur einmal getroffen, damals, als ich ihn nach Rom brachte. Die Männer, die damals hinter den feindlichen Linien absprangen, hatten schon Mut, und Ihr Mann machte da keine Ausnahme.«

Sie setzte sich.

»Er spricht oft von Ihnen«, sagte sie mit leiser Stimme. »Er sagt immer, Sie seien der beste Pilot, mit dem er je geflogen ist.«

»Das freut mich.« Don fragte sich, weshalb sie so bleich und krank aussah. Er bemerkte auch, daß sie sehr erregt war. »Was haben Sie für Sorgen, Mrs. Tregarth? Sie haben doch Sorgen, oder nicht?«

»Ja. Ich weiß, daß ich Sie eigentlich nicht damit behelligen sollte, aber ich habe gestern erfahren, daß Sie heute nach Venedig fliegen würden. Und deshalb mußte ich zu Ihnen kommen.« Ihre Stimme brach, sie wandte den Kopf ab und suchte in der Handtasche nach einem Taschentuch.

»Nun bleiben Sie mal ganz ruhig«, redete Don etwas unsicher auf sie ein. »Wenn ich etwas für Sie tun kann, dann tue ich es. Aber sagen Sie mir doch zuerst in aller Ruhe, was los ist.«

Sie beherrschte sich mühsam, betupfte mit dem Tuch ihre Augenwinkel und blickte ihn dann an.

»John ist verschwunden, Mr. Micklem. Vor einem Monat ging er nach Wien. Und seit er dort angekommen ist, habe ich nichts mehr von ihm gehört. Er ... er ist verschwunden, und ich mache mir solche Sorgen ...«

»Wien? Haben Sie das schon der Polizei gemeldet.«

»Sie will mir nicht helfen.« Ihr bleiches Gesicht wurde bitter. »Ich kann das gar nicht verstehen. Sie ist so fürchterlich gleichgültig. Ich war auch beim Auswärtigen Amt. Dort will man mir auch nicht helfen. Es sieht fast so aus, als wäre ihnen egal, was mit John passiert ist.« Sie ballte ihre Hände. »Da stimmt doch etwas nicht. Ich wollte nach Wien fahren. Ich mußte meinen Paß erst verlängern lassen, und ich bekomme ihn jetzt nicht zurück. Sie sagen, er sei verlegt worden. Und obendrein werde ich noch beschattet. Man folgte mir sogar hierher.«

Plötzlich kam Don der bestürzende Gedanke, daß diese blasse, ängstliche Frau vor ihm vielleicht geistesgestört sein könnte. Sie schien aber seine Gedanken lesen zu können, als sie plötzlich seinen Gesichtsausdruck wahrnahm.

»Ich bin nicht verrückt, Mr. Micklem«, sagte sie ruhig, »aber ich habe manchmal das Gefühl, daß ich es bald werde, wenn mir nicht jemand hilft.« Sie öffnete ihre Handtasche und holte einige Papiere sowie eine Fotografie heraus. »Sehen Sie sich das bitte einmal an. Dann sind Sie überzeugt, daß ich Johns Frau bin.«

Don blickte kurz auf eine Heiratsurkunde und dann auf das Foto. Er erkannte Tregarth sofort wieder. Er war mit seiner Frau zusammen fotografiert. Er hatte seinen Arm um sie gelegt, ein kleiner Mann mit einem markanten Kinn und festem Blick.

»Ja«, sagte Don und gab ihr die Papiere zurück. Er blickte kurz auf die Uhr auf dem Kamin. Es war fünf Minuten vor elf. Um zwölf mußte er auf dem Flughafen sein. Er brauchte nicht lange zu überlegen, um sich zu entscheiden, daß ihn Mrs. Tregarth mehr interessierte, als das Flugzeug zu bekommen. Es gab ja noch andere Flugzeuge, wenn nicht heute, dann morgen. Er konnte diese Frau nicht einfach wegschicken, ohne zumindest ihren Bericht gehört zu haben. »Und wieso glauben Sie, daß ich Ihnen behilflich sein kann, Mrs. Tregarth?«

»Ich weiß nicht, ob Sie uns helfen können, aber John glaubt es anscheinend«, antwortete sie. »Das habe ich gestern erhalten.« Aus ihrer Tasche holte sie eine farbige Ansichtskarte hervor.

Es war ein Foto der Seufzerbrücke in Venedig, eine jener typischen Touristen-Postkarten. Er drehte sie um und studierte die italienische Briefmarke und konnte am Stempel ersehen, daß die Karte vor drei Tagen in Venedig aufgegeben worden war. Die Karte war adressiert an Mr. Alec Howard, 133 Westbrook Drive, West Acton. In kleiner, sauberer Handschrift stand zu lesen:

Ist sehr heiß hier. Unmöglich wieder wegzukommen wie geplant. Empfehlen Sie mich an Don Micklem.
S.O. Saville

Don sah auf, und sein Gesicht zeigte deutlich seine Verwirrung.

»Aber diese Karte ist nicht von Ihrem Mann. Sie ist ja nicht einmal an Sie adressiert.«

»Es ist aber Johns Schrift«, sagte Hilda mit zitternder Stimme. »Alec Howard ist Johns rechte Hand. Er erkannte die Handschrift und brachte mir die Karte. Saville war der Mädchenname seiner Mutter. Lesen Sie doch bitte den Text noch einmal, Mr. Micklem. Sehen Sie nicht die doppelte Bedeutung der Worte? Im alten Venedig waren die Leute, die über die Seufzerbrücke gingen, Verlorene. Er will damit andeuten, daß er in Schwierigkeiten ist. Deshalb hat er auch dieses Bild geschickt. Und er hat praktisch mit SOS unterschrieben. Sehen Sie das nicht? Er ruft Sie um Hilfe.«

Don holte tief Atem. Wortlos starrte er die Karte eine Zeitlang an. Er spürte, wie ein seltsames Gefühl seine Wirbelsäule hochzukriechen schien: Es war jenes prickelnde, fast stechende Gefühl, das er im Krieg immer dann verspürt hatte, wenn er wußte, daß er sich in Gefahr begab.

»Warten Sie bitte einen Augenblick, Mrs. Tregarth. Ich will das alles vom Anfang an hören. Entschuldigen Sie mich für eine Minute.«

Er ging aus dem Raum und begegnete Cherry, der gerade damit beschäftigt war, das letzte Gepäckstück aus dem Haus zu tragen.

»Ich fahre jetzt zum Flugplatz, Sir«, sagte Cherry. Er gab Don einen verletzten, traurigen Blick. »Wir haben nur noch eine Stunde bis zum Abflug der Maschine.«

Marian kam an die Tür des Arbeitszimmers.

»Don, bitte...«, fing sie an.

»Nehmen Sie den ganzen Kram und tragen Sie ihn wieder herein«, sagte Don kurz zu Cherry, wobei er auf das Gepäck deutete. »Wir fahren heute nicht. Marian, buchen Sie bitte den Flug um. Es hat sich da etwas ergeben, was ich erst noch näher untersuchen muß. Versuchen Sie, Plätze für morgen zu bekommen. Ich glaube, daß ich morgen fliegen kann.«

Er drehte sich um und ging wieder in die Halle.

Marian hob ihre Hände hoch.

»An einem solchen Tag werde ich noch...«, plötzlich hielt sie inne, so als bemerkte sie, daß sie Cherry ein schlechtes Beispiel böte. »Na, von mir aus«, fuhr sie dann wesentlich ruhiger fort. »Sagen Sie bitte Harry Bescheid.«

»Ja, Miss«, sagte Cherry mit einer Stimme, als würde ihn jemand erwürgen.

Sie ging wieder in das Arbeitszimmer und schloß die Tür mit einem unheildrohenden Klicken des Schlosses.

Cherry blieb noch eine Weile stehen und starrte auf das Gepäck. Dann blickte er schnell umher, um sich zu vergewissern, daß niemand in der Nähe war. Er hob eines seiner langen, dicken Beine und gab einem der Koffer einen bösen Tritt.

2

Don machte es sich in einem Sessel bequem und nickte Mrs. Tregarth aufmunternd zu.

»Wir wollen von vorn anfangen«, sagte er. »Erzählen Sie mir alles über Ihren Mann. Lassen Sie sich ruhig Zeit. Wir brauchen uns nicht zu eilen. Alles, was ich bisher von ihm weiß, ist, daß er während des Krieges an Kommando-Unternehmen teilgenommen hat. Er war damals so eine Art Saboteur hinter feindlichen Linien. Das letztemal sah ich ihn, als er von meiner Maschine im Schutze der Dunkelheit über Rom absprang, um dort eine Widerstandsgruppe zu organisieren. Wie ist das denn ausgegangen?«

»Ich weiß nichts davon, außer, daß er es überlebte«, sagte Hilda ruhig. »Er spricht nie von seinen Kriegserlebnissen. Nach Kriegsende blieb er noch ein Jahr in Italien, dann kam er nach Hause. Sein Vater besaß eine kleine Glasfabrik, und John ist in die Firma eingetreten. Als sein Vater dann starb, hat John die Leitung übernommen. Etwa drei Monate eines jeden Jahres verbringt er im Ausland; er besichtigt dort die großen Glasfabriken und sieht sich nach neuen Ideen um. Er reist immer allein, obwohl ich oft gern mitgefahren wäre. Am ersten August ist er nach Wien abgereist, das ist jetzt fast fünf Wochen her. Am sechsten August bekam ich einen Brief von ihm, er schrieb, daß er gut angekommen und in seinem alten Hotel abgestiegen sei. Und danach habe ich nichts mehr von ihm gehört.«

»In dem Brief befand sich kein Hinweis, daß er irgendwie in Schwierigkeiten war?«

Sie schüttelte den Kopf.

»Nein, es war ein ganz normaler Brief. Er schien glücklich zu sein und sich auf seine Arbeit zu freuen. Er dachte, etwa einen Monat in Wien zu bleiben und dann nach Paris zu gehen. Als er in der folgenden Woche nicht schrieb, war ich überrascht, aber ich machte mir weiter keine Gedanken. Ich dachte, er hätte wohl viel zu tun. Mein zweiter Brief an ihn kam zurück mit dem Vermerk ›abgereist, Nachsendeadresse unbekannt‹. Da machte ich mir Sorgen. Ich schrieb an das Hotel, in dem er in Paris immer wohnt, aber von dort kam mein Brief auch wieder zurück. Schließlich rief ich das Hotel an und erfuhr, daß John kein Zimmer bestellt hatte und daß man ihn nicht erwartete. Jetzt war ich sehr besorgt. Ich hatte mich entschlossen, selbst nach Wien zu fliegen und dort Nachforschungen anzustellen. Ich war seit einiger Zeit nicht mehr ins Ausland verreist und mußte meinen Paß verlängern lassen. Ich schickte den Paß ein, und nach einiger Zeit fragte ich nach, wo er denn bliebe. Man sagte mir, er sei irgendwo verlegt worden. Sie waren sehr kurz zu mir, aber ich dachte mir damals noch nichts dabei. Ich wußte nicht mehr, was ich tun sollte. Sie müssen wissen, Mr. Micklem, John und ich, wir lieben uns sehr. Und er schreibt mir immer, wenn er unterwegs ist. Ich dachte deshalb, er könnte einen Unfall gehabt haben. Deshalb ging ich zur Polizei.«

»Zur Ortspolizei oder zu Scotland Yard?« wollte Don wissen.

»Zur Ortspolizei natürlich. John ist Mitglied im Hampden Cricket Club, und der Inspektor spielt auch. Er ist mit John befreundet, und ich habe ihn auch schon verschiedentlich getroffen. Er versprach mir, er werde sofort Nachforschungen anstellen lassen.« Nervös zuckten ihre Hände im Schoß. »Er war sehr liebenswürdig. Und als ich ihn verließ, fühlte ich mich schon wesentlich erleichtert. Ich war sicher, daß er etwas tun würde, aber er tat nichts. Ich hörte zwei Tage lang nichts von ihm, deshalb ging ich wieder hin und wollte wissen, was los sei. Der Sergeant sagte mir, der Inspektor sei nicht da. Die ganze Atmosphäre hatte sich geändert. Als ich das erstemal hinkam, da haben sie mich alle sehr freundlich und liebenswürdig empfangen. Dieses Mal behandelten sie mich wie einen wildfremden Menschen. Der Sergeant war beinah grob zu mir. Er sagte mir, sie hätten keine Informationen für mich, und wenn sie etwas hörten, würden sie mich schon anrufen.«

Don drückte seine Zigarette aus und rieb sich das Kinn.

»Wann war das?«

»Vor vier Tagen. Am nächsten Morgen rief ich den Inspektor an, aber er wollte nicht mit mir sprechen. Der Sergeant sagte mir, ich sollte sie nicht laufend behelligen. Wenn sie etwas hörten, würden sie mich schon anrufen. Es war entsetzlich!« Sie biß sich auf die Lippen und wandte den Kopf ab. Nach einer Weile fuhr sie mit unsicherer Stimme fort. »Ich wußte dann, daß sie nichts unternehmen wollten. Deshalb ging ich zu Scotland Yard.«

»Haben Sie denn niemanden, der Ihnen bei dieser Sache hätte helfen können, Verwandte oder Freunde?« fragte Don mitfühlend.

»Ich hätte schon zu Freunden gehen können«, sagte sie ruhig, »aber ich dachte, das sei meine private Angelegenheit. Ich sprach dann jemanden vom Special Branch. Er war sehr höflich, aber auch sehr reserviert. Er sagte mir, die Angelegenheit sei ihm berichtet worden, und Nachforschungen seien im Gange. Er — er war fast feindlich zu mir. Es war weniger die Art, wie er sprach, als vielmehr die, wie er mich ansah. Ich fragte ihn offen, ob John Schwierigkeiten mit den Behörden habe, aber es war, als würde ich gegen eine Mauer sprechen. Er antwortete, er hätte mir nichts zu sagen, und wenn er etwas erfahren würde, dann gäbe er mir Bescheid. Ich wußte jetzt, daß ich auch von ihm nichts erfahren könnte. Ich verlor fast den Verstand. Ich ging zum Auswärtigen Amt. Dort wollte man mich zuerst gar nicht vorlassen, doch ich weigerte mich einfach, wieder zu gehen. Dann erschien einer der untersten Beamten, und er behandelte mich auch sehr abweisend. Er sagte, das Ganze sei eine Angelegenheit der Polizei, und das Auswärtige Amt habe nichts damit zu tun. Ich war verzweifelt und verlor meine Beherrschung; ich machte eine Szene. Ich sagte, wenn ich nicht endlich erführe, was da los sei, dann würde ich zur *Daily Gazette* gehen und den Reportern die ganze Geschichte erzählen.«

»Sehr gut«, sagte Don, von dem Mut dieser erschöpften, verängstigten jungen Frau sichtlich beeindruckt. »Was hat man Ihnen darauf geantwortet?«

»Es war, als wäre im Büro eine Bombe explodiert. Der Sekretär wollte sich mit irgend jemandem besprechen, und nach einiger Zeit wurde ich in das Büro von Sir Robert Graham geleitet. Ich sprach mit seinem Privatsekretär. Er war von einer brutalen Offenheit zu mir. Er sagte mir, es könne mich niemand daran hindern, zur *Gazette* zu gehen, wenn ich es aber täte, dann würde ich es bald sehr bedauern. Er drohte mir fast. Er sagte, wenn in der Presse etwas über John erscheinen würde, könnte sich das nur sehr ungünstig für John auswirken. Er sagte mir, ich sollte nach Hause gehen und warten. Es wäre gefährlich, weitere Nachforschungen anzustellen, und ich müßte Geduld haben. Ich war so erschrocken über seine Worte, daß ich mich überreden ließ. Ziellos lief ich stundenlang durch die Straßen und fragte mich immer, was ich wohl tun sollte. Dann bemerkte ich plötzlich, daß mir jemand folgte. Ich konnte nicht sehen, wer mir folgte, aber ich spürte instinktiv, daß ich beobachtet wurde. Ich nahm ein Taxi nach Kensington, und ein schwarzer Wagen folgte mir. Ich habe hier die Nummer.« Sie hielt einen Augenblick inne und holte aus ihrer Handtasche einen Zettel, den sie Don gab. »Das ist die Nummer. Ich weiß nicht, ob man feststellen kann, wem der Wagen gehört.«

»Das wäre möglich«, sagte Don und steckte den Zettel in die Tasche. »Ich werde mal sehen, was ich tun kann. Und was geschah dann?«

»Ich stieg an der Untergrundbahn aus dem Taxi und fuhr mit der Bahn heim. Jemand folgte mir auch da. Ich konnte den Mann sogar sehen. Er sah aus wie ein Kriminalbeamter, aber ich bin natürlich nicht sicher. Später kam Mr. Howard, Johns rechte Hand. Er brachte mir die Postkarte, die ich Ihnen gezeigt habe. Er wußte nicht, was sie bedeuten sollte. Ich sagte ihm auch nicht, was geschehen war. Er ist kein Mann, dem man sich so ohne weiteres anvertrauen kann. Er ist ein guter Geschäftsmann, aber das ist alles. Ich sagte ihm, John wollte sich bestimmt mit ihm einen Scherz erlauben. Er meinte noch, das sei gar kein so großartiger Scherz, was es ja auch nicht war. Er fragte mich, ob ich etwas von John gehört hätte. Er glaubte mir nicht, als ich ihm sagte, daß ich an diesem Tag noch einen Brief von ihm erwartete. — Gestern abend habe ich dann in der Klatschspalte der Zeitung gelesen, daß Sie nach Venedig reisen. Und ich dachte mir, Sie könnten vielleicht ein paar Nachforschungen anstellen. Ich weiß, das ist sehr viel verlangt, aber ich bin sicher, daß John Sie um Ihre Hilfe bittet. Ich muß doch endlich wissen, was ihm passiert ist.« Erneut ballte sie ihre Hände und kämpfte gegen die Tränen an. »Ich muß es wissen, Mr. Micklem!«

»Ja, natürlich«, antwortete Don ruhig. »Machen Sie sich keine Sorgen. Ich werde mich um die Sache kümmern. Ich möchte Sie noch etwas fragen: Haben Sie irgendeine Erklärung, weshalb Ihr Mann verschwunden sein könnte?«

Sie blickte ihn überrascht an.

»Wieso? Nein, natürlich nicht.«

»Auch keine Vermutung?«

»Nein.«

»Verzeihen Sie mir die offene Frage: »Sind Sie sicher, daß er nicht mit einer anderen Frau weggefahren ist?«

Ihre grauen Augen blickten ihn furchtlos an.

»Ich weiß, daß er das nicht getan hat. John ist nicht so. Wir leben füreinander. Es ist nicht so, daß wir uns etwas vormachen würden.«

»Gut«, antwortete Don, und er zündete sich eine weitere Zigarette an, bevor er sie fragte: »Haben Sie Grund zu der Annahme, daß Ihr Mann immer noch für M. I. 5 arbeitet? Grob gesagt, daß er also als Agent oder Spion tätig ist, wenn er auf Reisen geht?«

»Ich weiß es nicht«, sagte sie verzweifelt. »Ich fange langsam an zu glauben, daß das möglich ist. Er ließ mich ja nie mitfahren, und jetzt benahmen sich diese Leute alle so seltsam. Wenn ein Spion gefaßt wird, dann waschen doch die Behörden des Landes, für das er arbeitet, ihre Hände immer in Unschuld, nicht wahr?«

Don zuckte die Achseln.

»Das scheint oft so zu sein, aber wir wissen es nicht. Am besten gehen Sie jetzt nach Hause und versuchen, sich nicht weiter zu sorgen. Überlassen Sie alles mir. Ich habe Ihren Mann immer sehr bewundert. Ich werde alles tun, um ihn zu finden. Zufälligerweise kenne ich Sir Robert Graham sehr gut. Ich werde ihn sofort aufsuchen. Und wenn er mir nichts sagen kann oder will, dann werde ich zu Chief Superintendent Dicks vom Special Branch gehen. Er ist gleichfalls ein guter Freund von mir. Bis heute abend habe ich bestimmt etwas erfahren. Geben Sie mir Ihre Adresse. Ich rufe Sie entweder an, oder ich komme selbst.«

Plötzlich hielt sie ihre Hände vors Gesicht und fing an zu weinen. Don stand auf und legte die Hand auf ihre Schulter.

»Lassen Sie sich nicht unterkriegen. Ich gebe zu, das sieht nicht gut aus, aber wenn es von mir abhängt, dann wird es schon gut ausgehen. Das verspreche ich Ihnen.«

»Entschuldigen Sie«, sagte sie mit zitternder Stimme, und sie trocknete ihre Augen mit dem Taschentuch. »Ich weiß nicht, wie ich Ihnen danken soll. Die letzten Tage waren fürchterlich für mich. Ich fasse mich schon wieder.«

»Fahren Sie nach Hause und beruhigen Sie sich. Ich bemühe mich, Ihnen bald etwas sagen zu können.« Er lächelte, und mit großer Anstrengung lächelte sie zurück. »Sie sind jetzt in dieser Sache nicht mehr allein. Geben Sie mir Ihre Adresse.«

Nachdem sie gegangen war, starrte Don gedankenverloren auf die Wand. Allem Anschein nach schien Tregarth in eine böse Sache verwickelt zu sein. Und bei der Zurückhaltung des Auswärtigen Amtes und der Polizei würde er sehr vorsichtig taktieren müssen. Er verzog das Gesicht zu einer Grimasse, zuckte die Achseln und ging schnell aus dem Zimmer. Er rief Cherry zu, er solle den Wagen holen.

Sir Robert Graham bewegte sich mit knarrenden Schuhen durch die dunkle, ruhige Halle des *Sportman's Club* auf seinen Lieblingssessel zu, der in dem Erkerfenster stand, von dem aus man den St. James Park überblicken konnte.

Er war groß und kantig. Sein gelbliches, schmales Gesicht mit dem weißen, hängenden Schnurrbart, den tiefliegenden, klugen, blauen Augen und den hohlen Wangen, seine Hausjacke und sein Stehkragen machten ihn zu einer eindrucksvollen Persönlichkeit. Vorsichtig ließ er sich in dem Sessel nieder, streckte seine langen, dünnen Beine aus und nickte dem Kellner zu, der auf das kleine Kaffeetischchen neben dem Sessel ein Glas Portwein stellte.

In der gegenüberliegenden Ecke der Halle wartete Don geduldig, bis Sir Robert es sich bequem gemacht hatte. Der alte Herr hatte gut gespeist. Don hoffte, er würde jetzt in einer günstigen Stimmung sein. Er wartete, bis Sir Robert einen Schluck von seinem Portwein getrunken hatte, dann erhob er sich aus seinem Sessel und ging zu ihm hinüber.

»Hallo«, grüßte Don fröhlich, »darf ich mich zu Ihnen setzen?«

Sir Robert blickte auf. Seine klugen Augen leuchteten, als er Don erkannte.

»Ja, natürlich«, sagte er und deutete auf einen Sessel neben ihm. »Wie geht es Ihnen. Ich dachte, Sie seien schon in Venedig.«

»Mit etwas Glück werde ich morgen dort sein.«

»Fliegen, natürlich? Na ja, ich muß gestehen, daß ich mich in einem Flugzeug nicht sicher fühle. Ich bin nur einmal geflogen. Hat mir nicht gefallen. Heutzutage will jeder Zeit gewinnen.«

Don nahm sein Zigarrenetui aus der Tasche.

»Versuchen Sie mal eine. Ich glaube, sie wird Ihnen zusagen.«

Dünne, gelbe Finger nahmen die angebotene Zigarre und führten sie zu der gebogenen, aristokratischen Nase.

»Für einen jungen Mann haben Sie einen ungewöhnlich guten Geschmack in Ihren Zigarren«, sagte Sir Robert. »Möchten Sie einen Portwein?«

»Vielen Dank, nein«, sagte Don, und er zündete seine Zigarre an und blies eine dichte Rauchwolke gegen die Decke. »Wie geht es Ihnen?«

»So-so. Bin halt nicht mehr so gelenkig wie früher. Hoffe, nächste Woche auf die Jagd zu gehen. Auf Lord Heddisfords Besitz. Wollen Sie mitkommen?«

»Ich denke nicht, daß ich vor Ende Dezember wieder in London sein werde. Von Venedig aus fahre ich nach New York.«

»Sie fahren doch sicher zum Festival nach Venedig, nehme ich an. Ich hörte, daß dort La Cenerentola gespielt wird. Nettes Stück. Ich habe es letztes Jahr in Glyndebourne gesehen.«

Einige Minuten unterhielten sie sich über die Oper, dann sagte Don: »Da ist eine Sache, bei der Sie mir vielleicht behilflich sein könnten, Sir Robert.«

Die dichten, buschigen Augenbrauen hoben sich.

»Um was geht es denn?«

»Ich interessiere mich für John Tregarth.«

Don beobachtete das Gesicht von Sir Robert sorgfältig, aber er konnte nichts darin lesen. Der alte Herr zog an seiner Zigarre, nahm sie aus dem Mund und studierte wohlwollend das glühende Ende.

»Tregarth, hm? Weshalb sollte der sie interessieren?«

»Während des Krieges habe ich mit ihm zusammen gearbeitet. Ich war damals Pilot, als er über Rom absprang«, sagte Don. »Der Mann hatte viel Mut. Ich hörte, daß er verschwunden sein soll.«

»Habe ich auch gehört«, sagte Sir Robert. Er nahm sein Portweinglas, trank einen winzigen Schluck und schüttelte dann den Kopf. »Das Zeug ist auch nicht mehr so gut wie früher. Zu meines Vaters Zeit...«

»Was ist mit ihm geschehen?« unterbrach ihn Don.

Sir Robert blickte ihn erstaunt an.

»Was meinen Sie? Wem geschehen?«

Don lächelte. »So leicht lasse ich nicht locker, Sir Robert; auch wenn Sie jetzt den Vergeßlichen spielen. Tregarth ist verschwunden. Ich möchte wissen, was mit ihm geschehen ist.«

»Ich habe keine Ahnung, mein Junge«, entgegnete Sir Robert. Mit einem Ausdruck des Bedauerns setzte er sein Glas ab. »Nicht die geringste Ahnung. Well, ich glaube ich muß zurück in die Tretmühle. Wenn ich mich nicht beeile, werde ich vor sieben Uhr nicht zu Hause sein. Habe meiner Frau versprochen, sie ins Theater zu begleiten heute abend. Sicher wieder so ein Schundstück, aber heutzutage wollen die Frauen alles sehen.«

»Ist er irgendwie in Schwierigkeiten?« fragte Don.

Sir Robert seufzte.

»Was sind Sie doch für ein hartnäckiger junger Mann«, stöhnte er. »Kann sein«, fuhr ich fort, »ich weiß es nicht, und offen gesagt, ist es mir auch ziemlich egal.«

Er erhob sich knarrend aus dem Sessel.

Don legte die Hand auf seinen Arm. »Einen Augenblick noch«, sagte er. »Ich werde mich nicht entschuldigen, daß ich Sie derart belästige: Tregarth ist ein guter Kerl. Er hat während des Krieges seine Arbeit gut gemacht. Wenn Sie mir keine Auskünfte geben, dann muß ich sehen, daß ich sie sonst wo ausgraben kann.«

Sir Robert blickte ihn jetzt etwas kühl an.

»Jetzt hören Sie mal, mein Junge, lassen Sie sich einen Rat geben. Das ist eine Sache, die Sie nicht betrifft. Fahren Sie nach Venedig und vergnügen Sie sich dort.«

Ein Muskel unter der Z-förmigen Narbe in Dons Gesicht zuckte. Das war ein Zeichen dafür, daß er langsam wütend wurde.

»Ich beabsichtige Tregarth zu finden. Sie können mir entweder helfen, oder ich muß anderswo suchen«, sagte er, und seine Stimme war rauh geworden.

Sir Robert blickte ihn prüfend an und sah an dem entschlossenen Gesichtsausdruck, daß Don genau das meinte, was er sagte.

»Ich kann Ihnen nicht helfen«, sagte er ruhig. »Ich kann Ihnen nur sagen, daß Tregarth sich sehr dumm benommen hat und daß niemand etwas für ihn tun kann. Ich möchte noch hinzufügen, daß er es außerdem nicht wert ist, daß man sich um seinetwegen Sorgen macht. Ich sage Ihnen das ganz offen, Micklem. Ich will nicht, daß Sie in der Sache herumrühren. Das ist eine Angelegenheit der Regierungsspitze. Mehr kann ich Ihnen nicht sagen. Und ich bitte Sie, sich da nicht einzumischen. Ich glaube nicht, daß ich mich deutlicher ausdrücken kann, oder?«

Don blickte ihn an.

»Nein, aber ich bin noch nicht zufrieden. Ein Mann mit großen Verdiensten verschwindet plötzlich, und Ihnen ist das verdammt gleichgültig; das haben Sie doch gesagt. Ich finde das schrecklich. Ich muß auch an Tregarths Frau denken. Ich will auch offen mit Ihnen reden. Ich denke, sowohl Ihre Abteilung als auch die Polizei haben sie schändlich behandelt.«

»Kaum unsere Schuld, mein Junge«, sagte Sir Robert und stand auf. »Tregarth hätte an seine Frau denken sollen, bevor er das tat, was er getan hat. Und jetzt: Guten Tag.«

Er ging langsam weg und nickte kurz mit seinem kahlen Kopf, wenn er jemand traf, den er kannte.

Don sank zurück in seinen Sessel.

Er hatte jetzt wenigstens erfahren, daß das Auswärtige Amt von Tregarths Verschwinden wußte. Sir Robert hatte bestätigt, daß dies eine Angelegenheit der Regierungsspitze sei. »Niemand kann etwas für ihn tun.« Das waren vernichtende Worte, wenn sie aus dem Auswärtigen Amt kamen.

Wenn sie nichts für ihn tun können, dann heißt das noch lange nicht, daß ich auch nichts tun kann, sagte sich Don.

Der nächste Schritt wäre jetzt, zu Dicks im Scottland Yard zu fahren. Sicherlich wäre das auch eine Zeitverschwendung, aber in einem Fall wie in diesem können jede noch so unbedeutende Informationen, jedes unbedacht ausgesprochene Wort schon eine Hilfe sein.

Chief Superintendent Tom Dicks saß an seinem Schreibtisch. Sein rotes, joviales Gesicht strahlte zufrieden, während er an seiner Pfeife paffte.

»Dachte, Sie wären schon in Venedig, Mr. Micklem«, sagte er. »Ich habe doch so etwas in der Abendzeitung gelesen.«

»Ich wurde aufgehalten, aber ich werde morgen abreisen«, berichtete ihm Don. »Dies soll aber kein rein gesellschaftlicher Besuch sein, Super. Ich bitte Sie, mir einen Gefallen zu tun.«

»Aber gern. Um was geht es denn?«

Don nahm den Zettel, den Hilda Tregarth ihm gegeben hatte, aus der Tasche und schob ihn über den Tisch.

»Ich möchte gern, daß Sie einmal nachforschen, wem dieser Wagen gehört.«

Dicks blickte auf den Zettel, zog seine Augenbrauen hoch und sah Don durchdringend an.

»Das ist einer unserer Wagen. Was ist denn los?«

»Eines Ihrer Streifenfahrzeuge?«

»Nein, das ist ein Wagen des Special Branch.«

»Ach so.« Don hatte diese Antwort schon erwartet. »Warum beschatten Ihre Leute Mrs. Tregarth?«

Dicks' Gesicht verlor jeden Ausdruck. Er nahm die Pfeife aus dem Mund und rieb den heißen Pfeifenkopf an seiner dicken Nase.

»Wenn Sie ein offenes Wort vertragen können, dann möchte ich sagen, daß diese Angelegenheit Sie nichts angeht.«

»Ich glaube doch«, entgegnete Don sanft. »Wo ist Tregarth?«

Bedauernd legte Dick die Pfeife in den Aschenbecher.

»Weshalb interessieren Sie sich für ihn?«

»Während des Krieges habe ich mit ihm zusammengearbeitet. Seine Frau hat mich heute aufgesucht. Anscheinend war sie hier und wurde nicht besonders gut behandelt. Ich dachte, ich hätte mehr Erfolg, wenn ich Sie direkt aufsuchen würde.«

Dick schüttelte den Kopf.

»Tut mir leid, Mr. Micklem, ich kann Ihnen nicht helfen. Wenn Sie über Tregarth etwas erfahren wollen, dann müssen Sie sich schon an Sir Robert Graham wenden. Er befaßt sich mit der Sache, soviel ich weiß. Wir haben nichts damit zu tun.«

»So«, sagte Don und lehnte sich in seinen Sessel zurück. Sein Gesicht wurde hart. »Und dennoch hat das Auswärtige Amt zu Mrs. Tregarth gesagt, das sei Sache der Polizei.«

Dicks hob seine schweren Schultern. Er sah verwirrend sanftmütig aus.

»Er ist nicht unser Mann, Sir. Sie wissen, daß ich Ihnen helfen würde, wenn ich könnte, aber er ist nicht unser Mann.«

»Aber warum suchen Sie ihn dann?«

»Nicht daß ich wüßte.«

»Warum beschatten Ihre Leute Mrs. Tregarth, wenn Tregarth Sie nichts angeht?«

»Tun sie das? Ich kann doch nicht alles wissen, was hier vorgeht. Ich habe so schon genug zu tun, ohne mich um das zu kümmern, was meine Kollegen tun.«

Don erinnerte sich, was Hilda Tregarth gesagt hatte: »Es war, als würde ich gegen eine Mauer reden.«

»Können Sie mir denn vertraulich nichts über Tregarth sagen, Super?« fragte Don. »Kommen Sie schon; Sie müssen doch etwas wissen. Ich will den Mann finden.«

»Es tut mir leid, Mr. Micklem, ich kann Ihnen nichts sagen. Aber ich möchte Ihnen einen kleinen Rat geben: Halten Sie sich aus dieser Sache heraus. Sie haben damit nichts zu schaffen, und ich bin sicher, daß Sir Robert dankbar wäre, wenn Sie nicht weiter in die Angelegenheit dringen würden.«

»Das glaube ich bestimmt«, sagte Don trocken und stand auf. »Na schön. Tut mir leid, Ihre Zeit so lange beansprucht zu haben.«

»Freut mich immer, wenn ich Sie sehe, Mr. Micklem«, sagte Dicks. Er stand auf und schüttelte Don die Hand. »Ich hoffe, daß Sie eine gute Reise haben werden.«

Don fuhr zurück zu Nummer 25a Upper Brook Mews. Marian traf ihn in der Halle.

»Captain Hennessey wartet auf Sie«, sagte sie. »Ich sagte ihm, daß Sie nicht da wären, aber er wollte warten.«

»Was will er denn? Also gut, ich werde mit ihm sprechen. Wo ist er?«

Marian deutete auf das Wohnzimmer. Don durchquerte die Halle, öffnete die Tür und trat ein.

Captain Ed Hennessey vom Geheimdienst der US Armee war ein großer Mann mit aschblondem Haar und einem sommersprossigen Gesicht. Er saß in einem Lehnsessel und blätterte durch eine Zeitung. Er erhob sich und lächelte, als er Don erblickte.

»Hallo, Don«, sagte er und streckte seine mächtige, behaarte Hand aus, »wie geht's?«

»Ich kann nicht klagen«, sagte Don, »was führt Sie hierher? Ich habe Sie ja seit Monaten nicht mehr gesehen.«

»Das ist sozusagen ein dienstlicher Besuch. Warum sind Sie denn nicht nach Venedig gefahren heute morgen, anstatt hier in irgendwelchen dunklen Sachen herumzurühren?«

»Habe ich das getan?« fragte Don. »Wie wär's mit einem Drink?«

»Gute Idee. Ich trinke zwar nie vor sechs Uhr, aber ich glaube, meine Uhr geht heute nach.«

Während Don die beiden Highballs mixte, fragte er: »Ein dienstlicher Besuch? Was hat das zu bedeuten?«

»Sie geraten da in eine Sache, die weder Sie noch die Vereinigten Staaten etwas angeht. Und ich wurde geschickt, um Ihnen zu sagen, daß Sie sich da nicht einmischen sollen.«

Don gab Hennessey eines der hohen, beschlagenen Gläser, mit dem andern in der Hand setzte er sich in einen Sessel.

»Wirklich? Wer hat Sie denn hergeschickt?«

»Der Alte persönlich.«

Don zog seine Augenbrauen hoch.

»Der Botschafter?«

»Ja. Das Auswärtige Amt hat es ihm gesteckt. Die meinen, Sie würden ihre Kreise stören. Sie wollen, daß Sie die Finger davon lassen.«

»Das ist doch nicht Ihr Ernst?« fragte Don mit rauher Stimme.

Hennessey, der Don recht gut kannte, bemerkte dieses Gefahrenzeichen.

»Jetzt explodieren Sie mal nicht gleich. Wir können Sie nicht daran hindern, sich da hineinzumischen, aber wir bitten Sie, es nicht zu tun. Die ganze Sache ist irgendwie gefährlich. Und wir wollen dem Auswärtigen Amt nicht auf die Füße treten. Die Sache wird dort ganz oben bearbeitet.«

»Von was reden Sie eigentlich?« fragte Don, und in seinem Gesicht lag gespieltes Erstaunen. »Welche Sache?«

Hennessey sah ihn verblüfft an. »Wissen Sie das nicht?«

»Ich weiß nur, daß ein Mann, den ich vor Jahren kennengelernt habe, verschwunden ist, und daß seine Frau zu mir kam und mich bat, ihn zu suchen. Ich habe keine Ahnung, was das mit dem Auswärtigen Amt oder dem Botschafter zu tun hat«, sagte Don.

Hennessey kratzte sich am Nacken, während er Don verlegen ansah.

»Sir Robert hat das dem Alten erklärt; ich wurde nicht ins Vertrauen gezogen«, sagte er. »Aber aus dem, was der Alte mir sagte, kann ich leicht erraten, was hier passiert ist. Das ist zwar vertraulich, aber vielleicht bringt es Sie dazu, Vernunft anzunehmen und die Finger von der Sache zu lassen, wenn Sie wissen, wie heiß das Eisen ist. Es hat den Anschein, als sei Tregarth abgehauen. Er ist hinter dem Eisernen Vorhang verschwunden.«

Don starrte ihn an.

»Unsinn!« brummte er. »Tregarth ist Besitzer einer kleinen Glasfabrik. Er hat doch keine Kenntnis von Dingen, die die Russen interessieren könnten. Weshalb sollte er denn hinter den Eisernen Vorhang gehen?«

»Vielleicht wird es Sie überraschen zu hören, daß Tregarth einer der besten Agenten von M.I. 5 war oder auch noch ist. Er kennt alle Schliche. Und er weiß die Namen von allen Agenten, die drüben tätig sind und wo sie sich aufhalten. Die Russen hätten ihn brennend gern in ihrem Lager. Vielleicht verstehen Sie jetzt, weshalb Sir Robert sich so anstellt.«

Don war derart überrascht, daß er aufstand und unruhig im Zimmer auf und ab schritt.

»Sie machen doch keine Scherze?«

»Gewiß nicht, aber Sie dürfen das um Gottes willen nicht weitererzählen.«

»Was läßt Sie annehmen, daß er auf der anderen Seite des Eisernen Vorhanges ist?«

»Ich behaupte ja nicht, daß er dort ist«, antwortete Hennessey vorsichtig. »Das ist nur eine Vermutung von mir.«

»Er könnte doch auch geschnappt worden sein?«

»Ja. Aber von dem, was mir der Alte so sagte, kann man annehmen, daß er übergelaufen ist. Der Alte war ziemlich durcheinander. Ein Mann mit Tregarths Erfahrung würde sich nicht lebendig fangen lassen. Nach allem, was ich so hörte, ist er noch am Leben und vor allem auch am Reden.«

Don erinnerte sich an die Postkarte aus Venedig. Es lag ihm auf der Zunge zu sagen, daß er wußte, wo Tregarth sich aufhielt und daß er bestimmt nicht hinter dem Eisernen Vorhang war, aber seine Vorsicht gebot ihm zu schweigen. Er wollte noch mehr Informationen haben, bevor er Tregarths Aufenthalt verriet.

»Nachdem ich jetzt die Katze so ziemlich aus dem Sack gelassen habe«, fuhr Hennesey fort, »kann ich dem Alten sagen, daß Sie sich heraushalten werden?«

Don schüttelte den Kopf.

»Nein. Es ist möglich, daß ich mich da nicht heraushalten kann. Ich habe seiner Frau versprochen, ihn zu suchen.«

»Aber das war doch, bevor Sie wußten, um was es hier geht«, antwortete Hennessey. »Das ist eine riskante Sache, Don. Und wir könnten böse werden!«

Don lächelte.

»Wie böse?«

»Wir könnten Ihnen den Paß entziehen«, sagte Hennessey und stand auf. »Das ist doch die Sache nicht wert. Vergessen Sie die ganze Angelegenheit.«

»Ich werde mir das mal überlegen.«

»Fliegen Sie bestimmt nach Venedig?«

»Ganz bestimmt. Schon morgen.«

»Well, dann ist ja alles okay. Sir Robert ist davon überzeugt, daß Tregarth hinter dem Eisernen Vorhang ist. Wenn ich dem Alten berichte, daß Sie nur nach Venedig fahren, dann wird er zufrieden sein.«

»Klar.«

»Ich muß wieder ins Büro zurück. Vielen Dank für den Drink. Und gute Reise.«

»Ja, danke. Bis bald denn, Ed.«

Hennessey blieb an der Tür noch einmal stehen.

»Da ist noch etwas. Wenn Sie doch in Versuchung kommen und Ihren Hals riskieren sollten, dann rennen Sie bitte nicht zum Konsulat um Hilfe. Wir werden uns bestimmt aus der Sache heraushalten. Und wenn Sie sich einmischen, dann ist das Ihre eigene Beerdigung. Verstehen Sie mich?«

»Natürlich«, sagte Don gleichgültig.

Er blickte Hennessey nach. Dann nahm er sich eine Zigarette. In seinen Augen lag ein nachdenklicher Ausdruck, als er das Streichholz entzündete.

Einige Minuten nach achtzehn Uhr hielt Don mit seinem Bentley vor einer kleinen Villa in der Newton Avenue in Hampden.

Etwa hundert Meter weiter parkte ein schwarzer Personenwagen, in dem zwei Männer saßen. Einer von ihnen drehte sich um und sah Don nach, der die Gartentür der Villa öffnete.

Hilda Tregarth öffnete die Tür in demselben Augenblick, da Don klingelte. Sie blickte ihn erwartungsvoll an, als sie zur Seite trat.

»Ich habe ein paar Neuigkeiten für Sie«, sagte Don. »Es ist nicht viel, aber immerhin etwas.«

Hilda Tregarth führte ihn ins Wohnzimmer, und sie setzten sich.

»Ich war sowohl bei Sir Robert als auch bei Dicks«, berichtete Don. »Ich habe mir überlegt, wieviel ich Ihnen von der Sache sagen kann. Ich denke aber, daß es nur fair ist, wenn man Ihnen die Wahrheit sagt. Sie haben ja viel Mut, und ich fürchte, Sie werden ihn auch brauchen.«

Sie saß aufgeregt da, ihr Gesicht war weiß.

»John ist also in Schwierigkeiten?«

»Ich glaube, ja. Nach all dem, was ich so hörte, arbeitete er als Agent für M.I. 5.«

Sie schloß ihre Augen, und ihre Hände ballten sich zu Fäusten. Für eine kurze Zeit blieb sie in dieser Haltung, dann gab sie sich einen Ruck, öffnete ihre Augen und blickte ihn an.

»Ich hatte schon vermutet, daß er das tat. Er wurde erwischt, oder?«

Don zögerte.

»Das ist noch unklar«, sagte er und entschloß sich, ihr die Wahrheit zu sagen. »Wenn er erwischt worden wäre, dann hätte er diese Postkarte nicht schicken können. Wir dürfen aber auch nicht außer acht lassen, daß die Karte eine Fälschung sein oder man ihn gezwungen haben könnte, sie zu schreiben, um uns auf eine falsche Fährte zu locken. Wenn man aber annimmt, daß die Postkarte eine Fälschung ist, dann muß er noch frei sein und sich irgendwo verbergen.«

»Ich verstehe.« Sie sah auf ihre Hände. »Und seine Dienststelle will nichts für ihn tun?«

»Ich fürchte, so ist es.«

Sie blickte ihn an.

»Aber das ist noch nicht alles, oder? Warum läßt man mich beobachten? Die denken wohl, er ist zur anderen Seite übergelaufen, nicht wahr?«

Don nickte.

»Ja. Sie kennen ihn ja besser als sonst jemand. Hat er jemals für die andere Seite Sympathien gezeigt?«

»Nie.« Ihre Augen blitzten. »Er würde niemals zur anderen Seite überlaufen.«

»Und was ich von ihm weiß, überzeugt mich davon, daß Sie recht haben.«

»Aber weshalb glaubt man denn, er könnte übergelaufen sein? Was für Beweise führen sie denn an?«

»Ich weiß es nicht. Sie wollen über die ganze Angelegenheit nicht reden. Sie müssen ihre Gründe haben, aber die kennt nur Sir Robert, und der sagt nichts. Offengestanden glaube ich nicht, daß ich hier noch mehr erfahren kann. Meine einzige Hoffnung ist jetzt, daß ich in Venedig neue Informationen bekomme. Ich reise morgen früh ab. Sobald ich dort bin, werde ich Nachforschungen anstellen. Ist Ihr Mann während seiner Reisen schon früher nach Venedig gekommen?«

»Ja. Er fuhr jedes Jahr hin. Venedig ist ein Zentrum der Glasfabrikation.«

»Mit wem hatte er dort zu tun? Kennen Sie die Leute? Hat er dort Freunde, die mir bei der Suche helfen könnten?«

»Ich weiß es nicht. Er hat mir nur sehr wenig von seiner Arbeit erzählt. Ich weiß nur, daß Manrico Rossi, der in der Nähe von San Marco eine Glashandlung hat, einmal in Geschäftsverbindung mit ihm stand. Es gibt sicher noch mehr Leute, aber er hat sie mir gegenüber nicht erwähnt.«

»Manrico Rossi?« Don merkte sich den Namen. »Wo wohnte Ihr Mann in Venedig?«

»Im Hotel Moderno. Das ist in der Nähe der Rialto-Brücke.«

»Haben Sie eine gute Fotografie von ihm?«

»Ich werde sie holen.« Sie verließ das Zimmer und kam nach einiger Zeit wieder zurück. Sie gab Don ein großformatiges Bild. Er betrachtete es sorgfältig. Tregarth sah auf dem Foto älter aus, als Don gedacht hatte. In seinem Haar waren graue Streifen, aber seine Augen drückten immer noch die gleiche Kraft aus, die Don beeindruckt hatte, als er ihn zum erstenmal sah.

Er steckte das Foto in die Tasche.

»All right«, sagte er dann. »Noch etwas: würden Sie Ihrem Mann bitte einen kurzen Brief schreiben? Er wird sich sicherlich darüber freuen, wenn ich ihn gefunden habe.«

Einen Augenblick dachte er, sie würde jetzt zusammenbrechen. Aber sie beherrschte sich schnell wieder.

»Sie sind sehr freundlich, Mr. Micklem«, sagte sie. In ihren Augen standen Tränen. »Sie denken an alles. Selbstverständlich werde ich ihm schreiben. Können Sie einen Augenblick warten?«

»Aber natürlich«, sagte Don und bewunderte ihre Beherrschung. »Ich habe Zeit.«

Sie ging aus dem Zimmer. Etwa zwanzig Minuten später kehrte sie zurück. Sie gab ihm einen verschlossenen Umschlag.

»Schön«, sagte er und legte den Brief in seine Brieftasche. »Ich werde mein Bestes tun, damit er ihn erhält. Und machen Sie sich nicht zuviel Sorgen. Sie müssen Geduld haben. Ich nehme an, daß die Polizei auch Ihre Post überwacht. Ich werde Ihnen deshalb nicht direkt schreiben. Wenn ich Ihnen etwas Wichtiges zu berichten habe, werde ich entweder hierherfliegen oder Ihnen einen Brief durch einen meiner Freunde überbringen lassen.«

Während Don ins Westend zurückfuhr, überlegte er sich, ob Tregarth wohl an seine Frau dachte. Er fragte sich, was Tregarth in diesem Augenblick wohl tat. Sir Robert hatte gesagt: »Niemand kann etwas für ihn tun. Er hätte an seine Frau denken sollen, bevor er tat, was er getan hat.«

Was hatte Tregarth getan?

Don schüttelte den Kopf.

Er würde es schon erfahren. Und er würde Tregarth finden; nicht um Tregarths willen, sondern seiner Frau wegen.

Weder die Polizei noch Sir Robert oder Ed Hennessey würden ihn daran hindern können.

3

Die Abendsonne versank hinter der Kuppel von San Maria della Salute, und ihr Schein gab dem schmutziggrünen Wasser des Canale Grande einen leicht rötlichen Schimmer. Don Micklem ging durch das Zimmer und trat ans Fenster, um auf das geschäftige Treiben vor dem Haus hinunterzublicken.

Vor vier Jahren war Don zum ersten Male nach Venedig gekommen und hatte sich sofort in die Stadt verliebt. Er hatte nicht Ruhe gegeben, bevor er nicht ein kleines Haus im venezianisch-byzantinischen Stil gefunden und gekauft hatte, das als *Palazzo della Toletta* bekannt war. Es lag am Canale Grande mit einem herrlichen Blick auf die Insel San Giorgio und war nur zweihundert Meter entfernt von dem Meisterstück von Sansovino, der *Liberia Vecchia*.

Don war vor zwei Stunden in Venedig angekommen und war jetzt, nachdem er sich gebadet und umgezogen hatte, bereit, die Suche nach Tregarth aufzunehmen.

Zuerst wollte er Manrico Rossi aufsuchen in der Hoffnung, daß dieser etwas von Tregarth gehört hätte. Würde er dort nichts erfahren, wollte er zum Hotel Moderno gehen.

Don bahnte sich mühsam einen Weg über die dicht belebte Uferstraße, die zur Piazza San Marco führt. Er beobachtete die emsig umherfahrenden Gondeln, die *vaporete* genannten Boote, die zum Lido hinunterfuhren, sowie die Kähne, beladen mit Melonen und Gemüse, und schließlich die großen Paläste, mit Marmor verkleidet, und ihre gestreiften Anlege-Pfähle.

Don schritt durch die Calle de Fabbri. Das Geschäft von Manrico Rossi befand sich am Ende einer kleinen Seitenstraße, nahe der Rialto Brücke. Don brauchte einige Zeit, bis er es gefunden hatte.

Das Geschäft war gerade dabei, sich von dem Ansturm einer Touristengruppe zu erholen. Die Touristen kamen aus dem Laden, müde und schwitzend, aber entschlossen, alles zu sehen, und Don trat zur Seite, bis der letzte von ihnen gegangen war.

Er trat dann in den langen, schmalen Laden, und es kam ihm vor, als hätte er eine nur schwach beleuchtete Höhle betreten, an deren Decke blitzende Leuchter hingen und deren Wände aus Wunderwerken von glitzerndem Kristall bestanden.

Im hinteren Teil des Ladens befand sich eine Bank, auf der drei Mädchen saßen. Vor jedem Mädchen stand ein Gasbrenner mit einer zehn Zentimeter langen blauen Flamme. Die Mädchen hielten dünne

Stäbe aus farbigem Glas in die Flamme. Sie arbeiteten mit einer erstaunlichen Geschwindigkeit und formten aus dem geschmolzenen Glas kleine Tiere.

Don betrachtete sie bei ihrer Arbeit. Eines der Mädchen, ein dunles, kleines Geschöpf mit einem schmalen Gesicht, blickte auf und sah ihm in die Augen; dann wandte es sich wieder ihrer Arbeit zu. Aus einem Stück weißes Glas machte sie ein kleines galoppierendes Pferd.

Er sah, wie sie das Pferdchen zum Abkühlen hinstellte. Erneut blickte sie auf, und es kam ihm so vor, als wolle sie ihm ein Zeichen geben: Sie zog schnell ihre Augenbrauen hoch, und das Blitzen in ihren Augen erweckte seine Aufmerksamkeit. Ihre Augen waren gleich wieder auf den Stapel bunter Glasstäbe gerichtet, der vor ihr lag. Sie nahm einen davon, fuhr mit ihm mehrmals durch die Flamme und begann dann, mit überraschend geschickten Händen, den Stab zu drehen, zu biegen und nochmals zu biegen und legte schließlich zu Dons Überraschung vor ihn ein seltsames Muster aus Glas hin. Don betrachtete es und entdeckte, daß es ein ineinander verschlungenes Monogramm darstellte, und die Buchstaben, die sich ganz deutlich erkennen ließen, waren J. T.

Er hatte kaum Zeit, diese Initialen zu lesen, da hatte sie das Gebilde auch schon wieder genommen, erneut in die Flamme gehalten und in Sekunden zu den Hinterbeinen eines springenden Pferdes verformt.

Hatte er geträumt? fragte sich Don. Er blickte auf das weiche, dunkle Haar des Mädchens, das sich über seine Arbeit gebeugt hatte. J. T. John Tregarth? Ob er sich getäuscht hatte?

»Ah, Signore, ich sehe, Sie interessieren sich für unsere Arbeiten«, ertönte eine Stimme. Don drehte sich schnell um und erblickte einen großen, fetten Mann in einem grauen Anzug neben sich. Das große, feiste Gesicht mit den müden Augen war typisch italienisch, und das Lächeln, das einige Goldzähne enthüllte, war ebenso professionell wie unaufrichtig.

»Ja«, bestätigte Don.

»Es ist eine große Ehre für uns, Sie hier zu haben, Signore Micklem. Seit vier Jahren kommen Sie jetzt schon nach Venedig, und dies ist das erstemal, daß Sie meinem Geschäft die Ehre geben.«

»Nun, jetzt bin ich hier«, sagte Don lächelnd. Er war es gewohnt, daß die Venezianer ihn erkannten, sobald sie ihn sahen. Man kann halt kein amerikanischer Millionär mit einem Palazzo am Canale Grande sein, ohne daß jeder Geschäftsmann in Venedig dies erführe.

»Darf ich Ihnen einige meiner Schätze zeigen, Signore?«

»Einer meiner Freunde hätte gern einen Leuchter. Ich versprach ihm, mich mal umzusehen.«

»Ah. Einen Leuchter! Kommen Sie doch bitte mit in mein Büro. Dort kann ich Ihnen herrliche Entwürfe zeigen. Ihr Freund würde bestimmt gern den Leuchter speziell anfertigen lassen. Und wenn er es wünscht, dann kann er gern in unserer Fabrik in Murano zusehen, wie der Leuchter gemacht wird.«

Don folgte dem Dicken durch einen Gang und in ein kleines, gut möbliertes Büro. Er setzte sich, während der Dicke durch einen großen Umschlag voller Entwürfe stöberte.

»Sie sind Manrico Rossi?« fragte Don.

»Ja, Signore. Sind Sie vielleicht von jemand empfohlen worden?«

»Ein guter Freund von mir sagte mir, ich sollte hierhergehen. Er ist auch ein Freund von Ihnen, glaube ich.«

Rossi lächelte.

»Und wie ist sein Name, Signore?«

»John Tregarth«, sagte Don und beobachtete Rossi genau.

Der dicke Mann erschrak sichtlich. Sein Lächeln wurde zu einer Grimasse. Die Zeichnungen rutschten ihm aus der Hand und fielen zu Boden. Er bückte sich sofort, um sie aufzuheben, und Don konnte sein Gesicht nicht mehr sehen. Waren dieses verkrampfte Lächeln und der Ausdruck seiner Augen ein Zeichen von Furcht?

Als Rossi sich wieder aufrichtete, war der Ausdruck aus seinen Augen verschwunden. Dafür hatte sein Gesicht jetzt eine gelbliche Tönung angenommen.

»Ah, il Signor Tregarth«, sagte Rossi. »Natürlich. Er ist ein guter Freund von uns. Es scheint schon lange her zu sein, daß wir ihn zuletzt sahen. Ein Jahr vielleicht oder noch länger.«

Seine Augen wichen Don aus, und dieser schloß, daß der Italiener nicht die Wahrheit sagte.

Er sprach weiter: »Ich fragte mich, ob er wohl zur Zeit in Venedig sei. Sie haben ihn nicht gesehen?«

»O no, Signore«, sagte Rossi. Mit seinen schwarzen Augen starrte er ihn an, aber dann wandte er den Blick ab. Seine wulstigen Lippen wurden schmal. »Il Signor Tregarth ist nicht in Venedig. Er kommt immer nur im Juli.«

Don zuckte die Achseln. Dann nahm er die Entwürfe, die Rossi ihm zeigte, und hörte zu, wie dieser ihre Besonderheiten pries. Schließlich wählte er drei einfachere Entwürfe aus und sagte Rossi, er solle sie an

Terry Ratcliffe schicken. Nachdem Rossi sich die Adresse aufgeschrieben hatte, stand Don auf.

»Aber gibt es nichts, was ich Ihnen selbst zeigen könnte, Signore?« fragte er hoffnungsvoll.

»Nein, im Augenblick nicht. Ich werde einen Monat hierbleiben und sicher noch einmal zu Ihnen kommen.«

Don ging zur Tür und hielt dort inne. »Hat Signor Tregarth Freunde in Venedig?«

»Freunde? Aber sicher. Il Signor Tregarth muß viele Freunde hier haben.«

»Kennen Sie vielleicht welche von ihnen?«

Rossi zuckte bedauernd die Schulter.

»No, Signore. Il Signor Tregarth hat immer nur in meinem Büro mit mir verhandelt. Wir haben uns sonst nicht getroffen.«

Don nickte. Im Gang sagte er Rossi: »Wenn er zufällig kommen sollte, dann sagen Sie ihm bitte, daß ich hier bin. Wir haben uns lange nicht gesehen.«

»Ich werde es sagen. Aber ich fürchte, daß er nicht kommt. Immer nur im Juli kommt er, nicht im September.«

Sie betraten wieder den Laden, und Don blickte auf das Mädchen, das eifrig damit beschäftigt war, galoppierende Pferde zu formen. Sie blickte nicht auf, aber für einen Augenblick schienen ihre Hände zu zittern. Sie mußte den Glasstab, an dem sie gerade arbeitete, absetzen.

Don blieb neben ihr stehen.

»Sie haben noch spät auf?« fragte er Rossi.

»Wir müssen, Signore. Die Touristen wollen auch am Abend noch einkaufen. Wir schließen nicht vor halb elf.«

»Ganz schön spät«, sagte Don. »Um diese Zeit werde ich mich schon längst an einem Weinbrand erfreuen bei Florian.« Er hatte mit lauter Stimme gesprochen, damit das Mädchen ihn auch hören könnte. »Well, bis zum nächstenmal.«

Ohne aufzublicken nickte das Mädchen leicht mit ihrem Kopf. Es konnte etwas bedeuten, es konnte aber auch nichts bedeuten.

Don nickte Rossi zu und ging hinaus in die ruhige, heiße Luft der Calle. Während er sich langsam von dem Laden entfernte und über das Gespräch mit Rossi nachdachte, bemerkte er nicht, daß Rossi, der noch in der Tür stand, einem Mann ein Zeichen gab. Der untersetzte Mann hatte in einer Haustür herumgelungert. Er trug einen schwarzen Anzug und einen schwarzen Hut.

Der Mann sah das Zeichen und folgte Don.

Am Fondamenta, in der Nähe der Rialto Brücke, starrte ein großer, schlanker Mann in einem weißen Anzug und mit weißem Hut blicklos ins Wasser. Als der untersetzte Mann an ihm vorbeiging, deutete er mit dem Daumen auf Don und nickte. Der große schlanke Mann ging darauf ruhig hinter Don her in einer Entfernung von gut fünfzig Metern.

Don bemerkte nicht, daß er verfolgt wurde, als er zum Hotel Moderno ging.

Gegen halb elf fand Don einen leeren Tisch vor Florians Café und setzte sich.

Der Markusplatz war immer noch belebt. Gegenüber spielte im Schatten der Procuratie Vecchie eine Kapelle Verdis Trompetenmarsch, und sein kräftiger, mitreißender Rhythmus ließ Don mit dem Fuß den Takt klopfen. Fast jeder Tisch auf dem großen Platz war besetzt. Gruppen von Touristen standen herum, sie sahen der schwitzenden Kapelle zu, oder sie blickten in den mitternächtlichen Himmel, in dessen Blau zahllose Sterne glitzerten.

Don bestellte einen Brandy, zündete eine Zigarette an und streckte seine langen Beine aus.

Er war mit seinen Nachforschungen nicht weitergekommen. Der Portier des Hotels Moderno konnte ihm nichts sagen über Tregarth.

Und dennoch war Don sicher, daß Tregarth sich in Venedig aufhielt, wenn die Postkarte nicht gefälscht worden war, was er aber bezweifelte. Wenn es eine Fälschung war, weshalb war sie dann nicht direkt an Hilda geschickt worden, und weshalb war sie mit dem Namen Saville unterschrieben?

Alles würde jetzt von dem Mädchen im Glasladen abhängen. Wenn sie ihm auch nicht helfen konnte, dann hätte er ein gewaltiges Problem vor sich.

Als einer der Nebentische frei wurde, kam der Mann mit dem weißen Hut aus dem Schatten der Arkaden und nahm Platz. Er bestellte sich einen Brandy und blätterte gelassen durch eine Abendzeitung, die er bei sich hatte.

Don erinnerte sich plötzlich, daß er diesen Mann gesehen hatte, als er das Moderno verließ. Er erinnerte sich jetzt außerdem, daß er ihn auch gesehen hatte, kurz nachdem er aus Rossis Laden gekommen war. Und jetzt war er hier. Don war beunruhigt. Er drehte seinen Stuhl ein wenig, so daß er den Mann unauffällig beobachten konnte.

Der Mann war dunkel, hatte eine Hakennase, einen dünnen Mund

und tiefliegende, glitzernde Augen. Wenn er auch schmal war, so dachte Don doch, daß er überaus stark sein könnte. Wie eine Stahlfeder, dachte Don, als er auf die dünnen, braunen Handgelenke blickte, die aus den etwas ausgefransten Ärmeln der weißen Jacke hervorragten.

Ein unangenehmer Kerl, dachte Don, bösartig und flink wie ein Wiesel. Er sah nicht aus wie ein Italiener, er war wahrscheinlich ein Ägypter.

Als der Mann mit dem weißen Hut einmal seinen Kopf abwandte, sah Don, daß er goldene Ohrringe trug.

Der Mann im weißen Anzug hatte nicht ein Mal in Dons Richtung geblickt. Er schien mit seiner Zeitung voll beschäftigt. Don fragte sich, ob sein Verdacht vielleicht ungerechtfertigt sei.

Er hatte diesen Mann dreimal im Laufe des Abends gesehen. Hatte das etwas zu bedeuten? Vielleicht nicht, aber es würde nichts schaden, diesen dunklen Halsabschneider im Auge zu behalten.

Als die beiden bronzenen Giganten oben auf dem Glockenturm begannen zwölf laute Schläge auf der hängenden Glocke in die Nacht zu hämmern, winkte Don den Kellner herbei, zahlte und stand auf.

Der Mann in Weiß hatte keine Notiz von ihm genommen. Er winkte dem Kellner mit dem leeren Glas und bestellte noch einen Brandy.

Don zwängte sich zwischen den Tischen durch und blieb draußen vor dem hell erleuchteten Fenster von Florian stehen.

Der Mann mit dem weißen Hut blickte nicht einmal auf, um zu sehen, wo Don hinging, und deshalb schwand Dons Mißtrauen.

Gegen einen der Bögen der Arkaden gelehnt stand der kleine, untersetzte Mann in dem schwarzen Anzug. Er beobachtete Don verstohlen.

Don suchte jetzt in der Masse der Menschen, die sich immer noch über den Platz bewegten, nach dem Mädchen.

Da erblickte er es.

Das Mädchen sah über die Piazza zu ihm herüber. Es stand in einem erleuchteten Ladeneingang. Es trug immer noch das schwarze Arbeitskleid, und über den Kopf hatte es einen Schal gelegt, der auch das Gesicht halb verbarg, aber Don war sicher, daß es das Mädchen aus dem Glasladen war.

Er begann, langsam durch die Menge auf die junge Frau zuzugehen. Einmal blieb er stehen, um zu dem Mann in Weiß zurückzublicken, der immer noch an seinem Tisch saß, halb hinter der Zeitung verborgen. Er schien sich für Don nicht zu interessieren.

Der kleine, untersetzte Mann hatte das Mädchen gleichfalls entdeckt, und er ging um die Arkaden herum. Er hatte zwar den längeren Weg als Don, kam aber schneller vorwärts, da er weniger Leuten begegnete.

Das Mädchen wartete einen Augenblick. Als Don auf etwa vierzig Meter herangekommen war, drehte es sich um, ging unter den Bogen des Glockenturmes weiter und in die Merceria.

Don folgte ihr.

Der kleine, untersetzte Mann folgte Don in kurzem Abstand.

Sobald Don unter dem Bogen und außer Sicht war, stand der Mann mit dem weißen Hut auf, zahlte eilig und ging mit schnellen, wiegenden Schritten, die ihn rasch durch die Menge trugen, hinüber zum Glockenturm.

Don konnte das Mädchen vor sich sehen. Es ging weiter und blickte nicht zurück. Er versuchte nicht, es zu überholen. Er sagte sich, wenn es wollte, daß er es einhole, dann hätte es auf ihn gewartet.

Es ging weiter, bis sie das hell erleuchtete Geschäftsviertel verlassen hatten, dann ging es in eine wenig beleuchtete Seitenstraße. Don folgte. Auf halbem Weg drehte er sich einmal um und blickte zurück, aber der kleine, untersetzte Mann war ein zu guter Experte im Verfolgen von Leuten, als daß er sich irgendwo im Licht gezeigt hätte. Er war im Schatten stehengeblieben und lauschte Dons sich entfernenden Schritten.

Der Mann mit dem weißen Hut gesellte sich zu ihm.

»Schneide ihnen den Weg ab«, brummte der Mann in Schwarz. »Los, mach schnell!«

Der Mann mit dem weißen Hut rannte parallel zu Don und dem Mädchen eine andere Straße hinunter.

Als Don sich umblickte, sah er nur die leere Straße hinter sich. Deshalb ging er mit schnelleren Schritten weiter und um eine Ecke.

Einige Meter vor sich sah er sie warten.

»Entschuldigen Sie, Signore«, sagte sie, als Don zu ihr trat. »Sind Sie Signor Micklem?«

»Ja«, sagte Don. »Wer sind Sie?«

»Ich bin Louisa Peccati«, sagte sie ganz außer Atem. »Es ist Ihnen doch niemand gefolgt?«

»Ich glaube nicht«, sagte er vorsichtig. »Das waren doch Tregarths Initialen, die Sie mir vorhin zeigten?«

»Ja.« Sie blickte ängstlich die Straße hinauf und hinunter. »Er ist in sehr großer Gefahr. Er wird gejagt. Sie müssen sehr vorsichtig sein ...«

»Wer jagt ihn?« fragte Don scharf.
Sie ergriff sein Handgelenk. »Hören Sie!«
Don hörte leise Schritte, die die Parallelstraße herankamen.
»Da kommt jemand«, flüsterte sie.
»Ist schon gut«, sagte Don beruhigend. »Es wird Ihnen niemand etwas tun. Wo ist Tregarth?«
»Gehen Sie zur Calle Mondello 39...«, begann sie, doch dann hielt sie inne, als der untersetzte Mann sich ihnen schnell näherte. Don fühlte, wie sich ihre Hand um sein Handgelenk schloß. Er stellte sich vor sie, um dem herankommenden Mann Platz zu machen.

Als der Mann bei ihnen angelangt war, blieb er plötzlich stehen.
»Entschuldigen Sie, Signore«, sagte er und hielt Don eine Zigarette entgegen, »haben Sie bitte Feuer?«
»Ja«, sagte Don, der ihn schnell wieder loswerden wollte. Er griff in seine Tasche nach dem Feuerzeug.
Der Mann trat näher heran. Plötzlich zuckte seine rechte Faust vor mit der Geschwindigkeit einer Schlange und rammte sie mit vernichtender Kraft in Dons Magengrube.
Wenn Don den Schlag nicht instinktiv geahnt und seine Bauchmuskeln gestrafft hätte, würde ihn der Hieb zu Boden gestreckt haben. Auch so ließ ihn die Wucht des Schlages hilflos taumeln, doch instinktiv wandte er den Kopf weg und konnte so der mörderischen Linken entgehen, die auf sein Kinn zielte.
Nach Atem ringend, setzte Don einen kurzen Haken unter das Herz des dicken Mannes, der brummte und zurückwich.
Aber der Schlag in den Magen war zuviel gewesen. Don spürte, wie seine Knie nachgaben. Er mußte noch einen weiteren Hieb einstecken, dann sackte er zusammen und bemerkte wie aus weiter Ferne, daß das Mädchen ihm weggelaufen war.
Er versuchte verzweifelt, die Balance zu halten. Der Mann in Schwarz gab ihm noch einen Schlag aufs Kinn. Ein blendender Lichtball schien in seinem Kopf zu explodieren. Er fiel vornüber auf die schmutzigen Pflastersteine der Straße.

Die Stimme einer jungen Frau sagte entsetzt: »Ist er tot?«
Don bemerkte, daß zarte Hände ihn berührten, und er bewegte sich.
»Nein, er ist nur k. o. geschlagen.«
Don öffnete die Augen. Er sah einen Mann, der sich über ihn beugte.
»Bewegen Sie sich nicht«, sagte der Mann, »Sie könnten sich etwas gebrochen haben.«

»Mir fehlt nichts«, sagte Don. Er setzte sich auf und tastete sein schmerzendes Kinn ab. Er stellte eine leichte Schwellung fest und verzog sein Gesicht zu einer Grimasse. »Ich denke wenigstens, daß mir nichts fehlt.« In seinem Magen spürte er einen pochenden Schmerz, und er war dankbar, daß seine harten, guttrainierten Muskeln die Wucht dieses bösen Schlages gebremst hatten. »Helfen Sie mir doch bitte auf die Beine.«

Er richtete sich unbeholfen auf und schwankte etwas. Einen Augenblick lehnte er sich an den Mann. Dann fühlte er, wie seine Kräfte wiederkamen, und mit einiger Anstrengung trat er zur Seite.

»Es geht schon wieder«, sagte er, und er blickte die Straße entlang. Aber außer dem jungen Mann und den Umrissen einer jungen Frau in einem Abendkleid konnte er niemand entdecken. »Haben Sie jemand gesehen?«

»Nein. Wir haben uns verlaufen und sind hierhergekommen in der Hoffnung, zum Rialto zurückzufinden. Wir wären beinahe über Sie gefallen«, antwortete der Mann. »Sind Sie sicher, daß es Ihnen besser geht?«

»Ja, vielen Dank«, sagte Don. Er griff in seine Jacke. Seine Brieftasche war verschwunden. Wut ergriff ihn, aber er zeigte es nicht. Was war mit Louisa Peccati? Hatte sie entkommen können? Wie dumm er doch gewesen war! Er hatte es ja fast herausgefordert! Was war er doch für ein Trottel, daß er auf den alten Trick hereinfallen konnte.

»Hat man Sie beraubt?« fragte der Mann.

»Allem Anschein nach, ja«, sagte Don. Er achtete jetzt mehr auf den Mann. Dieser hatte einen leichten Akzent, wenngleich auch sein Englisch fließend war. In dem schwachen Licht konnte Don nicht viel von ihm erkennen, aber er stellte fest, daß er groß und mager war und noch jung aussah.

»Diese verfluchten Kerle!« sagte der Mann verärgert. »Kommen Sie, wir gehen weiter. Sie können sicherlich auch einen Drink vertragen. Wir wohnen im Gritti. Das ist meine Schwester, Maria. Mein Name ist Carl Natzka. Wenn Sie mit uns ins Hotel kommen, dann kann ich Ihnen einen guten Brandy anbieten.«

»Aber Carl, er muß sich doch schrecklich elend fühlen«, sagte die junge Frau. »Meinst du nicht auch, daß er sich erst ein wenig ausruhen sollte?«

»Ach, es geht schon«, sagte Don und verbeugte sich leicht vor der jungen Frau. »Machen Sie sich meinetwegen keine Sorgen. Ich werde

Ihnen den Weg zum Hotel zeigen, aber mich müssen Sie dann entschuldigen. Ich bin derart schmutzig, daß ich lieber nach Hause gehe. Übrigens — ich bin Don Micklem.«

»Sie schienen mir gleich bekannt«, sagte die Frau. »Sie haben doch einen Palazzo in der Stadt, nicht wahr?«

Don versuchte zu lächeln.

»Das hört sich großartiger an, als es ist«, sagte er. Er wollte die beiden loswerden. Er mußte die ganze Zeit an Louisa Peccati denken. Was war mit ihr geschehen? »Ich werde Ihnen den Weg zeigen.«

Sie gingen die Calle entlang, und nach kurzer Zeit hatten sie das hell erleuchtete Geschäftszentrum wieder erreicht.

»Finden Sie sich jetzt zurecht?« fragte er. »Geradeaus stoßen Sie direkt auf den Markusplatz.«

»Wollen Sie bestimmt nicht mit ins Hotel kommen?« fragte Natzka.

»Nein, danke. Ich gehe nach Hause. Und vielen Dank für Ihre Hilfe.«

»Vielleicht werden wir uns noch einmal sehen«, sagte Natzka, als er seine Hand ausstreckte. »Ich will nicht neugierig sein, aber ich würde doch gern erfahren, was Ihnen zugestoßen ist. Wir wollen Sie jetzt nicht länger aufhalten, aber bitte erzählen Sie es uns später einmal.«

»Ja, ich werde es Ihnen sagen«, versprach Don und schüttelte Natzkas Hand. Dann blickte er Maria an. Im Licht der Laternen sah er, daß sie groß war und sehr gut aussah. Sie war vielleicht ein Jahr älter als ihr Bruder, hatte dunkle Augen und dunkles Haar, das ihr auf die Schultern fiel. »Sie müssen mich jetzt entschuldigen.«

»Sie scheinen sehr stark und sehr hart im Nehmen zu sein, Mr. Micklem«, sagte sie, und er bemerkte, daß sie Englisch ohne Akzent sprach. »Sie haben eine böse Beule abbekommen.«

Er lächelte, dann verließ er sie und ging mit schnellen Schritten über die Piazza zu seinem Palazzo.

Dort begab er sich sofort in sein Zimmer, entledigte sich des verschmutzten Anzugs und zog ein Paar blaue Leinenhosen und ein passendes Hemd sowie eine schwarze Windjacke an. An Stelle seiner Schuhe wählte er jetzt ein Paar Sandalen mit Gummisohlen.

Aus einer Schublade nahm er eine große Taschenlampe und ein kleines Lederetui, in dem sich Einbruchswerkzeuge befanden. Diese beiden Sachen steckte er in die Gesäßtasche der Hose. Danach nahm er aus einem Koffer ein Bündel italienischer Banknoten, die er in die Tasche der Windjacke steckte.

Während er sich umzog, überlegte Don, ob der kleine, untersetzte Mann irgend etwas zu tun hatte mit Tregarths Verschwinden oder ob er nur ein Straßenräuber war, der eine günstige Gelegenheit ausgenutzt hatte.

Don erinnerte sich an das, was Louisa Peccati gesagt hatte: »Sie müssen sehr vorsichtig sein. Er ist in großer Gefahr. Er wird gejagt.«

War dieser untersetzte Mann einer der Jäger? Don war entschlossen, das festzustellen.

Calle Mondello 39.

Hatte sich Tregarth dort verborgen? Wo war das? Venedig bestand aus Hunderten von schmalen, schlechtbeleuchteten Gäßchen. Guiseppe, sein Gondoliere, würde es bestimmt wissen. Es wäre gut, Guiseppe mitzunehmen.

Don ging zur Tür, doch dort blieb er stehen. Er drehte das Licht im Zimmer aus, tastete sich durch das Dunkel zum Fenster und schob die Vorhänge ein wenig zur Seite. Er blickte hinunter.

Obwohl es schon drei Viertel eins war, wandelten die Touristen in Scharen über die Uferstraße zu dem Hauptanziehungspunkt Venedigs, dem Markusplatz.

Don schaute dem Treiben einen Augenblick lang zu, dann trat ein hartes Lächeln in sein Gesicht.

An die Balustrade gelehnt, mit dem Rücken zum Canale di San Marco und offensichtlich nur damit beschäftigt, die Touristen zu begaffen, stand der Mann mit dem weißen Hut.

4

Don ging mit schnellen Schritten zur Ponte della Paglia. Ein verstohlener Blick zeigte ihm, daß der Mann mit dem weißen Hut, der an der Balustrade lehnte, sich aufmachte und ihm folgte.

Don blickte nicht zurück und gab auch nicht zu erkennen, daß er die Verfolgung bemerkt hatte. Er ging weiter, bis er einen Anlegeplatz für Gondeln erreicht hatte.

Einige Gondoliere standen auf der schmalen Uferstraße und unterhielten sich und warteten auf Fahrgäste.

Guiseppe sah Don herankommen, und er verließ die Gruppe seiner Kollegen.

»Brauchen Sie mich, Signore?« fragte er. »Wollen Sie wegfahren?«

»Nein, im Moment brauche ich die Gondel nicht«, sagte Don. »Komm doch mal einen Augenblick mit.«

Er ging mit Guiseppe in ein kleines Café. Sie setzten sich so, daß Don den Eingang im Auge behalten konnte. Er bestellte zwei Cappuccini, bot Guiseppe eine Zigarette an und lächelte, als er bemerkte, wie neugierig und erregt Guiseppe war.

Guiseppe war ein bekannter Gondoliere. In den letzten drei Jahren hatte er jeweils das Rennen der Gondoliere bei der jährlichen Regatta gewonnen. Seine Kollegen hatte er weit abgeschlagen, und nichts gefiel ihm besser, als damit zu prahlen, wie stark er sei und wie geschickt als Ruderer. Groß gewachsen, dunkel und sehr stark, mit einem kantigen Gesicht wie aus Teakholz und einem schwarzen, buschigen Schnurrbart, war er in seiner schwarzen Hose und Bluse das Idealbild eines Gondoliere. Er war von Don fest angestellt, und seine Kollegen beneideten ihn, daß er ein ständiges Einkommen hatte, ohne viel dafür arbeiten zu müssen.

»Weißt du, wo die Calle Mondello ist?« fragte Don.

Guiseppe sah ihn überrascht an und nickte.

»Natürlich, Signore. Sie ist nahe dem Campo San Polo auf der anderen Seite der Rialto=Brücke.«

»Da werden wir hingehen. Aber zuvor müssen wir noch einen Mann außer Gefecht setzen.«

Guiseppe machte große Augen.

»Wir werden ihn töten — meinen Sie das?« fragte er begierig.

»Nein, wir werden ihn nicht töten, Dummkopf«, fuhr Don ihn an. Guiseppe mochte wohl der schnellste Gondoliere in Venedig sein, aber sein Gehirn war längst nicht so gut entwickelt wie seine Muskeln. »Wir werden ihm nur eins auf den Kopf geben. Dieser Kerl verfolgt mich schon den ganzen Tag, und es wird Zeit, daß wir ihm einen Dämpfer geben.«

Guiseppe betrachtete interessiert die Beule an Dons Kinn.

»Il Signore hatte schon einen Kampf gehabt?« fragte er. Schlägereien und die Liebe waren Guiseppes beliebtester Zeitvertreib, wenn er nicht in seiner Gondel fuhr.

»Ja, aber das braucht dich nicht zu kümmern«, sagte Don, und er fuhr sich vorsichtig über das Kinn. »Hör lieber genau zu, was ich dir sage.«

»Ja, Signore«, antwortete Guiseppe und grinste. »Wo ist dieser Mann?«

»Er wird wahrscheinlich draußen stehen und auf mich warten. Er ist groß und schlank und trägt einen weißen Anzug und einen weißen Hut. Jetzt hör zu, wir werden das so machen: Du wirst hier warten. Ich werde in Richtung San Maria Miracoli gehen. Laß mir eine Minute Vorsprung und folge mir dann. Du wirst dann sicherlich sehen, daß dieser Mann mich verfolgt. Du kannst ihn nicht übersehen. Wenn wir eine ruhige Gegend erreicht haben, dann werde ich laut pfeifen. Wir werden dann beide auf ihn losgehen. Aber paß auf, er ist gefährlich.«

»Pah!« machte Guiseppe verächtlich. »Ich bin auch gefährlich. Zeigen Sir mir diesen Mann, Signore, und ich werde ihn schon erledigen. Ich werde ihn schlagen und bumm — er wird umfallen.«

»Paß nur auf, daß er nicht zuerst bumm macht.«

Don zahlte den Kaffee und verließ das Lokal.

Er sah keine Spur von dem Mann im weißen Anzug, aber er war sicher, daß dieser irgendwo verborgen war und auf ihn lauerte. Er ging eine schwach beleuchtete Straße entlang und spitzte seine Ohren. Nachdem er etwa fünfzig Meter gegangen war, vernahm er hinter sich leise Schritte.

Er ging weiter und drehte sich nicht um.

Um diese Zeit war die Gegend wie ausgestorben. Als Don endlich in einer schmalen Straße angelangt war, in der er mit ausgestreckten Armen die Häuser zu beiden Seiten berühren konnte, drehte er sich um, pfiff laut und ging den Weg zurück.

Der Mann in Weiß hörte Don zurückkommen. Schnell wirbelte er herum und wollte fliehen.

Aber Guiseppe war hinter ihm. In seiner schwarzen Kleidung war er fast unsichtbar. Er verbarg sich in einer Türnische und wartete. Als der Mann im weißen Anzug an ihm vorüberkam, griff seine mächtige Hand zu, packte den Mann am Genick und schlug seinen Kopf gegen die Wand.

Der Mann war von der Überraschung fast so gelähmt wie von dem Stoß. Er sackte in die Knie. Guiseppe, der ihn immer noch festhielt, drehte ihn herum und versetzte ihm einen mächtigen Hieb aufs Kinn.

Don kam hinzu, als der Mann zusammensackte.

»Gut gemacht, Guiseppe«, sagte er anerkennend und beugte sich über den Mann, der auf dem Pflaster lag.

»Sie sehen, Signore, es war, wie ich gesagt habe. Ich mache bumm — und er ist vergessen.« Guiseppe blähte sich auf voller Stolz und pustete auf die Knöchel seiner Faust. »Er wird jetzt eine lange Zeit schlafen.«

Don durchsuchte geschwind die Taschen des Bewußtlosen. Er fand ein kurzes Dolchmesser, aber sonst nichts von Interesse.

Mit seinem Feuerzeug leuchtete Don in das Gesicht des Mannes und fragte: »Hast du ihn schon einmal gesehen, Guiseppe?«

»Nein, Signore, er ist mir völlig fremd.«

Don richtete sich auf. »Okay, und jetzt zur Calle Mondello, schnell.«

Nach wenigen Minuten hatten sie die Rialto-Brücke erreicht. Don hielt an. Er erinnerte sich an Louisa Peccatis Warnung, vorsichtig zu sein. Es konnte sein, daß mehr als ein Mann ihm folgte. Bevor er zu diesem Haus ging, wollte er sicher sein, daß ihn sonst niemand mehr beschattete.

»Geh voran«, sagte er zu Guiseppe. »Geh langsam und mache viel Lärm. Und biege nicht gleich in diese Straße ein. Ich will mich erst vergewissern, ob uns nicht noch jemand folgt. Verstanden?«

Guiseppe nickte. Er ging über die Brücke und verschwand in der Dunkelheit.

Don hielt sich im Schatten. Er ließ Guiseppe einige Zeit allein gehen, dann folgte er ihm. Er konnte Guiseppes Schritte deutlich hören. Als er die Brücke erreicht hatte, verbarg er sich in einem der dunklen Bögen. Dort wartete er und lauschte. Nichts geschah. Niemand kam.

Er konnte Guiseppe am anderen Ufer des Canale sehen. Don wartete und lauschte. Schließlich hörte er leise Schritte. Er preßte sich gegen die Wand und wußte, daß er wegen seiner dunklen Kleidung nicht zu sehen sein würde. Vorsichtig blickte er hinter dem Bogen hervor. Im ersten Augenblick sah er nichts, doch dann entdeckte er den untersetzten Mann im schwarzen Anzug, der vorsichtig auf die Brücke zuging.

Er ging an Don vorüber bis zur Mitte der Brücke. Nervös blickte er um sich, dann trat er in einen der Bogen, um auf die andere Seite des Canale blicken zu können.

Don verließ sein Versteck und rannte lautlos zu dem Bogen, wo der untersetzte Mann stand. Der Mann wandte ihm den Rücken zu.

Wie ein Gespenst schlich Don zu ihm hin und klopfte ihm dann kräftig auf die Schulter.

Der Mann mußte Nerven wie aus Stahl haben. Er fuhr herum, und seine Faust flog vor, aber dieses Mal war Don auf einen Angriff vorbereitet. Er hatte schließlich nicht umsonst Judo gelernt. Den Hieb des Mannes hatte er erwartet. Er fing die Faust ab, drehte sie herum und stieß sie nach unten.

Mit einem lauten Stöhnen flog der Mann über Dons Kopf und landete auf dem Pflaster. Sein Kopf prallte gegen den Bordstein.

Don beugte sich über den Bewußtlosen und durchsuchte seine Taschen. Er fand seine eigene Brieftasche wieder, die der Mann in die Hüfttasche gesteckt hatte. Er nahm sie an sich. Außer einem Dolchmesser, ähnlich dem, das er einige Zeit vorher bei dem Mann in Weiß gefunden hatte, konnte Don nichts Interessantes in den Taschen entdecken.

Don ließ ihn im Schatten des Bogens liegen und eilte Guiseppe nach. Guiseppe führte ihn jetzt zur Calle Mondello. Auf beiden Seiten dieser Straße standen alte Häuser, die einen verlassenen Eindruck machten. Nirgends brannte Licht.

»Hier sind wir, Signore«, sagte Guiseppe.

Don nahm seine Taschenlampe und leuchtete auf eine Tür.

»Nummer 39 muß weiter unten sein.«

In der Dunkelheit gingen sie weiter. Nach einigen Metern hielt Don erneut an und leuchtete.

»Das ist es«, sagte er. Er trat ein paar Schritte zurück, um das schmale, dreigeschossige Haus anzusehen, dessen abblätternder Putz und mit Brettern vernagelte Fenster finster auf sie zu blicken schienen. »Es sieht so aus, als würde hier niemand wohnen.«

»Diese Häuser sind geräumt. Sie werden abgebrochen. Hier werden Sie niemand finden.«

Don untersuchte die Tür des Hauses Nummer 39. Er bemerkte, daß die Scharniere der Tür erst kürzlich geölt worden waren. Er packte den Türgriff und drückte.

Zu seiner Überraschung öffnete sich die Tür leise nach innen.

Den Strahl seiner Taschenlampe ließ er suchend durch den Korridor wandern. Der Gang erwies sich als sehr eng. An einer Seite war eine Tür, und an seinem Ende führte eine Treppe in den ersten Stock.

»Warte hier«, sagte Don. »Ich werde einmal hineingehen. Und halte die Augen offen!«

»Ja, Signore«, sagte Guiseppe.

Im Gang blieb Don stehen und untersuchte die Fußspuren, die auf den staubigen Brettern sichtbar waren. Zumindest eine Spur stammte von Frauenschuhen.

Das Zimmer im Erdgeschoß erwies sich als leer. Vorsichtig untersuchte Don die Treppe. Der größte Teil des Geländers war verschwunden, und die Stufen sahen alt und verfault aus. Aber im Staub konnte er Fußabdrücke entdecken, die ihm verrieten, daß erst kürzlich mehrere Leute die Treppe benutzt hatten.

Dicht an der schmutzigen Wand ging er vorsichtig Stufe für Stufe die Treppe hinauf, während Guiseppe zusah.

»Passen Sie auf, Signore«, warnte er leise.

Don winkte ihm zu schweigen und ging weiter, bis er den ersten Stock erreicht hatte.

Er sah zwei Türen.

Er stand still und lauschte. Da er nichts hörte, schlich er auf die eine Tür zu, drückte vorsichtig die Klinke und öffnete die Tür langsam.

Ein plötzliches Geräusch in dem Zimmer ließ ihn erstarren. Aus der übelriechenden Dunkelheit kam leises Papierrascheln und dann ein leiser Aufprall.

Don knipste die Taschenlampe aus und ging von der Tür weg. Sein Herz klopfte heftig, und er stand still und lauschte. Wieder raschelte Papier. Dann hörte er ein leises Geräusch wie ein Pfeifen, und er verzog sein Gesicht.

Ratten, dachte er. Ein solches Haus mußte ja voll von ihnen sein.

Mit dem Fuß trat er die Tür ganz auf. Dann suchte er im Schein der Taschenlampe den Raum ab.

Eine große Wasserratte lief im Zimmer umher, sprang eine Wand an, fiel zurück und huschte dann in den Teil des Zimmers, der im Dunkeln lag.

Aber Don beachtete sie kaum. Er richtete den Lichtstrahl in die Mitte des Zimmers.

Auf dem Boden lag auf einer dicken Staubschicht Louisa Peccati. Die Vorderseite des schwarzen Kleides voller Blutflecken.

Don fühlte, wie ihm der kalte Schweiß ausbrach. Er bewegte sich nicht. Seine Taschenlampe leuchtete immer noch auf das tote Mädchen. Während er sie anblickte, entdeckte er, daß mit ihrer rechten Hand etwas nicht stimmte. Er beugte sich vor und sah, daß der Rücken ihrer Hand voller kleiner, runder Brandwunden war, so als habe jemand glühende Zigaretten in die Haut gedrückt.

Don beugte sich über das Mädchen und berührte ihre Wange. Sie war noch warm. Sie dürfte höchstens eine halbe Stunde tot sein, überlegte er.

Wahrscheinlich hatten die beiden Männer sie gefangen, nachdem er niedergeschlagen worden war. Sie wollten etwas von dem Mädchen erfahren und hatten es gefoltert. Sie wußte, wo Tregarth sich verborgen hatte.

Ob die zwei Männer Tregarth inzwischen gefunden hatten?

Er ging schnell aus dem Zimmer, schloß die Tür und trat in das andere Zimmer. Sobald er hier seine Taschenlampe angemacht hatte, erkannte er, daß dies Tregarths Versteck gewesen war.

An einer Wand stand ein Feldbett mit zwei Decken. Ein kleiner Koffer diente als Tisch, eine kleine Kiste war der Stuhl. Eine halb niedergebrannte Kerze stak in einer Weinflasche.

In dem Zimmer war niemand.

Don ging zur Kerze und zündete sie an.

Neben dem Bett stand ein Korb, in dem einige Konserven lagen. Trauben, eine Flasche Wein und ein Laib Brot vervollständigten die Verpflegung. Eine Keksschachtel enthielt eine ganze Anzahl von Zigarettenstummeln. Don nahm einen in die Hand und sah, daß es englische Zigaretten waren.

In einer Ecke lag ein lederner Koffer, dessen Inhalt auf dem staubigen Boden verstreut war.

Don ging zu ihm. Er fühlte eine leichte Erregung, als er entdeckte, daß auf der einen Seite des Koffers die Buchstaben J. T. angebracht waren.

Warum hatte John Tregarth sich in diesem schmutzigen, verfallenen Haus versteckt? Wer war Louisa Peccati, und wie stand sie zu Tregarth? Und schließlich: Wo war Tregarth jetzt?

Es gab so viele Fragen und offensichtlich so wenig Antworten.

Don fuhr sich mit der Hand durchs Haar. Er wollte den Koffer nicht hierlassen, damit ihn die Polizei nicht fände. Er packte Tregarths Sachen, die auf dem Boden lagen, ein, schloß den Koffer und ging zur Tür.

»Signore...«

Guiseppe rief leise die Treppe herauf. Der warnende Klang seiner Stimme ließ Don ans Geländer eilen. »Was ist?«

»Die Polizei kommt.« Guiseppes Stimme zitterte vor Erregung. »Sie sind schon auf der Brücke.«

»Schließ die Tür und versperre sie«, rief Don. So schnell er konnte lief er mit dem Koffer in der Hand die Treppe hinunter und zu Guiseppe in den dunklen Hausgang.

»Es sind vier Mann«, flüsterte Guiseppe.

Lautes Klopfen an der Tür dröhnte durchs Haus.

»Los, komm«, flüsterte Don und schlich leise den Hausgang entlang bis zu dem Zimmer. Er öffnete die Tür, ging hinüber zum Fenster, öffnete es und lehnte sich hinaus.

Er blickte auf das schwarze, ölige Wasser, das nur etwa einen Meter unterhalb des Fensters dahinfloß.

Das heftige Krachen der eingetretenen Haustür ließ keine andere Wahl.

»Kannst du schwimmen, Guiseppe?« fragte er, als er mit einem Bein schon aus dem Fenster war.

»Ja, Signore.«

»Hoffentlich gut«, sagte Don. »Ich habe diesen Koffer. Du wirst mich ziehen müssen. Los, komm.«

Er ließ sich ins Wasser gleiten, legte sich dann auf den Rücken und schob den Koffer auf die Brust.

Guiseppe folgte ihm. Don hielt sich an seiner Bluse fest, sobald er im Wasser war.

»Und jetzt nichts wie weg!« befahl er.

Mit langen, kräftigen Stößen schwamm Guiseppe und zog Don hinter sich her.

Als sie in einiger Entfernung von dem Haus waren, schwamm Guiseppe auf die Uferstraße zu. Don trat Wasser, bis Guiseppe hinaufgeklettert war und ihm den Koffer abnehmen konnte. Don zog sich hinauf.

Wasser tropfte von ihm herab und sammelte sich zu seinen Füßen in Pfützen.

»Nach Hause jetzt. Mir reichts für heute nacht.«

Um diese Zeit lagen die Straßen verlassen, und sie erreichten ungesehen den Palazzo della Toletta.

An der beleuchteten Eingangstür blieb Don stehen.

»Geh jetzt schlafen. Und vielen Dank für deine Hilfe.«

»Es hat mir Spaß gemacht«, sagte Guiseppe einfach.

»Du kannst noch etwas für mich tun«, fuhr Don fort.

»Versuche doch herauszubekommen, wer Louisa Peccati ist. Ich möchte wissen, wo sie wohnt und ob sie Verwandte hat. Sie arbeitet in Rossis Glasgeschäft. Aber sei vorsichtig, wenn du fragst. Die Polizei interessiert sich für sie.«

»Ja, Signore. Ich denke, daß ich Ihnen morgen schon etwas berichten kann.«

»Prima. Gute Nacht also, und nochmals vielen Dank.«

Als Don in die Halle trat, sah er Cherry in einem der großen Sessel sitzen. Er döste vor sich hin, und auf seinem Gesicht lag ein besonders ungnädiger Ausdruck.

Don schloß die Tür, und bei dem Geräusch öffnete Cherry seine Augen.

»Mr. Micklem!« entfuhr es ihm. »Sie sind ja ganz naß!«

»Genau«, sagte Don fröhlich. »Was tun Sie denn um diese Zeit noch hier?«

»Ich wollte auf Sie warten, Sir«, antwortete Cherry und erhob sich. »Hatten Sie einen Unfall?«

»Nein, gewiß nicht. Ich hatte nur mal Lust zu schwimmen, das ist alles. Sie können schlafen gehen.«

»Ich werde mit Ihnen kommen und mich um Ihre nassen Sachen kümmern«, sagte Cherry kühl.

»Nein. Gehen Sie zu Bett. Ich lasse die Sachen im Badezimmer. Gute Nacht, Cherry.« Don ging die Treppe hinauf und hinterließ eine feuchte Spur auf seinem Weg.

Nachdem er sich geduscht hatte, setzte er sich auf die Kante seines Bettes und dachte nach.

Er hatte nicht viel Erfolg gehabt, überlegte er. Es war zwar viel geschehen, aber es hatte ihn nicht weitergebracht. Ich bin genauso weit davon entfernt, Tregarth zu finden, wie ich es heute mittag war, als ich ankam. Aber ich weiß jetzt wenigstens, daß er irgendwo hier in Venedig ist – oder zumindest, daß er es kürzlich noch war.

Und wieso kam die Polizei plötzlich zu dem Haus? Es wäre sehr unangenehm gewesen, wenn sie mich in dem Haus gefunden hätten. Was steckte dahinter? Gab es eventuell noch einen dritten Verfolger, der die Polizei informierte, als er sah, daß ich in das Haus gegangen war? Don schüttelte den Kopf.

Er legte sich ins Bett und schloß die Augen.

Aber der Schlaf kam lange nicht. Sein Geist war noch zu sehr mit den Ereignissen des Abends beschäftigt. Immer sah er die Leiche von Louisa Peccati vor sich. Als er aber endlich eingeschlafen war, sah er im Traum nicht das ermordete Mädchen, sondern das dunkle, liebliche Gesicht von Maria Natzka.

5

Es war schon nach elf Uhr am folgenden Morgen, als Don endlich mit der wichtigsten Post fertig war und eine Anzahl von Telefonanrufen beantwortet hatte. Eine Reihe von Leuten hatte erfahren, daß er wieder in Venedig war, und er mußte laufend Gründe erfinden, um Einladungen abzulehnen.

Beim letzten Anruf war er fast schon ungeduldig geworden. Als er endlich aufgelegt hatte, sagte er Cherry, er solle keine Anrufe mehr durchstellen.

»Ich habe dieses Mal keine Zeit für gesellschaftliche Dinge«, sagte er. »Erzählen Sie den Leuten, ich hätte die Masern oder sonst etwas, wenn sie sonst nicht abzuschütteln sind.«

Cherry blickte ihn alarmiert an.

»Wie bitte, Sir?«

»Ich habe etwas Wichtiges zu tun«, sagte Don geduldig. »Ich muß mich aus dem Gesellschaftsleben heraushalten.«

»Muß ich daraus entnehmen, Sir«, sagte Cherry und richtete sich zu seiner ganzen majestätischen Größe auf, »daß wir dieses Mal keine Einladungen geben?«

Don wußte wohl, wie sehr es Cherry liebte, Partys und große Essen zu organisieren, und er fühlte sich fast schuldig, als er versuchte, Cherrys anklagendem Blick auszuweichen.

»Genau das«, antwortete er. »Ich muß einen Mann finden, der hier verschwunden ist. Es ist eine Sache auf Leben oder Tod. Es tut mir leid, aber so ist es nun mal.«

»Ich verstehe, Sir«, sagte Cherry kühl. »Das hat doch sicherlich etwas zu tun mit dem Besuch der jungen Dame in London.«

»Richtig. Ich muß jetzt gehen. Und Sie können sich ausruhen.«

Er eilte aus dem Zimmer, bevor Cherry sich von dem Schreck erholt hatte und antworten konnte. Mit schnellen Schritten verließ er das Haus und ging zu der Gondelstation.

Aber Guiseppe war noch nicht da. Zu früh, dachte Don, während er über das blaue Wasser blickte und sich überlegte, was er jetzt wohl tun sollte.

»Hallo, da ist ja Mr. Micklem«, hörte er hinter sich die Stimme einer jungen Frau.

Er drehte sich um und blickte in die leuchtenden dunklen Augen von Maria Natzka.

Sie sah bezaubernd aus in ihrem hellblauen Kleid.

»Ja, guten Tag«, sagte er und zog seinen Hut. »Nett, Sie so bald wiederzusehen.«

»Was macht Ihr Kinn?«

»Das ist schon wieder gut, danke. Noch ein bißchen steif, aber es hindert mich nicht zu reden.«

Er dachte, daß sie die netteste Frau war, die er je gesehen hatte, und der Fall Tregarth geriet langsam in Vergessenheit, als er sie betrachtete.

»Wir haben uns solche Sorgen um Sie gemacht«, sagte Maria. »Mein Bruder hätte Sie eigentlich nach Hause bringen sollen.«

Don lachte.

»Um mich brauchen Sie sich keine Sorgen zu machen. Ich kann schon etwas vertragen. — Was haben Sie denn heute morgen vor?«

»Ich hatte eigentlich vor, die Statue des Colleoni anzusehen. Können Sie mir sagen, wo ich sie finde?«

»Da nehmen Sie am besten eine Gondel. Sie ist bei der Kirche Santi Giovanni e Paolo, die auch eine Besichtigung wert ist. Diese Kirche ist so eine Art Pantheon der Dogen.«

Er sah das Interesse in ihren leuchtenden Augen, und von ihrem hinreißenden Lächeln wie berauscht, fuhr er fort, bevor er sich selbst unterbrechen konnte: »Sie halten es vielleicht nicht für möglich, aber ich bin ein guter Führer. Wenn Sie wollen, zeige ich Ihnen gern die Sehenswürdigkeiten, oder möchten Sie lieber allein fahren?«

»Ich möchte so unverschämt sein und offen eingestehen, daß ich hoffte, Sie würden mir Ihre Führung anbieten«, sagte sie und lachte. »Als ich das letztemal allein in einer Gondel fuhr, rannte dieser erbärmliche Kerl hinter mir her bis zum Hotel und behauptete hartnäckig, ich hätte nicht genügend bezahlt.«

»Das ist ein Lieblingstrick der Gondoliere. Man muß wissen, wie Sie zu behandeln sind. Kommen Sie, ich werde es Ihnen zeigen.«

Sie gingen zusammen auf die Gondeln zu. Sie schritt so leicht und graziös wie ein Mannequin, und Don bemerkte, wie eine Gruppe Touristen zuerst sie und dann ihn anstarrte.

»Il Campo dei Santi Giovanni e Paolo«, sagte Don zu dem Gondoliere und half Maria in das Boot.

Er setzte sich neben sie und streckte seine langen Beine aus. Im tiefsten Innern spürte er, daß er das eigentlich nicht tun dürfte. Er müßte versuchen, Tregarth zu finden, aber die Versuchung, die Gesellschaft dieser reizenden Frau zu genießen, war zu groß für ihn. Er versuchte sein Gewissen damit zu beruhigen, daß er sich sagte, er habe ja nichts, mit dem er sich beschäftigen könne, bis Guiseppe mit ihm gesprochen habe, und daß er sich auch einmal eine Stunde privaten Dingen widmen könne.

»Wo ist Ihr Bruder heute morgen?« fragte er. »Warum begleitet er Sie nicht? Oder hat er die Schwester eines anderen Mannes gefunden und begleitet sie jetzt?«

»Er muß arbeiten, der Arme. Wissen Sie, ich mache hier Urlaub, aber er ist geschäftlich hier. Sie haben Glück, Sie sind Ihr eigener Herr, Mr. Micklem.«

»Sagen Sie Don zu mir, das wäre doch weniger formell.«

»Wenn Sie wollen ...«

»Bestimmt. Aber um auf Ihre Bemerkung zurückzukommen: Ich glaube auch, daß ich Glück habe«, gestand Don. »Ihr Bruder sagte, daß Sie Maria heißen: Das ist ein schöner Name. Wie ist es mit Ihnen: Haben Sie auch Glück, Maria?«

Sie zuckte die Achseln.

»Nicht immer. Ich habe mehr Glück als manche — weniger Glück als andere. Meine Familie hatte schlechte Zeiten durchgemacht während des Krieges. Nach dem Krieg mußte Vater das Geschäft wieder neu aufbauen. Man könnte sagen, daß ich dann wieder Glück hatte. Wir hatten vieles, was andere nicht hatten.«

»Ihr Vater lebt noch?«

»Ja, natürlich. Aber er läßt Carl jetzt Glas einkaufen. Er kümmert sich fast nur noch um das Finanzielle.«

Don horchte auf.

»Glas? Ist das Carls Beruf?«

Sie blickte ihn lächelnd an.

»Sie scheinen überrascht zu sein. Die Natzka-Glasfabrik ist doch recht gut bekannt.«

Ein kaltes, seltsames Gefühl kroch Dons Wirbelsäule hoch.

»Ich muß meine Unwissenheit gestehen. Ihr Bruder ist also hier in Venedig, um Glas zu kaufen?«

»Ja. Wir haben einige Geschäfte in Ungarn. Dort verkaufen wir viel venezianisches Glas.«

»Verkaufen Sie auch englisches Glas?«

Sie nickte.

»Ja, viel. Und sogar etwas amerikanisches«, antwortete sie lächelnd.

Don versuchte, die Worte so beiläufig wie nur möglich klingen zu lassen, aber er fühlte sich mit einemmal sehr nervös.

»Mit wem haben Sie in England zu tun?« fragte er.

»Mit John Tregarth aus Hampden«, antwortete sie ohne zu zögern. »Und in Amerika mit den Van-Ryder-Werken. Sie sehen, ich weiß eine Menge über das Geschäft, wenn auch Carl immer so tut, als hätte ich kein Interesse dafür.

In diesem Augenblick fuhr die Gondel auf das Ufer zu. Der Gondoliere sprang heraus und hielt das Boot fest.

»Hier sind wir«, sagte Don, der froh war, einen Grund zur Unterbrechung des Gesprächs zu haben, damit er sich in Ruhe überlegen konnte, was sein nächster Zug sein würde. Er half Maria an Land. »Warten Sie auf uns«, sagte er zum Gondoliere, und sie gingen über den Campo bis zur Statue des Colleoni.

Don hatte schon viele Bekannte zu der Statue geführt, und er kannte ihre Geschichte gut. Er berichtete Maria, wer Colleoni war und wie Verrocchio, der Lehrer von Leonardo da Vinci, die Statue entworfen hatte, die als das schönste Reiter-Standbild der Welt angesehen wird.

Als sie wieder in der Gondel saßen, die durch das stille Wasser des Rio schoß, knüpfte Don an das vorige Gespräch an. »Sie haben vorhin John Tregarth erwähnt. Kennen Sie ihn persönlich?«

»Ob ich ihn kenne? Natürlich. Er ist ein alter Bekannter von uns. Weshalb fragen Sie?«

»Ich kannte ihn von früher. Ich habe ihn allerdings lange nicht getroffen. Haben Sie ihn in der letzten Zeit gesehen?«

»Er war vor drei Tagen hier«, antwortete Maria. »Sowohl Carl als auch ich machen uns Sorgen um ihn. Es sieht so aus, als ob er irgendwelche Schwierigkeiten hätte.«

»Schwierigkeiten? Weshalb glauben Sie das?«

»Er ist plötzlich abgereist. Er schien völlig durcheinander zu sein.«

»Er hat also Venedig wieder verlassen?«

»Ja, natürlich. Er ist vor drei Tagen nach Paris gefahren.«

Vor drei Tagen nach Paris gefahren. Diese Nachricht erstaunte Don. Wenn sie wahr wäre, dann würde er seine Zeit verschwenden, indem er hier umherrannte und Tregarth suchte.

»Das ist aber schade. Ich hätte ihn so gern getroffen«, sagte Don beiläufig.

»Wir haben John sehr gern«, sagte Maria. »Ich wünschte, ich wüßte, was er auf dem Herzen hatte. Er ist so schnell abgereist, daß man schon glauben konnte, er wolle vor jemandem fliehen. Carl meint zwar, daß ich es mir nur einbilde, aber ich weiß genau, daß das nicht so ist. John schien vor etwas Angst zu haben.«

»Wissen Sie genau, daß er nach Paris gefahren ist?«

»Ja. Wir haben ihn noch an den Zug gebracht.«

»Wenn Sie glaubten, daß er vor etwas Angst hatte, haben Sie ihn denn nicht gefragt, was los war?«

Sie nickte.

»Er wollte nicht darüber reden. ›Ich kann nicht darüber sprechen‹, sagte er. ›Sie beide müssen sich da heraushalten. Es ist schon alles in

Ordnung, sobald ich in Paris bin.‹ Das waren seine Worte. Er bat uns, ihn zum Bahnhof zu begleiten. Wir waren zu einer Party eingeladen, und Carl meinte, wir hätten keine Zeit mehr. John war sehr aufgeregt. Er sagte, wir müßten mit ihm gehen. Es kam mir so vor, als hätte er Angst, allein zu gehen. Er war derart hartnäckig, daß wir schließlich mitgegangen sind.« Sie schüttelte den Kopf. »Ich weiß nicht, was ich von der Sache halten soll. Ich habe mir viele Gedanken gemacht.«

»Das klingt seltsam«, sagte Don. »Wie lange war er in Venedig?«

»Er war schon hier, als wir ankamen. Ich glaube, er war schon fünf Tage hier. Und da ist noch so eine seltsame Sache: Carl und John haben fast dieselben Bekannten. Und keiner der Leute, mit denen Carl gesprochen hat, hatte John gesehen. Er kann also nicht geschäftlich hier gewesen sein.«

»Wissen Sie, wo er in Paris abgestiegen ist?«

»Im Chatham Hotel. Wir haben ihn noch gebeten, uns zu schreiben, aber er hat es nicht getan. Sobald Carl seine Geschäfte hier erledigt hat, werden wir auch nach Paris fahren. Ich hoffe, daß wir ihn dann sehen. Ich werde ihm erzählen, daß ich Sie hier getroffen habe.«

Don fragte sich, ob er Maria berichten sollte, was er über Tregarth wußte, aber er entschloß sich, es nicht zu tun.

»Hat er Ihre Fabrik besichtigt, bevor er nach Venedig kam?«

Sie schüttelte den Kopf.

»Das tut er meistens, und dann wohnt er auch bei uns. Aber während dieser Reise schrieb er uns, er könne uns nicht besuchen, und er hoffte, uns in Venedig zu treffen.«

»Schien er schon nervös, als Sie ihn das erstemal trafen, oder wurde er es erst später?«

»Das kam erst später. Als er uns am Bahnhof abholte, schien er noch ganz guter Laune zu sein. Wir dachten, er würde vielleicht im Gritti wohnen, wo Carl immer absteigt, aber er sagte uns, er wäre bei Freunden. Er verriet uns nicht, wer sie waren. Wir aßen zusammen zu Abend und vereinbarten, daß wir uns am nächsten Vormittag wieder treffen würden. In der folgenden Nacht oder am nächsten Tag muß sich etwas ereignet haben. Er kam am nächsten Morgen nicht. Er kam erst spät, als wir schon zu der vorhin erwähnten Party gehen wollten. Er sagte uns, er müsse sofort nach Paris abfahren, und wir möchten ihn doch zum Bahnhof begleiten. Wir bemerkten beide, wie aufgeregt er war.«

»Und Sie haben seitdem nichts mehr von ihm gehört?«

»Nein.«

»Woher wissen Sie, daß er im Chatham Hotel wohnt? Hat er es Ihnen gesagt?«

»Ja. Er sagte, er werde wohl zehn Tage in Paris bleiben, und fragte ob wir zu ihm kommen wollten, wenn Carl seine Geschäfte in Venedig beendet hätte.«

Don lenkte das Gespräch dann auf andere Themen. Er zeigte Maria die Sehenswürdigkeiten der Stadt, als sie durch die Kanäle fuhren, aber seine Gedanken waren immer noch mit dem Fall Tregarth beschäftigt, während er redete.

Es würde leicht sein festzustellen, ob Tregarth in jenem Pariser Hotel war. Und wenn er dort war, weshalb dann die Zwischenfälle in der vergangenen Nacht? Weshalb war Don verfolgt worden? Und weshalb war Louisa Peccati ermordet worden?

Die einzige Erklärung, an die Don denken konnte, war, daß Tregarth nur zum Schein nach Paris gefahren war. Er war wohl in den Zug gestiegen und hatte Carl und Maria als Beschützer mitgenommen, aber er hatte den Zug auf der nächsten Station wieder verlassen, war nach Venedig zurückgekehrt und hatte sich in dem verfallenen Haus in der Calle Mondello verborgen. So hatte er gehofft, seine Verfolger abzuschütteln — wahrscheinlich waren es der untersetzte Mann und der mit dem weißen Hut. Aber er hatte sie nicht täuschen können. Sie hatten vermutlich herausgefunden, daß Louisa Peccati wußte, wo er sich aufhielt. Sie hatten sie dann so lange gefoltert, bis sie es verriet, und dann waren sie zu dem Haus in der Calle Mondello gegangen. Hatten sie ihn dort gefunden, oder war er wieder entkommen?

»Möchten Sie mit uns zu Mittag essen?« fragte Maria und unterbrach seine Gedanken.

»Ich würde es gern tun, aber unglücklicherweise habe ich schon eine Verabredung zum Essen.« Er blickte auf seine Armbanduhr. »Ich muß zurück, sonst komme ich noch zu spät.«

Sie gingen zum Hotel hinüber.

»Haben Sie vielen Dank, Don, für diesen reizenden Morgen«, sagte Maria, als sie vor dem Hotel stehengeblieben waren. »Ich werde Sie allen meinen Bekannten empfehlen als einen klugen und sachverständigen Führer durch Venedig.«

Don lächelte.

»Ich habe nicht die Absicht, Sie meinen Bekannten als eine bezaubernde und liebenswürdige Begleiterin zu empfehlen. Die Konkurrenz dürfte auch so schon groß genug sein, ohne daß ich noch für Sie Reklame mache.«

Sie gab ihm ihre schmale, kühle Hand und ging lächelnd ins Hotel.

Als Don auf den Palazzo Toletta zuging, sah er Guiseppe auf den Stufen des Hauses auf ihn warten.

»Komm herein«, sagte er zu Guiseppe und ging mit ihm in sein Arbeitszimmer. Er schenkte Guiseppe ein Glas Wein ein und fragte dann: »Gibt's was Neues? Hast du etwas über das Mädchen erfahren?«

»Ja, Signore. Haben Sie gewußt, daß sie letzte Nacht ermordet worden ist?«

Don nickte. »Ja. Weißt du, wo sie wohnte?«

»Sie wohnte mit ihrem Vater zusammen am Fondamente Nuove. Sie haben da ein kleines Haus, neben Luigis Restaurant.«

»Weiß ihr Vater schon, daß sie tot ist?«

»Ja, Signore. Es war ein großer Schock für ihn. Er ist alt und krank. Früher war er Fremdenführer, aber er hatte einen Unfall und verlor beide Beine. Das Mädchen hat ihn mit ihrem Verdienst ernährt.«

Als Guiseppe mit dem Auftrag, um halb drei wieder da zu sein, gegangen war, läutete Don nach Cherry.

»Sie haben geläutet, Sir?«

»Ich möchte in zwanzig Minuten zu Mittag essen. Bringen Sie mir einen großen, trockenen Martini.«

»Sehr wohl, Sir«, sagte er steif und verließ das Zimmer.

Don griff nach dem Telefon und nahm den Hörer.

»Verbinden Sie mich mit dem Chatham Hotel in Paris, und zwar gleich«, sagte er zur Vermittlung.

»Wir rufen zurück, Signore.«

Don legte wieder auf und begann unruhig im Zimmer auf und ab zu gehen. Er bemerkte Cherry kaum, der ins Zimmer trat und ihm den Martini brachte.

»Verzeihung, Sir«, sagte Cherry würdevoll, »Lady Denning hat angerufen. Sie gibt nach der Oper heute abend ein kleines Essen und würde sich freuen, wenn Sie teilnehmen würden.«

»Rufen Sie sie an und sagen Sie ihr, daß ich leider schon eine Verabredung habe. Und außerdem habe ich Ihnen doch gesagt, Sie sollten dieses Mal keine Einladungen annehmen.«

Cherry erstarrte.

»Darf ich mir erlauben, Sir, Sie darauf hinzuweisen, daß Sie auch Verpflichtungen gegenüber Ihren Freunden haben. Dieses Haus, Sir, hatte bisher immer eine große Rolle im gesellschaftlichen Leben der Stadt gespielt. Ich darf darauf hinweisen, daß unsere Partys und unsere Essen berühmt sind und ...«

»Es tut mir leid, Cherry, aber heute gibt es wichtigere Dinge als Partys. Und jetzt seien Sie so gut und lassen Sie mich damit in Ruhe«, sagte Don.

»Sehr wohl, Sir«, antwortete Cherry, und sein rötliches Doppelkinn zitterte. Majestätisch schritt er aus dem Zimmer und schloß die Tür.

Don zuckte die Achseln und trank die Hälfte des Cocktails. Als das Telefon läutete, stellte er das Glas hastig ab.

»Ihre Anmeldung Paris, Signore.«

»Ja, danke. — Ist dort das Hotel Chatham?« fragte Don.

»Ja, Monsieur, hier ist die Reception«, antwortete eine weiche Stimme auf englisch.

»Haben Sie unter Ihren Gästen einen Mr. Tregarth? Mr. John Tregarth?«

»Einen Moment bitte, Monsieur.«

Mit nervösen Fingern klopfte Don auf den Tisch.

»Hollo, Monsieur? Ja, Mr. Tregarth wohnt bei uns.«

Don holte tief Luft. »Ist er im Hotel?«

»Ich glaube, ja. Soll ich mal nachhören?«

»Hier spricht Don Micklem. Würden Sie mich bitte mit seinem Zimmer verbinden.«

»Einen Moment, Monsieur.«

Es folgte eine lange Pause. Dann hörte Don ein Knacken in der Leitung, und eine Stimme sagte: »Hallo? Hier John Tregarth.«

Es war schon sehr lange her, daß Don mit Tregarth gesprochen hatte, und er konnte sich nicht mehr an seine Stimme erinnern. Diese schwache, entfernte Stimme konnte so gut Tregarths Stimme sein wie die Stimme irgendeines anderen Menschen.

»Hier ist Don Micklem«, sagte Don. »Erinnern Sie sich an mich, John?«

Eine Pause folgte, dann sagte die Stimme: »Ja, ich erinnere mich.«

Don preßte den Hörer fest ans Ohr, um jedes Wort oder jeden Ton, der über die Leitung kam, mitzubekommen.

»Wie geht es Ihnen, John. Wir haben uns ja lange Zeit nicht getroffen, nicht wahr?«

»Ja, ich glaube schon. Aber Zeit bedeutet nicht viel für mich«, sagte die Stimme. »Wo sind Sie?«

Etwas in der Stimme gefiel Don nicht. Die Stimme klang nicht wie die eines Menschen. Es war, als würde er der leblosen Stimme eines Geistes lauschen; einer Stimme, die keinen Körper hatte.

»Ich bin in Venedig«, fuhr er fort. »John, ich habe hier einen Brief von Ihrer Frau. Sie macht sich Sorgen um Sie.«

»Sorgen, weshalb denn?«

Diese flache, mechanische Stimme fiel Don auf die Nerven.

»Mein lieber Mann«, sagte er scharf, »sie hat seit sechs Wochen nichts mehr von Ihnen gehört. Deshalb macht sie sich Sorgen. Was war denn los mit Ihnen?«

Eine lange Pause folgte. Don lauschte auf das entfernte Summen in der Leitung. Es kam ihm so vor, als hörte er jemand heftig atmen.

»Hallo! Sind Sie noch da, John?«

»Ja«, sagte die flache, leblose Stimme. »Was haben Sie gesagt?«

»Ihre Frau hat seit sechs Wochen nichts mehr von Ihnen gehört. Was war los mit Ihnen?« wiederholte Don mit lauter Stimme.

»Sechs Wochen? Das kann nicht so lange her sein. Ich habe ihr doch geschrieben. Ich weiß, daß ich ihr geschrieben habe.«

»Sie hat nur einen Brief von Ihnen bekommen, und das war vor sechs Wochen. Was war denn los, John?«

»Sechs Wochen . . .«

Die Stimme erstarb, und es folgte eine lange Stille in der Leitung. Doch als Don wieder sprechen wollte, hörte er ein Geräusch, das ihn frösteln ließ: Es war das erstickte Weinen eines Mannes.

»John!« rief Don laut. »Was ist denn los mit Ihnen? Sind Sie krank?«

Es folgte wieder eine lange Pause, dann sagte die Stimme tonlos: »Ich weiß nicht. Ich glaube fast, ich werde verrückt. Ich weiß nicht, weshalb ich hier bin. Ich weiß nicht, was ich tue. Oh, um Gottes willen, Micklem, kommen Sie und helfen Sie mir!«

»Beruhigen Sie sich«, sagte Don erschrocken. »Ich werde sofort kommen. Bleiben Sie im Hotel. Ich werde ein Flugzeug chartern und sofort nach Paris fliegen. In ein paar Stunden werde ich bei Ihnen sein. Bleiben Sie, wo Sie sind, und beruhigen Sie sich.«

»Beeilen Sie sich . . .«, sagte die Stimme. »Bitte, beeilen Sie sich.«

Es war ein bißchen zuviel des Guten. Gerade genug, um Dons Mißtrauen zu wecken.

»Ich komme unverzüglich«, sagte er. Seine Augen waren wachsam geworden und seine Lippen schmal. »Beruhigen Sie sich. In ein, zwei Stunden bin ich da!«

Er klopfte mit seinem Fingernagel kurz gegen das Mundstück des Hörers und hoffte, daß der Mann am anderen Ende der Leitung glauben würde, er hätte aufgelegt.

Er hielt den Hörer weiterhin ans Ohr gepreßt und horchte.
Die List wirkte.
Er hörte ein leises Lachen. Eine leise Männerstimme, die klang, als wäre der Sprecher etwas vom Telefon entfernt, sagte: »Und er ist also prompt darauf reingefallen!«
Eine andere Männerstimme fuhr auf: »Halt's Maul, du Esel...«, und die Leitung war tot.

6

Eine lange Zeit starrte Don gedankenverloren auf die Wand. Er war nicht oft wütend, aber jetzt war er rasend. Er hätte sich doch beinahe für dumm verkaufen lassen, und das verletzte seinen Stolz. Wenn der Mann am Telefon seine Rolle nicht ein klein wenig übertrieben hätte, dann wäre Don jetzt nach Paris geflogen. Nachdem er bemerkt hatte, daß das ein Trick war, erkannte er klar, daß es den Leuten, die Tregarth hatten verschwinden lassen, darum zu tun war, ihn aus Venedig wegzulocken.

Am meisten ärgerte ihn, daß Maria Natzka ihn derart hereinlegen wollte.

Du bist ganz schön auf sie hereingefallen, sagte er sich und schlug mit der Faust auf den Schreibtisch. Sie und ihr Bruder hängen bestimmt in der Geschichte drin. Das hättest du dir denken sollen, als sie erzählte, sie würde John Tregarth kennen. Na ja, sie hatte es geschickt eingefädelt, aber du hättest doch mißtrauisch werden sollen. Das kommt davon, wenn man auf ein paar strahlende Augen hereinfällt.

Er hatte wenigstens nichts verraten, tröstete er sich. Er hatte nur gesagt, er sei ein alter Freund von John Tregarth.

Noch während des Essens, das er sehr zu Cherrys Ärger hastig einnahm, mußte er sich einen Plan überlegen. Schließlich wußte er, was er tun würde.

Er ging ans Telefon und rief das Hotel Gritti Palazzo an, dort ließ er sich mit Maria Natzka verbinden.

Es dauerte eine Weile, bis Maria an den Apparat kam.

»Hallo, Don, es tut mir leid, daß Sie warten mußten, ich war im Speisesaal.«

»Hoffentlich habe ich Sie nicht gerade beim Essen gestört«, sagte Don. »Ich muß Sie aber unbedingt sprechen. Ich habe vorhin das Chatham Hotel in Paris angerufen und mit Tregarth gesprochen. Ich hatte eine sehr beunruhigende Unterhaltung mit ihm. Er wünscht, daß ich sofort nach Paris zu ihm komme.«

»Geht es ihm denn nicht gut?« fragte sie interessiert. Wenn Don nicht genau gewußt hätte, daß sie es auch darauf angelegt hatte, ihn aus Venedig wegzulocken, dann hätte ihn die plötzliche Sorge in ihrer Stimme sicherlich beeindruckt.

»Ich glaube nicht. Ich konnte nicht viel aus ihm herausbekommen, aber es sieht so aus, als sei er übergeschnappt. Er hat sicherlich einen Nervenzusammenbruch. Er weinte und schien nicht zu wissen, was er tat.«

»Das ist ja schrecklich!« rief Maria. »Kann sich denn dort niemand um ihn kümmern?«

»Er scheint ganz allein zu sein. Er hat mich sehr gebeten, ich sollte zu ihm kommen. Ich werde ein Flugzeug chartern, dann bin ich bald in Paris. Ich wollte nur fragen, ob Sie nicht mitkommen wollen. In seinem jetzigen Zustand könnte ihm die Pflege einer Frau guttun.«

Es folgte eine kleine Pause, und Don zeigte seine Zähne in einem kalten, mitleidlosen Lächeln. Was würde sie jetzt für Ausflüchte vorbringen? fragte er sich. Wenn er nicht sicher gewesen wäre, daß sie die Einladung ablehnen würde, dann hätte er sie nicht gebeten, mitzukommen.

»Ich fürchte, ich kann hier nicht weg«, sagte Maria schließlich. »Und morgen werde ich auch nicht wegkönnen. Wissen Sie, Carl gibt eine große Einladung, und ich muß die Gastgeberin spielen.«

»Schade, es wäre vielleicht gut gewesen, wenn Sie mitgekommen wären. Ich werde mal mit ihm reden, und wenn es ihm sehr schlecht geht, dann bringe ich ihn nach Hause. Ich bin zum Wochenende wieder hier.«

»Das ist aber sehr nett von Ihnen«, sagte sie. »Ich wollte, ich könnte auch etwas tun. Ich werde sofort mit Carl darüber sprechen. Wenn er meint, daß wir hier früher wegkönnen, sollen wir dann nach Paris kommen? Was denken Sie?«

»Wenn Sie heute nicht kommen können, glaube ich kaum, daß es noch etwas nützt. Wenn es ihm so schlecht geht, wie es sich anhörte, dann werde ich ihn heute nach England fliegen.«

»Das ist auch sicherlich das Beste. Sagen Sie mir doch bitte, was los war. Wir sind bestimmt noch vier Tage hier, und danach werden wir im Chatham Hotel sein.«

»Ich bin in zwei oder drei Tagen wieder da. Ich werde Sie bestimmt noch einmal sehen, bevor Sie nach Paris fahren. Jetzt muß ich mich beeilen. Ich habe noch zu packen und muß dann gleich zum Flughafen. Auf Wiedersehen.«

»Auf Wiedersehen, Don«, sagte sie, und der Klang in ihrer Stimme war eine bedeutende schauspielerische Leistung. »Das ist großartig, was Sie alles für Ihren Freund tun.«

»Ach, Nonsense«, sagte Don. »Auf Wiedersehen!« und hängte ein.

Du wirst mich sehr viel schneller wiedersehen, als du denkst, du durchtriebenes Aas, dachte er. Und das gilt auch für deinen sauberen Bruder!

Cherry klopfte und trat ins Zimmer.

»Kommen Sie herein, Cherry, ich habe einen Auftrag für Sie«, sagte Don. »Machen Sie die Tür zu und setzen Sie sich.«

»Wie meinen Sie, Sir?« fragte Cherry, der wieder einmal Grund hatte, an Dons Benehmen Anstoß zu nehmen.

»Ach, setzen Sie sich schon«, fuhr Don ihn ungeduldig an. »Wir haben jetzt keine Zeit, hier alle Zeremonien ablaufen zu lassen. Ich muß Ihnen eine Menge erzählen, und Sie brauchen Ihre Energie für später. Setzen Sie sich.«

Langsam und betont kühl ließ Cherry seinen mächtigen Körper auf der Kante des unbequemsten Stuhles im ganzen Zimmer nieder. Er brachte es sogar fertig, den Eindruck zu erwecken, als würde er noch stehen.

In wenigen Worten berichtete Don ihm über die Hintergründe von Hilda Tregarths Besuch und von dem, was gefolgt war. Im Laufe seines Berichts wuchs Cherrys Interesse. Er saß nicht mehr so gezwungen da, und der ungnädige Ausdruck wich langsam aus seinem Gesicht. Und als Don ihm von seiner Begegnung mit Rossi, dem Überfall und schließlich vom Auffinden der Leiche Louisa Peccatis berichtete, waren Cherrys Augen hervorgetreten, und er hatte schon ganz vergessen, daß Don ihn gekränkt hatte und er auf seine Würde achten mußte. Cherry las gern Kriminalromane, und Dons Bericht ging ihm ein wie Honig. Als er ihm schließlich von dem Telefongespräch mit dem Mann im Chatham Hotel berichtete, konnte er seine Erregung kaum noch verbergen.

»Das ist also die Geschichte, Cherry«, schloß Don. »Ich brauche Ihre Hilfe. Jetzt stellt sich natürlich die Frage, ob Sie in die Sache verwickelt werden wollen. Ich will Sie ausdrücklich warnen, das könnte unangenehm werden. Diese Leute scheinen vor nichts zurückzuschrecken. Also, wollen Sie?«

»Worauf Sie sich verlassen können...«, begann Cherry, doch dann beherrschte er sich schnell. Er erinnerte sich an seine Stellung und an seine Würde, hüstelte und fuhr fort: »Gewiß, Sir, ganz gewiß. Wenn ich etwas für Sie tun kann...«

Don lächelte ihn an.

»Ich dachte mir, daß Sie das sagen würden. Gut. Sie fliegen jetzt sofort nach Paris. Sie werden dort ins Chatham Hotel gehen und nach Tregarth fragen. Ich bin ziemlich sicher, daß er nicht mehr da ist, wenn Sie ankommen, aber falls er noch dort ist, vergewissern Sie sich, daß er es wirklich ist. Ich würde meinen letzten Dollar wetten, daß es ein Betrüger ist, aber ich muß sichergehen.« Aus seiner Schublade nahm er die Fotografie von Tregarth. »Das ist ein ziemlich genaues Bild. Nehmen Sie es und vergleichen Sie es mit dem Mann, der behauptet, er sei Tregarth. Wenn es nicht Tregarth ist, lassen Sie ihn nicht merken, daß Sie ihn durchschaut haben. Erzählen Sie ihm, ich sei plötzlich nach London gerufen worden, und daß ich vorgeschlagen hätte, er sollte mit Ihnen nach London kommen, damit wir uns bei mir unterhalten könnten. Ich glaube gar nicht, daß Sie das alles tun müssen. Ich bin sicher, daß dieser Mann nicht mehr da sein wird. Wenn das zutrifft, dann zeigen Sie das Bild dem Empfangschef, und fragen Sie ihn, ob er Tregarth erkennt. Auch hier bin ich sicher, daß das nicht der Fall sein wird. – Können Sie das alles tun?«

Cherry feuchtete seine Lippen an, und seine Augen glänzten vor Aufregung. Das war ja noch viel interessanter als große Partys zu organisieren.

»Aber gewiß, Sir. Ich soll also Ermittlungen anstellen wie ein, volkstümlich gesprochen, ›Schnüffler‹, nicht wahr?«

»Genau so«, bestätigte Don, und er unterdrückte mit Mühe ein Lächeln. »Aber passen Sie auf, Cherry. Diese Leute sind gefährlich.«

»Ich werde alle nötigen Vorsichtsmaßnahmen ergreifen, Sir«, gab Cherry zur Antwort. »Mein früherer Herr, der Herzog, überreichte mir als Abschiedsgeschenk einen Stock-Degen. Ich habe inzwischen eine gewisse Geschicklichkeit in seiner Handhabung erworben, Sir, und jeder eventuelle Angreifer wird entdecken, daß es nicht leicht sein dürfte, mich zu beseitigen; das kann ich Ihnen versichern.«

Don blickte erstaunt auf. Die Vorstellung, daß Cherry sich mit seinem Stock-Degen verteidigen würde, erschien ihm derart belustigend, daß er sich gewaltsam beherrschen mußte.

»Und in der Zwischenzeit, Sir«, fuhr Cherry fort, »was gedenken Sie zu tun? Ich darf wohl vermuten, daß es Ihr Plan ist, die Leute irrezuführen und in dem Glauben zu wiegen, Sie seien nach Paris abgereist, wo Sie doch in Wirklichkeit hierbleiben werden.«

»So ist es«, antwortete Don und war überrascht, daß Cherry die Lage so schnell erfaßte. »Sobald wir fertig sind, werden wir mit Guiseppe zum Flughafen fahren. Wir werden in Padua landen, und dort werde ich das Flugzeug verlassen. Mit dem Zug komme ich dann nach Venedig zurück. Jack Pleydell wird Sie nach Paris fliegen. Ich habe hoffentlich Miss Natzka davon überzeugt, daß ich nach Paris fliege, aber sehr wahrscheinlich wird jemand am Pariser Flughafen warten, ob ich auch ankomme. Jack soll dann gleich nach London weiterfliegen, sobald Sie das Flugzeug verlassen haben. Er soll Harry holen und ihn nach Venedig bringen. Ich glaube, daß ich ihn hier brauchen kann.«

Cherry blickte ihn erleichtert an.

»Ich wollte mir gerade den Vorschlag erlauben, daß Sie ihn holen lassen sollten, Sir. Mason mag zwar ein wenig ungestüm sein, und zuzeiten ein überaus gefährlicher Fahrer, aber er ist eine verläßliche Kraft. Ich bin froh, daß Sie ihn dann bei sich haben werden.«

»Dann ist ja alles klar. Über Guiseppe können Sie mit mir in Verbindung bleiben. Sie wissen ja, wo er wohnt, und er wird immer wissen, wo ich mich aufhalte.« Er sah auf seine Uhr. »Er dürfte schon auf mich warten. Ich hatte mit ihm vereinbart, den Vater von Louisa Peccati zu besuchen, aber das muß warten. Packen Sie, Cherry, und ich werde das Flugzeug chartern.«

»Sehr wohl, Sir.«

Ein großer Mann mit Vollbart, der einen dunkelblauen Kordanzug und einen Schlapphut trug, kam vom Bahnhof und ging hinunter zum Ufer. Bei einer Gruppe neu angekommener Touristen wartete er, während das Motorboot auf die Landebrücke zufuhr.

Als die Schranke hochgezogen war, schnappte er seinen Rucksack und nahm mit einer Gruppe junger Amerikaner, die Venedig zum erstenmal sahen, seinen Platz am Geländer ein.

Selbst seine besten Freunde würden Don jetzt nicht erkannt haben. Gleich nach der Landung in Padua war er zu einem Kostümverleih gegangen, mit dem er früher einmal einen Maskenball in seinem Palazzo organisiert hatte. Er verpflichtete Benvenuto zu strengstem Schweigen und überließ es dann dessen Geschick, ihn in eine andere Person zu verwandeln. Benvenuto machte aus ihm einen mittellosen amerikanischen Maler, der eine Fußwanderung durch Italien unternahm, und er übertraf sich diesesmal selbst.

Der Bart war notwendig geworden, um die Z-förmige Narbe zu verbergen, die Don auf der Wange hatte. Er störte ihn sehr, aber Don wußte, daß er ihn in Kauf nehmen mußte. Der Anzug, der Hut und die schweren Schuhe ließen ihn dicker erscheinen, als er war, und er war sicher, daß ihn niemand erkennen würde.

Don verließ das Boot an der Anlegestelle von San Zaccaria und ging langsam über die Piazetta, an der Markus Basilika vorbei und durch das Geschäftszentrum zur Wohnung Guiseppes nahe der San Maria Formosa.

Als er in eine Calle einbog, fuhr er zusammen: Direkt vor ihm ging der Mann mit dem weißen Hut.

Er war nicht zu verwechseln. Langsam und gemütlich spazierte er die Straße entlang, die Hände in den Taschen, den weißen Hut ins Genick geschoben, und die Sonne glänzte auf seinen goldenen Ohrringen.

Don verlangsamte seinen Schritt ein wenig und fragte sich, ob seine Anwesenheit in der Nähe von Guiseppes Wohnung etwas zu bedeuten hätte.

Der Mann im weißen Hut blickte über die Schulter. Er sah Don ins Gesicht. Don blickte ihn gleichgültig an und atmete auf, als der Mann den Blick wieder abwandte.

Am Ende der Calle befand sich eine Weinhandlung. Der Mann mit dem weißen Hut ging hinein und setzte sich an einen Tisch nahe der Tür. Don blieb vor der Tür stehen, zögerte eine Weile, wie das wohl jeder Tourist tun würde, und trat gleichfalls ein.

Der Mann mit dem weißen Hut sah ihn an und blickte dann wieder weg.

Don setzte sich.

Ein Mädchen kam an seinen Tisch.

»*Vino rosso*«, sagte er mit lauter Stimme. »Verstehen?«

Das Mädchen sah ihn gleichgültig an, nickte und ging dann zu dem Mann im weißen Hut, der eine Flasche weißen Chianti bestellte.

Don zündete sich eine Zigarette an und starrte durch die offene Tür. Das Mädchen brachte ihm eine Karaffe ziemlich schlechten Rotweins und ein Glas. Er mußte mehr als das Doppelte dessen bezahlen, was der Wein in Wirklichkeit wert war. Dann ging das Mädchen hinüber an den anderen Tisch.

»Haben Sie Signor Busso heute morgen schon gesehen?« fragte der Mann mit dem weißen Hut. »Ich warte auf ihn.«

»*No*, Signor Curizo, ich habe ihn noch nicht gesehen heute.«

Don trank einen Schluck Wein, öffnete seinen Rucksack und holte eine Ausgabe der *Daily Mail* hervor, in die er sich vertiefte.

Der Mann, den das Mädchen Signor Curizo genannt hatte, hatte schon die Hälfte seines Weines getrunken, bevor ein Schatten plötzlich den Eingang verdunkelte und der untersetzte, kleine Mann hereinkam.

»Ich weiß, ich habe mich verspätet«, sagte er und setzte sich an Curizos Tisch. »Aber mir tut mein Kopf fürchterlich weh. Ich hätte gar nicht aufstehen sollen.«

»Jetzt jammere nicht über deinen verdammten Kopf«, fuhr Curizo ihn an. »Es war deine eigene Schuld. Ich habe zwanzig Minuten auf dich gewartet.«

Der untersetzte Mann, dessen Name wohl Busso war, wie Don annahm, verzog sein Gesicht zu einem gemeinen Grinsen.

»Das nächstemal...«, sagte er.

»Ja, das nächstemal, immer das nächstemal. Es gibt aber kein nächstesmal mehr. Er ist nach Paris abgeflogen.«

»Aber er kommt doch zurück.«

»Dann sind wir schon längst über alle Berge.« Curizo stand auf. »Los, komm! Wir haben noch zu tun.«

Busso brummte, als er aufstand.

»Aber ich möchte doch noch einen trinken«, sagte er.

»Nein. Wir sind spät dran. Auf!«

Sie verließen die Weinhandlung, und Don blickte ihnen nach, wie sie die Calle entlanggingen. Als sie außer Sicht waren, stand er schnell auf und folgte ihnen.

Gerade als sie um eine Ecke gingen, erblickte er sie wieder. Sie gingen über einen Platz, und Don beobachtete, wie sie vor einem hohen Haus stehenblieben. Curizo nahm einen Schlüssel aus der Tasche und öffnete die schmutzige, schwarz gestrichene Tür.

Die beiden Männer traten in das Haus und schlossen die Tür hinter sich ab.

Don merkte sich die Nummer des Hauses und auch den Namen des Platzes. Einige Minuten später klopfte er an Guiseppes Tür.

Guiseppe öffnete.

»Guten Abend«, sagte Don barsch. »Ich hörte, hier wohnt ein Gondoliere, der sich als den besten Ruderer von ganz Venedig bezeichnet. Stimmt das?«

Guiseppe richtete sich zu voller Größe auf, und seine stolzen Augen blitzten. »Ich bin der beste Ruderer in Venedig«, antwortete er laut. »Wer sind Sie und was wollen Sie?«

Don grinste ihn an.

»Erkennst du mich nicht, Guiseppe?«

Guiseppe starrte ihn prüfend an, dann machte er Platz.

»Ich habe Sie nicht erkannt, Signore. Das ist eine sehr gute Verkleidung.«

Don trat in das große Zimmer, das nur spärlich möbliert, aber sauber und ordentlich war.

»Ich bin zur Zeit obdachlos«, sagte er. »Kann ich dieses Zimmer zu meinem Hauptquartier machen? Ich werde nur wenige Stunden zum Schlafen da sein, und das auch höchstens ein paar Tage.«

»Aber gewiß, Signore«, sagte Guiseppe, und sein Gesicht strahlte. »Fühlen Sie sich hier ruhig wie zu Hause.«

»Danke. Und jetzt hör mal zu! Die beiden Kerle, denen wir gestern abend begegnet sind, befinden sich jetzt im Hause Nummer 22a am Campo Salizo. Vielleicht wohnen sie dort, vielleicht auch nicht. Das Haus muß beobachtet werden, und zwar Tag und Nacht. Kennst du jemand, der zuverlässig genug ist? Ich muß wissen, wer in das Haus geht und wer es verläßt. Gegenüber ist doch ein Café. Das dürfte also nicht so schwierig sein.«

»Das können wir schon machen«, sagte Guiseppe. »Ich kenne das Mädchen, das in dem Café arbeitet. Sie wird das Haus bis Mitternacht beobachten, dann werde ich hingehen. Vielleicht kann sie etwas Geld dafür bekommen?«

»Ja. Zahle ihr, was du für richtig hältst«, antwortete Don und holte Geldscheine aus der Tasche. Er gab Guiseppe eine Zehntausend-Lire-Note. »Das sollte doch genügen für das Zimmer hier und für das Mädchen. Okay?«

Guiseppe strahlte.

»Ja, Signore.«

»Diese beiden Männer haben uns zusammen gesehen. Sie dürfen uns nicht wieder zusammen sehen«, fuhr Don fort. »Ich habe im Moment keinen Auftrag für dich, aber es wird sich bald etwas ergeben. Geh jetzt in das Café und sage dem Mädchen, es soll das Haus beobachten. Ich werde inzwischen mit Signor Peccati sprechen. In etwa zwei Stunden werden wir uns hier wieder treffen.«

Stefano Peccati saß in seinem Rollstuhl in einem kleinen, düsteren Raum, der nur noch zwei Stühle, einen Tisch und einen abgetretenen Teppich enthielt.

Peccatis faltiges, gelbes Gesicht zeigte seinen tiefen Schmerz.

»Ich kann heute nicht mit Ihnen sprechen, Signore«, sagte er. »Ich habe meine Tochter verloren. Ein alter Mann sollte in Ruhe trauern dürfen.«

»Ja«, sagte Don mitfühlend. »Aber ich weiß etwas darüber, wie Ihre Tochter starb. Und ich denke, daß Sie es erfahren sollten.

Das Gesicht des Alten wurde hart.

»Wer sind Sie? Was wissen Sie über meine Tochter?«

»Ich bin Don Micklem. Vielleicht hat Ihre Tochter meinen Namen einmal erwähnt?«

»Ich habe den Herrn schon einmal gesehen. Sie sind ihm nicht ähnlich. Bitte gehen Sie wieder.«

»Vielleicht haben Sie die Z-förmige Narbe auf der rechten Wange von Micklems Gesicht gesehen?« fragte Don. »Sehen Sie her!« sagte er dann und zog sorgfältig den Bart, den Benvenuto ihm angeklebt hatte, von seinem Gesicht und beugte sich vor. »Sehen Sie?«

Peccati blickte ihn mißtrauisch an.

»Ich verstehe das nicht.«

»Sie werden es sicherlich verstehen, wenn Sie mir einen Augenblick zuhören«, antwortete Don. »Sagt Ihnen der Name John Tregarth etwas?«

Die Frage war schon durch die Veränderung in dem Augenausdruck des alten Mannes beantwortet.

»Der Name ist mir bekannt«, sagte Peccati ruhig. »Aber weshalb fragen Sie?«

»Er ist ein Freund von mir, und er ist verschwunden. Ich suche ihn.« Don erzählte in kurzen Worten, was vorgefallen war und wie er von Louisa Peccati die Adresse erhalten hatte. »Bevor Ihre Tochter mir noch mehr sagen konnte, wurde ich von einem Mann namens Busso niedergeschlagen. Nachdem ich wieder zu mir kam, bin ich sofort zur Calle Mondello gegangen. Das war die Adresse, die sie mir genannt hatte. Dieses Haus war Tregarths Versteck, aber er war nicht mehr dort. Ich fand Ihre Tochter. Sie war gefoltert und dann ermordet worden.«

Der alte Mann senkte seinen Kopf und ballte die Fäuste.

Don ging ans Fenster, um dem alten Mann Zeit zu geben, sich zu beruhigen. Er drehte sich erst um, als Peccati nach einigen Augenblicken sagte: »Und, Signore, haben Sie mir noch mehr zu berichten?«

»Nicht viel. Seitdem bin ich ständig beobachtet worden. Jemand hat auch versucht, mich aus Venedig wegzulocken. Und ich sagte mir, wenn ich das Rätsel lösen wollte, dann müßte ich mich frei und unerkannt bewegen können. Ich habe Venedig verlassen, mich verkleidet und bin zurückgekommen. Ich brauche jetzt so viele Informationen, wie ich nur bekommen kann. Ich möchte nicht nur Ihre Tochter rächen, sondern vor allem auch John Tregarth finden. Können Sie mir helfen?«

»Wie soll ich Ihnen helfen können? Ich bin doch nur ein hilfloser Krüppel«, sagte Peccati bitter. »Wenn ich es nur könnte, aber es ist unmöglich.«

Don setzte sich.

»Vielleicht können Sie mir doch helfen, indem Sie mir sagen, was Sie wissen. Wußten Sie, daß Ihre Tochter Tregarth kannte?«

Der alte Mann nickte.

»Il Signor Tregarth ist ein guter Freund von uns«, sagte er. »Während des Krieges hatte er meinem Sohn das Leben gerettet.«

»Wo ist Ihr Sohn jetzt?«

Der alte Mann zuckte die Achseln.

»Ich weiß es nicht. Ich habe seit sechs Jahren nichts mehr von ihm gehört. Zuletzt war er in Rom.«

»Ist Tregarth zur Zeit in Venedig?« fragte Don.

»Ich glaube, ja«, antwortete Peccati. »Er könnte entkommen sein, aber das halte ich für unwahrscheinlich.«

»Sagen Sie mir doch, was geschehen ist. War er zu Ihnen gekommen?«

»Ja.«

»Wann war das?«

»Vor sieben Tagen. Wir waren schon zu Bett gegangen. Gegen zwei Uhr morgens wachte ich auf, weil jemand gegen die Tür klopfte. Louisa kam in mein Zimmer. Ich sagte ihr, sie solle die Tür nicht aufmachen, aber sie antwortete, das sei jemand, der das alte Zeichen kenne, das wir im Krieg gebraucht hatten; das Zeichen, daß jemand Hilfe benötigte. Ich wollte nicht, daß sie zur Tür ging. Sie sehen selbst, Signore, ich bin alt und hilflos. Ich hätte nichts tun können, um sie zu schützen. Aber sie bestand darauf, an die Tür zu gehen. Es war der Signor Tregarth. Er war krank und vollkommen erschöpft. Er fiel in Ohnmacht, aber vorher hatte er noch gesagt, daß ihn jemand verfolge und daß er vielleicht gesehen worden war, wie er das Haus betrat. Louisa verschloß die Tür. Sie schleppte dann den Signor in das hintere Zimmer und verband seine Wunde. Er hatte einen Streifschuß quer über die Rippen. Es war keine neue Wunde, sie war etwa vierzehn Tage alt, aber sie war vereitert und entzündet und schmerzte ihn sehr. Er hatte auch Fieber. Während Louisa die Wunde verband, hatte ich mich ans Fenster gesetzt und die Straße beobachtet. Ich sah zwei Männer: einen großen Mann und einen kleinen, gedrungenen Mann, die die Straße herunterkamen. Sie gingen am Haus vorbei, und nach einiger Zeit kamen sie wieder zurück und verschwanden in einer anderen Richtung.«

»Einer der beiden Männer trug einen weißen Hut?«

Der alte Mann nickte.

»Diese beiden Männer haben Ihre Tochter ermordet«, sagte Don.

»Ich hatte es vermutet«, bemerkte Peccati. »Sie müssen bestraft werden, Signore.«

»Sie werden bestraft. — Wie lange blieb Tregarth bei Ihnen?«

»Nur einen Tag. Er kam wieder zu Kräften, als Maria seine Wunde verbunden und ihm etwas zu essen gegeben hatte. Ich weiß nicht, was er ihr erzählt hat. Ich glaube nicht, daß es viel war. Sie erzählte mir am nächsten Tag, daß er von Wien aus bis hier verfolgt worden war. Zweimal sei ein Anschlag auf ihn verübt worden. Er hatte gerade noch nach Venedig kommen können, aber seine Verfolger waren ihm auf den Fersen. Sie hätten ihn beinahe erwischt, aber er erinnerte sich, daß Louisa in der Nähe wohnte, und kam zu uns.«

»Sagte er, wer die Leute waren, die ihn verfolgten?«

Der alte Mann schüttelte den Kopf.

»Wir haben ihn nicht gefragt.«

»Er blieb also den ganzen nächsten Tag bei Ihnen. Und was geschah dann?«

»Er konnte deshalb hierbleiben, weil Sonntag war und Louisa nicht ins Geschäft zu gehen brauchte. Il Signor Tregarth sagte, er müsse unbedingt ein anderes Versteck finden. Wir wollten beide, daß er hierblieb, aber er wollte nicht unser Leben gefährden. Louisa wußte von diesem Haus in der Calle Mondello. Es stand leer. Und in einem der Zimmer war noch ein Bett von einem früheren Mieter. Nachts ist sie dann mit dem Signor dorthin gegangen. Sie brauchten dafür recht lange, denn der Signor war noch sehr schwach. Er sagte, er wollte sich dort verborgen halten, bis er wieder bei Kräften war, dann würde er erneut versuchen, England zu erreichen.«

»Das hat er also vorgehabt? Zurückzufahren nach England?«

»Er sagte, es sei unbedingt notwendig, daß er so bald wie nur möglich nach England zurückführe.«

Wenn das wahr war, dachte Don, dann stimmte die Vermutung von Sir Robert, daß er zur anderen Seite übergelaufen sei, gar nicht. Aber wie konnte er genau wissen, daß die Geschichte stimmte?

»Und was geschah dann? Ging es Tregarth dann besser?«

»*No*, Signore, es ging ihm nicht besser. Das Haus war feucht. Louisa konnte nicht so oft zu ihm kommen, wie es für einen richtigen Verbandswechsel nötig gewesen wäre. Und Signor Tregarth bekam stärkeres Fieber. Zwei Tage nachdem er hier weggegangen war, kam der Mann mit dem weißen Hut in das Geschäft von Rossi. Louisa erkannte ihn nach meiner Beschreibung sofort. Rossi wußte, daß Tregarth früher meiner Familie geholfen hatte. Dieser Mann wußte, daß Tregarth in der Nähe unseres Hauses verschwunden war. Es war für ihn jetzt sehr leicht zu vermuten, daß wir wußten, wo Tregarth war. Von diesem Augenblick an wurde unser Haus bewacht. Es wurde für Louisa sehr schwierig, zu Signor Tregarth zu gehen. Sie erzählte ihm, daß sie beobachtet wurde. Und dann erinnerte er sich auch daran, daß Sie nach Venedig kommen wollten. Er hatte es in der Zeitung gelesen. Er schrieb eine Postkarte an seinen Mitarbeiter in London. Er wollte nicht an seine Frau schreiben, für den Fall, daß Louisa mit der Karte geschnappt würde und die Männer die Postkarte fänden. Haben Sie die Nachricht erhalten, Signore?«

»Ja. Seine Frau brachte sie mir.«

»Das alles hat seine Zeit gedauert. Wir konnten den Signor Tregarth nicht anderswo hinbringen. Er war zu krank. Wir mußten also warten, bis Sie hier waren. Eines Nachts, als Louisa weggegangen war, kam der eine Mann hier in das Haus. Er durchsuchte es vom Speicher bis zum Keller. Ich konnte ihn nicht daran hindern. Ich war allein. Als er nichts finden konnte, ist er wieder gegangen. In der ganzen Zeit, da er hier im Haus war, hat er kein einziges Wort gesprochen. Ich wußte jetzt, daß die Sache für Louisa sehr gefährlich war. Ich bat sie inständig, nicht mehr zu Signor Tregarth zu gehen, aber sie sagte, sie könne ihn doch jetzt nicht verlassen. Am nächsten Morgen ging sie zur Arbeit, und das war das letztemal, daß ich sie gesehen habe. Spät in der Nacht kamen Polizisten und sagten, sie sei tot.«

»Glauben Sie, daß Tregarth fliehen konnte?«

»Ich weiß nicht. Ich halte es aber für unwahrscheinlich. Er war schwach und krank. Er hätte nicht weit kommen können. Ich glaube, es ist sehr unwahrscheinlich.«

»Und wissen Sie auch nicht, weshalb diese Leute Tregarth unbedingt finden wollten?«

»Nein, Signore, ich habe keine Ahnung.«

»Ich werde weiter nach ihm suchen«, sagte Don. »Ich werde Sie noch einmal sprechen. — Sie haben jetzt niemanden, der sich um Sie kümmert?«

Der alte Mann schüttelte den Kopf.

»Nein, niemand, Signore.«

»Machen Sie sich keine Sorgen. Ich werde mich sofort darum kümmern. Ihre Tochter hat meinem Freund geholfen, Sie werden also hoffentlich meine Hilfe nicht zurückweisen?«

Der Alte zuckte die Achseln.

»Nein. Ich muß sie annehmen, Signore. Ich will es nicht, aber ich habe keine andere Wahl.«

»Ich werde jemand herschicken, der sich um Sie kümmert. Und ich werde dafür sorgen, daß es Ihnen an nichts fehlt.«

»Es wird nicht für lange sein, Signore«, entgegnete der alte Mann. »Ich bin alt und sehr müde. Das Leben bedeutete mir noch etwas, solange Louisa da war. Aber jetzt bedeutet es mir nichts mehr.« Er streckte seine Hand aus. »Ich danke Ihnen, daß Sie zu mir gekommen sind, Signore. Und wenn Sie mich glücklich machen wollen, dann finden und bestrafen Sie diese beiden Männer.«

»Ich verspreche Ihnen, daß ich das tun werde«, sagte Don. »Auf Wiedersehen.«

Es war draußen schon fast dunkel geworden. In der Tür des Hauses blieb Don vorsichtig stehen und blickte nach links und nach rechts, bevor er sich aus dem Schutz des Hauseinganges wagte.

7

Don mußte an diesem Abend lange warten, bis Guiseppe zurückkam. Er hatte sich schon entschlossen, nach spätestens fünf Minuten auf die Suche nach dem Gondoliere zu gehen, als dieser endlich kam. Er atmete heftig, so, als sei er gerannt, und hob entschuldigend seine Hände, während er mit dem Fuß die Tür zustieß.

»Es tut mir leid, Signore, daß ich Sie warten lassen mußte. Aber Anita hatte mir so viel zu erzählen, und es ist unmöglich, sie dazu zu bringen, etwas schneller zu machen.«

»Ich hatte mir schon Sorgen um dich gemacht«, antwortete Don. »Nun, erzähle mal, was gibt's denn?«

»Ich habe mir ein paar Notizen gemacht, damit ich mir alles merken kann«, sagte Guiseppe und nahm einen Zettel aus seiner Gesäßtasche. »Sie verstehen, Signore, ich bin nicht geübt im ...«

»Ich verstehe schon«, unterbrach ihn Don ungeduldig. »Was hat sie dir erzählt?«

Guiseppe studierte den Zettel mit einer entnervenden Langsamkeit. Dann räusperte er sich und spuckte in den leeren Kamin.

»Also, Signore, zuerst sah sie den Signor Manrico Rossi in das Haus gehen. Er klopfte an die Tür, jemand öffnete, und er ging hinein. Anita kennt hier viele Leute, denn sie ist hier aufgewachsen. Sie kennt auch den Signor Rossi.«

»Okay, Rossi war also der erste Besucher. Wer sonst noch?«

»Dann kamen zwei Männer, die sie noch nie gesehen hatte. Sie schienen sich ihrer Sache nicht sicher zu sein. Sie standen eine Zeit vor dem Haus und fragten dann Anita, ob das der Campo del Salizo sei. Sie klopften an die Tür und gingen auch hinein.«

»Sie weiß genau, daß sie sie noch nie zuvor gesehen hat?«

»Ja, Signore. Einer der beiden hatte einen Koffer. Sie denkt, diese beiden seien direkt vom Bahnhof gekommen. Sie weiß das nicht mit Bestimmtheit, aber sie glaubt es.«

»Und was passierte dann?«

»Eine ganze Stunde verging, ohne daß etwas passierte«, sagte Guiseppe, und er versuchte, seine Notizen weiter zu entziffern. »Dann kam Rossi wieder heraus. Das wird Sie interessieren, Signore. Als er in das Haus ging, war er aufgeblasen und stolz, verstehen Sie? Als er wieder herauskam, war er ein ganz anderer Mann. Er sah direkt krank aus. Er war ganz weiß, und er ging wie ein alter Mann. Er sah aus, als hätte er einen großen Schrecken erlebt, als hätte ihm etwas Angst gemacht.«

»Es muß doch schon dunkel gewesen sein, wie konnte Anita das denn sehen?« fuhr ihn Don an.

»Er kam in das Café und trank drei Brandy so schnell, wie sie nur einschenken konnte. Sie fragte ihn noch, ob er krank sei, aber er schien sie nicht einmal zu hören. Er trank nur die Brandy, zahlte und ging wieder hinaus. Als er sein Geld herausholte, zitterte seine Hand derart, daß die meisten Münzen auf den Boden fielen.«

Don rieb sich das Genick und sah Guiseppe fragend an.

»Er hat kein Wort gesagt?«

»Nein. Überhaupt nichts, Signore. Dann kamen zwei andere Männer an das Haus. Sie blieben vor dem Café stehen, und Anita konnte sie deutlich sehen. Einer von ihnen war groß, schlank und noch jung. Er war blond und sah recht gut aus. Er war sehr gut angezogen und schien viel Geld zu haben.« Guiseppe machte ein finsteres Gesicht. »Er hat Anita sehr beeindruckt. Sie müssen verstehen, Anita ist nur ein einfaches Mädchen, dem ein reicher Mann den Kopf verdrehen kann.«

Carl Natzka! durchfuhr es Don. Er mußte es gewesen sein.

»Und der andere Mann?« fragte er.

»Den anderen Mann kennt Anita gut. Es war Dr. Avancini, ein sehr guter Arzt, der eine große Praxis für reiche Leute hat.«

»Sind sie in das Haus gegangen?«

»Si, Signore. Und Anita hat noch bemerkt, daß er seine große Tasche dabei hatte, so, als wollte er einen Patienten besuchen.«

Don nickte, und seine Augen leuchteten. Das konnte bedeuten, daß Tregarth in dem Haus gefangengehalten wurde! Weshalb hätten sie sonst einen Arzt geholt?

»Und was kam dann?«

»Dann kam ich, Signore, und Anita hat mir das alles erzählt, und als sie endlich aufhörte, bin ich hierhergerannt.«

»Ist der Arzt immer noch in dem Haus?«

»Er war noch drin, als ich wegging. Er könnte mittlerweile gegangen sein.«

Plötzlich hörten sie an der Haustür ein heftiges Klopfen. Die beiden Männer sahen sich an.

»Sieh mal nach, wer es ist, Guiseppe«, sagte Don mit leiser Stimme. »Aber sei vorsichtig, wenn du die Tür aufmachst.«

Guiseppe ging leise durch den Hausgang, während Don sich hinter der Tür versteckte und durch den Spalt den Hausgang beobachtete.

»Wer ist da?« fragte Guiseppe, während er die Haustür halb öffnete.

»Verflucht! Noch 'n Ithaker!« sagte eine laute Stimme im schönsten Cockney-Dialekt. »Verstehste kein Englisch, Kumpel?«

Don kam hinter der Tür hervor und ging in den Hausgang.

»Ist in Ordnung«, sagte er. »Guiseppe, laß ihn herein.«

Mißtrauisch trat Guiseppe zur Seite und öffnete die Tür ganz.

»Komm herein, Harry«, sagte Don. »Du kommst gerade zurecht.«

Harry Mason, Dons Chauffeur, trat in den Hausgang. Abrupt blieb er stehen, starrte Don und dann Guiseppe an, und sein sonnengebräuntes Gesicht straffte sich.

»Was soll denn das?« fragte er. »Ich dachte, ich hörte die Stimme von Mr. Micklem?«

»Stimmt genau«, sagte Don und lächelte. »Erkennst du mich denn nicht, du Dummkopf?«

Harry starrte ihn mit offenem Mund an, trat einen Schritt auf ihn zu und holte tief Luft.

»Hol mich der Teufel! Sind Sie das wirklich, Boß. Sagen Sie mir nur nicht, daß das ganze Gras in Ihrem Gesicht in den zwei Tagen gewachsen ist, die Sie jetzt hier sind.«

Harry erinnerte an einen großen Kettenhund. Er war der rechte Helfer in der Not, wie Don sehr wohl wußte.

»Einer meiner Freunde ist in großen Schwierigkeiten«, erklärte Don die Lage, als die drei Männer wieder im Zimmer waren. »Zur Zeit ist er in den Händen von ein paar Ganoven, und ich habe gerade erfahren, wo sie ihn gefangenhalten. Wir werden ihn herausholen. Aber diese Kerle schrecken vor nichts zurück. Sie haben schon ein Mädchen ermordet, das ihm geholfen hat. Das zeigt, was für Kerle das sind. Ich kann dir jetzt nicht alle Einzelheiten sagen, das werde ich später tun. Wir müssen jetzt losziehen und sehen, daß wir ihn heraushauen.«

Harrys Gesicht strahlte.

»Von mir aus kann's losgehen, Boß.«

Die lange schwarze Gondel glitt durch die dunkle Nacht. Ihre Positionslampe warf einen kleinen gelben Schimmer auf das trübe Wasser. Heller Mondschein fiel auf die Dächer der Häuser, aber er konnte nicht bis zum Wasser des engen Kanals dringen.

Es war so dunkel, daß Don sich fragte, wie Guiseppe den Weg finden wollte. Harry, der noch nie in einer Gondel gesessen hatte, starrte reichlich nervös aus dem Fenster der Kabine und rechnete jeden Augenblick damit, daß das Boot gegen irgendein dunkles Hindernis im Wasser stoßen und sinken würde.

Guiseppe hatte sich vorher noch einmal erkundigt. Er hatte erfahren, daß alle Männer noch in dem Haus waren. Nach einiger Zeit sagte er: »Wir sind jetzt bald an der Rückseite des Hauses, Signore. Soll ich die Lampe ausmachen?«

»Ich tu's schon«, sagte Don. Er verließ die Kabine und ging nach vorn, um die flackernde Lampe zu löschen.

Wenige Ruderschläge brachten sie an die schwarze Wand eines Hauses.

Harry kroch aus der Kabine und kam zu Don. Beide starrten auf das Haus, das sich vor ihnen wie ein Turm erhob. Es war kein Licht zu sehen. Etwa drei Meter über ihren Köpfen konnten sie die Umrisse eines Erkers ausmachen. Weitere drei Meter darüber schien der Mond auf ein kleines vergittertes Fenster.

Soweit sie sehen konnten, war die Mauer des Hauses so glatt wie Glas. Nirgendwo bot sich ein Vorsprung oder eine Mauerritze.

»Wenn ich einen Haken und ein Seil hätte, dann käme ich da ganz leicht hinauf«, murmelte Harry.

»Im Café haben sie sicher ein Seil«, sagte Guiseppe. »Am besten, wir fahren hin und fragen.«

Nach kurzer Zeit legte Guiseppe mit der Gondel an der Mole an. »Warten Sie bitte, Signore. Ich werde holen, was wir brauchen.«

»Wir kommen mit«, sagte Don und berührte Harrys Arm. »Du mußt dir die Vorderseite des Hauses ansehen.«

Die drei Männer eilten eine Straße entlang, die sie zum Campo del Salizo brachte.

Während Guiseppe im Café verschwand, blieben Don und Harry im Dunkeln einer Nische stehen und blickten auf das Haus.

»Das ist das Haus, Harry«, sagte Don.

Noch während er sprach, öffnete sich die Tür, und Carl Natzka kam heraus. Er blieb auf der obersten Treppenstufe stehen und zündete sich eine Zigarette an. Ihm folgte ein fetter, älterer Mann, den Don für Dr. Avancini hielt. Die beiden Männer gingen die Treppe hinunter, überquerten den Platz und verschwanden in der Dunkelheit.

»Wenn das Mädchen richtig zählen kann«, sagte Don, »dann sind jetzt noch vier Männer in dem Haus. Und mit denen werden wir schon fertig werden, wenn wir sie überraschend angreifen.«

Harry nickte.

Guiseppe kam vom Café zurück und trug ein zusammengerolltes, dünnes Seil und einen schweren Haken.

»Sehr gut«, sagte Don, nachdem er das Seil betrachtet hatte. »Genau das brauchen wir.« Dann sagte er zu Harry: »Du gehst jetzt mit Guiseppe wieder zurück. Ich lasse euch zehn Minuten Vorsprung, dann werde ich von vorn ins Haus eindringen. Und bleibt ja ruhig, bis ich drinnen bin.«

»Und wenn das Erkerfenster auch vergittert ist, Boß«, gab Harry zu bedenken. »Ich möchte nicht, daß Sie ganz allein da hineingehen.«

»Wenn es auch vergittert ist, dann kommt so schnell wie möglich zur Vorderseite.«

Harry nickte. Er verschwendete nicht gern Worte, wenn Taten bevorstanden.

»Bring ihn an die Rückseite des Hauses«, erklärte Don dann Guiseppe seinen Plan. »Sobald er oben ist und durch das Fenster hinein kann, bindest du dein Boot fest und kommst schnell wieder hierher. Du wirst mich im Haus finden.«

»*Si*, Signore«, sagte Guiseppe, und seine Muskeln spielten, als sei er schon mitten in einem Kampf.

Die zehn Minuten schleppten sich dahin. Don blickte dauernd auf die Uhr und fragte sich, ob Harry wohl durch das Fenster in das Haus eindringen könnte. Er fragte sich auch, ob Tregarth wirklich in diesem Haus war, und er dachte, wenn er Glück hätte, könnte das das Ende seiner Suche bedeuten.

Die zehn Minuten erschienen ihm wie Stunden, aber endlich waren sie um. Don verließ das schützende Dunkel der Straße, überquerte den Platz und ging mit schnellen Schritten die Treppe zu der Haustür hinauf. Dort klopfte er laut an die schwarz gestrichene Tür.

Eine ganze Weile hörte er nichts. Doch als er wieder klopfen wollte, bemerkte er, daß jemand kam. Die Haustür flog auf, und Busso, klein, untersetzt und drohend, stand in der Tür und sah zu ihm auf.

»Was wollen Sie hier?« fragte er grob.

»Ich muß Dr. Avancini dringend sprechen«, sagte Don und rückte näher. »Man sagte mir, er sei hier.«

»Nein, er ist...«, begann Busso, aber der Rest ging unter, als Don ihm seine Faust in den Magen hieb.

Busso wand sich und keuchte, und Dons Faust traf ihn seitlich am Kinn.

»Eine Dosis von deiner eigenen Medizin, Fettsack«, sagte Don leise. Er packte Busso am Kragen, als er wegsackte, und ließ ihn langsam auf den Boden fallen. Dann stieg er über ihn hinweg in den Hausgang und schloß die Tür.

Zumindest war er jetzt im Haus, dachte Don. Er blickte um sich und versuchte sich zurechtzufinden.

Gleich vor ihm war die Treppe. Am Ende des Hausganges befand sich links wie auch rechts eine Tür.

Don stand und lauschte eine Zeitlang. Hinter einer der Türen hörte er das Gemurmel von Männerstimmen, aber sonst konnte er nichts hören.

Er entschloß sich, in den ersten Stock zu gehen, um dort Harry zu treffen. Aber als er losgehen wollte, hörte er, wie sich im ersten Stock eine Tür öffnete, und er versteckte sich schnell im Schatten des Treppenhauses.

Schritte waren über ihm.

»Busso? Wer war das?«

Vorsichtig blickte Don durch das Geländer und sah Curizo oben stehen.

Don wartete mit angespannten Muskeln.

Curizo kam die Treppe herab. Auf halbem Wege sah er in dem schwachen Licht Busso auf dem Boden liegen. Er blieb stehen, lehnte sich nach vorn und blickte auf Busso.

Don hörte ihn leise fluchen, dann rannte Curizo die restlichen Stufen der Treppe herunter. Er beugte sich über Busso, aber nicht lange genug. Mit der Geschicklichkeit einer Schlange drehte er sich plötzlich um, als Don aus seinem Versteck kam.

Für den Bruchteil einer Sekunde starrten die beiden Männer sich an. Don sprang vor.

Er hatte damit gerechnet, daß Curizo nach links abducken würde. Mit seiner Rechten faßte er Curizo an der Kehle, während seine Linke auf dem Kinn des Gegners landete.

Aber Curizo war zäh. Er warf seinen Arm hoch und wehrte den Schlag teilweise ab. Mit einer heftigen Linken warf er Don einen Schritt zurück.

Don ergriff Curizo jetzt an den Aufschlägen seiner Jacke und riß ihn zur Seite. Curizo verlor die Balance, und Don trat ihm derart heftig gegen die Fußgelenke, daß er zu Boden fiel.

»Hans«, rief Curizo, während er mit einem Fuß nach Don trat und ihn zum Wanken brachte: »Hans!«

Die Tür am Ende des Hausganges öffnete sich, und ein dunkler, großer Mann, vermutlich Hans, rannte in den Gang. Ihm folgte ein blonder Mann.

Die beiden Männer behinderten sich in dem engen Hausgang und gaben Don so eine Chance, zur Treppe zu fliehen. Er war mit einem Fuß schon auf der dritten Stufe, als Curizo, der immer noch auf dem Boden lag, sich nach vorn warf und Dons anderen Fuß ergriff. Don fiel mit dem Gesicht auf die Treppe.

Hans war in der Zwischenzeit an der Treppe angelangt. Er sprang über Curizo hinweg und stürzte sich auf Don. Don konnte seinen Händen entgehen, sich wegducken und schließlich einen Schlag auf Hans landen, der ihn zu Boden warf.

Don konnte drei weitere Stufen nehmen, aber da beugte sich der blonde Mann, der sich an das Geländer gepreßt hatte, vor, ergriff Don am Handgelenk und zerrte ihn zum Geländer.

Don konnte sich von dem schmerzenden Griff nicht befreien. Hans hatte sich wieder erhoben und sah Don wütend an. Seinem ersten Schlag konnte Don noch ausweichen, doch der zweite mußte ihn unvermeidbar treffen. Da erschien Harry am oberen Ende der Treppe.

Ein kurzer Blick zeigte Harry die Lage. Mit den Füßen zuerst sprang er die Treppe hinunter.

Seine Füße trafen Hans und stießen ihn die Treppe hinunter. Mit einem Krach, der das Haus erzittern ließ, landeten beide auf dem Boden.

Don hob seine freie Hand über das Geländer und flankte dann darüber. Er fiel auf den Blonden, und beide gingen zu Boden.

Harry war gerade mit Hans fertig geworden, den er durch die hintere Tür geschleudert hatte, als Curizo auf ihn einstürmte. Aber auch dieser war den kurzen, aber heftigen Schlägen von Harrys Fäusten nicht gewachsen, und bald mußte er, nach einem mächtigen Kinnhaken, aus dem Kampf ausscheiden.

Don kämpfte noch mit dem blonden Mann.

Harry bemerkte mit einem schnellen Blick, daß Don die Oberhand hatte, und sprang über beide hinweg auf Hans zu, der sich eben wieder aufrappelte.

Doch in diesem Augenblick kam Busso wieder zu sich. Er erhob sich mühsam auf Hände und Knie und blickte um sich. Als er Don und Harry mit seinen Freunden kämpfen sah, zog er sein Messer, stand auf und schlich auf Don zu.

In diesem Moment flog die Haustür auf, und Guiseppe stürmte herein. Busso fuhr herum und ging auf den neuen Gegner los.

Guiseppe duckte ab, als Busso auf ihn einhieb, und schmetterte dann seine mächtige Faust auf Bussos Kopf. Busso fiel hin wie ein gefällter Ochse.

Don und Harry waren zur gleichen Zeit mit ihren Gegnern fertig geworden. Harry kauerte sich auf seine Absätze und betrachtete den regungslosen Körper von Hans mit großem Interesse.

»Die nächsten zwanzig Minuten wird er Ruhe geben«, meinte er dann.

Don hatte sich gegen die Wand gelehnt und keuchte heftig. Zufrieden blickte er über das Schlachtfeld.

»Das haben wir ja ganz schön hingekriegt«, stieß er hervor.

»Alles in Ordnung, Boß?« fragte Harry und achtete dabei gar nicht auf das Blut, das ihm übers Gesicht lief, und dachte auch nicht an sein eines Auge, das schnell zuschwoll.

»Bestens«, sagte Don. »Puh! Ich bin doch wohl ein bißchen außer Übung. Das ging ganz schön heiß her. Kümmert euch mal um diese Kerle. Fesselt sie, damit sie außer Gefecht gesetzt bleiben. Und ich werde mich mal umsehen.«

Er stieg über Hans hinweg und blickte in das Zimmer am Ende des Hausganges. Aber niemand war darin, genau wie in dem anderen Raum.

Wenn Tregarth hier war, würde er wohl in einem der oberen Stockwerke sein, sagte sich Don und ging die Treppe hinauf, wobei er drei Stufen auf einmal nahm. Die zwei Zimmer waren gleichfalls leer.

Don ging in den zweiten Stock. Dort stieß er auf eine Tür, die von außen verriegelt war. Don blieb stehen.

Während er den Riegel zurückschob, bemerkte er, daß sein Herz heftig klopfte. Er stieß die Tür auf.

Das Zimmer war klein. Zwei Kerzen, die in Weinflaschen steckten, flackerten und spendeten ein gespenstiges Licht. Das einzige Möbel in dem Zimmer war ein Feldbett, und auf diesem Bett lag ein Mann mit nacktem Oberkörper.

Er lag still im Halbdunkel und bewegte sich nicht, als Don eine der Kerzen nahm und an ihn herantrat.

Wenn er auch Tregarth seit vielen Jahren nicht mehr gesehen hatte, so erkannte er ihn doch gleich wieder. Er war älter geworden, und seine Haare an den Schläfen waren grau, aber er hatte immer noch jenen unverkennbaren festen Gesichtsausdruck.

Er lag bewegungslos da, mit geschlossenen Augen und einem derart weißen Gesicht, daß Don glaubte, er sei tot. Doch dann sah er, wie seine Brust sich langsam bewegte, als er atmete. Und er sah noch etwas, wobei ihm fast übel wurde.

Auf Tregarths Brust war eine ganze Reihe kleiner brauner Brandwunden. Brandwunden von Zigaretten, wie sie Don auch auf Louisa Peccatis Hand gesehen hatte. Auf der linken Seite der Brust, unter der die Rippen deutlich hervortraten, war ein blutgetränkter Verband mit zwei Streifen Heftpflaster festgemacht.

Don beugte sich vor und berührte leicht Tregarths Arm.

»John! John, kannst du mich hören?«

Tregarth bewegte sich nicht. Er gab kein Zeichen, daß er ihn gehört hatte. Das schwache, unregelmäßige Heben und Senken der Brust war das einzige Anzeichen dafür, daß Tregarth noch lebte.

Harry kam in das Zimmer. »Sie haben ihn gefunden! Lebt er noch, Boß?« fragte er.

»Ja. Aber es geht ihm schlecht. Die Schweine haben ihn gefoltert. Wir müssen ihn sofort von hier fortbringen.«

Don ging ans Geländer und rief Guiseppe herauf. Als Guiseppe kam, wickelte Harry Tregarth in die Decke.

»Wir müssen ihn ins Boot schaffen«, sagte Don. »Glaubst du, daß du ihn tragen kannst?«

Guiseppe trat ans Bett und hob Tregarth vorsichtig auf seinen Armen hoch.

»Schaffst du es?«

»Er ist nicht sehr schwer, Signore.«

»Los denn, wir müssen verschwinden.« Don ging vor den beiden die Treppe hinunter.

Die vier gefesselten Männer lagen noch immer besinnungslos da. Don warf einen prüfenden Blick auf sie und öffnete dann die Haustür. Der Platz lag verlassen. Das einzige Licht kam vom Café.

»Die Luft ist rein«, sagte er und ging die Stufen hinunter. Guiseppe folgte ihm, Harry schloß die Tür hinter sich.

Die drei Männer eilten leise über den Platz, gingen in eine dunkle Straße und strebten der Mole zu, wo Guiseppes Gondel vertäut lag.

Harry blickte sich um. Seine scharfen Augen suchten in der Dunkelheit die Straße und die Hauseingänge ab und auch die Einmündungen der Straßen auf der anderen Seite des Campo.

Aus einer dieser Straßen kamen zwei Männer. Sie sahen Harry zu derselben Zeit, wie er sie erblickte. Einer von ihnen drehte sich schnell um und verschwand. Der andere blieb stehen.

»Wir bekommen Gesellschaft, Boß«, sagte Harry, der Don eingeholt hatte. »Wir müssen rasch abhauen.«

8

Durch die Stille der Nacht tönte plötzlich ein schriller Pfiff.

»Guiseppe«, stieß Don hervor, und er verlangsamte seinen Schritt. »Schaffe Tregarth so schnell du kannst in dein Boot.«

Er drehte sich um und ging zu Harry, der sich in einer Türnische verborgen hatte.

»Das waren vorhin zwei, Boß«, sagte Harry. »Aber jetzt hört es sich so an, als kämen noch mehr.«

Don horchte auf die Schritte und nickte.

»Einige von ihnen laufen durch die andere Calle. Sie wollen Guiseppe den Weg abschneiden. Wir müssen schnell zu ihm.«

Er rannte los, und Harry folgte ihm. Bald hatten sie Guiseppe wieder eingeholt. Don eilte an ihm vorüber und ging als Vorhut weiter, während Harry hinter Guiseppe blieb.

Harry hörte leise Schritte, die ihnen folgten, wahrscheinlich nur, um ihnen den Rückzug abzuschneiden.

Don entdeckte die drei Männer zuerst, die in der Dunkelheit neben der Gondel lauerten. Er war um die Ecke gekommen und sah sie.

»Warte«, flüsterte er Guiseppe zu. Vorsichtig spähte er um die Ecke und beobachtete die drei Männer, die ihn noch nicht erblickt hatten, obgleich sie in seine Richtung starrten.

»Harry und ich werden sie angreifen. Und du mußt dafür sorgen, daß der Signor in dein Boot und dann nach Hause kommt. Warte nicht auf uns, fahre gleich los.«

Guiseppe nickte. Er atmete heftig.

Harry schlich zu ihnen.

»Da ist jemand hinter uns, Boß«, sagte er leise.

»An der Gondel stehen drei«, antwortete ihm Don. »Guiseppe muß mit Tregarth weg. Wir müssen mit den drei Männern fertig werden.«

»Von mir aus.«

»Also, los denn.«

Sie stürzten aus der Dunkelheit der Straße auf die Gondel zu.

Die drei Männer sahen sie kommen. Sie wollten dem Ansturm entgehen und sprangen auseinander. Messer blitzten in der Dunkelheit auf. Don stürzte sich auf den ersten Mann, duckte vor dem rasch zustoßenden Messer weg, ergriff den Fuß des Mannes und riß ihn hoch. Der Mann verlor die Balance, fiel rückwärts auf das Pflaster und verlor das Bewußtsein.

Harry hatte seinen Gegner durch die Wucht seines Anlaufs umgeworfen. Auf dem Boden hieben die beiden wild aufeinander ein.

Der dritte Mann ging Don vorsichtig an.

Einige Zeit kämpften die vier Männer still und verbissen miteinander auf der Mole. Doch dann kam ein weiterer Gegner, der Don von hinten ansprang und mit seinen Händen Dons Kehle umschloß und zudrückte.

Don versuchte sich aus diesem gefährlichen Griff zu befreien, aber zwei Gegner waren zuviel für ihn. Das Blut klopfte ihm heftig im Kopf und er fühlte, daß ihn die Kräfte zu verlassen drohten. Er mußte einen weiteren Schlag ins Gesicht einstecken. Mit letzter Anstrengung vermochte er sich zu erheben. Er wollte sich seitwärts werfen, aber er rollte über die Mole und fiel ins Wasser.

Mit ihm fiel der Mann, der an seinem Rücken hing. Die stahlharten Finger ließen Dons Hals los. Don tauchte auf und holte tief Luft. Prustend und keuchend kam sein Gegner auch wieder an die Oberfläche und fluchte leise auf italienisch.

Das kalte Wasser wirkte wie ein Schock auf Don und gab ihm seinen kühlen Verstand wieder. Er atmete kräftig ein und ließ sich dann sinken. Er streckte seine Hände aus, konnte den Italiener am Jackett erfassen und zog ihn mit sich in die Tiefe.

Ein Lieblingssport von Don war Wasser-Polo. Und es gab keinen Trick und keinen Griff, den er nicht kannte. Mit beiden Beinen umklammerte er seinen Gegner an der Hüfte und hielt ihn unter Wasser gedrückt. Seine Finger suchten die Halsschlagader, fanden sie und drückten kurz zu. Der Mann schüttelte sich noch einmal und rührte sich nicht mehr. Don ließ ihn los und tauchte auf.

»Sind Sie da, Boß?« hörte er Harry fragen.

»Hier bin ich«, rief er zurück. Er schüttelte sich das Wasser aus den Augen und machte zwei, drei kräftige Schwimmbewegungen, dann hatte er Harry eingeholt, der in der Mitte des Kanals Wasser trat.

»Verflucht, die kamen an wie die Fliegen«, fluchte Harry leise. »Das war mir zuviel. Und als ich Sie ins Wasser hüpfen sah, bin ich Ihnen nachgesprungen. Die stehen jetzt am Ufer und warten auf uns.«

»Und Guiseppe?«

»Der konnte mit dem Boot abhauen.«

»Gut. Mach nicht zuviel Geräusch jetzt. Ich glaube nicht, daß sie uns sehen können.«

Leise schwammen sie den Kanal entlang, darauf bedacht, sich immer in der Mitte zu halten. Vom Ufer hörten sie Schritte, die ihnen verrieten, daß die Gegner auf ihrer Spur blieben.

»Wir haben immer noch Gesellschaft«, flüsterte Harry.

Don blickte zurück. Seine scharfen Ohren hatten ein leises Geräusch auf dem Kanal gehört.

»Da kommt eine Gondel«, warnte er Harry. »Paß auf. Wenn die hinter uns her sind, dann werden sie versuchen, uns mit dem Ruder auf den Kopf zu schlagen.«

»Das ist aber nett von den Leuten«, murmelte Harry. »Sehr nett.«

»Wir müssen Wasser treten und sie beobachten«, flüsterte Don. »Sobald du das Boot erblickst, mußt du tief wegtauchen.«

Plötzlich brach aus der Dunkelheit eine große schwarze Gondel hervor, die ohne Licht fuhr. Sie kam sehr schnell heran und hatte die beiden fast schon erreicht, als Don noch sprach.

Wie ein Stein ließ Don sich sinken. Wo vor wenigen Sekunden noch sein Kopf gewesen war, hörte er ein dumpfes Klatschen. Er hatte richtig vermutet: Der Gondoliere hatte versucht, ihm einen Schlag mit dem Ruder zu versetzen. Er hatte ihn um wenige Sekunden verpaßt.

Don trat mächtig aus und schoß wieder an die Oberfläche. Er sah Harry zur gleichen Zeit auftauchen, und beide Männer blickten zur Gondel.

Die Gondel hielt. Sie konnten in der Dunkelheit die Konturen des Gondoliere erblicken, der sich bemühte, das Boot schnell zu wenden.

»Los, den holen wir uns«, murmelte Don. »Auf jede Seite einer, und paß auf das Ruder auf.«

»Ich werde ihn ablenken, Boß. Sie schnappen ihn an den Beinen.«

Die Gondel war ganz in ihrer Nähe. Harry tauchte aus dem Wasser auf und winkte.

Der Gondoliere hob das Ruder und holte aus. Mit zwei kräftigen Stößen hatte Don das Boot erreicht, sich am Heck hochgezogen und den Gondoliere an den Füßen gepackt. Mit einem mächtigen Ruck zog Don an den Hosenbeinen des Mannes.

Der Gondoliere hatte das schwere Ruder hochgehoben. Er verlor das Gleichgewicht und fiel mit einem lauten Schrei des Entsetzens ins Wasser.

Harry war sofort an der Stelle und wartete auf sein Auftauchen. Als er hochkam, schoß Harrys mächtige Faust dem Gondoliere an die Stirn. Er sank wie ein Stein, und nur aufsteigende Luftblasen kennzeichneten die Stelle. Harry schwamm auf das Ruder zu, das vor ihnen trieb.

Die führerlose Gondel drehte sich vor ihnen auf dem Wasser. Don hielt sie am Heck fest und zog sich daran hoch. Harry schnappte das treibende Ruder, reichte es Don hinauf und zog sich dann gleichfalls an Bord.

»Werden Sie mit dem Boot fertig, Boß?« fragte er und ließ sich auf den Boden fallen.

»Klar«, versicherte Don. Er steckte das Ruder in die Halterung. »Wenn Guiseppe meint, er sei der beste Gondoliere hier, dann solltest du erst einmal mich sehen.«

Er brachte die Gondel wieder auf Kurs, hielt sie in der Mitte des Kanals und fing an zu rudern. Das schwarze Boot schoß in die Dunkelheit, und nach wenigen Minuten hatten sie ihre Verfolger abgehängt. Das Geräusch der rennenden Füße an der Mole wurde immer schwächer, und als die Gondel in einen großen Kanal einbog, der keine Uferstraße hatte, mußten ihre Verfolger aufgeben.

Die beiden bronzenen Giganten auf dem Glockenturm des Coducci schlugen gerade Mitternacht, als Don und Harry leise die dunkle, verlassene Straße zu Guiseppes Haus entlang schlichen.

Sie hatten die Gondel an der Mole der San Zaccaria Schiffsanlegestelle vertäut. Mit der nötigen Vorsicht, um sich von einer neuerlichen Verfolgung zu schützen, hatten sie sich dann auf den Weg gemacht.

Beide waren noch tropfnaß, aber die Nacht war mild, und keiner fror.

»Da sind wir«, sagte Don erleichtert. »Mann, werde ich froh sein, wenn ich den nassen Bart loswerde.«

»Er steht ihnen aber ganz gut, Boß«, bemerkte Harry und grinste verstohlen. »Ich wollte, Miss Rigby könnte Sie jetzt sehen.«

Don klopfte an die Tür.

Nach einer kurzen Pause hörten sie Guiseppe: »Wer ist da?« Er öffnete die Tür nicht.

»Siehst du, er lernt schnell«, sagte Don zu Harry. Dann fuhr er mit lauter Stimme fort: »Wir sind es, Guiseppe. Laß uns hinein.«

Die Tür ging auf, und Guiseppe trat zur Seite. Seine Augen glänzten vor Aufregung.

»Wie geht es ihm?« fragte Don, der in das Zimmer trat.

»Genau wie vorhin, Signore. Er hat sich nicht bewegt und auch die Augen nicht geöffnet.«

Don trat an das Bett, auf dem Tregarth, noch immer in die Decke gehüllt, lag. Er sah ihn lange an, fühlte dann seinen Puls und schüttelte den Kopf.

»Sie sollten die nassen Sachen ausziehen, Boß«, sagte Harry, der sich seiner Kleidung schon entledigt hatte. »Ich kann Ihnen etwas von mir geben.« Er ging zu seinem Koffer, nahm ein Hemd, einen Pollover und ein Paar Flanellhosen heraus und warf sie zu Don hinüber. »Sie dürften etwas knapp sein, Boß, aber immer noch besser als das nasse Zeugs da.«

Während Don sich mit einem groben Tuch, das Guiseppe ihm gegeben hatte, abfrottierte und sich dann umzog, braute Guiseppe drei Tassen starken Kaffee.

Schließlich nahm Don den falschen Bart ab. Er lächelte, als er das schwammnasse Gebilde in der Hand hatte.

»Puh. Das ist schon besser«, sagte er und rieb sein wundes Gesicht. »Wie fühlst du dich, Harry?«

Harry war gerade damit beschäftigt, sein blaues Auge in dem kleinen Spiegel über dem Kamin zu studieren.

»Ganz gut, Boß. Ich hab' da ein schönes Veilchen, aber was macht das schon aus unter Freunden?« Er blickte hinüber auf Tregarth. »Was werden wir jetzt mit ihm machen?«

»Wir werden ihn nach Hause bringen«, antwortete Don. »Ich werde Pleydell sagen, er soll uns ein Flugzeug bereitstellen. Dann fliege ich ihn heim.«

»Wir müssen aber erst zum Flugplatz kommen«, bemerkte Harry trocken. »Und ich hab' so 'ne Ahnung, daß uns die anderen nicht so ohne weiteres dort hinlassen werden.«

»Wir werden das Motorboot nehmen. Solange sie uns hier nicht finden, sehe ich nicht, wie sie uns aufhalten könnten.«

Guiseppe brachte ihnen den Kaffee.

Don trank etwas davon, zündete sich eine Zigarette an und ging wieder zu Tregarth. Er beugte sich über ihn.

Das dünne, ausgezehrte Gesicht hatte die Farbe von altem Elfenbein. Die schlaffen Lippen hatten einen blauen Farbton, und die eingefallenen Augen waren immer noch geschlossen.

»Ich mache mir Sorgen um ihn«, sagte Don. »Ich glaube, wir sollten erst einen Arzt holen, der sich um ihn kümmert.« Er erhob sich und fragte Guiseppe: »Kennst du einen Arzt, dem wir trauen können?«

Guiseppe nickte.

»Dr. Vergellesi ist ein guter Arzt. Er wohnt hier in der Nähe. Soll ich ihn rufen?«

Don zögerte noch. Er fühlte erneut Tregarth den Puls. Durch die schwachen Schläge besorgt, nickte er dann.

Guiseppe verließ das Zimmer.

Harry trat ans Bett und blickte besorgt auf Tregarth.

»Der sieht wirklich schlecht aus, Boß«, sagte er. »Wissen Sie, was überhaupt los ist mit ihm?«

»Ich habe keine Ahnung.« Don nahm einen Stuhl und setzte sich neben Tregarths Bett. »Die ganze Zeit frage ich mich schon, in was für einen Schlamassel er geraten sein konnte. Was ist mit ihm geschehen? Warum hat man ihn gefoltert?«

Wie als Antwort auf die Fragen öffnete Tregarth plötzlich die Augen. Er sah Don starr an, und Don fröstelte. Die Augen waren fast tot; sie waren glasig, leblos und ohne Ausdruck. Tregarths Lippen zuckten, und er drehte den Kopf.

»John!« sagte Don laut. »Ich bin's, Micklem. Kannst du mich hören? Don Micklem.«

Sehr langsam drehte Tregarth den Kopf in seine Richtung. Die leblosen Augen starrten an ihm vorbei, als Don sich vorbeugte.

»John! Du bist in Sicherheit!« Don rief es fast. »Ich bin's, Micklem. Erkennst du mich nicht?«

Ein Schauder durchlief Tregarths Körper. Plötzlich trat Leben in seine Augen, und er blickte Don mit Bewußtsein an.

Don nahm die Lampe vom Tisch und hielt sie so, daß sein Gesicht voll beleuchtet war und Tregarth ihn besser sehen konnte.

»Du bist in Sicherheit, John«, wiederholte er. »Bleibe ruhig. Versuche nicht zu reden.«

»Er könnte bestimmt was zu trinken gebrauchen, Boß«, meinte Harry. »Etwas Wein mit Wasser schadet ihm bestimmt nicht.«

Er ging zu der Karaffe, in der Guiseppe immer etwas Wasser stehen hatte, nahm eine Flasche Wein und brachte schließlich das Getränk ans Bett.

Don hob Tregarths Kopf an, und Harry flößte ihm die Flüssigkeit ein.

Tregarth trank ein paar Schlucke. Er schloß die Augen, und Don legte seinen Kopf vorsichtig wieder auf das Kissen.

Lange Zeit blickten Don und Harry schweigend auf das bleiche, wächserne Gesicht, in dem es zuckte.

Tregarth bewegte sich lange nicht, doch dann öffnete er die Augen und blickte Don forschend an. Er blickte von Don auf Harry und wieder zurück auf Don.

»Er ist in Ordnung«, sagte Don, der vermutete, was Tregarth wissen wollte. »Er ist einer von uns. Er arbeitet für mich. Er und ich, wir haben dich herausgeholt.«

Tregarths Lippen verzogen sich. Er murmelte etwas, was Don nicht verstehen konnte.

»Versuche nicht zu sprechen, John«, sagte Don. »Bleibe ruhig liegen.«

Aber Tregarths Lippen bewegten sich erneut. Don beugte sich dicht über seinen Mund und konnte so die gehauchten Worte verstehen.

»Dei Fabori ... Altar ...«

Die Anstrengung war zuviel für Tregarth. Seine Augen fielen wieder zu, und er versank erneut in Bewußtlosigkeit.

Don richtete sich auf.

»Er hat versucht, mir etwas zu sagen«, bemerkte er zu Harry, der ihn fragend ansah. »Was kann er nur gemeint haben? *Dei Fabori*, sagte er, und dann *Altar*? Es gibt eine Straße, die Calle dei Fabori.« Er schnippte mit den Fingern. »Ja, das stimmt. In der Calle dei Fabori ist ein kleiner Wandaltar, der Jungfrau Maria geweiht. Aber was soll das bedeuten?«

Sie hörten, wie die Haustür aufging, und sie eilten zur Tür. Harry preßte sich an die Wand, während Don die Tür öffnete.

Guiseppe, dem ein großer, älterer Herr in schwarzem Anzug folgte, war in den Hausgang getreten.

»Das ist Dr. Vergellesi«, stellte Guiseppe vor.

»Ich bin Don Micklem«, Don schüttelte die Hand des Arztes. »Ein Freund ist sehr schwer krank. Er hatte einen Zusammenstoß mit einer politischen Organisation. Ich weiß die Einzelheiten nicht, aber er ist verwundet, und er wurde gefoltert. Das Ganze ist keine Sache für die italienische Polizei, Signore. Das britische Konsulat wird informiert werden, und ich muß Sie um absolute Verschwiegenheit bitten.«

Vergellesi sah Don scharf an, die buschigen Augenbrauen hochgezogen.

»Das kann ich nicht tun. Wenn der Mann verwundet ist, muß ich das der Polizei melden.«

»Mein Freund ist Engländer. Die Sache geht die italienische Polizei nichts an.«

Vergellesi zuckte mit den Schultern.

»Wenn er Engländer ist, dann ist das etwas anderes. Aber jetzt führen sie mich zu ihm.«

Ein kurzer Blick verriet dem Arzt alles über Tregarths Zustand.

»Der Patient muß sofort in ein Krankenhaus gebracht werden. Er hat eine schwere Lungenentzündung, und er leidet unter einem schweren Schock.«

»Kann ich ihn nicht in mein Haus bringen lassen, Dottore?« fragte Don. »Sie brauchen keine Kosten zu scheuen. Wenn es nur irgendwie vermeidbar ist, möchte ich ihn nicht in ein Krankenhaus bringen lassen.«

Vergellesi schüttelte den Kopf.

»Er muß in ein Krankenhaus. Dort haben wir die nötigen Mittel, um sein Leben zu retten. Er muß in der nächsten halben Stunde unter ein Sauerstoffzelt, oder er wird sterben.«

»Na denn«, Don wandte sich an Harry. »Geh mit ihm und laß ihn nicht eine Sekunde allein, Harry. In ein paar Stunden werde ich kommen und dich ablösen.«

»Okay, Boß«, antwortete Harry.

Vergellesi blickte Don beunruhigt an.

»Aus Ihren Worten könnte man schließen, daß der Signor noch in Gefahr wäre. Halten Sie es denn nicht für besser, die Polizei zu informieren?«

»Nicht bevor ich mit dem britischen Konsul gesprochen habe«, entgegnete Don. »Wie können wir ihn ins Krankenhaus bringen?«

»Vielleicht könnte ihn jemand in die Gondel tragen. Ich würde ja eine Tragbahre vorziehen, aber es kommt bei ihm auf jede Minute an.«

»Ich kann ihn tragen«, sagte Guiseppe.

»Gut. Wir müssen sofort aufbrechen. Ich werde schon vorgehen und alles Notwendige für seine Behandlung vorbereiten. — In zwei Stunden etwa werden wir wissen, ob er durchkommt«, sagte der Arzt zu Don, der ihn fragend angesehen hatte.

»Bis später, Doktor«, sagte Don.

Der Arzt verließ schnell das Zimmer. Guiseppe nahm Tregarth wieder auf die Arme, und sie gingen zur Tür. Harry spähte vorsichtig hinaus, dann gab er ein Zeichen, und sie traten ins Freie. Leise gingen sie zu der Stelle, wo Guiseppe die Gondel vertäut hatte. Sie begegneten niemand. Harry half Guiseppe, den bewußtlosen Tregarth ins Boot zu legen.

»Fahrt so schnell ihr könnt«, sagte Don. »Ich werde in einer guten Stunde im Krankenhaus sein.«

»Okay, Boß«, sagte Harry. »Ich pass' schon auf.«

Don stand an der Mole und sah die Gondel in der Dunkelheit verschwinden. Er atmete tief, dann wandte er sich um und ging zur Calle dei Fabori.

Diese Straße liegt im Zentrum des von Touristen bevorzugten Viertels der Stadt Venedig, und als Don dort ankam, bemerkte er, daß er nicht damit rechnen konnte, allein auf dieser Straße zu sein.

Vor ihm ging eine Gruppe Touristen, hinter ihm schlenderten zwei ältere Frauen mit einem männlichen Begleiter, ihnen folgte Arm in Arm ein Paar, das offensichtlich auf Hochzeitsreise war.

Don erinnerte sich, daß der kleine Wandaltar an dem Ende der Calle dei Fabori lag, das zur Rialto-Brücke führte. Es würde nicht leicht sein, den Altar zu untersuchen, dachte er, wenn so viele Leute in der Nähe sind.

Weshalb hatte Tregarth den Altar erwähnt? Hatte er dort eine Nachricht hinterlassen oder gar etwas versteckt? Stand der Altar in einem Zusammenhang mit dem Geheimnis seines Verschwindens? Hatte er überhaupt gewußt, was er sprach, oder hatte er nur im Delirium geredet?

Don blieb in einer dunklen Nische stehen und wartete, daß die Leute vor ihm weggingen. Er blickte zurück. Die beleuchtete Straße erstreckte sich bis zum Markusplatz, und sie war leer.

Vor sich konnte er das schwache Leuchten des Ewigen Lichtes sehen, das an dem kleinen Wandaltar brannte. Das junge Paar blieb lange davor stehen.

Don wurde ungeduldig.

Endlich machten die beiden sich wieder auf den Weg. Don atmete erlöst auf. Schnell ging er auf den Altar zu.

Es war ein ganz kleiner Altar: nur eine Nische in der Wand, mit einem groben Gitter davor. Eine Statue der Jungfrau Maria, ein Strauß künstlicher Blumen in einer großen Metallvase und ein kleines Öllämpchen standen in der Nische.

Don sah den Altar lange und intensiv an. Aber er konnte nichts entdecken, was er auch nur im entferntesten mit Tregarth in Verbindung bringen konnte.

Enttäuscht wandte er sich ab. Doch plötzlich blieb er stehen. Es mußte etwas da sein, was er nicht gesehen hatte. Tregarth hatte sich derart angestrengt, um ihm etwas über den Altar zu sagen, er konnte nicht im Delirium gesprochen haben. Er ging zurück und starrte wieder in die vergitterte Nische.

Die einzige Stelle, wo man etwas verbergen konnte, war in der Vase.

Mit großer Mühe steckte er seine Hand durch das Gitter und zog die Vase zu sich heran.

In ihr war noch etwas außer den künstlichen Blumen! Er zog die Vase dicht ans Gitter und holte die Blumen heraus.

In die Vase eingezwängt fand er ein kleines Päckchen, das in eine grüne Plastikfolie eingewickelt war.

Don zog das Päckchen vorsichtig heraus, blickte sich dabei instinktiv um und sah auf die Straße.

Zwei Männer kamen auf ihn zu. Der eine trug einen weißen Hut. Es war Curizo!

Don sprang von dem Altar weg — das Päckchen in der Hand.

Curizo spurtete auf ihn zu, gefolgt von dem zweiten Mann, Don erkannte Hans.

Don drehte sich auf dem Absatz um und rannte los. Er raste die Gasse hinunter bis zur Uferstraße, die sich am Canale Grande entlangzieht. Dort stieß er auf eine große Anzahl Touristen, die es ihm unmöglich machten, weiterzurennen. Er ließ sich in dem langsamen Strom der Touristen treiben. Das Päckchen steckte er in die Tasche.

Er blickte sich um und sah Curizo etwa fünf Meter hinter sich. Die beiden Männer sahen sich an, und Don grinste. Die dunklen Augen von Curizo funkelten, und er verzog seinen Mund.

Don wußte, daß keiner seiner Verfolger wagen würde, ihn angesichts der vielen Menschen zu überfallen, und deshalb ging er sicheren Schrittes in Richtung des Palazzo della Toletta.

Curizo und Hans folgten ihm in einigen Metern Abstand.

Die dichte Menschenmenge schob sich in Richtung Markusplatz. Als Don sein Haus erblickte, beschleunigte er seinen Schritt. Er drängte sich durch die Menschen, sich nach allen Seiten entschuldigend, und war plötzlich aus der Masse entkommen. Er lief eilig die Stufen zu seinem Palazzo hinauf, öffnete die Tür und trat in die Halle.

Er blieb stehen und sah zurück.

Curizo und Hans kamen näher. Keiner von den beiden blickte ihn an. Don war überrascht, daß sie ihn so leicht laufenlassen wollten, wenn er auch wußte, daß sie in der Nähe so vieler Menschen nichts gegen ihn unternehmen konnten.

Er schloß die Haustür, verriegelte sie und atmete auf.

Aber sein Gefühl, in Sicherheit zu sein, dauerte nur wenige Sekunden.

Er bemerkte, wie ruhig es im Haus war. Mario, der Hausdiener, der an Cherrys Stelle in der Halle sein sollte, war nicht zu sehen. Und da bemerkte Don auch den kleinen Streifen Licht, der unter der Tür seines Arbeitszimmers herausdrang.

Leise schlich er durch die Halle, zog das Päckchen im grünen Plastiktuch aus der Tasche und versteckte es in einer großen Kupfervase, die auf einem herrlich geschnitzten venezianischen Tisch stand.

Er hatte gerade noch Zeit, sich von dem Tisch wieder zu entfernen, als sich die Tür seines Arbeitszimmers öffnete und Carl Natzka in der Tür erschien.

»Guten Abend, Mr. Micklem«, sagte er höflich und lächelte. »Bitte verzeihen Sie mein Eindringen, aber ich muß Sie sehr dringend sprechen.«

Don ging auf ihn zu, und Natzka trat zur Seite, um ihm Platz zu machen.

»Freut mich sehr, Sie zu sehen«, sagte Don. »Ich hoffe, daß ich Sie nicht zu lange habe warten lassen.« Und er trat in sein Arbeitszimmer.

Busso und der Blonde standen an der gegenüberliegenden Wand. Busso hielt eine Pistole in seiner Hand, und als Don ins Zimmer trat, hob er sie und richtete sie auf Don.

9

Carl Natzka schloß die Tür und lehnte sich mit dem Rücken dagegen.
»Entschuldigen Sie, daß wir derart dramatisch sind«, sagte er. »Aber die letzten Stunden haben gezeigt, daß Sie ein recht gewalttätiger Mann sind, Mr. Micklem. Bussos Pistole hat einen hervorragend arbeitenden Schalldämpfer, und er ist angewiesen, Sie niederzuschießen, wenn die Notwendigkeit sich ergeben sollte. Es ist überaus notwendig, daß wir uns ohne jegliche Störung unterhalten.«

»Aber gewiß doch«, sagte Don. Er ging durch das Zimmer bis zu seinem Lieblingssessel und nahm Platz. »Übrigens — wie geht es Ihrer charmanten Schwester?«

Natzka lächelte.

»Sie ist etwas besorgt um Sie. Sie ist noch jung und begeisterungsfähig. Sie mag Sie recht gern — wie ich übrigens auch. Es ist mir überaus peinlich, daß ich Sie auf diese Weise bedrohen muß, aber die Lage ist so kritisch, daß ich keine Alternative habe. Ich kann Ihnen lediglich versichern, daß ich Ihnen nur sehr ungern weh tun möchte.«

Don lächelte. »Das ist aber nett.« Er griff in die Zigarrenkiste, die auf dem Tisch stand, wählte sorgfältig eine Zigarre aus und fragte, auf Natzka blickend: »Möchten Sie gern eine Zigarre haben?«

»Danke, nein«, antwortete Natzka und setzte sich neben Don.

Don zündete die Zigarre an. Plötzlich schien die Atmosphäre geladen zu sein. Don blies ruhig den Rauch gegen die Decke, legte ein Bein über das andere und blickte Natzka an.

»Well, über was möchten Sie also mit mir reden?«

»Über Tregarth.« Natzka faltete seine Hände und legte sie um das Knie. »Tregarth ist Engländer — Sie sind Amerikaner. Tregarth ist in eine politische Sache verwickelt. Ich hoffe, daß Sie intelligent sind, Mr. Micklem, und sich für neutral erklären. Das ist eine Angelegenheit des Staates, die eigentlich nur die britische Regierung und meine Regierung betrifft. Es hat nichts mit den USA zu tun, überhaupt nichts. Und ich bitte Sie lediglich darum, sich nicht in die Sache einzumischen oder meine Regierung zu behindern.«

»Das ist vernünftig«, entgegnete Don. »Ich habe nicht die Absicht, mich in die Sachen irgendeiner Regierung einzumischen.«

Natzka nickte und sah Don aus seinen schiefergrauen Augen an.

»In diesem Fall nehme ich sicher an, daß Sie mir das Päckchen in dem grünen Plastiküberzug geben werden, das Sie jetzt in Besitz haben.«

»Ein Päckchen? Was läßt Sie annehmen, daß ich ein solches Päckchen habe?«

Natzkas Gesicht wurde hart, und seine Augen blickten kalt.

»Wir wollen doch keine Zeit verschwenden, Mr. Micklem«, sagte er. »Sie erwähnten doch gerade, Sie wollten mit uns zusammenarbeiten. Dieses Päckchen...«

»Einen Moment«, unterbrach ihn Don und hob seine Hand. »Ich habe nicht gesagt, ich würde mit Ihnen zusammenarbeiten. Ich sagte lediglich, daß ich mich nicht in staatliche Angelegenheiten mischen würde, die zwei Regierungen miteinander auszumachen haben. Das ist meiner Meinung nach ein gewaltiger Unterschied. Aber erzählen Sie mir etwas über dieses Päckchen. Gehört es Ihnen?«

»Es gehört meiner Regierung. Es wurde im Außenministerium von Tregarth gestohlen.«

»Und weshalb sollte Tregarth es gestohlen haben?«

»Es enthält sehr wertvolle Informationen; wertvoll für eine andere Macht. Ich habe den Befehl, das Päckchen zurückzubringen, und ich werde es auch zurückbringen.«

»Das war aber doch sehr leichtsinnig von Ihrem Außenministerium, sich von Tregarth dieses Päckchen stehlen zu lassen, wenn es derart wertvoll ist«, sagte Don sanft.

Natzka nickte.

»Sehr leichtsinnig, aber dazu muß man sagen, daß Tregarth ein außergewöhnlich geschickter Mann ist. Ich möchte Ihnen übrigens noch gratulieren für die Art, wie Sie ihn gerettet haben. Das war sehr gut gemacht.«

»Ja, das war schon nicht schlecht«, bestätigte Don lächelnd. »Aber Ihre Kumpane sind nicht sehr gut im Nahkampf.«

»Das mag sein«, entgegnete Natzka. »Aber dafür haben sie Talente auf anderen Gebieten. Sie können beispielsweise Leute leicht überzeugen, daß sie besser reden sollten, Mr. Micklem.«

»Wirklich? Es scheint ihnen aber nicht gelungen zu sein, Tregarth zum Reden zu bringen, denn sonst würden Sie Ihre wertvolle Zeit kaum mit mir verschwenden.«

»Tregarth würde schon noch geredet haben. Es war nur eine Frage der Zeit. Er war ein kranker Mann, Mr. Micklem. Busso mußte vorsichtig sein. Wenn er besser bei Kräften gewesen wäre, hätte Busso mehr Gewalt anwenden können, aber wir mußten sehr vorsichtig sein, um ihn nicht zu töten.«

»So haben Sie ihn dann mit glühenden Zigaretten mißhandelt?«

»Ja, das ist richtig. Es ist eine wirksame Methode bei Frauen oder sehr kranken Männern.«

Don mußte sich sehr beherrschen, um nicht Natzka anzuspringen und ihm mit der Faust ins Gesicht zu schlagen. Aber er wußte, daß er gegen drei Männer keine Chancen hatte. Mit einiger Anstrengung behielt er den sanften, interessierten Gesichtsausdruck bei.

»Wir sind aber vom Zweck meines Besuches abgekommen«, fuhr Natzka fort. »Das Päckchen bitte, Mr. Micklem.«

»Ich muß erst mit Tregarth darüber reden«, sagte Don. »Ich würde vorschlagen, daß wir uns morgen wieder treffen. Ich weiß dann besser Bescheid, wenn ich mit Tregarth gesprochen und seine Schilderung über den Fall gehört habe. Und jetzt werden Sie mich bitte entschuldigen, Mr. Natzka. Ich habe noch verschiedenes zu tun.«

Don erhob sich. Sofort verspürte er von hinten einen heftigen Schlag auf seine Schulter, der ihn in die Knie gehen ließ. Er drehte sich um und sah Bussos Gesicht vor sich. Die Pistole war genau zwischen Dons Augen gerichtet.

»Hinsetzen!« befahl Busso.

»Setzen Sie sich doch bitte«, drängte Natzka. »Ich muß mich für diese Gewalttat entschuldigen, aber Sie scheinen Ihre Situation nicht richtig einzuschätzen. Sie sind mein Gefangener.«

»Wirklich?« fragte Don und rieb sich seine Schulter. Er setzte sich wieder. »Sie werden doch nicht erwarten, daß ich Sie ernst nehme. Das ist schließlich mein Haus.«

»Das wird sich in wenigen Minuten ändern, Mr. Micklem, wenn Sie nicht zu einer Zusammenarbeit bereit sind. Wenn nicht, dann muß ich Sie zu einem anderen Haus bringen. Aber ich hoffe, daß das nicht notwendig sein wird.« Natzka holte ein ledernes Zigarettenetui aus der Tasche, suchte sich sorgfältig eine Zigarette aus und zündete sie an. »Sie sagten gerade, daß Sie mit Tregarth sprechen wollten. Ich fürchte, das ist nicht mehr möglich. Tregarth ist tot.«

»Dieser Bluff zieht nicht. Tregarth ist nicht tot.«

»Er starb etwa zwei Minuten, nachdem Sie die Gondel aus den Augen verloren hatten«, entgegnete Natzka. »Sie hatten keine Möglichkeit, ihn in ein Krankenhaus zu bringen. Ich dachte mir, daß er Ihnen gesagt hatte, wo er das Päckchen versteckt hatte. Es war für mich offensichtlich, daß Sie versuchten, es zu holen. Im anderen Falle hätten Sie nämlich Tregarth in der Gondel begleitet. Mein Freund Dr. Vergellesi sagte mir, Sie wollten Tregarth mit der Gondel in ein Krankenhaus bringen lassen. Ich hatte ein starkes Motorboot auf der Lauer liegen. Das Boot rammte die Gondel, und Tregarth ertrank. — Ich fürchte, Mr. Micklem, daß Sie die Größe, die Verzweigung und die Stärke meiner Organisation nicht richtig einschätzen. Wir haben viele Freunde hier. Wir haben viele Leute, die eine große, unsichtbare Armee bilden, bereit, unseren Befehlen blindlings zu gehorchen.«

Don saß mit zusammengeballten Fäusten regungslos da.

»Ihre beiden Freunde machten einen großartigen Versuch, ihn zu retten«, fuhr Natzka fort. »Ich sah das alles selbst, bevor ich hierherkam. Aber der Schock, ins kalte Wasser zu fallen, war wohl zu viel für Tregarth gewesen. Falls Sie sich Sorgen machen über Ihre beiden Gehilfen ... das brauchen Sie nicht. Sie schwammen an die Mole und zogen Tregarths Leiche mit sich. Einige meiner Leute halfen ihnen ans Ufer. Ihre Freunde hielten sie fälschlicherweise für eine Gruppe Touristen, bis es zu spät war. Zur Zeit befinden sie sich in Sicherheit, im Keller eines Hauses, nicht weit von hier. Sie sehen also, Mr. Micklem, ich halte alle Trümpfe in diesem Spiel. Würden Sie mir jetzt das Päckchen geben?«

Don starrte Natzka eine Weile an, ohne ihn zu sehen. Er mußte an Hilda Tregarth denken. Die britischen Behörden schienen überzeugt, daß Tregarth ein Verräter war. Die einzige Möglichkeit, ihn zu rehabilitieren, war das Päckchen. Wenn er Natzka glauben konnte, dann mußte das Päckchen der Beweis dafür sein, daß Tregarth bis zum Tode für sein Land gearbeitet hatte. Wenn er Natzka das Päckchen jetzt aushändigen würde, zerstörte er jede Hoffnung, daß Hilda Tregarth die Unschuld ihres Mannes beweisen könnte.

Er dachte daran, wie das Päckchen in der großen kupfernen Vase lag. Einen unsichereren Platz als Versteck konnte man sich kaum vorstellen. Sie brauchten nur ein bißchen nachzudenken. Sie würden ihn durchsuchen und feststellen, daß er das Päckchen nicht mehr bei sich trug. Also würden sie vermuten, daß er es in den wenigen Sekunden, in denen er allein in der Halle war, versteckt hatte.

Seine Hände wurden feucht, als er erkannte, wie leicht Natzka das Päckchen finden konnte. Er machte sich selbst Vorwürfe, daß er so blindlings in die Falle gelaufen war. Er hätte sich denken können, daß Curizo und Hans nicht so ohne weiteres aufgeben würden, wenn sie nicht wußten, daß Natzka auf ihn wartete.

»Mr. Micklem, das Päckchen.«

»Wenn ich es hätte«, sagte Don ruhig, »dann würde ich es Ihnen nicht geben. Da ich es aber nicht habe, brauchen wir uns damit nicht länger aufzuhalten.«

Natzka sah zu dem blonden Mann hinüber.

»Durchsucht ihn!«

Der Blonde trat schnell auf Don zu, hieß ihn aufstehen und durchsuchte alle seine Taschen. Dann ging er einen Schritt zurück und schüttelte den Kopf.

In diesem Augenblick öffnete sich die Tür, und Curizo kam herein. Er blickte Don mit funkelnden Augen an und lächelte.

»Habt ihr ihn die ganze Zeit über beobachtet?« fragte Natzka.

»Ja. Er ging zu einem kleinen Wandaltar in der Calle dei Fabori. Er nahm dort etwas heraus, und dann sahen wir ihn weglaufen.«

»Ist Tregarth je in die Nähe dieses Altars gekommen?«

Curizo schüttelte den Kopf.

»Nein, aber dieses Mädchen Louisa Peccati.«

»Das stimmt«, bestätigte Busso. »Vor zwei Tagen sah ich sie vor dem Altar stehen. Ich dachte, sie würde beten.«

»Hatte Mr. Micklem eine Möglichkeit, das Päckchen zu verstecken, nachdem er von dem Altar weggelaufen war?« wollte Natzka wissen.

»Nein, Hans und ich ließen ihn nicht aus den Augen.«

Natzka wandte sich wieder an Don.

»Geben Sie das Päckchen jetzt heraus!«

»Ich habe es nicht.«

Natzka sah ihn verärgert an. Sein sonnengebräuntes Gesicht war hart und entschlossen.

»Wir werden ja sehen, Mr. Micklem. Zuerst lasse ich Sie zu Ihren Freunden bringen.«

Natzka ging durch das Zimmer und trat in die Halle. Don folgte ihm mit Busso und Curizo auf den Fersen.

Dons Herz setzte einen Schlag aus, als er bemerkte, wie Natzka in der Mitte der Halle stehenblieb und um sich blickte.

»Halt«, sagte er. »Sie hatten keine Gelegenheit, das Päckchen auf dem Weg vom Altar bis zu Ihrem Eintritt ins Haus zu verbergen. Aber hier in der Halle waren Sie einige Sekunden allein, bevor ich die Tür öffnete. Wenn Sie das Päckchen nicht bei sich tragen, dann ist es bestimmt nicht unvernünftig zu vermuten, daß Sie es hier irgendwo versteckt haben.«

»Wenn Sie es unbedingt wissen wollen«, sagte Don und machte einen letzten Versuch, »ich habe das Päckchen einem Bekannten gegeben, den ich in der Menge traf. Keiner Ihrer beiden Ganoven konnte das sehen, und er war klug genug, das Päckchen einzustecken und keine Fragen zu stellen. Wenn Sie Mason und Guiseppe nicht freilassen, werde ich es Ihnen nicht geben.«

Natzka blickte Curizo an, der mit den Achseln zuckte.

»Nun, das war sehr klug von Ihnen, Mr. Micklem«, sagte er dann. »Aber...«, er unterbrach sich, blickte in der Halle umher und lächelte Don zu, »es könnte ja sein, daß dieser bewußte Bekannte nur ein Produkt Ihrer Phantasie ist. Weshalb würden Sie mir von ihm berichten, wenn Sie nicht die Absicht hätten, meine Aufmerksamkeit abzulenken. Ich denke, wir werden diese Halle sorgfältig untersuchen, bevor wir gehen.«

Er blickte Busso an. »Schieß ihn nieder, wenn er sich bewegt!« befahl er. Dann sagte er zu Curizo: »Sieh dich mal um, ob du was findest. Er hatte nicht viel Zeit. Es müßte also an einem leicht zugänglichen Platz liegen. Brun, du paßt auf!« sagte er zu dem blonden Mann, der aus der Tür des Arbeitszimmers kam.

Don ergab sich in sein Schicksal. Das Glück war gegen ihn. Er hatte sein Bestes versucht, aber jetzt würden sie mit Sicherheit das Päckchen finden. Was werden sie mit Harry und Guiseppe tun? fragte er sich. Was wird mit mir geschehen? Diese Strolche haben nicht gezögert, Louisa Peccati zu töten. Sie könnten sicherlich denken, es sei gut, uns drei auch zum Schweigen zu bringen.

Don sah, wie Curizo in die Nähe der kupfernen Vase kam. Er erinnerte sich an das Spiel »heiß oder kalt«, das sie als Kinder gespielt hatten. Er fühlte dieselbe Erregung wie damals, wenn eines der Kinder nahe an dem Platz war, wo er etwas versteckt hatte.

Plötzlich hob Curizo die Vase auf. Dons Herz schlug heftig, als Curizo die Vase umstülpte. Aber nichts fiel heraus.

Mit einer ungeheuren Erleichterung, und auch leicht verwundert, bemerkte Don, daß die kupferne Vase leer war.

Nach einer intensiven fünfminütigen Suche sagte Curizo schließlich: »Es ist nicht in der Halle.«

Natzka zuckte die Achseln.

»Ich wäre auch sehr überrascht gewesen, wenn wir es hier gefunden hätten. Aber es war einen Versuch wert. Ihre Geschichte mit dem Bekannten scheint also doch wahr zu sein, Mr. Micklem.«

Don fuhr sich mit der Zunge über die trockenen Lippen. Er erkannte, daß er jetzt erst recht in der Tinte saß. Wo war das Päckchen? Wer hatte es genommen? Hatte Curizo es? Er war erst später ins Arbeitszimmer gekommen, er hätte Zeit gehabt, es in der Halle zu suchen und an sich zu nehmen. Wollte Curizo eventuell Natzka hintergehen und das Päckchen selbst behalten? Curizo mußte das Päckchen an sich genommen haben!

Natzka sagte: »Wir müssen gehen, Mr. Micklem. Ich werde Sie zu Ihren Freunden bringen. Dann werden Sie zu dem Bekannten gehen und das Päckchen holen.«

»Einen Moment«, sagte Don. Er wußte, er hatte keine Beweise, wenn Curizo erst das Haus verlassen und das Päckchen anderswo versteckt hätte. Die einzige Hoffnung, ihn zu überführen, war, ihn jetzt zu erwischen, wenn er das Päckchen noch bei sich trug.

»Was gibt es?« fragte Natzka ungeduldig.

»Das mit dem Bekannten stimmte nicht«, sagte Don. »Sie hatten recht: ich habe das Päckchen hier versteckt.«

Während er sprach, beobachtete er Curizo, aber das Gesicht des Mannes verriet nur Erstaunen.

»Das ist interessant«, antwortete Natzka. »Warum sagen Sie mir das? Sie begeben sich doch eines wichtigen Mittels zur Befreiung Ihrer Freunde.«

»Ich habe das Päckchen ohnehin schon verloren«, sagte Don ruhig. »Als ich ins Haus kam und noch bevor Sie aus der Tür traten, habe ich das Päckchen in diese kupferne Vase getan.«

Natzka blickte auf die Vase, dann auf Curizo, der sofort wieder zu dem Tisch ging. Er blickte in die Vase, hob sie auf und drehte sie noch einmal um.

»Da ist nichts«, sagte er unnötigerweise.

»Wenn das ein Trick ist, um Zeit zu gewinnen, Mr. Micklem«, sagte Natzka mit scharfer Stimme, »dann ist das ein schlechter, den Sie schnell bedauern werden.«

»Ich habe das Päckchen in die Vase getan«, beharrte Don. »Jemand muß es herausgeholt haben, als ich im Arbeitszimmer war. Es kam nur ein Mensch durch die Halle in dieser Zeit, und das ist dieser Mann hier.« Er deutete auf Curizo.

Curizo blickte ihn böse an.

»Wenn Sie versuchen, unter meinen Leuten Streit zu verursachen«, sagte Natzka, »dann wird Ihnen das nicht gelingen. Der Trick ist zu alt. Wir werden jetzt zu Ihren zwei Freunden gehen. Ich habe keinen Zweifel, daß ich Sie dazu bringen kann, mir das Päckchen zu übergeben, wenn der richtige Moment gekommen ist.«

Busso preßte seine Pistole in Dons Rücken.

»Auf geht's!« sagte er.

»Jemand hat das Päckchen genommen«, sagte Don, »und die wahrscheinlichste Person ist Curizo. Bevor wir gehen, sollten Sie ihn durchsuchen. Ich möchte wetten, daß er das Päckchen bei sich trägt.«

Curizo machte zwei große Schritte nach vorn und schlug Don mit der offenen Hand ins Gesicht. Bussos Pistole im Rücken erinnerte ihn daran, daß er sich nicht wehren konnte.

»*Carrion!*« fluchte Curizo.

»Zurück!« befahl Natzka. Sein Gesicht war hart geworden, und in seinen Augen stand Mißtrauen. Curizo ging zögernd von Don weg, und Natzka fuhr fort: »Das war eine gefährliche Behauptung von Ihnen. Curizo vergißt so etwas nicht so schnell.«

»Durchsuchen Sie ihn!« wiederholte Don. »Weshalb trauen Sie ihm denn? Wenn er das Päckchen gefunden und geglaubt hat, daß er damit etwas anfangen könnte, weshalb sollte er es Ihnen dann geben?«

Natzka blickte Curizo prüfend an.

»Hast du das Päckchen gefunden?«

»Nein. Er lügt«, sagte Curizo wütend. »Sehen Sie selbst!«

Er machte seine Taschen leer und warf alles, was er in ihnen hatte, auf den Boden. Dann zog er die Taschenfutter nach außen, mit vor Wut verzerrtem Gesicht.

»Sind Sie zufrieden?«

»Sehen Sie einmal nach, ob er nicht einen Gürtel trägt«, sagte Don und versuchte ruhiger zu sprechen, als er war.

»Sieh nach, ob er einen Gürtel hat«, sagte Natzka zu Brun, der mit einer entschuldigenden Geste zu Curizo trat. Er tastete Curizo so vorsichtig ab, als wäre er ein Tiger.

»Kein Gürtel«, sagte er dann. »Nichts.«

»Nun?« fragte Natzka und sah Don an.

»Er könnte es ja irgendwo versteckt haben«, sagte Don.

»Glauben Sie? Wissen Sie, was ich glaube? Sie wollen nur ein Ablenkungsmanöver durchführen. Nun, Mr. Micklem, Sie haben sich das selbst zuzuschreiben. Die Angelegenheit hätte auch auf eine erfreulichere Art beigelegt werden können. Aber jetzt wird Curizo die Sache zu Ende führen, und zwar so, wie er es für richtig hält.« Natzka wandte sich an Curizo. »Ich gehe ins Hotel zurück. Ich will das Päckchen innerhalb von zwei Stunden haben. Ich überlasse es Ihnen, wie Sie es bekommen.«

»Ja«, antwortete Curizo mit zusammengepreßten Zähnen. Er blickte Don an, und ein hartes, grausames Lächeln lag in seinem Gesicht. »Sie werden es innerhalb der zwei Stunden haben.«

Die Gondel schob sich an den Anlegepfahl vor einem baufälligen Haus in einem der engen, dunklen Kanäle hinter dem Ghetto Nuovo.

Brun vertäute die Gondel und trat dann auf den kleinen Landungssteg.

»Steigen Sie aus!« befahl Curizo Don.

Don blickte schnell nach links und nach rechts, während er auf die Landebrücke ging. Der Kanal war dunkel, und er konnte nichts sehen, aber seine scharfen Ohren sagten ihm, daß in nicht zu großer Entfernung eine Gondel fuhr.

Curizo hörte sie auch. Er faßte Don am Arm und zog ihn durch eine Tür in ein übelriechendes Haus.

Busso und Brun folgten und schlossen die Tür.

Busso stellte sich neben Don und preßte seine Pistole gegen dessen Seite.

Curizo zündete eine Kerze an. Durch einen engen Hausgang ging er dann voran, öffnete eine Tür und begann die steilen, schmutzigen Stufen hinabzusteigen.

Busso gab Don einen Stoß, und Don ging die Stufen hinab, die in einen großen, feuchten Keller führten, der durch drei flackernde Kerzen beleuchtet war.

Auf dem Fußboden saßen, mit dem Rücken zur Wand und ihre Hände und Füße gefesselt, Harry und Guiseppe.

Don blickte sie an und versuchte zu lächeln. Er hatte gehofft, Natzka würde nur bluffen, aber der Anblick seiner beiden Helfer zeigte ihm erst richtig, wie schwierig seine Lage jetzt war.

»Hallo, Boß«, sagte Harry. »Tut mir leid. Wir haben einen bösen Bock geschossen.«

Harry sah übel zugerichtet aus. Sein eines Auge war jetzt schwarz geworden. Auf der einen Seite seines Gesichtes war ein tiefer Kratzer, aus dem Blut auf sein Hemd sickerte. Seine Sachen waren naß und zerrissen.

Guiseppe war in keiner besseren Verfassung. Auf seiner Stirn hatte er eine klaffende Wunde, und sein Gesicht war blutverschmiert. Aber er brachte es fertig zu lächeln, als Don ihn ansah.

»Maul halten!« fuhr Brun Harry an und versetzte ihm einen heftigen Tritt.

Curizo zog einen Stuhl herbei und stellte ihn in die Mitte des Kellers neben die flackernden Kerzen.

»Setzen!« befahl er Don.

Don setzte sich.

Busso ging von ihm weg und lehnte sich an die Wand.

»Halte ihn fest«, sagte Curizo zu Brun, der sich hinter Don stellte, seine Handgelenke ergriff und die Arme hinter die Stuhllehne zerrte.

Curizo stellte sich vor ihn hin, sein dunkles Gesicht war kalt und gemein.

»Du hast also versucht, mir etwas einzubrocken«, sagte er zischend. »Niemand tut das, ohne dafür zu büßen.« Aus seiner Tasche nahm er einen Glacéhandschuh, den er über die rechte Hand streifte. Er krümmte seine Finger und ballte sie zur Faust.

Don beobachtete ihn sorgfältig und mit angespannten Muskeln. Wenn er auch seinen Körper nicht bewegen konnte, so würde er doch den Kopf wegdrehen können. Er wartete und war bereit, abzuducken.

»Ich werde dir jetzt eine Tracht Prügel geben, und zwar so...«

Seine Faust flog auf Dons Gesicht zu. Blitzschnell drehte Don den Kopf nur wenige Zentimeter zur Seite, und die Faust schoß dicht an seinem Ohr vorbei. Curizo wurde von der Wucht seines Schlages nach vorn gezogen und verlor die Balance. Don stellte ihm ein Bein, und Curizo fiel direkt neben Harry auf den Boden. Harry versuchte, ihm ins Gesicht zu treten, aber Curizo konnte sich gerade noch aus seinem Bereich rollen.

Fluchend stand Curizo wieder auf, packte Dons Haare, riß seinen Kopf hoch und holte aus. Aber Busso hielt sein Handgelenk fest.

»Laß das!« sagte Busso. »Er muß doch seinen Freund noch treffen. Du kannst ihm jetzt nicht das Gesicht zerschlagen!«

Curizo riß sich los und trat einige Schritte zurück. Seine Augen blitzten, und sein Mund zuckte nervös. Einige Zeit kämpfte er mit sich selbst, doch dann sah er ein, daß Busso recht hatte, und er drehte sich um, wobei er etwas vor sich hinbrummte.

»Werden Sie das Päckchen holen?« fragte Busso Don.

Don erkannte, keiner dieser Ganoven würde ihm glauben, wenn er jetzt sagte, er hätte keine Ahnung, wo das Päckchen war. Er konnte es dem weißen, mordlustigen Gesicht von Curizo ansehen, daß dieser Harry oder Guiseppe erschießen würde, wenn er nur im geringsten zögerte. Curizo hatte aus seinem Schulterhalfter eine Pistole geholt und blickte zu Harry hinüber, der sich etwas aufgesetzt hatte.

»Ich werde es holen«, sagte er schließlich.

Curizo verzog den Mund und zeigte seine Zähne.

Don sah seine einzige Chance darin, Zeit zu gewinnen.

»Mein Bekannter ist im Londra Hotel abgestiegen.«

»Sein Name?«

»Jack Montgommery«, antwortete Don, der sich gerade noch rechtzeitig daran erinnerte, daß einer seiner Bekanntem vom Club im Londra wohnte.

»Ruf das Hotel an und frag, ob ein Mann dieses Namens dort wohnt«, sagte Curizo zu Brun.

Brun ging die Treppen hinauf.

Curizo schritt im Keller ruhelos auf und ab, bis Brun wieder zurückkam.

»Ja, der Mann wohnt dort. Er ist zur Zeit im Hotel«, sagte er.

Curizo sah Don an.

»Sie werden jetzt das Päckchen holen. Busso und Brun werden Sie begleiten. Und wenn Sie nur den geringsten Fehler machen, werden die beiden hier erschossen. Haben Sie verstanden?«

»Ja«, nickte Don.

»Los. Geht«, sagte Curizo zu Busso. »Ihr wartet vor dem Hotel auf ihn. Wenn er nicht innerhalb von zehn Minuten zurückkommt, dann schickst du Brun her, um es mir zu sagen.«

»Auf, wir gehen«, sagte Busso zu Don und hielt ihm noch einmal seine Pistole dicht vor die Augen.

Don erhob sich und blickte Harry und Guiseppe an, die gespannt zu ihm herübersahen.

»Machen Sie sich um uns keine Sorgen, Boß«, sagte Harry und versuchte zu lächeln.

»Ich komme wieder zurück«, sagte Don. Aber als er die Stufen hinaufstieg, versuchte er verzweifelt einen Ausweg zu finden. Seine einzige Hoffnung war, die beiden Wächter zu überlisten, sie auszuschalten, zurückzukommen und Curizo zu überraschen. Busso schien seine Absichten zu fühlen und preßte ihm die Pistole in den Rücken. Solange die Pistole da war, das wußte Don, würde er keine falsche Bewegung machen dürfen.

Als sie das Ende der Treppe erreicht hatten, hielt Busso Don am Arm fest.

»Halt«, sagte er und sprach dann zu Brun: »Geh mal raus und sieh nach, ob die Luft rein ist.«

Brun preßte sich an Don vorbei, ging durch den Hausgang, und dann hörte Don, wie er die Haustür öffnete.

Don hörte hinter sich Bussos rauhen Atem. Fast hätte er versucht, zur Seite zu springen und sich dann auf Busso zu stürzen, doch er mußte sich sagen, daß ein solcher Versuch praktisch Selbstmord war. Die beste Gelegenheit, so dachte er, wäre wohl, wenn sie in die Gondel stiegen. Vielleicht würde es ihm gelingen, die beiden von dem schmalen Landesteg ins Wasser zu stürzen.

Bruns Stimme kam durch die Dunkelheit: »Alles klar.«

»Los«, sagte Busso und stieß seine Pistole wieder in Dons Rücken.

Don tastete sich vorsichtig in der Dunkelheit voran. Durch die offene Tür konnte er nur das schwache Leuchten einiger Sterne sehen, die über den dunklen Konturen der Dächer standen.

Don spürte immer noch die Pistole in seinem Rücken, als er auf die Landebrücke trat. Er sah Brun an der Mauer stehen. Plötzlich sah er noch eine zweite Gestalt auftauchen, wenige Sekunden, bevor Busso sie auch sah.

Etwas Glitzerndes zischte an Don vorüber, und er hörte, wie Busso vor Schmerz aufstöhnte. Die Pistole drückte nicht mehr in Dons Rükken. Don fuhr herum und sah, wie die Pistole auf den Boden fiel.

Busso hatte sich weit nach vorn gebeugt und hielt seinen Arm angewinkelt. Don schlug ihm einen mächtigen Haken ans Kinn.

Busso ging in die Knie und fiel auf den Boden.

Brun setzte zum Sprung an, doch er schien zu erstarren, als Cherrys sonore Stimme ertönte: »Wage es ja nicht, dich zu bewegen, lieber Freund.«

»Cherry!« keuchte Don.

»Ja, Sir«, antwortete Cherry ruhig. »Soll ich diesen Menschen mit meinem Degen durchbohren?«

»Ihr Degen?« keuchte Don. »Wieso haben Sie einen Degen?«

»Ich dachte, Sir, ich hätte meinen Stockdegen Ihnen gegenüber schon erwähnt.«

»Nein, laß nur«, sagte Don, und er hätte beinahe laut gelacht. »Ich werde schon mit ihm fertig.«

Er ging zu Brun hinüber und versetzte ihm einen Kinnhaken, der ihn auf die Knie zwang.

»Ich habe hier einen Knüppel, Sir«, sagte Cherry bedächtig. »Wenn Sie ihn benutzen möchten? Das ist eine Waffe, die ich nicht gern verwende, wenn Sie gestatten.«

Er gab Don einen kurzen, mit Blei gefüllten Rohrstock.

Don nahm ihn und schlug Brun damit auf den Kopf, als er sich gerade wieder aufrappeln wollte.

Brun stöhnte auf, fiel über Busso und blieb liegen.

»Das scheint fast ein wissenschaftlicher Vorgang zu sein, Sir«, bemerkte Cherry, der sich über Brun gebeugt hatte und ihn anstarrte. »Ich persönlich hätte zu große Bedenken, ich würde den Schädel zerschlagen.«

Don lehnte sich gegen die Wand. Cherrys plötzliches Erscheinen war so unerwartet, sein großspuriges Auftreten so unerschütterlich, daß er nicht wußte, ob er ihm um den Hals fallen oder lachen sollte.

»Harry und Guiseppe sind da unten gefangen«, sagte er. »Ich werde sie herausholen. Dann können Sie mir berichten, wieso Sie so plötzlich hier auftauchten. Warten Sie hier und passen Sie auf.«

Er bückte sich und suchte auf der Landebrücke, bis er Bussos Pistole gefunden hatte.

»Vielleicht möchten Sie gern, daß ich mit Ihnen komme, Sir?« fragte Cherry.

»Nein. Bleiben Sie hier und bewachen Sie die beiden.« Don gab ihm den Knüppel zurück. »Wenn sie sich bewegen, dann schlagen Sie zu, und zwar fest. Sie brauchen sich um ihre Schädel keine Sorgen zu machen.«

»Wenn Sie meinen, Sir.«

Don ging wieder in das Haus, schlich durch den dunklen Gang und blieb oben an der Treppe stehen, um zu lauschen. Er konnte Curizo im Keller auf und ab gehen hören.

Er hielt sich dicht an der Wand, als er die Treppe hinunterschlich. Er prüfte jede Stufe, ob sie nicht knarrte, bevor er sein ganzes Gewicht auf sie stellte.

Auf halber Höhe konnte er in den Keller blicken.

Curizo ging hin und her; seine Hände steckten in den Hosentaschen.

Don lächelte. Curizo würde den Schock seines Lebens bekommen.

Er lehnte sich über das Treppengeländer, und die Pistole zielte auf Curizo.

»Bleib schön ruhig und mach keinen Blödsinn«, rief er Curizo zu.

Curizo zuckte zusammen, als hätte ihn der Schlag getroffen. Er nahm die Hände aus den Hosentaschen, aber als er die Pistole auf sich gerichtet sah, erstarrte er. In wilder Wut bleckte er die Zähne.

»Das hat nicht geklappt, Kamerad«, sagte Don. »Und jetzt bin ich an der Reihe und werde die Puppen tanzen lassen.«

»Gut gemacht, Boß«, lobte Harry. »Hab' doch gewußt, daß Sie uns hier rausholen.«

»Bleiben Sie ganz ruhig stehen«, fuhr Don zu Curizo gewandt fort. »Es juckt mich, Sie niederzuschießen. Wenn Sie also lebensmüde sind, brauchen Sie nur eine falsche Bewegung zu machen.«

Don kam die Treppe herunter. Er ging langsam, Stufe für Stufe, und ließ Curizo nicht aus den Augen.

»Drehen Sie sich um«, befahl er.

»Das werden Sie teuer büßen«, stieß Curizo hervor.

»Umdrehen!«

Curizo drehte sich langsam um. Don nahm die Pistole am Lauf und hieb Curizo den Griff auf den Kopf. Curizo stöhnte auf, seine Knie gaben nach, und er ging zu Boden. Don wußte, daß er nicht ein zweites Mal zuzuschlagen brauchte. Curizo würde für lange Zeit bewußtlos sein.

»Prima, Boß!« rief Harry. »Wie sind Sie denn mit den anderen beiden fertig geworden?«

»Das war Cherry, nicht ich. Der hatte sich auf der Landebrücke verborgen, mit seinem Stockdegen und einem Knüppel. Er war großartig.«

Don ging zu Harry, nahm sein Taschenmesser und schnitt die Fesseln auf.

»Cherry?« rief Harry ungläubig und stellte sich mühsam auf seine Füße. »Woher wußte der denn, daß wir hier sind?«

»Das wird er uns erzählen«, sagte Don und befreite Guiseppe. »Wie fühlt ihr beide euch denn?«

»Naß und fürchterlich!« grinste Harry.

»Mir fehlt nichts, Signore«, sagte Guiseppe, der schwerfällig aufstand. »Aber ich bin froh, daß Sie zurückgekommen sind. Dieser Curizo ist wirklich böse.«

»Das ist eine Untertreibung«, lächelte Don.

Plötzlich fiel ihm Tregarth wieder ein. In der Aufregung der letzten Minuten hatte er ihn vollkommen vergessen. »Was ist mit Tregarth geschehen, Harry? Natzka sagt, er sei tot.«

»Das stimmt leider. Wir hatten keine Chance. Das Motorboot rammte uns, als wir um die Ecke in einen anderen Kanal fuhren. Ich dachte noch, das sei ein Verkehrsunfall. Wir beide taten alles, was wir konnten, aber es ging ihm ja so schlecht, wie Sie wissen, und der Schock tötete ihn, als er ins Wasser fiel. Fünf oder sechs Männer, zurechtgemacht wie Touristen, halfen uns an Land. Wir waren ganz arglos. Wir konnten nur an Mr. Tregarth denken. Ich hatte mich gerade vergewissert, daß er tot war, als ich einen Schlag auf den Kopf bekam. Und hier bin ich dann aufgewacht.«

»Der arme Kerl«, bemerkte Don. »Weißt du, was mit seiner Leiche geschehen ist?«

»Ich hörte, wie einer der Männer sagte, sie wollten ihn draußen auf See versenken«, sagte Harry, der sich die Handgelenke massierte. »Sie wollten offensichtlich verhindern, daß die Leiche gefunden wird.«

»Und du bist ganz sicher, daß er tot ist?«

»Ja, Boß. Da gibt es keinen Zweifel.«

»Hm. — Aber wir dürfen keine Zeit verschwenden. Wir müssen die beiden Ganoven hier herunterbringen und fesseln. Wir haben zwei Stunden Zeit, bevor Natzka Verdacht schöpft. Und wir müssen in diesen zwei Stunden viel erledigen.«

Die vier Männer brauchten nicht lange, um Busso und Brun in den Keller zu tragen. Harry machte sich daran, sie und Curizo zu fesseln, und Cherry setzte sich auf einen Stuhl, schwer atmend und den Stockdegen beinahe zärtlich in der Hand haltend.

»Los, Cherry«, sagte Don schließlich, »berichten Sie uns, was passiert ist — und vor allem, wieso Sie so schnell zurückkamen.«

»Ich bin zu jenem Hotel in Paris gegangen, wie Sie mich beauftragt hatten, Sir«, begann Cherry. »Ich vergewisserte mich, daß der Mann, mit dem Sie telefoniert hatten, nicht Mr. Tregarth war. Dieser Mann hatte das Hotel schon verlassen, aber er hatte eine Nachricht für Sie dagelassen. Darin hatte er geschrieben, er befände sich in ernster Gefahr und sei nach Brüssel weitergereist. Er nannte den Namen eines dortigen Hotels und bat Sie, Sie möchten ihm dorthin nachfolgen.«

»Das hatte ich mir doch schon gedacht«, sagte Don. »Sie wollten mich also auf eine Hetzjagd durch ganz Europa schicken, während Natzka hier in Ruhe alles tun konnte, was er wollte.«

»Gewiß, Sir«, fuhr Cherry fort. »Ich kam zu dem Schluß, daß ich Ihnen besser zu Diensten sein könnte, wenn ich sofort zurückkehrte. Ich hatte das Glück, ein Flugzeug nach Mailand zu bekommen. Dort charterte ich eine Maschine hierher. Ich ging in den Palazzo. Nach wenigen Minuten hörte ich von meinem Zimmer aus fremde Stimmen in der Halle und sah, was los war. Ich entdeckte drei Männer mit Pistolen, die die Hausangestellten in Schach hielten. Sie sahen mich nicht, und ich fand, daß die Sache schlecht für mich stünde, und verbarg mich deshalb in einem Schrank. Sie trieben die Angestellten in die Küche, und dann kam dieser Natzka. Ich wollte schon die Polizei anrufen, als ich Sie hereinkommen hörte. Ich hatte keine Zeit, Sie zu warnen. Ich beobachtete nur, wie Sie etwas in der kupfernen Vase versteckten...«

»Haben Sie es, Cherry?« fragte Don schnell.

»Ja, Sir. Ich lauschte an der Tür und hörte, wie Natzka Sie nach dem Päckchen fragte. Ich erkannte sofort, daß das Versteck nicht besonders sicher war, und nahm mir die Freiheit, das Päckchen zu entfernen.«

»Und Sie haben es noch?«

Cherry zog das Päckchen mit der grünen Plastikumhüllung aus seiner Tasche und gab es Don.

»Sie werden es unversehrt finden, Sir.«

»Sehr gut gemacht! Sie haben genau das Richtige getan!«

»Danke, Sir. Ich wartete also vor dem Haus und folgte Ihnen, als Sie herauskamen. Ich hatte Schwierigkeiten, eine Gondel auszuleihen, und noch größere Schwierigkeiten, mit ihr zu fahren, aber glücklicherweise stieß ich bald auf die Gondel, die hier vor dem Haus vertäut war. Ich wartete auf dem Landungssteg, und als der Mann herauskam, bedrohte ich ihn mit meinem Degen, und er ergab sich.«

Don lächelte.

»Sie haben einen großen Orden verdient, Cherry«, sagte er, während er sich vergewisserte, daß die drei Männer sorgfältig gefesselt waren. »Wir müssen jetzt gehen. Guiseppe, du nimmst ihre Gondel mit und versteckst sie. Dann warte bitte zu Hause. Wir gehen in den Palazzo.«

In weniger als zwanzig Minuten hatte Don sich umgezogen. Er bot jetzt wieder, wie gewöhnlich, das Bild des makellos sauberen Gentleman und saß in seinem Arbeitszimmer. Er untersuchte das grüne Päckchen, während Harry und Cherry in der Halle auf Wache standen.

Vorsichtig schlitzte Don die Plastikfolie auf und entfernte sie. In seine Hand fiel ein kleines, in Leder gebundenes Buch, das nicht mehr als zehn Zentimeter im Quadrat maß. Um das Buch gefaltet und mit einem Gummiband befestigt war ein Brief, adressiert an Hilda Tregarth, sowie einige Blätter schmutziges Notizpapier, mit der Hand beschrieben. Don erkannte die Schrift wieder, die er schon auf der Postkarte von der Seufzerbrücke gesehen hatte. Er blickte in das Buch. Außer der ersten Seite, die zahlreiche Zeichen und Symbole in einem offenbar sehr komplizierten Code enthielt, waren die Seiten des Buches leer. Er steckte das Buch in die Tasche und faltete dann die Notizblätter auseinander. Er sah, daß sie an ihn adressiert waren, und auf der letzten Seite entdeckte er als Unterschrift: John Tregarth.

Er nahm sich eine Zigarre, zündete sie an, lehnte sich in seinen Sessel zurück und begann zu lesen.

Lieber Micklem,

zu der Zeit, da Sie dieser Brief erreicht — wenn er Sie je erreicht —, wird es sehr unwahrscheinlich sein, daß ich noch am Leben bin. Ich schreibe dies in einem leeren Haus in der Calle Mondello. Mir geht es ziemlich schlecht, und meine einzige Hoffnung, daß ich Ihnen das übermitteln kann, ist Louisa Peccati, die alles getan hat, um mir zu helfen.

Das in Leder gebundene Buch, das Sie anliegend finden, ist von größter Bedeutung für die britische Regierung. Ich kann Ihnen nicht verraten, was es enthält, aber Natzka, ein Feind meines Landes, wird jeden Versuch machen, es an sich zu bringen. Ich habe es seiner Organisation gestohlen und sende es Ihnen, damit Sie es, koste es, was es wolle, Sir Robert Graham übergeben. Ich wußte nicht, was ich mit dem Buch anfangen sollte, da ich hier in der Falle sitze, bis ich in der Zeitung las, daß Sie nach Venedig kämen. Wenn einer das Buch nach England bringen kann, dann sind Sie es. Ich bitte Sie nicht nur wegen der Bedeutung für meine Regierung darum, das Buch zu überbringen, sondern vor allem auch wegen Hilda, die in dem Glauben gelassen wurde, daß ich zum Verräter geworden sei.

Ich konnte das Buch nur erhalten, indem ich vorgab, zur »anderen Seite« überzulaufen. Sir Robert hat mir bei diesem Vorhaben geholfen. Das alles war so wichtig und so geheim, daß sogar meine Frau nichts davon wissen durfte. Außer Sir Robert, Ihnen und mir weiß niemand die Wahrheit, aber das macht jetzt nicht mehr viel aus, und ich verlasse mich auf Sie, daß Sie meiner Frau alles erklären und ihr helfen, ihre Ruhe wiederzufinden.

Zu diesem Buch: Was auch immer Sie tun, tun Sie nicht das Naheliegende. Übergeben Sie es nicht dem Konsulat. Schicken Sie es nicht mit der Post. Sie müssen dieses Buch Sir Robert persönlich übergeben und sonst niemandem. Diese Leute haben ihre Agenten überall, und sie würden sich überhaupt nichts daraus machen, die Post zu rauben. Vertrauen Sie niemandem. Wenn Natzka Sie verdächtigt, das Buch zu haben, dann wird er Sie ohne zu zögern töten. Unterschätzen Sie diesen Auftrag nicht. Es wird sehr schwierig für Sie sein, Italien zu verlassen. Man wird alles versuchen, Sie hier festzuhalten. Und die Gegner werden Ihnen durch Frankreich folgen, Sie können nicht vorsichtig genug sein, und ich schreibe Ihnen das ausdrücklich, damit Sie die Stärke des Gegners nicht unterschätzen.

Ich habe fünf furchtbare Wochen in Wien verbracht, von wo ich dann fliehen konnte, und kenne alle Kniffe, die sie anwenden. Wenn sie Sie einmal verdächtigt haben, das Buch zu besitzen, dann haben Sie keine Sekunde mehr Ruhe und Sicherheit, bis Sie es Sir Robert übergeben haben. Es tut mir leid, daß ich Sie in diese Sache hineinziehen muß, aber Sie sind meine einzige Hoffnung. Der beiliegende Brief ist für Hilda. Bitte überbringen Sie ihn ihr. Er wird ihr vielleicht helfen, den Schmerz zu ertragen, daß sie mich nicht mehr sieht.
Viel Glück!

               John Tregarth

Don drehte den verschlossenen Umschlag in seiner Hand und starrte in Gedanken auf die glänzende Tischplatte. Dann blickte er auf seine Armbanduhr. Er hatte noch eine Stunde, bevor Natzka sich fragen würde, wo Curizo bliebe.

Er zögerte nicht, Tregarths Auftrag zu erfüllen. Er stand auf, drückte die Zigarre aus und ging zur Tür.

»Harry!«

»Ja, Boß«, antwortete Harry und kam von der Haustür.

»Geh schnell zu Guiseppe und sage ihm, er soll das Motorboot klarmachen für eine Fahrt zum Lido. Sag ihm auch, er soll frisch auftanken.«

Harry nickte, öffnete die Haustür und verschwand in der Dunkelheit. Don wandte sich dann an Cherry.

»Holen Sie doch bitte zwei Rucksäcke und packen Sie alles hinein, was man für etwa eine Woche braucht. Sie wissen ja, was ich immer mitnehme. Tun Sie Lebensmittel und auch je eine Flasche Brandy dazu. Und schnell, bitte.«

»Sehr wohl, Sir«, antwortete Cherry. Mit einem überraschend schnellen Gang durchschritt er die Halle, und seine Augen funkelten vor Erregung.

Don lief schnell nach oben, zog seinen Hausanzug aus und nahm sich neue Sachen. Ein wollenes Hemd, dunkelbraune Hosen und eine Lederjacke zog er an. Das Büchlein versteckte er in einem Leibgürtel unter dem Hemd.

Schnell trat er an den Toilettentisch und zog aus einer Schublade seine Pistole, die er in die Hüfttasche steckte. Aus einer Schachtel in derselben Schublade nahm er noch zusätzlich Patronen für fünf Magazinfüllungen mit. Unten in der Halle wartete Cherry schon mit den Rucksäcken auf ihn.

»Ich fahre nach London, Cherry«, sagte Don und steckte die Munition in eine der äußeren Taschen des Rucksacks. »Wenn jemand anruft, sagen Sie, ich sei geschäftlich nach Rom gefahren und würde zum Wochenende wieder zurück sein.«

»Sehr wohl, Sir. Sind Sie nicht der Meinung, ich sollte mitkommen, Sir?« In Cherrys Gesicht zeigte sich deutlich seine Enttäuschung.

»Sie müssen hierbleiben und sich um das Haus kümmern. Harry wird mich begleiten.«

In diesem Augenblick kam Harry zur Tür herein.

»Alles okay, Boß. Guiseppe ist schon am Tanken.«

»Zieh dir etwas Wetterfestes an, Harry, und zwar schnell. Wir müssen ein bißchen wandern.«

Harry grinste fröhlich.

»Okay, Boß.« Er rannte die Treppe hinauf.

Don ging in sein Arbeitszimmer und rief den Flughafen an. Er verlangte, mit Pleydell verbunden zu werden.

»Es tut mir leid, aber Mr. Pleydell ist nicht hier, Signore«, antwortete eine lebhafte Stimme.

»Wo kann ich ihn finden?«

»Ich weiß es nicht, Signore.«

»Hier ist Don Micklem. Ich möchte sofort ein Flugzeug nach Paris chartern. Können Sie das arrangieren?«

»Ich werde nachsehen. Einen Augenblick bitte.«

Don wartete ungeduldig. Nach einiger Zeit sagte die Stimme: »Wir haben leider keine Maschine frei bis morgen nachmittag.«

»Ich muß heute nacht noch fliegen«, sagte Don hastig. »Die Kosten spielen keine Rolle.«

»Es wird leider nicht gehen, Signore. Nicht vor morgen nachmittag.«

»Verbinden Sie mich doch mal mit dem Flugleiter.«

»Der ist schon gegangen, Signore.«

Der kühle, unbeteiligte Ton der Stimme verriet Don, daß er hier nur seine Zeit verschwendete. Er fragte sich, ob es nicht vielleicht doch Flugzeuge gäbe und ob dies schon die Arbeit der Organisation sei, vor der ihn Tregarth gewarnt hatte. Aber so schnell konnten sie doch nicht reagiert haben?

Er legte auf und zog dann aus einer Schreibtischschublade einen Stoß Generalstabskarten von Italien. Dann ging er schnell in die Halle.

Harry war fast so angezogen wie er und wartete schon.

»Wir müssen sofort weg. Wir gehen nach London«, sagte ihm Don. »Wir haben es mit einem gefährlichen Gegner zu tun. Diese Kerle werden vor nichts zurückschrecken, um uns zu hindern, das Land zu verlassen. Ich will das Risiko nicht eingehen und einen Zug nehmen. Ein Auto ist auch zu gefährlich. Flugzeug kann ich keins bekommen, also werden wir das Boot nehmen. Wir werden nach Chioggia fahren, dann die Po-Mündung entlang bis nach Piacenza. Dort werden wir das Boot verlassen und versuchen, in Mailand ein Flugzeug zu bekommen.«

Harry verzog das Gesicht.

»Das wird aber Zeit kosten, Boß.«

»Ja. Aber ich glaube nicht, daß unsere Gegner damit rechnen, daß wir auf diesem Wege abhauen. Sie werden die Straßen und die Flughäfen überwachen. Wenn wir Glück haben, denken sie nicht an den Fluß. Komm, auf.«

Cherry trat auf ihn zu.

»Wenn ich irgend etwas für Sie tun kann, Sir?«

Don sah ihn lächelnd an.

»Sie haben schon mehr als Ihren Anteil geleistet, Cherry. Den Rest müssen jetzt wir erledigen. Ich werde Sie also in einer Woche wiedersehen. Sollte ich bis dann noch nicht hier sein, schließen Sie das Haus, und kommen Sie zurück nach London.«

Don und Harry erreichten nach wenigen Minuten den kleinen Hafen, wo die privaten Motorboote lagen.

»Was ist denn da los?« fragte Harry leise, als sie die wütende Stimme von Guiseppe hörten. »Klingt ja so, als würde er sich mit jemand streiten.«

Im trüben Licht der einen Lampe, die über dem Hafen noch brannte, konnten sie Guiseppe ausmachen, der neben Dons Kabinenkreuzer stand und vor dem Gesicht eines Mannes die Faust schüttelte. Der dicke Mann in einem schmutzigen Overall hatte die Hände gehoben und zuckte gleichgültig die Achseln.

»Was gibt es denn, Guiseppe?« fragte Don, als er an das Boot trat.

»Dieses Schwein sagt, er habe kein Benzin, Signore«, fauchte Guiseppe. »Er hat Benzin. Er ist nur zu faul, die Pumpe zu bedienen.«

Der dicke Mann verbeugte sich vor Don.

»Es ist bedauerlich, Signore, aber ich habe wirklich kein Benzin mehr. Dieser dumme Gondoliere will mir nicht glauben. Morgen kommt eine neue Lieferung. Dann werde ich den Herrn gern bedienen.«

»Was haben wir noch in den Tanks, Guiseppe?«

»Ein Tank ist leer, der andere noch halb voll.«

Harry war leise an dem fetten Mann vorbei und zu der Pumpe gegangen. Er trat leicht gegen den Tank. Aus dem dumpfen Klang konnte er schließen, daß der Tank voll war.

»Er lügt, Boß«, sagte er. »Da ist Benzin genug für uns.«

Wütend drehte dich der dicke Mann zu Harry um und ließ einen Schwall italienischer Schimpfworte vom Stapel. Aber seine Mühe war verschwendet, denn Harry verstand kein Wort italienisch.

Don gab Guiseppe ein Zeichen, und Guiseppe grinste. Er ballte seine schwere Faust und schlug sie dem Dicken auf den Kopf. Harry sprang hinzu und fing den Mann auf, als er nach vorn sank, und legte ihn vorsichtig auf die Pflastersteine.

»Nimm seine Schlüssel und stell die Pumpe an«, befahl Don und ging schnell ins Boot. »Guiseppe, verstecke den Mann und bleibe bei ihm, bis wir weggefahren sind. Hier, nimm das und bezahle ihm das Benzin.« Er steckte einige große Lire-Scheine in Guiseppes Hand. »Du wirst ihm sicherlich beibringen, seinen Mund zu halten.«

Guiseppe hob den schweren Mann auf seine Schultern und verschwand mit ihm in der Dunkelheit.

Zuerst das Flugzeug, jetzt das Benzin, dachte Don. Das war zuviel des Guten, als daß es noch Zufall hätte sein können. Es hatte den Anschein, als habe Natzka schon alle Vorbereitungen getroffen.

Nachdem die Tanks voll waren, kam Harry ins Boot und ließ den Motor an.

»Langsam, bis wir die Lagune erreicht haben«, sagte Don, »dann aber Vollgas.«

Als das Boot langsam den Kanal entlangfuhr, hörten sie am Ufer plötzlich Schritte.

»Was soll das?« fragte Harry und beschleunigte die Geschwindigkeit. Beide sahen sich dann um.

Aus dem Schatten traten zwei Polizisten.

»Hallo, Sie da! Bringen Sie das Boot zurück!« rief einer.

»Sollen wir stoppen, Boß?«

»Nein, fahr etwas langsamer«, sagte Don, »und gib dann Gas, wenn ich's dir sage.«

Er richtete sich auf, als das Boot an den beiden Polizisten vorbeifuhr.

»Was ist los?« rief er hinüber.

»Gehen Sie mit dem Boot längsseits!«

»Weshalb denn?«

»Das wissen Sie ganz genau! Sie haben doch eben zwei Tanks voll Benzin gestohlen«, rief der eine Polizist. »Los, kommen Sie her!«
Don lächelte.
»Das tut mir leid, aber ich habe es eilig.« Er erkannte, daß er der Polizei stundenlange Erklärungen geben müßte, wenn sie ihn gefaßt hätten. Und das Ganze konnte leicht ein weiterer Versuch sein, ihn in Venedig festzuhalten.
»Los, Harry, laß den Kahn laufen!«
Harry gab Gas, und das Boot schnellte vorwärts.
»Kopf runter«, rief Don, »sie werden schießen.«
Einer der Polizisten hatte seine Pistole gezogen, aber bevor er abdrücken konnte, war das sehr schnell fahrende Boot um eine Ecke verschwunden. Vor ihnen lag jetzt ein breiter Kanal, der offensichtlich leer war, und Harry gab Vollgas.
Mit einem Brüllen der beiden starken Motoren schoß das Boot in höchster Geschwindigkeit durch den Kanal.
Zwanzig Minuten später fuhren sie, nur noch mit halber Geschwindigkeit, an der Lido-Landebrücke vorüber in Richtung Pellestrina.
Don hatte sich über den starken Kurzwellenempfänger gebeugt und suchte die Skala ab und lauschte auf jeden Ton, der aus den Kopfhörern kam.
Harry saß am Steuer, eine Zigarette zwischen den Lippen und mit wachsamen Augen. Ihm machte das Spaß. Er hatte schon lange kein solches Abenteuer mehr erlebt, und es kam ihm gerade gelegen.
Don drehte sich zu Harry um, nahm die Kopfhörer ab und zündete sich eine Zigarette an.
»Wir werden nicht weit kommen mit dem Boot«, meinte er. »Die Polizei in allen Küstenstädten bis Rimini sucht uns. Und die Polizei von Chioggia hat zwei Motorboote ausgeschickt.«
»Sie haben doch nichts, womit sie uns einholen könnten, Boß«, gab Harry zu bedenken.
»Darauf kommt es nicht an«, antwortete Don. »Es war ein kluger Zug von ihnen, uns zum gewaltsamen Nehmen des Benzins zu zwingen. Jetzt haben wir die ganze italienische Polizei am Hals. Die wird jetzt Natzka die Arbeit abnehmen. Und das bedeutet, daß wir bald im ganzen Land gesucht werden. Dieses Boot fällt überall auf. Der größte Dummkopf würde es erkennen, wenn er die Beschreibung hat, und die funken sie eben in alle Welt. Wir kämen damit niemals unerkannt den Po hinauf. Wenn die beiden Polizeiboote nicht wären, dann würde ich versuchen nach Triest zu kommen, aber das Risiko ist

mir zu groß. Ich glaube, am besten wäre es, wenn wir zum Festland zurückfahren, das Boot dort verlassen und zu Fuß nach Padua gehen. Die beiden Polizisten haben uns nicht genau gesehen und können nicht beschreiben, was wir anhaben. Ohne das Boot sind unsere Chancen besser.«

Harry nickte. »Okay, Boß. Werden wir noch vor Chioggia abdrehen?«
»Ja, jetzt gleich.«

Harry drehte das Ruder, nahm Gas weg und hielt auf das Land zu. Don glaubte, in der Ferne ein Geräusch gehört zu haben. »Ich glaube, da ist irgendwo ein Motorboot. Fahr ganz langsam.«

»Dort drüben, rechts«, sagte Harry. »Es kommt auf uns zu.«

Das Dröhnen eines starken Motors war jetzt deutlich zu hören, aber es war zu dunkel, als das man etwas hätte sehen können.

»Langsame Fahrt, Steuer backbord«, sagte Don.

Das Boot glitt wieder durch das Wasser, doch die Motoren machten kaum ein Geräusch.

Das Dröhnen des anderen Motorbootes wurde jetzt fast zu einem lauten Brüllen. Plötzlich zuckte das Licht eines Suchscheinwerfers über das dunkle Wasser.

»Polizei!« rief Don. »Los, Harry, wir müssen weg. Volle Kraft!«

Der Scheinwerferstrahl glitt suchend durch die Dunkelheit und erfaßte ihr Boot, als es volle Fahrt aufgenommen hatte.

»Laß mich ans Steuer«, sagte Don. »Ich werde aufs Meer hinausfahren und versuchen, sie abzuhängen.«

»Sie sind schneller, als ich dachte«, bemerkte Harry.

»Nicht schnell genug, um uns einzuholen«, sagte Don.

Als das Polizeiboot einen Halbkreis beschrieb, um sie zu verfolgen, kamen sie aus dem Licht des Scheinwerfers heraus. Einen kurzen Augenblick flogen sie über das Wasser in tiefer Dunkelheit, doch dann hatte sie der Scheinwerfer wieder erfaßt.

»Bleib unten! Sie dürfen uns nicht sehen«, sagte Don und duckte sich auch.

»Wir entkommen ihnen!« rief Harry.

Eine kleine rote Flamme leuchtete auf dem verfolgenden Boot auf, dann hörten sie das Krachen eines Schusses, und etwas, das wie eine wütende, große Hornisse klang, zischte über ihre Köpfe.

»Wir müssen aufpassen. Sie werden dem anderen Boot Bescheid sagen.«

Ihr Boot gewann einen immer größeren Vorsprung, und die Kraft des Scheinwerfers ließ nach.

Wieder blitzte es auf dem Boot auf, und dieses Mal schlug das Geschoß im Kabinendach ein, von dem Holzsplitter auf Don und Harry herabfielen.

»Die können ganz gut schießen«, sagte Harry.

Don änderte den Kurs und beschleunigte das Boot noch weiter.

Der Strahl des Scheinwerfers konnte sie nicht länger erfassen, und die Polizei schien die Nutzlosigkeit einzusehen, denn sie stellte den Scheinwerfer ab.

In einem weiten Kreis ließ Don das Boot wieder zum Festland zurückfahren.

Etwa eine Viertelmeile backbord konnten sie die roten Positionslichter des Polizeibootes sehen, das der offenen See zustrebte.

»Ich glaube, wir haben sie überlistet«, sagte Don. »Aber sie werden zurückkommen.«

»Wir sind höchstens eine halbe Meile vom Land entfernt«, sagte Harry. »Was werden wir tun? Das Boot auflaufen lassen?«

»Ja. Wir wollen doch keine nassen Füße kriegen«, grinste Don. »Wir haben einen langen Marsch vor uns.«

»Sie haben das andere Boot gefunden!« rief Harry, der zurückgeblickt hatte.

In weiter Ferne konnten sie sehen, wie der Suchscheinwerfer des Polizeibootes das andere Polizeiboot anstrahlte. Beide Boote beschrieben dann einen Kreis und steuerten aufs Festland zu.

»Da kommen Sie schon«, murmelte Harry. »Land voraus, Boß!«

Don drosselte den Motor.

Das Motorboot tanzte auf den Wellen. Die Konturen des Strandes wurden gerade sichtbar.

»Fertig zum Rammen!« kommandierte Don ironisch und ließ das Boot auffahren.

Sie sprangen an Land, eilten über den nassen Strand und verschwanden in der Dunkelheit.

11

Sowohl Don als auch Harry waren lange Fußmärsche gewohnt. Sie waren deswegen gut in Form, und der lange Weg, der vor ihnen lag, konnte sie nicht schrecken.

Nachdem sie zehn Minuten lang über Brachland gestolpert waren, stießen sie auf einen Weg, der sie, wie Don an Hand seiner Karten feststellte, nach Piove di Sacco führen mußte.

Das Gelände war flach und übersichtlich, und Don erkannte, daß er ein Versteck finden mußte, in dem sie sich tagsüber verbergen konnten. Bei Tageslicht wären sie kilometerweit sichtbar gewesen, und Don zweifelte nicht daran, daß die Polizei, sobald sie das verlassene Boot gefunden hatte, den ganzen Bezirk nach ihnen absuchte.

»Ich glaube, wir sollten lieber nicht nach Padua gehen«, sagte Don zu Harry. »Die Polizei wird uns sicher in den großen Städten suchen. Wir sollten die Städte meiden und lediglich die kleineren Dörfer aufsuchen.«

»Ich wünschte, wir hätten den Bentley hier, Boß«, sagte Harry sehnsüchtig. »Wir wären im Nu zu Hause.«

»Wir können vielleicht später, wenn wir herausgefunden haben, wie sehr die Polizei uns sucht, das Risiko eingehen und einen Wagen mieten. — Vielleicht wäre es besser, wenn wir mit dem Omnibus führen.«

»Das ist ziemlich übersichtliches Gelände. Wir müssen uns vor Tagesanbruch irgendwo verstecken.«

»Das habe ich auch gerade gedacht«, antwortete Don. »Sieh dich mal um, ob du irgendwo ein Bauernhaus entdeckst. Wir könnten uns vielleicht in einer Scheune oder einem Schuppen verstecken.«

Sie waren etwa zwanzig Minuten gegangen, als Don das Geräusch eines aus der Ferne herankommenden Wagens hörte.

»Hörst du das, Harry?«

Harry hatte schon die Straße verlassen. Er sprang in den Graben, und Don folgte ihm. Sie preßten sich auf den Boden und horchten auf das näher kommende Brummen des Fahrzeuges.

Der Wagen fuhr an ihnen vorüber. Der hatte nur die Parklichter an, und Don erblickte in ihm die Konturen von vier Männern mit flachen Dienstmützen. Polizei!

»Die haben sich aber ganz schön beeilt«, sagte er und stand wieder auf. »Sollen wir von der Straße weg und querfeldein gehen? Das wäre bestimmt sicherer.«

»Ja, aber auch viel schwerer zu laufen, Boß. Ich denke, wir sollten so lange wie möglich auf der Straße bleiben.«

»Okay, also weiter.«

Sie gingen wieder auf die Straße und marschierten weiter, wobei sie sorgfältig auf jedes Geräusch achteten.

Der Vollmond beleuchtete jetzt die weite Landschaft, und in seinem

Licht entdeckten sie endlich ein Bauernhaus. Die weiß gekalkten Wände des Hauses, das mitten im Feld, etwas von der Straße entfernt, stand, waren nicht zu übersehen.

»Sollen wir hier haltmachen, Boß? Es dürfte bald hell werden«, fragte Harry und verlangsamte seinen Gang.

Don blieb stehen und besah sich das Bauernhaus sorgfältig. Er konnte das hohe Dach der Scheune ein Stück neben dem Haus sehen.

»Du kannst wetten, daß die Polizei auch schon die Bauern hier aufgefordert hat, nach uns zu suchen. Sie werden bestimmt jeden Bauernhof entlang dieser Straße gewarnt haben. Aber wir sollten es doch mal versuchen. Wir müssen vor Tagesanbruch von der Straße herunter. Komm, wir wollen uns das einmal ansehen.«

Sie verließen die Straße, gingen leise querfeldein und mieden den Feldweg, der zum Haus führte.

Etwa hundert Meter vor dem Haus waren sie, als ein Hund anfing zu bellen.

Don lächelte traurig.

»Das wäre also nichts. Komm, wir gehen weiter.«

»Moment, Boß. Ich komme mit Hunden gut zurecht. Mal sehen, ob ich mich mit dem hier nicht anfreunden kann.«

»Schon zu spät«, sagte Don. »Sieh mal ...«

Im oberen Stockwerk war Licht angegangen. Der Hund bellte jetzt viel wilder und zerrte an der Kette.

»Na, warten Sie mal«, brummte Harry. »Wir gehen zur Scheune hinüber. Sie werden denken, daß der Hund uns verjagt hat.«

»Das ist eine Idee! Komm.«

Sie schlichen leise und immer im Schatten auf die Rückwand der Scheune zu, als sie hörten, wie die Tür des Hauses geöffnet wurde.

Eine Frau rief aus dem Fenster: »Sei vorsichtig, Papa; warte besser, bis Vittore da ist.«

»Wenn ich auf ihn warten wollte, dann wäre ich verlassen!« rief eine Männerstimme zurück. »Der Hund hat doch was Verdächtiges bemerkt.«

»Ich komme schon, Papa!« rief dann eine andere Stimme.

»Jetzt sind's also zwei«, flüsterte Harry. »Aha, jetzt hat Papa den Hund losgemacht.«

»Nun kannst du deine Künste ja mal zeigen«, sagte Don.

Harry ging leise ein Stück vor. Einen Augenblick später rannte ein großer schwarzer Hund um die Ecke der Scheune. Er gab ein tiefes Knurren von sich und lief auf Harry zu.

Dons Herz setzte einen Schlag aus, als er sah, daß Harry keinen Versuch machte, dem Hund auszuweichen. Harry blieb bewegungslos stehen, der Hund zögerte, dann blieb er auch stehen und schnupperte vorsichtig an ihm.

»Guter Hund«, murmelte Harry und pfiff leise zwischen den Zähnen.

Der Hund kam näher und begann mit dem Schwanz zu wedeln, als Harry sich vorbeugte und ihm den Kopf streichelte.

»Bruno! Komm her!« rief der Bauer.

Don erkannte an der Stimme, daß er noch in der Nähe des Hauses sein mußte.

»Na, geh schon, Bruno«, flüsterte Harry und gab dem Hund einen kleinen Schubs.

Der Hund sah ihn an und lief dann von der Scheune weg zu seinem Herrn.

»Gut gemacht«, sagte Don anerkennend.

Er fand eine Tür, die in die Scheune führte, und stieß sie auf.

»Komm herein.«

Er ging in die dunkle Scheune, und Harry folgte ihm. Sobald Harry die Tür geschlossen hatte, nahm Don seine Taschenlampe aus der Tasche und leuchtete die Umgebung ab.

»Die Leiter hinauf«, sagte er dann.

Sie kletterten die Leiter hinauf und befanden sich in einem großen Speicher, der halb voll Stroh war.

»Das ist gerade richtig«, bemerkte Don.

Er schlich zur Speichertür, öffnete sie wenige Zentimeter und blickte vorsichtig in den Hof.

Zwei Männer, von denen einer eine Laterne hielt, standen direkt unter ihm. Sie horchten in die Dunkelheit.

»Das könnte ja auch eine Katze gewesen sein, Papa«, sagte der jüngere der beiden. »Du weißt doch, wie Bruno ist.« Er bückte sich und streichelte den Hund, der eifrig mit seinem Schwanz wedelte.

Der Bauer brummte etwas vor sich hin; schließlich zuckte er die Achsel und ging wieder zurück zum Haus.

»Laß den Hund frei«, sagte er. »Ich will nicht die ganze Nacht aufbleiben, nur um der Polizei einen Gefallen zu tun. Was haben die denn jemals für mich getan?«

Die beiden Männer gingen wieder ins Haus und schlossen die Tür. Don hörte, wie die Riegel vorgeschoben wurden, und nach wenigen Minuten erlosch auch das Licht im Haus.

»Das war sehr klug von dir, Harry«, sagte Don zu seinem Fahrer, der es sich schon im Stroh gemütlich gemacht hatte. »Sie gehen wieder schlafen.«

Harry grinste.

»Gegen Schlafen hätte ich auch nichts einzuwenden, Boß. Wollen Sie noch etwas essen?«

»Nicht jetzt. Wir wollen jetzt schlafen. Wahrscheinlich müssen wir morgen den ganzen Tag hierbleiben und können in der Nacht erst wieder weiter«, sagte Don und lehnte sich im Stroh bequem zurück. »Wenn wir erst mal auf der anderen Seite von Padua und in den Bergen sind, dann können wir auch am Tag marschieren.«

Harry brummte müde: »Wie Sie meinen, Boß.«

Und nach wenigen Minuten schnarchte er leise vor sich hin.

Don lag noch lange wach und dachte nach. Sie waren sehr, sehr weit von London entfernt. Sie mußten über zwei Grenzen. Und er machte sich keine Illusionen über die Schwierigkeiten, die ihnen noch bevorstanden. Sie waren erst ein paar Stunden unterwegs und hatten schon die Polizei auf den Fersen. Er war sicher, daß Natzka auch nicht untätig bleiben würde. Er und seine Leute würden alles versuchen, um ihm den Weg aus Italien heraus zu versperren.

Es würde bestimmt nicht leicht sein. Er würde sehr geschickt vorgehen müssen — nur ein falscher Schritt, und sie wären gefangen.

Don wachte auf und fuhr in die Höhe, als Harry, der sich über ihn gebeugt hatte, ihn am Arm zog.

Helles Sonnenlicht drang durch die Risse im alten Holzwerk der Scheune. Don hörte Geräusche von unten und blickte Harry fragend an.

»Was ist denn los?«

»Direkt unter uns ist ein Lastwagen«, flüsterte Harry. »Er fährt nach Padua. Sie beladen ihn jetzt mit Gemüse. Darunter könnten wir uns doch verstecken und mitfahren.«

Don stand auf, klopfte hastig seine Sachen ab und ging dann zu der Speichertür, die er vorsichtig einen kleinen Spalt öffnete, um in den Hof zu blicken.

Direkt unter ihnen stand ein großer Zehntonner, dessen Ladefläche zur Hälfte mit einer von der Sonne verblichenen Plane bedeckt war. Auf der Pritsche standen in hohen Stapeln Kisten mit Gemüse.

Der alte Bauer und der junge Mann, den Don für Vittore hielt, sprachen mit dem Fahrer. Noch während Don ihnen zusah, gingen die drei Männer zum Haus hinüber.

Don entschloß sich sofort.

»Wir fahren, Harry! Los.«

Sie schnappten ihre Rucksäcke und gingen zur Speichertür. Der Fahrer und die beiden Bauern waren verschwunden.

Don stieß die Tür weit auf und ließ sich auf eine Kiste mit Kohl fallen. Mit schnellen Griffen schob er einige Stapel zur Seite und machte Platz für Harry und sich.

Er blickte hinauf, wo Harry wartete.

»Okay.«

Harry hangelte sich an der Speichertür entlang, hielt sich mit den Fingern am Querholz fest, schloß die Tür und sprang genau auf die Stelle, die Don für ihn vorbereitet hatte.

Sie setzten sich auf den Boden des Lastwagens und zogen die Kohlkisten wieder zu sich heran, damit ihr Versteck von außen nicht zu sehen war.

Sie waren kaum mit ihrer Arbeit fertig, als sie im Hof wieder Stimmen hörten.

»Bis morgen«, rief der Fahrer.

Der alte Bauer wünschte ihm eine gute Fahrt, und der Motor des Lastwagens sprang an. Über den Feldweg holperte der Wagen auf die Straße zu.

Harry lehnte sich zufrieden lächelnd an einen Kistenstapel. »Wenn ich etwas hasse, Boß, dann ist das Kohl«, sagte er. »Aber von jetzt an werde ich von dem Zeug leben.«

»Sollen wir bis nach Padua fahren, oder sollen wir vorher abspringen?« fragte Don. Er holte seine Landkarte hervor und studierte die Straßen, während Harry, der sich über ihn beugte, ihm ins Genick atmete. »Wir werden kurz vor Padua abspringen«, fuhr Don fort. »Dann werden wir nach Abano gehen, das liegt schon in den Bergen. Von dort aus marschieren wir nach Barbano und auf der Hauptstraße nach Vincenza. Wir können dann mit einigem Glück einen Bus nach Brescia bekommen, von dort ist es nicht mehr weit nach Mailand.«

»Vorausgesetzt, daß wir durchkommen«, gab Harry zu bedenken.

»Ja«, sagte Don und versuchte, es sich auf der harten Ladefläche des Wagens bequemer zu machen. »Und selbst, wenn wir in Mailand sind, haben wir noch immer kein Flugzeug. Na, laß uns erst mal in Mailand sein, dann werden wir weiter sehen.«

Etwa eine halbe Stunde lang saßen sie da, dann begann Don die Eintragungen seiner Karte mit der Landschaft zu vergleichen.

»Wird nicht mehr lange dauern. In zehn Minuten sind wir in Padua.«

Harry machte sich daran, die Kistenstapel zur Seite zu schieben, damit sie vom Lastwagen springen konnten.

Die Gegend war immer noch flach und übersichtlich. In der Ferne konnten sie Bauern bei der Arbeit sehen.

»Sobald wir von diesem Schüttelsieb herunter sind, sehen die uns so deutlich wie ein Neonlicht in dunkler Nacht.«

»Wir können es aber nicht riskieren, bis nach Padua mitzufahren«, entgegnete Don und nahm seinen Rucksack. »Sie warten doch dort auf uns.«

Sie hatten sich auf die hintere Kante der Ladefläche gesetzt und ließen die Beine baumeln.

»Fertig, Boß?« fragte Harry.

Sie sprangen ab. Sobald sie ihre Balance wiedergewonnen hatten, liefen sie zu der Steinmauer hinüber, die die Straße säumte. Dort konnten sie von den Bauern nicht gesehen werden.

Harry zündete sich eine Zigarette an und blickte prüfend über das flache Land, das vor ihnen lag.

»Da kommen wir nicht weiter, ohne daß sie uns sehen.«

»Wie lange, glaubst du, wird es dauern, bis wir in den Bergen sind?« fragte Don.

»Etwa eine Stunde.«

Don sah auf seine Uhr. Es war jetzt zehn Minuten nach neun. »Vielleicht hätten wir doch besser in der Scheune bleiben sollen. Hier kann uns jetzt jeder sehen.«

»Außer den Bauern ist doch niemand hier«, entgegnete Harry, »und warum sollten die sich um uns kümmern. Wir sind doch schon fast fünfzig Kilometer vorangekommen, das ist doch etwas. Zumindest ist es das Risiko wert.«

»Ja — komm, wir gehen weiter.«

Sie kletterten über die Mauer und gingen querfeldein weiter. Sie kamen nur langsam voran. Sie blickten hinüber zu den Bauern, die aber von ihnen keine Notiz zu nehmen schienen.

Don und Harry marschierten jetzt über welliges Gelände, auf dem dichtes Gras wuchs und das zu einem flachen Tal führte, hinter dem die ersten Hügel begannen.

Sie hatten die Wiese etwa zur Hälfte überquert, als sie in der Ferne einen lauten Ruf hörten.

»Aha«, bemerkte Harry, »sie haben uns gesehen.«

Sie blickten zurück.

Gegen den Horizont sahen sie drei Bauern, die ihnen winkten.

»Wir gehen weiter«, bestimmte Don, der rascher ausschritt. »Und wenn sie anfangen zu rennen, dann laufen wir auch los.«

»Weshalb denn, Boß?« fragte Harry.

»Entweder hat ihnen die Polizei Bescheid gesagt, oder es sind Natzkas Leute. Wenn wir sie von den anderen weglocken können, werden wir leicht mit ihnen fertig.«

Sie sahen sich erneut um, aber die drei Bauern waren verschwunden.

»Sieht so aus, als wollten sie Verstärkung holen. Wir wollen mal ein bißchen laufen, was, Harry?«

Mit einem leichten Dauerlauftempo, das sie, wie sie wußten, lange durchhalten konnten, liefen sie los und legten in kurzer Zeit eine beachtliche Strecke zurück.

»Wir müssen in den Bergen sein, bevor die Polizei kommt«, sagte Don.

Mit schnelleren Schritten liefen sie weiter und erreichten schließlich keuchend die Mauer am Ende der Wiese.

Sie blieben stehen, um sich umzublicken.

Gegen den Horizont konnten sie jetzt sechs Männer ausmachen, drei von ihnen waren Bauern, die man an ihren Hüten erkannte, die anderen waren barhäuptig und zu weit entfernt, als daß Don sie hätte erkennen können.

»Da kommen sie«, sagte Don. »Los, wir zeigen denen mal, was laufen heißt.«

Das Gelände stieg jetzt langsam an, und es fiel ihnen nicht leicht. Aber sie zwangen sich, weiterzulaufen, und hielten erst inne, als sie einen Hügel erreicht hatten, von dem aus sie weit zurückblicken konnten. Die sechs Männer waren ausgeschwärmt. Einige von ihnen waren weit zurückgeblieben. Zwei hatten die Steinmauer erreicht und kletterten gerade darüber.

»Sieht so aus, als seien sie nicht gut in Form«, bemerkte Harry, als Don sich umdrehte und den Hügel hinunterlief. Bis zur nächsten Mauer liefen sie, doch dann blieb Don plötzlich stehen.

»Die Eisenbahn! Ich habe ja die Bahnlinie ganz vergessen!«

Sie blickten auf den Einschnitt im Gelände, durch den die eingleisige Strecke führte.

»Wir haben Glück, Boß«, sagte Harry. »Dort kommt ein Zug.«

»Los, in Deckung!« befahl Don, und sie verbargen sich hinter einigen Büschen, die dicht an den Schienen standen.

Ein langer Güterzug näherte sich ihnen. Er fuhr nicht schneller als höchstens fünfundzwanzig Kilometer in der Stunde.

»Das geht ganz leicht«, sagte Harry. »Sobald die Lokomotive vorbei ist, springen wir auf.«

Die Lokomotive fuhr an ihnen vorbei. Sie konnten den Maschinisten und den Heizer sehen. Harry zog Don am Arm und schob ihn durch das Gebüsch.

Sie ließen die ersten Waggons vorbeifahren und liefen auf einen Tieflader zu, auf dem ein hell gestrichener Traktor stand. Einige Meter liefen sie neben dem Waggon her, dann sprang Don auf.

»Gleich in Deckung gehen!« befahl er Harry, der ihm folgte.

Sie versteckten sich unter dem Traktor, und der Zug nahm allmählich Fahrt auf.

»Sie werden sich wohl denken, daß wir auf dem Güterzug sind«, sagte Harry, nachdem er sich vergewissert hatte, daß ihre Verfolger sie nicht mehr sehen konnten. »Sie werden zu einem Telefon laufen und den nächsten Bahnhof alarmieren.«

»Da müssen sie aber erst ein Telefon finden.«

»Nicht, wenn diese Männer von der Polizei waren. Dann haben sie sicherlich einen Wagen mit Funksprechgerät.« Don nahm seine Landkarte wieder vor und studierte die Umgebung. »Die nächste Station hier ist Castelfranco. Eine andere Eisenbahnlinie geht dort auch durch, und diese führt nach Vincenza. Wenn wir dort ungesehen einen Zug erwischen können, dann kommen wir schön voran.«

»Wie weit ist das noch?«

»Etwa fünfzehn Kilometer. Das ist immer noch besser als laufen.« Don holte aus dem Rucksack ein Paket belegter Brote. »Wir essen jetzt erst mal etwas.«

»Ja, ich könnte mich durch einen ganzen Ochsen fressen«, sagte Harry, »von den Hörnern angefangen bis zum Schwanz.« Er begann, ein Stück Brot zu verschlingen. »Und was machen wir, wenn wir in Vincenza sind?«

»Wir dürfen nicht in die Innenstadt gehen. Wir müssen sehen, wo wir uns Lebensmittel kaufen können, und vielleicht bekommen wir auch den Abend-Bus nach Verona. Und wenn etwas nicht klappt, dann können wir ja noch immer in die Berge gehen.«

Der große, gelb und blau gestrichene Bus der C. I. T. war unter der einzigen, düsteren Lampe der Haltestelle vorgefahren. Zwei Bauern in ihren besten Sonntagsanzügen, ein müder, etwas schäbig aussehender

Reisender mit zwei schweren Koffern und eine Frau, die in ihrem grellfarbigen Schal ein Bündel trug, gingen auf den Bus zu.

Im Wagen saßen nur zwei Frauen.

Don nickte Harry zu. Mit schnellen Schritten gingen sie zum Bus und stiegen ein. Don kaufte Fahrscheine nach Verona. Auf den Plätzen hinter dem Fahrer ließen sie sich nieder.

Der Bus fuhr los, und Harry und Don sahen sich erleichtert an.

»Das ging ja bis jetzt ganz gut«, murmelte Don. »In Verona werden wir versuchen, einen Wagen zu stehlen. Ich fürchte, wir können dort keinen mieten. Und wenn wir vor Tagesanbruch in Brescia sind, dann haben wir ein schönes Stück geschafft.«

»Sie wollen mit dem Wagen nicht bis Mailand fahren?«

Don schüttelte den Kopf.

»Wir müßten dort auf die Autostrada, und das macht mir Sorgen. Wir könnten sie zwar umfahren, aber das würde sehr lange dauern.«

»Autostrada, was ist das, Boß?«

»Das ist die Autobahn Mailand – Brescia, an deren beiden Enden Kontrollposten stehen. Man muß dort für die Benutzung der Straße bezahlen. Und dort ist auch immer Polizei.«

»Vielleicht sollten wir auf einen Lastwagen aufspringen?«

»Sie werden uns suchen. Sie halten bestimmt auch die Lastwagen an und durchsuchen sie.«

»Dann sollten wir halt doch den Umweg fahren.«

»Wenn wir erst den Wagen haben, können wir uns das immer noch überlegen.«

Es war kurz nach zweiundzwanzig Uhr, als der Bus seine Fahrt verlangsamte und schließlich vor der Haltestelle in Tavernelle hielt.

Wenngleich Don und Harry auch mit einem Zwischenfall rechneten, so kam er doch so plötzlich, daß er sie unvorbereitet traf.

Vor der Haltestelle war kein Licht. Sie blickten aus dem Fenster und konnten nur so weit sehen, wie das Licht aus dem Bus reichte.

Die Tür des Omnibusses flog auf, und ein Streifenpolizist mit Sturzhelm blockierte den Ausgang. Er war klein, hatte seine Motorradbrille auf den Sturzhelm geschoben, einen Karabiner über der Schulter und eine Hand an seiner Pistole, die im Gürtel hing.

Seine Augen flogen schnell über die Reisenden und blickten dann auf Don und Harry.

»Jetzt ist's aus«, flüsterte Harry leise, ohne seine Lippen zu bewegen.

Der Polizist winkte ihnen.

»Kommen Sie bitte heraus«, sagte er.

Don starrte ihn an.

»Sprechen Sie mit mir?« fragte er auf englisch.

»Ja, kommen Sie heraus, Sir«, antwortete der Polizist, ebenfalls auf englisch.

»Weshalb denn?«

Die anderen Fahrgäste im Omnibus starrten ihn an. Der Fahrer hatte sich herumgedreht und blickte den Polizisten verlegen an.

»Ich möchte Ihre Papiere sehen«, sagte der Polizist zu Don.

Don zuckte die Achseln, stand auf, zog seinen Rucksack aus dem Gepäcknetz und ging auf den Polizisten zu.

»Wird das lange dauern?« fragte der Busfahrer. »Ich habe schon Verspätung.«

»Sie brauchen nicht auf die beiden zu warten. Fahren Sie weiter«, sagte der Polizist.

Der Fahrer zuckte die Achseln, drehte sich um und wandte dem Polizisten den Rücken zu.

»Wir müssen sehen, wie wir mit ihm fertig werden«, flüsterte Don, als er Harry mit seinem Rucksack half.

Der Polizist machte die Tür frei, und Don und Harry kletterten hinaus auf die Straße.

Sie waren überrascht, noch zwei weitere Polizisten mit ihren Motorrädern zu sehen. Einer von ihnen hatte sogar seinen Karabiner in der Hand auf sie gerichtet.

Der Fahrer schlug hinter ihnen die Tür zu, legte den Gang ein und fuhr los.

Der erste Polizist drehte den Scheinwerfer seines Motorrades an, und ein schmaler Streifen Licht fiel auf die dunkle Straße.

»Ihre Papiere bitte, Signore«, sagte er dann zu Don.

Als Don in seine Windjacke griff, um seine Brieftasche herauszuholen, sah er, wie der andere Polizist den Karabiner auf ihn richtete. Don zog seinen Paß aus der Tasche und gab ihn dem Polizisten.

Der Polizist überflog ihn, nickte und hielt Harry die Hand hin.

»Gib ihn schon her«, sagte Don.

Harry gab dem Polizisten seinen Paß.

»Sie sind beide verhaftet«, sagte der Polizist. »Sie kommen mit uns.«

»Was wirft man uns denn vor?« fragte Don und kratzte sich am Kopf. Es war dies ein vereinbartes Zeichen zwischen Harry und ihm.

Harry reagierte sofort. Er hatte seinen schweren Rucksack noch auf dem Rücken. Er drehte sich plötzlich um und schlug ihn dem Polizisten mit dem Gewehr ins Gesicht. Unten im Rucksack lag ein Paar Nagelschuhe. Die trafen die Nase des Polizisten. Er ließ den Karabiner fallen und ging in die Knie.

Die beiden anderen Polizisten griffen schnell nach ihren Pistolen, ließen die Hände aber sinken, als sie entdeckten, daß Don seine Pistole schon in der Hand hatte.

»Keine Bewegung!« fuhr er sie an.

Harry ergriff den Karabiner und hielt den gestürzten Polizisten, der eben wieder auf seine Füße kam, in Schach.

»Ihr beide dreht euch um!« befahl Don.

Die Polizisten drehten sich um, und Don nahm ihre Pistolen. Dann entwaffnete er auch den dritten Polizisten.

Harry schraubte aus dem einen Motorrad die Zündkerze heraus und steckte sie in die Tasche. Dann startete er die beiden anderen Maschinen.

»Wir sind soweit, Boß«, sagte er.

Don entlud die drei Pistolen und ließ die Waffen auf die Straße fallen.

Er ging auf den ersten Polizisten zu und stieß ihm seine Pistole in den Rücken.

»Die Pässe her!«

Ohne sich umzuwenden, gab ihm der Polizist die Pässe.

»Glauben Sie nur nicht, daß Sie weit kommen!« brummte er.

»Wir wollen es wenigstens versuchen«, sagte Don lächelnd. »Los, Sie gehen jetzt die Straße entlang. Marsch!«

Die drei Polizisten verschwanden in der Dunkelheit.

Harry hatte sich schon auf eines der Motorräder gesetzt.

»Jetzt wollen wir denen aber mal zeigen, was Geschwindigkeit ist, Boß!« frohlockte er.

Don schwang sein Bein über das Motorrad und setzte sich in den Sattel.

»Los geht's!«

Die Gaszüge bis zum Anschlag aufgedreht, rasten sie aus Tavernelle und über die Hauptstraße in Richtung Verona.

12

Nach zwanzig Minuten schneller Fahrt, in denen sie auch den C.I.T.-Bus überholt hatten, gab Don Harry ein Zeichen, langsamer zu fahren. Er schob sich neben ihn, und sie fuhren nebeneinander her.

»Wir müssen bald von dieser Straße herunter«, sagte er. »Sie werden hinter uns herkommen wie ein Schwarm Wespen, und ich möchte wetten, daß sie jeden Polizisten im ganzen Bezirk alarmiert haben.«

Harry verzog sein Gesicht.

»Es fing gerade an, mir Spaß zu machen. Das ist ein tolles Maschinchen.«

»Wir werden jetzt in die rechte Seitenstraße abbiegen. Auf ihr kommen wir in die Berge. Wir müssen dann halt wieder laufen. Wenn wir Glück haben, werden sie glauben, wir seien nach Verona weitergefahren.«

»Okay«, sagte Harry, »aber schade, daß wir nicht mehr fahren können.«

Sie nahmen Gas weg, bogen nach rechts ab und befanden sich auf einer engen, gewundenen Straße, die eine starke Steigung hatte.

Don fuhr voraus. Sie hatten eine Geschwindigkeit von ungefähr achtzig Kilometern, bis die Straße so schlecht wurde, daß sie ganz langsam fahren mußten, um nicht zu stürzen.

Es war eine herrliche Nacht, und der Vollmond schien über die Berge. Sie schalteten ihre Scheinwerfer aus, da sie auch so genug sehen konnten.

Auf dem Gipfel des Hügels hielt Don an. Er blieb auf dem Motorrad mit gespreizten Beinen sitzen und blickte auf die kleine Ortschaft, die am Fuße des Hügels unter ihm lag.

»Wir sind hier nicht weit von der Schweizer Grenze entfernt, Harry«, bemerkte Don. »Ich glaube, es wäre besser, wenn wir hier über die Grenze gingen, als daß wir uns in Mailand um ein Flugzeug bemühten. Die Schweizer Polizei wird uns keine Schwierigkeiten machen, und wir bekommen in Zürich bestimmt leicht ein Flugzeug. Nach der Landkarte zu urteilen, müssen wir etwa vier Tage marschieren bis Tirano, das ist die Grenzstadt. Von dort können wir einen Wagen nehmen.«

»Okay«, sagte Harry. »Wie laufen wir denn?«

»Es ist Zeit, die Motorräder loszuwerden. Wir können nicht durch diesen Ort fahren. Sie würden die Motoren hören und uns der Polizei melden. Wir müssen die Kräder irgendwo verstecken.«

Sie brauchten einige Zeit, um ein Gebüsch zu finden, in dem sie die Motorräder verbergen konnten. Sie legten sie auf den Boden und bedeckten sie noch mit Zweigen und Gestrüpp, bis Don sicher war, daß sie nicht leicht gefunden würden.

Vier Stunden marschierten sie danach ohne Unterbrechung. Sie wechselten kaum ein Wort und kletterten über Hügel, felsige Abhänge, gingen durch schlafende Dörfer, bis Don schließlich anhielt.

»Wir sind jetzt nicht mehr weit von der Hauptstraße nach Trient entfernt. Sie dürfte dort hinter den nächsten Hügeln sein, wenn ich mich nicht auf der Karte geirrt habe. Wir wollen etwas essen und trinken. Wir sind ganz schön vorangekommen.«

Sie setzten sich auf die Erde und aßen.

»Ist das ein See da drüben, Boß?« fragte Harry mit vollem Mund.

»Das ist der Gardasee. Wir kommen an einem Zipfel von ihm vorbei. Dann müssen wir über die Berge marschieren. Dort gibt es wenig Straßen, meist nur Feldwege. Das wird hart werden.«

Harry streckte seine kräftigen Beine und grinste.

»Bis jetzt hat es mir sehr gut gefallen«, sagte er. »Auf diese Weise lerne ich wenigstens das Land kennen.«

Don lachte.

»Ich bin froh, daß ich dich holen ließ. Allein wäre dieser Marsch fürchterlich.« Er stand auf. »Komm, wir müssen weiter.«

Die aufgehende Sonne versah die Berggipfel schon mit einem roten Rand, als sie die Hauptstraße Verona — Trient etwas unterhalb der Ortschaft Ala überquerten. Sie mußten jetzt wieder klettern, und als sie den ersten Hügel bezwungen hatten, war die Sonne hinter den Bergen hervorgekommen, und die kühle Morgenluft wurde langsam wärmer.

»Ich würde vorschlagen, daß wir uns hinlegen und ein wenig schlafen«, sagte Don und ließ sich auf das feuchte Gras fallen. »Wie gefällt dir denn die Aussicht hier?«

Von ihrem Platz aus hatten sie einen herrlichen Blick auf den Gardasee, der noch im ersten Morgenlicht dahindämmerte.

»Großartig!« rief Harry. Er trank einen kräftigen Schluck aus der Chiantiflasche, die sie gekauft hatten, wischte sich mit dem Handrücken den Mund ab und seufzte zufrieden. Dann legte er zwei Decken, die er aus dem Rucksack genommen hatte, auf den Boden und sagte: »Jetzt wollen wir mal ein paar Takte schlafen.«

Sie legten sich hin und fielen nach wenigen Minuten in Schlaf. Sie schliefen einige Stunden, und sie würden noch länger geschlafen haben, wenn Don nicht durch ein Geräusch geweckt worden wäre, das wie das Brummen einer großen Biene klang.

Er verzog sein Gesicht, öffnete die Augen und blinzelte in den dunkelblauen Himmel. Dann fuhr er auf, griff nach Harrys Arm und schüttelte ihn wach. »Bleib ruhig liegen«, warnte er. »Hör mal...«

»Klingt wie ein Flugzeug.«

»Das ist ein Hubschrauber. Sieh, dort ist er...«

Harry blickte in die Richtung, in die Don deutete.

Vor der Sonne und kaum sichtbar konnte er den Hubschrauber ausmachen, der wie eine große Libelle rechts von ihnen vorbeiflog.

»Ob das die Polizei ist, Boß?« fragte Harry.

Don schüttelte den Kopf.

»Könnte eher Natzkas Verein sein. Los, unter die Decke und nicht bewegen. Wir wollen kein Risiko eingehen. Wenn er hier vorüberkommt, dürfen wir uns nicht bewegen, dann können die uns nicht entdecken.«

In einiger Entfernung flog der Hubschrauber an ihnen vorbei, dann drehte er und flog jetzt in umgekehrter Richtung weiter, dieses Mal etwa einen Kilometer näher.

»Ich wette, daß das Natzka ist«, sagte Don. »Er sucht systematisch. Noch zwei solcher Flüge, und er ist genau über uns.«

»Da können wir nicht viel tun.«

»Nein. Aber es ist für ihn nicht so leicht, uns von dort oben zu entdecken. Wenn er am entferntesten ist, dann kriechst du auf jene Sträucher zu. Ich werde da hinüber gehen.«

Sie warteten, bis der Hubschrauber in der Ferne wieder drehte, dann versteckten sie sich schnell unter dem Gebüsch. Sie waren sicher, dort nicht entdeckt zu werden.

Zehn Minuten später war der Hubschrauber wieder in ihrer Nähe. Der Lärm des Motors war jetzt laut zu hören. Don blickte vorsichtig durch die Zweige und sah, wie tief die Maschine flog: Sie glitt nur etwa zwanzig Meter über dem Hügel hinweg. Don bezweifelte plötzlich, ob sie unter dem Gebüsch wirklich so sicher waren, wie er angenommen hatte.

Durch den Wirbel des Hubschraubers wurde das hohe Gras niedergedrückt, als die Maschine in etwa zweihundert Metern Entfernung an ihnen vorbeiflog in Richtung Gardasee.

»Das war nahe«, bemerkte Don, ohne sich aus seinem Versteck zu wagen. »Wenn er jetzt zurückkommt, dann fliegt er direkt über uns.«

»Wenn er uns entdeckt, habe ich eine Überraschung für ihn«, sagte Harry zuversichtlich und winkte mit seiner Pistole. »Auf dieser Entfernung erwische ich ihn bestimmt.«

»Laß dich nicht sehen und schieße auch nicht, bevor sie nicht selbst etwas tun«, warnte Don. »Vielleicht ist der Hubschrauber doch nicht von Natzka.«

»Okay«, antwortete Harry, »aber ich möchte wetten, daß . . .«

»Wir müssen warten, Harry.«

»Abgesehen davon wüßte ich nicht, was sie uns von dem Hubschrauber aus antun könnten.«

»Sie könnten die anderen durch Funk herbeirufen.«

»Die haben dann aber einen langen Weg.«

»Paß auf. Dort kommt er wieder.«

Der Hubschrauber hatte gewendet und kam wieder heran. Er flog jetzt merklich langsamer und schien durch die Luft zu kriechen. Als er den Hügel erreichte, senkte er sich und kam bis auf etwa zwanzig Meter herunter.

Don fühlte sich fast nackt. Ob der Pilot ihn sehen konnte? Er schien sich offensichtlich auf diesen Hügel zu konzentrieren. Don blickte hinauf und sah, daß die Kabinentür offenstand. Er sah einen Mann sich hinauslehnen, einen Mann mit einem dunklen, schmalen Gesicht: Curizo!

Don hatte kaum Zeit das festzustellen, als der Hubschrauber genau die Stelle erreichte, wo er und Harry sich verborgen hatten.

Das Gebüsch, unter dem sie lagen, wurde von dem Wirbel des Hubschraubers auseinandergetrieben.

Er sah, wie plötzlich ein gemeines Lächeln auf Curizos Gesicht trat, dann fiel etwas, das wie ein kleiner Ball aussah, aus Curizos Hand auf die Stelle zu, wo er lag.

»Paß auf!« rief er, »das ist eine Handgranate.«

Er hörte das Peitschen von Harrys Pistole, dann schlug die Handgranate zwischen den beiden Sträuchern auf, unter denen er und Harry sich versteckt hatten.

Ein greller Blitz und eine Explosion folgten. Don fühlte die Erde unter sich erbeben, dann traf ihn plötzlich etwas an der Stirn, und der blaue Himmel wurde schwarz.

»Boß! Boß! Fehlt Ihnen etwas?«

Don brummte, hob die Hand zu seinem schmerzenden Kopf und öffnete die Augen.

Harry stand mit bleichem, besorgtem Gesicht über ihn gebeugt.

Einen Augenblick lang konnte Don sich nicht erinnern, was vorgefallen war. Dann setzte er sich auf, lächelte und fühlte, wie Blut ihm über das Gesicht lief.

»Da muß mich wohl ein Stein getroffen haben«, brummte er.

»Bewegen Sie sich nicht, Boß.«

»Es geht schon.«

»Ich will erst die Wunde verbinden. Es wird gleich nicht mehr bluten.«

Don legte sich zurück, während Harry aus dem einen Rucksack ein Verbandspäckchen holte und sich mit der Schramme an Dons Stirn beschäftigte.

»Was ist denn geschehen?«

»Dieser Dreckskerl hat eine Handgranate auf uns geworfen, aber ich habe ihm in den Arm geschossen«, berichtete Harry. »Das hat ihn außer Gefecht gesetzt, und die Mühle ist dann abgedreht. Sie steht unten im Tal. Sie können sie von hier aus sehen. Wahrscheinlich werden sie jetzt bald zu Fuß heraufkommen.«

Mit einiger Anstrengung erhob sich Don.

»Das ging gerade noch mal gut. Wir haben Glück gehabt.«

»Ich dachte schon, es hätte Sie erwischt, Boß. Ich war bös erschrokken«, sagte Harry und drehte sich dann um. »Sehen Sie, dort unten steht die Maschine.«

Don blickte ins Tal. Etwa in zehn Kilometer Entfernung von ihnen konnte er mitten in den dunkelgrünen Feldern ein einzelnes Bauernhaus sehen. Neben dem Haus stand der Hubschrauber.

Harry blickte durch einen großen Feldstecher.

»Sie tragen Curizo heraus. Es sind fünf Männer und ein Mädchen.«

»Gib mal her, Harry.«

Don nahm das Fernglas. Der Hubschrauber schien plötzlich in seine Nähe zu springen und nur noch einige hundert Meter entfernt zu sein. Er erkannte durch das Glas Busso, Brun und Hans, die neben dem Flugzeug standen. In der Tür des Bauernhauses stand Maria Natzka. Sie trug eine weiße Seidenbluse und enge schwarze Hosen, und nach ihrem Gesichtsausdruck zu schließen, schien sie über die Erregung etwas amüsiert zu sein.

Er entdeckte Carl Natzka, der mit einem kleinen, schmalen Mann im Fliegerdreß sprach.

Curizo lag im Gras, und niemand schien sich um ihn zu kümmern.

Der Pilot drehte sich um und deutete direkt zu dem Hügel hinauf, wo Don stand.

Natzka schien etwas gerufen zu haben, denn die drei Männer, die um den Hubschrauber standen, traten auf ihn zu. Er deutete auf den Hügel. Die Männer unterhielten sich einen Moment, dann liefen sie zur Scheune hinüber. Das große Tor wurde geöffnet, und ein Wagen fuhr heraus, ihm folgte ein zweiter Wagen.

Vier Männer kamen und stiegen in den ersten Wagen. Busso, Brun und Hans gingen zu dem zweiten. Die beiden Wagen fuhren über einen Feldweg auf die Straße und dann mit schnellerer Geschwindigkeit zum Hügel.

»Da kommen sie«, sagte Don und schob das Fernglas in das lederne Futteral zurück. »Sie werden fast zwei Stunden brauchen, bis sie hier sind, Harry. Wir müssen jetzt von hier verschwinden und zusehen, daß wir einen Bogen um sie schlagen. Wenn wir den Hubschrauber erreichen könnten . . ., ich würde schon damit fertig werden.«

Harrys Gesicht leuchtete.

»Mann, das ist ein Gedanke, Boß. Aber glauben Sie denn, daß Sie es mit der Wunde schaffen?«

»Ich werde es schaffen müssen. Das ist unsere beste Chance.«

Don fühlte sich noch etwas benommen und unsicher auf den Beinen. Er war dankbar für Harrys Hilfe, als sie den Abhang hinuntergingen.

Sie brauchten dazu zehn Minuten. Dann gingen sie vorsichtig um den Hügel herum in das felsige, mit Büschen bestandene Brachland, das zwischen dem Hügel und dem Bauernhaus lag.

Don hatte errechnet, daß es etwa sieben Kilometer vom Haus bis zu der Stelle waren, wo sie sich jetzt befanden. Mit seinem stark schmerzenden Kopf und den wankenden Beinen würde das ein schwerer Marsch für sie werden.

Das Gebüsch trennte sie von der Straße, und sie kämpften sich eine gute Stunde lang mühsam vorwärts, immer auf der Hut vor ihren Gegnern.

Sie hatten etwa vier Kilometer zurückgelegt, als das Gelände wieder abfiel. Sie krochen auf Händen und Knien bis zu der Stelle vor, von der aus sie ins Tal blicken konnten.

Sie sahen die beiden Wagen unten auf der Straße geparkt. Busso war als Wache zurückgelassen worden, während die anderen Männer den Hügel hinaufkletterten.

Don betrachtete sorgfältig das Gelände.

»Da unten haben wir nicht viel Deckung, Harry«, sagte er. »Wir müssen erst die beiden Wagen außer Betrieb setzen, bevor wir zum Haus hinübergehen.«

Harry blickte auf die anderen Männer, die langsam in ihre Richtung heraufgeklettert kamen. Er schätzte, daß sie in etwa fünfzig Meter Entfernung an ihnen vorbeilaufen würden.

»Wir müssen warten, bis sie vorbeigegangen sind«, flüsterte er, »dann können wir uns den Dicken vornehmen.«

Don nickte und preßte sich auf den Boden, da Brun als erster der Männer in Sicht kam.

»Ich möchte nur wissen, weshalb wir zu dem Berg marschieren«, brummte Brun unwirsch, als ein anderer Mann, groß und kräftig gebaut, ihm folgte. Don und Harry konnten ihn deutlich hören. »Curizo hat doch gesagt, sie seien beide tot. Er hat oben auf den Gipfel eine Handgranate geworfen, genau dort, wo sie waren. Warum können denn nicht die anderen gehen und wir hier unten warten?«

»Busso meinte, vielleicht seien sie doch nicht tot. Jetzt halte deinen Mund und komm!« fuhr ihn der andere an, und heftig atmend kletterten sie weiter.

Sobald Don und Harry merkten, daß ihre Verfolger außer Sicht waren, krochen sie über den Grat und schlichen auf die Straße zu.

Sie sahen Busso neben den Autos sitzen und eine Zigarette rauchen.

»Ich mach's schon, Boß«, sagte Harry leise. »Bleiben Sie am besten hinter diesem Busch. Wenn ich soweit bin, dann hebe ich eine Hand. Ich werde die letzten Meter rennen müssen. Vielleicht könnten Sie dann einen Stein werfen, um seine Aufmerksamkeit abzulenken.«

Don nickte. Der Plan war gut. Er fühlte sich noch schwach auf den Beinen und wußte, daß Harry dafür jetzt besser geeignet war als er.

Sie stiegen leise den Abhang hinunter und erreichten den Busch, auf den Harry gedeutet hatte.

Busso war aufgestanden und ging auf der Straße hin und her. Von Zeit zu Zeit blickte er zum Hügel hinüber und verzog das Gesicht. Don drehte sich um und sah die Männer jetzt auf halber Höhe des Hanges. Sie kamen sehr langsam vorwärts, und er hörte, wie Busso auf sie schimpfte. Dann zuckte Busso seine Achseln und setzte sich wieder neben die Wagen an den Straßenrand.

Harry gab Don ein Zeichen: »Ich gehe los«, flüsterte er, legte seinen Rucksack ab und kroch schnell am Straßenrand entlang, jede Möglichkeit der Deckung, die die wenigen Sträucher neben der Straße boten, ausnutzend.

Don sah ihm zu und bewunderte Harrys Geschicklichkeit. Hinter dem letzten Strauch hielt Harry. Bussos breiter Rücken war jetzt etwa zehn Meter von ihm entfernt. Harry blickte zurück zu Don und hob seine Hand.

Don hatte schon einen großen Stein ergriffen. Er stand auf und warf den Stein mit aller Kraft nach Bussos Kopf.

Der Stein zischte durch die Luft, und Busso schien ihn zu hören. Er wollte sich erheben, doch da traf ihn der Stein zwischen den Schulterblättern. Er stöhnte auf und torkelte nach vorn.

Harry war aufgesprungen und raste schon auf ihn zu, während der Stein noch in der Luft war. Die letzten Meter legte er in großen Sätzen zurück, sprang auf Busso und warf ihn zu Boden.

Harry stand auf und grinste breit.

»War ganz leicht, Boß«, sagte er und lief zu einem der Wagen hinüber. Er öffnete die Haube und holte den Verteiler heraus.

Don nahm Harrys Rucksack und wankte zur Straße.

»Wir nehmen den anderen Wagen, Harry«, sagte er. Er bückte sich und hob Bussos schwarzen Hut auf. »Los, steig ein.«

Er setzte sich den Hut auf und ließ den Motor an. Harry stieg ein. Aus weiter Ferne hörten sie einen schwachen Ruf. Harry blickte zum Hügel.

Die beiden Männer, die den Gipfel schon erreicht hatten, winkten den anderen zu, die von ihrem Standort aus die Straße nicht sehen konnten.

»Sie haben uns entdeckt«, sagte Harry, während Don den Wagen wendete und in schneller Fahrt davonfuhr.

»Sie können uns nicht einholen«, sagte Don. »Duck dich und bleibe außer Sicht. Wenn wir Glück haben, halten sie mich für Busso.«

»Prima!« lachte Harry und setzte sich auf den Boden.

Don fuhr schnell die Straße entlang. Es waren etwa drei bis vier Kilometer bis zu dem Bauernhaus, und er sagte sich, daß die Verfolger mindestens eine Stunde brauchten, um von dem Hügel zurückzukommen, selbst wenn sie den größten Teil des Weges laufen würden. Soviel Zeit hatte er also, um Natzka, Maria und den Piloten außer Gefecht zu setzen und den Hubschrauber zu starten. Es würde schwer sein, aber er mußte es wagen.

»Wir sind gleich auf dem Bauernhof«, sagte er zu Harry und bremste. Er glitt tiefer in den Fahrersitz und zog den großen schwarzen Hut ins Gesicht. Dann fuhr er durch das weit geöffnete Tor.

Der Wagen holperte noch ein paar Meter, dann bremste Don. Ganz in ihrer Nähe stand der Hubschrauber. Weder in dem Flugzeug noch im Hof war jemand zu sehen. Don war einen Augenblick versucht, zum Hubschrauber zu fahren und ihn zu starten, aber er wußte, daß er erst Natzka und seine Leute im Hause mattsetzen mußte.

Harry hatte seine Pistole gezogen und auf sein Knie gelegt. Seine Hand war am Türgriff, bereit, die Tür aufzustoßen und hinauszustürmen.

»Niemand zu sehen«, sagte Don. Eine Hand am Steuer, in der anderen die Pistole, fuhr er weiter auf das Haus zu und hielt.

Don hatte gehofft, Natzka würde zur Tür kommen, und er könnte ihn dort überraschen. Jetzt sah er aber, daß er den ersten Zug machen mußte.

»Bleib außer Sicht, Harry«, sagte er. »Wenn etwas schiefgeht, dann kannst du mich immer noch heraushauen.«

»Lassen Sie mich hineingehen, Boß«, sagte Harry.

»Nein, warte hier.«

Don öffnete die Autotür und durchquerte mit wenigen großen Schritten den Hof und drückte die Klinke der Haustür nieder.

Die Tür ging auf.

Don blickte in einen breiten Hausgang. Vor ihm war die Treppe. Zu seiner Linken sah er eine Tür, die ins Wohnzimmer zu führen schien.

Er hatte nur Zeit, einen kurzen Blick ins Haus zu werfen, als er den Piloten des Hubschraubers die Treppen herunterkommen sah.

Der Pilot blieb erschrocken stehen, und sein Mund öffnete sich.

»Ein Ton, und ich schieße Sie in Stücke!« zischte Don ihn leise an und deutete auf seine Pistole.

Der Pilot nahm die Hände hoch, und sein Gesicht wurde weiß.

»Kommen Sie her!« befahl Don.

Vorsichtig, als würde er auf Eierschalen gehen, stieg der Pilot die Treppe herunter, bis er wenige Schritte vor Don war.

»Umdrehen!«

Zögernd drehte sich der Mann um, und Don suchte ihn nach Waffen ab. Als er keine Pistole fand, trat er schnell zurück.

»Wo sind die anderen?«

Der Pilot deutete auf die Tür am Ende des Hausganges.

»Gehen Sie voraus — und versuchen Sie keine Tricks.«

Der Pilot schlich durch den Gang, drückte die Türklinke nieder und trat in das große, spärlich möblierte Zimmer.

Don folgte ihm mit schnellem Schritt und gab ihm einen heftigen Stoß, der ihn in das Zimmer warf, wo er direkt vor Carl Natzka auf Händen und Knien landete.

»Keine Bewegung!« rief Don.

»Na so was, das ist ja Mr. Micklem!« sagte Maria.

Sie saß am Fenster. Sie lächelte ihm zu, und ihre Augen leuchteten vor Erregung.

Natzka hatte eine Landkarte auf seinen Knien und studierte sie sorgfältig. Als er Don erblickte, wurde sein Gesicht bleich, und seine Lippen formten sich zu einem Strich. Die Karte rutschte ihm von den Knien auf den Boden.

»Das ist aber nett«, fuhr Maria fort. »Ich habe mir schon solche Sorgen um Sie gemacht. Was haben Sie denn da an Ihrem Kopf?«

»Einer von Ihres Bruders Freunden hat eine Handgranate nach mir geworfen«, erklärte ihr Don. »Aber er war sehr ungeschickt, wie alle seine Leute. Er hat keinen großen Schaden angerichtet.«

»Na hör mal, Carl«, sagte Maria und blickte ihren Bruder vorwurfsvoll an, »mußt du denn Handgranaten auf Mr. Micklem werfen lassen? Er ist ja schließlich ein Freund von mir!«

»Halt den Mund!« sagte Natzka rauh. »Ich muß mit Ihnen reden«, fuhr er, zu Don gewandt, fort. »Sie kommen aus Italien nicht heraus. Jede Straße wird bewacht, die Polizei sucht Sie. Überall an der Grenze stehen Sonderposten. Früher oder später wird man Sie erwischen. Ich schlage Ihnen einen Handel vor ...«

»Ich bin nicht an Ihren Vorschlägen interessiert«, entgegnete Don kurz.

Wo war Curizo? fragte er sich und er ging zur Seite, damit sein Rücken nicht der Tür zugewandt wäre.

»Ich will das Buch haben, Micklem«, sagte Natzka. »Ich werde es Ihnen abkaufen ...«

»Wirklich, Carl?« unterbrach ihn Maria. »Du vergißt wohl, daß Mr. Micklem Millionär ist ...«

»Sie können sich Ihre Worte sparen. Sie bekommen das Buch nicht«, sagte Don.

»Alles okay, Boß?« tönte Harrys Stimme durch den Hausgang.

»Ja. Curizo ist irgendwo im Haus. Finde ihn und setz ihn außer Gefecht, und dann komm schnell wieder her«, sagte Don, der seine Augen nicht von Natzka ließ.

Der Pilot blieb auf dem Boden liegen. Er starrte auf Don und dann auf Natzka.

»Wollen Sie uns auch außer Gefecht setzen, Mr. Micklem?« fragte Maria. »Wie werden Sie das tun: Werden Sie uns auf den Kopf schlagen?«

Sie lachte zu ihm herüber.

»Ein schöner langer Strick reicht für Sie aus«, antwortete Don lächelnd. »Die Kumpane Ihres Bruders werden bald hier sein und Sie wieder losbinden.«

»Da bin ich ja beruhigt. Ich dachte schon, Sie wären auch so brutal wie mein Bruder. Ich muß mich für Carls Benehmen entschuldigen. Das Kreuz mit ihm ist, daß er sein Leben so hoch einschätzt. Wenn er dieses dumme Buch nicht herbeischafft, dann wird man ihn an die Wand stellen und erschießen.« Sie machte eine Pause. »Und mich übrigens auch. Carl möchte nicht gern erschossen werden. Ich möchte es natürlich auch nicht, aber ich billige dennoch nicht, daß er Leute verwundet und gar tötet, nur um sein eigenes Fell zu retten.«

»Diese Gefühle ehren Sie, aber sie haben Ihren Bruder nicht daran gehindert, John Tregarth zu ermorden«, sagte Don leise. »Vielleicht ist die Situation gar nicht so dramatisch, wie Sie sie schildern. Sie müssen ja nicht zurückkehren und Ihr Versagen eingestehen. Sie könnten ja einfach verschwinden.«

Sie lachte, und Don sagte sich wieder, daß er noch nie eine so schöne Frau wie sie gesehen hatte.

»Wo sollten wir uns denn verbergen? Sie sind geduldig und sehr mächtig. Sie vergessen nicht. Früher oder später würden sie uns finden, genau wie sie Sie auch finden werden, Don. Ich bin davon überzeugt, daß Sie sehr tapfer sind und gute Nerven haben, aber ich kann Sie versichern, daß Sie, falls Sie das Buch nicht herausgeben, früher oder später ums Leben kommen werden. Das kann Monate dauern oder Jahre, aber eines Tages werden Sie einen Unfall haben — einen unserer berühmten Unfälle. Sie können ihnen nicht entkommen.«

»Was soll ich tun?« fragte Don lächelnd. »In die Knie gehen und weinen?«

Sie schüttelte den Kopf.

»Ich habe Sie nun mal recht gern. Es täte mir leid, Sie tot zu wissen.«

»Da Sie aber, nach Ihren eigenen Worten, ja schon lange Zeit vor mir tot sein werden, sehe ich keinen Grund, weshalb Sie das betrüben sollte«, entgegnete Don. »Nein, Ihre Gründe können mich auch nicht umstimmen.«

»Ich kann Sie nur warnen, Don.«

Harry kam ins Zimmer.

»Curizo habe ich oben gefunden. Er hat keine Schwierigkeiten gemacht.«

»Fessele diesen Mann«, sagte Don und deutete auf den Piloten.

»Sie können nicht entkommen«, sagte Natzka mit Nachdruck. »Ich werde Sie am Leben lassen im Tausch gegen das Buch. Ich muß das Buch haben!«

»Lassen Sie das doch! Natürlich werden wir entkommen. Wir werden uns einfach Ihren Hubschrauber ausleihen.«

Natzka blickte ihn erschrocken an.

»Aber sie können ihn doch nicht bedienen!«

»Du vergißt, lieber Carl, daß Mr. Micklem ein ausgezeichneter Pilot ist«, sagte Maria, und trotz ihres Lächelns sah Don ihr Gesicht erblassen. »Ich fürchte, es war nicht sehr klug von dir, ihm eine so leichte Fluchtmöglichkeit zu geben.«

»Halt den Mund!« brüllte Natzka.

Harry hatte den Piloten gefesselt und trat auf Natzka zu. Natzka sprang plötzlich aus seinem Sessel auf und fuhr Harry an die Kehle.

Harry hatte den Angriff erwartet. Mit seinem linken Arm schlug er Natzkas Hände zur Seite und gab ihm mit seiner Rechten einen gewaltigen Kinnhaken.

Natzka verdrehte die Augen, ging in die Knie, und Harry hob ihn wieder in seinen Sessel.

Maria hatte den Atem angehalten, als sie Harry auf ihren Bruder einschlagen sah, und sie wandte ihren Kopf ab. Doch dann blickte sie aus dem Fenster.

»Beeilen Sie sich, Don«, sagte sie. »Sie kommen dort die Straße entlang.«

Harry sprang zum Fenster.

»Stimmt, Boß. Sie müssen irgendwie einen Wagen auf der Straße bekommen haben.«

Er trat hinter Maria, legte den Strick einmal um sie und band ihn hinten am Stuhl fest.

»Ich hoffe, daß es nicht zu stramm ist, Miss«, sagte er. Harry war zu Damen immer höflich.

»Machen Sie sich keine Sorgen um mich.« Sie blickte Don an.

»Auf Wiedersehen. — Ich hoffe, daß Sie fliehen können.«

Don zögerte einen Augenblick. Er fragte sich, ob er sie mitnehmen sollte, doch dann fiel ihm ein, wie sie versucht hatte, ihn nach Paris zu locken. Er konnte ihr nicht trauen.

»Auf Wiedersehen — und viel Glück«, sagte er.

»Auf, Harry!« rief er dann, und sie rannten zusammen aus dem Haus.

Als sie am Hubschrauber waren und hineinkletterten, sahen sie einen offenen Wagen mit fünf Männern darin in schneller Fahrt über die staubige Straße brausen.

Don kontrollierte das Armaturenbrett, startete den Motor und hörte, wie sich über ihnen der Rotor drehte.

Harry kniete sich an die offene Kabinentür. Als der Wagen durch das Tor auf den Hof fuhr, hob er seine Pistole und schoß. Die Windschutzscheibe des Wagens zersplitterte, und der Wagen rutschte auf blockierten Rädern, bis er schließlich hielt.

Die fünf Männer sprangen heraus und verteilten sich.

Harry fühlte, wie der Hubschrauber sich vom Boden hob.

Busso, der sich hinter dem Wagen verborgen hatte, eröffnete das Feuer auf die Maschine, die sich langsam in die Luft erhob. Eine Kugel zischte an Harrys Gesicht vorbei, eine andere traf die Uhr im Armaturenbrett. Harrys Geschoß schlug aber dann so dicht vor Bussos Gesicht ein, daß dieser sich schnell duckte.

Alle schossen jetzt wie wild, und die Luft war voller Kugeln, aber die Maschine gewann Höhe und flog davon.

»Wir haben's geschafft«, sagte Don, als er mehr Gas gab.

13

Harry machte es sich in seinem Sitz neben Don bequem, griff nach dem Rucksack zu seinen Füßen und öffnete ihn.

»Puh!« Er packte eine große Salami aus, öffnete sein Taschenmesser und schnitt sich dicke Scheiben davon ab. »Können Sie essen, während Sie diese Mühle steuern, Boß?«

»Ich kann immer essen«, antwortete Don und nahm eine Salamischeibe. »Futtere aber nicht die ganze Wurst auf, vielleicht brauchen wir später noch etwas.«

»Wieso? Fliegen wir nicht nach London?«

»Kein Gedanke! Wir haben noch nicht mal für zwanzig Minuten Benzin in den Tanks.«

»Verflixt! Sagen Sie nur nicht, daß wir wieder marschieren müssen«, rief Harry beunruhigt.

Don nickte.

»Ich fürchte, wir müssen wieder laufen. Wir kommen gerade über die Grenze, wenn wir Glück haben.«

»Na, von mir aus«, sagte Harry nachdenklich. Er kaute eine Zeitlang vor sich hin und blickte auf die Bergkette, die vor ihnen undeutlich zu sehen war. »Wo fliegen wir denn überhaupt hin, Boß?«

»Wir müssen sehen, daß wir über die Grenze kommen. Wir wissen, daß sie uns hier überall auflauern. Wenn wir erst einmal in der Schweiz sind, können wir mit dem Zug nach Zürich fahren und von dort nach London fliegen. Jetzt fliegen wir auf Tirano zu, das ist die Grenzstadt. Sobald wir die Stadt sehen, fliegen wir nach Norden weiter, und wenn wir Glück haben, dann kommen wir bis St. Moritz. Es fragt sich nur, wie lange das Benzin reicht.«

»Lassen Sie es doch nicht darauf ankommen, Boß. Ich möchte in dieser Mühle keine Bruchlandung machen. Sie sieht gar nicht stabil aus.«

Don lächelte. »Das ist sie auch nicht«, sagte er. Er blickte auf die Benzinuhr. Der Zeiger flatterte um Null. Das Benzin war beinahe verbraucht, noch drei oder vier Minuten Flug, und der Tank wäre leer.

»Haben wir Fallschirme an Bord, Harry?«

»Sieht es so schlimm aus?« fragte Harry, und seine Augen traten ein wenig hervor. Er blickte sich schnell um. »Ich sehe keine.«

»Sieh mal, das ist Tirano«, sagte Don.

Harry suchte hinter den Sitzen. Er blickte kurz über die Schulter auf die kleine Stadt unter ihnen und suchte dann weiter.

»Ich habe sie, Boß!« rief er. »Sie sehen aber so aus, als ob sie seit Jahren nicht mehr überprüft worden wären.«

»Ich Dummkopf!« rief Don verärgert. »Natürlich. Es gibt doch einen Reservetank an Bord. Er ist noch voll. Mit dem Benzin kommen wir über die Berge.«

Er legte schnell den Hebel um und sah erfreut, wie der Zeiger der Benzinuhr wieder kletterte. Don zog den Hubschrauber höher. »Wir haben jetzt für mindestens zwanzig Minuten Flugzeit Benzin. Hol mal die Landkarte heraus, Harry.«

Harry atmete auf und gab Don die Karte.

»Wir müssen eine Stelle finden, wo wir landen können. Sieh dir mal diese Berge an!«

»Ich sehe mir sie an«, sagte Harry nervös. »Bitte stoßen Sie da nicht dran, Boß, die könnten zurückstoßen!«

Knapp zwanzig Meter unter ihnen waren die mit Schnee bedeckten Gipfel zu sehen, die die Grenze zur Schweiz bildeten, und Don kletterte höher.

»Laß mich mal sehen«, Don betrachtete sorgfältig die Karte und gab sie dann Harry zurück. »Wir werden es gerade bis zu einer kleinen Ebene schaffen, wenn wir Glück haben.«

»Schön«, sagte Harry, der auf die schneebedeckten Berge starrte. »Stellen Sie sich mal vor, wir müßten hier landen!«

Etwa zehn Minuten später — der Zeiger der Benzinuhr war schon wieder der Null gefährlich nahe gekommen — flogen sie durch eine Dunstschicht und sahen unter sich endlich eine flache Wiese und in der Nähe ein hölzernes Bauernhaus, das sich an den Hang des Berges zu schmiegen schien.

»Wir haben es geschafft!« rief Don triumphierend.

Eine Minute später setzte er den Hubschrauber etwa dreihundert Meter von einer schmalen Straße entfernt, die sich die Berge hinaufwand, auf.

»Los, aussteigen, bevor einer kommt und uns fragt, was wir eigentlich hier wollen«, sagte Don und schnallte seinen Rucksack wieder auf den Rücken.

Sie gingen über die Wiese und erreichten nach wenigen Minuten die Straße.

Sie blickten zurück.

Der Hubschrauber stand für ihren Geschmack viel zu auffallend vor der Kulisse der Berge im Hintergrund.

Sie gingen mit schnellen Schritten die Straße entlang und hatten schon mehr als einen Kilometer zurückgelegt, als sie hinter sich das Geräusch eines Autos hörten.

»Wollen mal sehen, ob er uns mitnimmt«, sagte Don. »Aber paß auf. Und halte deine Pistole bereit.«

»Ich pass' schon auf.«

Ein schwerer Lastzug kam die Straße entlang, und Don winkte. Der Wagen bremste, und der Fahrer, ein gutmütiger Mann mit scharfen blauen Augen, blickte sie freundlich an.

»Können Sie uns bitte bis nach St. Moritz mitnehmen?« fragte Don in seinem besten Französisch.

»Steigen Sie ein, ich habe gern etwas Gesellschaft«, sagte der Fahrer und öffnete ihnen die Tür.

Während der Fahrt sprach der Fahrer nur über den Hubschrauber, den er über die Grenze hatte fliegen sehen. In ihren Kordhosen und Windjacken sahen Don und Harry wie zünftige Gebirgswanderer aus, und er brachte sie nicht in Verbindung mit dem Flugzeug, das sein Erstaunen erregt hatte.

In der Hauptstraße von St. Moritz stiegen sie aus und gingen zum

Bahnhof. Dort erfuhren sie, daß gerade ein Zug nach Zürich abgefahren war und der nächste erst später ging.

Don hatte schon mehrere Wintermonate in St. Moritz verbracht, und der Geschäftsführer des Palast Hotels kannte ihn gut. Durch seine Vermittlung erhielt er einen Mietwagen, und in weniger als einer halben Stunde fuhren sie aus der Stadt, Harry am Steuer.

Don studierte die Landkarte. »Es sind fast zweihundert Kilometer bis Zürich, und wir haben eine gute Straße vor uns.« Er blickte auf seine Uhr. »Wir müßten so gegen zwanzig Uhr dreißig dort sein, selbst wenn man den Verkehr und einige Haarnadelkurven in Rechnung stellt.«

»Das werden wir früher schaffen, Boß«, versicherte Harry. »Dieses Wägelchen läuft schnell wie der Blitz.«

»Wir wollen lieber nichts riskieren«, gab Don zu bedenken.

»Haben wir genug Benzin?«

»Der Tank ist voll, und ich habe noch vier Kanister im Kofferraum. Das ist mehr, als wir brauchen.«

»Okay«, sagte Harry und gab Gas, denn der Verkehr vor ihnen war schwächer geworden.

»Wir müssen am Flugplatz vorsichtig sein«, bemerkte Don nach einiger Zeit. »Natzka wird sicherlich versuchen, uns noch aufzuhalten. Sobald wir im Flugzeug sind, ist er geschlagen, und das weiß er. Deswegen dürfte er seinen letzten Versuch auf dem Flugplatz selbst machen. Am besten wäre es, wenn du mich vor dem Flugplatz absetzen und die beiden Flugkarten holen würdest. Sie kennen dich nicht so gut wie mich. Und im letzten Augenblick werde ich dann ans Flugzeug kommen.«

»Wäre es nicht besser, wenn ich aussteigen würde und Sie im Wagen blieben, Boß?« fragte Harry. »Wenn ich in eine Falle laufen sollte, könnten Sie immer noch mit dem Auto verduften.«

Don nickte.

»Ja, das ist richtig. Das werden wir tun. Es kann sein, daß Natzka denkt, wir wären nach Mailand geflogen. Aber wir müssen aufpassen. Es geht um sein Leben oder um unser Leben.«

Sie waren zehn Kilometer hinter Chur, als Harry plötzlich leise fluchte und Don bemerkte, wie der Wagen an Fahrt verlor.

»Was ist denn?« fragte er.

»Das Benzin kann doch nicht schon alle sein!« sagte Harry und blickte auf die Benzinuhr im Armaturenbrett, während der Wagen langsam ausrollte.

»Natürlich nicht, ich habe ihn doch volltanken lassen in St. Moritz.«
Harry öffnete die Tür und stieg aus.

»Vielleicht nur die Leitung verstopft«, brummte er, als er die Motorhaube öffnete.

Don holte die Werkzeugtasche aus dem Koffer und trat zu ihm.

Harry fand den Fehler schnell. Er brachte nur ein paar Minuten, um festzustellen, was los war.

»Da hat uns jemand Wasser ins Benzin getan, Boß.«

»Und da habe ich noch geglaubt, Natzka würde seinen letzten Versuch am Flugplatz machen«, sagte Don. »Okay, laß es ablaufen. Jede Minute, die wir hier herumstehen, gibt ihm die Möglichkeit, uns einzuholen.«

»Ich mache den Tank leer, und dann füllen wir das Benzin aus den Kanistern ein. Das geht am schnellsten.«

Don ging zum Kofferraum und hob die Kanister heraus, während Harry das Benzin-Wassergemisch des Tanks auslaufen ließ.

Es dauerte einige Minuten, bis der Tank leer war, dann schraubte Don den ersten Kanister auf, roch probeweise dran und verzog das Gesicht.

»Das ist kein Benzin, Harry«, sagte er. »Das ist auch Wasser!«

»Gut gemacht, nicht wahr?« sagte Harry mit ausdruckslosem Gesicht. »Und was tun wir jetzt?« Er schraubte den Vergaser auseinander. »Wir müssen Benzin holen. Vielleicht nimmt uns jemand mit zurück nach Chur.«

»Mann, war ich doch blöd!« schimpfte Don. »Ich hätte das Benzin kontrollieren sollen. Tregarth hatte mich vor ihren Tricks gewarnt. — Wir werden den Wagen nicht stehenlassen. Es ist schneller, wenn wir nach Chur zurückgehen und Benzin holen, als wenn wir darauf warteten, daß uns ein Lastwagen oder ein Personenwagen mitnimmt.«

»Kurz hinter Chur war eine Tankstelle«, sagte Harry, während er die Filter und die Einzelteile des Vergasers mit seinem Taschentuch sorgfältig trocknete. »Eine kleine Garage an der linken Seite. Ich habe sie gesehen, als wir vorbeikamen.«

Don goß das Wasser aus den Kanistern.

»Ich werde gehen«, sagte er. »Bleibe du hier beim Wagen. Wenn ich Glück habe, nimmt mich jemand mit. Warte hier.«

In jede Hand nahm Don zwei Kanister und marschierte los.

Etwa eine Meile war er gelaufen, als er hinter sich Motorengeräusch hörte. Er stellte die Kanister ab, holte seine Pistole aus der Hüfttasche und steckte sie in die eine Tasche seiner Windjacke.

Er wollte kein Risiko eingehen. Der lange und mächtige Arm von Natzkas Organisation war auch hier zu spüren.

Ein kleiner Wagen kam in Sicht, und Don trat mitten auf die Straße und winkte.

Der Fahrer schien zu zögern, doch Don ließ ihm keine andere Wahl. Wenn er weitergefahren wäre, hätte er Don überfahren.

Der Fahrer war ein dicker, älterer Mann, wahrscheinlich ein Reisender, dachte Don, als er zu ihm hintrat und ihn fragte:

»Können Sie mich bitte bis Chur mitnehmen. Ich habe kein Benzin mehr.«

Der Dicke zuckte die Achseln und öffnete ungnädig die Tür.

»Ich soll ja eigentlich niemand mitnehmen«, brummte er und verzog sein Gesicht noch mehr, als Don die vier Kanister auf den Boden stellte.

Er sprach kein Wort bis Chur, und als Don vor der kleinen Garage ausgestiegen war, fuhr der Mann weg, bevor Don sich noch bedanken konnte.

Ein schmächtiger Mann kam aus einer kleinen Hütte, die neben den Benzinpumpen stand, und blickte Don mißtrauisch an, als er die Kanister abstellte. Dieser Mann gefiel Don nicht.

»Füllen Sie diese Kanister mit Super-Benzin«, sagte Don.

»Sie kommen zu spät. Wir haben schon geschlossen«, brummte der Mann, drehte sich um und ging wieder in die Hütte.

Bis Chur war es fast noch einen Kilometer, und Don wollte keine Zeit mehr verschwenden.

Er folgte dem Mann in die Bude. Vorsichtig trat er in den düsteren Raum, und das war sein Glück. Er erblickte den schmächtigen Mann, der sich an die Wand gepreßt hatte, einen schweren Schraubenschlüssel in der erhobenen Hand. Er holte aus und wollte ihn Don auf den Kopf schlagen, aber Don sprang zur Seite und zog seine Pistole.

Der Anblick der Pistole ließ den schmächtigen Mann erstarren. Der Schraubenschlüssel fiel ihm aus der Hand, und sein Gesicht wurde kalkweiß.

»Okay«, sagte Don. »Wenn Sie sich beruhigt haben, dann füllen Sie mir die Kanister! Ich bleibe solange hier, aber glauben Sie nur nicht, ich könnte Sie aus dieser kurzen Entfernung nicht treffen, falls Sie Unsinn machen wollen!«

Mit wankenden Knien ging der Mann an die Pumpen und füllte die Kanister.

Don steckte die Pistole in die Windjacke und kam aus der Hütte.

»Stellen Sie sie auf den Wagen!« befahl er und deutete auf einen kleinen Lieferwagen. »Schnell!«

Der Mann gehorchte.

»Steigen Sie ein«, sagte Don. »Wir werden eine Spazierfahrt machen!«

Ganz benommen stieg der Mann ein, und Don setzte sich neben ihn.

»Die Straße nach Sargans«, sagte er, »und geben Sie Gas!«

Als sie ein paar Minuten gefahren waren, fragte Don: »Hat man Ihnen gesagt, Sie sollten mir kein Benzin verkaufen?«

Der Mann antwortete nicht.

Don stieß ihm die Pistole in die Rippen.

»Wenn Sie aus der Geschichte lebend herauskommen wollen, dann reden Sie besser!«

»Sie haben mich angerufen«, knurrte der Mann. »Ich habe nur ihren Befehl ausgeführt.«

»Da waren Sie schön dumm! Wann haben sie angerufen?«

»Etwa vor einer Stunde.«

Diese Auskunft verwirrte Don. Das bedeutete, daß man jetzt schon am Züricher Flughafen auf ihn wartete. Natzka wollte ihm offensichtlich alle Fluchtmöglichkeiten sperren. Und das bedeutete auch, daß an allen Grenzübergängen nach Frankreich und Deutschland jemand auf ihn warten würde.

Er überlegte noch krampfhaft, wie er die Schweiz verlassen könnte, als er vor sich den Wagen und Harry auftauchen sah.

»Halten Sie dort am Wagen!« befahl er.

Als der Lieferwagen hielt, lief Harry herbei und lud die Kanister ab. Er füllte den Tank auf, und Don gab dem Mann Geld für das Benzin.

»Fahren Sie jetzt zurück und halten Sie Ihren Mund!«

Der schmächtige Mann blickte ihn wütend an, wendete seinen Lieferwagen und fuhr davon.

»Fertig, Boß«, meldete Harry.

»Wir haben jetzt eine gute Stunde verloren«, sagte Don, als sie im Wagen saßen und wieder fuhren. »Gib Gas.«

Don erzählte Harry, was der Mann über den Anruf berichtet hatte.

»Natzka muß sicher sein, daß wir diese Straße fahren, und du kannst deinen letzten Dollar wetten, daß er alles versuchen wird, um uns am Flugplatz aufzuhalten.«

»Sollten wir nicht im Wagen weiterfahren, Boß?«

Don schüttelte den Kopf.

»Wir kämen niemals über die Grenze.« Nach einiger Zeit fuhr er fort: »Wir können nur eins tun, Harry. Wir müssen uns irgendwo verstecken, bis es dunkel wird. Dann müssen wir uns heimlich auf den Flugplatz schleichen und entweder ein Flugzeug stehlen oder uns an Bord einer Verkehrsmaschine schmuggeln.«

»Mann!« sagte Harry, »das wird aber nicht gerade leicht sein!«

»Mir fällt aber nichts anderes ein. Sie werden bestimmt am Flughafen auf uns warten — und wir müssen fliegen, um über die Grenzen zu kommen.«

Harry dachte einige Zeit nach, dann grinste er.

»Wie wäre es denn, wenn wir Stewards würden, Boß?«

Dons Gesicht strahlte.

»Ja. Das ist eine großartige Idee. Wir müssen also zuerst den Wagen loswerden, sobald wir in der Nähe des Flughafens sind. Dann müssen wir jede sich bietende Chance ergreifen. Aber zwei Stewards entführen und ihre Plätze einnehmen wäre vielleicht eine ganz gute Idee!«

Es war zwanzig Uhr sechsundvierzig, als der Wagen Zürich erreichte, und Don bewunderte die Fahrleistung von Harry, der fast die eine Stunde Aufenthalt wieder eingeholt hatte.

Sie fuhren zum Europa-Hotel, wo Don den Wagen abgeben sollte.

Don fragte den Chef der Reception, ob sie für einige Stunden ein Zimmer bekommen könnten. Der Mann, der das verbindliche Äußere eines französischen Diplomaten hatte, blickte sie leicht mißbilligend an. Ihre verstaubte Wanderkleidung sagte ihm nicht sehr zu. Doch als Don seinen Namen nannte, erhellte sich sein Gesicht.

»Ja, Mr. Micklem, natürlich«, sagte er und bat ihn in sein Büro. »Was haben Sie für Wünsche?«

»Wir brauchen ein Zimmer mit Bad, in dem wir uns einige Stunden aufhalten können. Wir hätten auch gern auf dem Zimmer gegessen. Läßt sich das machen.«

»Aber gewiß, Mr. Micklem. Es ist mir ein Vergnügen.«

»Wir brauchten außerdem zwei dunkle Anzüge Ihres Personals. Dazu weiße Hemden und Binder sowie zwei Hüte. Ich kann Ihnen leider nicht erklären, weshalb, aber wir brauchen sie dringend, und ich werde sie selbstverständlich bezahlen. Können Sie das veranlassen?«

Das Gesicht des Mannes blieb unbeeindruckt, aber nur mit größter Willensanstrengung. In all seinen Berufsjahren hatten ihn die Gäste ja schon um verschiedene seltsame Dinge gebeten, aber dies war doch wirklich außergewöhnlich.

»Ich werde es veranlassen, Mr. Micklem«, sagte er.

»Sollte jemand mich zu sprechen wünschen oder anrufen, sagen Sie bitte, daß ich nicht bei Ihnen bin«, fuhr Don fort.

»Sehr wohl«, sagte der Empfangschef.

Nachdem sie beide gebadet und sich in ihren neuen schwarzen Anzügen zum Essen gesetzt hatten, klingelte das Telefon. Don nahm den Hörer.

»Empfang hier«, meldete sich die Stimme des Empfangschefs. »Hier war gerade ein Mann und hat nach Ihnen gefragt. Der Clerk hat selbstverständlich Ihren Anweisungen entsprechend gesagt, daß Sie nicht bei uns wohnen.«

»Sehr gut. Wie sah der Mann denn aus?«

»Es war ein kleiner, untersetzter, dunkler Mann, offensichtlich ein Italiener.«

»Vielen Dank. Kann ich jetzt bitte die Rechnung haben?«

»Ja, ich werde sie Ihnen selbst bringen.«

Don legte den Hörer auf und blickte Harry an.

»Sie sind uns wieder hart auf den Fersen. Busso war in der Halle und hatte nach uns gefragt.«

Harry lächelte fröhlich.

»Nun, sie haben uns noch nicht, Boß!«

»Nein, das nicht. Aber wir dürfen Natzka nicht unterschätzen«, sagte Don ernst. »Er wird jetzt wissen, daß wir irgendwo in Zürich sind. Jetzt hängt für ihn alles davon ab, ob wir ihm durch die Finger schlüpfen oder ob er uns erwischt. Jetzt geht es hart auf hart.« Er zündete sich eine Zigarette an und schritt im Zimmer auf und ab.

»Wann werden wir gehen?« fragte Harry.

»Um dreiundzwanzig Uhr geht ein Flugzeug nach London. Wir haben noch anderthalb Stunden Zeit. Ich versuche zu überlegen, was ich wohl an Natzkas Stelle tun würde. Selbstverständlich würde ich den Flugplatz bewachen lassen. Es wäre möglich, daß wir nicht einmal bis zum Flughafen kommen. Wenn wir Glück haben und hingelangen, dann kommen wir vielleicht nicht in das Flugzeug.« Während er noch sprach, war er vor dem Kamin stehengeblieben, auf dem verschiedene Gegenstände lagen. Er nahm eine kleine, quadratische Schachtel und drehte sie in den Händen. Dann lächelte er plötzlich. »Ich werde sie auf eine falsche Spur setzen, Harry.«

Harry blickte ihn aufmerksam an.

»Wie wollen Sie das machen, Boß?«

Don zog seine Jacke aus, knöpfte das Hemd auf und holte aus seinem Leibgürtel das kleine Päckchen, das Tregarth ihm anvertraut hatte.

Er nahm die Schachtel und das Päckchen mit zu einem Tisch und setzte sich.

»Stell dich an die Tür, Harry«, sagte er.

Harry sah von der Tür aus Don zu, wie er aus der grünen Plastikhülle das kleine Buch herausnahm und in seine Tasche steckte. Dann wickelte er die Schachtel in die Plastikfolie.

»So«, sagte er. »Jetzt müssen wir zum amerikanischen Konsul gehen, und das wird nicht leicht sein.«

»Zum Konsul?« fragte Harry erstaunt. »Weshalb denn?«

Jemand klopfte an die Tür. Don nahm das Päckchen in der grünen Plastikhülle schnell vom Tisch und ging, die Pistole in der Hand, ins Badezimmer.

»Sieh nach, wer es ist«, sagte er leise.

Vorsichtig ging Harry zur Tür, öffnete sie und ließ den Empfangschef eintreten.

Don steckte seine Pistole wieder ein und kam aus dem Badezimmer.

»Ihre Rechnung, Mr. Micklem«, sagte der Empfangschef. »Kann ich noch etwas für Sie tun?«

»Ja. Sie können mir sagen, wo das amerikanische Konsulat ist«, antwortete Don und nahm die Rechnung.

»Gewiß. Es ist nur ein paar Häuser weiter unten in derselben Straße. Wenn Sie das Hotel verlassen, gehen Sie nach links, dann sehen Sie schon die Fahne vor dem Haus.«

»Vielen Dank«, sagte Don und zahlte die Rechnung. »Und vielen Dank auch, daß Sie unseren kurzen Aufenthalt so angenehm gemacht haben. Gibt es einen rückwärtigen Ausgang, den wir benutzen könnten?«

Wieder kostete es den Empfangschef eine große Anstrengung, seine Überraschung nicht zu verraten. Dieser wohlhabende Amerikaner, dachte er, benimmt sich wirklich ungewöhnlich, fast so, als wäre er ein Krimineller!

»Am Ende des Ganges finden Sie den Personalaufzug. Mit ihm kommen Sie zum rückwärtigen Eingang.«

»Sehr schön. Und nochmals vielen Dank.«

Nachdem der Empfangschef mit tiefer Verbeugung das Zimmer verlassen hatte, setzte sich Don an den Schreibtisch, schrieb schnell etwas auf einen Bogen Papier, steckte ihn in einen Umschlag und verschloß den Umschlag mit Siegellack.

»So, wir können gehen«, sagte er zu Harry. »Wir lassen die Rucksäcke hier. Wir werden sie hoffentlich nicht mehr brauchen.«

»Ich weiß immer noch nicht, was das alles soll?« beklagte sich Harry. »Weshalb gehen wir jetzt plötzlich zum Konsul?«

»Ich werde es dir im Aufzug erzählen.«

Sie verließen das Hotelzimmer.

»Was auch immer passieren sollte, ich muß das Buch Sir Robert Graham persönlich übergeben«, erklärte Don, als sie im Personalaufzug waren. »Tregarth warnte mich, ich sollte niemand trauen, und daran werde ich mich auch halten. Natzka weiß das nicht. Ich werde den Konsul bitten, er soll das Plastikpäckchen nach London an die Botschaft schicken. Da ist aber nur die leere Schachtel drin und nicht das Buch. Er wird das Päckchen mit der Diplomatenpost schicken, und ich hoffe, Natzka erfährt davon. Wenn jemand auf dem Konsulat für ihn arbeitet — und ich möchte wetten, daß er da jemanden hat —, dann wird er davon hören, daß ich dem Konsul das Päckchen übergeben habe. Ich hoffe, er wird uns in Ruhe lassen, sobald er hört, daß wir das Buch nicht mehr haben. Schließlich will er ja nicht uns, sondern nur das Päckchen. Wenn ich ihn also derart täuschen kann, dürften wir ohne große Schwierigkeiten ins Flugzeug kommen.«

Harry nickte. »Das stimmt, Boß.«

»Aber erst müssen wir zum Konsulat kommen.«

Der Aufzug hielt. Sie verließen die Kabine und gingen den Gang entlang bis zu der Doppeltür, die auf die Straße führte.

»Wir müssen vorsichtig sein!« warnte Don und blieb vor der Tür stehen. »Ich gehe zuerst hinaus. Halte deine Pistole bereit. Laß mich ein paar Meter vorausgehen und komme dann nach.«

»Okay, Boß«, nickte Harry.

Don öffnete die Tür und blickte vorsichtig auf die dunkle Straße hinaus.

Die wenigen Straßenlampen erhellten nur einen kleinen Teil der Straße, der Rest lag im Dunkeln. Da könnten sich viele Leute verstecken und mir auflauern, dachte Don, ohne daß ich sie sehen würde.

Er zog seine Pistole aus der Gesäßtasche und verließ vorsichtig den Schutz der Haustür. Er hielt sich dicht an der Mauer und ging mit schnellen Schritten die Straße entlang.

Drei Häuser weiter konnte er die Konturen eines Fahnenmastes mit einer Fahne ausmachen, und er dachte, das Haus müßte wohl das amerikanische Konsulat sein.

Er blickte über seine Schulter zurück. Er konnte Harry weder sehen noch hören, aber er wußte, daß er ihm in kurzem Abstand folgte. Er ging weiter.

Plötzlich sah er in der Türnische eines gegenüberliegenden Hauses ein Streichholz aufflammen, so als wollte sich jemand eine Zigarette anzünden. Aber der Unsichtbare warf statt dessen das brennende Streichholz in hohem Bogen auf die Straße.

Don erkannte sofort, daß dies ein verabredetes Zeichen sein mußte. Er zögerte keine Sekunde. Er sprang auf und rannte in schnellem Lauf die Straße hinunter zum Konsulat. Hinter sich hörte er, wie ein Motor angelassen wurde und ein Wagen schnell die Straße entlang kam.

Er hörte Harry hinter sich. Das Geräusch des Wagens kam näher, und Don merkte, daß er ihn einholen würde, bevor er die schützende Einfahrt zum Konsulat erreicht hätte.

Er blickte zurück.

Ein großes schwarzes Auto kam ohne Licht auf ihn zu. Plötzlich wurden die Fernlichter angemacht, und das grelle Licht erfaßte und blendete ihn, so daß er gegen die Mauer taumelte.

Er hörte einen Schuß aus Harrys Pistole und das Splittern von Glas. Der Wagen schlingerte und verlor an Geschwindigkeit. Don ließ sich im selben Augenblick auf den Boden fallen, als jemand aus dem Wagen mit einer Maschinenpistole das Feuer auf ihn eröffnete.

Das Mündungsfeuer aus der Maschinenpistole blitzte über die dunkle Straße. Die Geschosse schlugen in die Wand ein, vor der Don eben noch gestanden hatte.

Harrys Pistole bellte erneut auf. Ein Mann stieß einen Schmerzensschrei aus, und der Wagen fuhr plötzlich mit hoher Geschwindigkeit die Straße hinunter und verschwand um eine Ecke.

Don hatte sich halb erhoben, als aus der Türnische von gegenüber der laute Knall einer .45er ertönte und eine Kugel wenige Zentimeter neben seinem Gesicht vorbeizischte. Don schoß in die Nische und ließ sich wieder fallen.

Ein Mann torkelte aus der Nische heraus in den Lichtkreis einer Straßenlampe, wankte ein paar Schritte weiter und fiel dann mit dem Gesicht auf die Straße.

Don sprang auf, als Harry zu ihm kam, und zusammen rannten sie die wenigen Meter zum Konsulat.

Als sie die Freitreppe des Hauses erreicht hatten, öffnete sich die Tür, und zwei amerikanische Militärpolizisten mit ihren Pistolen in der Hand kamen heraus.

Don blieb sofort stehen und hob die Hände. Harry folgte seinem Beispiel.

Die beiden Polizisten kamen vorsichtig auf sie zu.

»Was ist denn hier los?« fragte einer von ihnen.

Don lachte.

Diese banale Frage im breitesten amerikanischen Akzent war Musik für seine Ohren.

»Ich muß den Konsul sofort sprechen«, sagte er. »Das, was Sie eben hörten, war ein Versuch, mich zu töten, und wenn wir nicht bald in Deckung gehen, werden es die Kerle bestimmt noch einmal versuchen.«

»Sie sind Amerikaner?« fragte der eine Militärpolizist und sah ihn scharf an.

»Mein Name ist Micklem, Don Micklem.«

»Ja, das stimmt. Ich kenne ihn«, bestätigte der andere Polizist. »Ich habe sein Bild in den Zeitungen gesehen.«

Noch etwas mißtrauisch, führten sie Don und Harry in die Sicherheit des Konsulats.

14

In einem Wagen des Konsulats mit einem bewaffneten Militärpolizisten neben dem Fahrer und begleitet von zwei Polizisten auf Motorrädern, wurden Don und Harry in schneller Fahrt zum Züricher Flughafen gebracht.

Edward Jepson, der Konsul, hatte sofort gehandelt.

Mit wenigen Worten hatte Don erklärt, daß er einen wichtigen Auftrag für die britische Regierung zu erfüllen habe, und daß es notwendig wäre, das grüne Plastikpäckchen sicher nach London zu bringen.

Jepson war sofort bereit, das Päckchen mit der Diplomatenpost zu schicken. Er hatte auch zugesagt, das Päckchen bis zum Abgang der Post selbst in Verwahrung zu nehmen und niemand sonst mit der Versendung zu beauftragen.

Don hatte ihm gesagt, die Möglichkeit bestünde, daß auf dem Flugplatz ein neuer Überfall auf ihn versucht werden könnte. Jepson hatte sofort einen Wagen und eine Eskorte für sie bereitstellen lassen.

»Es sieht so aus, als hätten wir es geschafft«, sagte Don, als er in einiger Entfernung die Lichter des Flughafens auftauchen sah. »Wir wollen hoffen, daß sie uns keine Bombe ins Flugzeug geschmuggelt haben.«

»Nur Mut, Boß«, sagte Harry. »Ich dachte gerade, wie schön es sein wird, wenn wir wieder zu Hause sind.«

»Ich kann erst aufatmen, wenn ich dieses Buch losgeworden bin«, entgegnete Don. »Wir sind da. Jepson hat den Flughafen angerufen und uns die Karten reserviert. Wir brauchen also nur ins Flugzeug zu steigen.«

»Und darauf zu warten, bis es in die Luft fliegt«, brummte Harry.

Der Wagen hielt vor dem Empfangsgebäude, und der Polizist stieg aus.

»Warten Sie einen Augenblick, Sir«, sagte er. »Ich werde mich erkundigen, wo das Flugzeug ist.«

Die beiden anderen Polizisten hatten sich mit ihren Motorrädern zu beiden Seiten des Wagens aufgestellt.

»Da fühlt man sich direkt bedeutend«, flüsterte Harry ganz beeindruckt. »Wäre mir aber doch lieber, wenn ich mich selbst um alles kümmern könnte.«

»Niemand hindert dich daran. Halte deine Augen offen.«

»Hier sind die Flugkarten«, sagte der Polizist und trat wieder an den Schlag. »Sie müssen noch zehn Minuten warten. Das Flugzeug steht auf Position fünf. Wir werden Sie hinfahren. Ich habe den Befehl, das Flugzeug zu durchsuchen, aber das wird nicht lange dauern.«

»Machen Sie's nur gründlich«, sagte Harry. »Wir haben es nicht sehr eilig.«

Der Polizist stieg wieder in den Wagen, und sie fuhren schnell im Licht der hellen Bogenlampen zu einem kleinen Gebäude, in dem schon etwa fünf Passagiere warteten.

Der Wagen fuhr um das Gebäude herum und hielt vor einer Tür.

»Wenn Sie bitte hereinkommen wollen, Sir, ich werde Sie holen, wenn wir soweit sind«, sagte ihr Bewacher und stieg aus. »Es wird nicht lange dauern.«

Don und Harry verließen den Wagen, gingen über den betonierten Weg zum Gebäude, und der Polizist öffnete die Tür.

Sie traten in einen kleinen, separaten Warteraum, und der Polizist schloß die Tür hinter ihnen.

»Als ob wir Könige wären«, bemerkte Harry, ging zu einem der tiefen Sessel hinüber und ließ sich mit einem Seufzer der Erleichterung hineinsinken. »Wir hätten eigentlich viel früher zu einem Ihrer Konsulate gehen sollen, Boß.«

Don war ans Fenster getreten und blickte hinaus in die dunkle Nacht.

»Bleiben Sie vom Fenster weg, Boß«, warnte Harry und fuhr auf, als er sah, wie sich die andere Tür des Raumes plötzlich öffnete. In der Tür stand Carl Natzka, eine .45er in der Hand. »Verflixt! Wo kommen Sie denn so plötzlich her?«

»Wenn sich einer von Ihnen bewegt, schieße ich!« sagte Natzka.

Don drehte sich herum, und sein Herz setzte einen Schlag aus.

Natzka trat in den Raum. Ihm folgte Maria.

»So treffen wir uns also noch einmal, Don«, sagte sie fröhlich.

Sie trug einen dreiviertellangen Nerzmantel über ihrer gelben Seidenbluse und einem schwarzen Rock. Sie kam ins Zimmer, setzte sich auf eine Couch und lächelte zu Don hinüber.

»Hallo«, sagte Don, und er mußte sich sehr anstrengen, sein Gesicht ausdruckslos zu halten. Das kleine, ledergebundene Buch in seiner Tasche fiel ihm ein, und er spürte es plötzlich, als wäre es Zentner schwer. »Sie haben sich aber eine schlechte Zeit für Ihren Besuch ausgewählt. Vor der Tür steht eine Wache, und zwei weitere Militärpolizisten sind in der Nähe.«

»Der Mann vor der Tür ist von mir bezahlt«, sagte Natzka. »Geben Sie mir das Buch, und Sie sind frei und können zum Flugzeug gehen. Wenn Sie sich weigern, werde ich Sie töten.«

»Ich kann mir nicht vorstellen, wie Sie den Flugplatz verlassen wollen, wenn Sie mich erschießen. Sie werden mir doch nicht erzählen wollen, daß Sie alle Sicherheitsbeamten und Polizisten auf dem Flugplatz bestochen haben.«

Natzkas Augen funkelten.

»Ich hätte Zeit genug, das Buch zu vernichten. Und nur darauf kommt es mir an. Geben Sie also das Buch her.«

»Bitte, geben Sie es ihm doch, Don«, sagte Maria ernst. »Er meint es wirklich ernst. Versuchen Sie doch jetzt nicht, ein Held zu sein. Geben Sie es ihm, und Sie sind frei.«

Don lächelte.

»Ich könnte vielleicht in Versuchung kommen, Ihrem Rat zu folgen«, sagte er. »Aber ich habe das Buch nicht mehr.«

»Sie können mich nicht bluffen!« fuhr Natzka ihn an. »Ich gebe Ihnen genau zehn Sekunden, mir das Buch auszuhändigen, dann schieße ich.«

Don blickte ihn an und glaubte seinen Worten.

»Ich war so vorsichtig und habe das Buch dem Konsul gegeben«, sagte er. »Er läßt es mit der Diplomatenpost nach London bringen.«

»Sie lügen.«

Don ging langsam vom Fenster weg und setzte sich neben Maria auf die Couch.

»Ich sage Ihnen, daß ich es nicht habe. Es ist schon in der Diplomatenpost. Sie können uns durchsuchen, wenn Sie mir nicht glauben.«

»Ich werde Sie durchsuchen lassen!« zischte Natzka, und sein Gesicht verriet seinen Ärger.

Ohne sie aus den Augen zu lassen, sprang er zur Tür und rief: »Busso, komm her!«

Don berührte leicht den Arm von Marias Pelzmantel.

»Das ist ein wunderschöner Mantel«, sagte er. Er hob ihre Hand hoch und strich sanft über den Pelz. »Nerz macht häßliche Frauen attraktiv und hübsche Frauen geradezu verwirrend schön. Ich bin ganz verwirrt.«

Maria blickte ihn an.

»Sie haben es also wirklich nicht?« fragte sie. »Ich dachte mir schon, daß Sie zu klug seien, um sich mit dem Buch erwischen zu lassen.«

»Ich hatte mit einem Zwischenfall auf dem Flughafen gerechnet«, antwortete Don. »Die Diplomatenpost schien mir doch viel sicherer zu sein.«

Busso kam herein und blickte Don drohend an.

»Durchsuch diese beiden«, befahl Natzka. »Du weißt ja, was wir suchen.«

»Laß nur, Harry«, sagte Don und stand auf, die Hände über seinen Kopf erhoben.

Harry blickte ihn erstaunt an.

Bussos Hände tasteten Don ab, dann trat er einen Schritt zurück. Er blickte Natzka an.

»Nichts, Signore.«

»Den anderen!« fuhr Natzka ihn an.

»Laß ihn suchen«, sagte Don, und Harry stand auf.

»Wie Sie meinen, Boß.«

Aber auch bei Harry konnte Busso nichts finden, und er schüttelte wieder seinen Kopf.

»Nun, sind Sie jetzt zufrieden?« fragte Don und setzte sich wieder neben Maria. »Sie sind geschlagen. Niemand kann an die Post heran. Sie wird heute nacht durch einen bewaffneten Kurier weggebracht.«

»Es war dumm von Ihnen, mir von der Post etwas zu erzählen«, sagte Natzka, und seine Augen funkelten. Er gab Busso einen Wink, und dieser hielt Don und Harry mit seiner Pistole in Schach, während Natzka zum Telefon ging, das auf einem Tisch stand.

»Das amerikanische Konsulat!« verlangte er. Eine kleine Pause folgte. »Geben Sie mir Mr. Channing.« Wieder eine Pause. »Channing? Ein kleines Päckchen in einer grünen Plastikfolie wurde vor einer halben Stunde dem Konsul übergeben. Es soll mit der Diplomatenpost nach London geflogen werden. Ich will es haben. Verstanden? Holen Sie es und bringen Sie es an den üblichen Platz. Sie werden dann nicht mehr zum Konsulat zurückkehren. Ihre Arbeit hier ist damit beendet.« Er hörte einen Augenblick zu und sagte dann: »Gut. Ich erwarte Sie in einer halben Stunde.« Er legte auf, drehte sich um und sah Don triumphierend an.

»Es sieht so aus, Mr. Micklem, als würden wir doch noch gewinnen. Mein Mann dort sagt mir, daß es ihm keine Schwierigkeiten macht, an die Diplomatenpost heranzukommen.«

Don wußte, daß er seine Rolle zu Ende spielen mußte. Natzka durfte keine Sekunde vermuten, daß er auf einen Trick hereingefallen war.

»Sie elende Ratte«, brauste er auf. »Glauben Sie nur nicht, daß Sie damit weit kommen. Man wird Sie erwischen!«

Natzka lachte.

»Na, Mr. Micklem, Sie haben keinen Grund, Ihre Nerven zu verlieren. Ein einzelner kann halt nie gegen eine ganze Organisation gewinnen. Sie haben sich gut gehalten und mir auch einige sehr unerfreuliche Momente beschert. Und abgesehen davon, diese Sache hat ja nichts mit Ihrem Land zu tun.«

Don tat so, als versuche er, seinen Ärger niederzukämpfen. Er zuckte die Achseln.

»Nun, von mir aus. Sie haben gewonnen«, sagte er resignierend.

»Sehen Sie, das ist schon besser«, antwortete Natzka. »Ich will auch offen zugeben, daß ich froh bin, wenn es vorbei ist. Sie waren sehr beharrlich. Busso wird Sie zum Flugzeug bringen. Wenn Sie Paris anfliegen, bin ich schon von hier verschwunden. Ich werde Ihnen keine Gelegenheit geben, mir noch mehr Schwierigkeiten zu machen. Mir reicht es.« Er sah Busso an. »Bring sie zum Flugzeug. Und wenn sie eine falsche Bewegung machen, schieße sie nieder.«

»Auf!« sagte Busso und ging zur Tür.

Don wandte sich an Maria.

»Wir müssen also Abschied nehmen. Ich hatte schon gehofft, daß Sie gezwungen sein würden, in England Asyl zu suchen. Ich hätte Ihnen gern einmal einige Sehenswürdigkeiten von England gezeigt. Ich kenne London so gut, wie ich Venedig kenne.«

Er bemerkte, wie Natzka den Raum verließ. Maria stand auf und lächelte.

»Vielleicht werde ich eines Tages nach England kommen«, sagte sie. »Ich werde mich dann an Ihre Einladung erinnern.«

»Auf!« brummte Busso erneut.

Don ignorierte ihn.

»Müssen Sie Ihrem Bruder gleich folgen, oder möchten Sie uns nicht lieber bis zum Flugzeug begleiten und mir winken?« fragte er.

»Soll ich das?«

»Ja. Sagen Sie ruhig, ich sei sentimental, aber eine hübsche Frau, die einem beim Abschied zuwinkt, ist immer eine angenehme Erinnerung.«

Ihre Augen strahlten, und sie lachte.

»Nun, Sie sollen Ihre Erinnerung haben.«

Don nahm ihren Arm.

»Dann gehen wir.«

Er trat zur Tür, gefolgt von Harry, der ihn verlegen anblickte und sowohl über das plötzliche Verschwinden des Buches verwirrt war als auch über Dons Freundlichkeit zu Maria, die ihm gar nicht gefiel.

Busso ging hinter hinen her.

Als sie vor dem Flugzeug standen, fragte Don: »Warum kommen Sie nicht mit nach England, Maria?«

»Weshalb sollte ich? Was kann London mir bieten? Und außerdem will ich Carl nicht verlassen. Er braucht mich.«

»Ich denke dabei nur an Ihre Sicherheit. Früher oder später werden Sie es doch bedauern, mit ihm zusammengearbeitet zu haben.«

»Ich bedauere nie etwas.«

Eine hübsche Stewardess lief auf sie zu.

»Mr. Micklem?«

»Ja.«

»Wir haben auf Sie gewartet. Gehen Sie doch bitte gleich an Bord.«

»Es tut mir leid. Ich komme sofort. Geh schon hinein, Harry«, sagte Don. Harry blickte ihn erstaunt an und ging dann die fahrbare Treppe hinauf ins Flugzeug.

Don sah Maria an.

»Auf Wiedersehen — und viel Glück.«

»Sie haben das schon einmal gesagt.«

»Ich sage es wieder.« Er legte seinen Arm um sie. Seine andere Hand glitt am Ärmel ihres Mantels entlang. »Sie und der Nerz: eine hübsche Kombination.« Er küßte sie zart. »Wollen Sie wirklich nicht mitkommen?«

Sie schüttelte den Kopf.

»Auf Wiedersehn, Don.«

Er drehte sich um und eilte die Stufen hinauf. Oben blieb er stehen und winkte ihr noch einmal. Dann verschwand er im Flugzeug.

Die Tür wurde geschlossen. Don sank in den Sitz neben Harry.

Die Motoren brüllten auf, und das Flugzeug rollte auf die Startbahn. Don blickte durch das kleine Fenster und winkte noch einmal zu Maria hinaus, die unter einer Bogenlampe stand.

Als das Flugzeug sich in die Luft erhob, drehte er sich um und sah Harry an.

»Puh!« schnaufte er. »Diese letzten Augenblicke kosten mich Jahre meines Lebens.«

»Ich habe es bemerkt, Boß«, sagte Harry kühl.

Don lächelte und drehte sich ein wenig um, damit die anderen Passagiere nicht sehen konnten, wie er Harry das kleine ledergebundene Buch zeigte, das er in der Hand hatte.

»Ich hatte es in den Ärmelumschlag ihres Pelzmantels gleiten lassen, bevor Busso mich durchsuchte«, flüsterte er Harry zu. »Sie hat es noch bis zum Flugzeug getragen.«

»Mann! Wenn das nichts ist!« rief Harry, und sein ungnädiges Gesicht zeigte plötzlich ein breites Grinsen.

Zwei und eine halbe Stunde später ging die Maschine auf der Northolt-Landebahn nieder, und die Reise war vorüber.

Don hatte sich ausgerechnet, daß Natzka nicht lange brauchen würde, um festzustellen, daß er ihn hereingelegt hatte. Es wäre sogar möglich, daß seine Agenten in London versuchen könnten, das Buch an sich zu bringen, bevor er es Sir Robert Graham übergeben konnte.

Um keinerlei Risiko einzugehen, hatte er den Flugzeugführer überredet, einen Funkspruch an Sir Robert zu schicken und ihn zu bitten, mit einer Polizeieskorte auf dem Flugplatz zu warten.

Als die Maschine stand, ließen sie zuerst die anderen Passagiere aussteigen. Dann ging Harry zur Tür und blickte hinaus.

Über das Rollfeld kam eine kleine Gruppe von Männern auf sie zu, angeführt von einem großen, würdigen Mann mit einem weißen Schnurrbart.

»Alles okay, Boß«, rief Harry. »Da ist Super Tom Dicks und ein alter Kerl, der wie Sir Robert aussieht.«

Don trat zu ihm an die Tür.

Chief Superintendent Tom Dicks winkte ihm zu. Sir Robert hob zur Begrüßung seinen Stock.

Don kam die Stufen herunter und schüttelte die Hand von Sir Robert und von Tom Dicks.

»Was haben Sie denn auf dem Herzen, mein Junge?« fragte Sir Robert und blickte ihn fest an.

»Ich habe Tregarth gesucht«, antwortete Don ruhig. »Er gab mir etwas für Sie, und ich bin sehr froh, wenn es jetzt aus meiner Verantwortung genommen wird.« Er nahm aus seiner Gesäßtasche das kleine Buch und gab es Sir Robert.

»Was ist das?« fragte Sir Robert scharf.

»Etwas, das Tregarth mich beauftragte, Ihnen zu übergeben, koste es, was es wolle«, antwortete Don. »Ich weiß nicht, was es ist, aber er mußte sterben, als er versuchte, es Ihnen zu bringen.«

»Tot?« Die Augen von Sir Robert wurden hart. »Sie haben ihn also getötet?«

»Ja, sie haben ihn getötet.«

»Der Wagen wartet, Sir Robert«, sagte Dicks. »Kein Grund, länger hier herumzustehen. Das Gelände ist zu übersichtlich für meinen Geschmack.«

»Ja. Sie haben recht«, sagte Sir Robert und gab Dicks das kleine Buch. »Hier, nehmen Sie es an sich.«

»Verlieren Sie es nicht, Dicks«, sagte Don. »Sie könnten immer noch versuchen, es wiederzubekommen.«

Dicks lächelte kalt.

»Das möchte ich gern mal sehen«, sagte er und steckte das Buch in die Tasche. »Ich bringe es zu Oberst Henderson, Sir Robert. Wir werden Sie anrufen, sobald wir etwas wissen.«

Er blickte Don an und lächelte. »Es hat den Anschein, als wäre es manchmal doch gut, wenn einige Leute sich nicht nur um ihre eigenen Angelegenheiten kümmern, Mr. Micklem. Gute Nacht.« Und er ging, gefolgt von zwei kräftigen Polizisten in Zivil.

Sir Robert sagte: »Ich habe meinen Wagen hier, Don. Kommen Sie doch mit zu mir. Ich möchte mit Ihnen reden.«

Der Wagen fuhr los, als sie Platz genommen hatten. Harry saß neben dem Chauffeur.

»Sie haben also Tregarth gefunden?« fragte Sir Robert und bot Don eine Zigarre an. »Diese sind nicht so gut wie die Ihren, aber auch nicht gerade schlecht.«

»Ja, ich habe ihn gefunden«, sagte Don und zündete sich die Zigarre an.

»Sie sind ein recht dickköpfiger Teufel«, bemerkte Sir Robert und schüttelte den Kopf. »Sie hätten alles zerstören können. Ich hatte Ihnen doch gesagt, Sie sollten sich aus der Angelegenheit heraushalten.«

»Wenn ich das getan hätte, dann hätten Sie nicht das, was Sie jetzt haben«, entgegnete Don.

»Ja, das ist wahr«, antwortete Sir Robert und blickte versonnen auf die Glut seiner Zigarre. »Es war ein guter Plan, aber halt nur ein Glücksspiel, das hätte gelingen können. Der arme Tregarth war so begeistert davon, und er hat mich schließlich dazu gebracht, ihn gehenzulassen. Der schwache Punkt war der, daß er alles allein machen mußte. Er war so sicher, daß er schneller wäre als die andern.«

»Sie vergessen, daß ich den Hintergrund nicht kenne, und ich möchte meinen, ich habe ein Recht, ihn zu erfahren.«

Sir Robert nickte.

»Ich werde Ihnen alles erzählen, wenn wir zu Hause sind. In der Zwischenzeit können Sie mir berichten, was geschehen ist. Ich möchte auch einen schriftlichen Bericht von Ihnen für Oberst Henderson, aber in groben Zügen können Sie mich jetzt schon informieren.«

Bis sie das Haus von Sir Robert in Kensington erreichten, hatte Don in Stichworten von seinen Erlebnissen berichtet.

»Mein Gott«, stieß Sir Robert hervor. »Das ist ja eine phantastische Geschichte.«

Mit steifen Beinen kletterte er aus dem Wagen. »Well, kommen Sie herein. – Jedson, kümmern Sie sich um Mr. Micklems Fahrer. Geben Sie ihm etwas zu essen und einen Whisky. Er hat ihn bestimmt verdient.«

Jedson, der Chauffeur von Sir Robert, griff an seine Mütze. Sein Gesicht begann merklich zu strahlen. Er konnte nämlich keinen Grund sehen, weshalb Harry allein trinken sollte.

Sir Robert führte Don in sein Arbeitszimmer, das mit bequemen Möbeln ausgestattet war und an dessen Wänden hohe Bücherregale standen. Im Kamin prasselte ein Feuer.

»Setzen Sie sich, Don«, sagte Sir Robert und ging zu seiner Hausbar. »Möchten Sie einen Brandy? Ich habe sehr guten. Nicht mehr viel Flaschen davon da, leider, kam noch aus dem Keller meines Vaters.«

»Ich würde lieber einen Whisky trinken«, antwortete Don und setzte sich an den Kamin.

»Hmm. Als ich ein Junge war, galt Brandy als das richtige Getränk für nach Mitternacht. Nun ...« Sir Robert brachte ein Glas mit Whisky und Wasser herüber und stellte es auf einen kleinen Tisch neben Don.

Er setzte sich und hielt einen großen Schwenker mit Weinbrand in seinen schmalen Händen.

»Ja, das ist eine phantastische Geschichte«, wiederholte er und knüpfte an Dons Bericht an. »Ich kenne Natzkas Ruf recht gut. Er ist sehr durchtrieben und gefährlich. Das war eine große Leistung von Ihnen, ihn zu schlagen.« Er blickte zu Don hinüber. »Nun, mein Junge, werde ich Ihnen etwas erzählen, aber es muß unter uns bleiben. Sie verstehen mich?«

Don nickte.

»Vor etwa neun Monaten bemerkten wir plötzlich, daß unsere Staatsgeheimnisse der Gegenseite bekannt wurden. Es handelte sich dabei um ..., aber das ist ja nicht so wichtig«, sagte Sir Robert und starrte auf sein Glas. »Je weniger Sie wissen, desto besser ist es auch für Sie. Jedenfalls, jemand verriet wichtige Dinge. Es mußte dies jemand in einer verantwortlichen Stelle sein. Es wurde sehr unangenehm für uns. Schließlich verdächtigten sich die verschiedenen Abteilungen gegenseitig. Und ich möchte hinzufügen, daß auch einige dieser Dummköpfe mich im Verdacht hatten.« Er nahm einen kleinen Schluck von seinem Weinbrand und nickte wohlwollend. »Wollen Sie wirklich keinen Brandy, mein Junge? Dieser hier ist ganz vorzüglich.«

»Nein, danke«, antwortete Don. »Was hatte nun Tregarth mit der Sache zu tun?«

»Ja, Tregarth! Der arme Kerl!« Sir Robert schüttelte den Kopf. »Wir werden ihn sehr vermissen. Er war mit Abstand unser bester Agent. Er hatte einen wahren Löwenmut. Die Geschichte wurde also so schlimm, daß ich ihn eines Tages zu Rate zog. Ich wollte praktisch den Teufel mit dem Beelzebub austreiben, Sie verstehen mich? Niemand ahnte, wo die Informationen durchsickerten, und ich dachte, er könnte uns vielleicht einen guten Vorschlag machen. Das tat er denn auch. Wir wußten, daß unsere Geheiminformationen alle bei Natzka einliefen. Tregarth schlug also vor, er wolle den Verräter spielen, Natzkas Vertrauen gewinnen und versuchen, von dort aus zu erfahren, wer der Mann war, der unsere Geheimnisse verriet.«

Sir Robert erhob sich und stocherte im Feuer, das gar nicht geschürt werden mußte.

»Ich dachte, der Vorschlag sei zu gefährlich. Ich konnte mir noch vorstellen, daß Natzka Tregarth als Überläufer akzeptieren würde. Ich konnte mir auch noch vorstellen, wie er die Informationen für uns bekommen könnte. Aber ich konnte mir nicht vorstellen, wie er jemals lebendig zurückkommen würde. Ich sagte ihm das, aber er antwortete, dieses Risiko wollte er eingehen.« Der alte Mann schlug die Beine übereinander und sah Don nachdenklich an.

»Kennen Sie seine Frau?«

»Ja.«

»Eine sehr nette, vernünftige Frau. Nicht so wie die Modepuppen, die Sie heute überall finden. Nun, ich dachte an sie. Ich sagte Tregarth, das wäre nicht fair seiner Frau gegenüber. Ich werde so schnell nicht vergessen, was er mir zur Antwort gab.« Sir Robert nahm einen Schluck von seinem Weinbrand. »Der Junge sagte: Es ist jetzt keine Zeit für Gefühle. Diese Sache muß erledigt werden, und ich werde sie tun. Und ich bitte Sie, Sir, sich nicht wegen meiner Frau zu sorgen. Das ist meine Angelegenheit. Ich war ziemlich sicher, daß er sein Leben riskierte, und ich fühlte..., ach, lassen wir das. Er ging also. Und da der Mann, den wir suchten, leicht alle Papiere auch in meinem Büro zu Gesicht hätte bekommen können, war es notwendig, ihn davon zu überzeugen, daß Tregarth wirklich ein Verräter war. Wir machten das so gut, und Tregarth spielte seine Rolle hervorragend, daß Natzka ihn mit offenen Armen empfing. Wir erhielten noch einen kurzen Funkspruch von ihm. Er sagte, er hätte die Liste von Natzkas Agenten, die hier in England arbeiten. Die Liste wäre in Code, und er könnte den Code nicht entziffern. Er sagte noch, er wolle sie mir schicken.«

»Können Sie den Code entziffern?« fragte Don.

Sir Robert zuckte die Achseln.

»Das wird vielleicht nicht einmal notwendig sein. Sie können sicher sein, daß dieser Spion jetzt schon gewarnt wurde. Er könnte versuchen zu fliehen, und dann haben wir ihn.«

Don trank seinen Whisky aus und erhob sich.

»Vielen Dank, daß Sie mich ins Bild gesetzt haben, Sir Robert. Ich muß jetzt gehen. Ich habe noch etwas zu erledigen, was nicht warten kann.«

Sir Robert sah ihn fragend an.

»Mein Freund, ich hatte gedacht, Sie würden heute in meinem Haus bleiben. Sie müssen ja ziemlich erschöpft sein von all Ihren Erlebnissen. Und Ihr Haus ist doch zur Zeit geschlossen.«

»Ich habe ja Harry dabei. Ich werde Ihnen in den nächsten Tagen einen schriftlichen Bericht schicken. Aber jetzt habe ich noch etwas zu tun.«

»Nun denn«, sagte Sir Robert, ging zur Tür und sagte dem Butler, er solle Harry rufen.

Als er wieder ins Zimmer trat, läutete das Telefon.

»Sie entschuldigen mich einen Augenblick«, sagte er und nahm den Hörer. »Das könnte Dicks sein.« Er horchte auf die Stimme. »Mein Gott!« rief er plötzlich. »Ich komme am besten hin. Sie glauben, das sei nicht nötig? Nun, von mir aus. Besuchen Sie mich doch bald einmal, Oberst. Ja. Ja, wir werden der Presse nichts verraten. Ein Nervenzusammenbruch oder etwas Ähnliches. Kein Zweifel, daß da jemand im Parlament eine Anfrage stellen möchte, aber wir können das ja noch verhindern. Ich werde auf Sie warten!« Er legte auf.

Er stand eine Weile da und zupfte an seinem Schnurrbart. Sein Gesicht war ernst. Dann blickte er auf und sah Don an.

»Einer meiner Kollegen hat sich gerade erschossen. Ein Mann, dem ich voll vertraute.« Er starrte Don an und hob seine Schulter. »Tregarth ist also nicht umsonst gestorben.«

»Nein. — Also, gute Nacht, Sir Robert.«

»Wo wollen Sie hin, mein Junge?« fragte Sir Robert, als er seine Hand schüttelte.

»Ich werde zu Tregarths Frau fahren.«

»Zu dieser Stunde? Es ist gleich zwei Uhr. Sie sollten sie jetzt nicht stören.«

»Ich werde sie nicht stören. Kann ich mir Ihren Wagen ausleihen?«

»Selbstverständlich. Wollen Sie meinen Fahrer haben?«

»Danke, Harry kann fahren.«

»Ah, natürlich. Aber glauben Sie nicht, daß Sie lieber bis zum Morgen warten sollten? Sie wird jetzt schlafen.«

Don schüttelte den Kopf.

»Wenn ich auf Nachrichten von jemand wartete, den ich so liebte, wie Hilda Tregarth ihren Mann liebt, dann würde ich nicht viel schlafen. Gute Nacht, Sir Robert.«

Don rief Harry und ging die Stufen hinunter in die Dunkelheit.

**Bitte beachten Sie
die folgende Seite**

Ullstein Kriminalromane

»Bestechen durch ihre Vielfalt«
(Westfälische Rundschau)

Andrew Vachss
Bluebelle (22845)

Andrew Vachss
Strega (22982)

Andrew Vachss
Hard Candy (23096)

Andrew Vachss
Blossom (23231)

Andrew Vachss
Kult (23382)

Michael Collins
Die rote Rosa (10730)

Angus Ross
Wettlauf nach Luxemburg (10731)

Bill Granger
Mitten im Winter (10732)

James Lee Burke
Blut in den Bayous (10734)

James Hadley Chase
Mach mir den Pelz nicht naß (10735)

Ed McBain
Priester, Tod und Teufel (10736)

Michael Collins
Freak (10738)

Angus Ross
Ein Auftrag in London (10739)

James Hadley Chase
Einmal zuviel geheiratet (10740)

William Wingate
Die Vergeltung des Fremden (10166)

James Melville
Der getarnte Phönix (10741)

Erle Stanley Gardner
Perry Mason und der wunde Punkt (10743)

James Hadley Chase
Man muß für alles zahlen (10745)

Erle Stanley Gardner
Perry Mason und die feurigen Finger (10746)

Michael Collins
Der Schlächter (10747)

James Hadley Chase
Nach Gebrauch vernichten (10749)

Ross Thomas
Letzte Runde in Mac's Place (23366)

James Hadley Chase
Millionentanz (10753)

Loren D. Estleman
Detroit Blues/Der Tod in Detroit (10754)

James A. Howard
Spezialist für Mord/Generalprobe für Mord (10757)

Ian St. James
Die Balfour-Verschwörung (10764)

William Wingate
Blutbad/Crystal (10759)

James Hadley Chase
Schwarze Perle aus Peking (10760)

Ross Thomas
Wahlparole Mord/Nur laß dich nicht erwischen (10761)

Loren D. Estleman
Die Straßen von Detroit/Frühling in Detroit (10763)

Geoffrey Homes
Mariachimelodie (10766)

James Hadley Chase
Ängstlich sind die Schuldigen/Mord am Canal Grande (10767)